TOM HARPER

Mord in Byzanz

Buch

Byzanz um das Jahr 1100. Sechshundert Jahre nach dem Fall Roms beginnt auch das mächtige oströmische Byzanz zu wanken: Immer wieder fallen Türken, Normannen, Bulgaren, Germanen und Venetier ein und verwüsten auf ihren Beutezügen ganze Landstriche. Doch auch im Inneren ist das Reich zerbrechlich geworden – Konstantinopel, seine strahlende Hauptstadt, ist bereits seit Jahren Schauplatz tödlicher Machtintrigen. Kaiser Alexios Komnenos hat bei Hof viele Feinde, die nach der Krone greifen, und die Bedrohung von außen nimmt immer mehr zu: Als Kaiser Alexios Papst Urban II. um Unterstützung im Kampf gegen die Türken bittet, zögert der skrupellose vatikanische Machtpolitiker nicht lang und ruft zum ersten Kreuzzug auf…
Niemand zeigt sich sonderlich bekümmert wegen des einfachen Soldaten, der während einer kaiserlichen Parade durch die belebten Straßen der Stadt plötzlich tot zusammenbricht – aus seiner Brust ragt ein merkwürdig kurzer Pfeil. Im Palast ist man allerdings sehr besorgt darüber, dass der Mann im Moment seines Todes nur wenige Zentimeter neben dem Kaiser stand. Man betraut den brillanten Philosophen Demetrios mit den Ermittlungen in diesem hochbrisanten Fall: Und bald schon stößt Demetrios auf die Spuren einer gewaltigen Verschwörung. Er sticht in ein gefährliches Wespennest aus Erpressung und Mordkomplotten – eine unheilige Mischung aus Gier und Fanatismus. Und während die gewaltigen Armeen der Kreuzfahrer vor den Toren Konstantinopels in Stellung gehen, versucht Demetrios gegen jede Hoffnung, den grausamen Plan der Verschwörer zu vereiteln, der nur ein einziges Ziel zu kennen scheint: den Untergang von ganz Byzanz in einem verheerenden Chaos aus Blut und Flammen…

Autor

Tom Harper ist Absolvent der Universität von Oxford – sein Hauptfach war Byzantinische Geschichte. Er schreibt gerade seinen zweiten Kriminalroman um den brillanten Ermittler Demetrios. Tom Harper lebt abwechselnd in London und in Athen.

Weitere Bände in Vorbereitung.

Tom Harper
Mord in Byzanz

Roman

Deutsch von
Marie-Luise Bezzenberger

BLANVALET

Die Originalausgabe erschien unter dem Titel
»The Mosaic of Shadows«
bei Century Books, The Random House Group Ltd., London.

Umwelthinweis:
Alle bedruckten Materialien dieses Taschenbuches
sind chlorfrei und umweltschonend.

Der Blanvalet Verlag ist ein Unternehmen
der Verlagsgruppe Random House.

1. Auflage
Deutsche Erstveröffentlichung Oktober 2004

Umschlaggestaltung: Design Team München
Umschlagfoto: AKG Images
Satz: Uhl + Massopust, Aalen
Druck: GGP Media GmbH, Pößneck
Verlagsnummer: 36057
Redaktion: Werner Bauer
Lektorat: Urban Hofstetter
Herstellung: Heidrun Nawrot
Made in Germany
ISBN 3-442-36057-9
www.blanvalet-verlag.de

Für Marianna

Nach dem Niedergang des Abendlandes führte das Kaiserreich von Byzanz, dessen Mittelpunkt die erhabene Stadt Konstantinopel war, das Vermächtnis des Römischen Imperiums ungebrochen fort. Unter Kaiser Basil II. erreichte es den Gipfel seiner neuzeitlichen Macht, doch ein Dutzend schwacher und korrupter Nachfolger vertat leichthin, was er erreicht hatte, bis schließlich die bloße Existenz des Kaiserreiches bedroht war. In dieser Situation bestieg ein kraftvoller junger Führer namens Alexios Komnenos aus einer Gruppierung innerhalb der mächtigen Familien des Militärs den Kaiserthron. Durch blutige Feldzüge und diplomatisches Geschick gelang es ihm, dem Ruhm und der Stärke von Byzanz wieder Geltung zu verschaffen. Doch er war nicht unangefochten: Türken, Normannen, Bulgaren, Germanen und Venezianer drangen beständig auf seine Grenzen ein, während Widersacher sowohl aus den Reihen seiner eigenen als auch aus rivalisierenden Familien tollkühne Pläne schmiedeten, um den Thron an sich zu reißen. Da besonders die Türken immer tiefer ins Hinterland Kleinasiens vordrangen, war Alexios gezwungen, von dem seinem Reich schon seit längerem nicht mehr gewogenen Papst in Rom Truppen zu erbitten, um die wankenden byzantinischen Armeen zu verstärken. Sehr zu seiner Überraschung – jedoch auch zu seiner nachträglichen Bestürzung – bekam er sie: Der

Papst rief zum ersten Kreuzzug auf, und ein Heer aus 20000 Rittern des Abendlandes setzte sich in Marsch, um über Byzanz hereinzubrechen.

Byzanz' Sprache war Griechisch, doch während seiner gesamten Geschichte bezeichneten sich seine Bürger stets als Römer. Völker außerhalb der Grenzen des Reiches galten durchweg als Barbaren.

Warum sind unsere beiden Konsuln und Prätoren heute in ihren bestickten, ihren scharlachroten Togen aufgetreten?

Warum haben sie Armreifen mit so zahlreichen Amethysten angelegt und Ringe, die vor prachtvollen Smaragden nur so funkeln?

Warum tragen sie kunstvoll aus Silber und Gold gefertigte Stäbe?

Weil heute die Barbaren kommen, und weil solche Dinge die Barbaren blenden.

C. P. Cavafy
Übers. Keeley und Sherrard

a

Es war Abend, als die Barbaren mit ihren Äxten vor meiner Tür auftauchten. Die Sonne ging gerade hinter den Brustwehren im Westen unter und überzog den Himmel und alles, was darunter lag, mit Kupfer. In der windstillen Luft verharrten die Baldachine und Markisen der Königin der Städte ebenso reglos wie ihre Myriaden Türme und Kuppeln, doch hätte man nur die Ohren gespitzt, so hätte man den leisen, getragenen Gesang vernommen, der aus den hundert umliegenden Kirchen drang. Den ganzen Tag über waren die Massen durch die Straßen geflutet; die Menschen von Byzanz versammelten sich, um das Fest des Heiligen Nikolaus zu begehen und um zu sehen, wie der Kaiser durch ihre Mitte zog. Jetzt versiegten diese Fluten langsam, sickerten zurück in die Arkaden und die großen Wohnhäuser, aus denen sie gekommen waren. Ich saß auf meinem Dach, sah sie gehen und nippte an einem Kelch Wein.

Zoe, die jüngere meiner beiden Töchter, meldete die Barbaren. Aus dem Augenwinkel sah ich ihr Gesicht aus der Luke am Kopf der Leiter auftauchen; Verwirrung und Betroffenheit zeichneten ihre glatten Züge unter den hoch aufgesteckten Locken.

»Da sind Männer, die dich sprechen wollen«, berichtete sie atemlos, während sie noch auf der Leiter stand. »Riesen. Titanen. Drei Stück, mit mächtigen Äxten – und einer gleicht dem Prometheus, mit einem feurigen Bart.«

Meine Tochter hat schon immer viel für Poesie übrig gehabt, doch erst in letzter Zeit fiel mir das immer mehr auf.

»Passen sie durch die Tür?«, erkundigte ich mich. »Oder sollte ich mich auf mein geflügeltes Ross schwingen und emporfliegen, um ihnen in die Augen zu blicken?«

Zoe dachte darüber nach. »Sie passen durch die Tür«, gab sie schließlich zu.

»Und durch die Luke, in der du gerade stehst?«

»Vielleicht. Aber die Leiter könnte zusammenbrechen«, fügte sie hinzu. »Dann sitzt du hier oben fest.«

»In dem Falle können sie mir eine neue kaufen.«

Zoes schmollend verzogenes Gesicht verschwand, und in dem Raum unter mir erhob sich ein gewaltiger Lärm. Vielleicht hatte sie ja doch nicht übertrieben, denn ich hörte ein mächtiges Stampfen, die Schritte von Männern, die ihre Füße wie Hämmer gebrauchten und in einem halben Tagesmarsch wohl selbst die sieben Hügel Roms einebnen würden. Die Leiter erbebte, und ich konnte mir gut vorstellen, wie sich die Sprossen jungen Zweigen gleich unter dieser Last bogen. Ich wartete auf das Krachen splitternden Holzes und herabstürzender Wachsoldaten, doch meine Leiter – aus fester bithynischer Eiche – hielt stand und trug die Besucher aus der Dunkelheit hinauf in die frische Abendluft auf meinem Dach.

Es waren drei, wie Zoe gesagt hatte; und wie Zoe ebenfalls gesagt hatte, waren es Giganten. Alle drei trugen lange Kettenhemden, die ihnen bis zu den Knien reichten, mit breiten Ledergürteln, an denen schwere eiserne Streitkolben hingen. Über den Schultern trugen sie riesige Doppeläxte, die nicht einmal der gefahrvolle Aufstieg auf der Leiter hatte ins Wanken bringen können.

Auch ohne die Insignien ihrer Legion, ein blaues Quadrat aus pelzgesäumtem Tuch, das unterhalb des Halses befestigt war, waren sie unverwechselbar. Waräger, Angehörige der Elitegarde des Palastes und Beschützer des Kaisers. Obgleich ich mich mit gemessenen Bewegungen erhob, um sie zu begrüßen, schwappte der Wein in meinem Kelch plötzlich heftig hin und her.

»Ihr seid Demetrios Askiates, der Mysterienenthüller?«

Der am nächsten Stehende der drei Riesen hatte gesprochen. Genau wie seine Gefährten war er hellhäutig, allerdings hatte unsere Sonne seiner Haut überall heftig zugesetzt, außer am Rande seines Kragens, wo sie immer noch die Farbe von Milch zeigte. Wie Zoe es beschrieben hatte, war sein Haar von einem Feuerrot, wie es die Natur den Angehörigen unseres Volkes niemals verlieh, eine Mähne, die bis über seine ochsengleichen Schultern herabhing. Kurz und gut, er war ein vollendetes Exemplar jenes Menschenschlages, der die vor Kälte erstarrte Insel Thule bewohnt – Britannien, wie unsere Vorfahren sie nannten, als sie dort herrschten –, obwohl er diese, seinem vertrauten Umgang mit dem Griechischen nach, wohl schon lange verlassen hatte.

Ich nickte als Antwort auf seine Frage und war mir der Unsinnigkeit meines selbst erfundenen Beinamens im Angesicht dieser unbändigen, schmucklosen Macht durchaus bewusst. Der Waräger, dachte ich bei mir, würde ein Mysterium nicht enthüllen: Er würde es mit seinem Streitkolben zu Staub zermalmen oder es mit einem Hieb seines Schwertes zerteilen wie Alexander den gordischen Knoten. Was, fragte ich mich beklommen, würde er wohl mit mir machen?

»Ihr werdet im Palast verlangt«, verkündete er. Dort,

wo seine Linke am Griff seiner Axt spielte, bemerkte ich eine Reihe von Kerben in dem dunklen Holz, die sich lückenlos vom Heft bis fast zur Klinge hinzog. Stand dies für die Zahl seiner Opfer?

Ich nickte erneut und nickte dann – in meiner Verwirrung – unwillkürlich gleich noch zweimal. »Warum?«

»Das«, antwortete der Waräger gewichtig, »wird Euch mitgeteilt werden, sobald Ihr dort seid.« Mir war, als sähe ich seinen Mund unter dem dichten Bart zucken.

Der Himmel war noch hell, als wir hinaustraten, doch die Auslagen der Ladenbesitzer waren bereits hereingeholt worden und die Menschenmenge war auf ein paar vereinzelt dahineilende Gestalten geschrumpft. Sicher legten nicht viele Wert darauf, nach Einbruch der Dunkelheit auf der Straße angetroffen zu werden, wenn die Wache ausrückte. Und bestimmt wollten noch weniger in der Nähe des weiteren Dutzends Wachsoldaten gesehen werden, die zu meinem Schrecken in geschlossener Phalanx auf der Straße vor meinem Haus aufmarschiert waren. Dies würde meinem Ruf bei den zweifelnden Nachbarn nicht eben zuträglich sein, dachte ich betrübt. Kein Wunder, dass keine Kinder auf der Straße spielten, keine Obstverkäufer oder Süßigkeitenhändler ihre Waren feilboten.

Der Palast war einen Fußmarsch von ungefähr einer halben Stunde entfernt, doch mit bewaffneten Nordmannen im Rücken und ihrem rothaarigen, schweigsamen Hauptmann vor mir kam mir der Weg zehnmal länger vor. Die Vorbeigehenden warfen mir Blicke zu, in denen sich Mitgefühl und Misstrauen mischten: *Er liegt nicht in Ketten,* stellten sie fest, *aber er ist auch nicht gekleidet wie jemand, dem ein solches Gefolge zusteht.* Überall, wo wir vorbeikamen, neigte sich der Tag dem

Ende zu, und nur die zurückgebliebenen Gerüche verrieten, was sich dort getan hatte: der Gestank der Gerber und Tuchfärber, die warme Heimeligkeit der Bäcker, das Blut der Metzger und, als wir schließlich das obere Ende der breiten Straße erreichten, die schwere Süße der Parfümhändler.

Die marmornen Säulengänge des Augusteions lagen jetzt vor uns; das Tor zum Palast befand sich irgendwo dahinter und die mächtige Kuppel der großen Kirche zur Linken. Die Fragen, die an meinem Verstand zerrten, hatten sich zu lautstarker Eindringlichkeit gesteigert, gerieten jedoch jählings in noch größere Verwirrung, als der Hauptmann sich plötzlich nach rechts wandte, fort vom Palast, und eine lange Straße hinunterschritt, deren eine Seite, wie ich erkennen konnte, von der gewaltigen Mauer des Hippodroms eingenommen wurde. Ein von einer Stahlschiene umhüllter Arm drückte gegen meine Schulter und lenkte mich hilflos hinter ihm her in die Dunkelheit.

»Zum Palast geht es dort entlang«, rief ich und beschleunigte meine ohnehin schon hastigen Schritte noch mehr.

»Der Palast«, gab der Hauptmann über die Schulter hinweg zurück, »hat viele Tore, und nicht alle stehen jedem offen. Die Fischhändler zum Beispiel – die haben ihr eigenes Tor. Um den Gestank draußen zu halten«, fügte er anzüglich hinzu.

Die Mauer, die jetzt über uns aufragte, war von Bögen durchbrochen und mit allerlei heidnischen und heiligen Statuen verziert; sie erstreckte sich weit in alle Richtungen, bis sie aus unserem Blickfeld verschwand. Wir erreichten ihren Fuß und schritten durch ein Eisentor, ein eher kleiner Eingang, der seltsamerweise unverschlossen war. Für kurze Zeit marschierten wir in Finsternis dahin, und von dem hallenden Klatschen unserer Schritte auf dem Steinboden wurde mir schwindelig; dann tat sich der violette Himmel über uns auf und ich fühlte warmen Sand zwischen den Riemen meiner Sandalen hindurchrieseln. Wir waren in der vom Treiben des Tages noch aufgewühlten und zerfurchten Arena. Das Stadion war leer, doch das Schweigen Hunderttausender abwesender Zuschauer ließ sein gewaltiges Ausmaß noch schwerer auf mir lasten, während vor uns eine Menge Pfeiler und Säulen von dem Bau in ihrer Mitte aufragte wie ein Bündel Speere.

»Kommt«, sagte der Hauptmann; seine Worte klangen gedämpft in der bedrückenden Weite. Er führte mich über die Bahn, wo unsere Füße im weichen Sand knirschten, und eine schmale Treppe hinauf, die in den Mittelbau hineingehauen war. Jetzt befanden wir uns direkt unterhalb der hoch aufragenden Monumente, wie zwischen den Fingern einer riesigen Hand, und einen lachhaften Augenblick lang stellte ich mir vor, wie diese Hand sich zu einer steinernen Faust um uns schloss. Es war eine alberne Vision, doch ich konnte ein Schaudern nicht unterdrücken.

Meine Begleiter, so unerschrocken sie auch waren, zeigten keine größere Neigung als ich, hier zu verweilen. Weitere Stufen führten uns wieder hinunter auf den Boden der Arena, jetzt auf der anderen Seite des Stadions. Wir gingen ein Stück an der Rennbahn entlang, überquerten sie, hielten auf die gegenüberliegende Mauer zu und stiegen zwischen den leeren Bänken eine weitere Treppe empor. Diese führte zu einer Terrasse, von der Terrasse wiederum ging es abermals eine Stiege hinauf, die sich so oft vor und zurück wand, dass mir erneut schwindelig wurde. Der Himmel war jetzt fast unsichtbar; schon lugte eine Spitze des Sichelmondes hinter der Mauer hervor, doch die Schritte der Soldaten wurden nicht langsamer. Unter häufigem Stolpern und Straucheln erklomm ich die letzten Stufen, um außer Atem und orientierungslos einen breiten Balkon hoch über der Rennbahn zu betreten.

»Willkommen in der Katishma«, sagte der Warägerhauptmann, und obgleich meine Lunge von dem Aufstieg brannte, fand ich irgendwie genug Luft für ein aufrichtiges Japsen. Gewiss, man hatte mir gesagt, dass es zum Palast ging, doch ich hatte einen Nebeneingang und das Pult eines Schreibers in einem der öffentlichen Höfe des Palastes erwartet, nicht das hier, nicht die Katishma. Dies war die kaiserliche Loge, das Podest, wo der Kaiser seine unberührbare Majestät vor der Welt – seiner Welt – zur Schau stellte und ihre Huldigungen entgegennahm. Ich hatte ihn selbst hundertmal hier gesehen, allerdings nur aus weiter Ferne.

Eine der Wachen schlug Feuer in einem Alkoven und entzündete die Lampen, die von der Decke hingen. Flammen züngelten in dem Glas, und ihr Schein wurde augenblicklich tausendfach zurückgeworfen: von den goldenen Ketten, an denen die Lampen hingen, von den goldenen Mosaiken, die zwischen den Bogengängen angebracht waren, und von dem goldenen Thron, der leer in der Mitte des Balkons stand. Plötzlich war ich von einem gewaltigen Heer umringt: Die flackernden Umrisse von hundert Königen und Helden sprangen aus ihrem vergoldeten Hintergrund hervor, während von oben die berühmten Wagenführer alter Zeiten ihre Gespanne direkt auf mich zuzutreiben schienen, als kämen sie, um den Elias zu holen.

»Ihr seid Demetrios, der Mysterienenthüller? Der Schattenerleuchter? Der Herr der Apokalypse?«

Die Stimme, die mich rief, war sanft wie Honig, doch bei seinen ersten Worten duckte ich mich wie ein Kätzchen, denn sie schien aus den Mauern selbst zu kommen. In ihrem Tonfall lag weder Drohung noch Bosheit, und doch bebte mein Herz, als ich mich zu ihrer Quelle umwandte und einen Moment lang fürchtete, die Wand sei in der Tat zum Leben erwacht, denn ich erblickte eine Gestalt, die aus den goldenen Schatten auf mich zukam. Erst als der Sprecher ins Licht trat, konnte ich ihn genau erkennen: die prächtigen, mit Edelsteinen und den Insignien eines hohen Amtes bestickten Gewänder, den runden Kopf, das bartlose Gesicht, so glatt wie das eines Mädchens. Seine Augen leuchteten sehr hell, sie glänzten im Lampenlicht wie das Öl in seinem dunklen Haar, als er mich eingehend musterte.

»Ich bin Demetrios«, stammelte ich schließlich.

»Ich bin Krysaphios«, erwiderte er vornehm. »Haushofmeister Seiner erlauchten Majestät, des Kaisers Alexios.«

Ich nickte langsam und erwiderte nichts. Das Ritual, mit dem ich für gewöhnlich meine Klienten begrüßte, hätte an diesem erhabenen Ort erbärmlich gewirkt, und etwas in den Augen des Eunuchen sagte mir, dass er bereits über mich Bescheid wusste.

»Man erzählte mir, Ihr löst die Rätsel, die andere verzagen lassen«, meinte er. »Ihr enthüllt, was verborgen ist und bringt die Wahrheit ans Licht.«

»Der Herr hat einige meiner Bemühungen gesegnet«, antwortete ich mit mehr Bescheidenheit, als ich vielleicht normalerweise für diese Bemühungen empfunden hätte.

»Ihr habt die Tochter des Eparchen gefunden, als ihre Familie bereits ihr Begräbnis ausgerichtet hatte«, fuhr der Eunuch fort. »Das war wohl gelungen. Ich brauche solches Talent.«

Seine Hände waren hinter dem Rücken verschränkt gewesen; jetzt streckte er mir eine feiste Handfläche entgegen. Die Haut war zart und weich, an dem jedoch, was darauf lag, was er mir hinhielt – da war nichts Weiches. Endlich begann ich zu begreifen, warum er mich aller Wahrscheinlichkeit nach hatte herbringen lassen, wieso er mein ungewöhnliches Geschick benötigen mochte. Es gab viel, worüber ich vollkommen unwissend war, das stand für mich fest, doch wenn die Angelegenheit mit dem Palast zu tun hatte und solch zwingende Geheimhaltung erforderte, dann musste sie die allerhöchsten aller denkbaren Mächte berühren. Und möglicherweise das größtmögliche Honorar bedeuten, dachte ich zerstreut.

Der Gegenstand, den Krysaphios mir hinhielt, war ungefähr so lang wie die Handspanne eines erwachsenen Mannes, so dick wie sein Finger und bestand aus einem hölzernen Schaft mit einer Eisenspitze, die zunächst zu einem groben Klotz gehämmert und dann zu einem beängstigend scharfen Dreieck gefeilt worden war. Diese Spitze und die Hälfte des Schaftes waren mit weinfarbenen Flecken verkrustet, die mir sehr viel weniger vertraut hätten sein sollen, als es traurigerweise der Fall war. Ausgefranste Überreste von etwas, was vielleicht einmal Federn gewesen waren, umgaben das stumpfe Ende.

»Ein Pfeil?«, riet ich und hielt das Ding behutsam zwischen den Fingern. Trotz seiner geringen Größe war es unerwartet schwer. »Aber dafür scheint es zu kurz – es würde vom Bogen fallen, lange bevor dieser gespannt wäre.« Ich zerbrach mir den Kopf; mir war deutlich bewusst, dass der Eunuch mich beobachtete. »Man könnte ihn von einer Belagerungsmaschine abfeuern, von einer

Balliste, aber das wäre, als würde man einen Hund vor einen Pflug spannen.« Mir wurde klar, dass ich zu viel laut vor mich hinspekulierte, und das zu sehr aus Unwissenheit; beides war kein gutes Berufsgebaren. »Wie auch immer – es ist eine Waffe, schließe ich, oder zumindest ein Werkzeug, das als solche benutzt wurde.« So viel verriet mir das getrocknete Blut – und mehr noch. »Erst vor kurzem, würde ich sagen.«

Krysaphios seufzte, und zum ersten Mal bemerkte ich Zeichen der Anspannung unter seiner marmorweißen Haut.

»Dieses Ding wurde heute auf einen Mann der Wache abgeschossen«, berichtete er. »Wie ein Pfeil, jedoch mit ungeheurer Kraft – wie, wissen wir nicht. Seine Wucht war so groß, dass es den Harnisch durchschlagen und sich tief in die Rippen gebohrt hat. Der Mann war fast augenblicklich tot.«

»Außergewöhnlich.« Einen Moment lang rang ich stumm mit seinen Worten – sie schienen keinen Sinn zu ergeben. Oder vielleicht waren es auch meine Ausführungen zu der Waffe gewesen, die Unsinn gewesen waren. Während ich mich abmühte, suchte ich Zuflucht in der abgenutzten Sicherheit eines Aphorismus'.

»Was für eine Tragödie für den Soldaten«, murmelte ich. »Und für seine Familie. Meine Gebete …«

»Eure Gebete können warten, bis Ihr in der Kirche seid«, schnitt der Eunuch mir das Wort ab. »Der Soldat ist nicht von Bedeutung. Was von Bedeutung ist«, fügte er hinzu und presste die plumpen Finger gegeneinander, »ist, dass er auf einer öffentlichen Straße stand, als er fiel, so dicht neben seinem Herrn, dem Kaiser, wie ich jetzt neben Euch stehe.«

Wieder hatte ich mich geirrt, tadelte ich mich. Der

Lohn für diesen Auftrag würde nicht nur hoch sein – er würde jenseits aller Vorstellung liegen. Vorausgesetzt natürlich, dass ich ihn mir verdienen konnte.

Vorsichtig setzte ich an. »Ihr wollt, dass ich herausfinde, wer den Anschlag auf den Kaiser verübt hat?« Die Worte hörten sich in meinem Mund nicht weniger lächerlich an, als sie es in meinem Kopf getan hatten, nichtsdestoweniger sah ich den Eunuchen nicken. »Jemand hat versucht, ihn zu töten, und ich soll diesen Mann fangen?«

»Glaubt Ihr, Ihr seid dieser Aufgabe gewachsen?«, erkundigte sich Krysaphios trocken. »Oder habe ich den Falschen von seinem Weinkrug fortgerufen? Der Eparch hat mir versichert, dass dem nicht so sei – obgleich ich ihm natürlich nicht die ganze Wahrheit über Euren Auftrag gesagt habe.«

»Ich kann diese Herausforderung annehmen«, antwortete ich mit einem Selbstvertrauen, das ich am nächsten Morgen bereuen würde. »Aber um welchen Preis?«

»Euer Honorar, Askiates? Ich denke, das werden wir aufbringen können.« Der Eunuch trug das freudlose Grinsen eines Menschen zur Schau, der gewollt nachlässig mit Geld umgehen kann. »Es sogar verdoppeln. Zwei Goldstücke pro Tag sollten Eure Zeit aufwiegen.«

»Es waren nicht *Eure* Kosten, um die ich mir Gedanken gemacht habe«, erwiderte ich barsch, verdrossen über seine gelassene Überzeugung, dass ich so leicht zu kaufen wäre. »Obwohl ich diesen Auftrag kaum für weniger als fünf Goldstücke pro Tag übernehmen könnte. Was ist mit der Gefahr, in die *ich* mich begebe? Ich bezweifle, dass dies das Werk eines verärgerten Handwerkers war, eines Kerzengießers, der seine Steuern zu hoch fand, oder eines Krämers, dessen Waage für ungenau befunden wurde.«

»Ist das Euer übliches Jagdwild?«, höhnte Krysaphios. Die flackernde goldene Täfelung hinter ihm schien mit kälterem Licht zu brennen. »Händler, die eine oder zwei Münzen stehlen, wenn ihre Kunden zu dumm sind, um es zu merken? Wenn Ihr in deren Gesellschaft verbleiben wollt, Askiates, so kann ich Euch auf der Stelle von den Warägern dorthin zurückbringen lassen. Statt dass Ihr Ruhm und die Dankbarkeit eines Kaisers erringt.«

»Die Dankbarkeit eines Kaisers zählt wenig, wenn er tot ist. Und der Hass seiner Feinde viel.«

»Wenn Ihr Eure Arbeit ordentlich macht, wird der Kaiser nicht tot sein. Und sollte er doch sterben, so wird der Hass seiner Feinde die geringste Eurer Sorgen sein. Haben fünfzehn Jahre Euer Erinnerungsvermögen so sehr getrübt? Die Brandschatzungen? Die geplünderten Kirchen? Die schreienden Frauen, die auf offener Straße geschändet wurden?«

Ich war neunzehn gewesen, als der letzte Kaiser gestürzt worden war, hatte ein junges Weib und eine neugeborene Tochter in meinem Hause gehabt; ich hatte es nicht vergessen. Ebenso wenig wie die Tatsache, dass der Usurpator jener Tage, dessen Einzug in die Stadt den Vorwand für jene Raserei des Schändens geliefert hatte, die darauf gefolgt war, jetzt mein voraussichtlicher Dienstherr war, Seine Heilige Majestät Kaiser Alexios. Mein Blick wurde bei diesem Gedanken hart, doch die Warnung, der ich in Krysaphios' Augen begegnete, ließ mich schweigen.

»Es wurden Dinge getan, die nicht hätten getan werden sollen«, meinte er, als trüge er seine Beichte vor. »Und andere, die auf andere Weise hätten getan werden sollen. Doch seit jenen dunklen Tagen haben wir fünfzehn Jahre lang Frieden gehabt, und dafür sollten wir dankbar sein. Wir können Türme und Mauern ohne Zahl in dieser Stadt errichten, zehntausend Männer auf ihre Zinnen schicken, doch stets wird nur ein einziges Leben zwischen Friede und Untergang stehen. Für einen Mann mit zwei jungfräulichen Töchtern ist das gewiss etwas, das sich zu bewahren lohnt.«

Ich hätte ihn dafür schlagen mögen, dass er meine Töchter so gelassen in sein Netz der Überredung hineinzog, dieser Halbmann, jetzt so hochmütig und dann wieder so verschlagen, doch ich war von Warägern umringt, und Gewalt hätte mir nichts eingebracht, also hielt ich meine Fäuste an den Körper gedrückt. Außerdem hatte er die Wahrheit gesprochen. Ergeben neigte ich den Kopf, wenngleich ich mich auch dafür hasste.

Krysaphios bedachte mich mit einem wölfischen Lächeln, offensichtlich genoss er sogar diesen unbedeutenden Sieg. »In diesem Fall, Meister Askiates«, sagte er abschließend, »solltet Ihr lieber dafür sorgen, dass der Kaiser am Leben bleibt. Für drei Goldstücke pro Tag.«

Wenn ich mich denn zur Geisel der Geschicke eines todgeweihten Kaisers und eines skrupellosen Eunuchen machen musste, tröstete ich mich, so hatte ich doch wenigstens günstige Bedingungen dafür herausgeschlagen.

β

Krysaphios hatte darauf gedrängt, dass ich meine Nachforschungen damit begann, die Angehörigen des kaiserlichen Hofstaates zu befragen, jene Männer, die am ehesten vom Tode des Kaisers profitieren würden, doch ich bestand darauf, zuerst den Tatort in Augenschein zu nehmen. Daher stand ich am nächsten Tag im frostigen Morgengrauen vor dem Hause Simeons des Elfenbeinschnitzers, wo ich den Blick über die Arkaden der *Mesi* beim Forum des Heiligen Konstantin schweifen ließ. Viele Elfenbeinschnitzer hatten hier ihre Werkstätten, vor denen das Emblem aus überkreuztem Horn und Messer von ihren Türbögen hing. Simeons Haus war wohl das mit den geschlossenen Fensterläden und dem verschlossenen Tor, vor dem zwei Waräger mit Helmen und Waffen standen. Mir fiel auf, dass die Nachbarn, die ihre Waren zur Schau stellten, sie geflissentlich ignorierten.

Ich überquerte die Straße und kauerte mich tief auf das Pflaster nieder, um die grau geäderte Oberfläche nach Spuren des Mordes abzusuchen. Des Nachts hatte ich Regen gehört, als ich schlaflos in meinem Bett gelegen hatte, doch ich hoffte, Blut würde nicht so leicht fortgewaschen werden. Die Steine unter meinem nackten Knie waren kalt, und um mich herum waren eine Menge Füße unterwegs, bereit, achtlos auf meine Finger zu treten, während der morgendliche Menschenstrom um mich herumfloss, doch ich hielt die Augen dicht am Boden, bis ich fand, wonach ich suchte, einen verblassten, rosafarbenen Fleck auf dem weißen Marmor. Hatte hier ein treuer Wachsoldat unwissentlich sein Leben für den Kaiser gegeben, fragte ich mich, oder war dies lediglich Farbe, die ein unachtsamer Tuchfärber auf die Straße hatte tropfen lassen? »Hier ist er gefallen. Ich stand hinter ihm, als er getroffen wurde.«

Jäh schaute ich auf und sah die von Falten umgebenen blauen Augen eines Warägers auf mich herabblicken. Die Axt, die auf seiner Schulter ruhte, schimmerte wie ein Heiligenschein neben seinem Gesicht, obgleich seine Haut zu grob und zerfurcht war, um einem Heiligen zu gehören. Sein strohfarbenes Haar war von grauen Strähnen durchzogen, und obwohl er sich ebenso aufrecht hielt wie alle Männer seines Volkes, schien er mir für einen Wachsoldaten recht alt.

Hastig kam ich auf die Beine. »Demetrios Askiates«, stellte ich mich vor.

»Aelrich«, erwiderte er und streckte mir zur Begrüßung seine Speerhand entgegen. Behutsam ergriff ich sie und fühlte, wie sich dicke Finger fest um mein Handgelenk schlossen. »Der Hauptmann wartet im Haus auf Euch.«

»Aber der Soldat ist hier gefallen?« Ein Kopfnicken. »Ging es schnell?«

»Wie ein Blitz. Alles, was ich gesehen habe, war, wie er am Boden lag, in die Seite getroffen wie ein Keiler, und sein Lebensblut verströmt hat. Es war nicht mehr Zeit vergangen, als man braucht, um zu blinzeln. Und dann noch geradewegs durch seine Rüstung«, fügte er verwundert hinzu. »Als wäre sie aus Seide.«

»Seine rechte oder seine linke Seite?«

Der Soldat wandte sich um, so dass er die Straße hinaufblickte; ganz offensichtlich imitierte er die letzten Augenblicke seines toten Kameraden. Nachdenklich hob er eine Hand an die rechte Brustseite. »Hier«, sagte er bedächtig. »Auf der Seite, auf der der Kaiser geritten ist.«

»Also muss der Pfeil von der anderen Straßenseite aus abgeschossen worden sein – möglicherweise vom Haus des Schnitzers aus. Und von hoch oben, sonst wäre er niemals über den Kaiser auf seinem Ross hinweggeflogen.«

»Wo der Hauptmann Euch erwartet«, mahnte der Wachsoldat mit einem Hauch von Ungeduld in der Stimme.

»Dann bleibt hier stehen. Ich will sehen, was der Attentäter gesehen hat.« Langsam ging ich zurück über die

Straße und stieg die Stufen zwischen den Säulen zu dem verriegelten Gittertor vor der Tür des Schnitzers hinauf. Das Innere des Hauses war nur schwach erleuchtet, doch konnte ich unweit vom Eingang das schuppige Glänzen von Panzerringen erkennen.

»Demetrios Askiates«, rief ich und schob mein Gesicht dicht an die Gitterstäbe heran. Der Elfenbeinschnitzer hatte sie gewiss anbringen lassen, um seine Familie und seine Ware zu schützen; jetzt waren sie wohl zu seinem Kerker geworden.

»Ich weiß, wer Ihr seid, Demetrios Askiates«, ließ sich eine barsche Stimme von drinnen vernehmen. Er trat in das von Schatten gestreifte Licht an der Tür, der Warägerhauptmann vom Vorabend, und ich sah, wie seine riesige Faust einen Schlüssel im Schloss drehte. Die Tür schwang nach innen und gab den Weg in einen düsteren Raum frei, der mit Schmuckstücken, Reliquienschreinen, Spiegeln und Schatullen aller Art angefüllt war. Reiche Männer und Frauen würden viel dafür bezahlen, etwas davon zu besitzen, unter den gegenwärtigen Umständen jedoch gemahnte dies alles eher an eine Grabkammer, eine Gruft, denn an prunkvollen Luxus.

»Der Knochenkratzer ist oben«, sagte der Hauptmann. »Wohnt über seiner Werkstatt.« Er deutete mit dem Daumen zur Decke. »Außerdem haben wir zwei Lehrlinge da oben. Und seine Familie.«

Waren sie die ganze Nacht über gefangen gehalten worden?, fragte ich mich, als ich die steile Treppe in der Ecke erklomm. Ich gelangte in den ersten Stock, ein weiterer großer Raum, in dem überall weiße Späne lagen, so fein und tief wie Schnee. Lange Tische standen in der Zimmermitte, auf denen noch immer zurückgelassenes Werkzeug und halbfertige Kunstwerke lagen, während hohe Fenster auf die abschüssigen Ziegel des Arkadendaches hinausgingen. Dahinter konnte ich gerade noch die Spitze eines Helms ausmachen: Aelrich der Waräger stand dort, wo ich ihn verlassen hatte. »Der Pfeil wurde nicht von hier abgefeuert«, sagte ich ebenso zu mir selbst wie zu dem Hauptmann, der hinter mir die Stufen hinaufgepoltert war.

Wir stiegen ins nächste Stockwerk empor. Hier hingen wollene Vorhänge von der Decke und unterteilten den Raum in einzelne Gemächer; ich schob mich hindurch bis an die Vorderseite des Gebäudes, wo weitere Fenster – diese hier niedriger – abermals auf die Straße hinausgingen. Wir befanden uns einigermaßen hoch oben, doch noch immer lag lediglich ein schmaler Zwischenraum zwischen dem Rand der Arkaden und der Wölbung von Aelrichs Helm. Ich winkte den Hauptmann zu mir.

»Wart Ihr dabei, als der Mann getötet wurde?«, erkundigte ich mich, wobei ich seinen ausländischen Ohren zuliebe unwillkürlich langsamer sprach.

»Ja, das war ich.«

»Und konntet Ihr sehen – hat er genau neben dem Pferd des Kaisers gestanden?«

»Ja, so war es.«

»Und glaubt Ihr«, fuhr ich hartnäckig fort, »dass ein Pfeil von hier aus abgeschossen werden und über etwas so Hohes wie ein Pferd – und vielleicht auch noch über dessen Reiter – hinwegfliegen, und trotzdem einen Mann im Schatten dieses Pferdes treffen könnte?«

Der Hauptmann runzelte die Stirn, während er aus dem Fenster starrte. »Vielleicht nicht«, knurrte er. »Aber ich kenne auch keine Pfeile, die eine Rüstung durchschlagen könnten, ob ihnen jetzt ein Pferd im Weg steht oder nicht. Fragt den Schnitzer.«

»Das werde ich schon tun«, erwiderte ich barscher, als es diesem axtbewehrten Riesen gegenüber klug war. »Aber zuerst will ich mir das Dach anschauen.«

»Der Schnitzer und seine Lehrlinge waren draußen auf den Stufen, als wir sie gepackt haben«, entgegnete der Hauptmann. »Keiner von denen hätte Zeit gehabt, so schnell vom Dach herunterzukommen.«

»Dann hatten sie wahrscheinlich auch nichts damit zu tun.« Ich schob einen weiteren Vorhang beiseite und trat in ein Hinterzimmer, wo ein Tisch und etliche Schemel standen und eine Leiter zu einer Falltür in der Decke hinaufführte. Rasch stieg ich hinauf, schob den Riegel zurück, mit dem die Falltür verschlossen war und trat mit einem Schauder aufs Dach hinaus. Nur von niedrigen Balustraden unterbrochen, erstreckte es sich nach rechts und links und verband alle Häuser auf dieser Seite der *Mesi* zu einer eleganten Linie. Es wäre für den Meuchelmörder ein Leichtes gewesen, dachte ich bei mir, über irgendeine Treppe zu entkommen. Vor mir konnte ich Konstantin den Großen auf seiner Säule im Forum stehen sehen, nur wenig höher als ich mich befand, und hinter ihm erhoben sich die Kuppeln der Hagia Sophia, der Kirche der Heiligen Weisheit. Weisheit, dachte ich, die könnte ich jetzt gut gebrauchen.

Ich lenkte meinen Blick auf die Straße hinunter und konnte abermals Aelrich ausmachen, der immer noch ungerührt inmitten der dahinströmenden Massen stand. Obgleich er von hier oben sogar noch kleiner aussah, war trotzdem sehr viel mehr von ihm zu sehen als von unten, selbst wenn andere Menschen sich an ihm vorbeidrängten. Und ihm ging es ebenso – er winkte mir grüßend zu, als er bemerkte, dass ich auf ihn hinunterschaute.

»Ja«, murmelte ich vor mich hin. Von hier aus hätte

man einen Pfeil auf den Kaiser abschießen und versehentlich eine der Wachen hinter ihm in die Seite treffen können. Ich kniete hinter der Brüstung nieder, die sich am Rand des Daches hinzog. In dem Stein waren Kratzer, wie ich mit wachsender Erregung bemerkte – und dort, gleich am Fuß der niedrigen Mauer, wo Moos in den schattigen Fugen wuchs …

»Dattelkerne?« Der Waräger war meinem Blick gefolgt und hatte bemerkt, was ich erblickt hatte, ein paar Samen der Dattelpalme. Jetzt warf er den Kopf zurück und stieß ein gewaltiges, brüllendes Gelächter aus. Es war kein angenehmes Geräusch.

»Meinen Glückwunsch, Demetrios Askiates«, sagte er, hob einen der Kerne auf und warf ihn mit der freien Hand in die Luft. »Ihr habt einen Mörder gefunden, der schießt wie Ullr der Jäger und etwas für Trockenfrüchte übrig hat. Wahrhaftig ein Wunder!«

Der Hauptmann blieb, während ich den Elfenbeinschnitzer und seine Familie befragte; ich bezweifelte, dass ihnen dies ihre Befangenheit nahm. Der Schnitzer, ein dünner Mann mit feingliedrigen Händen, zitterte und stammelte sich durch eine im Grunde simple Geschichte: dass er den ganzen Vormittag in seinem Geschäft gewesen sei, während die Lehrlinge oben in der Werkstatt gearbeitet hätten, dass sie alle drei hinausgegangen seien, um den Kaiser vorbeireiten zu sehen, und dass sie völlig verblüfft gewesen seien, als die Waräger sie Augenblicke später ergriffen hatten – sie hatten nicht einmal gesehen, wie der Soldat gefallen war, wenngleich sie einen Aufruhr auf der anderen Seite der Straße bemerkt hatten. Der Schnitzer kaute an seinen Nägeln, drehte und riss daran, während er beteuerte, dass er das Gittertor hinter sich abgeschlossen habe, dass niemand sich ins Haus hätte schleichen können, während er draußen gewesen sei. Sein Weib sei im Obergeschoss gewesen, erklärte er, und er habe schon früher Ärger mit Dieben gehabt, sogar an den Tagen der Heiligen, verflucht seien die Strolche. Jetzt, sagte er bekümmert, sei er gezwungen, beständig auf der Hut zu sein. Bei diesen Worten schnaubte der Warägerhauptmann, was nicht dazu beitrug, den Schnitzer zu beruhigen.

Die Lehrlinge hatten dem nicht viel hinzuzufügen, obwohl ich länger als eine halbe Stunde brauchte, um das herauszufinden. Sie hockten mürrisch auf ihren Schemeln und sagten nichts, ohne dazu gedrängt zu werden; dabei betrachteten sie mich zumeist mit jenem unergründlichen Blick der Halbwüchsigen. Ja, sie hätten fleißig in der Werkstatt gearbeitet, bevor ihr Meister sie heruntergerufen habe, damit sie sich die Prozession anschauen könnten – er war ein gerechter Mann, meinten sie, wenn er auch viel verlangte, was sein Handwerk betraf. Vielleicht hatte er die Tür abgeschlossen – sie wussten es nicht, doch er tat das oft: Er hatte große Angst vor Dieben.

»War die Tür abgeschlossen, als Ihr das Haus betreten habt?«, erkundigte ich mich bei dem Hauptmann, nachdem ich die Jungen fortgeschickt hatte.

»Ich bin nicht als Erster hineingegangen. Das war Aelrich.«

»Könnt Ihr ihn fragen?«

Die Miene des Hauptmanns, auch in den besten Zeiten nie besonders beherrscht, zeigte klar und deutlich, dass er dies für eine Aufgabe hielt, die eines Offiziers der Kaiserlichen Leibwache unwürdig war, und es kam mir vor, als mache er sogar noch mehr Lärm als gewöhnlich, als er die Treppe hinunterstampfte. Ich ließ es dabei bewenden, da jetzt die Ehefrau des Schnitzers ins Zimmer kam. Sie war jünger als ihr Gemahl, diese Frau, mit dunklerer Haut und fülligerer Figur, obgleich sie sich züchtig kleidete und das Kopftuch tief ins Gesicht gezogen hatte, so dass ihre Augen im Schatten lagen. Ihre Kinder waren bei ihr – zwei Mädchen, beide sehr jung, und ein Knabe von etwa zehn Jahren; keines der Kinder schaute mich an. Hinter ihr sah ich den Vorhang zucken, der den Raum abteilte, und bemerkte die staubigen Füße des Schnitzers, die unter dem Saum hervorragten. War er lediglich ein eifersüchtiger Ehemann, fragte ich mich, oder gab es Geheimnisse, von denen er nicht wollte, dass sie ausgeplaudert wurden?

Ich begann mit einer unverfänglichen Frage. »Sind das alles Eure Kinder?«

»Drei von ihnen«, antwortete sie so leise, dass ich mich anstrengen musste, sie zu verstehen. »Ich habe noch einen Sohn, der bei einem anderen Elfenbeinschnitzer in die Lehre geht, bei einem Freund meines Gemahls, und zwei verheiratete Töchter.«

»Und Ihr und Eure Kinder haben gestern die Parade vom Fenster aus angesehen?«

Sie nickte stumm.

»Habt Ihr um diese Zeit jemand anderen im Hause gehört – vielleicht, wie jemand die Treppe hinaufgegangen ist?«

Sie schüttelte den Kopf und hielt es dann für angezeigt, fast flüsternd hinzuzufügen: »Niemand hat hier oben Zutritt, außer der Familie. Mein Gemahl wacht sehr streng darüber.«

Ich kam zu dem Schluss, dass es angesichts des allzeit wachsamen Schnitzers, des verschlossenen Tores und der Familie im Obergeschoss selbst Odysseus schwer gefallen wäre, sich unbemerkt durchs Haus zu schleichen.

»Und habt Ihr etwas gesehen – oder gehört –, das vielleicht ein Pfeil gewesen sein könnte, der hier in der Nähe abgeschossen wurde?«, drängte ich.

»Es war großer Lärm wegen der Prozession, viel Jubel und Geschrei.« Die Stimme dieser Frau hatte vielleicht nie einen Jubelruf oder einen Freudenschrei gekannt. Sie runzelte die Stirn. »Aber vielleicht hat es oben einmal gekracht, kurz bevor der Soldat auf der anderen Straßenseite hingefallen ist. Als der Kaiser an unserem Fenster vorbeigekommen ist.«

»Ein Krachen oben«, wiederholte ich. »Wart Ihr gestern irgendwann einmal auf dem Dach? Habt Ihr Wäsche aufgehängt oder frische Luft geschöpft …« Ich hielt inne und hörte das ferne Trampeln von Stiefeln auf der Treppe. »Oder Obst gegessen?«

Wieder ein Kopfschütteln. »Wir gehen nicht aufs Dach.« Es war, als hätte Moses es auf den Steintafeln so befohlen. »Dort treiben sich Straßenkinder und Vagabunden herum. Manche der anderen Händler lassen sie dort hinauf, was sie nicht tun sollten. Wir lassen die Tür zum Dach fest verriegelt.«

Der Lärm auf der Treppe erreichte seinen Höhepunkt, und der Hauptmann der Waräger kam ins Zimmer gepoltert, wobei er fast den Vorhang aus seinen Haken riss.

»Das Tor war verschlossen«, sagte er abrupt; dann wandte er sich an die furchtsam zurückweichenden Kinder und ihre Mutter. »Mögt ihr Datteln?«

»Wer immer diesen Pfeil abgeschossen hat, muss durch eines der anderen Gebäude heraufgekommen und dann das Dach entlanggegangen sein«, erklärte ich dem

Hauptmann. Wir befanden uns in der Werkstatt, und ich wirbelte eine Menge Knochenspäne auf, während ich tief in Gedanken im Raum auf und ab ging. Derweil lehnte der Waräger am Tisch und spielte mit einem kleinen Meißel, der sich in seinen Händen wie ein Spielzeug ausnahm.

»Und werdet Ihr nun den Tag damit verbringen, jeden Ladenbesitzer in dieser Straße zu fragen, ob er vielleicht einen Furcht erregenden Meuchelmörder seine Treppe hat hinaufspazieren sehen, mit einer geheimnisvollen Waffe und einer Hand voll Datteln?«

Ich dachte darüber nach. »Nein«, beschloss ich. Für drei Goldstücke pro Tag, fand ich, sollte ich über derartige Erkundigungen erhaben sein; Krysaphios würde nicht wollen, dass seine Mittel vergeudet wurden. »Das könnt Ihr tun.«

Das gerötete Gesicht des Hauptmanns lief noch dunkler an, und mit einer jähen Bewegung rammte er den Meißel tief in den Tisch. Dabei brach die feine Spitze ab. »Seht Euch vor, Meister Askiates!«, brüllte er und schleuderte das zerbrochene Werkzeug in eine Ecke. »Die Waräger dienen, um den Kaiser zu schützen und seine Feinde zu vernichten. Ich habe in einem Dutzend verzweifelter Schlachten an seiner Seite gekämpft, wo das Blut geströmt ist wie Flüsse in der Wildnis und die Aasvögel wochenlang geschwelgt haben. Ich gebe mich nicht dazu her, bei Krämern um Klatsch und Tratsch zu betteln!«

Sonnenschein fiel durch die Fenster herein, und Myriaden von Staub- und Elfenbeinpartikeln schwebten wirbelnd im Licht, während der Waräger und ich einander schweigend mit Blicken maßen. Er starrte mich finster an, eine Hand auf dem Streitkolben an seinem Gürtel, während ich seinen Blick erwiderte und die Schultern straffte. Und in die brüchige Stille zwischen uns hinein ertönte das leise Geräusch eines unbedachten Niesens.

Wir fuhren beide zur Treppe herum, von wo der Laut gekommen war. Dort, knapp außer Reichweite eines Strahls aus Licht und Staub, saß eine der kleinen Töchter des Elfenbeinschnitzers auf der untersten Stufe und kaute auf einer Locke ihres dunklen Haares herum. Sie wischte sich die Nase mit dem Ärmel ihres Kleides ab und vergrub die Hände in ihrem Rock, während sie scheu zu mir herüberlugte.

»Ich war gestern auf dem Dach«, sagte sie leise. »Mama erlaubt es nicht, aber ich war trotzdem oben.«

Bei diesen schlichten Worten wäre ich beinahe mit einem Satz durchs Zimmer gesprungen, doch ich beherrschte mich hinlänglich, um langsam auf sie zuzugehen, ein breites Lächeln im Gesicht. Ich kniete vor ihr nieder, so dass sich unsere Gesichter fast auf einer Höhe befanden, streichelte ihren Arm und strich ihr das Haar aus dem Gesicht.

»Du warst gestern auf dem Dach«, wiederholte ich. »Wie heißt du denn?«

»Miriam«, antwortete sie und schaute auf ihre Hände hinab.

»Und was hast du gestern auf dem Dach gesehen, Miriam?« Obwohl ich einen leichten, sorglosen Tonfall angeschlagen hatte, musste meinem Gesicht anzumerken gewesen sein, dass jede Sehne meines Körpers vor Erwartung gespannt war.

Und das völlig vergebens; sie schüttelte den Kopf und kicherte leise in sich hinein. »Meine Freunde«, sagte sie. »Wir spielen.«

»Deine Freunde? Andere Kinder? Was ist mit einem Mann, ein Mann mit einem großen Bogen und Pfeilen, wie ein Soldat? So wie er vielleicht«, fügte ich hinzu und deutete auf den Waräger hinter mir.

Doch sie schüttelte erneut den Kopf, diesmal energischer. »Nicht so wie er. Wir haben gespielt. Dann hat Mama mich erwischt und war böse. Sie hat mich geschlagen. Ich hab einen blauen Fleck.« Sie schickte sich an, ihren Rock hochzuheben, um ihn mir zu zeigen, doch ich zog ihn hastig wieder herunter: Es gab Dinge, für die ich keine Beweise brauchte.

»Und war das lange nachdem ihr euch die große Prozession angeschaut habt?«

Sie dachte einen Augenblick lang ernsthaft darüber nach. »Nein. Sie hat mich geschlagen, und dann haben wir uns den purpurnen Mann auf dem Pferd angeschaut.«

Sie machte den Eindruck, als wolle sie vielleicht noch mehr erzählen, doch in diesem Moment hörten wir, wie von oben ihr Name gerufen wurde; ihre Mutter klang sehr viel weniger unterwürfig, als es mir gegenüber der Fall gewesen war. Miriam sprang von ihrem Platz in die Höhe, riss die Augen weit auf und legte einen Finger an die Lippen, dann drehte sie sich um und rannte die Treppe hinauf. Ihre nackten Füße machten kein Geräusch auf den glatten Steinstufen.

»Nun denn«, meinte der Hauptmann und verschränkte die Arme vor seiner fassähnlichen Brust. »Er schießt wie der Blitz, er verzehrt Datteln – und er ist unsichtbar. Wie lüftet Ihr für gewöhnlich den Schleier eines Unsichtbaren, Askiates?«

»Ich gehe«, erwiderte ich knapp, ohne auf seinen Spott zu achten. »Es gibt ein paar Männer, mit denen ich mich treffen muss.«

»Aber doch keine unsichtbaren Männer?« Ganz offenkundig fand er das unendlich erheiternd.

»Keine unsichtbaren Männer.«

»Aelrich und Sweyn werden Euch begleiten. Der Eunuch hat befohlen, dass Ihr ständig bewacht werden sollt.«

»Das ist unmöglich.« Ich fragte mich, wie viel Wert Krysaphios darauf legte, dass man mich bewachte, und wie viel darauf, dass man mich beobachtete. »Die Männer, mit denen ich mich treffe, gehören nicht zu den Leuten, die vor der Palastwache freie Reden führen.« Oder auch nur im Mindesten erfreut über ihre Gesellschaft wären.

Ich rechnete damit, dass der Hauptmann widersprechen, dass er dagegen halten würde, jene, die die Wache mieden, seien diejenigen, die es am ehesten mit ihr zu tun bekommen sollten, doch stattdessen zuckte er lediglich die Achseln.

»Wie Ihr wollt«, knurrte er. »Aber wenn Ihr dem Eunuchen Bericht erstatten wollt, seid Ihr bei Einbruch der Dunkelheit wieder im Palast. Andernfalls holt Euch die Wache – und wird Euch auspeitschen lassen, weil Ihr gegen die Ausgangssperre verstoßen habt.«

Dieser Gedanke schien ihm keinerlei Unbehagen zu bereiten.

Y

Ich überquerte die Straße, bog in eine Seitengasse ein und eilte den Hügel hinunter, auf das Händlerviertel und das Goldene Horn zu. Der Weg war abschüssig und gewunden und, wo der Abhang zu steil war, häufig von kurzen Treppen unterbrochen. Ich war dankbar, dass der aschgraue Himmel sich seiner Regenlast noch nicht entledigt hatte, sonst wäre ich wohl mehr als einmal zu Fall gekommen. Die Mauern um mich herum waren hoch und glatt, nur selten gab es Türen zu sehen, und niemals Fenster: Dies waren die befestigten Höfe der venezianischen Kaufleute, die ihre Waren und ihr Leben streng unter Verschluss hielten. Hin und wieder schlüpfte ein Sklave oder ein Diener durch eins der schweren Bronzetore, doch zumeist lag die Straße verlassen da.

Allmählich jedoch sah meine Umgebung immer weniger imposant aus, die Gebäude machten zunächst einen schlichten, dann einen bescheidenen und schließlich einen dürftigen Eindruck. Hier waren die Läden geöffnet, erfüllten die Gasse mit Rauch, Waren und dem Geschrei ihrer Besitzer, die ihre Beschaffenheit priesen und unvorstellbar günstige Geschäfte versprachen. Jetzt musste ich mich mühsam vorandrängen, wobei ich Schmeicheleien und Verlockungen aller Art widerstand, während die oberen Geschosse der Häuser sich dichter und dichter zueinander neigten, bis ich mir vorkam wie in der hohen Basilika einer riesigen Kirche. So erreichte ich schließlich das Haus des Pfeilmachers.

»Demetrios!« Als ich mich unter dem Türbalken hindurchbückte, legte er die Hand voll Federn nieder, die er in der Faust gehabt hatte, erhob sich und hinkte hinter seinem Tisch hervor, um mich zu umarmen wie einen Bruder.

»Lukas.« Ich schlang einen Arm um seinen Rücken, dann trat ich einen Schritt zurück, damit er sein verkrüppeltes Bein entlasten konnte. »Wie gehen die Geschäfte?«

Lukas lachte, zog eine Flasche und zwei angeschlagene Becher unter seinem Tisch hervor und schenkte großzügig Wein ein. »Gut genug, um dir einen Becher auszugeben. Solange die Türken und Normannen dafür sorgen, dass ihre Frauen Söhne gebären, gibt es genug Ziele für meine Pfeile.« Er beugte sich vor. »Und es gehen Gerüchte um, Demetrios – Gerüchte von einem neuen Krieg, dass ein riesiges Barbarenheer kommen und die Türken nach Persien zurücktreiben wird.«

»Diese Gerüchte sind auch mir zu Ohren gekommen«, meinte ich. »Aber ich habe sie jeden Monat gehört, seit du und ich am See der Vierzig Märtyrer gekämpft haben, und alles, was ich jemals habe kommen sehen, waren ein paar Abenteurer, die sich gegen uns gestellt haben, sobald sie unser Gold hatten, oder Bauern mit irgendwelchen Visionen.«

Lukas zuckte die Achseln und schenkte nach. »Barbaren oder nicht, ich werde trotzdem mein Auskommen haben. Meine Herren im Palast haben ihre Bestellungen seit einem Dutzend Jahren nicht verringert.«

Wir unterhielten uns noch eine Weile, tauschten alte und neue Erinnerungen aus, manche gemeinsam erlebt, die meisten jedoch nur von einem von uns, bis ich – in einem Moment des Schweigens – Krysaphios' geheimnisvolles Geschoss aus den Falten meines Umhangs zog.

»Was hältst du davon?« Ich reichte es Lukas. »Könntest du mir einen Bogen machen, der das hier abschießen kann, und zwar mit genug Wucht, dass es einen stählernen Harnisch durchschlägt?«

Lukas nahm den Pfeil in die Hände und untersuchte ihn eingehend; in dem trüben Licht kniff er die Augen zusammen. »Ein Bogenmacher könnte dir einen Bogen bauen, der das Ding abschießen kann«, sagte er vorsichtig, »wenn du ein Spielzeug willst, etwas für deine ältere Tochter. Vielleicht muss sie sich ja lästiger Freier erwehren?« Er zog die Brauen hoch. »Aber dieser Pfeil hier wäre ein gefährliches Spielzeug – jemand könnte sich daran verletzen.« Er strich mit dem Finger über das getrocknete Blut. »Anscheinend hat jemand das bereits getan.«

»In der Tat«, bestätigte ich.

»Vielleicht jemand, der einen stählernen Harnisch getragen hat?« Lukas betrachtete mich scharfsinnig.

»Vielleicht.«

Lukas reichte mir den Pfeil zurück. »Nein. Wenn du das Ding von einem Bogen abschießt, kannst du von Glück sagen, wenn es in einem Baum stecken bleibt. Ich kenne keine Waffe, die es derart tödlich machen könnte.«

Ich schob den Pfeil wieder unter meinen Umhang und war froh, dass wenigstens der Warägerhauptmann nicht hier war, um über diesen neuerlichen Fehlschlag zu spotten.

Lukas forderte mich zum Bleiben auf, doch der Tag rückte vor und ich wollte nicht, dass der erste Tagessatz aus Krysaphios' Schatulle keine Ergebnisse zeitigte. Drei Stunden lang durchwanderte ich die Straßen der Platea, suchte jeden Söldner und Informanten auf, an den ich mich erinnerte, in sämtlichen Löchern, in denen sie sich herumzutreiben pflegten. Keiner von ihnen konnte sich eine Waffe wie die vorstellen, nach der ich suchte, obgleich alle reges Interesse daran äußerten, eine solche zu besitzen, sollte ich sie denn finden. Manche versuchten, zu erraten, worauf ich wirklich hinauswollte, andere prahlten und schworen, dass sie für einen angemessenen Preis einen Mann auch so niedermachen konnten, Rüstung hin oder her. Einer war nicht bei Sinnen und versuchte – dankenswerterweise ohne allzu große Überzeugung –, mich zu erstechen. Schließlich, als ich allein in einer Schenke saß und auf einem Stück Schweinefleisch herumkaute, entschied ich, dass, wenn das gesammelte Erinnerungsvermögen der Briganten und Söldner, die ich gefragt hatte, nicht ausreichte, um dieses Rätsel zu lösen, die Antwort in fernen Regionen zu finden sein musste, jenseits unseres byzantinischen Wissens.

Ich hatte Recht, so war es. Allerdings nicht weit jenseits davon. Sie residierte, wie ich herausfand, in einer kleinen Taverne hinter dem Kai der Hebräer, in Gestalt eines sehr kleinen, sehr rundlichen Mannes mit öliger Haut und einem schauerlichen Vokabular.

Es war reiner Zufall, dass ich ihn entdeckte. Ich hatte die Taverne aufgesucht, um einen Soldaten namens Xerxes ausfindig zu machen, einen Sarazenen, mit dem ich in schlechteren Zeiten einmal flüchtig bekannt gewesen war. Wenn die Waffe aus dem Osten stammte, so hoffte ich, würde er sie vielleicht kennen. Er kannte sie nicht, doch ehe ich mich verabschieden konnte, hatte er mich bereits an seinen Tisch geschleppt und mich gezwungen, von dem derben Wein zu kosten, den er trank. Das Zeug schmeckte wie gesottene Kiefernrinde, und ich hielt mir den Becher vors Gesicht, um meine Grimasse zu verbergen, während er mir seinen Trinkgenossen vorstellte, einen fetten Genueser namens Cabo, der mir heftig die Hand schüttelte und mir Speicheltröpfchen ins Gesicht sprühte.

»Demetrios hat früher seinen Schwertarm verkauft«, ließ Xerxes zur Erklärung eine Vergangenheit aufleben, die ich im Allgemeinen lieber vergaß. »Jetzt verkauft er seinen Verstand. Ich weiß nicht, was von beidem ihm weniger einbringt.«

»Nie so viel, wie's wert ist«, versicherte ich ihm, obwohl mir drei Goldstücke allmählich übermäßig großzügig erschienen.

»Cabo ist viel schlauer«, versicherte Xerxes mir. »Er war auch mal im Söldnergeschäft. Jetzt ist er ein angesehener Kaufmann.«

»Womit handelt Ihr?«, erkundigte ich mich. Es interessierte mich nicht besonders, aber wenn ich redete, brauchte ich nicht zu trinken.

Cabo warf mir unter dicken Augenbrauen hervor einen anzüglich-wissenden Blick zu. »Mit Seide. Edelsteinen. Gold. Waffen. Was immer die Leute kaufen.«

»Cabo hält nichts von den kaiserlichen Monopolen«, fügte Xerxes augenzwinkernd hinzu. »Für ihn sind sie ein Gräuel in den Augen Eures Gottes. Er ist wie ein Wanderprediger.«

»Waffen«, murmelte ich und beachtete Xerxes nicht. »Ich suche eine Waffe.«

Cabos Kopf hob sich ein wenig, seine Augen wurden schmaler.

»Wirklich?«, fragte Xerxes. »Wollt Ihr Euer altes Handwerk wieder aufnehmen?«

»Ein Schwert für zehn Goldstücke.« Cabo sprach langsam, und ich vermutete, dass er des Griechischen gerade hinlänglich mächtig war, damit er um Güter und Dienste feilschen konnte, die er benötigte. Vielleicht auch um Wein und Frauen.

»Das ist mehr als der gesetzmäßige Profit«, wandte ich ein. »Und ein Schwert habe ich bereits. Ich brauche einen Bogen.«

»Ein Bogen für fünf Goldstücke. Skythisch. Sehr stark.«

»Der Bogen, den ich brauche, muss sehr stark sein. Stärker als jeder Bogen, der je gebaut wurde, aber trotzdem kurz genug, um einen Pfeil abzuschießen, der nicht länger ist als der Arm eines Mannes. Stark genug, um selbst Stahl zu durchschlagen.«

»Und um eine Trireme mit einem Schuss zu versenken, und um bis zum Mond zu fliegen«, ergänzte Xerxes. »Cabo ist Geschäftsmann, Demetrios, kein Zauberer. Ihr habt Euren Verstand einmal zu oft verkauft – es ist nichts mehr übrig.«

»Ich kann Euch eine solche Waffe verkaufen.« Cabo wischte sich den Schweiß von seinem kahlen Schädel und ließ die Finger auf dem Tisch ruhen; vielleicht fiel ihm auf, dass der Weinbecher in meiner Hand zu zittern begonnen hatte. »Für sieben Pfund Gold.«

»Sieben Pfund Gold? Damit könnte man eine halbe Armee kaufen.« Xerxes hielt das Ganze für einen Scherz und winkte nach mehr Wein, doch ich achtete nicht auf seinen Einwurf.

»Habt Ihr die Waffe vorrätig?«

Cabo schüttelte den Kopf. »Ungefähr sechs Monate. Vielleicht acht.«

»Und wie sähe eine solche Waffe aus?« Ich versuchte nicht, mein übertriebenes Interesse zu verbergen; ich hoffte, es würde ihn davon überzeugen, dass ich es ernst meinte.

Cabo seinerseits hielt mit seinem Misstrauen nicht hinter dem Berg, doch er hatte den Instinkt eines Söldners und konnte nicht widerstehen. »Wird *Tzangra* genannt, ein Kreuzbogen. Wie eine Balliste, aber man kann sie selber halten. Sie durchschlägt Rüstungen, wenn es das ist, was Ihr braucht.«

»Und dank welch wundersamer Erfindung vermag sie das?« Sowohl mein Blut als auch mein Atem gingen rascher.

Cabo legte die Stirn in Falten, während er meine Frage entschlüsselte, dann tippte er sich grinsend an die Schläfe. »Durch Zauberei.«

»Genuesische Zauberei?« Noch nie hatte ich gehört, dass jemand aus unserem Volk eine solche Waffe besessen hätte.

Cabo nickte.

»Und haben alle Männer in Genua eine solche Waffe?«

Ein Kopfschütteln. »Sehr teuer. Schwer zu bauen. Aber möglich zu besorgen, wenn Ihr wollt. Wenn Ihr zahlt. Fünf Pfund jetzt, zwei wenn ich habe Waffe.«

Einen Augenblick lang ließ ich sein Angebot unbeantwortet und tat, als überlege ich, während sich erneut Schweißperlen auf Cabos Glatze zeigten. Endlich sagte ich: »Ich werde darüber nachdenken.«

»Wieso? Habt Ihr etwa Eure fünf Pfund Gold zu Hause gelassen?« Xerxes war beleidigt; vielleicht machte er sich Sorgen, dass ich tatsächlich über derartige Reichtümer verfügen könnte.

»Ich habe sie im Hippodrom auf ein Pferd gewettet«, erwiderte ich. »Ich muss erst meinen Gewinn abholen.«

Als ich mich erhob, kam mir ein letzter Gedanke. »Sagt mir, Xerxes«, setzte ich an und ließ ein Kupferstück auf den Tisch fallen, für meinen Anteil an dem Wein, »wo bieten die ausländischen Söldner heutzutage ihre Dienste an?«

»Im Paradies«, antwortete Xerxes mürrisch. »An der Straße, die zum Selymbrianischen Tor führt.«

»Wer ist der Beste?«

Xerxes zuckte die Achseln. »Keiner. Ihr wisst doch, wie sie das machen. Jede Woche kräht ein neuer Hahn auf dem Misthaufen. Geht hin und fragt: Irgendjemand wird Euch finden. Oder Euch die Kehle durchschneiden.«

Darauf lachte Cabo schallend und verschüttete seinen Wein über den ganzen Tisch.

Die Dämmerung sank ohne Sonnenuntergang herab, als ich in die Straße einbog. Ich war erschöpft – es war eine Ewigkeit her, seit ich das letzte Mal an einem einzigen Tag so weit herumgekommen war und so viele lange vergessenen Bekannte ausgegraben hatte. Doch die Erleichterung, wenigstens eine einzige Verbindung gefunden zu haben, half meinen müden Beinen, den Hügel hinaufzusteigen, vorbei an der Hagia Sophia und dann in die breiten Arkaden des Augusteions hinein. Ein Dutzend uralter Herrscher blickte von ihren Sitzen auf mich herab; manche wohlwollend, andere streng, jeder so, wie er in die Geschichte hatte eingehen wollen, doch ich beachtete sie alle nicht, sondern ließ das große Tor zu meiner Rechten liegen und hielt auf die kleine Tür in der fernen Ecke des Platzes zu, wo zwei Waräger standen, mit Federbüschen auf Helmen und Äxten. Einer von ihnen war Aelrich, bemerkte ich, der Wachsoldat, der heute Morgen mir zuliebe neben dem Blutfleck ausgeharrt hatte.

Er hob grüßend die Axt. »Wollt Ihr zu dem Eunuchen? Es hieß, Ihr würdet ihn vielleicht sehen wollen.« Er warf einen Blick zum dunkelnden Himmel empor. »Und auch nicht zu früh.«

»Ich bin in der Tat hier, um mit Krysaphios zu sprechen. Er wird wissen wollen, welche Fortschritte ich gemacht habe.«

»Mehr als wir, hoffe ich.« Aelrich runzelte scherzhaft die Stirn. »Ich bin noch nie so viele Stufen hinaufgestiegen wie heute. Sigurd hat uns in jedes Haus in der Straße geschickt, um zu fragen, ob sie einen Attentäter durchgelassen haben.«

»Sigurd?«

»Der Hauptmann. Er hat gesagt, Ihr hättet es befohlen.«

»Wirklich? Habt Ihr irgendetwas Interessantes herausgefunden?«

Aelrich schüttelte den ergrauten Kopf. »Nur ein Mädchen, das ein Kind gestillt und ihr Kleid nicht rechtzeitig hochgezogen hat, als wir hereinkamen. Nichts also, was den Eunuchen interessieren würde.«

»Wo wir gerade von ihm reden …«

Aelrich ließ seinen Kameraden auf seinem Posten zurück und führte mich durch die Tür in einen schmalen Säulengang, der einen Obstgarten flankierte. Die Bäume waren jetzt kahl, ihre Äste dürr und weiß, doch noch immer ertönten Vogelrufe aus ihren Wipfeln. Wir kamen an einer riesigen Halle zur Linken vorbei, deren gewaltige Türen geschlossen waren, und gelangten in ein zweites Atrium, wo wir erneut einen diesmal breiteren Gang entlangschritten. Dann bogen wir wieder ab, und bald hatte ich in einem Labyrinth aus Fluren und Gängen, Säulen und Torbögen, Brunnen, Gärten, Statuen und Höfen die Orientierung verloren. Sogar die Luft war verwirrend, süß wie Honig und durchzogen von einem Duft nach Weihrauch und Rosen, sie war warm wie an einem Sommertag, obgleich wir draußen tiefsten Winter hatten. Das Rieseln von Bächen, gemurmelte Unterhaltungen und der Klang leise gespielter Instrumente erfüllte meine Ohren; goldenes Licht ergoss sich aus den Türen, an denen wir vorbeikamen, und umrahmte die Bilder dieser ganz eigenen, abgesonderten Welt wie Ikonen. Jeder Raum war voller Menschen: Senatoren in den Roben des Ersten Ranges, Generäle in voller Rüstung, Schreiber und Sekretäre unter Bergen von Pergamenten. Ich sah Edelfräulein in trautem Kreise lachen, und erblickte Bittsteller mit dem verhärmten Gesichtsausdruck jener, die stundenlang vergebens gewartet haben.

Es war wie eine Vision des Paradieses, und durch all dies schritt ich schweigend, ungesehen und unbeachtet.

Schließlich führte mich Aelrich in einen ummauerten Hof. Dieser schien älter zu sein als die Teile des Palastes, die wir durchquert hatten: Hier waren die Mosaike gesprungen und die Mauern waren kahl, bis auf die Büsten kaiserlicher Vorfahren in ihren flachen Nischen. Die Geräusche des Palastes klangen gedämpft, und die Düfte in der Luft mussten jetzt mit dem Gestank der Stadt wetteifern. Die Säulengänge waren leer, abgesehen von einer einsamen Gestalt, die auf einer Marmorbank saß und sich anmutig erhob, als ich näher kam. Aelrich, bemerkte ich plötzlich, war verschwunden.

»Der Hauptmann der Waräger hält Euch für einen Narren, der seine Zeit damit verschwendet, mit Handwerkern zu plaudern.« Träge kam Krysaphios auf mich zu. Eine Lampe brannte in einer Halterung neben ihm. »Und der dann seinen Dienstherrn gegen sich aufbringt, indem er die Eskorte zurücklässt, die ich befohlen habe.«

»Verstünde der Hauptmann der Waräger auch nur das Geringste davon, wie man einen Mörder fängt«, erwiderte ich langsam, »so hätte ich vielleicht Grund, mich darum zu scheren, was er denkt.«

»Er sagt, Ihr habt seine Männer an Türen klopfen und nutzlose Fragen stellen lassen«, fuhr Krysaphios hartnäckig fort. »Die Kaiserliche Garde. Ich frage mich, Askiates, ob Ihr die für Eure Aufgabe nötige Vorstellungsgabe besitzt.«

»Genug, um eine Waffe zu finden, die niemand sonst bislang kannte.« Ich beschrieb ihm kurz die *Tzangra*, von der der Genueser Cabo gesprochen hatte. »Und ich könnte mir *vorstellen*, dass die Sehne dieser fremdländischen Waffe von fremdländischen Händen gespannt wurde.«

»Ein Söldner?« Krysaphios sann darüber nach. »Möglich. Ihr selbst würdet Euch doch mit solchen Dingen auskennen, nicht wahr?« Er sah zu, wie unterdrückter Zorn über mein Gesicht huschte. »Ich kenne Eure Geschichte, Demetrios Askiates. Ich verstehe vielleicht nicht das Mindeste davon, wie man einen Mörder fängt, aber ich beherrsche die Kunst, einen Mann an seiner Vergangenheit festzunageln. Sogar an eine Vergangenheit, die er lieber vergessen – oder verbergen würde. Besonders an eine, die er lieber verbergen würde.«

Ich sagte nichts.

»Wie auch immer.« Krysaphios hielt mir die Handflächen hin, um zu zeigen, dass es ihn nicht kümmerte. »Die Hände an der Bogensehne mögen fremdländisch gewesen sein, aber der Geist, der sie dazu gebracht hat, ist mit Sicherheit weitaus näherer Herkunft.« Er griff in einen Alkoven, wo eine Pergamentrolle neben einer Statue lag. »Ich habe von meinen Sekretären eine Liste all derer zusammenstellen lassen, die von einem leeren Thron profitieren würden.«

Ich nahm die Rolle.

»Eine lange Liste.« Angeführt, wie ich schaudernd bemerkte, vom Sebastokrator höchstselbst, dem älteren Bruder des Kaisers und dem zweitmächtigsten Mann im Reich. Vielleicht hatten Krysaphios und Sigurd ja Recht – vielleicht sollte ich mich an die Krämer und Kaufleute halten, die ich kannte.

»Eine lange Liste«, pflichtete Krysaphios mir bei. »Eine Liste, die Aufruhr und Rebellion auslösen könnte, käme sie jenen unter die Augen, deren Namen darauf stehen. Seht sie Euch genau an und prägt sie Euch gut ein.«

Ich hielt das Pergament ins Licht und studierte es mit emsiger Eindringlichkeit. Viele der Namen waren mir vertraut, andere dagegen völlig fremd. Die ganze Zeit über stand Krysaphios schweigend da und beobachtete mich, bis ich ihm die Liste schließlich zurückgab.

»Wiederholt die Namen«, befahl er.

»Ich kann sie mir gut merken, ohne sie aufzusagen wie ein Schuljunge.«

»Wiederholt sie«, beharrte er mit blitzenden Augen. »Ich habe Euch für Euren Verstand bezahlt, Askiates, und ich will wissen, was darin steckt.«

»Ihr habt mich für die Ergebnisse bezahlt, die ich Euch bringe. Und was soll ich all diese Kandidaten fragen? ›Seid Ihr verantwortlich für den Mordanschlag auf den Kaiser? Besitzt Ihr eine phantastische genuesische Erfindung, *Tzangra* genannt?‹ Außerdem, welcher Edelmann würde sich dazu herablassen, auch nur mit mir zu reden.«

»Die notwendigen Empfehlungen werden Euch zuteil werden«, erwiderte Krysaphios. »Und was die Frage betrifft, was Ihr sagen sollt, so würde ich nicht einmal im Traum daran denken, Euch Anweisungen zu erteilen. Schließlich wisst Ihr alles, was es zu wissen gibt, wenn es darum geht, Mörder zu ergreifen. Kommt morgen her und berichtet mir. Und nun, wenn Ihr meine Liste nicht aufsagen wollt, geht. Eine der Wachen wird Euch nach Hause geleiten.«

Er knüllte das Pergament zu einer Kugel zusammen und ließ diese in die Schale der Lampe fallen; es ging in Flammen auf, flackerte in dem Glas und zerfiel dann rasch zu Asche.

δ

In den Hallen des Palastes hatte ich mich im Himmel gewähnt; am nächsten Morgen war ich im Paradies. Oder zumindest an jenem Ort, der seinen Namen trug; er verdiente den Vergleich nicht. Einst, hatte man mir erzählt, hatten sich hier Felder und Wiesen den lang gestreckten Hügel hinaufgezogen, voll grünem Weizen und fettem Vieh, doch sie waren schon lange verschwunden. Die Halme waren zu Staub zertrampelt und die grasenden Tiere geschlachtet worden, und die Auswüchse der aufgeblähten Stadt hatten sich unaufhaltsam darüber ausgebreitet. Es war kein Elendsviertel, mehr eine Wildnis aus Hütten und baufälligen Behausungen, wo diejenigen, die all ihre Mittel und all ihre Kraft aufgebraucht hatten, um die Stadt zu erreichen, innerhalb ihrer Mauern zusammenbrechen konnten. Viele verließen diesen Ort niemals, und da die Wachtürme der Garnison so nahe waren, war es wohl unvermeidlich, dass gewisse Zünfte, diejenigen, welche stets unter den Armen und Verzweifelten gediehen, blühten.

In diesem Ruf stand die Gegend, doch sie schien nicht weiter bemerkenswert, als ich mir meinen Weg über die Furchen und geborstenen Steine der Selymbrianischen Straße suchte. Kinder spielten am Straßenrand, alte Weiber humpelten mit großen Tuchbergen auf dem Rücken dahin, und alle paar Schritte weit saß ein hagerer, sonnenverbrannter Mann vor einem Tablett mit Nüssen, Datteln oder getrockneten Feigen. Ich trat auf einen davon zu und hockte mich vor ihm hin, um ihm in die Augen zu sehen.

»Ich suche einen Mann für eine gefährliche Aufgabe«,

sagte ich, wobei ich mich der uralten Formel des Söldnerhandwerks bediente.

Der Mann blinzelte mich an, während ein Käfer über sein Bein und von dort auf das Tablett mit Feigen krabbelte. Er schien sich zu konzentrieren, schien mit einem stummen Dilemma zu ringen; dann wurde mir plötzlich eine Hand voll Früchte vors Gesicht gehalten.

Ungeduldig schüttelte ich den Kopf. »Nein, danke. Ich suche einen Mann…«

Ich verstummte, als eine zweite Hand voll Feigen neben der ersten erschien. Der Mann blickte jetzt finster, schüttelte in hilfloser Erregung die Arme.

Verspätet kam mir ein Gedanke. »Sprecht Ihr Griechisch?«

Das anhaltende Schweigen war Antwort genug. Ich hob um Entschuldigung heischend die Hände, schob die Früchte weg und erhob mich, um weiterzugehen. Zehn Schritte weiter verspürte ich ein scharfes Brennen, als ein Kiesel meine linke Wade traf, doch ich nahm es hin.

Langsam ging ich die Straße hinunter. Drei- oder viermal versuchte ich, einen vorbeikommenden Wanderer oder Straßenhändler anzusprechen, doch ich hatte die Grenzen der Zivilisation überschritten: Niemand hier sprach etwas anderes als barbarische Sprachen. Ich würde mit einem Dolmetscher wiederkommen müssen, dachte ich; ich kannte ein paar Männer, die in den Häfen herumlungerten und den Kaufleuten ihre Dienste anboten. Allerdings bliebe in diesem Fall wenig vom Tag übrig, um Krysaphios' Würdenträger aufzusuchen, und er würde es gewiss erfahren, wenn ich es nicht tat.

Ein Zupfen am Saum meines Umhangs holte mich in die Gegenwart zurück, und instinktiv legte ich die Hand über meine Börse, um sicherzugehen, dass sie nicht gefährdet war. So war es auch, und ich erntete einen tadelnden Blick aus den Augen des zerlumpten Kindes, das neben mir aufgetaucht war.

»Verstehst du mich?«, fragte ich, mehr verwundert als hoffnungsvoll.

Zu meiner Überraschung nickte der Kleine.

»Wirklich?« Wieder ein Nicken und ein Aufblitzen weißer Zähne. »Weißt du, wo ich einen Mann finden kann? Einen gefährlichen Mann?« Ich mimte ein paar Schwertstreiche in der Luft.

Der Junge überlegte, dann nickte er ein drittes Mal. »Elymas«, sagte er; seine Stimme zirpte wie die eines Kükens. »Du gehen zu Elymas.«

»Elymas?«

»Ja. Du gehen zu Elymas.«

Ich hatte vorsichtig Abstand zu ihm gehalten, jetzt jedoch gestattete ich ihm, meine Hand zu ergreifen und mich mitzuziehen, weg von der Straße und eine schmale Gasse hinunter, zwischen ungleichmäßigen Reihen von Hütten hindurch. Unwillkürlich spannte ich mich, meine Blicke huschten in Erwartung eines Hinterhalts, eines Raubüberfalls in alle Richtungen. Ich hatte zu viele von Krysaphios' Goldmünzen bei mir, als dass ich mich wohl gefühlt hätte, und abgesehen von dem Dolch in meinem Stiefel war ich unbewaffnet. Doch der Straßenjunge vor mir hüpfte in seiner zerlumpten Tunika auf nackten Füßen sorglos dahin und führte mich tiefer und tiefer in das Labyrinth aus behelfsmäßigen Behausungen hinein. Jetzt begann ich, die Last des Rufes zu spüren, den die Gegend genoss, begann, feindselige Augen zu fühlen, die mich hinter den splitterigen Brettern und den zerrissenen Laken hervor, die als Türen dienten, musterten. Die Männer, die in Gruppen am Straßenrand standen, verstummten mitten in ihren Unterhaltungen, wenn wir vorbeikamen, und starrten dreist, während Frauen breitbeinig dasaßen und unzüchtige Angebote machten. Mein einziger Trost war, dass nichts davon auch nur die geringste Wirkung auf den Jungen zu haben schien.

Er brachte mich zu einer Stelle, wo ein altes Weib neben einem qualmenden Feuer saß, in einem schwarzen Topf rührte und unverständliches Zeug vor sich hinbrabbelte. Daneben stand ein behelfsmäßiges Zelt; eine breite, purpurrote Tuchbahn war über zwei Stangen gelegt worden, die einen Eingang bildeten. Der Stoff hatte bemerkenswerte Ähnlichkeit mit dem, der bei kaiserlichen Prozessionen dazu benutzt wurde, die Straßen zu schmücken, doch das sagte ich selbstverständlich nicht laut.

»Elymas«, verkündete der Junge und rannte davon.

Ich sah ihn hinter einem Haufen Schutt verschwinden, der vielleicht irgendjemandes Wohnstatt war, und verspürte ein überwältigendes Bedürfnis, ihm zu folgen. Doch jetzt war ich so weit gekommen, also würde ich auch den letzten Schritt tun, wie unbesonnen und leichtsinnig er letztlich sein mochte. Ohne die Greisin am Feuer weiter zu beachten, die auf einmal kicherte wie ein Dämon, ging ich tief in die Knie und kroch in das Zelt.

Das Tuch musste in der Tat sehr fein gewoben sein, denn unter seinen Falten herrschte tiefe Dunkelheit, allerdings war es dem Rauch des nahen Feuers gelungen, die schwarze Luft zu verpesten. Ich hustete, Tränen stiegen mir in die Augen, und meine Hand fuhr zu dem Messer an meinem Knöchel, als ich tiefer im Innern etwas hörte.

»Elymas?«, rief ich.

Aus dem hinteren Teil des Zeltes war ein Keuchen zu

vernehmen, und die Geräusche eines herzhaften Räusperns.

»Elymas«, antwortete endlich eine Stimme. Sie sprach zögernd und unsicher und klang nicht wie die eines Römers.

»Versteht Ihr Griechisch?« Meine Füße standen noch immer sprungbereit am Boden, doch ich hatte den Dolch sinken lassen.

Elymas gab keine Antwort. Meine Hoffnung schwand. Dann bellte in der Stille ein Hund zweimal, so nahe bei mir, dass mein Schwertarm in einer Geste der Abwehr emporzuckte. Die Bewegung brachte mich aus dem Gleichgewicht, und ich kippte hilflos hintüber auf den sandigen Boden.

»Fürchtet Euch nicht«, sagte Elymas; in seiner Stimme lag keinerlei Trost. »Sophia beantwortet alle Fragen.«

»Sophia?« Doch nicht die Vettel draußen beim Feuer, dachte ich ohne Hoffnung.

Der Hund, irgendwo dicht neben Elymas, bellte noch zweimal. Meine Augen gewöhnten sich langsam an die Düsternis im Zelt, und jetzt konnte ich undeutlich die Gestalt eines zusammengekauerten alten Mannes ausmachen, der mit gekreuzten Beinen vor mir saß, sein weißer Bart wie ein Geist in der Finsternis. Eine Hand ruhte auf einem schwarzen Schatten neben ihm, den man – wäre das Bellen nicht gewesen – für ein Kissen hätte halten können.

»Sophia«, wiederholte mein Gastgeber, und wieder bellte der Hund zweimal.

Ein lachhafter Gedanke kam mir in den Sinn. »Sophia ist Euer Hund?«

Zwei rasche Kläffer waren anscheinend die unwahrscheinliche Bestätigung dieser Tatsache.

»Und Sophia wird meine Fragen beantworten?« Ich fragte mich, ob auf dem Feuer, dessen Rauch in meine Lunge gedrungen war, vielleicht mehr lag als nur Holz. »Und selbstverständlich spricht sie Griechisch.«

Diesmal ertönte nur ein Bellen.

»Was heißt das? Dass sie kein Griechisch spricht?«

Zwei Kläffer.

Ich schaute mich nach der Eingangsklappe um, die unerklärlicherweise zugefallen war. Was würde Krysaphios sagen, wenn er wüsste, dass ich meine Zeit und sein Gold damit vergeudete, mit abgerichteten Tieren zu reden?, ging ich mit mir selbst ins Gericht.

Ich sah, wie Elymas seiner Hündin liebevoll die Flanke tätschelte. »Nicht spricht«, erklärte er radebrechend. »Versteht.«

Giftig starrte ich ihn an. »Sie versteht Griechisch?«

Zweimaliges Bellen beteuerte, dass dem so sei.

»So sag mir denn, Sophia«, begann ich und überlegte, wie weit ich diesen Mummenschanz zu treiben gewillt war. »Kann ich hier in der Nähe einen Söldner anheuern?«

Sophia sah mich geringschätzig an, dann legte sie den Kopf zwischen die Pfoten und schnaufte durch die Nase.

»Was ist?«, wollte ich wissen, hin und her gerissen zwischen Ungeduld und dem Bann dieses unmöglichen Traums.

Elymas wurde von einem stummen Anfall geschüttelt und wiegte sich im Sitzen vor und zurück. Als er sich wieder gefangen hatte, stach er mit einem knochendürren Finger in den Sand vor sich und zeichnete einen Kreis mit einem weiteren Kreis, zwei Augen und einem Mund darin.

Lange Erfahrung mit Scharlatanen verriet mir die Antwort ebenso wie die Eindeutigkeit seines Bildes. »Ihr wollt Geld dafür, dass ich mit Eurem Hund rede?«

Ein schmerzlicher Ausdruck glitt über seine Züge; er schüttelte heftig den Kopf und zeigte auf die Hündin.

»Euer Hund will Geld dafür, dass ich mit ihm rede?«

Sophia hob um ein Winziges den Kopf, gerade genug für ein paar müde Kläffer. Während ich mich innerlich einen Idioten schalt, holte ich einen Obolus aus meiner Börse und warf ihn vor dem Hund in den Sand.

Sie beäugte die Münze hochmütig und drehte sich dann herum, um sich das Hinterteil zu lecken.

Mit äußerstem Widerstreben fügte ich einen zweiten Obolus hinzu. Noch immer beachtete sie mich nicht. Eine dritte Münze folgte, und dann – mit dem Schwur, dass keine weitere dazukommen würde – ein Silberkarat.

Zufrieden drehte sich Sophia wieder zu mir um und bellte zweimal fröhlich auf.

»Also«, sagte ich gewichtig. »Kann ich hier einen Söldner finden?«

Zweimal Bellen, obwohl selbst ein Hund das hätte wissen können. Für mein Geld würde ich sehr viel mehr verlangen.

»Wo kann ich ihn finden?«

Dies trug mir verächtliche Blicke von Hund und Herrn ein. »Kann ich ihn auf der Selymbrianischen Straße finden?«

Ein Bellen.

»In der Nähe der Straße?«

Zweimal.

Ich hielt inne, mir wollte kein Orientierungspunkt einfallen, der bei Erkundigungen in dieser Richtung hilfreich sein könnte. »Gibt es viele Männer, die mir helfen könnten?«

Einmal bellen.
»Nur einen?«
Zweimal.
»Ist er ein Barbar? Ein Franke?«
Einmal.
»Ein Römer? So wie ich?«
Zweimal.
»Und dieser Mann wird einen Söldner für mich finden?«
Zweimal.
»Hat er einen Namen?«
Zwei Kläffer.

Wieder stockte ich, als mir die unverrückbare Tatsache bewusst wurde, dass dieser Hund mir ohne einen Namen oder einen Ort nichts würde sagen können. Nichts, was ich nicht bereits wusste oder mir zusammenreimen konnte – und genau so funktionierte dieser Trick natürlich. Ich war ein Narr gewesen, mir einzureden, dass es anders sein könnte, dem Rauch und der Dunkelheit und den gnomenhaften Äußerungen dieses falschen Zauberers zu erliegen. Mit einem letzten, bösen Blick auf die Hündin schob ich mich rückwärts.

Und in genau diesem Moment, als sich unsere Blicke begegneten, das schwöre ich, sah ich, wie der Hund den Kopf hob, seine Kiefer öffneten sich und er sagte ganz deutlich: »Vassos.«

Mir fiel vor Staunen die Kinnlade herunter. »Vassos?«

Zwei gezierte kleine Kläffer.

»Ein Mann namens Vassos?«, wiederholte ich und rückte wieder vor. »Der Mann, den ich suche, heißt Vassos?«

Und mit einem letzten zweimaligen Aufbellen wandte mir der Hund den Rücken zu und begann, seinem Schwanz nachzujagen.

Benommen von dieser seltsamen Begegnung stolperte ich ins Tageslicht hinaus, mein Verstand in einem Kampf zwischen Zweifel und Staunen. Die Frau mit dem Topf war verschwunden, ihr Feuer jetzt kaum mehr als glimmende Asche. Ich sog die kühle Luft tief in meine Lunge und hoffte, dass sie auch durch meinen Kopf blasen würde. Im Zuge meiner ungewöhnlichen Laufbahn hatte ich mir von Menschen jedes nur erdenklichen Standes Informationen verschafft, von Ratsherren der Stadt bis zu berüchtigten Verbrechern, und oft hatte ich Gott um Erleuchtung angefleht. Noch niemals jedoch hatte ich mit einem Tier gesprochen. Was blieb mir anderes übrig, als zu sehen, wie die Geschichte der Hündin ausging?

Bald stellte sich heraus, dass sie mir einen großen Dienst erwiesen hatte – größer, als viele menschliche Informanten es je getan hatten. Obwohl ich kein Fränkisch sprach, ebenso wenig wie Bulgarisch oder Serbisch oder irgendeine andere Sprache der hiesigen Einwanderer, war der Name »Vassos« wie ein Zauberspruch: Kaum hatte ich ihn gegenüber jenen, die meinen Weg kreuzten, ausgesprochen, da leuchtete Verstehen in ihren Gesichtern auf, und sie deuteten lebhaft in die eine oder in die andere Richtung. Stück für Stück wurde ich westwärts gelotst, durch endlose, von heruntergekommenen Unterkünften gesäumte Gassen auf die Stadtmauer zu, bis schließlich ein an einem Brunnen herumlungernder Zigeuner direkt über meine Schulter zeigte und sehr entschieden sagte: »Vassos.«

Ich drehte mich um und erblickte ein Haus, was in dieser Umgebung an und für sich schon bemerkenswert war. Es schien sehr viel älter und stabiler gebaut zu sein als alle anderen Gebäude, die es umgaben; vielleicht war es früher einmal ein Bauernhaus gewesen, als dies hier unberührte Felder gewesen waren. Jetzt jedoch bot es einen verkommenen und reizlosen Anblick. Doch wer auch immer der Besitzer war, er hatte genug Geld, um eine feste Eichentür vor dem Eingang und Gitterstäbe vor den von violetten Vorhängen verhüllten Fenstern anbringen zu lassen.

Ich klopfte an die Tür und fragte mich, was für Geschäfte ich wohl dort drinnen störte. Es kam keine Antwort.

»Vassos«, sagte der Zigeuner, der mich von der anderen Straßenseite her beobachtete und lachte.

Ein zweites Mal hämmerte ich gegen die Tür. Immer noch rührte sich nichts, doch aus dem Augenwinkel sah ich, wie sich einer der Vorhänge regte. Ich rannte hin, gerade noch rechtzeitig, um den Kopf einer Frau dahinter verschwinden zu sehen.

»Vassos!«, rief ich und versuchte, den Vorhang durch die Gitterstäbe hindurch zurückzuziehen. »Vassos?«

»Nein«, sagte eine Stimme von drinnen. »Nicht Vassos. Nicht Vassos.«

»Wo ist er?« Ich ließ den Vorhang los und trat von dem Fenster zurück. Es herrschte Schweigen, doch mein Zurückweichen wurde belohnt, als kräftige Arme den Vorhang zurückzogen, so dass ein stark geschminktes Gesicht zum Vorschein kam, das mich finster musterte. Ihr Kleid bestand aus zusammengestückelten Flicken verschiedenen Tuchs, von denen keiner die leiseste Ähnlichkeit mit dem nächsten hatte, und wurde von einem Gürtel unter ihren Brüsten zusammengehalten, so dass diese sich mir entgegenreckten. Rote Schwielen umgaben ihren Mund, und ein Kratzer zog sich über eine Wange. Ihre Augen waren hart wie Glas.

»Nicht Vassos«, wiederholte sie nachdrücklich. »Vassos Arbeit. Arbeit.«

»Morgen?«

Sie zog eine Schulter hoch, so dass der Spalt zwischen ihren Brüsten noch tiefer wurde. »Morgen? Morgen.«

»Ich komme morgen wieder.«

Ob sie mich nun verstand oder nicht, die Unterhaltung war beendet. Der Vorhang schloss sich, und das Haus lag schweigend da.

Ich verbrachte den Nachmittag damit, im Hof eines unbedeutenden Adligen herumzusitzen, seinen Springbrunnen zu betrachten und mit seiner Katze zu spielen. Alle Stunde tauchte sein Haushofmeister auf, um mir zu versichern, dass man mich sogleich empfangen würde, doch diese Lüge nutzte sich rasch ab; da war mir die Ehrlichkeit der Bewohner der Elendsviertel lieber. Ich hatte beschlossen, Krysaphios' Liste von unten her anzugehen, in der Hoffnung, mir würde dort zumindest ein zweifelhaftes Willkommen zuteil, doch diese Hoffnung erwies sich als trügerisch, und da es ein Fastentag war, konnte ich den Haushofmeister nicht einmal um etwas zu trinken bitten. Schließlich, als die Schatten länger wurden, machte ich mich zum Palast auf. Krysaphios zeigte unverhohlen, dass er von meinem Tagewerk wenig beeindruckt war, ebenso wie meine Töchter, als ich zu Hause eintraf.

»Du kommst neuerdings immer erst nach Hause, wenn es schon dunkel ist, Vater«, schalt Helena mich. »Und zu spät zum Abendessen.«

»›Die pflichtbewusste Tochter begrüßt ihren Vater mit den Speisen, die ihre Hände zubereitet haben‹«, zitierte ich lächelnd.

»Die pflichtbewusste *Gemahlin*«, verbesserte Helena mich scharf. »Die Tochter liegt vielleicht schon längst im Bett, wenn ihr Vater zu erscheinen geruht.«

Ich ließ mich auf meinem Stuhl nieder und probierte einen Löffel von dem Eintopf, den sie gekocht hatte. »Es tut mir Leid«, sagte ich demütig. »Dieser Eintopf ist köstlich.« Es stimmte – sie hatte die Begabung ihrer Mutter, wenn es ums Kochen ging. »Aber meine Zahlmeister im Palast lassen mich hart arbeiten, und sie bezahlen mir genug, dass ich eines Tages nicht mehr so hart werde arbeiten müssen. Dann können wir pünktlich zu Abend essen.«

»Ist der Palast schön, Papa?«, fragte Zoe und schlürfte ihren Eintopf wie ein Soldat. »Ist er voller Springbrunnen und Licht?«

»Ja, voller Springbrunnen und Licht und Gold und Gelächter«, erwiderte ich und beschrieb die paar Ecken, die ich gesehen hatte, so gut ich konnte. Es bedurfte nur weniger Ausschmückungen, um Zoes Augen vor Staunen riesengroß werden zu lassen.

»Ich dachte, das Reich Gottes wäre für die Armen da.« Helena hatte auf ihren Teller gestarrt, während ich sprach; jetzt hob sie verächtlich den Kopf. »Ich dachte, Gott der Herr würde die Mächtigen von ihren Thronen zerren und die Hochmütigen in der Boshaftigkeit ihrer Herzen zerstreuen. Wie kannst du für so einen Tyrannen arbeiten, der im Zierrat der Sünde schwelgt?«

»Ich kann für ihn arbeiten, weil sein Leben genauso kostbar ist wie das eines jeden anderen.« Darüber hatten wir uns bereits am vergangenen Abend gestritten. »Und weil er der einzige Herrscher zu meinen Lebzeiten ist, der uns nicht an den Rand des Untergangs gebracht hat. Er mag vielleicht in goldenen Hallen tafeln und aus duftenden Bechern trinken, aber er sorgt dafür, dass die Grenzen sicher sind und seine Armeen der Stadt fern bleiben. Nach meinem Dafürhalten ist das genug.«

Obwohl ich glaubte, was ich sagte, konnte ich die Verachtung in Helenas Augen verstehen, denn ich konnte hören, dass meine Worte in ihren Ohren ebenso hohl klangen, wie sie es in den meinen getan hätten, als ich in ihrem Alter gewesen war. Ich dachte an die Mönche, die mich aufgezogen hatten; wie sie Armut und Demut gepredigt hatten, während sie sich an den Obstgärten bereicherten, in denen ich schuftete, und wie der Zorn über diese Ungerechtigkeit in mir gebrannt hatte. War ich inzwischen lediglich zu einem weiteren Apologeten des Orthodoxen geworden?

Ganz offensichtlich dachte Helena genau das; unter lautem Tellerscheppern und Stuhlbeinscharren erhob sie sich vom Tisch und ging steif hinaus.

Zoe sah ihr nach. »Sie will einen Ehemann«, sagte sie mit der vergnügten Gleichgültigkeit einer Zwölfjährigen. »Deswegen ist sie so wütend.«

»Ich weiß«, erwiderte ich müde. »Und ich werde auch bald etwas unternehmen.« Ich spießte ein Stück Gemüse mit dem Messer auf. »Aber sie sollte ihre Zunge im Zaum halten, wenn es um den Kaiser geht. Er hat viele Ohren, viele Spione.«

Und ich, dachte ich, als ich im Bett lag, war einer davon.

ε

Es war fast Mittag, als ich endlich Vassos' Haus wiedergefunden hatte. Ich hatte den Morgen damit zugebracht, ein paar Dinge zu arrangieren, und dann festgestellt, dass seine Nachbarn weniger freigiebig mit ihren Wegbeschreibungen waren, wenn der Fragende von vier riesenhaften, bewaffneten Soldaten begleitet wurde. Dessen eingedenk ging ich allein auf die schwere Tür zu.

Diesmal brauchte ich nicht anzuklopfen. Zu dem einsamen Zigeuner, der draußen gestanden hatte, hatten sich drei Halbwüchsige mit von blauen Flecken übersäten, frechen Gesichtern gesellt: Sie lungerten unter den Fenstern herum und starrten mich mit trägen Augen an.

»Ich bin hier, um mit Vassos zu sprechen«, sagte ich so freundlich wie möglich.

»Vassos beschäftigt.« Das kam von dem Jungen, der mir am nächsten stand. Seinen Narben nach zu urteilen musste er an mindestens einem Dutzend Messerstechereien beteiligt gewesen sein, doch es waren die Pickel, die ihn wirklich entstellten. Er trug eine grüne Tunika und einen Ledergürtel, und beim Sprechen stahl sich eine seiner Hände Unheil verkündend hinter seinen Rücken.

»Vassos ist nicht zu beschäftigt, um *mich* zu empfangen.« Eine goldene Nomisma erschien fast wie aus Versehen zwischen meinen Fingern, doch als sich der Bursche vorbeugte, um genau hinzusehen, ließ ich sie wieder verschwinden. Mit einem unaufrichtigen Achselzucken zeigte ich ihm meine leere Handfläche.

»Vassos wird mich empfangen«, wiederholte ich.

»Vassos Euch empfangen.«

Der Junge streckte den Arm aus und klopfte dreimal

gegen die Tür; sie schwang lautlos nach innen. Mit einer spöttischen Verbeugung und einem hämischen Grinsen bedeutete er mir, einzutreten.

Als ich den düsteren Raum betrat, sah ich, dass der junge Bursche keine leeren Ausflüchte für Vassos vorgebracht hatte: Er war in der Tat beschäftigt gewesen und schien seine Geschäfte eben erst abgeschlossen zu haben, denn er schlang sich gerade ein Tuch um die nackte, aufgedunsene Mitte und wischte sich den Schweiß von der schwarz behaarten Brust. Neben ihm zog eine Frau ein Kleid über ihre Brüste hoch, wobei sie sich nicht im Geringsten um Zucht und Anstand scherte. Auf der Ruhebank hinter ihr lag ein zweites Mädchen lang ausgestreckt auf dem Bauch, schamlos unbekleidet und glänzend vor Schweiß. Einen Moment lang gestattete ich mir, sie unverhohlen zu bewundern, da ich gedachte, mich Vassos so als Komplize anzudienen; außerdem war es Jahre her, dass mir ein solcher Genuss zuteil geworden war, und ich hatte dieselben gottgegebenen Bedürfnisse wie jeder andere Mann. Dann bemerkte ich die roten Kratzer, die sich die Wölbung ihres Rückens hinunterzogen, die schmalen Hüften und die glatte Haut unterhalb der Schultern: Sie konnte nicht viel älter sein als Helena – wenn überhaupt. Angewidert wandte ich den Blick ab.

»Nicht Euer Geschmack, wie?« Vassos deutete meine Miene falsch. »Keine Sorge, ich habe noch mehr. Was wäre Euch denn lieber? Bauernmädchen aus den Provinzen, die vögeln wie die Maultiere? Dunkelhäutige Araberinnen vom Hofe des Sultans, erfahren in den siebenhundert Methoden, einem Mann Lust zu bereiten? Goldhaarige Jungfrauen aus Mazedonien? Falls Ihr patriotisch gestimmt seid, habe ich sogar ein normannisches Mädchen, an dem Ihr Euch für den Verrat ihrer Rasse schadlos halten könnt. Allerdings kostet es Euch extra, wenn ich sie danach nicht mehr gebrauchen kann.«

Ich starrte diesen Unhold an, der da halbnackt vor mir stand. Langes, dichtes Haar fiel über seine ungeschlachten Schultern und umrahmten ein Gesicht, dessen eingedrückte Nase und schweren Wangenknochen eher zu einem Bullen als zu einem Menschen zu passen schienen. Er trug eine dicke goldene Kette um den Hals und rollte sie beim Sprechen zwischen klobigen Fingern hin und her. Es kostete mich große Zurückhaltung, ihn nicht auf der Stelle zu schlagen.

»Ich bin nicht auf Mädchen aus«, sagte ich kurz angebunden. »Ich suche …«

»Knaben?« Vassos' dicke Lippen verzogen sich zu einem lüsternen Feixen. »Ich kann Euch Knaben beschaffen, mein Freund, wenn Ihr gern die Freuden der Korinther genießt. Manchmal gebe ich mich ihnen auch selbst hin – ich muss schließlich den Geschmack meiner Kunden verstehen, wisst Ihr? Aber das wird ein Weilchen dauern – die Knaben werden woanders gehalten.«

Das Mädchen, das sich angezogen hatte, als ich hereingekommen war, hatte das Zimmer verlassen, kehrte jetzt jedoch mit einem über und über mit Edelsteinen besetzten Becher zurück. Sie gab ihn Vassos, der ihn in einem einzigen Zug leerte, abgesehen von einem kleinen Rinnsal, dass ihm über das Kinn troff. Er ließ den Becher achtlos fallen, ohne auf das Scheppern zu achten, und in die so entstandene Pause hinein setzte ich erneut an.

»Keine Knaben. Ich suche Männer – und nicht für fleischliche Vergnügungen. Für gefährliche Unternehmungen. Ich habe gehört, Ihr könntet sie beschaffen.« Obgleich dies jetzt nur noch eine schwache Hoffnung zu sein schien: Das würde mir eine Lehre sein, den Worten eines Scharlatans und seines Hundes derart zu vertrauen.

Vassos jedoch war sehr still geworden. »Männer für gefährliche Unternehmungen«, meinte er nachdenklich. »Gefährlicher, als Euch ihre Ärsche hinzuhalten?«

»Männerarbeit, keine Hurendienste.«

»Ich kann Euch Männer für jede Aufgabe verkaufen.« Vassos sprach jedes Wort mit wohl überlegtem Bedacht aus. »Jede Aufgabe, die mir gefällt. Aber ich weiß nicht, ob mir Eure Unternehmungen gefallen.«

»Andere haben Euch vielleicht schon für Ähnliches bezahlt«, gab ich zu bedenken.

»Die Geschäfte, die ich mit anderen mache, sind meine Sache. Die Geschäfte, die ich mit Euch mache…« Er dachte nach. »…ziehe ich vor, nicht mit Euch zu machen. Ihr kennt das Passwort und Ihr sprecht von Gefahr, aber ich glaube, *Ihr* seid die Gefahr, mein Freund. Bitte verlasst mein Haus.«

»Ich muss wissen, ob jemand ein paar Eurer Leute angeheuert hat, vielleicht in der letzten oder vorletzten Woche. Für dieses Wissen werde ich gut bezahlen.« Erneut ließ ich die Goldmünze in meiner Hand auftauchen und wieder verschwinden.

Vassos lachte nur, ein hässliches Lachen, bei dem das Mädchen auf der Ruhebank mit weit aufgerissenen Augen aufblickte. »Ihr könnt meine Dirnen kaufen und sie so behandeln, wie ihr wollt und bezahlt, aber *mich* könnt Ihr mit Eurem Taschenspielergold nicht kaufen. Mein Ruf«, erläuterte er ernst, »ist alles. Jetzt geht.«

»Sagt mir, an wen Ihr Eure Söldner vermietet habt«, beharrte ich. »Sagt es mir, und…«

Meine Bitte wurde von einem durchdringenden Pfiff unterbrochen, als Vassos zwei Finger zwischen seine gelben Zähne steckte und fest hindurchblies. »Ihr werdet mein Haus verlassen«, sagte er mit einem überheblichen Grinsen. »Vassos' Gastfreundschaft ist legendär, aber man darf sie nicht missbrauchen. Ich lasse Euch von meinen Burschen hinausbegleiten.«

Immer noch rührte ich mich nicht. Ich hörte rennende Schritte, dann Schreckensrufe und den Lärm eines Kampfes. Ein verwirrter Ausdruck glitt über Vassos' Gesicht, doch ehe er handeln konnte, flog die Tür krachend auf und zwei gewaltige Gestalten drängten hindurch. Sie bewegten sich wie Löwen in der Arena, sprangen mit einem einzigen Satz an mir vorbei und stießen Vassos gegen die hinter ihm liegende Steinwand. Das Schaftende einer Axt wurde erbarmungslos in seinen fetten Wanst gerammt, und er heulte vor Schmerz auf. Das Tuch glitt von seinen Hüften und enthüllte sein geschrumpftes Gemächt. Dann presste sich der Schaft einer weiteren Axt hart gegen seinen Hals, zerquetschte ihm fast die Gurgel, und das Geheul verstummte.

Eine dritte Gestalt trat durch die zerschmetterte Tür. Er war kaum mehr als ein Schatten, der sich vor dem Tageslicht abhob, doch der gewaltige Oberkörper und die bedrohlichen Arme waren mir bereits wohl vertraut: Sigurd, der Warägerhauptmann. Er lehnte seine Axt an einen Stuhl, löste die Keule von seinem Gürtel und wog sie in den breiten Händen, während er auf den Zuhälter zuging, der an der Wand in sich zusammengesunken war. Die Dirne, die Vassos den Kelch gebracht hatte, schrie bei seinem Anblick auf und floh hinter einen Vorhang ins Nebenzimmer, während sich das Mädchen auf dem Ruhebett benommen aufsetzte, ohne sich ihrer Nacktheit zu schämen. Sigurd sah sie an, die knochigen Rippen und die kleinen Brüste, kaum gerundeter als die eines

Knaben. Er hob das Tuch auf, das Vassos fallen gelassen hatte, und warf es ihr zu.

»Bedecke dich«, befahl er ihr knapp. Ich bezweifelte, ob sie ihn verstand, denn wahrscheinlich pflegte Vassos sich für seine verkommenen Geschäfte Ausländerinnen und Zugewanderter zu bedienen, doch sie drückte das Tuch an die Brust und kreuzte die bloßen Arme darüber. Das schien Sigurd zu genügen.

»Also«, sagte er zornig und wandte sich an Vassos. »Ihr habt ein hässliches Gesicht, aber ich kann es noch hässlicher machen, wenn ich mir nur ein ganz klein wenig Mühe gebe. Wer hat die Männer angeworben, um den Kaiser zu töten?«

Ich zuckte zusammen; so hätte ich es nicht angefangen. Doch ich hatte auch keinen Furcht erregenden Streitkolben in der Hand und zwei Männer zur Seite, die Vassos gegen die Wand drückten. Ich schwieg und wartete.

»Ich habe niemals Männer angeworben, um den Kaiser zu töten«, japste Vassos; seine Stimme klang jetzt eigentümlich hoch. »Ich liebe den Kaiser. Ich ...«

Sigurd schnitt ihm mit einer schallenden Ohrfeige auf die linke Wange das Wort ab. Der Waräger trug zahlreiche Ringe, und seine Hand war blutverschmiert, als sie sich wieder senkte.

»Du liebst den Kaiser nicht«, herrschte er Vassos an. »Ich liebe den Kaiser. Du hättest ihn für eine Hand voll Silber umgebracht.«

Vassos starrte ihn mit unverhohlenem Hass an und versuchte, ihm ins Gesicht zu spucken. Doch der Axtschaft presste sich zu fest gegen seinen Hals, und alles, was er erreichte, war, dass ihm Speichel und Blut vom Kinn heruntertropften.

Sigurd musterte ihn verächtlich. »Das solltest du niemals tun«, warnte er Unheil verkündend. »Hätte dein Auswurf mich erreicht, so hätte ich vielleicht dafür gesorgt, dass nie wieder etwas aus deinem Mund herauskommt.« Mit steif durchgedrücktem Arm streckte er seine Keule vor und drängte ihren stachelbewehrten Kopf so fest gegen Vassos' Gesicht, dass dieser gezwungen war, wie ein Säugling daran zu lutschen.

Das Mädchen auf dem Ruhebett regte sich. »Da war ein Mönch.«

Ihr Beitrag war so unerwartet, dass Sigurds Keule heftig zuckte und Vassos dabei den Mundwinkel aufriss. Sie zitterte – vor Angst, nahm ich an, da sie eine Decke über sich gezogen hatte und keinen sündhaften Anblick mehr bot –, doch sie sprach im Brustton der Überzeugung.

»Ein Mönch?«, fragte Sigurd. »Was ist mit ihm? Ein römischer Mönch?«

Das Mädchen zuckte die Achseln; die Decke rutschte ihr von einer Schulter. »Ein Mönch. Ich war hier. Vassos hat ihn sich umsonst mit mir vergnügen lassen, weil er so viel Geld bezahlt hat.« Ihre Stimme klang trostlos. »Er hat mich genommen wie einen Knaben. Wie ein Tier.«

Sigurd nahm diese Neuigkeiten schweigend und – der Röte nach zu urteilen, die seine Wangen überzog – peinlich berührt von der Schilderung der Schmach, die ihr angetan worden war, zur Kenntnis. In die darauf folgende Stille hinein sprach ich sie sanft an.

»Wie heißt du?«

»Ephrosene.« Die Frage schien sie zu überraschen.

»Woher kommst du, Ephrosene?«

»Aus Dacia.«

»Wie lange bist du schon in der Stadt?«

Wieder zuckte sie die Achseln, hielt diesmal jedoch die rutschende Decke fest. »Sechs Monate? Acht?«

»Und du sagst, da war ein Mönch. Wie lange ist das her?«

»Drei Wochen. Vielleicht auch vier. Er ist öfter gekommen. Nach dem ersten Mal habe ich versucht, mich zu verstecken, wenn er gekommen ist, aber manchmal ist er unangekündigt aufgetaucht. Manchmal hat Vassos mich für ihn hervorgezerrt.«

»Und ist er nur deinetwegen gekommen?«

Eine Träne rann ihr über die Wange; ich ging zu dem Ruhebett hinüber, setzte mich neben sie und legte einen Arm um ihre schmale Taille.

»Es ist alles gut, Ephrosene«, versicherte ich ihr. »Du hast jetzt nichts mehr von ihm zu befürchten. Schau dir doch Sigurd an«, fügte ich hinzu und zeigte auf den Waräger, dessen Streitkolben reglos vor dem Mund des Zuhälters verharrte. »Wenn er dich beschützt, wer kann dir dann etwas anhaben?«

Das Mädchen wischte sich über die Wange und strich sich das Haar aus dem Gesicht.

»Der Mönch wollte Soldaten. Ich war sein Zeitvertreib. Er wollte vier Männer, die mit ihm ziehen sollten – und ein Kind.« Sie biss sich auf die Lippe, während die drei Waräger und ich sie ansahen. Abscheu erfüllte uns; wir alle konnten uns vorstellen, weshalb er auf der Suche nach einem Kind gewesen war.

»Hat er gesagt, wozu er die Soldaten brauchte?«

Sie schüttelte den Kopf. »›Eine gefährliche Aufgabe‹ war alles, was er gesagt hat. Er hat viel Gold bezahlt. Vassos hat sich gefreut. Er hat mir einen silbernen Ring gekauft.« Sie schauderte.

»Und wann hast du ihn zum letzten Mal gesehen?«

Sie dachte einen Augenblick lang nach. »Den Mönch ... vor zwei Wochen, glaube ich. Er ist gekommen, um sich mit den Bulgaren zu treffen, um sie mitzunehmen.«

»Und kanntest du diese Bulgaren?«

»Nein.«

»Du hattest sie noch nie gesehen?«

»Nein.«

Ihre Tränen waren mittlerweile versiegt. Ich zog meinen Arm weg und machte Anstalten, aufzustehen. Doch Ephrosene war noch nicht fertig.

»Einen von ihnen habe ich danach wiedergesehen. Vassos hat ihn kommen lassen. Er hatte noch einen Auftrag für ihn.«

Ich erstarrte. »Ist das lange her?« Ich verbarg die Anspannung in meiner Stimme nicht. »Ist es lange her, dass du diesen Bulgaren gesehen hast?«

Zur Überraschung aller im Raum lachte das Mädchen tatsächlich auf. »Ganz und gar nicht«, erwiderte sie schlicht. »Er war heute Vormittag hier. Ich habe gesehen, wie er fortgegangen ist. Kurz bevor Ihr gekommen seid.«

Einen Moment lang herrschte verblüfftes Schweigen, dann, noch ehe ich mich vom Fleck rühren konnte, hatte Sigurd seine Keule mit einem Ruck aus Vassos' Mund gezogen und sich dicht zu dem Zuhälter vorgebeugt, so dicht, dass sein Bart den Hals des anderen kitzeln musste.

»Was hast du dem Bulgaren aufgetragen, du Stück Abschaum?«, wollte er wissen; seine Stimme knirschte wie ein Drechseleisen an Vassos' Ohr. »Wo finden wir ihn?« Er blickte auf den feisten Wanst des Zuhälters hinunter und strich wie liebkosend mit dem Stachelkopf seiner Keule darüber. »Wo?«

Vassos schien viel von seiner Beredsamkeit eingebüßt zu haben, doch nachdem Sigurd ihm widerstrebend gestattet hatte, eine Tunika überzustreifen, war er bereit, uns zu einem Ort zu führen, wo wir den Bulgaren möglicherweise finden würden. Als wir aus dem Haus traten, erblickte ich Aelrich, der die drei Halbwüchsigen bewachte. Diese lagen – mit etlichen neuen Schmissen und blauen Flecken versehen – gefesselt auf der Straße. Sigurd beachtete sie nicht; er schickte Aelrich mit Ephrosene aus, um ein Kloster ausfindig zu machen, wo die Nonnen sich ihrer annehmen konnten. Wir anderen begleiteten Vassos noch tiefer in das Gassengewirr des Elendsviertels hinein. Die drei Waräger marschierten präzise im Gleichschritt und behielten den Gefangenen dabei die ganze Zeit zwischen sich; ihre gemessenen Tritte knirschten in vollendetem Takt. Ich eilte hinter ihnen her.

»Seid Ihr bewaffnet, Askiates?«, erkundigte Sigurd sich und warf einen Blick zurück. »Ihr wollt doch Gottes Reich nicht allzu früh betreten. Es gibt Mysterien, auf deren Enthüllung Ihr vielleicht noch keinen großen Wert legt.«

»Ich habe mein Messer«, antwortete ich schwer atmend.

»In dieser Gegend braucht man eine Waffe für Männer.« Sigurd verlangsamte seine Schritte, löste die pendelnde Keule von seinem Gürtel und reichte sie mir. Ich ergriff sie mit beiden Händen; ihr Gewicht ließ mich fast vornüberfallen.

»Könnt Ihr damit umgehen?«

»Das kann ich.« Zumindest hatte ich es vor langer Zeit gekonnt; doch es war viele Jahre her, dass ich eine solche Waffe im Zorn geschwungen hatte. Jetzt taten mir schon allein vom Tragen die Arme weh.

»Wir müssen diesen Bulgaren lebend ergreifen«, ermahnte ich Sigurd. »Wir müssen herausfinden, was er weiß.«

»Wenn er denn etwas weiß. Es gibt zehntausend Söldner in dieser Stadt, und das Wort einer flennenden Hure ist eine dürftige Gewähr dafür, dass dieser Bulgare derjenige ist, hinter dem wir her sind.«

»In der Tat.« Doch ein Mönch, der von einem Mann wie Vassos Söldner aus der Fremde anwarb, führte höchstwahrscheinlich nichts Gutes im Schilde: Allein deshalb lohnte es sich, ihn aufzuspüren. Und da Vassos – trotz Sigurds Ermunterungen – schwor, nicht zu wissen, wo sich der Mönch aufhielt, war der Bulgare vielleicht unsere einzige Verbindung zu ihm.

Die Gebäude um uns herum waren jetzt größer. Vorher waren wir in einer Barackensiedlung aus Behausungen gewesen, die nie richtig erbaut worden waren; hier standen alte, ehemals respektable Häuser, die jetzt jedoch heruntergekommen und verfallen waren. Die Straßen waren schmaler, und die Brustwehr der Stadtmauer verbarg die blasse Dezembersonne vor unseren Blicken. Überall um uns herum konnte ich Gesichter sehen; sie lugten aus zerbrochenen Fenstern und hinter geborstenen Mauern hervor. Vielleicht hatte der Lärm der Warägerstiefel die Menschen in die Häuser gescheucht, doch bezweifelte ich, ob sie uns fürchten würden, wenn sie erst sahen, wie wenige wir waren. Sigurd schaute sich nach mir um, und ich glaubte meine eigenen Gedanken in seinen besorgten Augen gespiegelt zu sehen: Diese lange, schmale Straße war wie ein Bergpass, genau das Richtige für einen Hinterhalt. Und mit Vassos folgten wir einem wenig vertrauenswürdigen Führer.

Wir gingen weiter, und ich hatte schon angefangen,

mir einzureden, dass wir Gefahren sahen, wo gar keine lauerten, als ein verzweifelter Schrei durch die Stille einer Gasse gellte. Augenblicklich duckte ich mich, die Hände mit Sigurds Streitkeule erhoben; vor mir hielten die drei Waräger ihre Äxte schlagbereit. Ich starrte in die dunklen Torwege und Nischen um uns herum, sah jedoch nichts; keine Pfeile regneten von oben auf uns herab und keine Angreifer stürmten auf uns ein. Der Scherz, den Sigurd vor zwei Tagen über den unsichtbaren Meuchelmörder gemacht hatte, fiel mir wieder ein, und plötzlich erschien er mir gar nicht mehr so lustig: Vielleicht standen wir tatsächlich einem Feind von jenseits dieser Welt gegenüber.

Der Schrei ertönte erneut, hallte in unseren Ohren, und mir war klar, dass das – was immer unser auch sonst harren mochte – durchaus von dieser Welt war. Der Laut war von weiter vorn gekommen, und ohne nachzudenken rannte ich los. Der Streitkolben war jetzt leicht in meinen Händen, getragen vom Aufwallen der Gefahr und der Erregung in meinem Blut, und ich war an meinen Gefährten vorbei, noch ehe sie auch nur erste Anstalten gemacht hätten, sich zu rühren.

Die Häuser endeten abrupt, und die Straße mündete auf eine Fläche, die einst ein hübscher Platz gewesen sein mochte. Ein runder Brunnen zierte seine Mitte; er musste schon vor langer Zeit ausgetrocknet sein, denn Moos und Unkraut umwucherten ihn und das Becken war von Sprüngen durchzogen. Verlassen war er jedoch nicht; ein Mann stand auf dem Rand, in eine Ledertunika gekleidet und fast so groß wie Sigurd. Er hatte mir den Rücken zugewandt und blickte in das Becken hinab, wo eine weitere Gestalt lag. Ein blutiges Schwert ruhte in seiner Hand.

Ich brüllte herausfordernd und stürzte auf ihn zu. Der Mann fuhr herum; die Überraschung auf seinem Gesicht wich rasch einer trotzigen Grimasse, und er hob kampfbereit das Schwert. Er war schneller, als ich erwartet hatte, doch ich meinte es mit meinem Angriff ernst: Als ich näher kam, holte ich mit dem rechten Arm aus und schwang ihn dann hart über die Schulter, in der Absicht, die Keule gegen sein Knie zu schmettern und ihn zu Fall zu bringen. Doch ich war zu langsam. Es war zehn und mehr Jahre lang her, dass ich mich auf dem Schlachtfeld verdingt hatte, und gelegentliche Schlägereien hatten nicht ausgereicht, mir genug Kraft und Schnelligkeit zu erhalten, um einen Söldner zu besiegen. Er parierte meinen Schlag, ließ sein Schwert auf den Griff der Keule niedersausen und lenkte sie weit von seinem Körper ab. Dabei verfehlte er meine Hand nur um wenige Zoll, doch der Hieb erfüllte seinen Zweck. Mein Arm war taub vom wuchtigen Aufprall der Klinge, und der Streitkolben fiel mir aus der Hand.

Jetzt war ich meinem Gegner ausgeliefert, war ihm zu nahe, um zurückzuweichen, und ohne Verteidigungsmöglichkeit. In Erwartung eines zweiten Schwertstreichs schaute ich empor, doch wieder übertölpelte er mich: Schmerz fuhr durch meinen Unterkiefer, als er mir hart das Knie unter das Kinn rammte. Ich taumelte einen Schritt zurück und fiel flach auf den Rücken, fühlte den Schmerz im Rückgrat und schmeckte Blut im Mund.

Mein Widersacher sprang vom Brunnenrand herunter und trat auf mich zu; sein Schwert summte, als er es zweimal fachmännisch durch die Luft schwang, um seinen Schwertarm zur Ruhe zu bringen. Verzweifelt tastete ich nach dem Dolch in meinem Stiefel, doch er sah, was ich vorhatte, und ließ seinen Fuß auf meine Hand niederfahren. Zwei Finger knackten und ich schrie auf, während ich bereits sah, wie er sein Schwert über meinem Hals hob, bereit zum tödlichen Hieb.

Doch er schlug nicht zu. Ein neuer Laut gellte über den Platz um uns herum, ein wilder Schrei, hervorgeheult in schrecklicher Wut. Es war der Schrei, den Quintilius Varus vernommen haben musste, als er sah, wie seine Legionen in den germanischen Wäldern in Stücke gehauen wurden; der Schrei, der Julius Cäsar entgegengeschallt war, als er die großen Flüsse Britanniens hinaufgesegelt war: der Schrei eines unbezwingbaren Kriegers, der seine Barbarei in vollen Zügen genoss. Ein riesiges Axtblatt zischte über mir durch die Luft und riss das wartende Schwert aus dem Griff meines Gegners. Es klirrte harmlos zu Boden, und die Hand, die es gehalten hatte, war noch immer leer über mir geballt, als der zweite Streich folgte. Dieser schleuderte den Söldner zurück, so dass jetzt er es war, der atemlos am Boden lag. Starke Arme hielten ihn nieder, während ein rotgesichtiger Sigurd über ihm stand und ihm die Axt an die Kehle setzte.

»Beweg dich, und du bist deinen Kopf los«, sagte er schwer atmend.

Benommen sah ich mich um. »Ist das der Bulgare? Ist das der Mann, den zu finden Vassos uns hierher gebracht hat?« Ich schüttelte den Kopf, versuchte, die Schmerzen ein wenig zu verdängen. »Wo ist Vassos?«

Sigurd schaute sich auf dem Platz um und fluchte so wütend, dass ich glaubte, er würde den Gefangenen aus schierem Zorn enthaupten. Vassos war fort, vermutlich hatte er während des Kampfes unbemerkt Fersengeld gegeben.

»Das ist der Bulgare«, sagte Sigurd. »Oder zumindest hat der Zuhälter das gesagt. Das war, als wir losgerannt sind. Und zwar gerade noch rechtzeitig«, fügte er mit einem tadelnden Blick in meine Richtung hinzu.

»Nicht einen Augenblick zu früh«, pflichtete ich ihm von ganzem Herzen bei. »Ihr habt mir das Leben gerettet.«

»Wir haben Euch vor Euch selbst gerettet«, knurrte Sigurd. »Nur weil Ihr einen Streitkolben tragt, seid Ihr noch lange kein Waräger, Demetrios. Ihr wart ein Narr, so loszustürmen.«

Ein Stöhnen aus dem Inneren des Brunnens erinnerte mich daran, was meinen übereilten Angriff ausgelöst hatte. Ich ging dorthin, wo der Bulgare auf dem Beckenrand gestanden hatte, und schaute hinein. Die Gestalt, die ich gesehen hatte, lag immer noch da, und ich bezweifle, dass sie sich während des Kampfes auch nur einen Zoll bewegt hatte, denn die nackten Glieder und die weiße Tunika waren blutbedeckt, und in einem Bein klafften tiefe Wunden; der Mann hatte die Knie an die Brust gezogen und die Arme um den Kopf geschlungen.

»Wenigstens habe ich auch jemanden gerettet.« Ich stieg in den Brunnen und kniete neben dem Verwundeten nieder. Dann hob ich eine Schulter an, so behutsam, wie ich es vermochte, um in sein Gesicht zu sehen. Er wimmerte, als ich sanft eine Hand von seinen Augen wegzog, und ich hätte ihn beinahe losgelassen, so erschrocken war ich. Dieses Geschöpf, dieser Mann, den der Bulgarenkrieger gerade hatte niedermetzeln wollen, als ich ihn angegriffen hatte, war gar kein Mann, sondern nur ein Knabe, dessen hohle Wangen noch der zarte Flaum des ersten Bartes zierte. Er war kräftig gebaut für seine Jahre, von diesen jedoch musste er noch weniger gesehen haben als das Mädchen Ephrosene.

»Ein Kind«, murmelte ich erstaunt. »Der Bulgare wollte ein Kind töten.«

»Vielleicht hat sich der Bursche an seinem Beutel versucht«, meinte Sigurd. »Da drüben liegt eine Börse auf dem Boden.« Er bückte sich, hob den Lederbeutel auf und hängte ihn an seinen Gürtel. »Nicht, dass der Hurensohn das hier jetzt noch brauchen wird. Vielleicht hat's der Junge mit seiner Schwester getrieben. Wen kümmert es?«

Ich wollte schon widersprechen, doch Sigurd hatte den Knaben im Brunnen bereits vergessen und trat wieder zu seinem Gefangenen.

»Hoch mit ihm«, befahl er. »Und fesselt ihm die Arme auf den Rücken. Ich lasse dich den ganzen Weg zum Palast mit meiner Axt im Genick zurückmarschieren«, verhieß er dem Bulgaren, »und wenn du auch nur stolperst, trennt sich dein Kopf von deinen Schultern.«

»Was ist mit dem Jungen?«, wollte ich wissen. »Er braucht Hilfe, sonst verblutet er.«

»Was soll mit dem Jungen sein?« Sigurd zuckte die Achseln. »Ich habe schon einen Mann losgeschickt, um zu versuchen, diese billige kleine Dirne gut unterzubringen, und dieser Zuhälter Vassos ist mir entkommen. Jetzt werde ich dafür sorgen, dass dieser Bulgare im Palast in Eisen gelegt wird, ob er nun der Mann ist, der den Kaiser töten wollte, oder ein Pilger, der sich auf dem Weg zum Schrein verirrt hat. Ich werde ihn nicht entwischen lassen, indem ich meine Männer als Bahrenträger für einen Taschendieb einsetze, der sich das falsche Opfer ausgesucht hat. Und Ihr«, setzte er hinzu und rammte mir einen Finger gegen die Brust, »solltet Euch das Blut aus dem Gesicht waschen und mit uns kommen, wenn Ihr den Eunuchen glauben machen wollt, dass er sein Gold weise anlegt.«

»Ich komme zum Palast, wann es mir beliebt«, gab ich

heftig zurück und trat einen Schritt zurück. »Und zwar dann, wenn ich ein sauberes Bett und einen Physicus für diesen Jungen gefunden habe. Allein, wenn es sein muss.«

»Dann eben allein. Wenn Ihr diese Straße in Richtung Süden hinuntergeht, solltet Ihr bei den *Mesi* herauskommen.« Sigurd hob seinen Streitkolben auf, der im Staub lag, machte ein finsteres Gesicht, als er die Kerbe in seinem Griff sah, und hängte ihn wieder an seinen Gürtel, ehe er den Gefangenen vorwärts stieß. Seine Männer flankierten den Bulgaren, als sie davonmarschierten, und ich war allein auf dem Platz.

Mein Kopf dröhnte vor Schmerz, und mein rechter Arm war immer noch taub, doch irgendwie gelang es mir, den Jungen auf meine Arme und aus dem Becken zu heben, wo er gelegen hatte. Meine Schritte waren langsam und unbeholfen, und ich befürchtete, jeden Augenblick vornüber zu fallen und das Kind noch mehr zu verletzen. Doch mit hilfreicher Unterstützung der umliegenden Häuserwände schaffte ich es ein Stück weit aus dem Platz heraus und den Hügel hinunter. Jetzt konnte ich am Ende der Gasse ein kleines Stück der Hauptstraße erkennen, und ich beeilte mich, so gut ich konnte, sie zu erreichen. Obgleich es ein kühler Tag war und ich mich noch immer im Schatten der Gebäude befand, begann Schweiß in meinen Augen zu brennen und an meiner Nase hinunterzurinnen; mein Bart juckte unerträglich. Auch meine Arme und mein Rücken verlangten, dass ich Rast machte, dass ich mich hinsetzte und sie ausruhen ließ, und sei es nur einen Augenblick lang, doch ich hegte den Verdacht, dass ich den Jungen niemals wieder würde hochheben können, wenn er erst einmal am Boden lag. Ich verfluchte Sigurd und seine Herzlosigkeit, ich verfluchte Vassos und den bulgarischen

Schläger, und ich verfluchte mich selbst dafür, dass ich meine Bestallung durch den Palast aufs Spiel setzte, bloß um einen sterbenden Knaben noch hundert Schritte näher an den Tod heranzuschleppen.

Vor lauter Zorn und Schmerz wie benebelt, erreichte ich die Straße. Dort ergab ich mich und sackte gegen einen Markstein, der mir mitteilte, dass ich genau drei Meilen weit vom *Milion* entfernt war.

»Seid Ihr wohlauf?«

Ich öffnete die Augen, die mir einen Moment lang zugefallen waren. Ich saß am Rand der Via Egnatia, den Rücken an einen Meilenstein gelehnt; der Kopf des Jungen ruhte in meinen Armen. Sein Gesicht sah friedlich aus – friedlicher zumindest als der Rest seines geschundenen Körpers –, aber es war blass und feucht. Als ich seine Wange mit der Hand berührte, fühlte sie sich beängstigend kalt an.

»Seid Ihr wohlauf?«

Ich blickte hoch zu der beharrlichen Stimme. Es war ein Fuhrmann; das Gesicht von einem breitkrempigen Hut beschattet, stand er vor einem mit Tontöpfen beladenen Karren. Er sprach mit freundlicher Stimme, und nach einem Augenblick der Verwirrung antwortete ich.

»Mir fehlt nichts. Aber der Junge ist in einem bedenklichen Zustand. Er braucht einen Arzt.«

Der Fuhrmann nickte. »Es gibt einen Heiler im Kloster des Heiligen Andreas. Ich kann Euren Jungen auf meinem Karren dorthin mitnehmen – es liegt auf meinem Weg. Ich fahre zum Friedhof.«

»Ich bemühe mich nach besten Kräften, den Friedhof zu meiden«, erwiderte ich. »Aber ich wäre dankbar, bis zum Kloster mitfahren zu dürfen.«

Vorsichtig hoben wir den Knaben auf den Karren, legten ihn auf die Töpfe mit Weihrauch und Salben und fuhren los, wobei wir uns so sehr sputeten, wie wir es wagten, ohne die Wunden des Verletzten auf der holprigen Straße noch zu verschlimmern.

»Wofür sind die Wohlgerüche?«, erkundigte ich mich bei dem Fuhrmann. Das Mindeste, was ich tun konnte, fand ich, war, ihm seine Hilfsbereitschaft mit Unterhaltung zu vergelten.

»Für die Toten«, erwiderte er ernst. »Die Einbalsamierer benutzen sie.«

Den Rest des Weges legten wir schweigend zurück, allerdings war es glücklicherweise nur eine kurze Fahrt. Der Fuhrmann lenkte seinen Karren durch den niedrigen Bogen des Klostertores in einen abgeschiedenen, weiß getünchten Innenhof, und wir legten den Jungen auf die Steinfliesen. Ich gab dem Mann zwei Obolus für seine Hilfe, dann verließ er mich.

Ein Mönch erschien und starrte mich missbilligend an.

»Wir sind im Gebet«, unterrichtete er mich. »Bittsteller werden um die zehnte Stunde angehört.«

»Meine Bitte kann vielleicht nicht so lange warten.« Zu erschöpft, um genauer darauf einzugehen, deutete ich lediglich mit dem Daumen dorthin, wo der Junge lag. »Wenn der Herr mein Flehen bis dahin nicht erhört, dann tut es vielleicht Euer Physicus.«

Es mochte eine blasphemische Bemerkung gewesen sein, doch das kümmerte mich nicht länger. Der Ordensbruder murmelte etwas Abfälliges und eilte davon.

Die blecherne Glocke in der Kirchenkuppel schlug acht, und Mönche begannen aus der nahen Kapelle zu strömen. Keiner von ihnen beachtete mich. Mit wachsendem Zorn sah ich sie vorbeigehen, bis ich schon glaubte, ich müsse ihnen jeden Augenblick meine Ansicht über ihre christliche Nächstenliebe in die selbstsüchtigen Gesichter brüllen. Doch genau in diesem Moment erschien eine neue Gestalt, eine Dienstmagd im schmucklosen grünen Kleid, das mit einer Seidenkordel um ihre Taille geschnürt war. Ich war überrascht, sie zu sehen, denn ich hatte gedacht, die Novizen könnten die Dinge erledigen, die ihr oblagen, doch sie schien mich bemerkt zu haben, und dafür war ich dankbar.

»Ihr habt nach einem Heiler gefragt?«, wollte sie wissen und sah ohne die Demut oder Zurückhaltung auf mich herab, die man von jemandem ihres Standes und ihres Geschlechts erwartet hätte. Es war mir gleich.

»Ja, das habe ich. Kannst du einen für mich auftreiben?« Ich verzichtete auf die üblichen Höflichkeitsfloskeln. »Dieser Junge stirbt.«

»Das sehe ich.« Sie kniete neben mir nieder, fasste sein Handgelenk mit zwei Fingern und legte ihm die andere Hand auf die Stirn. Ihre Hände waren sehr sauber für eine Dienstmagd, fiel mir auf. »Hat er viel Blut verloren?«

»Alles, was du hier sehen kannst.« Das eine Bein war ganz und gar mit verkrustetem Blut bedeckt. »Und noch mehr. Aber hol schon einen Physicus – er wird wissen, was zu tun ist.«

»Das wird er in der Tat.« Die Reden dieses Mädchens waren ebenso schamlos wie ihr Äußeres, denn es trug keine *Palla*, um Kopf und Schultern zu bedecken. Obgleich man sie eigentlich nicht als Mädchen bezeichnen konnte, stellte ich fest, denn ihr unverhülltes Gesicht – und ihre leuchtenden Augen – verrieten Weisheit und Wissen, das nur das Alter dort niederschreibt. Und doch trug sie ihr schwarzes Haar lang und hatte es hinten mit einem grünen Band zusammengebunden, wie das eines Kindes. Und wie ein Kind, sah ich, machte sie keinerlei Anstalten, mir zu gehorchen, sondern fuhr fort, mit der taktlosen Faszination der Jugend zu starren.

»Hol mir den Arzt«, drängte ich hartnäckig. »Jede Minute bringt ihn dem Tode näher.«

Endlich zeigten meine Worte Wirkung: Die Frau erhob sich und blickte zu einer offenen Tür hinüber. Doch anstatt davonzueilen, drehte sie sich wieder herum und begann mich mit erstaunlicher Frechheit auszuschelten.

»Eilt Euch«, herrschte sie mich an. »Ihr habt ihn so weit getragen, da könnt Ihr ihn auch noch diese letzten paar Schritte tragen. Die Mönche hier haben Angst, Sterbende zu berühren – sie glauben, davon werden sie unrein. Bringt ihn hinein, wo wir seine Wunden waschen und ihn wärmen können.«

Verblüfft stammelte ich: »Aber gewiss kann doch nur der Physicus sagen, ob man ihn von der Stelle bewegen darf.«

Sie stemmte die Hände in die Seiten und starrte mich gereizt an. »Sie kann, und man darf«, erwiderte sie kurz angebunden. »Ich bin der Physicus, und ich sage, bringt den Jungen hinein, damit ich seine Wunden säubern und verbinden kann, ehe er jenseits unserer Bemühungen ist.« Ihre dunklen Augen blitzten vor Ungeduld. »Werdet Ihr jetzt tun, was ich sage?«

Während sich die Schamesröte unter den Prellungen auf meinem Gesicht ausbreitete, gehorchte ich kleinlaut. Dann, als dies erledigt war, floh ich zum Palast.

ζ

Ich hatte die Verliese des Palastes noch nie gesehen. Ein Wachsoldat führte mich eine gewundene Treppe tief unter dem Erdboden hinunter und in ein von Lampenlicht nur dürftig erhelltes Gelass. Mächtige Ziegelpfeiler ragten vom Boden auf und wölbten sich über uns wie die Rippen eines gewaltigen Seeungeheuers; an den Wänden dazwischen hingen Dutzende von bedenklich scharf geschliffenen Instrumenten. In der Mitte des Raumes standen ein grob gezimmerter Tisch und Bänke, wo etliche Waräger saßen und würfelten. Selbst im Sitzen mussten sie Acht geben, sich nicht die Köpfe an den schwarzen Lampen über ihnen anzustoßen.

Sigurd warf eine Hand voll Münzen auf den Tisch und blickte auf. »Da seid Ihr ja«, brummte er. »Seid wohl fertig damit, den Samariter zu spielen, wie?«

»Der Junge ist bei einem Heiler«, erwiderte ich kühl. »Wo ist der Bulgare?«

Sigurd deutete mit dem Kopf auf einen niedrigen Gang hinter ihm. »Da drin. An den Armen aufgehängt. Wir haben ihn noch nicht angerührt.«

»Ihr hättet nicht auf mich warten sollen. Sein Wissen könnte von großer Wichtigkeit sein.«

Sigurds Miene wurde frostig. »Ich dachte, der Eunuch bezahlt Euch tageweise. Und außerdem haben wir nicht auf Euch gewartet – wir haben auf den Dolmetscher gewartet. Es sei denn natürlich, *Ihr* seid der bulgarischen Sprache mächtig.«

Mit einem Achselzucken gab ich mich geschlagen, obgleich Sigurd sich bereits wieder dem Würfelspiel zugewandt hatte. Er lud mich nicht ein, mitzuspielen, und nach einem Moment der Verlegenheit zog ich mich aus dem Lampenschein in eine düstere Ecke zurück. Dort verharrte ich schweigend und versuchte, die schrecklichen Laute zu überhören, die in die Wachkammer drangen.

Man konnte das Verstreichen der Zeit an jenem traurigen Ort nicht messen, doch ich muss fast eine Stunde damit zugebracht haben, zuzusehen, wie Sigurds Laune im Einklang mit der Anzahl der Münzen auf dem Haufen vor ihm mal besser und mal schlechter wurde. Dann war von oben ein Geräusch zu vernehmen; ich schaute die Wendeltreppe hinauf und sah eine Ansammlung winziger Flammen zu uns herunterkommen, Dutzende von Lampen, die herabschwebten wie ein Schwarm Glühwürmchen. Sklaven in seidenen Gewändern hielten sie mit sicherem Griff hoch, trotz des unebenen Bodens unter ihnen: Sie reihten sich am Rand des Gelasses auf, bis sie eine Art innere Wand aus schimmernder Seide und Feuer um uns herum bildeten. Am Ende ihres Zuges kamen zwei, die keine Lampen trugen, einer im roten Umhang eines Priesters, der andere in einem prächtigen Gewand aus glänzenden Goldfäden: Krysaphios.

Alle Waräger waren aufgesprungen, das Silber und die Würfel waren in ihren Beuteln verschwunden.

»Hoher Herr«, sagte Sigurd mit einer Verbeugung. Unterwürfigkeit stand ihm nicht besonders, fand ich.

»Hauptmann«, erwiderte Krysaphios. »Wo ist der Gefangene?«

»Im Nebenraum. Dort sinnt er allein über seine Schlechtigkeit nach. Wir brauchen einen Dolmetscher.«

»Bruder Gregorias hat sein Leben der bulgarischen Sprache gewidmet.« Krysaphios wies mit einer Geste auf den Priester an seiner Seite. »Er hat zur Erbauung das

Leben von nicht weniger als dreihundert Heiligen übersetzt.« Auf diese Weise, dachte ich bei mir, sollte er sich wohl das für die Folter notwendige Vokabular angeeignet haben. »Wenn Euer Gefangener etwas zu sagen hat, wird er es enträtseln.«

»Der Gefangene wird reden«, versicherte Sigurd grimmig. »Wenn ich erst mit ihm fertig bin.«

Wir ließen das schweigende Gefolge des Eunuchen in der Wachkammer zurück und schritten tief gebückt durch einen niedrigen Tunnel in die daneben liegende Zelle. Ich folgte Sigurd, Krysaphios und dem Priester in den Kerker. Hier war die Luft stickiger und roch noch schlechter; noch unangenehmer jedoch war wohl die Lage des Gefangenen. Seine Arme waren an dicken Haken in der Zellendecke befestigt, so dass nur seine Zehen den Boden berührten; er schwankte sachte vor und zurück und stöhnte leise. Seine Kleider waren ihm vom Körper gerissen worden, so dass nur ein schmaler Leinenstreifen um die Hüften übrig war, und seine Handgelenke bluteten dort, wo die Fesseln sich hineingruben, so dass er eine nicht geringe Ähnlichkeit mit dem am Kreuze leidenden Christus zu haben schien. Ich schauderte und verbannte diesen lästerlichen Gedanken augenblicklich aus meinem Kopf.

»Demetrios.« Ich bemerkte, dass Krysaphios mich anstarrte. »Ihr werdet für Euer Geschick in solchen Angelegenheiten bezahlt – findet heraus, was der Mann weiß.«

Ich hatte Geschick darin, kleine Diebe zu verhören und Spitzeln auf dem Marktplatz ihr Wissen zu entlocken, nicht darin, jemandem in den kaiserlichen Verliesen ein Geständnis zu entreißen. Doch vor meinem Dienstherren durfte ich mir keine Blöße geben. Ich trat vor und stellte sogleich fest, dass ich nicht wusste, wo ich hinschauen sollte, ob auf den Priester oder den Gefangenen. Meine Blicke huschten stumm von einem zum anderen, und ich konnte meine Verwirrung nur verbergen, indem ich die Arme vor der Brust verschränkte und tief und nachdenklich Atem holte.

»Ein Mönch hat dich von einem Mann namens Vassos in seine Dienste genommen«, begann ich schließlich, an den unglücklichen Bulgaren gewandt. Kaum hatte ich jedoch gesprochen, da wurden meine Gedankengänge schon durch die leise, monotone Stimme des Priesters unterbrochen, der dem Gefangenen rohe, fremdartige Silben ins Ohr murmelte. Ich stammelte ein bisschen und setzte erneut an.

»Vor drei Wochen hat dieser Mönch dich in seine Dienste genommen, um den Kaiser zu ermorden. Du solltest ein seltsames Gerät benutzen, eine barbarische Waffe, *Tzangra* genannt, um ihn auf offener Straße zu ermorden, am Festtag des Heiligen Nikolaus.«

Eine Pause entstand, während ich darauf wartete, dass die Übersetzung den befehlenden Blick, den ich auf den Mann gerichtet hatte, erläuterte. Der Priester verstummte, und vier Ohrenpaare warteten gespannt auf eine Antwort. Nur das Klirren von Sigurds Rüstung war in der Stille zu hören.

Der Bulgare hob den Kopf und sah uns verächtlich an. Er sagte ein einziges Wort, und keiner von uns bedurfte der Erklärung des Priesters, um seine Bedeutung zu erraten. »Nein.«

Ich seufzte theatralisch. »Fragt ihn, ob er ein Anhänger unseres Glaubens ist«, wies ich den Priester an.

Der Bulgare ignorierte die Frage, bestätigte jedoch auf Drängen des Dolmetschers, dass es so sei.

»Dann sagt ihm, dass er gesündigt hat«, fuhr ich fort.

»Aber sagt ihm, Christus predigt Vergebung für jene, die ihre Sünden beichten. Sagt ihm, mit Vassos und dem Mönch habe er schlechten Herren gedient, Herren, die ihn verraten haben. Wir können ihm helfen.«

»Wir können ihm dabei helfen, sich auf dem Weg ins Grab heiser zu schreien«, unterbrach Sigurd, doch ich brachte ihn mit einem Wink zum Schweigen und hoffte, dass der Priester seine Worte nicht übersetzte. Nichtsdestoweniger sah ich, wie der Blick des Bulgaren zu dem Waräger hinüberhuschte, als dieser sprach.

»Solange er nicht redet, wird er diesen Kerker niemals verlassen.« Obgleich mich das beharrliche Schweigen des Gefangenen enttäuschte und ärgerte, lernte ich zumindest, über das beständige Gemurmel der Übersetzung hinweg weiterzusprechen. »Der Mönch und Vassos jedoch sind frei, sie können trinken und huren und ihre finsteren Pläne schmieden. Warum sollte er leiden, wenn Männer von weitaus größerer Verderbtheit es nicht tun?«.

Seide raschelte, als Krysaphios sich bewegte. »Ihr scheint ihn nicht zu überzeugen, Demetrios«, bemerkte er. »Oder vielleicht gehen auch die Feinheiten Eurer Rhetorik in der fremden Sprache verloren.«

Ich machte mir Sorgen darüber, dass keiner meiner Gefährten begriff, wie lange es dauert, einem unwilligen Informanten etwas zu entlocken, mag er noch so hilflos sein. Krysaphios war gewiss daran gewöhnt, dass sein Geheiß augenblicklich ausgeführt wurde, und nicht, dass er erst warten musste, bis ein zugewanderter Verbrecher sich entschloss, zu reden. Ich fürchtete, dass er bald ein handgreiflicheres Vorgehen verlangen würde.

»Erzähl uns, wie du versucht hast, den Kaiser zu ermorden«, forderte ich; neue Dringlichkeit lag in meiner

Stimme. »Sag uns, was der Mönch wollte, wieso er dich gekauft hat, damit du diese schreckliche Tat verübst.«

Der Kopf des Bulgaren war während des Austauschs zwischen Krysaphios und mir heruntergesackt, doch jetzt hob er ihn wieder. Er öffnete den Mund und schluckte; ich dachte, er würde sprechen und wollte schon nach Wasser verlangen, als er mit einem krampfhaften Zucken seines ganzen Körpers ausspuckte. Es lag nur wenig Kraft in dem Versuch, und so dicht ich auch vor ihm stand, sein Speichel erreichte mich trotzdem nicht.

Seufzend trat ich zurück. Das hier würde viele Stunden dauern, und sie würden mir umso länger vorkommen, da ich Krysaphios hinter mir wusste.

Zu lange für einen von uns, schien es: Als der Auswurf des Bulgaren auf dem Boden landete, vernahm ich ein Grollen hinter mir. Mit einem einzigen Schritt hatte Sigurd den Gefangenen erreicht und trat ihm die Füße unter dem Leib weg. Der Bulgare schwang wie ein Pendel zurück und schrie auf, als die Handschellen sich tiefer in seine Handgelenke gruben. Das Tuch wurde ihm von den Hüften gerissen, so dass er jetzt nackt und schutzlos dahing, während Sigurd sein Gesicht dicht an die zuckende Wange des Mannes heranschob. Die Axt schimmerte in seiner Hand.

»Mein Freund Demetrios versucht, deine Vernunft und deinen Verstand anzusprechen«, zischte er wütend, ohne abzuwarten, bis der Dolmetscher seine Worte übersetzt hatte, »ich aber spreche etwas an, worauf du vielleicht tatsächlich hören wirst. Du hast versucht, den Kaiser umzubringen, du bulgarisches Stück Dreck. Du hättest einen Usurpator auf den Thron gehoben. Weißt du, was wir in diesem Reich mit Usurpatoren machen?« Er ließ die Axt wie ein Rasiermesser über das Gesicht des

Mannes gleiten. »Wir reißen ihnen die Augen heraus und schlitzen ihnen die Nasen auf, so dass sie zu entstellt sind, als dass irgendjemand sie noch zum Kaiser ausrufen könnte.« Bedächtig trat er zurück und rammte dann fast beiläufig die Faust in den straffen Bauch des Mannes, so dass dieser erneut aufheulte und seine Ketten rasselten. »Habt Ihr ihm das gesagt, Priester?«

Der Dolmetscher nickte heftig und zitterte unter Sigurds wildem Blick.

»Dann sagt ihm außerdem«, fuhr jener fort, »dass wir, wenn wir ganz sichergehen wollen, dass uns der Usurpator nie wieder Ärger macht, es nicht mit dem Gesicht bewenden lassen. Oh, nein.« Er lachte boshaft. »Wir entmannen ihn und sorgen dafür, dass die Kaiserwürde für alle Zeiten unerreichbar für ihn ist, und dass es ihm auch unmöglich sein wird, uns irgendwelche rachsüchtigen Bastarde auf den Hals zu hetzen.« Er nahm die Axt in beide Hände und betrachtete sie nachdenklich. »Natürlich hättest du niemals den Thron besteigen können, Bulgare, aber vielleicht sollte ich schon mal an dir üben, für den Tag, an dem ich den Mann erwische, der es getan hätte. Soll ich? Soll ich dich in einen Eunuchen verwandeln? Dich dazu verurteilen, die Dirne zu spielen, wenn du in deinem elenden Leben jemals noch die geringste Lust verspüren willst?«

Er schaute auf die Lenden des Gefangenen hinunter und setzte eine spöttische Miene auf. Ich warf einen raschen Blick zu Krysaphios hinüber, doch dessen glattes Antlitz blieb vollkommen undurchdringlich. »Ich könnte dafür sorgen, dass du eine Menge wert bist«, meinte Sigurd mit hämischem Grinsen. »Nicht wie irgendein armenischer Balg, dessen Eltern seine Eier einfach dahin zurückgedrückt haben, wo sie hergekommen sind. Ich kann einen *Carzimasian* aus dir machen, so rein wie ein Mädchen, ohne dass auch nur der kleinste Rest von deinem Schwengel übrig bleibt. Du würdest einen höheren Preis einbringen, als du es je als Söldner getan hast.«

Er tat, als wäre er seines Monologes überdrüssig geworden und verstummte. Selbst der Priester, der jedes Wort übersetzt hatte, schien zu erschauern. Ich glaube, Krysaphios war der Einzige unter uns, der vor Sigurds Drohungen nicht zurückschreckte. Der Bulgare hatte mit Sicherheit zugehört, seine Augen waren schreckensstarr auf die böse blinkende Klinge von Sigurds Axt gerichtet, die betörend ruckte und zuckte, während dieser sprach – die Axt, die jetzt so hoch erhoben war, wie die Kerkerzelle es zuließ, und über Sigurds Schulter schwebte wie ein rächender Engel, der darauf wartete, herabzustoßen.

»Nein«, protestierte ich, doch mein Mund war trocken und die Worte schrammten nur mühsam daraus hervor. Und auch zu spät, die Axt fuhr in einem blitzenden Bogen herab und schlug dichte Funken aus dem Steinboden. Der Gefangene schrie wie ein Tier und warf sich in seinen Ketten hin und her. Frisches Blut rann seine Arme herab, und der Priester quiekte entsetzt auf. Doch kein Blut spritzte vom Unterleib des Bulgaren, und kein abscheulicher Fleischklumpen lag schlaff am Boden. Die Axt musste wenige Zoll vor seinem Leib vorbeigezuckt sein.

Sigurd hob die Axt hoch und betrachtete sie eingehend. »Daneben«, sagte er überrascht. »Soll ich es noch mal versuchen?«

Er musste dem Priester einen Tritt versetzen, damit dieser seine Worte übersetzte, doch noch ehe er etwas gesagt hatte, brach eine Sturzflut von Worten aus unserem Gefangenen hervor. Der Schock, um Haaresbreite entmannt zu werden, hatte offensichtlich irgendetwas in ihm gelöst: Er schluchzte und tobte, als sei er von einem Dämon besessen, und ich war froh über die Ketten, die ihn zurückhielten. Erst nach viel tröstendem Zureden und nachdem Sigurd sich weit in eine Zellenecke zurückgezogen hatte, verlangsamte er seinen Redefluss so weit, dass der Dolmetscher ihn verstehen konnte.

Sein Name, sagte er, sei Kaloyan. Ja, er hatte für den Zuhälter Vassos gearbeitet, hauptsächlich Schulden eingetrieben und Mädchen verprügelt, die nicht länger für ihn arbeiten wollten; manchmal hatte er ihn auch vor Männern beschützt, die wütend wurden oder nicht zahlen wollten. Gelegentlich tat er etwas anderes, etwas Gefährlicheres, denn Vassos war ein Mann mit Ehrgeiz, und ihm gefiel der Gedanke, eine Privatarmee zu besitzen. Meist war dies jedoch nur ein zerlumpter Haufen ehemaliger Soldaten und Schläger, die tranken und miteinander stritten, wenn sie gerade keinen Auftrag hatten, zu kämpfen. Jedenfalls bis der Mönch auftauchte.

»Beschreibe ihn«, sagte ich knapp; meine Finger umklammerten in angespannter Erwartung den Saum meiner Tunika.

»Das kann er nicht«, verkündete der Dolmetscher nach einem kurzen Wortwechsel. »Er sagt, der Mönch habe stets eine Kapuze getragen, immer, sogar im Wald.«

»Im Wald?« Mir wurde klar, dass ich die Geschichte störte. »Nun, egal. Was wollte der Mönch?«

»Der Mönch wollte fünf Männer. Der Zuhälter hat sie ihm beschafft, Kaloyan war einer davon. Er hat sie in ein Haus im Wald gebracht, wo er einen von ihnen zwei Wochen lang im Umgang mit einer seltsamen Waffe geschult hat, einer barbarischen Waffe, wie Kaloyan sie noch nie gesehen hat.«

»War es eine *Tzangra?*«, fragte ich und beschrieb den Kreuzbogen, so gut ich konnte.

»Ja«, sagte der Dolmetscher. »Genau so. Sie konnte durch Stahl schießen. Kaloyan wollte es ausprobieren, aber der Mönch hat sie streng bewacht und hat nur seinen Schüler sie benutzen lassen. Einer von Kaloyans Kameraden hat versucht, sie zu stehlen, während der Mönch schlief. Er hat den Wald nicht lebend verlassen.«

»Also war Kaloyan gar nicht der Attentäter?« Ich wusste nicht, ob ich erfreut oder verwirrt darüber sein sollte, wie nahe ich dem Erfolg gewesen war. »Kennt er denjenigen, der es war?«

Ich sah, wie der Bulgare schwach den Kopf schüttelte. »Er hatte ihn vorher noch nie gesehen. Vassos hat ihn irgendwo in den Elendsvierteln aufgetrieben.«

»Hat der Mönch gesagt, was er mit der Waffe vorhatte? Warum er sich solche Mühe gemacht hat, einen anderen Mann im Umgang damit auszubilden?« Meine Fragen folgten jetzt rasch aufeinander, denn jedes Wort, das der Bulgare sagte, verlangte nach einer Erklärung, und das ungeduldige Warten während der langen Pausen, in denen der Dolmetscher erst mit dem Gefangenen sprach und dann dessen Sätze neu formulierte, begann seine Wirkung auf mich zu haben.

»Der Mönch hat ihnen seine Absichten nie verraten, und er mochte keine Fragen. Alles, was er gesagt hat, war, dass er einen mächtigen Feind habe, den er aus dem Weg räumen wolle, und dass er das nicht selbst tun könne.«

Mir kam ein neuer Gedanke. »Wenn er also nur einen im Umgang mit der *Tzangra* unterwiesen hat, wofür waren dann Kayolan und die anderen? Fürchtete er um seine Sicherheit?« Hatte der Mönch noch andere Feinde, von denen wir nichts wussten?

»Nicht um seine eigene Sicherheit.« Der Dolmetscher grübelte über etwas, was der Bulgare gesagt hatte. »Er hatte Angst, dass sein Schüler fliehen würde, wenn er die Gelegenheit dazu bekäme.«

»Wieso sollte er das tun?« Gewiss zahlte der Mönch doch gut genug, wenn er sich ein ganzes Quartett von Leibwächtern leisten konnte.

Eine sogar noch längere Pause. »Wegen seines Alters. Er war kaum mehr als ein Knabe, sagt der Bulgare, und er war wild, unbezähmbar.«

Ich hörte das Klirren von Metall, als ein Axtkopf auf den Boden traf. Der Dolmetscher zuckte zusammen und der Bulgare schrie auf, doch es war nur Sigurd, der seine Waffe hatte fallen lassen. Es dauerte einen Moment, bis wieder Ruhe einkehrte, und die ganze Zeit über brannte ich vor Ungeduld, endlich meine letzte Frage zu stellen.

»Ein Knabe?«, fragte ich schließlich. »Der Attentäter war ein Knabe? Hat der Bulgare ihn seither noch einmal wiedergesehen?«

Es schien eine Ewigkeit zu dauern, bis meine Worte in der bulgarischen Sprache wiederholt worden waren und der Dolmetscher dann mit gebanntem Stirnrunzeln der langen Antwort lauschte, die er bekam. Er fuhr sich mit einem Finger durch den Bart und beäugte mich nervös; er spürte die Bedeutung, die auf dieser letzten Frage lastete, obgleich er sie nicht verstand.

»Ja«, sagte er schlicht. »Er hat ihn wiedergesehen. Er sagt, er hat heute Vormittag versucht, ihn zu töten.«

ξ

Ich stürzte aus dem Kerker, fast noch ehe der Priester zu Ende gesprochen hatte, vorbei an den ausdruckslosen Reihen der von ihren Lampen beschienenen Sklaven, die gewundene Treppe hinauf und in die Gnade der kühlen Luft oben im Innenhof hinein. Hinter mir ertönten Rufe und Schritte, doch das kümmerte mich nicht: Erst vor Stunden hatte ich den Attentäter in den Armen gehalten, hatte ihn vor dem beinahe sicheren Tod bewahrt. Ich sah mich zwischen den hohen Säulen um, die mich wie ein riesiger Käfig umgaben, und mir wurde klar, dass ich nicht einmal wusste, wie ich aus dem Palast herauskommen sollte.

»Wo habt Ihr ihn hingebracht?«

Ich wirbelte herum und sah Sigurd aus dem Treppenhaus hinter mir kommen. Er atmete schwer, obgleich er seine Axt noch immer mit nur einer Hand halten konnte.

»In ein Kloster.« Ich zögerte und überlegte plötzlich, was er dem Jungen antun könnte, der versucht hatte, den Kaiser zu töten. Natürlich verdiente ein Mörder den Tod – doch ich hatte ihm das Leben gerettet, und ich hatte den Aberglauben des Soldaten noch immer nicht abschütteln können, dass man das Leben eines anderen nur mit einem kleinen Stück des eigenen erkauft.

»In welches Kloster?«, verlangte Sigurd zu wissen. »Allmächtiger! Der Junge ist vielleicht längst über alle Berge. Wir haben keine Zeit.«

»Ins Kloster des Heiligen Andreas. Im Sigma-Bezirk.«

»Folgt mir.«

Seine Rüstung klirrte wie Sklavenketten, als er mich

im Laufschritt durch die Korridore des Palastes führte. Die Schreiber und Edelleute, an denen wir vorbeikamen, starrten uns an, sagten jedoch nichts; keine Wache rief uns an. Türen öffneten sich wie von unsichtbarer Hand vor uns, und manchmal schien es, als sei ein Raum, den ich von weitem in Finsternis hatte liegen sehen, in helles Licht getaucht, sobald wir ihn erreichten. Die Lampen wurden spärlicher, die Treppen steiler. In diesem Teil des Palastes gab es wenig Leben, und das bestand zumeist aus Sklaven mit verstohlenen Mienen, die mit gesenkten Blicken vorübereilten. Ich musste mich sputen, um Sigurd dicht auf den Fersen zu bleiben.

Endlich blieben die Säulen und Marmorböden hinter uns zurück und wir kamen in einen niedrigen Tunnel. Mit einem Kopfnicken deutete Sigurd auf die gewölbte Ziegeldecke über unsern Häuptern. »Das Hippodrom.«

Schweigend schritten wir darunter hindurch, unsere Schritte klangen gedämpft auf dem sandigen Boden. Am Ende des Tunnels war ein Tor, und Sigurd hatte den Schlüssel dazu. Dahinter konnte ich Geräusche des Lebens hören, Lachen und Arbeitslärm, und warmen Pferdegeruch riechen.

»Hipparch!«, brüllte Sigurd. »Hipparch! Wir brauchen zwei Pferde, gesattelt und gezäumt.«

»Wieder mal spät dran für Eure Geliebte?« Ein hoch gewachsener, elegant gekleideter Mann trat in den viereckigen Innenhof der Stallungen.

»Wenigstens habe ich eine Frau, alter Pferdeschänder.« Sigurd schlug ihm auf die Schulter. »Aber sie wird warten müssen.«

Der Hipparch zog die Brauen hoch. »So dringlich? Ich habe zwei Pferde für die Eilbotschaften des Logotheten bereit.«

»Dann können die Eilbotschaften warten. Schickt einen Burschen zum Haushofmeister und sagt ihm, wir sind zum Kloster des Heiligen Andreas geritten, im Sigma.« Ihm fiel etwas ein. »Ihr könnt doch reiten, oder, Demetrios?«

Ich konnte, obgleich ich wenig Übung darin hatte, auf einem für den kaiserlichen Botendienst gezüchteten Pferd durch die dunkelnden Straßen der Metropolis zu galoppieren. Es bedurfte all meines Glücks und meiner ganzen Konzentration, mich aufrecht auf dem Tier zu halten, und es war ein Segen, dass mit dem Ende des Tages auch die Menschenmengen verschwunden waren und dass die ausrückende Wache geistesgegenwärtig genug war, um in den Säulengang zurückzuweichen, als Sigurd und ich vorbeidonnerten.

Wir erreichten das Kloster; Sigurd glitt von seinem Pferd und eilte zu den Toren. Sie waren natürlich verschlossen, doch das Heft seiner Axt verkündete unsere Ankunft alsbald mit dröhnenden Schlägen, laut genug, um an die Ohren der Toten in der fernen Nekropolis zu dringen.

Eine kleine, in das Tor eingelassene Tür öffnete sich einen Fingerbreit.

»Wer ist da?« Misstrauen und Furcht hatten dem Sprecher jegliche Schläfrigkeit ausgetrieben.

»Sigurd, Hauptmann der Waräger und Wächter des Kaisers. Ihr beherbergt einen Knaben, den ich sprechen muss.« Sigurd brüllte die Worte heraus wie eine Herausforderung in der Arena.

Zu meiner Überraschung brachte der Ordensbruder genügend moralische Entrüstung auf, um Widerstand zu leisten.

»Das Kloster ist zur inneren Einkehr und zum Gebet

geschlossen. Ihr dürft morgen wiederkommen. Niemand durchschreitet dieses Tor während der Stunden der Dunkelheit.«

»Ich habe fast zwei der prachtvollen Rösser des Logotheten zuschanden geritten, um herzukommen.« Sigurd steigerte sich in einen gewaltigen Wutanfall hinein. »Jetzt werde ich nicht auf Eurer Schwelle hocken.« Ohne Vorwarnung hob er einen Fuß und schmetterte den Stiefel gegen die hölzerne Tür. Ein Schmerzensschrei ertönte, als sie nach innen schwang.

Wir traten hindurch, wobei Sigurds Schultern gegen den Türrahmen schrammten. Im Hof rieb sich ein Mönch seine geprellte Schulter und verfluchte uns mit Ausdrücken, die keinem Mann Gottes geläufig sein sollten, doch wir beachteten ihn nicht. Ich ging voran, auf den gewölbten Eingang zu, wo ich den Jungen zurückgelassen hatte. Dort kam ich Sigurds Axt zuvor und klopfte.

»Eines Tages wird Eure Geduld Euch zu Fall bringen«, brummte Sigurd verärgert, während wir warteten. »Wenn dieser Physicus dort drin ist, dann lasst mich ihn doch herausrufen.«

»Eines Tages werdet Ihr die falsche Tür einschlagen«, entgegnete ich, »und so viele Feinde vorfinden, dass Eure Axt stumpf sein wird, ehe Ihr sie alle töten könnt.«

Sigurd zuckte die Schultern. »Dann schlage ich ihnen eben mit dem Stiel den Schädel ein.«

»Und überlasst es jemand anderem, ihre Wunden zu waschen.«

Wir schauten beide zur Tür, die sich lautlos geöffnet hatte; die Heilerin, der ich den Jungen anvertraut hatte, stand im Rahmen. Sie hielt eine Kerze in der Hand und trug nur ein wollenes Unterkleid, das ihre Arme und Füße gänzlich entblößt ließ. Dort, wo ihre Brustwarzen dagegen drückten, waren kleine Erhebungen unter dem Stoff zu sehen; bei dem Anblick regte sich etwas in mir, doch in ihrer Miene lag blanke Empörung.

»Was denkt Ihr Euch eigentlich, um diese Zeit das Klostertor einzuschlagen und mich von meiner Arbeit fortzurufen? Wenn Ihr schon die Gesetze Gottes missachten müsst, so könntet Ihr zumindest das Werk des Heilens respektieren.«

»Wir suchen den Jungen, der heute Vormittag hergebracht wurde«, sagte Sigurd, ehe ich eine Entschuldigung vorbringen konnte. »Ist er hier?«

Sie sah ihn verächtlich an, während ich mit wild klopfendem Herzen auf die Antwort wartete. Waren wir dem Erfolg so nahe gekommen, nur um durch mein Mitleid um den Sieg gebracht zu werden?

Sie warf den Kopf zurück. »Er ist hier. Schließlich hätte er ja wohl kaum verschwinden können. Er kann nicht einmal stehen, geschweige denn gehen. Im Augenblick schläft er.«

»Wir müssen zu ihm. Sofort.« Sigurds Stimme klang schwer und drohend. »Wir sind im Auftrag des Palastes hier.«

Zwei Flammen spiegelten sich in den Augen der Heilerin. »Nicht einmal der Kaiser selbst kann einen kranken Knaben auf seinen bloßen Befehl hin genesen lassen. Der Junge hat Fieber und ist nicht bei Sinnen. Im Moment schläft er, und das ist wahrscheinlich das Gesündeste, was er seit einem Monat getan hat. Wenn Ihr nicht der Mann seid, der sein Bein so tief verwundet hat, solltet Ihr fürchten, ihn zu wecken.«

»Hohe Dame, ich bin der Mann, der den Bulgaren *davon abgehalten* hat, ihn zu töten.« Sigurds Stimme war jetzt laut, und er trat vor, so dass er sie beinahe berührte.

Sie wirkte winzig vor ihm, wie Andromeda vor dem Kraken, doch sie wich nicht zurück.

»Nein«, beharrte sie. »Solange der Junge schläft, werdet Ihr warten.«

»Und was ist, wenn er durch die Hintertür entwischt?« Sigurd war jetzt auf dem Rückzug, doch er würde nicht aufgeben, ehe er überzeugt war.

»Es gibt keine Hintertür, Hauptmann – nur zwei Fenster hoch oben, durch die Ihr mit allergrößter Mühe Euren Unterarm zwängen könntet. Gute Nacht.« Damit blies sie die Kerze aus und ließ uns im Dunkeln stehen. Ich hörte, wie auf der anderen Seite der Tür ein Riegel vorgeschoben wurde.

Sigurd stand sehr still und starrte seine Axt an, wo das Mondlicht darauf fiel.

»Ihr könnt Euch damit keinen Weg hinein frei hacken«, meinte ich müde. Ich setzte mich auf die Stufe und lehnte mich an eine Säule. »Und der Junge wird nicht entkommen. Was bleibt uns also anderes übrig, als zu warten?«

Sigurd fiel dazu eindeutig eine ganze Menge ein, doch endlich legte er mit einem widerstrebenden Knurren seine Waffe auf den Steinboden und ließ sich daneben nieder.

»Wir rühren uns nicht von der Stelle«, warnte er mich. »Und schlafen werden wir auch nicht. Jeder, der vor der Morgendämmerung durch diese Tür tritt, bekommt meine Axt in die Kehle.«

Ich fragte nicht, was mit mir geschehen würde, sollte ich mich nicht wach halten können.

Danach zögerte ich lange, Sigurd erneut anzusprechen, doch nachdem eine halbe Stunde in tiefem Schweigen vergangen war, wagte ich zu hoffen, dass die kalte Luft seinen Zorn ein wenig gedämpft hatte.

»Euer Eifer, den Kaiser zu verteidigen, ist wie etwas aus den alten Legenden«, sagte ich leise; wenn er wollte, konnte er mich einfach nicht beachten. »Kein Wunder, dass er die Waräger so sehr schätzt.«

»Nur die Engländer.« Düster starrte Sigurd auf seine Fäuste. »Es gab noch andere in der Wache, Wikinger und Dänen und dergleichen, doch er hat sie verstoßen, weil er ihnen nicht trauen konnte.«

»Warum die Engländer?« Meine Neugier war echt; für mich sah ein blonder, barbarischer Riese ganz wie der andere aus.

Sigurd grunzte. »Weil die Engländer die Einzigen sind, die die Feinde des Kaisers genauso hassen werden, als wären es ihre eigenen. Ich werde es Euch erzählen. Vor fünfzehn Jahren haben die Normannen in einer Schlacht bei Dyrrachium eine Kompanie Waräger in einer Kirche umzingelt. Zuerst haben sie den Engländern Gold und Reichtümer dafür geboten, dass sie den Kaiser im Stich lassen und sich ihnen anschließen, denn sie kannten unseren Ruf als Krieger, doch die Waräger haben sich geweigert. Also haben sie schließlich Feuer an das heilige Obdach gelegt, wo sie Zuflucht gesucht hatten, und es bis auf die Grundmauern niedergebrannt. Keiner ist entkommen. Wir lassen uns lieber lebendigen Leibes von den Normannen verbrennen, als uns ihnen zu ergeben. So tief sitzt der Hass.«

»Aber warum? Wieso Frauen als Witwen zurücklassen, wenn die Männer nach der Schlacht unversehrt hätten ausgelöst werden können?«

Sigurd beugte sich vor. »Weil die Normannen unseren König getötet und unser Land gestohlen haben. Ihr Bastardherzog hat sich mit List und Tücke unseres Thrones bemächtigt und dann das Land in Schutt und Asche gelegt.«

»Wann war das?« Er sprach mit solcher Wut, als wäre es erst gestern gewesen.

»Vor dreißig Jahren. Aber wir vergessen nicht.«

»Vor dreißig Jahren müsst Ihr ein Kind gewesen sein, nicht älter als fünf oder sechs Jahre. Genau wie ich.«

Ein Geräusch von der Tür hinter uns unterbrach unser Gespräch. Bevor ich auch nur den Kopf wenden konnte, war Sigurd auf den Beinen und hob zum Schlag bereit die Axt. Panik wallte in mir auf, dass er womöglich einen unschuldigen Ordensbruder enthaupten könnte, der einem Rufe der Natur folgen wollte, doch es war kein Mönch, und auch noch nicht der Junge, der das Weite suchte: Es war die Heilerin. Sie hatte sich eine Stola um die Schultern gelegt, die den unzüchtigen Anblick verbarg, den ihr Unterkleid bot, und hielt zwei dampfende Tonschalen in den Händen. Ich an ihrer Stelle hätte sie angesichts eines dräuenden Warägers fallen gelassen, doch sie stellte sie einfach vor uns auf den Boden.

»Suppe«, sagte sie. »Ich dachte, Euch ist vielleicht kalt. Ich möchte morgen früh keine halsstarrigen Männer mit Frostbeulen vorfinden.«

Sigurd setzte sich wieder, und wir schlürften gierig das warme Essen. Die Frau stand über uns und sah uns zu, bis wir die Schalen mit dem Brot, das sie uns gegeben hatte, sauber gewischt hatten und sie ihr zurückgaben. Zu meiner Überraschung ging sie auch dann nicht wieder hinein, sondern strich sich den Rock eng unter die Beine und setzte sich zwischen uns auf die Stufen.

»Es ist kalt hier draußen«, warnte ich sie; die Wolken, die mein Atem bildete, verdeutlichten meine Worte.

»In der Tat«, pflichtete sie mir bei. »Zu kalt, als dass zwei Männer die ganze Nacht hier sitzen und einen bewusstlosen Krüppel daran hindern sollten, sein Bett zu verlassen.«

»Wir wollen ihn nicht nur an der Flucht hindern. Dort draußen gibt es Männer, die dafür sorgen würden, dass er sein Bett nie wieder verlässt, wenn sie an ihn herankämen.«

»Und was habt *Ihr* dann mit ihm vor?«, wollte sie wissen. »Wollt Ihr für ihn beten, damit er schneller gesund wird?«

»Gerechtigkeit«, sagte Sigurd schroff.

»Sagt mir, wie ist es gekommen, dass Ihr den Beruf des Heilers ergriffen habt?«, unterbrach ich eilig, um das Gespräch in weniger streitbare Bahnen zu lenken. »Und noch dazu in einer Gemeinschaft von Ordensbrüdern. Ich heiße Demetrios«, fügte ich hinzu, da mir aufging, dass wir uns bisher bei keiner unserer ungestümen Begegnungen einander vorgestellt hatten. »Und das ist Sigurd.«

»Ich heiße Anna. Und Heilerin bin ich durch einen weisen Vater und einen ehrlosen Geliebten geworden. Mein Vater hat mich Lesen gelehrt und mich dazu angehalten, mir das Wissen der Altvorderen anzueignen. Mein Geliebter, mit dem ich verlobt war, hat beschlossen, sein Heiratsversprechen in letzter Minute zu brechen. Nach dieser Demütigung wollte mich niemand mehr zum Weib, also habe ich mich nach den Tränen für diesen Beruf entschieden. Ich hatte Freundinnen, die unter den Händen unfähiger Ärzte gelitten hatten, Ärzten, die über den Körper einer Frau nicht mehr wussten als über den eines Kamels. Ich dachte, ich kann es besser.«

Sie presste die Handflächen gegeneinander, und im Mondlicht sah ich, dass sie trotz der Stola zitterte.

»Findet Ihr mich schamlos?«, fragte sie. »Fast völlig Fremden meine ganz persönliche Geschichte zu erzählen?« Sie beugte sich vor. »Jeden Tag kommen ein Dutzend Patienten zu mir, und jeder fragt mich nach meiner Lebensgeschichte. Man gewöhnt sich daran.«

»Ihr könntet ihnen ja erzählen, dass Euch das Beispiel der Heiligen Lucilla inspiriert hat«, schlug Sigurd schroff vor.

Anna lachte. »Das wäre vielleicht einfacher gewesen. Was die Mönche betrifft, so befiehlt ihnen ihr *Typicon*, dass in ihren Klöstern ein Heiler zu Verfügung stehen muss, der Menschen beiderlei Geschlechts behandeln kann. Meistens gibt es zwei von uns in einem Kloster, aber mein Amtsbruder ist letztes Frühjahr gestorben, und sie haben ihn nicht ersetzt. Also arbeite ich für zwei.«

Ich nickte. »Und ist das besser als eine Ehe?«

Wieder lachte sie. »Meistens. Manchmal tragen die Männer mir eine Heirat an, aber es ist schwer, sich von einem Mann bezaubern zu lassen, nachdem man seinen Darminhalt auf schlechte Säfte untersucht hat. Die Mönche fürchten natürlich, ich könnte ihre Gedanken beflecken und halten sich fern, so gut sie können.«

Wahrscheinlich war sie für die Ordensmänner ein wahrer Sukkubus, der durch ihre gequälten Träume geisterte, doch das sagte ich nicht.

»Und was ist mit Euch?«, wollte sie wissen. »Der sonderbare Mann, der mir vormittags sterbende Knaben bringt und sie abends zurückhaben will. Arbeitet Ihr auch für den Kaiser, so wie Euer Gefährte?«

»Ich arbeite für mich selbst«, erwiderte ich fest.

»Niemand arbeitet für sich selbst.« Die Heftigkeit ihrer Worte überraschte mich. »Menschen arbeiten aus Gier oder aus Liebe oder aus Rache oder aus Scham.«

»Dann muss ich wohl aus Gier arbeiten. Und für die Rache anderer.« Ich dachte darüber nach. »In diesem Falle für die des Kaisers.«

»Und wie, Demetrios, seid Ihr zum Racheengel des Kaisers geworden?«

Ich deutete mit einer Geste auf die Klostermauern, die uns umgaben. »Ich habe an einem ganz ähnlichen Ort wie diesem angefangen, in einem Kloster in Isauria. Meine Eltern haben mich hingeschickt.«

»Hat Euch das Novizendasein behagt?«

»Es gab reichlich und regelmäßig zu essen. Ich fand Geschmack an Butter, die meine Eltern sich nicht leisten konnten, also bin ich geblieben.«

»Aber nicht für immer?«

Ich schüttelte den Kopf. »Mit fünfzehn bin ich weggelaufen, um zur Armee zu gehen. Ich wollte Türken und Ismailiten töten.«

»Und habt Ihr das getan?«

»Nein. Die Generäle waren zu beschäftigt damit, ihre Heere gegeneinander einzusetzen und zu versuchen, selbst den Kaiserthron zu besteigen. Die einzige Gelegenheit, Türken zu töten, hatte ich, als wir gegen einen Adligen gekämpft haben, der sie als Söldner angeworben hatte. Ich wollte nicht mit einem Pfeil in der Kehle sterben, nur weil unsere hochgeborenen Familien ihre Fehden quer durch das Imperium getragen hatten, also habe ich angefangen, für mich allein zu arbeiten. Wenigstens konnte ich mir aussuchen, wofür ich eintrat. Ein Kaufmann hat mich angeheuert, um ihn zu bewachen, und ich habe versagt, also habe ich, um meinen Ruf zu retten, seine Mörder ausfindig gemacht und sie getötet. Dann habe ich festgestellt, dass andere ähnlicher Dienste bedurften.«

»Ihr wart also ein Kopfgeldjäger.«

»Ja«, gab ich zu. »Kein Beruf, auf den man stolz sein kann, aber ein einträglicher. Und als sich mein Name herumsprach und meine Kunden illustrer wurden, verlagerte sich die Last der Arbeit vom Rächen immer mehr darauf, die Schuldigen zu entlarven. Schreiber, die ihre Herren bestahlen, Onkel, die ihre Nichten entführten und als Geisel gefangen hielten, Söhne, die um des Erbes willen ihre Väter umbrachten.«

»Und wie hat Eurer Frau Euer Beruf gefallen?«

Scharf blickte ich auf. »Was ist mit meiner Frau?«

»Was ist mit dem Ring an Eurem Finger?«

Sie zeigte auf meine rechte Hand, wo ich noch immer den schmalen Ring eines Liebenden trug, den ich vor sechzehn Jahren zum ersten Mal übergestreift hatte. Ich war neunzehn gewesen, erfüllt von Liebe und freudiger Erregung und mit dem Gewicht der ersten selbst verdienten Münzen in meiner Tasche: Ich hatte darauf bestanden, dass wir zum berühmtesten Goldschmied der *Mesi* gingen, obgleich all mein neu erworbener Reichtum nur für die geringsten seiner Schmuckstücke ausreichte. Später fand ich heraus, dass er mich selbst damit betrogen hatte, dass es sich lediglich um eine billige, vergoldete Metalllegierung handelte, doch da steckte der Ring bereits an meinem Finger, und ich war zu stolz, um ihn abzunehmen. Selbst jetzt noch. »Meine Frau ist tot. Sie ist vor sieben Jahren gestorben, an einer Blutung aus dem Unterleib.«

Völlig unerwartet streckte Anna den Arm aus, ergriff meine Hand und streichelte sie sanft. »Es tut mir Leid. Ich sollte nicht daran rühren.«

»Ihr wüsstet nicht, woran Ihr nicht rühren sollt, wenn Ihr nicht fragen würdet«, entgegnete ich automatisch und kämpfte mit der Ruhe und dem Unbehagen, die ich bei ihrer Berührung empfand. Ich verspürte einen Stich der Enttäuschung, als sie losließ.

»Außerdem«, fuhr ich fort, »rede ich zu viel.« Darüber gab es nur selten Klagen, und doch – genau wie die Berührung ihrer Hände – fand ich es gleichzeitig unnatürlich und erleichternd. Es war etwas an dem Selbstvertrauen dieser Frau, was andere zu Geständnissen ermunterte. »Es langweilt Sigurd bestimmt, mich über die Vergangenheit plappern zu hören.«

Wir schauten beide zu ihm hinüber, und Anna unterdrückte ein Kichern. Anscheinend hatte ich den Waräger in der Tat gelangweilt, so sehr, dass er, den Kopf gegen die Säule gelehnt, tief und fest schlief.

Ich dachte, Anna fröre oder wäre müde, doch sie machte keinerlei Anstalten zu gehen. Wir unterhielten uns leise, während die Nacht verstrich, bis meine Augen schließlich auch zuzufallen drohten. Die Pausen zwischen meinen Sätzen wurden länger, und einmal hielt mich nur ein spielerischer Klaps aufs Knie davon ab, Sigurd in die Traumwelt zu folgen. Anna erhob sich und reckte die Arme hoch über den Kopf, so dass sich ihr Gewand eng an ihren Körper schmiegte.

»Ich sollte schlafen«, sagte sie. »Morgen werden noch andere Patienten zu behandeln sein, außer dem Jungen. Im Krankentrakt steht ein leeres Bett, wenn Ihr Euch aus der Kälte retten wollt, Demetrios.«

Obgleich in ihren schlichten Worten nicht der leiseste Hauch von Lüsternheit lag, errötete ich trotzdem.

»Was ist mit Sigurd?«, fragte ich.

Anna beugte sich zu ihm hinüber und legte eine Hand an seine Wange. »Dem ist warm genug.«

»Er kommt von einer eisigen Insel am Rande der Welt.« Ich fragte mich, warum ich erstarrt war, als ich gesehen hatte, wie sie sein Gesicht berührte. »Wahrscheinlich ist er in Eispalästen aufgewachsen.«

»Ich lege ihm ein paar Decken über. Er wird schon hereinkommen, wenn er aufwacht und friert.«

Anna führte mich in den Krankentrakt, nachdem sie mir versichert hatte, dass keine Aussätzigen oder Pestkranken neben mir liegen würden. Ich kroch unter die Decke und verlor mich alsbald in Träumen, bis der Hahn krähte, die Mönche in ihre Kapelle zogen und Sigurd durch die Tür gepoltert kam und schwor, sich nicht länger hinhalten zu lassen.

η

Der Junge lag regungslos auf einem Bett; er trug nur eine einfache Tunika über seinen Verbänden. Ein feuchtes Tuch war über seine Stirn gebreitet, so dass er fast aussah wie ein fürs Begräbnis zurechtgemachter Leichnam. Allerdings riss er die blauen Augen vor Angst weit auf, als er Sigurd und mich über sich aufragen sah. Beklommen stellte ich fest, dass ich die ganze Nacht in dem Bett neben dem seinen geschlafen hatte.

Mit gefurchter Stirn blickte Sigurd Anna an, die zu Füßen des Jungen stand und keinerlei Anstalten machte, zu gehen.

»Wir werden ihn nicht foltern«, sagte er. »Nur mit ihm reden.« Er rieb sich den steifen Nacken. »Aber es gibt Dinge, die Euch nicht zu Ohren kommen sollten.«

Zu meiner Erleichterung hatte Anna mich während unserer gesamten Unterhaltung gestern Nacht nicht gefragt, was wir von dem Knaben wollten. Jetzt allerdings verschränkte sie die Arme vor der Brust und bot Sigurds Übellaunigkeit die Stirn.

»Ihr könnt nicht mit ihm reden«, sagte sie. »Nicht ohne mich.«

»Ich werde mit ihm reden, Hohe Dame, ob Ihr wollt oder nicht.« Müdigkeit, Enttäuschung und Ungeduld hoben Sigurds Stimmung nicht gerade. »Und wenn ich sage, dass Ihr nicht dabei sein werdet, dann werdet Ihr entweder hinausgehen, oder Ihr werdet von meinen Männern in die kaiserlichen Verliese geschleift, damit Ihr Gehorsam lernt.« Ein Dutzend Waräger waren im Morgengrauen vor dem Kloster aufgetaucht und hatten zum offenkundigen Entsetzen der Mönche vor Türen und Toren Posten bezogen.

Annas Griff um den Bettpfosten wurde fester. »Und wer von Euch beiden spricht Fränkisch?«

Jetzt starrten wir sie beide verdutzt an. »Fränkisch?«, wiederholte ich. »Wieso sollte einer von uns Fränkisch sprechen?« An Sigurds Schweigen merkte ich, dass er diese Sprache nicht besser beherrschte als ich.

»Weil Ihr sonst ebenso gut mit einem Fisch reden könnt. Ich habe gestern fast den ganzen Tag bei dem Jungen verbracht, und das Einzige, was er gesprochen oder verstanden hat, war Fränkisch.«

»Und Ihr habt natürlich ebenfalls Fränkisch gesprochen und verstanden.« In Sigurds Miene brodelte die Wut, doch Anna zuckte nur die Achseln.

»Einigermaßen. So dicht bei den Stadttoren bekomme ich bei meinem Tagewerk immer wieder Pilger zu sehen; viele davon sind Franken. Ein Physicus, der seine Patienten nicht dazu bewegen kann, ihm zu sagen, was ihnen fehlt, wird wahrscheinlich nicht viele von ihnen kurieren.«

Feindseliges Schweigen herrschte im Raum. Verflucht sollte der Mönch sein, dachte ich, dass er sich dieses barbarischen Packs aus Bulgaren und Franken bedient hatte. Ob er das nun absichtlich getan hatte oder ob er die einzigen Männer hatte nehmen müssen, die er finden konnte, auf jeden Fall hatte er uns jede nur erdenkliche Hürde in den Weg gestellt.

»Wir bringen ihn in den Palast«, entschied Sigurd schließlich mit vor Zorn bebender Stimme. »Einer der Sekretäre spricht gewiss Fränkisch. Und wir sollten den Burschen irgendwo unterbringen, wo er nicht fliehen kann.«

»Wenn Ihr diesen Jungen von hier fortbringt, noch dazu ins Gefängnis, ist er vor Sonnenuntergang tot.« Anna war unbeeindruckt von Sigurds Wut; im Gegenteil, ihr schien daraus sogar Stärke zuzuwachsen, die sie ihm sofort wieder entgegenschleuderte.

»Er sollte sowieso sterben.« Sigurd umklammerte jetzt seinen Axtgriff mit der Faust, als zermalme er einem Mann das Genick; ich fürchtete, dass die Gewaltbereitschaft seiner Worte bald in seinen Händen Gestalt annehmen würde. »Für sein Verbrechen ist der Tod die einzig gerechte Strafe.«

»Wir wollen nicht, dass der Junge stirbt.« Ich sprach mit großer Entschiedenheit und starrte sowohl Anna als auch Sigurd finster an. »Wenn die Heilerin sagt, dass wir ihn nicht von hier wegbringen können, dann werden wir ihn nicht wegbringen.« Mit einer Geste deutete ich auf den Raum; die wenigen Fenster waren so klein, dass kaum ein Vogel hätte hindurchfliegen können. »Wenn wir eine Wache vor die Tür stellen und eine zweite hier drinnen postieren, wird der Knabe gleichzeitig vor Schaden bewahrt und an der Flucht gehindert. Und jetzt, da wir die ganze lange Nacht gewartet haben, um mit ihm zu sprechen, und da jede Minute, die wir vergeuden, den Feinden des Kaisers – zu denen wir außer dem Jungen keinerlei Verbindung haben – Zeit und Beistand verschafft, schlage ich vor, dass wir augenblicklich von Annas Kenntnissen Gebrauch machen.«

Sigurds Brust schwoll so gewaltig an, dass ich bereits fürchtete, er werde aus seinem Harnisch herausplatzen. Klirrend schlug er seine Armschienen gegeneinander, dann hieb er mit der Faust auf den Holztisch neben sich.

»Ich gehe zum Palast und suche jemanden, der Fränkisch spricht«, verkündete er, die Stimme brüchig vor mühsam beherrschter Wut. »Jemand Vertrauenswürdigen. Was Ihr tut, bis ich zurückkehre, ist Eure Sache, Askiates, aber Ihr werdet dafür ganz allein Rede und Antwort stehen.«

»Ich stehe dem Mann Rede und Antwort, der mich bezahlt«, gab ich zurück. Sigurds Zorn begann mich zu langweilen, obgleich ich niemals das Gefühl hatte, dass er nur gespielt war. »Und er bezahlt mich nicht dafür, dass ich meine Zeit nutzlos vertue.«

Mit einem letzten, entschlossenen Schnauben stürmte Sigurd aus dem Raum und herrschte seine Männer wegen irgendwelcher eingebildeter Unzulänglichkeiten an, als er im Innenhof an ihnen vorbeikam. Dann war alles still; durch das Fenster hörte ich die gedämpfte Liturgie der Ordensbrüder.

Die Schamesröte im Gesicht sah ich Anna an. »Ich entschuldige mich für seinen Jähzorn. Er setzt zu viel Vertrauen in Fäuste und Schwerter und stellt seine Pflicht weit über alles andere.«

Sie schenkte mir ein dünnes Lächeln. »Euch trifft keine Schuld. Aber wenn Ihr Eure Zeit sinnvoll nutzen wollt, solltet Ihr lieber auch gehen.«

»Was? Habt Ihr nicht gehört, was ich ihm gesagt habe? Ich muss unbedingt mit dem Jungen reden.«

»Ihr werdet mehr von ihm erfahren, wenn Ihr draußen auf den Stufen sitzt. Seht ihn Euch doch an. Ihr und der Wachsoldat habt ihn halb zu Tode geängstigt – und der Tod war sowieso schon ungemütlich nahe.«

Es stimmte: Während wir geredet hatten, hatte sich der junge Bursche unter seiner Decke verkrochen und umklammerte jetzt sein Kopfkissen, als wäre es eine Mutter. Seine Augen waren fest zugekniffen.

»Sagt mir, was Ihr ihn fragen wollt«, beharrte Anna. »Sagt es mir, und dann lasst mich mit ihm allein.«

Einen Augenblick lang zögerte ich, suchte in ihrer Miene nach Zeichen des Verrats. Konnte ich ihr vertrauen? Wenn bekannt würde, dass ein Knabe nur eine Handbreit davon entfernt gewesen war, den Kaiser zu ermorden und jetzt hier untergebracht war, würde es einen Aufruhr geben. Niemand wäre mehr sicher, auch ich nicht. Doch indem ich mich gegen Sigurd durchgesetzt hatte, hatte ich mich – und mein Vertrauen – auf Annas Seite gestellt: Sie würde alles erfahren müssen, es sei denn, ich wollte, dass er im Triumph zurückkehrte. Das war etwas, was mein Stolz nicht zulassen konnte.

Ich holte tief Atem und erzählte Anna mit klopfendem Herzen alles. Der Anschlag auf den Kaiser, der Zuhälter Vassos, Kayolan der Bulgare und der sonderbare Mönch, der ihn angeworben hatte, und wie wir den Knaben gefunden hatten. Ich schilderte ihr sogar die *Tzangra*, jene barbarische Waffe von wundersamer Kraft, denn ich war besonders begierig, zu erfahren, was der Junge darüber wusste. Als ich schließlich geendet hatte, befolgte ich ihren Rat: Ich ging nach draußen, wich den misstrauischen Blicken aus, die Sigurds Wachen mir zuwarfen, und setzte mich in der frischen Morgenluft auf die Stufen. Dort wartete ich.

Zum Glück erschien Anna, bevor Sigurd zurückkam. Sie lächelte zur Begrüßung, doch alles Spielerische war aus ihrem Antlitz verschwunden, und sie wurde sogar noch ernster, als sie zu sprechen begann. Ich hörte zu, unterbrach sie nur selten und fragte nur gelegentlich nach Einzelheiten. Die Geschichte war geradezu schmählich alltäglich, fast schon nüchtern, und ich hegte nur wenig Zweifel daran, dass sie trotz aller sprachbedingten Einschränkungen im Großen und Ganzen der Wahrheit entsprach. Nur eines klang falsch daran, und ich ließ Anna noch einmal zurückgehen und den jungen Burschen bedrängen, bis ich mit der Antwort zufrieden war. Dann erhob ich mich, um zu gehen.

»Wollt Ihr nicht auf Euren jähzornigen Freund warten?«, erkundigte sich Anna. »Er sollte bald zurück sein.«

Oder auch nicht; ich bezweifelte, dass der Hipparch ihm noch einmal ein Pferd leihen würde, nachdem wir seine beiden Tiere gestern Abend so geschunden hatten. »Ich glaube, es wäre klüger, wenn ich gehe. Es gibt da etwas in der Geschichte des Jungen, dem ich nachgehen muss.« Und es würde Sigurd über alle Maßen ärgern, wenn er mich nicht hier vorfand. »Sigurd wird Euch bestimmt genau sagen, was er verlangt, aber lasst ihn auf keinen Fall den Jungen von hier fortbringen.«

Anna zeigte die Zähne. »Das soll er nur versuchen.«

»Gut.« Der Knabe war zu wertvoll, um ihn Kerkermeistern und Folterknechten zu überlassen, und Wunden wie die seinen würden in der feuchten Luft der Verliese faulen und sich in die Knochen fressen. Außerdem konnte ich mich nicht von dem immer stärkeren Gefühl befreien, dass ein Teil meines Lebens jetzt mit dem seinen verbunden war.

»Ich komme heute Abend wieder, oder vielleicht morgen.«

»Ich freue mich darauf.«

Seltsam gewärmt von diesen Abschiedsworten verließ ich das Kloster und eilte auf die Stadt zu, wobei ich mich von der Hauptstraße fern hielt, um ein Zusammentreffen mit Sigurd zu vermeiden. Ich suchte die Kais auf, die Werkstatt von Lukas dem Pfeilmacher sowie einen Mann, der mir drei verschrumpelte Flaschenkürbisse verkaufte; danach zog ich mich auf die Wiesen in der Nähe der Westmauer zurück, wo ich den Nachmittag damit verbrachte, meine Schultermuskeln zu überanstrengen und einen zuschauenden Krähenschwarm in Angst und Schrecken zu versetzen. Schließlich machte ich mich erschöpft, aber zufrieden, auf den Rückweg zum Palast.

Aelrich, der grauhaarige Waräger, stand am Tor; er lächelte, als er mich erblickte.

»Gut, dass Ihr zu meinem Eingang gekommen seid, Demetrios. Euer Name wurde heute im Palast oft genannt, und nur selten im Guten.«

»Sigurd?«

»Fürwahr.« Aelrich verlagerte das Gewicht seiner Axt ein wenig. »Er schwört, Ihr wärt ein Gehilfe jener, die dem Kaiser schaden wollen. Das heißt, wenn er Euch nicht gerade verflucht und Euch einen Söldner nennt, der einzig und allein darauf aus ist, die Schatzkammern zu plündern.«

Ich schnaubte; ich hatte genug Sticheleien über Geld zu hören bekommen. »Und weshalb kämpft Sigurd für den Kaiser? Ist er ein Römer, der kämpft, um seinen

Herrscher und sein Reich zu erhalten? Nein. Er kämpft aus denselben Gründen wie all die anderen Patzinaken, Türken, Venetianer und Nordmannen in unseren Legionen: Gold und Ruhm. Viele würden sagen, dass dies das Einzige ist, wofür es sich zu kämpfen lohnt.«

Ein finsterer Ausdruck glitt über Aelrichs von tiefen Falten gezeichnetes Gesicht. »Zweifelt nicht an Sigurds Ergebenheit Byzanz gegenüber, Demetrios. Er nimmt das Gold und freut sich an seinem Ruhm, wie es jeder Krieger tun sollte, aber er liebt den Kaiser, wie ein Mönch seinen Gott liebt. Wäre der Kaiser von unzähligen Feinden umringt und alles verloren, Sigurd wäre der letzte Mann, der noch aufrecht an seiner Seite stünde – ob es nun Gold gäbe, um ihn zu bezahlen oder nicht. Von wie vielen Türken und Patzinaken könnt Ihr das behaupten?«

Ich verdrehte die Augen. »Ein Gläubiger mag gesegnet sein, aber ein Eiferer ist gefährlich – und seine Liebe wendet sich zu leicht gegen sich selbst. Und außerdem bin ich hier, um mit dem Haushofmeister Krysaphios zu sprechen, nicht mit Sigurd.«

»Ihr habt ein Geschenk für ihn, nicht wahr?« Aelrich betrachtete das Bündel, das ich unter dem Arm hielt. Es war breit und flach und in Sacktuch eingewickelt. Es hätte eine gemalte Ikone sein können, doch war es alles andere als das.

»Etwas, das er bestimmt sehen will«, erwiderte ich. »Wenn man mich nicht aus dem Palast verbannt hat, weil ich wertvolle Zeugen so lange am Leben erhalten wollte, bis sie ihre Geschichte erzählt haben.«

Aelrich nickte. »Krysaphios wird Euch empfangen.«

Mit einem letzten misstrauischen Blick auf mein Paket öffnete er das Tor und ließ mich in den Palast eintreten. Wieder durchquerten wir unzählige Höfe und blanke Gemächer, doch es war anders als bei meinem letzten Besuch: Jetzt erschien mir nichts davon mehr so prachtvoll wie vorher. Das Plätschern der Springbrunnen kam mir leiser vor, die Wohlgerüche, die in der Luft lagen, weniger duftend und die Gesichter derer, denen wir begegneten, verkniffener.

Ich sah Aelrich mit niemandem sprechen, doch Krysaphios erwartete mich bereits. Er stand dort, wo wir uns das letzte Mal getroffen hatten, in einem von den Marmorbüsten alter Dynastien gesäumten Säulengang. Seine Lippen waren schmal vor Zorn, und noch ehe ich den offenen Platz überquert hatte, empfing er mich mit scharfen Worten.

»Der Warägerhauptmann schwört, dass Ihr großes Unheil angerichtet habt, Demetrios. Ihr wurdet angeworben, um denjenigen zu finden, der den Kaiser meuchlings ermorden wollte, nicht um ihn im Schutz eines Klosters zu verstecken. Falls dieser barbarische Lustknabe tatsächlich der ist, den wir suchen.«

Für einen einzigen Tag hatte ich genug solcher Reden gehört. Ohne mich zu einer Antwort herabzulassen, zog ich das Sackleinen von meinem Bündel, hob es an die Schulter und drückte auf den Hebel. Der Eunuch riss vor Schreck die Augen auf, als er meine Absicht erriet; er warf sich höchst würdelos bäuchlings zu Boden, als der Bolzen meiner Waffe mit einem summenden Krachen in die Luft fuhr. Das Geschoss verfehlte ihn um viele Schrittlängen und traf eine Büste, deren steinernes Antlitz in unzählige Bruchstücke zersprang.

Ich konnte die rennenden Schritte der Wachen hinter mir hören, aber ich hatte mein Argument vorgebracht. Langsam senkte ich die Waffe und breitete in einer Geste der Unschuld die Arme aus.

Krysaphios kam wieder auf die Beine; seine schimmernden Gewänder waren zerknittert und staubig, seine goldene Kappe verrutscht. Sein glattes Gesicht war starr vor Wut.

»Erdreistet Ihr Euch, diesen geheiligten Ort zu betreten und mich zu ermorden?«, kreischte er. »Soll ich Euch im Verlies anketten lassen, damit die Folterknechte Euch Zoll um Zoll in Stücke reißen? Wie könnt Ihr es wagen, eine solche Waffe auf mich zu richten, der ich zu Füßen der Kaiser schlafe und die Geschicke ganzer Reiche lenke? Ebenso gut hättet Ihr sie auf meinen Gebieter selbst richten können.«

»Habt Ihr Euch besudelt?« Ich hatte vorgehabt, mit meinem Streich seine Aufmerksamkeit zu gewinnen, jetzt jedoch waren wir beide jenseits aller Beherrschung. »Dies ist die Waffe, die auf Euren Gebieter gerichtet *wurde,* die, hätte sie nicht um eine Handbreit gefehlt, seinen Schädel zerschmettert hätte wie jene Marmorbüste dort. Ich, Demetrios, habe sie gefunden. Genau wie ich auch den Knaben gefunden habe, der vor vier Tagen damit auf den Kaiser geschossen hat. Wenn Ihr glaubt, ein barbarischer Berserker hätte das ebenso gut gekonnt, ein Mann, der anderen lieber den Kopf abschlägt, anstatt sich ihre Geheimnisse anzuhören, dann schickt doch das nächste Mal ihn.«

Ich kehrte ihm den Rücken zu und schaute zu den Bronzetüren hinüber. Eine Reihe Waräger – Gott sei Dank nicht Sigurd – versperrte sie, die Äxte erhoben. Plötzlich fragte ich mich, ob ich mich nicht furchtbar verrechnet hatte.

»Demetrios.«

Krysaphios' Ruf ließ mich innehalten, doch ich hielt den Blick von ihm abgewandt.

»Demetrios.«

Der Klang seiner Stimme war jetzt ruhiger, er schien seinen Zorn gezügelt zu haben. Widerstrebend drehte ich mich zu ihm um.

»Ihr könnt nicht erwarten, dass ich es als Scherz abtue, wenn Ihr Euren Bogen auf den *Parakiomenos* abschießt.« Die Wut in seiner Stimme mochte er unterdrückt haben, doch sie loderte noch immer in seinem Gesicht.

Ich lächelte grimmig. »Glaubt mir, Eunuch – hätte ich meinen Bogen *auf Euch* abgeschossen, so hättet Ihr keinen Atem mehr, um zu sprechen oder zu fluchen.« Ich hob die Hand, um seine Erwiderung abzuwehren. »Und ich auch nicht, ich weiß. Ich bedrohe Euch ja nicht, ich äußere mich nur zu der wundersamen Zielgenauigkeit dieser Waffe, dieser *Tzangra*. Und zu ihrer beängstigenden Durchschlagskraft.«

Krysaphios schaute auf die Trümmer der Büste zu seinen Füßen. »Das war die Mutter des Kaisers«, tadelte er mich. »Gefertigt nach einem antiken Relikt. Er wird verstimmt sein.«

»Er wäre noch verstimmter, wenn es *sein* Kopf gewesen wäre, den der Pfeil getroffen hat.«

Ich ging auf Krysaphios zu und hielt ihm den Bogen hin, damit er ihn betrachten konnte. Es war eine außergewöhnliche Waffe, fast genauso, wie der genuesische Kaufmann sie in der Schenke beschrieben hatte, jedoch von noch eleganterem und tödlicherem Äußeren. Geschwungene Hörner wölbten sich wie Schwingen am Ende eines Schafts, dessen anderes Ende so zu einem Kolben geschnitzt war, dass er sich genau an die Schulter eines Mannes schmiegen konnte. Eine Rille war der Länge nach in den Schaft gegraben worden, um den kurzen Pfeil aufzunehmen, und dahinter befand sich ein Haken mit einem Hebel daran, um die Bogensehne gespannt zu halten. Wie ich heute Nachmittag anhand meiner Flaschenkürbisse festgestellt hatte, war es zwar unglaublich einfach zu erlernen, wie man damit zielte, die Bogensehen zu spannen, andererseits allerdings eine große Belastung für die Schultern. Kein Wunder, dass der Attentäter nur einen einzigen Schuss hatte abgeben können.

»Und dies habt Ihr bei dem Knaben gefunden?« Krysaphios zupfte an der Sehne, konnte sie jedoch kaum bewegen. »Davon hat Sigurd mir nichts gesagt.«

»Der Junge hatte sie in der Nähe des Hafens versteckt. Er hat mir gesagt, wo sie ist, und ich habe sie geholt.« Was er mir wirklich erzählt hatte, war, dass er sie ins Meer geworfen hatte, doch ich hatte mich geweigert, zu glauben, dass er eine so wertvolle Waffe einfach fortgeworfen hatte. »Er nennt das Ding eine Arbaleste.«

»Und wo hat er es her?« Krysaphios' Tonfall war jetzt drängend; unablässig schritt er auf und ab und trat mit der Fußspitze nach den Stücken der Marmorbüste.

»Der Junge hat nur Fränkisch gesprochen; ich habe seine Geschichte durch eine Dolmetscherin erfahren. Es gab vieles, was sie nicht verstanden hat, aber ich glaube, das Wesentliche weiß ich. Er ist vor einer Weile als Pilger hergekommen, ich glaube, zusammen mit seinen Eltern, obgleich diese jetzt tot sind. Nach ihrem Tod hat er sich mit Betteln und Stehlen in den Elendsvierteln durchgeschlagen, so gut er konnte. Dann ist vor einem Monat ein Mann zu ihm gekommen und hat ihm Gold dafür geboten, dass er ihn begleitet. Er wurde zu einem Treffen mit einem Mönch gebracht, der ihn und vier bulgarische Söldner in eine Villa tief im Wald gebracht hat.

Dort hat der Mönch ihn zwei Wochen lang im Umgang mit der Arbaleste unterwiesen – wie Ihr gesehen habt, ist sie ungemein einfach zu handhaben. Als sie zurückkehrten, hieß man ihn, auf ein Haus in den *Mesi* zu steigen und den Kaiser zu ermorden, wenn dieser vorbeikam. Gestern hat er eine Nachricht erhalten, dass er sich seinen Lohn an einem ganz bestimmten Brunnen abholen solle, doch als er dort ankam, ist ein Bulgare auf ihn losgegangen und hätte ihn beinahe getötet. Dort haben wir ihn gefunden.«

»Wieso der Junge? Wieso sollte jemand ihn mit dieser Aufgabe betrauen, wenn unerschrockene Söldner zur Hand waren? Gewiss wären die doch weitaus besser geeignet, diese Waffe zu führen?«

Ich hatte diese Frage den ganzen Nachmittag lang gewälzt. »Es gibt Orte, wo ein Knabe nicht bemerkt wird, wo erwachsene Männer jedoch auffallen würden. Viele Kinder haben auf dem Dach des Hauses gespielt, in dem der Elfenbeinschnitzer wohnt. Es hätte keinerlei Misstrauen erregt, wenn sich noch ein weiteres dazugesellt hätte. Und nach der Tat hätte man sich seiner leichter entledigen können.«

Meine Theorie schien Krysaphios zufrieden zu stellen, obwohl er nichts sagte. Stattdessen hob er einen Finger, und ein Sklave tauchte hinter einer Säule auf. »Benachrichtige den Kerkermeister. Sag ihm, er soll dem Bulgaren alles entlocken, was er über den Jungen weiß, außerdem den Standort der Villa, wo dieser unterrichtet wurde. Es könnte sein, dass der fremde Mönch sich dort noch immer zu schaffen macht.« Der Sklave verneigte sich tief und rannte davon, und Krysaphios wandte sich wieder an mich. »Hat Euch der Knabe den Mönch beschrieben?«

»Er sagte, er hätte dunkles Haar, wie meins, aber mit einer Tonsur. Seine Nase war schief, als wäre er einmal an einer Schlägerei beteiligt gewesen, doch der Rest seiner Züge sei kantig und hart gewesen. Ich habe ihn nicht weiter bedrängt, weil er von seinen Wunden noch geschwächt war. Ich dachte, dafür sei später noch Zeit.«

»Weniger Zeit, als Ihr denkt.« Krysaphios verschränkte die Arme. »Eine große Gefahr nähert sich unserer Stadt, Demetrios, und wenn sie über uns hereinbricht, werden wir all unsere Kräfte brauchen, um ihr zu trotzen. Wenn wir diesen Mönch nicht binnen zwei Wochen finden, kann er ein Unheil anrichten, das uns alle vernichtet. Der Kaiser ist der Kopf auf dem Körper des Reiches, und wenn er tot ist, sind wir nur noch ein Kadaver, der der Verwesung harrt.«

»Was für eine Gefahr?« Krysaphios hatte fast so gesprochen, als hätten die Engel ihre Posaunen erschallen lassen und das Tier mit den zehn Hörnern hätte sich erhoben, um uns zu verschlingen. »Kommen die Normannen wieder? Ich habe nichts davon gehört, dass die Heere sich auf dem Hebdomon gesammelt hätten, ebenso wenig, wie ich den Kaiser habe in den Krieg reiten sehen. Würde uns solch eine schreckliche Gefahr drohen, so würde er ihr doch gewiss entgegentreten und sie nicht einfach über uns kommen lassen?«

»Die Art der Bedrohung und wie der Kaiser ihr begegnet, sind nicht Eure Angelegenheit«, wehrte Krysaphios finster ab. »Ihr solltet Euch damit befassen, jene zu finden, die ihn töten wollen.«

»Das habe ich getan.« Kein Eunuch würde mich mit seinem unheilvollen Gebrabbel aus der Fassung bringen, und ich habe es noch nie leiden können, wenn man mir sagt, ich sei nicht würdig, verlockende Geheimnisse zu erfahren. Deshalb habe ich mir wohl meinen Beruf ausgesucht. »Ich habe den Jungen gefunden, der sich als Meuchelmörder verdingen wollte, und die Waffe, die er bei dem Versuch benutzt hat. Indem ich dies so schnell erledigt habe, habe ich sogar Eure Börse ein wenig geschont.«

»Meine Börse ist tief genug. Und glaubt Ihr wirklich, Ihr hättet die Aufgabe gelöst, indem Ihr einen verängstigten Knaben und sein barbarisches Spielzeug gefunden habt? Was ist mit dem Mönch? Meint Ihr, das Ganze war lediglich eine Laune von ihm, und dass er nun, da sein Plan nicht geglückt ist, ins Frankenland zurückkehrt? Er hatte genug Geld, um vier Leibwächter, eine Villa und diese Waffe zu kaufen – hat er das als Almosen von mildtätigen Spendern erhalten? Und inwiefern würde ihm der Tod des Kaisers nützen? Irgendjemand muss ihm Geld gegeben haben – jemand, der viel zu gewinnen hätte, wenn der Thron leer wäre. Jemand, der es sich höchstwahrscheinlich nicht anders überlegen wird, nur weil sein erster Versuch fehlgeschlagen ist.« Er schnaubte. »Ihr habt überhaupt nichts gefunden, Demetrios: Ihr habt das erste Glied einer langen, verworrenen Kette aufgehoben. Erlaubt Euch Euer Stolz, es so rasch wieder fallen zu lassen?«

Er mochte die Stimme einer Frau und den Körper eines Krüppels haben, sein Verstand und seine Zunge jedoch waren so scharf wie die einer Schlange. Und er wusste, was im Inneren eines Menschen vorging: Ich würde den Auftrag nicht abgeben, denn ich erkannte ebenso deutlich wie er, dass wir kaum angefangen hatten. Jetzt zu behaupten, das Ganze sei erfolgreich abgeschlossen, hieße, es einem Physicus gleichzutun, der einem Aussätzigen den Arm abnimmt und ihn für geheilt erklärt. Doch so ohne weiteres würde ich das nicht zugeben.

»Wenn ich weitermachen soll, brauche ich gewisse Zugeständnisse. Die Waräger müssen mir gehorchen, wenn sie mich begleiten. Der Junge muss in der Obhut der Heilerin in dem Kloster verbleiben, wo er sich gegenwärtig befindet: Unsere Kette mag verworren sein, aber er ist das einzige Glied, das wir in der Hand haben, und es ist ein zerbrechliches Glied. Und Ihr müsst mir anvertrauen …«

Ich brach ab, als ein Sklave aus den Schatten gerannt kam, derselbe, den Krysaphios in die Verliese geschickt hatte. Er zögerte und zauderte nicht, sondern fiel augenblicklich vor dem Eunuchen auf die Knie.

»Erbarmen, Herr«, stammelte er, noch ehe ihm die Erlaubnis erteilt worden war, zu sprechen. »Der Kerkermeister hat die Zelle des Bulgaren geöffnet. Er ist tot.«

Der Bulgare war noch immer an den Handgelenken aufgehängt, so wie ich ihn gestern gesehen hatte, jetzt jedoch war sein Kinn auf die Brust gesunken und die Beine unter ihm eingeknickt. Die Vorderseite seines Körpers war blutüberströmt, fast bis zur Taille hinunter, und als ich seinen Kopf anhob, sah ich, warum. Jemand hatte ihm eine Klinge an die Kehle gesetzt und sie beinahe über ihre ganze Breite durchgeschnitten. Keine Luftblasen quollen über die herabhängenden Hautlappen, und meine Hand blieb trocken.

»Das Blut ist hart«, sagte ich. »Das hier ist vor ein paar Stunden getan worden, vielleicht sogar noch gestern Nacht. War seitdem niemand mehr hier?«

»Er sollte den ganzen Tag nichts zu essen bekommen. Um seinen Appetit aufs Antworten anzuregen.« Nicht einmal dieses Grauen konnte Krysaphios' Stimme ihren Stachel ganz nehmen.

»Niemand ist hier hereingekommen, nachdem Euer Erhabenheit ihn verlassen hat«, beteuerte der Kerkermeister. »Und die Waräger haben ihn die ganze Nacht bewacht.«

Ich wandte mich an Krysaphios. »Es scheint, als wärt Ihr der Letzte gewesen, der ihn lebend gesehen hat.«

»Nicht der Letzte, Demetrios.« Die Augen des Eunuchen waren kalt. »Ein Mann mit Euren Fähigkeiten kann gewiss erkennen, dass der Bulgare sich dies nicht selbst zugefügt hat, es sei denn, er war ein äußerst geschickter Akrobat. Und die Waffe, die es angerichtet hat, ist verschwunden. Was immer Ihr auch Gegenteiliges behauptet, Kerkermeister, irgendjemand war hier drinnen.«

»Jemand, der sichergehen wollte, dass der Bulgare keine weiteren Geheimnisse ausplaudern kann«, pflichtete ich ihm bei. »Und jemand, der uns eine Botschaft zukommen lassen wollte.«

»Eine Botschaft? Mehr als dass er den Bulgaren zum Schweigen bringen wollte?« Krysaphios war ungeduldig.

»Eine Botschaft, dass der Palast keinen Schutz bietet, dass er – wer auch immer er ist – überall zuschlagen kann, wo es ihm beliebt. Hätte er es heimlich tun wollen, so hätte er den Bulgaren von seinen Ketten befreien und das Messer neben ihm liegen lassen können, damit es so aussähe, als habe er sich selbst getötet. Wer immer das hier getan hat, ist vor den Augen der Wachen hier hereingekommen. Und will uns wissen lassen, dass er das wieder tun kann.«

Krysaphios drehte sich zu dem Waräger um, der in der Tür stand. »Sucht Euren Hauptmann und lasst ihn heute Nacht die Leibwache des Kaisers verdoppeln. Dann durchsucht das Palastgelände – es könnte sein, dass der Meuchelmörder sich noch in unserer Mitte versteckt.«

Ich hatte meine Zweifel, behielt sie jedoch für mich. »Was ist mit dem Jungen?«, gab ich zu bedenken. »Wenn unsere Feinde das fürchten, was der Bulgare verraten könnte, um wie viel größere Sorgen müssen sie sich dann erst wegen des Knaben machen?«

»Sigurd hält am Kloster Wache, und er hat mehr Männer, als er dafür braucht. Ihr könnt Euch ihm anschließen, wenn Ihr wollt.« Krysaphios ging auf die niedrige Tür zu. »Ich muss mich um den Kaiser kümmern.«

»Ich werde nach Hause gehen.« Es war zwei Tage her, dass ich meine Töchter das letzte Mal gesehen hatte, und obwohl es schon öfter vorgekommen war, dass ich nachts nicht heimgekommen war, ängstigte es sie doch jedes Mal. Und mich auch. »Morgen werde ich sehen, welche Geheimnisse der Junge noch enthüllen kann.«

»Wenn er am Leben bleibt. Vergesst nicht, Demetrios, wir haben nicht viel Zeit, um diese Verschwörung aufzudecken. Zwei Wochen, dann ist die Gefahr über uns.« Krysaphios musterte den pendelnden Leichnam mit einem letzten, forschenden Blick. »Vielleicht sogar weniger.«

Noch immer wusste ich nicht, was für ein heraufziehendes Unheil diese Dringlichkeit erforderlich machen könnte. Doch wenn es die Stimme von Krysaphios so zum Zittern bringen konnte, dem Eunuchen, der neben dem Kaiser schlief und ganze Reiche lenkte, dann wusste ich, dass auch ich es fürchtete.

θ

Meine Töchter waren ungewöhnlich zurückhaltend, als ich heimkehrte: Helena lag im Bett und murmelte lediglich etwas, als ich zu ihr hineinschaute, während Zoe mir unter belanglosem Geplapper kaltes Gemüse vorsetzte. Beim Frühstück am nächsten Morgen jedoch bekam ich die volle Wucht von Helenas Missbilligung zu spüren.

»Du vernachlässigst deine Pflichten als Vater«, beschwerte sie sich. »Was wäre, wenn nachts ein normannischer Plünderer aufgetaucht wäre und mich entführt hätte? Was wäre, wenn ich deine Abwesenheit dazu genutzt hätte, mit dem Sohn des Schmiedes durchzubrennen?«

»Was wäre dann? Du bist nicht durchgebrannt. Und meine allererste Pflicht ist, dafür zu sorgen, dass ihr Brot in den Bauch bekommt.« Ich kaute mein Frühstück geräuschvoll, um zu betonen, wie ernst ich meine Verpflichtungen nahm.

»Wenn du schon nie hier bist, um mich zu beschützen, dann könntest du dir wenigstens die Mühe machen, einen Mann zu finden, der es tut.«

»Mir ist Brot lieber.« Zoe biss in ihre eigene Scheibe und zwinkerte mir über den Tisch hinweg zu. Ich versuchte, mir einen strengen Blick abzuringen, um sie dafür zu tadeln, dass sie ihre Schwester ärgerte, doch es war wohl nicht sehr überzeugend.

»Die Tante des Gewürzhändlers ist gestern vorbeigekommen, um über ihren Neffen zu sprechen«, fuhr Helena gebieterisch fort. »Und vorgestern auch. Ich glaube, sie verzweifelt langsam daran, dich jemals anzutreffen.«

»Vielleicht kommt sie ja nie wieder«, fügte Zoe hinzu. Ihr Gesicht war ernst. »Dann wirst du für immer eine alte Jungfer sein, Helena, und musst dein ganzes Leben lang an deinem Webstuhl sitzen. Wie Penelope.«

Ich schluckte die Krümel hinunter, die mir im Hals steckten. Mir war bekannt, dass die Familie des Gewürzhändlers sich nach Helena erkundigt hatte, und dass ich mich an seine Mutter hätte wenden sollen, um über die Mitgift zu verhandeln, doch dafür schien einfach keine Zeit zu sein. »Wenn die Tante des Gewürzhändlers wiederkommt und ich nicht da bin, hast du meine Erlaubnis, dich mit ihr auf eine Mitgift zu einigen.«

»Und was ist, wenn ich mich auf etwas Maßloses einlasse? Was ist, wenn sie behauptet, ihr Neffe sei der teuerste Mann, der für Gold zu haben ist, und ich stimme zu?«

»Dann«, erwiderte ich und wischte mir den Mund ab, »wirst du froh sein, dass ich so hart gearbeitet habe, um mir das leisten zu können.«

Ich weiß, dass es Männer gibt, die getrennt von den Frauen ihrer Familien essen; viele angesehene Männer verurteilen das gemeinsame Essen sogar, weil es angeblich zu Streit und Zwietracht führt. Würde ich auf sie hören, so wäre ich wahrlich einsam, von Zeit zu Zeit jedoch frage ich mich, ob mir etwas mehr Respekt vor der Tradition nicht gut täte.

Zumindest jedoch stählt mich dergleichen für Begegnungen mit streitbaren Frauen. Wie die, die ich vorfand, als ich den Innenhof des Klosters des Heiligen Andreas betrat.

»Ihr könnt nicht mit dem Jungen reden, und von hier fortbringen könnt Ihr ihn ganz sicher nicht.« Anna, die Heilerin, stand breitbeinig und mit vor der Brust verschränkten Armen da. Ihr Haar war unter einem schlichten Leinenschal zurückgebunden – sittsamer, als ich es je gesehen hatte –, doch sie trug noch immer ihr grünes Kleid. Der seidene Gürtel lag hoch auf ihren Hüften und bildete ein V dazwischen, das meinen Blick auf unzüchtige Weise nach unten lenkte, und das brachte mich ebenso sehr aus dem Gleichgewicht wie ihr unbeugsamer Tonfall.

»Ist er dem Tode nahe?« Daran durfte ich gar nicht denken.

Sie warf den Kopf zurück. »Habt Ihr so wenig Vertrauen in meine Fähigkeiten, Demetrios? Glaubt Ihr, eine Frau kann – oder sollte – die Kunst des Heilens nicht ausüben?«

»Frauen haben die Gabe des Lebens; ich denke doch, die Gabe des Heilens ist dagegen eine armselige Kunst.«

»Euer keltischer Freund findet das nicht.« Sie deutete auf Sigurd, der mit dreien seiner Männer am Tor stand und jedem Mönch und Novizen, der vorbeikam, finstere Blicke zuwarf. »Ich habe ihn reden gehört.«

»Er ist ein Barbar. Aber wenn Ihr den Jungen geheilt habt, muss ich mit ihm sprechen.« Ich hatte beschlossen, die Villa aufzusuchen, wo der Mönch den Knaben unterwiesen hatte. »Ist er in der Lage, auf einem Pferd zu sitzen?«

Anna starrte mich mit offenem Hohn an. »Vor zwei Tagen ist er fast in Stücke gehackt worden; heute wollt Ihr wissen, ob er reiten kann? Wenn er sich sehr anstrengt, kann er ein wenig dünne Suppe trinken. Es gibt nur einen, der ihn so schnell heilen könnte, wie Ihr es wünscht – und ich habe die Mönche dazu angehalten, in der Kapelle darum zu beten, dass Er eingreift.«

»Dann lasst mich wenigstens mit dem Jungen reden.«

»Ihr könnt mit ihm reden, wenn er sich erholt hat.«

Ich fuhr herum. Das war nicht von Anna gekommen, sondern von Sigurd; er war von seinem Posten am Tor herübergeschlendert und beäugte mich missfällig.

»Sigurd?« Sein Einspruch traf mich völlig unvorbereitet. »Gestern habt Ihr noch damit gedroht, Anna in den Kerker werfen zu lassen, weil sie uns nicht mit dem Jungen sprechen lassen wollte. Ich dachte, Ihr wärt ebenso erpicht darauf wie ich, diese Geschichte zu Ende zu bringen.«

Sigurd ließ sich nichts anmerken, errötete nicht einmal. »Thomas ist zu wertvoll, um ihn zu überfordern, Demetrios. Unsere Aufgabe ist wichtig – so wichtig, dass wir nicht riskieren können, ihn zu verlieren.«

Ich zog eine finstere Miene, denn ich glaubte nicht, dass er das alles ganz allein entschieden hatte. Und mir gefiel der Gedanke nicht, dass Anna und er sich gegen mich verschworen hatten. Dabei kam ich mir verraten vor – und war auf nicht zu rechtfertigende Weise eifersüchtig.

Es wäre schon schwer genug gewesen, mich an Anna vorbeizufeilschen, denn es war etwas an ihrer Art, woran alle Argumente abprallten; gegen sie und Sigurd war ich machtlos.

»Ich komme morgen wieder«, sagte ich. »Vielleicht ist es Euch dann ja gelungen, ihn zu heilen. Vielleicht sogar genauso gut wie ein Mann«, fügte ich gehässig hinzu.

Ich bereute diese letzten Worte – und den wilden Zorn, der daraufhin in Annas Gesicht aufgelodert war – den ganzen Weg bis zum Hafen. Natürlich kümmerte es mich nicht ein Jota, dass sie eine Frau und eine Heilerin war: Ich hatte sie nur verletzen wollen, so, wie ihr Bündnis mit Sigurd mich verletzt hatte, genauso, wie Zoe Helena immer geknufft hatte, bis sie losbrüllte, als die beiden noch klein gewesen waren. Meine Beweggründe waren ebenso kindisch.

Solchermaßen gründlich verstimmt, verbrachte ich den Vormittag mit Kaufleuten und Handwerkern, mit Schiffern, Aufsehern und Lotsen in dem ziemlich aussichtslosen Versuch, festzustellen, wie und wann die *Tzangra* in die Stadt gelangt war. Der Gestank nach Fisch und Abwässern, der die Kais verpestete, verdarb mir die Laune noch mehr, ebenso wie die absehbare Erfolglosigkeit meiner Bemühungen, etwas Neues herauszufinden. Huren sprachen mich an – vielleicht war auch nach all diesen Jahren noch immer etwas von dem Soldaten in meinem Schritt zu erkennen –, und Straßenhändler versuchten, einen Augenblick lang meine Aufmerksamkeit auf ihre Waren zu lenken: frisch aus Indien eingetroffene Wohlgerüche, Honig der Bienen von Epirus, Reliquien der Heiligen, die angeblich in der Wüste gefunden worden waren, so einwandfrei erhalten, als hätten sie gestern noch gelebt. Ich kam bedenklich in Versuchung, mit einem Mann, der verstohlen einen Weinschlauch unter dem Mantel trug, das Fastengebot zu brechen, doch ich widerstand. Noch mehr Gründe, mir Vorwürfe zu machen, konnte ich wahrhaftig nicht brauchen.

Der Lärm und das Gewühl setzten mir den ganzen Vormittag lang zu, bis ich schließlich kapitulierte. Aus jener Ecke meines Verstandes, wo ich sie unbeachtet gelassen hatte, holte ich Krysaphios' Liste der Würdenträger hervor und dachte über die Namen nach, die darauf verzeichnet waren. Eine weitere Lektion aus meiner Zeit in der Armee: Wenn du bei der Aufgabe, die dir zugewiesen wurde, keine Fortschritte machst, tu genau das, was dein Vorgesetzter befiehlt. Mindestens zur Hälfte wird es ihm weitaus mehr um Gehorsam gehen als um Erfolg.

Vor ein paar Tagen hatte ich versucht, mit den ganz unten auf der Liste Stehenden anzufangen und war nachdrücklich abgewiesen worden; diesmal würde ich es vom anderen Ende her angehen. Der Name kam mir mit Leichtigkeit wieder ins Gedächtnis, und in meiner verdrießlichen Stimmung empfand ich grimmige Freude bei der Aussicht, mich einen Nachmittag lang in selbstgerechter Enttäuschung ergehen zu können. Auch brauchte ich nicht zu fragen, wo der Betreffende wohnte: Selbst an einen Tag, an dem jede meiner Fragen mit einer abschlägigen Antwort beschieden worden war, konnte sogar ich wahrscheinlich den älteren Bruder des Kaisers finden.

Natürlich lebte er nicht bescheiden, sondern in einem Palast, der am Hang des waldigen Hügels über dem Hafen auf Terrassen erbaut worden war. Einst hatte dieser einem Mann namens Botanniates gehört, der das Pech gehabt hatte, Kaiser zu sein, als die Komnenos-Brüder – Isaak und Alexios – beschlossen hatten, dass das kaiserliche Diadem einem von ihnen besser zu Gesicht stünde. Alexios bestieg den Thron, Isaak bekam den Palast, obgleich man angesichts von dessen Größe glauben konnte, er hätte beides gewonnen.

Zu meiner Überraschung brachte allein mein Name mich durch das erste Tor und in einen Hof, wo Dutzende hoffnungsvoller Bittsteller auf den Steinfliesen würfelten. Viele der Spiele schienen schon eine ganze Weile zu dauern, und ich fürchtete, ich würde mehr als nur ein paar Obolus verlieren, ehe ich an der Reihe war, doch fast augenblicklich führte ein Sklave in einer ockerfarbenen

Tunika mich durch eine schmale Tür in einen Innenhof, fort von den neidischen Blicken der weniger Begünstigten.

»Ich melde dem Sebastokrator, dass Ihr gekommen seid«, sagte er und empfahl sich.

Wartend schritt ich um den Hof herum. Ein zweigeschossiger Säulengang säumte ihn, doch ich sah niemanden auf der Galerie. Das einzige Licht kam von dem viereckigen Stück grauen Himmels hoch über mir, fern und unerreichbar, doch ein wenig Sonne musste sich gelegentlich hier hereinstehlen, denn es war einer Ranke geglückt, ein Stück weit an der Nordmauer emporzuklettern. Ihr dicker Strunk wand sich um die Marmorsäulen, verzweigte sich und breitete sich über die Mauerfläche aus, als strebe sie verzweifelt danach, in die Luft über uns zu entkommen, während die vertrockneten Blätter, die sie abgeworfen hatte, auf den gesprungenen Bodenfliesen unter ihr lagen. Es war ein trostloser Ort, ernst und still.

Außer in einer Ecke. Die Wände waren größtenteils verfallen und verblasst, hier jedoch fand sich ein buntes Mosaik, frisch angebracht, das sogar in dem trüben Zwielicht strahlte. Noch immer allein, schritt ich über den geborstenen Boden, um es mir näher anzuschauen. Es war eine hervorragende Arbeit, ein aus leuchtenden Farben zusammengesetztes Triptychon, dessen Figuren förmlich aus ihrem goldenen Hintergrund zu springen schienen. Auch das Thema war ungewöhnlich. Auf der ersten Tafel sah ein Mann mit weißem Bart zu, wie eine Frau ein blondes Kind an ihre Brust legte, Schafe grasten im Hintergrund und drei Engel saßen an einer mit Früchten überhäuften Tafel. Die zweite, mittlere Bildtafel bildete einen dramatischen Kontrast: Jetzt stand der Alte mit erhobenen Armen da, eine brennende Fackel in der einen und ein Messer in der anderen Hand, und schickte sich an, das hilflose Kind zu töten, das gefesselt vor ihm auf einem hölzernen Tisch lag. Die Augen des Mannes waren in schrecklicher Inbrunst weit aufgerissen, während er sein unsichtbares Publikum anstarrte, und durch irgendeinen Trick des Künstlers schien das Messer aus dem Bild herauszuragen, fast bis in die Luft über mir. Ein Knabe mit dunkler Haut und zerzaustem Haar stand neben dem Alten; trotz des Grauens, dessen er Zeuge wurde, schien er zu lachen.

Die Gewalt dieses Bildes zog einen in seinen Bann, doch ich riss meinen Blick los und schaute auf die dritte Tafel. Jetzt war wieder Harmonie eingekehrt, und die Augen des Alten blickten wieder gütig. Er hatte den Arm um seinen blonden Sohn geschlungen und wies auf die grünen Hügel in der Ferne. Die Schafe waren zurückgekehrt, und der Engel blies in den Wolken auf einer Posaune. Doch es herrschte nicht die reine Unschuld, denn in der unteren Ecke des Bildes sah ich den Knaben mit dem zerzausten Haar mit gesenktem Blick in den Schatten fliehen, während ein Skorpion ihm in die nackte Ferse stach.

»Gefällt Euch das Mosaik?«

Ich fuhr zusammen; einen Moment lang erschauerte ich unter der Vorstellung, die Stimme sei aus dem Bild selbst gekommen. Dann drehte ich mich um und sah, dass ein Neuankömmling leise hinter mich getreten war. Er war kleiner als ich und ein wenig älter, mit hellem Haar und einem dünnen Bart. Seine kräftigen Arme und die breiten Schultern hatten etwas Kriegerisches, doch er war in eine einfache weiße Dalmatica gekleidet. Wie ein Geistlicher kam er mir nicht vor – doch für einen Sklaven war er zu dreist.

»Es gibt ein lebhaftes Bild wieder«, antwortete ich. So lebhaft, dass es in der Tat noch immer meine Gedanken verwirrte. »So echt, dass es fast den Verdruss der Kirche auf sich ziehen könnte. Der Künstler muss ein einzigartiges Talent haben.« Wieder überlegte ich, immer noch nicht sicher, mit wem ich sprach. »Aber das Thema des Bildes verwirrt mich.«

»Es erzählt die Geschichte von Abraham und seinen Söhnen.« Mein Gefährte deutete auf die erste Tafel. »Hier freuen er und Sarah sich über die Geburt ihres Sohnes Isaak, die von den Engeln prophezeit wurde, als alle dachten, Sarah sei unfruchtbar. Im zweiten Bild schickt Abraham sich an, Isaak zu opfern, wie es der Herr befohlen hat, um ihn zu prüfen. Am Ende schließt Abraham Isaak als die Zukunft seines Geschlechts in die Arme.«

Das meiste davon hatte ich bereits erraten, doch einige Elemente der Ikonographie blieben unklar. »Wer ist das dunkelhaarige Kind, das im mittleren Bild zusieht und im dritten flieht?«, fragte ich.

»Das Kind ist Abrahams unehelicher Sohn Ismael, den ihm die Sklavin Hagar geboren hat. Im letzten Bild wird er von Abraham verstoßen und in die Wildnis verbannt.«

Ich schauderte, denn plötzlich erschien mir das Bild nicht minder gefährlich als der dolchschwingende Mann mit dem wilden Blick. Man brauchte Krysaphios' Kenntnisse des Hoftratsches nicht, um seine Bedeutung zu erraten, erst recht nicht im Haus des Sebastokrators Isaak, dessen Vater ihn zugunsten seines jüngeren Bruders übergangen hatte, als es um den Kaiserthron gegangen war. Auch nur daran zu denken, dass er, wie Abrahams rechtmäßiger Erbe, schließlich auf Kosten seines Bruders doch das ihm zustehende Vermächtnis antreten könnte, war fast mit Sicherheit Verrat. Ich fragte mich, ob Kaiser

Alexios jemals diesen Hof im Palast seines Bruders betreten hatte.

Doch mir blieb nur wenig Zeit, um über Allegorien nachzusinnen, denn mein Gastgeber war zur Seite getreten, um ein Detail des Bildes zu betrachten, und als er sich bewegte, schob sich sein Gewand bis über die Knöchel hoch und enthüllte ein Paar unterschiedliche Stiefel. Einer war schwarz, das blanke Leder des anderen jedoch – der genau dieselbe Form hatte – war unzweifelhaft rot.

Nur ein einziger Mann im Reich trug rote Stiefel, und lediglich einer Hand voll anderer war es gestattet, zu Ehren ihrer Verwandtschaft mit ihm einen solchen Stiefel zu tragen. Augenblicklich warf ich mich auf die Knie, berührte mit der Stirn den Boden und rezitierte die kaiserlichen Huldigungen wie einen Gottesdienst. Ich hatte zu viele Hochstapler und Usurpatoren gesehen, um zu glauben, dass irgendjemand die Erniedrigung verdient hätte, die dieses Ritual erforderte; niemals jedoch hatte ich mir vorgestellt, einmal im Palast des Sebastokrators zu stehen und über die Verdienste seiner Künstler zu diskutieren. Ich heftete den Blick auf den Boden und betete, dass er nicht gekränkt sein möge.

»Steht auf, Demetrios Askiates.« Zu meiner unaussprechlichen Erleichterung hörte ich Belustigung in seiner Stimme. »Hätte ich ein Opfer von Euch gewollt, so wäre ich Euch in meinem juwelenbesetzten Überwurf gehüllt gegenübergetreten, mit einer Perlenkrone, auf dass Ihr nicht an meinem Rang hättet zweifeln können. Ich wollte Euch als Mann kennen lernen, nicht als Sklaven.«

»Ihr habt mich erwartet, Gebieter?« Ich hatte noch nie eine so erlauchte Persönlichkeit anreden müssen und bemühte mich redlich um die richtigen Formulierungen; gewiss hatte seine gewollte Zwanglosigkeit ihre Grenzen.

»Seit drei Tagen. Aus dem Palast habe ich vernommen, dass Ihr damit betraut worden seid, die Strolche zu finden, die versucht haben, meinen geliebten Bruder zu ermorden, den edlen Kaiser. Ich hatte innig darauf gehofft, mit Euch zu sprechen.«

»Weshalb, Gebieter?«

»Die Sekretäre und Sklaven im Palast wollen mir Dinge verheimlichen, Demetrios. Auf diese Weise behalten sie Macht. Aber manche Tatsachen sind zu wichtig, um nur dazu zu dienen, Eunuchen aufzuwerten – Tatsachen, die mit der Sicherheit meines Bruders zu tun haben, zum Beispiel. Ein Komnenos vertraut auf die seinen, denn wer sonst schützt mit der Hingabe des Blutsverwandten?«

Offenkundig wurde dieses Vertrauen von Krysaphios nicht geteilt, denn auf der Liste des Eunuchen standen sechs Geschwister des Kaisers sowie eine Anzahl seiner Vettern, Basen und Kinder.

»Verwandte können neidisch sein«, bemerkte ich. Wie viel Zwietracht auch immer im Palast herrschte, ich war hier, um Isaak auf Verrat zu überprüfen, nicht, um mich ihm anzuvertrauen. »Absalom hat ein Heer gegen seinen Vater König David geführt. Simeon hat Schechem und seine ganze Sippe niedergemacht. Und genau wie Kain ist nicht jeder Mann seines Bruders Hüter.«

Isaak fuhr herum. »Und vergesst nicht, dass Schadrach in den Feuerofen geworfen wurde, weil er sich weigerte, seinem Herrn zu gehorchen. Ich habe Euch gerufen, weil ich *sehr wohl* meines Bruders Hüter bin, Demetrios Askiates; ich teile die ganze Last des Regierens mit ihm, und ich muss wissen, ob ihm Gefahr droht.«

»Ein schlechter Mensch könnte vielleicht denken, Ihr hättet Grund, ihn zu hassen.« Ich bewegte mich hier am Rande des Abgrunds. »Dass Ihr einen Groll hegtet, weil Euer Vater *ihn* dazu erwählt hat, den Thron zu besteigen, statt Euch, seinen ältesten Sohn. Ein solcher Mensch könnte – irrtümlich – an Euch herantreten, in der Hoffnung, Euch für seine Verschwörung zu gewinnen, die Bitterkeit auszunutzen, die er vermutet.«

Isaak breitete die Arme aus, wobei er unbewusst die hoch aufragende Figur des Abraham in dem Mosaik hinter ihm nachahmte. »Bitterkeit? Das war vor fünfzehn Jahren, und alle führenden Familien waren sich darüber einig, dass mein Bruder Alexios der bessere Kandidat war. Ich müsste fürwahr ein tiefgründiges Herz haben, wenn ich jetzt noch in der Lage sein sollte, Galle daraus hervorzuquetschen.«

»Und niemand hat versucht, Euch etwas anderes ins Ohr zu flüstern? Niemand hat angedeutet, dass, sollte es Euch nach dem Thron gelüsten, man Euch helfen könnte, Euch seiner zu bemächtigen?«

»Niemand, bis Ihr es getan habt.« Isaak schürzte die Lippen. »Nein, Demetrios, es gibt immer Schmeichler, die mir einreden wollen, meine Stellung sei meiner Verdienste nicht angemessen, doch sie sagen das nur, weil sie glauben, dass ich es hören will, weil sie glauben, dass, sollte ich mich gegen meinen Bruder erheben, auch sie gewinnen können, indem sie sich an den Saum meines Gewandes klammern. Ich beachte sie nicht und versuche zu verhindern, dass sie über meine Schwelle treten.«

Wenn dem wirklich so war, dann hatte er sich ein seltsames Motiv für sein Mosaik ausgesucht. Doch ich hatte den Sebastokrator bereits zu sehr bedrängt, um ihm noch heftiger zuzusetzen.

»Und Ihr meint nicht, dass einer dieser Schmeichler vielleicht doch echte Missetaten im Schilde führt?«

»Nein. Keiner von ihnen würde es wagen, die Hand gegen den Kaiser zu erheben, nur um des Rechtes willen, sich ein paar Rubine mehr aufs Gewand zu nähen, oder um noch ein weiteres Gehöft in Skythien zu gewinnen. Wer würde das schrecklichste aller Verbrechen, die schrecklichste aller Strafen riskieren, wenn er nicht den größten aller Gewinne daraus ziehen könnte?« Er musste bemerkt haben, wie das Misstrauen in meinen Augen aufgeflammt war. »Ja, Ihr sagt: *Ich* könnte den größten aller Gewinne daraus ziehen. Aber ich begehre ihn nicht.«

»Kennt Ihr jemanden, der es tut?«

»Anna, die Tochter des Kaisers, meine Nichte, ist kürzlich mündig geworden. Sie ist mit dem Erben des Mannes verlobt, den mein Bruder vom Thron gestoßen hat. Dieser könnte nun der Ansicht sein, er habe einen doppelten Anspruch auf den Thron, durch Vater und Schwiegervater, und er ist in einem Alter, wo Männer oft zum Opfer überwältigender Eingebungen werden. Meinen Schwager Melissenos hat es einst nach dem Purpur gelüstet, und er hat sich zum Kaiser ausrufen lassen, ehe ihm klar wurde, dass er mir und meinem Bruder nicht gewachsen war.« Isaak warf den Kopf zurück und lachte über meine verständnislose Miene. »Zu viele Namen für Euch, Demetrios, alle miteinander verwoben und verflochten? Es gibt keinen in den großen Familien, der nicht irgendwann einmal den Purpur berührt hat, und wir heiraten einander mit geradezu unanständiger Häufigkeit. Selbst wenn Ihr Eure Suche auf die beschränkt, die Anspruch auf den Thron haben, könntet Ihr die Halle der Neunzehn Tafeln dreifach mit ihnen füllen. Und jetzt sagt mir, was Ihr herausgefunden habt, damit ich meinem Bruder berichten kann. Dieser Bastard von einem Eunuchen erzählt ihm nichts.«

»Der Bastard von einem Eunuchen zahlt mir meinen Lohn«, gab ich zurück. Dann fügte ich unklugerweise hinzu: »Wenn der Kaiser wissen will, was ich herausgefunden habe und es nicht von seinem Haushofmeister erfährt, kann er mich doch selbst zu sich rufen.«

Zögernd sah ich den Sebastokrator an und fragte mich, ob ich zu unverschämt gewesen war. Seine Miene war kalt, gewiss, aber nicht boshaft.

»Ganz offensichtlich versteht Ihr wenig davon, wie es im Palast zugeht«, sagte er. »Glaubt nicht, mein Bruder könne tun, was ihm beliebt, nur weil er der Kaiser ist. Tausend kleinliche Dinge behindern ihn: Traditionen, die Etikette, Bräuche, Präzedenzfälle und Versprechen. Er ist ebenso wenig ein freier Mann wie der Sklave, der seine Barke rudert. Seine Macht ist brüchig und sehr viel subtileren Gefahren ausgesetzt als dem Pfeil eines Meuchelmörders. Er darf seine Berater nicht gegen sich aufbringen, indem er ihre Befugnisse für sich beansprucht.«

»Ich ebenso wenig.« Gott der Herr wusste, dass ich Krysaphios nicht zur Treue verpflichtet war, aber diese Welt war undurchsichtig genug: Ich wagte nicht, vom sichtbaren Pfad abzuweichen. Der Sebastokrator Isaak schürzte die Lippen. »Ihr enttäuscht mich, Demetrios Askiates. Ich hatte gehört, dass Ihr im Gegensatz zu anderen Männern bereit wärt, Euren eigenen Weg zu gehen. Zu erkennen, wenn der Ruf einer höheren Macht verständiges Vertrauen angemessen sein lässt. Ganz offensichtlich habe ich mich geirrt.«

Ohne eine Antwort abzuwarten drehte er sich um und schritt hinaus, wobei er die eilige Verneigung ignorierte, die zu vollführen ich für angeraten hielt. Während ich mir den Staub von den Knien klopfte, überlegte ich, ob ich mir meinen ersten Feind innerhalb des Palastes gemacht hatte. Es war ein beunruhigender Gedanke.

ι

Am nächsten Tag wollte ich abermals mit dem Knaben Thomas in den Wald, doch wieder verwehrte Anna es mir. Ebenso am darauf folgenden Tag, und wenn ich dieser Verzögerung irgendeinen Trost abgewinnen konnte, dann den, dass ich stetige Fortschritte dabei machte, Krysaphios' Liste abzuarbeiten. Wie ich erwartet hatte, erfuhr ich nichts von den darauf Stehenden, doch zumindest ließ mein Gehorsam die Kritik des Eunuchen verstummen, wenn ich ihm Bericht erstattete. Ich erwog, ohne den Jungen in den Wald zu reiten und zu versuchen, allein anhand seiner Beschreibung den Ort ausfindig zu machen, wo der Mönch ihn unterrichtet hatte, doch die Antworten, die er auf meine Frage gegeben hatte, waren so vage, dass ich damit wohl nicht einmal meine eigene Fährte hätte finden können. Und am dritten Tag schickte Anna eine Botschaft – sogar aus dem Mund des Novizen, der sie überbrachte, klangen die Worte widerstrebend –, dass der junge Bursche hinlänglich genesen sei, um reiten zu können.

Wir brachen vor dem Morgengrauen auf. Sigurd und seine Warägerkompanie holten mich zu Hause ab; die Flanken ihrer Pferde dampften in der kalten Luft. Pater Gregorias begleitete sie, allem Anschein nach sprach der kleine Priester nicht nur Bulgarisch, sondern auch Fränkisch und war uns als Dolmetscher zugeteilt worden. An den verwaisten Straßenecken waren noch immer die Wachen unterwegs, die die nächtliche Ausgangssperre durchsetzten, doch sie traten respektvoll zurück, als unser Trupp vorbeigaloppierte, und salutierten den Barbaren hastig, die da aus dem Morgennebel geritten kamen.

Beim Kloster machten wir Halt. Ein Dutzend Waräger bildete einen Halbkreis um das Tor, während Sigurd und ich absaßen, um den Jungen zu holen. Eine Hand voll Mönche huschte über den Hof; abgesehen davon jedoch rührte sich nichts. Ich war angespannt und suchte jedes Dach und jeden Tragbalken nach unerwarteten Bewegungen ab, denn ich hatte große Bedenken, den Knaben aus seiner sicheren Zuflucht zu holen und ihn auf die offenen Straßen jenseits der Mauern hinauszubringen. Es würde noch viele Monate dauern, bis ich den Anblick vergaß, den die aufgeschlitzte Kehle des Bulgaren geboten hatte, und ob dies nun das Werk des flüchtigen Mönches, seiner Helfershelfer oder einer höheren Macht gewesen war, ich glaubte nicht, dass sie ruhen würden, während ihr gescheiterter Attentäter in Gefangenschaft noch am Leben war. Doch ich hatte drei ergebnislose Tage damit verbracht, Kaufleute und Adlige gegen mich aufzubringen: Wenn der junge Bursche mich zu dem Haus führen konnte, wo der Mönch ihn unterwiesen hatte, würde ich dort vielleicht etwas finden, was mir bei meiner Suche weiterhalf. Und außerdem wollte ich Anna nicht unnötig in Gefahr bringen.

Anna war bereits auf und hantierte, in eine schwere, wollene *Palla* gehüllt, geschäftig mit einem kleinen Kasten voller Arzneien herum.

»Das hier ist die Salbe, mit der die Wunden eingerieben werden«, wies sie mich an und zeigte auf einen kleinen Tontopf. »Und in dem Beutel da sind frische Verbände. Ihr solltet sie jeden Tag nach dem Reiten wechseln. Da ist auch etwas Rinde drin, die er kauen kann, wenn die Schmerzen zu stark werden. Wenn Ihr sauberes Wasser findet, könnt Ihr sein Bein damit abwaschen.«

Ich zog eine finstere Miene; die frühe Stunde und die Anspannung hatten mir Magenschmerzen beschert. »Ich habe in einem Dutzend Schlachten gekämpft«, erinnerte ich sie, »und habe Männer mit schwereren Verletzungen, als der Junge sie hat, danach noch zwanzig Meilen marschieren sehen. Ich brauche keine Lektionen in der Kunst eines Feldschers.«

Sie achtete nicht auf meine Gereiztheit. »Sigurd kennt meine Instruktionen, er kann sich um Thomas kümmern. Und gebt ihm gut zu essen. Er muss wieder zu Kräften kommen.«

»In der Tat.« Auch wenn ich dem Jungen nichts Schlechtes wünschte, so war doch das Letzte, was ich wollte, dass er sich während der Reise völlig erholte. Sollte er entkommen, so bezweifelte ich, dass wir beide dies lange überleben würden. Die ganze Zeit über hatte der Knabe stumm in einer Ecke gestanden. Anna hatte eine grobe Mönchskutte für ihn aufgetrieben, die viel zu kurz für seine hoch aufgeschossene Gestalt war, und einen dicken Mantel. Jetzt küsste sie ihn auf die Wange, zog eine Falte des Mantels hoch, um sein Gesicht zu verbergen, und schob ihn sanft auf uns zu.

»Ihr müsst Euch beeilen«, meinte sie und spähte durch die offene Tür hinaus. »Die Sonne wird bald aufgehen.«

Dieser Gedanke stand auch in meinem Kopf an erster Stelle, trotzdem zögerte ich noch einen Moment, in der aberwitzigen Hoffnung, auch mir könnte vielleicht ein Kuss zuteil werden. In spöttischem Tadel schüttelte ich den Kopf. Ich dachte wie ein Jüngling, schalt ich mich selbst, nicht wie ein erwachsener Mann, ein Vater und Witwer.

Ich führte den Jungen hinaus. Er leistete keinen Widerstand, als ich ihm Stricke um die Handgelenke legte und sie zusammenband, wobei ich das Stück dazwischen lang genug ließ, damit er sich im Sattel halten konnte. Meine Stute tänzelte nervös, vielleicht spürte sie meine Stimmung, und ich klopfte ihr den Hals, um sie zu beruhigen. Sigurd hob den Jungen – völlig mühelos – hoch, so dass er vor mir zu sitzen kam. Ich sah mich um, stets auf der Hut vor Gefahr, denn inzwischen wurden Fensterläden aufgestoßen und hinter den Fenstern konnte man Gestalten sich regen sehen. Dann blickte ich auf den Knaben vor mir und stellte mir vor, wie er mit zusammengekniffenen Augen vom Dach des Elfenbeinschnitzers an dem Schaft der *Tzangra* entlanggespäht hatte, als das Gefolge des Kaisers vorbeigeritten war. Zielte ein anderer Mann gerade jetzt, in diesem Augenblick, genauso?

Ich trieb mein Pferd zu Sigurd hinüber, der sich mit Aelrich beriet.

»Wir nehmen das Tor von Charisios«, verkündete er. »Das liegt am nächsten.«

»Zu einfach«, widersprach ich. »Vielleicht überwachen sie es. Wir sollten das Tor des Heiligen Romanos nehmen und den Fluss ein Stück stromaufwärts überqueren.«

Sigurd funkelte mich wütend an. Er hatte seine Axt in eine Lederschlinge an seinem Sattel gehängt, bemerkte ich, direkt vor seinem Knie. »Sie? Wer sind Eure *sie*? Glaubt Ihr, wir haben es mit einer Armee der Finsternis zu tun, die Spione an jeder Straßenecke hat? Ein einziger Mönch und eine Hand voll bulgarischer Söldner können nicht überall sein.«

»Wenn wir noch lange zaudern, finden sie uns, ohne

dass sie sich anstrengen müssen. Krysaphios hat bestimmt, dass meine Entscheidung in praktischen Dingen den Ausschlag gibt. Wir reiten zum Tor des Heiligen Romanos.«

Sigurd zog die Zügel an und klopfte mit der Faust an seine bronzene Armschiene. »Das hier ist es, was den Ausschlag gibt, Demetrios. Die Kraft im Arm eines Mannes. Wenn unsere Feinde uns erwarten, so sollen sie nur kommen.«

»Euer Arm wird gegen die Waffen, die diese Feinde benutzen, ebenso nutzlos sein wie Eure Rüstung, es sei denn, wir treffen zu einem Zeitpunkt auf sie, den wir uns ausgesucht haben. Seid Ihr so lange durch die Korridore des Palastes gewandert, Sigurd, dass Ihr vergessen habt, wie wichtig es ist, seinen Gegner auszukundschaften?« Damit trieb ich mein Pferd voran, ehe er etwas erwidern konnte. Zu meiner Erleichterung hörte ich das Klappern vieler Hufe, die mir folgten.

Wir ritten so schnell, wie ich es mit dem verletzten Knaben auf dem Pferd wagte, durch das schmutzige Licht und die erwachenden Straßen des Morgens, bis wir das Tor des Heiligen Romanos erreichten. Als sie Sigurd erblickten, winkten die Torwachen uns durch, und bald waren wir draußen auf den großen Feldern, die sich vor der Mauer erstreckten. Die Ernte hatte man schon lange eingebracht, doch Männer und Knaben waren noch immer mit Ochsen bei der Arbeit und pflügten die Stoppeln und die Spreu des letzten Jahres unter. Die aufgehende Sonne lugte schwach durch die grauen Wolken, doch die ungewohnte Anstrengung des Reitens ließ mich meinen Mantel bald von den Armen zurückschlagen, und kurz darauf stopfte ich ihn ganz in eine Satteltasche. Wir hatten unser Tempo verringert, um Thomas' Wunden nicht zu sehr zuzusetzen, und ich konnte mich an der Frische des Morgens erfreuen, während ich mich bemühte, Sigurds massige Gestalt vor mir nicht zu beachten. Seit wir das Kloster verlassen hatten, hatte er nicht mit mir gesprochen.

Das Klirren von Eisen zu meiner Linken ließ mich den Kopf drehen, und ich sah, dass Aelrich zu mir aufgeschlossen hatte. Trotz seines grauen Haares und seiner Jahre saß er entspannt im Sattel und summte eine Melodie, die ich nicht kannte.

»Ihr habt den Hauptmann verärgert«, sagte er und unterbrach sein Summen. »Er ist ein Krieger – er lässt sich nicht gern daran erinnern, dass er ebenso sehr ein Schmuckstück des Kaisers ist wie sein *Huscarl.* Zu paradieren, um Botschafter und Adlige zu beeindrucken, fällt ihm nicht leicht, wenn er viel lieber Normannen töten würde.«

Nervös schaute ich nach vorn, doch entweder konnte Sigurd uns nicht hören, oder er wollte sich nichts anmerken lassen. »Ich habe gehört, dass er nichts für die Normannen übrig hat. Er hat mir erzählt, sie hätten Euer Königreich gestohlen – so, wie sie uns Sizilien gestohlen haben und sich vielleicht auch Attika geholt hätten, wenn der Kaiser ihnen nicht die Stirn geboten hätte.«

Aelrich nickte. »Vor dreißig Jahren sind sie gekommen, und selbst der mächtigste König, der unsere Insel jemals regiert hat, konnte ihnen nicht widerstehen. Sigurd war damals noch ein Kind, aber ich war ein Mann, und ich habe meinen Platz in der Schlachtreihe des Königs eingenommen.«

»Ihr habt gegen die Normannen gekämpft?« Obgleich noch immer die drahtige Kraft in Aelrichs Armen unübersehbar war, fiel es einem schwer, sich vorzustellen, wie dieser freundliche Großvater in den Bergen Thules mit seiner Axt auf Feinde eindrosch.

»Ich habe gegen ihre Verbündeten gekämpft«, verbesserte Aelrich mich. »Die Normannen haben eine Verschwörung angezettelt, um Truppen aus den Nordlanden in den Norden zu lassen, während sie sich auf dem südlichen Meer herumgetrieben haben, das unsere Insel von ihrem Land trennt. Wir haben zwei große Schlachten an den Flüssen des Danelaw geschlagen, im Herrschaftsgebiet der Dänen. Die erste ging verloren, aber die zweite haben wir gewonnen. Wie der König der Nordmannen herausfand, ist es nur die letzte Schlacht, die zählt.«

Ich kam schon jetzt nicht mehr mit, denn er schien ebenso feine Unterschiede zwischen Normannen und Nordmannen und den Männern aus Thules Norden zu machen, wie einst die Altvorderen zwischen ihren miteinander in Fehde liegenden Städten. In seinem Kopf mussten die Unterschiede völlig klar sein, denn er fuhr ohne Zögern fort: »Die zweite Schlacht, bei der Brücke von Stamford, das war ein Kriegertag. Ich selbst habe siebzehn von ihnen erschlagen, und doch wollten sie das Feld nicht räumen, solange noch ein einziger Mann aufrecht stand. Sogar Sigurd erinnert sich daran.«

Ich drehte mich im Sattel nach hinten. Sigurd ritt schweigend gleich hinter uns, noch immer mit verdrossener Miene.

»Ihr wart dabei?«, fragte ich, seiner Feindseligkeit trotzend. »Aber wenn das vor dreißig Jahren war, dann müsst Ihr damals noch zu klein gewesen sein, um eine Axt auch nur anzuheben.«

Verächtlich hob Sigurd das Kinn. »Ich habe schon in einem Alter eine Axt getragen, in dem Ihr wahrscheinlich noch in einer Wiege geschlafen habt«, ließ er mich wissen. Dann, zu stolz um der Geschichte widerstehen zu können: »Aber ich war dort, in der Schlacht. Ich war erst fünf oder sechs, aber mein Vater, der für unseren König Harald gekämpft hat, hat mich mitgenommen und mich unter einem Baum hinter unseren Linien zurückgelassen.«

»Sigurd hat mehr gesehen als die meisten anderen«, unterbrach Aelrich. »Mehr als wir, die wir bei all dem Tod um uns herum nicht einmal unsere Ellenbogen sehen konnten.«

»Ich weiß noch, dass ich gesehen habe, wie sie das Banner ihres Königs Harald des Verwüsters hochgehalten haben, als sein ganzes Heer in die Flucht geschlagen wurde.« Sigurds raue Stimme klang merkwürdig sehnsüchtig. »Seine Leibwache hat jeden abgewehrt, der ihnen zu nahe kam, eingekesselt in einem Meer englischer Krieger. Als er gefallen war, haben sie weitergekämpft, und als es vorüber war und unsere Männer kamen, um seinen Leichnam zu holen, mussten sie erst die Leichen von sieben Männern von ihm wegzerren, die gefallen waren, während sie ihn beschützt hatten. Später habe ich erfahren, dass sie das Kriegshandwerk hier erlernt haben, in Byzanz, wo sie als Waräger gedient haben.«

Normannen und Nordmannen, und jetzt auch noch zwei Könige namens Harald: Lag es nur daran, dass sich die barbarischen Worte für mein ungeübtes Ohr alle gleich anhörten, oder hatten sie alle die gleichen Namen? »Ihr habt doch erzählt, die Normannen hätten Euer Königreich gestohlen. Aber jetzt sagt Ihr, Ihr hättet sie schließlich doch besiegt.«

»Wir haben Harald und die Nordmannen im Norden besiegt«, entgegnete Aelrich. »Aber eine Woche später ist William, der Bastardherzog der Normannen, an unserer Südküste gelandet. Wir sind durch das ganze Land marschiert und haben ihn zur Schlacht gestellt, aber wir waren zu erschöpft, und sie haben mit der Verzweiflung von Männern gekämpft, denen der Rückzug verwehrt ist. Sie haben unseren König getötet und seinen Thron an sich gerissen. Wie gesagt, es kommt immer nur auf die letzte Schlacht an.«

»Also seid Ihr nach ihrem Sieg geflohen und hierher gekommen?«

»Nicht gleich.« Aelrich hielt einen Augenblick lang inne und kratzte sich den grauen Bart. »Drei Jahre lang hat sich der Bastard damit begnügt, den Süden zu verheeren, seine Verbündeten mit unseren Ländereien zu mästen und seine Macht zu festigen. Dann kam er nach Norden. Einige unserer Landesherren, die ihm die Treue geschworen hatten, haben sich gegen ihn erhoben, aber zu spät: Sie konnten dem Heer, das er anführte, nicht widerstehen, und einer nach dem anderen wurde vernichtet oder hat die Waffen gestreckt. Der Bastard hat das fruchtbare Land entlang der Küste in eine Wüstenei verwandelt: Die Leichen lagen zu Tausenden in den Straßen, und manche der Lebenden haben so gehungert, dass sie die Gebeine der Toten abgenagt haben. Kein Dorf oder Feld, das er nicht niedergebrannt und verwüstet, nicht eine Unze Korn oder Fleisch, die er nicht vor unseren Augen vernichtet hätte. Dann hat er Dänen über unsere Küsten herfallen lassen, so dass das wenige, was den ersten Ansturm überlebt hat, entwurzelt und verschlungen wurde. Danach gab es kein Leben mehr im Norden; man konnte tagelang durch die Wildnis reiten und keine einzige Stimme außer der eigenen hören. Damals bin ich nach Byzanz gekommen.«

»Und ich auch.« Sigurds Gesicht war blass unter seinem Bronzehelm, und seine Augen zuckten, als könne er sie nicht beherrschen. »Die Normannen sind eines Abends in unser Dorf gekommen; sie haben meinen Vater getötet und sind in sein Haus eingedrungen. Die ganze Nacht lang habe ich meine Mutter und meine Schwestern schreien gehört, und als der Morgen graute, waren sie tot. Ich konnte sie nicht einmal begraben, weil die Normannen unser Haus in einen Scheiterhaufen verwandelt hatten. Mein Onkel hat mich fortgebracht, erst nach Kaledonien, dann übers Meer nach Dänemark, und schließlich auf vielen Straßen und Flüssen in diese Stadt.«

Er fuhr sich mit der gepanzerten Hand über die Wange, dann packte er seine Axt dicht unter dem Blatt und zog sie aus ihrer Schlinge. »Seht Ihr diese Kerben, Demetrios? So viele Normannen habe ich seither erschlagen.« Er schnaubte. »Oder vielmehr so viele, seit mir der letzte Axtstiel abgebrochen ist, weil ich so viel Holz herausgekerbt hatte.«

»Es könnte trotzdem schlimmer sein«, meinte Aelrich. »Schaut Euch doch den Eunuchen an.«

»Welchen Eunuchen?« Ich verstand nicht, was er meinte.

»Den Haushofmeister, Krysaphios.«

»Was ist mit ihm?« Was seine Kleidung, sein Gebaren, seine Sprache betraf, schien er ein echter Römer zu sein. »Er ist doch nicht aus Thule gekommen, oder?«

Es war eine unschuldige Frage, doch Aelrich und Sigurd lachten zur Antwort so schallend, dass ihre Pferde erschrocken scheuten und bockten. »Aus England«, wiederholte Sigurd. »Wie, Demetrios, findet Ihr etwa, dass er Ähnlichkeit mit uns hat?«

Ich stellte mir den Eunuchen mit seiner glatten, dunklen Haut und dem haarlosen Gesicht neben diesen sonnenverbrannten, blauäugigen Riesen vor. »Nicht sehr.«

»Krysaphios hat seine eigenen Erfahrungen mit den Normannen gemacht«, erklärte Aelrich, und sein Gelächter verstummte. »Als junger Mann hat er in Nicomedia gelebt.«

»In Malagina«, unterbrach Sigurd.

»Ich habe gehört, in Nicomedia, aber es ist auch gleichgültig. Das war unter der Herrschaft von Michael Ducas, vor über zwanzig Jahren. Einer der normannischen Söldner des Kaisers, ein Mann namens Urselius, hat sich als Verräter erwiesen, wie das bei ihnen so üblich ist, und sich gegen den gewendet, der ihn bezahlt hat. Er hat viele der asiatischen Provinzen erobert, ehe er endlich gefangen genommen wurde, und während seines Aufstandes gab es dort viele Plünderungen und große Barbarei. Das Gerücht, das mir zu Ohren gekommen ist, besagt, dass ein paar Männer aus Urselius' normannischem Heer eines Abends Krysaphios erwischt haben; er war damals noch ein Knabe. Sie haben ihn in ihr Lager geschleppt.« Jetzt war keine Belustigung mehr in Aelrichs Miene zu erkennen. »Als sie ihn am nächsten Morgen laufen ließen, war er ein Eunuch.«

Es war nicht das erste Mal, dass ich eine solche Geschichte gehört hatte, denn mir war bekannt, dass die Barbaren des Abendlandes das dritte Geschlecht gleichzeitig faszinierend und abstoßend fanden, dass viele sich über uns lustig machten, weil wir so großes Vertrauen in sie setzten, und glaubten, unsere ganze Rasse sei durch ihre Unmännlichkeit mit einem Makel behaftet. Man brauchte nicht viel Phantasie, um sich vorzustellen, welche Folter eine betrunkene Söldnerbande, die solchen Überzeugungen anhing, einem unglücklichen Gefangenen antun mochte. Wenn dies die Prüfung gewesen war, die Krysaphios hatte erdulden müssen, so konnte ich seinen Willen, sie zu seinem Vorteil zu nutzen und den Rang zu erklimmen, den er heute bekleidete, nur bewundern.

Sigurds Stimme drang in meine Gedanken. »Ihr wisst, dass sich der Kaiser wegen des Hasses, den wir gegen die Normannen hegen, auf die Waräger verlässt. Vielleicht könnt Ihr Euch vorstellen, wie sehr er sich auf den Eunuchen verlässt.«

Derart schauerliche Erzählungen ließen weitere Gespräche verstummen, und wir ritten schweigend weiter, mit Ausnahme von Pater Gregorias, der am Ende unseres Trupps vor sich hin nörgelte: Sein Pferd sei lahm, sein Sattel scheuere, das Wasser in seiner Feldflasche sei abgestanden. Er schien das Reiten nicht zu seinen Stärken zu zählen. Nach einer Weile platschten wir durch eine Furt in dem ohnehin flachen Strom und erreichten die nördliche Hauptstraße. Ein hoch gewölbtes Aquädukt erhob sich etwa eine halbe Meile zu unserer Rechten und verlief parallel zur Straße, und wir folgten ihm, während das Land um uns herum unwirtlicher wurde. Die gelegentlichen Baumgruppen, an denen wir vorbeikamen, wurden zahlreicher und begannen ineinander überzugehen; schließlich verschmolzen sie zu einem Wald, der unseren Weg fortan bedrängte, welcher sich tief in die Hügel hineinzog. Das Geräusch fließenden Wassers war niemals fern, und manchmal konnten wir durch das Geäst hindurch das moosbewachsene Mauerwerk einer Zisterne oder eines Kanals erkennen. Ein paar unverdrossene Waldvögel pfiffen ihre Lieder, und hin und wieder begegneten wir einem einsamen Pilger oder Händler; ansonsten jedoch schien der Wald verlassen. Kiefern, Eichen und Buchen ragten über uns auf, und es dauerte nicht lange, bis meine Ängste mich heimzusuchen begannen. Jeder knackende Zweig, jeder herabfallende Ast und jedes raschelnde Tier ließen mich unbeholfen herumfahren und das Unterholz nach den ersten Anzeichen eines Angriffs absuchen. Wie Generationen unachtsamer Reisender zu ihrem Leidwesen erkannt hatten, war dies der ideale Ort für einen Hinterhalt, abgelegen und eng.

Sigurd musste meine Befürchtungen teilen, denn um die Mittagszeit postierte er vier seiner Männer als Wachen am Rand der Lichtung, auf der wir Rast machten. Unsere Pferde grasten zufrieden, doch nicht einmal der Anblick des Himmels über uns konnte meine gedrückte Stimmung heben, und wir verzehrten unser Brot in Eile.

»Ich werde froh sein, wenn Weihnachten ist«, brummte Sigurd und betrachtete abfällig sein karges Mahl. »Das Fest der Geburt Christi, wie Ihr es nennt. Wenn die Menschen nicht vom Brot allein leben, dann kann ein Soldat das ganz gewiss nicht.«

»Noch zehn Tage«, pflichtete Aelrich ihm bei. »Dann halten wir einen Festschmaus.«

»Wenn wir bis dahin wieder aus diesem gottverlassenen Wald heraus sind.« Sigurd spuckte einen Olivenkern in die Büsche. »Wenn der Junge uns zu diesem Haus führen kann, von dem wir gehört haben, und nicht in den Wald rennt, sobald wir mal nicht hinschauen.«

Thomas, der unsere Worte nicht verstand, kaute die getrockneten Datteln, die ich ihm mitgebracht hatte. Die Verbände, mit denen Anna sein Bein umwickelt hatte, schienen ihren Dienst zu tun – ich konnte kein frisches Blut hindurchsickern sehen –, und ich bildete mir ein, dass die reine Luft und die unberührte Umgebung seinen Wangen neue Farbe verliehen hatte. Es war das erste Mal, dass ich ihn nicht an der Schwelle des Todes sah, und mir fiel auf, dass er jetzt sowohl jünger als auch älter wirkte. Jünger an Leib und Gliedern, die alle einen halben Zoll zu lang zu sein schienen, wenngleich sie gewiss stark genug waren, um die Arbaleste zu handhaben; jünger auch, was sein bartloses Antlitz, das vielleicht in ein oder zwei Jahren auf kantige Weise ansehnlich sein würde, und sein blondes, zerzaustes Haar anging, das wild im Wind flatterte. Doch in seinen blauen Augen lag eine Pein, die auch in unserer idyllischen Umgebung niemals ganz verschwand; die Haltung seiner breiten Schultern hatte etwas Schweres an sich. Er hatte Schmerzen kennen gelernt, vermutete ich, und zwar nicht nur die körperlichen vom Schwert eines Bulgaren. Allerdings schien er im Augenblick durchaus fügsam zu sein.

»Nun?«

Ich schreckte aus meinen Gedanken hoch. Sigurd hatte die ganze Zeit gesprochen; seine Worte waren glatt an mir vorbeigerauscht, und jetzt starrte er Pater Gregorias erwartungsvoll an.

Der Priester wandte sich an den jungen Burschen und gab eine Reihe unverständlicher Silben von sich, auf die eine deutlich kürzere Antwort erfolgte.

»Er bekräftigt, dass er das Haus wiederfinden wird«, sagte Pater Gregorias mürrisch. »Er wird sich an den Weg erinnern.«

»Hat er ein Garnknäuel hinter sich abgespult, wie Euer Theseus in seinem Labyrinth?« Sigurd klang verächtlich. »Oder kann er mit den Vögeln reden?«

Gregorias gab die Frage an den Jungen weiter. Ohne den Sarkasmus, nahm ich an.

»Er sagt, er hat in den Elendsvierteln der Stadt nicht durchs Tagträumen überlebt. Er hat sich den Weg genau angesehen, in der Hoffnung, vielleicht entkommen zu können.«

»Dann sollten wir lieber aufbrechen. Die Abenddämmerung dauert nicht lange in diesen Wäldern.«

Wir ritten noch zwei Stunden und begegneten immer weniger Wanderern auf unserer einsamen Straße. Unsere Pferde begannen zu ermüden, und selbst Pater Gregorias ging allmählich die Kraft aus, sich zu beklagen, so gründlich sogar, dass ich mich zweimal umdrehen musste, um mich zu vergewissern, dass sein Pferd ihn nicht in ein Dickicht abgeworfen hatte. Das Licht des Himmels verblasste, und obgleich die meisten Bäume entlaubt waren, sorgte das Dach ihrer Kronen doch für eine verfrühte Dunkelheit.

Ein kräftiger Ellenbogenstoß in die Rippen unterbrach meine Gedanken; eingedenk der Möglichkeit, dass Thomas die Düsternis zur Flucht nutzen könnte, zog ich die Zügel an. Doch er hatte mich mit Absicht angestoßen und streckte jetzt den Arm – so weit der Strick es ihm erlaubte – nach einer Eiche aus. Ihr gewaltiger Stamm war von Efeu überwuchert, und ihre gewundenen Wurzeln hatten begonnen, das Bett der Straße unter uns aufzubrechen, ansonsten jedoch schien sie nicht weiter bemerkenswert.

Ich gab den Befehl zum Halten und winkte Pater Gregorias nach vorn. »Fragt ihn, was er will.«

Ich ertrug die übliche Pause.

»Er erkennt den Baum wieder. Er sagt, der Weg zu dem Haus liegt hinter der nächsten Kurve, zur Linken.«

»Wirklich?« Sigurd schwankte im Sattel, als sein Pferd am Boden scharrte. »Erkennt er auch die Form der Kiefernnadeln wieder?«

Doch sein Misstrauen war fehl am Platze; wir bogen

auf der schlammigen Straße um eine Kurve, und dort, genau wie Thomas gesagt hatte, zweigte ein Pfad ab. Wir hatten an diesem Tag schon viele solcher Abzweigungen passiert, manche nicht viel mehr als Wildpfade, andere so breit, dass wir Mühe hatten, zu erkennen, welches die Straße war. Dieser Weg war breiter als die meisten, jedoch zerfurcht und vom Regen ausgewaschen. Wem immer er gehörte, er kümmerte sich offenbar wenig darum, ihn instand zu halten. Vielleicht hoffte er, so die Aufmerksamkeit von Wegelagerern in dieser Wildnis zu vermeiden.

Nichtsdestoweniger war der Weg erst kürzlich benutzt worden. Als wir ihn entlangritten, sah ich kleine Haufen alter Pferdeäpfel und Hufspuren im Schlamm. Der Wald war hier still und dadurch umso bedrohlicher. Sigurd, sah ich, hielt seine Axt in der Hand, und mehrere andere Waräger waren seinem Beispiel gefolgt. Ich verspürte ein Frösteln der Angst, als mir klar wurde, dass der Knabe vor mir wehrlos wäre und ein eindeutiges Ziel böte, wie ich es in meinen Tagen als Kopfgeldjäger mit Freuden erblickt hätte. Und jeder gegen ihn gerichtete Streich könnte ebenso leicht auch mich treffen.

Doch niemand griff uns an. Wir ritten zwischen zwei Steinsäulen hindurch, auf denen aus Stein gehauene Basilisken thronten, und der Pfad begann steil einen Hügel hinaufzuführen, dessen Kuppe hinter den Bäumen verborgen lag. Ich berührte Thomas an der Schulter und zeigte auf die Säulen, und er bedeutete mit einem Nicken, dass er sie wiedererkannte. Das Geäst um uns herum wurde dünner, und als ich hindurchblickte, sah ich den Himmel der Erde stetig näher kommen. Eine gute Viertelstunde lang hätte ich schwören können, dass die Hügelkuppe direkt vor uns lag, doch jede Wendung und

Biegung des Weges brachte nichts außer einem weiteren Anstieg. Und dann gelangten wir ohne Vorwarnung durch eine Öffnung in einer Mauer und auf eine breite Lichtung, die in die Hügelkuppe gerodet war wie die Tonsur eines Mönchs. Es fühlte sich an, als sei man irgendwo hoch oben, doch die Bäume, die bis dicht an die umgebende Mauer heranreichten, versperrten jegliche Aussicht, die wir vielleicht gehabt hätten. Die Mauer zog sich um das ganze Gelände herum, nur dort, wo wir hereingekommen waren, war eine Lücke; und in dem solcherart umfriedeten Rund standen ein halbes Dutzend Nebengebäude, einschließlich eines Stalles, und auf der gegenüberliegenden Seite ein großes, zweistöckiges Haus. Wir ritten darauf zu.

»Es ist ruhig.« Wir waren alle froh, freien Raum um uns herum zu haben, doch die abgeschiedene Einsamkeit hatte trotzdem etwas Zermürbendes. Sogar für Sigurd. »Wulfrich, Helm – schaut nach, ob jemand unsere Pferde füttern kann.«

Zwei der Waräger lösten sich von dem Trupp und ritten zu den Ställen hinüber. Einer saß ab, zog seine Axt aus der Sattelschlinge und trat durch die unverschlossene Tür. Unkraut wucherte um den Türrahmen, bemerkte ich – und in der Tat auch überall auf dem Gelände.

Ich winkte Pater Gregorias nach vorn. »Ist das der Ort? Wo der Mönch und die Bulgaren Thomas hingeschafft haben?«

Einer Antwort bedurfte es kaum. Die Art und Weise, wie der Junge die Schultern nach vorn zog, als wir das Haus erblickten, und wie seine Fingerknöchel am Sattelrand weiß wurden, sagte mir alles.

»Leer, Hauptmann.« Die beiden Waräger kamen vom Stall zurück. »Der Stall ist völlig leer gefegt worden.«

Wir ritten weiter auf das Haus zu. Es musste eine Herkulesarbeit gewesen sein, die Villa in dieser entlegenen Gegend zu errichten, und man hätte meinen sollen, derjenige, der das getan hatte, hätte sich die Mühe gemacht, sie instand zu halten. Doch je näher wir kamen, desto verfallener erschien uns das Haus. Efeu und Ranken wuchsen an den Wänden empor; der Putz, fleckig und rissig, war stellenweise ganz abgefallen, so dass das stumpfe Mauerwerk darunter zum Vorschein kam. Eine kleine Treppe führte zum Türbogen des Haupteingangs hinauf, doch auch hier war der Marmor abgesplittert und uneben; und alle Fenster schienen zerbrochen.

Sigurd glitt vom Pferd und warf einem seiner Männer die Zügel zu.

»War dies das Haus, zu dem du gebracht worden bist?«, fragte er den Jungen.

Thomas nickte. »Waren noch andere hier?«

»Nur die, die mitgekommen sind«, übersetzte der Priester. »Der Mönch und die vier Bulgaren. Ansonsten war das Haus genauso verlassen wie jetzt.«

»Wir werden entscheiden, wie verlassen es ist, wenn wir es gesehen haben.« Sigurd hob die Axt und polterte mit dem Heft gegen die hölzerne Tür. Sie dröhnte dumpf, was sich in dieser Einsamkeit bedrohlich anhörte, öffnete sich jedoch nicht.

Sigurd versuchte es mit dem Türgriff, ein Messingknauf in Gestalt eines brüllenden Keilers. Er gab nach.

»Hast du den Mönch die Tür abschließen sehen, als ihr aufgebrochen seid?«, fragte ich eingedenk möglicher Hinweise darauf, dass das Haus seither bewohnt worden war. Doch der Knabe erinnerte sich nicht mehr.

»Wir werden bald genug sehen, ob jemand hier ist.« Sigurd stieß die Tür auf und duckte sich unter dem niedrigen, geborstenen Türsturz. »Wulfrich, bleib bei den Pferden. Der Rest folgt mir.«

Wir traten über die Schwelle und blickten uns nervös um, als wir in einen schmalen Flur gelangten, der sich fast augenblicklich zu einem quadratischen, von Säulen umgebenen Innenhof öffnete. Auch dieser machte einen verkommenen Eindruck: Die Bilder auf den Bodenfliesen – halb nackte Krieger, die Bären und Löwen aufspießten – waren verblasst und ungleichmäßig. Regenwasser hatte Pfützen in den Senken gebildet, und in einer Ecke hatte sich ein kleines Gestrüpp seinen Weg durch die Steine hindurch gebahnt. Türen in jeder Mauer führten in weitere dunkle Räume. »Durchsuchen«, befahl Sigurd. »Vier Mann in jede Richtung. Demetrios und Aelrich können mit dem Jungen und dem Priester hier bleiben. Wenn jemand auf Schwierigkeiten stößt, sofort hier sammeln.«

Thomas und ich setzten uns auf eine Marmorbank, während Aelrich im Hof herumschritt und Pater Gregorias besorgt die Mosaike betrachtete. Das Tappen der Stiefel der Waräger entfernte sich, und wir waren allein. Von irgendwo aus dem Innern des Hauses vernahm ich das stetige Tropfen von Wasser.

Ich wandte mich an Thomas. Er stützte das Kinn auf die Fäuste und starrte betrübt zu Boden.

»Wo hast du gewohnt?«

Er blickte auf, wartete auf die Übersetzung des Priesters und deutete dann nach links.

»Habt ihr alle hier gewohnt?«

»Ja.«

»Und hat der Mönch irgendetwas zurückgelassen, als ihr aufgebrochen seid?«

Der Knabe schüttelte den Kopf. Natürlich hätte ich mir das denken können: Ein Mönch, der versuchte, keine Zeugen seines Komplotts am Leben zu lassen, würde auch nichts in dieser Ruine zurücklassen, was ihn verraten könnte.

»Demetrios!«

Ich schaute auf. Sigurd war über mir auf der Galerie erschienen, flankiert von zweien seiner Männer.

»Es ist niemand hier. Ein paar Betten, ein Tisch, ein paar Schemel – dem Geruch nach alles am Verfaulen. Sonst nichts.«

»Hier auch nicht.« Einer von Sigurds Leuten war auf dem gegenüberliegenden Balkon erschienen. »Alles still wie ein Grab. Aber die Aussicht ist schön.«

Das stimmte. Der dritte Korridor führte vom Innenhof auf eine breite Terrasse an der Rückseite des Hauses, die über den steil abfallenden Hang des Hügels hinausragte. Schweigend standen wir dort und schauten auf die wogende Landschaft aus Hügeln und bewaldeten Tälern, die vor uns lag. Am westlichen Horizont war ein orangefarbener Farbstreifen zu sehen, wo die Sonne unterging, während man im Südosten – so bildete ich mir ein – die glitzernden Kuppeln Konstantinopels erkennen konnte. Es war ein hervorragender Aussichtspunkt, geschickt so errichtet, dass die Bäume ihn von unten vor den Blicken verbargen, während man von hier aus freie Sicht hatte.

Ein kalter Wind strich über unsere Gesichter, und wir schickten uns schon an, hineinzugehen, als Thomas uns alle überraschte, indem er ungefragt sprach, und zwar so lange, dass Pater Gregorias Mühe hatte, alles zu behalten.

»Er sagt, der Mönch sei oft hierher gekommen«, berichtete er. »Er hätte auf die Königin der Städte geblickt und Gott angefleht, sie zu vernichten, so wie Er es mit Sodom und Jericho gemacht habe.«

»Das hat er alles auf Fränkisch gesagt?« Es kam mir seltsam vor, dass der Mönch seinen Gott in einer fremden Sprache anreden sollte.

Gregorias wechselte ein paar Worte mit Thomas. »In der Sprache des Alten Roms, auf Lateinisch. Thomas kannte die Worte, weil die Franken und Normannen sie bei ihren Gottesdiensten benutzen.«

Das war noch seltsamer, und ich schüttelte hilflos den Kopf. An jeder Ecke fand ich ein Dutzend neue Fragen, doch niemals auch nur eine einzige Antwort. Sigurd blickte zum Himmel empor. »Wir übernachten in den Ställen«, verkündete er. »Bei den Pferden. Ich habe keine Lust, hier festzusitzen, weil irgendein Wilderer sich auf Pferdefleisch verlegt hat. Und da gibt es nur eine Tür zu bewachen.«

Donnergrollen hallte über das Tal.

»Und außerdem«, fügte er trübsinnig hinzu, »ist das Dach heil.«

Ich verbrachte eine weitere halbe Stunden damit, das düstere Haus zu erkunden, fand jedoch keine Antworten zwischen den zerfallenden Stoffen und den vermodernden Möbeln. Der Donner kam langsam näher, und jedes Mal riss ich den Kopf herum, von meiner Umgebung aus dem Gleichgewicht gebracht. Ich war froh, dem Gebäude endlich entkommen und zu den Warägern zurückkehren zu können, die unsere Pferde im Stall angebunden und in einem Steinring draußen ein kleines Feuer entfacht hatten. Dort brieten sie Gemüse und gesalzene Fische, die wir hastig hinunterschlangen. An diesem Abend waren nur wenige der unter Soldaten im Feld üblichen Scherze zu hören.

Wir ließen uns auf dem harten Boden nieder und verfluchten diejenigen, die das ganze Stroh hinausgeschafft hatten, ehe sie verschwunden waren. Als ich die Augen schloss, hörte ich, wie die ersten Regentropfen über uns auf die Bleischindeln schlugen.

Es regnete nach wie vor, als ich erwachte, und es war noch dunkel. Ein Pferd schnaufte irgendwo zu meiner Rechten, doch ansonsten rührte sich nichts. Ich lag einen Moment lang da und rief mir ins Gedächtnis, wo ich war; besänftigte die natürliche Furcht vor der Nacht mit dem Wissen, dass ich von einem Dutzend der unerschrockensten Krieger des Reiches umgeben war. Das war tröstlich. Ich schob die Hand unter den zusammengeballten Mantel, der mir als Kopfkissen diente, und fand den Griff meines Messers noch an Ort und Stelle, dann streckte ich beinahe aus Aberglauben die Hand aus, um nach Thomas' Schulter zu tasten.

Meine Hand berührte kalte Luft und dann kalten Stein. Ich streckte mich, während mein Herz sich zur Panik aufpeitschte, doch wieder fühlte ich meine Hand auf den harten Boden treffen. Wo war er? Ich warf die Decke von mir, erhob mich und suchte mir zwischen den schlafenden Warägern hindurch einen Weg zur Tür. Krieger mochten sie ja sein, doch mir fiel auf, dass keiner von ihnen sich regte, als ich wie ein Dieb zwischen ihnen hindurchschlich.

Zumindest keiner außer Aelrich, doch der konnte nicht anders: Er saß in der Tür, den Rücken gegen den Rahmen gelehnt, und als ich den Ausgang erreichte und hinausspähen wollte, fiel ich der Länge nach über ihn. Er fluchte und kam taumelnd auf die Beine; seine Hand schloss sich um die Axt an seiner Seite.

»Ich bin's, Demetrios«, zischte ich. Er war vielleicht alt für seinen Beruf, doch ich bezweifelte, dass ich mehr als einen einzigen Hieb seiner Axt überleben würde. »Der Junge ist weg.«

»Allmächtiger.« Aelrich rieb sich die Augen. »Großer Gott.«

Ein Donnerschlag krachte über unseren Köpfen, und fast gleichzeitig zuckte ein Blitz durch die Wolken.

»Da!« Ich hatte in den Regen hinausgespäht und in vergeblicher Verzweifelung nach irgendeiner Spur des Jungen Ausschau gehalten; im weißen Aufleuchten des Blitzes glaubte ich etwas gesehen zu haben. »Da bewegt sich etwas, drüben beim Haus.«

»Und wer sagt, dass es der Junge ist?«, wollte Aelrich wissen. »Seid Ihr bewaffnet?«

»Ich habe mein Messer.« Seine Worte ließen eine neue Woge der Furcht in mir aufwallen, als all meine Ängste vor Wegelagerern, Räubern und den Helfershelfern des Mönchs an diesen verlassenen Ort zurückkehrten, doch es war keine Zeit. Ich stürzte mich in den Regen hinaus, zuckte unter dem Prasseln des Wassers zusammen und rannte über das offene Gelände auf das Haus zu, Aelrichs Schritte dicht hinter mir. Regen lief mir aus dem nassen Haar in die Augen, die ich zusammenkneifen musste, doch ein weiterer Blitz wies mir den Weg zum Haus. Ich sah, dass die Tür offen stand.

»Kommt mit hinein«, rief ich und schaute über die Schulter nach hinten. Aelrich war unsichtbar, und jegliches Geräusch, das er machte, wurde jetzt von dem tobendem Wind übertönt.

Der Sturm hörte auf, als ich mich durch die Tür drängte, und einen Augenblick lang erschienen mir meine patschenden Schritte in dem kleinen Flur schrecklich laut. Dann schlug mir erneut Regen ins Gesicht, und ich begriff, dass ich in den Innenhof gelangt war. Das Wasser prasselte auf die Steinfliesen, doch mir war, als vernähme ich irgendwo in der Dunkelheit noch ein lebendigeres Geräusch, als kratze jemand an irgendetwas.

Ich trat vorwärts und versuchte herauszufinden, wo das Geräusch am lautesten war. Doch meine Bemühungen wurden zunichte gemacht, als ein Donnerschlag über mir ertönte und mit einem Schwindel erregenden, hallenden Grollen von den Wänden und Galerien zurückgeworfen wurde. Ich wollte mich an einer Säule abstützen, fand jedoch keine, dann zuckte einen Moment lang ein Blitz an dem viereckigen Stück Himmel über mir auf. Der ganze Hof wurde von seinem kalten Gleißen erfasst, und in dem Licht sah ich den Jungen, Thomas, in der gegenüberliegenden Ecke neben dem kleinen Busch kauern, der durch den Mosaikboden gedrungen war.

Das Licht verschwand; ich trat auf ihn zu, doch in diesem Moment krachte etwas Stumpfes, Schweres gegen meinen Rücken, genau zwischen den Schulterblättern. Mein Instinkt übernahm das Kommando, die Monate des Drills, den ich in der Legion über mich hatte ergehen lassen, kochten in meinem Blut hoch, und als meine Schulter auf dem Boden aufschlug, rollte ich mich zur Seite. Falls der Angreifer einen weiteren Schlag dorthin führte, wo ich gestürzt war, würde er nur Stein treffen.

»Aelrich?«, schrie ich und fragte mich, ob er im Dunkeln in mich hineingestolpert war.

Es kam keine Antwort, und ich sprang abermals zur Seite, genau in dem Augenblick, als ich hörte, wie etwas auf die Stelle krachte, wo ich gewesen war. *Jemand anderes ist hier,* dachte ich ungläubig. *Irgendein Mörder, der mich* umbringen *will. Hat Thomas mich mit Absicht hierher geführt, um mich in eine Falle zu locken?*

Noch immer hielt ich das Messer in der Hand, denn Instinkt und Disziplin hatten es mich fester fassen lassen, während ein anderer es vielleicht hätte fallen lassen. Ich hob es vors Gesicht und strengte all meine Sinne an, um ein Lebenszeichen meines Gegners zu erhaschen. Irgendjemand bewegte sich in der Schwärze vor mir, doch ich konnte nicht genau sagen, wo. Er schien nicht sehr nahe zu sein, doch bei dem Krach, den das Gewitter machte, konnte das trotzdem nahe genug sein.

Und was war mit Thomas? Er hatte vor mir gehockt, als ich von hinten niedergeschlagen worden war: Wo war er jetzt? Vielleicht war mein unsichtbarer Feind gar nicht hinter mir her. Vielleicht war er hier, um den Knaben zu töten.

Ein weiterer Blitz vom Firmament machte meinen hastigen Überlegungen ein Ende. Donner und Blitz schienen jetzt direkt über uns miteinander verschmolzen zu sein, und der Funke ihrer Vereinigung erhellte den Hof aufs Neue. Und dort, in der Tür genau gegenüber, stand eine riesige Gestalt, eine hoch erhobene Waffe in den Händen.

Das Licht verschwand und ich stürzte vorwärts, stürmte über die glitschigen Steinfliesen, ohne den Regen zu beachten oder daran zu denken, dass noch andere, unsichtbare Feinde hier lauern mochten. Als ich näher kam, senkte ich die Schulter – so wie der Dekarch es auf so vielen Paradeplätzen vorgemacht hatte –, holte mit dem Messer aus und spannte die Halsmuskeln für den kommenden Aufprall an.

Er hatte sich in jenen paar Sekunden nicht von der Stelle gerührt; ich rammte gegen seinen Oberkörper und stieß mit dem Messer zu. Er grunzte und fiel hintenüber, so dass ich auf ihn stürzte, doch ich war es, der lauter brüllte, denn sein Leib schien mit Stahl überzogen zu sein, und meine Klinge prallte harmlos von ihm ab. Er trug eine Rüstung, begriff ich entsetzt, während ich wehrlos dalag. Ich versuchte mich loszureißen, doch er hatte einen Arm um mich geschlungen und hielt mich nieder, während er auf dem Boden nach der Waffe tastete, die ihm entfallen war.

»Scheiße«, fluchte er.

Mein Herz blieb stehen. »Aelrich?«, keuchte ich. »Ich bin's, Demetrios.«

Eine scharfe Klinge berührte die Haare in meinem Nacken.

»Demetrios?«, grollte er. »Warum zur Hölle Satans habt Ihr dann versucht, mir die Gedärme herauszureißen?«

Er lockerte seinen Griff und ich richtete mich auf. »Ein Mann war hier drin, er ist auf mich losgegangen.« Ich schüttelte den triefnassen Kopf. »Wart das auch Ihr?«

»Was glaubt Ihr?« Aelrichs Stimme klang mürrisch – vielleicht hatte ich ihm durch den Harnisch hindurch doch hart getroffen. »Ich bin Euch gefolgt. Ich bin gerade erst hier angekommen, als Ihr mich umgerannt habt.«

»Aber ich bin schon …«

Ein flackerndes Licht am Eingang ließ uns beide verstummen; wir traten voneinander weg und spannten die Arme mit den Waffen an, als es näher kam.

»Aelrich? Demetrios?«

»Sigurd?«

Der Warägerhauptmann trat herein, seine Axt in der einen und eine Fackel in der anderen Hand. Gott allein mochte wissen, wie es ihm gelungen war, sie mitten in diesem tobenden Gewitter zu entzünden. Er hielt sie unter den Säulengang, doch ihr Licht durchdrang die Nacht und erhellte den ganzen Innenhof als erstarrtes Bild, in dem der Regen still zu stehen schien. Aelrich und ich standen in der Tür zu Sigurds Linken, bei dem Gang, der in den Westflügel des Hauses führte. Sigurd, begleitet von zweien seiner Männer, stand im Haupteingang und starrte wütend auf Thomas hinab, der in der Ecke kauerte, wo der Blitz ihn mir gezeigt hatte, die Hände immer noch lose gefesselt. Von dem Unbekannten, mit dem ich in der Finsternis gekämpft hatte, war nichts zu sehen.

»Ich nehme doch an«, sagte Sigurd, »dass es einen Grund für all das hier gibt.«

Aelrich antwortete als Erster. »Der Junge hat aus dem Stall fliehen können. Demetrios und ich haben ihn verfolgt, aber ich habe im Gewitter die Orientierung verloren. Im Schein eines Blitzes habe ich ihn zur Westtür hineinlaufen sehen und bin ihm gefolgt. Als ich hier hereinkam, hat er mich gerammt wie eine Kriegsgaleere, und wir sind beide zu Boden gegangen. Zum Glück habe ich seine Stimme erkannt, sonst hätte ich ihm womöglich den Kopf abgeschlagen.«

»Aber ich bin nicht zur Westtür hereingekommen«, widersprach ich. »Ich bin durch den Haupteingang gekommen, der offen war. Da, wo Sigurd steht. Und ich war schon eine Weile hier, als ich auf Euch losgegangen bin. Irrtümlich«, fügte ich hinzu. »Aber ich habe schon davor mit jemandem gekämpft.«

»Vielleicht war's der Junge.« Sigurd hatte keine Geduld für so etwas; wahrscheinlich war er wütend, dass der junge Bursche beinahe entkommen wäre. »Wir werden uns seine Erklärung morgen früh anhören. Bis dahin verdoppeln wir die Wachen und binden den Jungen im Stall an.«

»Was ist mit dem anderen Mann? Er ist vielleicht noch im Haus – oder zumindest auf dem Gelände. Und wenn er ein Attentäter ist, den der Mönch geschickt hat? Oder gar der Mönch selbst?«

Sigurd schnaubte. »Selbst wenn dieser Mann existiert und nicht nur irgendein Phantom aus Euren Träumen ist, werde ich die Nacht nicht damit verschwenden, über Trümmer und durch Schlamm zu stolpern, um ihn zu finden. Wenn Ihr allein in diesem Haus bleiben und nach ihm suchen wollt, dann tut das. Ich werde keinen verstauchten Knöchel oder ein Messer im Dunkeln riskieren.«

Bei näherem Nachdenken hatte ich das ebenfalls nicht vor.

ια

Es kam nichts mehr, um meinen Schlaf zu stören, allerdings hätte es da auch wenig zu stören gegeben: Ich lag wach und erstarrte bei jedem Balkenknarren oder Deckenrascheln, bis es draußen vor der Tür heller wurde und die wenigen Vögel, die nicht vor dem Winter geflohen waren, ihr Morgenlied anstimmten. Froh über jeden Grund, mich von meinem rastlosen Lager erheben zu können, stand ich auf, ging an den Wachen vor der Tür vorbei und strebte abermals auf das Haus zu.

Mein Kopf schmerzte schon jetzt vom Schlafmangel, und die frostige Kälte in der Luft trug mitnichten dazu bei, dem Abhilfe zu schaffen, aber wenigsten hatte der Regen aufgehört. Ich schaute mich um und suchte nervös jeden Fußbreit Boden zwischen mir und dem umliegenden Wald ab. Nichts rührte sich.

Mein Puls ging schneller, als ich das Haus erreichte,

und nicht einmal der Anblick des leeren Innenhofes konnte ihn beruhigen. Ich blickte zu der umlaufenden Galerie hinauf, unfähig, die Sorge abzuschütteln, dass mich jemand beobachten könnte; einmal schritt ich sogar ganz um die Kolonnade herum, um sicherzugehen, dass niemand hinter einer Säule lauerte. Niemand lauerte dort.

Dann wandte ich meine Aufmerksamkeit der Ecke zu, wo wir gestern Nacht den Knaben gefunden hatten. Sein Verhalten war ein Mysterium, denn hätte er fliehen wollen, wäre er gewiss nicht hier hereingekommen. Und er hätte fürwahr verzweifelt sein müssen, um zu versuchen, während eines Gewitters mitten im Wald davonzulaufen, die Beine verbunden und die Hände vor dem Körper gefesselt. Er hätte keinen Tag lang überlebt. Warum also hatte er so viel riskiert, um herzukommen, wo ihn doch ein übereifriger Waräger ohne weiteres im Finstern hätte niedermachen können?

Ich betrachtete den Boden. Die Mosaikfliesen waren locker, aufgesprengt von dem Busch, der sich durch sie hindurchgezwängt hatte. Ich schob den Daumen unter eine davon, zog und sah, wie sie sich löste. Mörtel rieselte als feiner Staub herab und wurde auf dem nassen Boden wieder zu einer grauen Paste.

Neugierig löste ich noch ein halbes Dutzend weitere Fliesen, wobei ich besonders nach denen Ausschau hielt, die bereits gelockert waren. Das mussten die sein, die dem Stamm des Busches am nächsten waren, dachte ich mir, und zerkratzte mir mehrmals die Arme, als ich unter die Zweige griff, um sie zu fassen.

Und dann sah ich, weshalb der Junge so viel riskiert hatte, um herzukommen. Eine schwarze Fliese – ein Streifen auf der Flanke eines Tigers – löste sich, und als ich mit dem Finger in der Höhlung darunter herumstocherte, fühlte ich die glatte Oberfläche von poliertem Metall. Es war ein Ring, das Gold vom Aufenthalt unter der Erde kaum angelaufen, mit einem roten Stein, wahrscheinlich ein Granat. Ein gewundener schwarzer Spalt war durch den Stein geschnitten, fast wie eine Schlange, und um die Fassung herum war mit unbeholfenen Buchstaben eine lateinische Inschrift eingraviert.

»Der Hauptmann sagt, das Frühstück ist fertig, wenn Ihr auch etwas wollt.«

Ich drehte mich um und erblickte Aelrich. »Sagt Sigurd, ich habe etwas gefunden«, befahl ich. »Sagt ihm, er soll den Jungen herschicken, mit dem Dolmetscher.«

Ich spülte mir in einer Pfütze den Schmutz von den Händen, während ich wartete, und rieb den Ring am Saum meiner Tunika, ehe ich ihn mit der Faust umschloss, als Thomas hereingestolpert kam. Auf seinem Gesicht lag ein finsterer, harter Ausdruck, und seine Verbände waren mit Schlamm verkrustet.

»Fragt ihn, was er gestern Nacht hier getrieben hat«, wies ich Pater Gregorias an. »Hat er wirklich geglaubt, er könnte uns entkommen?«

»Er sagt, er ist dem Ruf der Natur gefolgt.«

»Und er war so schamhaft, dass er lieber zweihundert Ellen weit durch ein tobendes Gewitter gelaufen ist, um hier zu pissen, anstatt sich einfach vor eine Wand zu stellen?« Ich verdrehte die Augen. »Fragt ihn, ob er das hier gesucht hat.«

Während ich sprach, öffnete ich die Hand, um den Ring vorzuzeigen, wobei ich den Blick die ganze Zeit auf Thomas' Gesicht geheftet hielt. Er mochte sein Handwerk in den Elendsvierteln der Stadt erlernt haben, doch er konnte die Überraschung des Wiedererkennens nicht verbergen, die über seine Züge huschte. Er versuchte es auch gar nicht, sondern trat einen Schritt vor und spuckte mich an.

»Wo habt Ihr das gefunden?«, fragte der Priester unnötigerweise.

»Unter einem Stein. Was bedeutet die Inschrift?«

Der kleine Geistliche nahm den Ring in die Hand und betrachtete ihn mit zusammengekniffenen Augen. »Heiliger Remigius, leite mich auf den Wegen der Wahrheit«, las er.

In allen Festen und Liturgien hatte ich noch nie von diesem Heiligen Remigius gehört, das Schmuckstück jedoch erkannte ich. Es war ein Pilgerring von der Sorte, wie sie Straßenhändler in der Nähe der Reliquienschreine der Geheiligten feilboten. Hatte der Junge ihn hier zurückgelassen? Seine Eltern waren Pilger gewesen, fiel mir ein: War es ihr Ring gewesen? »Fragt ihn, ob er seiner Mutter gehört hat.«

Die Wangen des jungen Burschen röteten sich, und er antwortete zornig und recht ausführlich. Ich drehte den Ring in den Händen, während ich wartete, bis der Priester übersetzte.

»Er sagt, der Ring gehört ihm. Der Mönch, der ihn hergebracht hat, hat ihn an einer Schnur um den Hals getragen. Eines Nachts ist es dem Jungen gelungen, die Schnur durchzuschneiden und den Ring zu verstecken. Der Mönch war wütend und hat überall gesucht, hat sich aber schließlich damit abfinden müssen, dass der Ring sich gelöst hatte und irgendwo auf dem Grundstück zu Boden gefallen war. Der Junge hatte nie Gelegenheit, ihn aus seinem Versteck zu holen.« Der Priester räusperte sich. »Seinen Worten nach ist ihm das mitten in der Nacht eingefallen, und er ist hergekommen, um den Ring für Euch zu holen.«

Welche Ergebenheit. »Sagt ihm, ich glaube ihm nicht.«

Der Bursche murmelte ein paar kurze Worte, die Pater Gregorias anscheinend schwer zu übersetzen fand.

»Er sagt, Ihr… Er besteht darauf, dass es wahr ist.«

»Soll ich glauben, dass er mir den Ring am heutigen Morgen einfach gegeben hätte?« Wieder verdrehte ich die Augen. »Wenn er ihn einmal gestohlen hat, dann hätte er ihn doch nicht so einfach aufgegeben.«

Der Priester übersetzte meine Worte, noch während ich sprach, doch sie bewirkten keine Veränderung in der verhärteten Miene des Knaben. Ich begann zu zweifeln, dass ich mit diesem Schlagabtausch aus Widerworten und Leugnen viel erreichen würde.

»Was immer er auch vorhatte«, sagte ich achselzuckend, »Ihr könnt ihm sagen, dass er seine Lage bei uns nicht verbessert hat, indem er nachts davongelaufen ist. Und zur Heilung seiner Wunden hat er auch nicht beigetragen, als er damit durch den Schlamm geplatscht ist.« Ich betrachtete seine schäbigen Kleider und die verschmutzten Verbände. »Im Garten habe ich eine Quelle gesehen, wir sollten ihn wohl lieber dort säubern.«

Wir gingen um das Haus herum – Aelrich, Thomas, der Priester und ich – und stiegen ein paar Stufen hinunter, die in einen tiefer liegenden, ummauerten Obstgarten führten. In seiner Mitte befand sich eine niedrige Steinplatte, von der ein gemauerter Kanal zwischen den Bäumen hindurch bis zu der Zisterne unter dem Haus führte. Der Kanal war geborsten und mündete nur noch in ein Stück sumpfigen Bodens, doch die Quelle sprudelte noch, und genug Wasser plätscherte über den bemoosten Rand des Beckens, so dass ich es über Thomas' Beine gießen konnte.

Ich hatte ihn gerade mit meinem Mantel abgetrocknet

und legte die frischen Verbände an, die Anna mir gegeben hatte, als er unerwartet sprach.

»Was hat er gesagt?«, fragte ich und zog die Leinenstreifen fest.

Gregorias übersetzte. »Er sagt, der Mönch habe ihn hierher gebracht, um mit der Arbaleste zu üben. Sie haben den größten Teil des Tages damit verbracht, auf Ziele an der Mauer dort drüben zu schießen.«

Ich machte einen Knoten, dann ging ich durch den Garten zu der Mauer hinüber, auf die der Junge gedeutet hatte. Wie allem anderen auf diesem Grundstück, so hatten sich Unkraut und Flechten auch dieser bemächtigt, doch hier waren an vielen Stellen die Steine zu sehen, sauber und scharfkantig und von weißen Kerben gezeichnet. Viele Pfeile mussten hier abgeprallt sein, und jeder hatte das Auge des Knaben näher an das wahre Ziel herangeführt: dass seine Bolzen schließlich den Kaiser hätten treffen sollen. Es war gut, dass er nicht noch mehr geübt hatte.

Ein Ruf von oben unterbrach meine Gedanken; ich schaute über die Brüstung und blickte über die weite freie Fläche. Eine unserer Wachen hatte einen Mann angerufen, der jetzt auf einer hübschen weißen Stute zwischen den Torpfosten hindurchgeritten kam. Ich sah Sigurd aus dem Stall kommen und rasch auf ihn zugehen, der Rest seiner Kompanie in einer wachsamen breiten Front hinter ihm. Ich rannte los, um mich zu ihnen zu gesellen.

Der Mann schien nicht beunruhigt angesichts der Kette der Waräger, die samt und sonders ihre Äxte in den Händen hielten. Tatsächlich schien seine Miene arrogante Belustigung auszudrücken, als er von seinem Pferd herabblickte.

»Was macht Ihr hier?«, fragte er. Obgleich sein grüner Umhang und seine hohen Stiefel teuer aussahen, war seine Aussprache eher die eines Bauern.

»Uns sind Gerüchte zu Ohren gekommen, dass hier Feinde des Kaisers zu finden seien«, antwortete Sigurd gelassen. »Wir sind gekommen, um sie zu suchen.«

Der Reiter kniff die Augen zusammen. »Habt Ihr welche gefunden?«

»Keine. Bis jetzt.«

Ich glaube, Sigurd meinte das als Drohung, doch die Worte ließen unseren Besucher auflachen. »Ich bin Kosmas, und kein Feind dieses oder irgendeines anderen Kaisers. Ich bin der Waldhüter, und ich verwalte dieses Gut für meine Herrin, die Besitzerin.«

Sigurd drehte den Kopf in weitem Bogen hin und her und betrachtete angelegentlich die verwilderte Gegend. »Bezahlt sie Euch gut dafür?«

»Genug, dass ich keine ungeladenen Gäste dulde. Wenn Ihr alles gefunden habt, was es hier zu finden gibt, also gar nichts, dann solltet Ihr gehen.«

Ich konnte sehen, wie in Sigurd der Widerspruch gegen die Forderung des anderen hochkochte und wollte es hier nicht auf einen Streit ankommen lassen. »Sagt mir, Waldhüter«, mischte ich mich ein. »Wer ist diese ungastliche Herrin?«

»Meine Herrin, die sich denen gegenüber, die sie geladen hat, höchst gastlich zeigt, ist die Hohe Dame Theodora Trichas. Gemahlin des Sebastokrators Isaak und Schwägerin des Kaisers Alexios Komnenos.« Er lächelte. »Wohl kaum eine Familie, die Schurken und Verrat unter ihrem Dache beherbergt.«

Das war so optimistisch, dass es zum Lachen war. Doch wir brachen trotzdem auf.

Der lange Heimritt war schweigsam und die Ankunft stürmisch. Je näher wir der Stadt kamen, desto belebter wurde die Straße, und obgleich wir uns eines der kleineren Tore aussuchten, um in die Stadt zu gelangen, ohne Aufsehen zu erregen, fanden wir doch eine Menschenmenge vor, die stieß und drängte, um hineinzukommen. Die Wachsoldaten waren gereizt; sie bellten den Ankommenden Fragen entgegen und durchsuchten ihre Habe mit brüsker Verachtung. Die meisten um uns herum mussten vom Lande gekommen sein und den größten Teil ihrer Habe auf dem Rücken mitgeschleppt haben. Vielleicht hätten wir noch bis Anbruch der Dunkelheit dort festgesessen, wäre es Sigurd nicht gelungen, uns tretend und schiebend einen Weg zu bahnen, und glücklicherweise erkannten die Wachen ihn. Als auch der Letzte unseres Trupps innerhalb der Mauern war, ließ er uns halten.

»Wir bringen den Jungen zum Palast und stecken ihn in ein Verlies«, entschied er. »Wenn er stark genug ist, einmal zu fliehen, dann ist er auch wohlauf genug, um aus diesem Kloster herauszukommen.«

»Wenn Ihr ihn dort hinbringt, stirbt er binnen einer Woche.«

»Und das wird kein Verlust für mich sein.« Sigurd zerrte verärgert an den Zügeln. »Soll er doch an irgendeiner Krankheit krepieren, wenn Gott es so will.«

»Krankheiten sind meine geringste Sorge. Habt Ihr vergessen, was mit dem Bulgaren geschehen ist? Der Mönch oder seine Spießgesellen können den Kerker anscheinend jederzeit betreten.« Obwohl der Tod des Bulgaren kaum jemanden zu kümmern schien, wurde mir jedes Mal beklommen zu Mute, wenn ich daran dachte. Wie war es einem Meuchelmörder gelungen, sich durch die Tiefen des Palastes zu schleichen, durch ein verschlossenes Tor und vorbei an einer ganzen Legion Waräger? Keine der Nachforschungen, die Krysaphios, Sigurd oder ich angestellt hatten, hatten eine Antwort darauf ergeben.

»Diesmal werden wir uns mehr in Acht nehmen«, knurrte Sigurd. »Was immer das auch nützen mag.«

»Wollt Ihr, dass ich mich deswegen an den Haushofmeister wende? Er hat mir das Befehlsrecht übertragen. Ich sage, der Junge kommt nicht in den Kerker.«

Sigurd starrte mich finster an. »Und wo werdet Ihr ihn dann hinbringen, Demetrios? In das Kloster, in die Obhut von Mönchen und Frauen? Wird Gott ihn dort beschützen?«

Das brachte mich jäh in eine schwierige Lage. Ich hatte den ganzen Tag lang Zeit gehabt, darüber nachzudenken, doch meine Gedanken waren immer wieder durch andere Fragen abgelenkt worden. Jetzt hatte ich keine Lösung parat, während Sigurd mich mit höhnisch verzogenen Lippen musterte.

Ich sprach den ersten Gedanken aus, der mir kam. »Er kommt mit zu mir.«

»In Euer Haus?« Sigurd schien über meine Torheit entzückt zu sein. »In Eure Festung? In Euren Turm, umgeben von Wasser und bewacht von tausend Bogenschützen? Oder in Eure Wohnung in einem Häuserblock, wo der Bursche Eurer Familie binnen eines Augenblicks die Kehlen durchschneiden und sich über die Dächer davonmachen kann?«

All dies waren gewichtige Einwände, doch ich würde ihm nicht die Genugtuung verschaffen, das zuzugeben. »Wenn der Junge fliehen will, wird ihm das irgendwann gelingen. Es sei denn, wir stecken ihn ins Verlies, in diesem Falle wird er sterben. Ihr werdet mir zwei Soldaten überlassen, die meine Haustür bewachen. Was meine Familie betrifft …« Ich zögerte. »Ich werde für ihre Sicherheit Sorge tragen.«

Sigurd starrte mich in zornigem Schweigen an.

»Der Junge ist ebenso wenig ein Verbündeter des Mönchs wie die Dirne, mit der er sich vergnügt hat. Vielleicht entlocken ein wenig Freundlichkeit und Mildtätigkeit ihm mehr Antworten.« Ich hob die Hände. »Oder ich kann mit Krysaphios reden.«

»Seht Euch vor«, warnte Sigurd. »Ihr mögt fürs Erste Euren Willen von ihm bekommen, aber an wen werdet Ihr Euch wenden, wenn ihm die Geduld ausgeht? Nehmt den Jungen. Ich lasse Euch Aelrich und Sweyn – bis auf weiteres.«

Er drückte seinem Pferd die Fersen in die Flanken und galoppierte davon, dicht gefolgt von all seinen Männern, außer dem genannten Paar.

»Ich muss auch fort«, meinte Pater Gregorias. »Ich werde in meiner Kirche gebraucht.«

»Ihr werdet bei mir gebraucht«, entgegnete ich. »Wie kann ich sonst mit dem Jungen reden?«

»Ruft die Heilerin. Sie spricht seine Sprache.« Und so unterwürfig er auch war, er ließ mich trotzdem stehen. Mit zwei widerwilligen Warägern und einem Knaben, den keiner von uns verstehen konnte.

Ich führte meine Begleiter zurück zu meinem Haus und stellte fest, dass ich die Pferde nirgends unterbringen konnte.

»Wir sollten sie zum Palast zurückbringen«, meinte Aelrich. »Der Hipparch will sie bestimmt gleich wiederhaben.«

»Ich kann gehen«, erbot ich mich. »Ich sollte Krysaphios Bericht erstatten.«

Aelrich schüttelte den ergrauten Kopf. »Ihr könnt nicht allein gehen. Es wird dunkel, und die Wache wird Euch als Pferdedieb festnehmen, wenn sie Euch sehen. Und ich kann nicht mit Euch kommen; gewiss wollt Ihr Sweyn nicht allein mit Euren Töchtern zurücklassen.«

Ich lächelte müde. »Meine Töchter sind bei ihrer Tante, meiner Schwägerin.« Ich würde sie eine weitere Nacht dort verbringen lassen müssen, obgleich sie bei ihrer Rückkehr noch weniger von meinem anrüchigen Beruf halten würden, ebenso wie von meinem väterlichen Versagen darin, passende Familien für sie zu finden.

»Dann können wir beide den Jungen bewachen, und Sweyn kann die Pferde zurückbringen.« Aelrich schwang sich aus dem Sattel, kam zu mir herüber und hob Thomas herunter. Ich stieg ab und reichte dem schweigsamen Sweyn beide Zügel.

»Komm rasch zurück«, wies Aelrich ihn an. »Du willst dich doch nicht die ganze Nacht lang auf meine alten Augen verlassen müssen.«

»Nicht, wenn die letzte Nacht etwas zu besagen hat«, bemerkte ich, als die Pferde um die Straßenecke verschwanden. Ich hatte die Tatsache, dass er Thomas hatte entkommen lassen, noch nicht angesprochen, aus Angst, Sigurd damit noch mehr zur Weißglut zu bringen, aber ich hatte es nicht vergessen. Oder vergeben.

Aelrich sah mir in die Augen. »Wir alle machen Fehler, Demetrios. Es war freundlich von Euch, den meinen vor dem Hauptmann zu verbergen. Aber der Junge ist in Sicherheit, und es ist kein Unheil angerichtet worden. Wenn ich eines vom Leben gelernt habe, dann dieses: dass ich, wenn ich den schlimmsten Folgen meiner Fehler entgehe, meinem Gott danken und das Ganze dann vergessen sollte.« Er versetzte mir einen freundschaftlichen Schlag auf den Arm. »Jetzt lasst uns den Jungen von der Straße wegschaffen, ehe irgendein Mönch mit einer Arbaleste vorbeigaloppiert und ihm einen Pfeil in den Leib jagt.«

Wir stiegen die Treppe zu meinem Heim empor, wobei wir Thomas zwischen uns behielten.

»Ist das der einzige Eingang?«, erkundigte sich Aelrich, als ich meine schwere Tür aufschloss.

»Von drinnen kommt man aufs Dach.« Ich trat über meine Schwelle und bückte mich, um ein Stück Papier aufzuheben, das irgendjemand unter der Tür durchgeschoben haben musste.

»Unglücklicherweise kann man die Tür, die zur Leiter führt, nur von innen verriegeln. Dieses Haus ist nicht als Gefängnis erbaut worden.«

»Aber sind wir hier, um den Jungen drinnen oder andere draußen zu halten?« Aelrich ging quer durchs Zimmer und rüttelte an den Fensterläden. »Wenigstens habt Ihr Gitter vor den Fenstern.«

»Eine sinnvolle Vorsichtsmaßnahme für einen Mann mit zwei jungen Töchtern.« Mein Geschick als Kopfgeldjäger hatte mir erlaubt, mich von den gefährlicheren Vierteln der Stadt zu entfernen, nicht immer jedoch von deren Bewohnern.

Aelrich lief weiter im Haus herum, während ich das Stück Papier entfaltete. »Der Kaufmann Domenico wünscht mich in seinem Haus in Galata zu sprechen.«

»Kennt Ihr ihn?«

»Ich habe noch nie von ihm gehört.« Ich legte die Nachricht auf einen Tisch. »Vielleicht will er mir eine Arbaleste verkaufen.«

»Wenn dem so ist, solltet Ihr lieber zuerst zum Eunuchen gehen und Euch Euren Lohn abholen.« Aelrich schmunzelte. Er schob den Kopf durch die Vorhänge, die den Raum teilten. »Wer schläft hier?«

»Meine Töchter.« Obwohl sie nicht da waren, wollte ich nicht, dass Thomas oder Aelrich in diesem Gemach wohnten, doch ich musste noch überlegen, wie ich diese Kombination in meinem Haushalt bewerkstelligen wollte. »Der Junge und ich können in meinem Zimmer schlafen; Ihr könnt Euch auf die Bank hier legen.«

»Morgen hole ich mir ein Feldbett aus der Kaserne.« Aelrich war ganz offensichtlich wenig begeistert von der Aussicht, eine weitere Nacht auf einem behelfsmäßigen Lager zu verbringen.

Da meine Kinder nicht da waren, schnitt ich ein paar Zwiebeln und Lauchstangen klein und mischte ein wenig Schwarzmeertunke darunter, die mir ein ehemaliger Kunde geschickt hatte. Sweyn kehrte mit Brot zurück, das er in der Palastküche aufgetrieben hatte, und wir vier teilten uns im Licht meiner Kerze ein einfaches Mahl. Dann nahm Aelrich die Bank und schob sie vor die Tür, die zu dem Raum mit der Leiter führte, während Sweyn die Treppe zur Straße hinunterstieg.

»Es ist besser, in einiger Entfernung Wache zu halten«, erklärte er ernst. »Sonst ist es zu spät, wenn man sie nicht gleich sieht.«

Ich zog mich mit dem Jungen in mein Schlafgemach zurück und legte mich aufs Bett, wobei ich ihm bedeutete, dass er mein Lager teilen könne. Statt dankbar zu sein, fuhr er jedoch zurück und kauerte sich an die Wand wie ein in die Enge getriebener Hase, die Arme fest vor der Brust gekreuzt. Mit bitterem Blick starrte er mich an, und ich sah, dass seine Beine zitterten.

»Hältst du mich etwa für eine Art Päderast?« Ich war zornig und peinlich berührt. Beim Klang meiner Stimme krümmte er sich noch enger zusammen; eine Träne rann seine Wange hinunter.

Mit einem Seufzer, der der Entrüstung oder dem Mitgefühl entspringen mochte, rollte ich mich vom Bett und stellte mich auf dessen andere Seite, wobei ich erst auf ihn, dann auf das Bett, dann auf mich selbst und dann auf den Boden zeigte.

Immer noch rührte er sich nicht.

»Na schön.« Wenn Worte und Seufzer nicht ausreichten, würde er mich eben anhand meiner Taten beurteilen müssen – oder die ganze Nacht lang verkrampft in der Ecke hocken. Sehr bedächtig breitete ich eine Decke auf dem Boden aus, streckte mich darauf aus und blies die Kerze aus. Dann lauschte ich im Dunkeln.

Es muss annähernd eine Stunde gedauert haben, ehe ich endlich hörte, wie der Knabe in das Bett über mir kroch. Und es war lange danach, als ich endlich einschlief.

ι β

Früh am nächsten Morgen ging ich auf kürzestem Weg zum Palast, in dem Glauben, Krysaphios wolle sogleich über meine Fortschritte unterrichtet werden. Dem war nicht so. Stattdessen wies mich ein Schreiber in einen langen Säulengang, wo bereits Dutzende von Bittstellern versammelt waren; manche saßen so still, dass sie sich kaum von den Marmorstatuen um sie herum unterschieden, als sei eine Gorgo erschienen und habe sie angeschaut. Ich versuchte, dem Schreiber zu erklären, wie wichtig ich sei, doch er wollte nichts davon hören. Er versprach mir, dass mein Name zu Protokoll genommen werde und verschwand.

Ich lehnte mich gegen eine kalte Säule – die Bänke waren alle besetzt – und wartete. Die bleiche Sonne zog über dem Springbrunnen hinter mir dahin; Schreiber und Sekretäre, Männer und Eunuchen, liefen geschäftig umher, unterhielten sich in drängendem Tonfall und schenkten den Bittstellern, die ihren Weg säumten, keinerlei Beachtung. In über einer Stunde sah ich nicht einen Einzigen, der vorgelassen wurde. Und zu wem auch?, fragte ich mich. Ich bezweifelte, dass Kaiser Alexios oder auch nur sein Haushofmeister Krysaphios mich jenseits der Türen am Ende des Ganges erwartete. Dahinter saß gewiss bloß ein weiterer Sekretär, der mich vielleicht in ein anderes Vestibül oder Atrium schicken würde, wo ein neuer Schreiber meinen Namen niederschreiben und mich auffordern würde, zu warten. In dieser himmlischen Umgebung bewegten sich die Menschen wie die Sterne auf von einem höheren Gesetz vorgegebenen Pfaden und dazu bestimmt, niemals davon abzuweichen oder einen anderen zu berühren.

Ich würde gehen, beschloss ich. Der Gedanke an den Knaben und die beiden Waräger in meinem Haus ließ mir keine Ruhe, und das Gold des Eunuchen machte es mir noch schwerer erträglich, Zeit zu verschwenden. Ich stieß mich von der Säule ab und dachte einen Moment lang, ich hätte mir irgendein schweres Vergehen zuschulden kommen lassen: Vom anderen Ende des Ganges her ertönte ein mächtiges Getöse von Zimbeln, und überall um mich herum brach ein Tumult aus. Männer, die den ganzen Morgen über mit keinem Muskel gezuckt hatten, waren plötzlich von ihren Plätzen aufgesprungen, lagen auf den Knien und berührten mit der Stirn den Boden, während sie sich bemühten, die Worte einer lobpreisenden Hymne zu murmeln. Ich konnte das Geräusch vieler Schritte hören, die einen eigenen Rhythmus stampften, über dem sich die tönenden Klänge von Flöten und Harfen erhoben. Auch ich kniete nieder, verneigte mich jedoch nicht so tief, dass ich nicht sehen konnte, wer da kam.

Den Anfang bildete eine Kompanie Waräger, allerdings keine, die ich kannte. Die blanken Äxte lagen über ihren Schultern, das Heft mit den buschigen Federn großer Vögel verziert, und selbst in dem schwachen Licht blinkten ihre Rüstungen. Dahinter kamen die Musikanten, die Gesichter starr vor Konzentration, und ein Priester, der ein Weihrauchfass vor sich schwang und die Luft mit seinem süßen Wohlgeruch erfüllte. Endlich kam ihr Herr und Gebieter. Die spitz zulaufenden, ungleichen Stiefel schritten erhaben über den Boden, als berührte er ihn gar nicht, sein Kopf mit der Perlenkrone war in ernster Andacht gesenkt und erstrahlte in dem Glanz, der von seinen goldenen Gewändern ausging. Er sah völlig anders aus, als ich ihn vor gar nicht langer Zeit in einer einfachen weißen Dalmatica vor seinem beunruhigenden Mosaik hatte stehen sehen. Der Sebastokrator Isaak. Gemahl der Frau, deren verfallenes Jagdhaus ich erst am Vortage besucht hatte, dachte ich.

Als er an mir vorbeikam, ergriff ich die Gelegenheit beim Schopf. »Möget Ihr tausend Jahre leben, Gebieter«, rief ich. »Ich bin es, Demetrios. Ich muss mit Euch sprechen.«

Nicht ein Haar seines Bartes regte sich, und seine Augen blieben fest auf das gerichtet, was er sah und was andere Männer nicht wahrnehmen konnten – was immer es auch sein mochte. Dann war er vorüber, und die Leere füllte sich mit seinem Gefolge, Dutzende von Adligen, die ihm folgten wie Krähen einer Armee. Er war schon lange hinter den Bronzetüren verschwunden, als der Letzte vorüberging.

Sobald der Weg frei war, schickte ich mich zum Gehen an, doch wieder wurde ich aufgehalten, diesmal von einem stämmigen, zwergenhaften Sklaven, der mich am Ellenbogen zupfte.

»Kommt mit mir«, sagte er mit hell leuchtenden Augen. »Ihr wurdet gerufen.«

»Wohin?«

Doch er war hinter eine Säule geschlüpft, und ich musste mich sputen, ihn wiederzufinden. Er führte mich zu einer Tür – nicht die gewaltige Flügeltür, durch die der Sebastokrator getreten war, sondern eine sehr kleine Pforte, wie für ihn gemacht, die ein Stück neben dem Haupteingang in die Wand eingelassen war. Auch führte sie nicht in eine juwelengeschmückte Halle, sondern in einen engen, niedrigen Gang, deren Lampen wenig Schutz vor den unregelmäßigen Biegungen und Stufen boten, von denen es dort viele gab. Wir begegneten niemandem, bis unser Weg abrupt an einer Steinmauer endete. »Nach rechts«, flüsterte der Zwerg.

Ich trat nach rechts, und plötzlich war ich aus dem Tunnel heraus und befand mich in einem hellen, luftigen Raum. In das hohe Kuppeldach waren viele Fenster eingelassen, und die Decke war mit den Bildnissen alter Könige bemalt, während das Licht von den vergoldeten Wänden leuchtete wie eine ewige Morgendämmerung. Ich zwinkerte mit den Augen und sah mich um, doch hinter mir schien nur solides Mauerwerk zu sein. Von meinem kleinwüchsigen Führer und dem Tunnel, durch den ich gekommen war, war nichts zu sehen.

»Demetrios.«

Ich drehte mich wieder zur Mitte des Raumes um, wo zwei Männer standen, umgeben von einem Ring aus Marmorsäulen. Einer war Krysaphios, makelloser gewandet denn je, der andere…

Zum zweiten Mal an diesem Vormittag warf ich mich vor dem Sebastokrator zu Boden. Er nahm meine Huldigung mit einem Lächeln entgegen, dann bedeutete er mir mit einer Geste, mich zu erheben und näher zu kommen.

»Ich habe Euch rufen lassen, Demetrios, als ich Euch im Säulengang gesehen habe. Ich habe Neuigkeiten, die Euch betreffen – und ich bin stets bereit, Dinge mit jenen zu teilen, denen sie von Nutzen sein können.« Er senkte das Kinn und starrte mich an. »Schreckliche Kunde ist von meiner Gemahlin zu mir gedrungen. Ihr Waldhüter hat ihr gemeldet, dass ein Mönch und ein Trupp Bulgaren in ihr Jagdhaus im großen Wald eingebrochen seien; ich fürchte, sie haben die Villa benutzt, um das Komplott auszuhecken, dem mein Bruder beinahe zum Opfer gefallen wäre. Ich bin sogleich herbeigeeilt, um dem Haushofmeister davon zu berichten, denn mein Gewissen erträgt den Gedanken nicht, dass ich möglicherweise den Feinden meines Bruders Beistand geleistet habe, und sei es auch ohne jede Absicht geschehen.«

Jetzt war es an mir, ihn misstrauisch zu betrachten. »Hat der Waldhüter Eurer Gemahlin auch erzählt, dass gestern ein Dutzend Waräger in dem Haus waren und all dies entdeckt haben, ehe ein ungastlicher Verwalter namens Kosmas uns vertrieben hat?«

Der Sebastokrator zuckte nicht zurück. »Das wusste

ich nicht, Demetrios. Diese Nachricht kam erst heute Morgen. Ich glaube, es hat viele Tage gedauert, bis sie mich erreicht hat. Ich hätte Euch einen Boten gesandt, doch ich hielt es für das Klügste, zuerst den Haushofmeister zu unterrichten. Ich nahm an, er würde mich vielleicht eher empfangen als Euch.«

»In der Tat«, sagte Krysaphios. »Manchmal habe ich Dringlicheres zu erledigen, als mir veralteten, belanglosen Klatsch anzuhören.« Er sah mich an, doch ich hatte das Gefühl, dass er mit dem Sebastokrator redete.

»Dringlicheres?« Isaak wollte mich verteidigen. »Was kann dringlicher sein als die Sicherheit des Kaisers?«

»Die Sicherheit des Reiches, wie Ihr sehr wohl wisst, Gebieter.«

»Das ist dasselbe. Und wo ist mein Bruder?«

»Er ist auf der Mauer und besichtigt die Verteidigungsanlagen. Die Maurer sind seit dem Morgengrauen damit beschäftigt, sie instand zu setzen.«

»Wieso?«, fragte ich. Hatte dies etwas mit den Menschenmassen zu tun, die ich gestern Abend aus den umliegenden Gegenden in die Stadt hatte strömen sehen?

»Weil wir vielleicht bald angegriffen werden«, fuhr der Eunuch mich an. »Warum sonst? Doch das hat Euch nicht zu kümmern, Demetrios. Euch hat zu kümmern, dass, wenn ein barbarisches Heer unsere Tore belagert, kein mörderischer Mönch frei herumläuft, der den Kaiser umbringen könnte, wenn er am dringendsten gebraucht wird. Ich glaube nicht, dass Ihr ihn ergreifen werdet, wenn Ihr hier in diesem Raum herumlungert.«

Er vollführte eine ruckartige Handbewegung und die Türen hinter mir öffneten sich geräuschlos. Ich verstand, verneigte mich tief und ging, wobei ich an zahlreichen Musikanten und Speichelleckern vorbeikam, die sich im angrenzenden Raum herumdrückten. Als ich eintrat, fuhren sie rasch in die Höhe und vergaßen mich dann ebenso rasch wieder, als sie sahen, wer ich war.

Da ich schon einmal im Palast war, suchte ich den Archivar der kaiserlichen Bibliothek auf, denn es gab da ein kleines Detail, über das ich gern besser Bescheid wissen wollte. Er war ein sehr heikler Mann und erlaubte mir nicht, seine kostbaren Bücher und Pergamentrollen zu berühren. Stattdessen bestand er darauf, dass ich im Skriptorium zwischen den Reihen der über ihre Pulte gebeugten Ordensbrüder wartete, während seine Gehilfen die Papier- und Pergamentstapel durchsuchten. Es war ein heller Raum, erhellt durch riesige Bogenfenster an beiden Enden; das einzige Geräusch darin kam von den Rohrfedern, die kratzten wie zirpende Insekten.

Nach einer Wartezeit, die Minuten oder auch Stunden gedauert haben konnte, sah ich einen der Gehilfen zwischen den mächtigen Regalen auftauchen und dem Archivar etwas ins Ohr flüstern. Der Alte nickte bedächtig, dann kam er quer durch den Raum zu mir geschlurft.

»Wir haben gefunden, was Ihr sucht«, flüsterte er mir zu. Seine Stimme klang wie das Rascheln trockenen Papiers. »Dieser Heilige Remigius, nach dem Ihr Euch erkundigt habt, ist in unserer Kirche nicht bekannt, aber er ist von einiger Bedeutung für die barbarischen Franken.«

Wieder die Franken. Der junge Bursche hatte gesagt, der Mönch habe in ihrer Sprache gebetet; jetzt hatte es den Anschein, als verehre er auch ihre Heiligen. »Wieso?«, fragte ich. »Was hat es mit diesem Remigius auf sich?«

Der Archivar faltete die Hände, so dass sie in seinen langen Ärmeln verschwanden. »Nach dem Niedergang des Abendlandes, als die Barbaren sich zu den Herren des römischen Galliens aufgeworfen hatten und allenthalben Heidentum und Ketzerei herrschte, hat Remigius ihren König zum wahren Glauben bekehrt. So wurden die Franken für Christus gerettet.«

»Und was noch?« Obgleich dies aus kirchengeschichtlicher Sicht gewiss sehr wichtig war, konnte ich wenig Gründe dafür erkennen, dass ein Meuchelmörder diesem Heiligen so ergeben sein sollte.

Der Archivar sah mich streng an, als sei meine Ungeduld eine Beleidigung für seine Gelehrsamkeit. »Mehr gibt es nicht. Er wurde zum Bischof gesalbt und ist in hohem Alter gestorben. Sein Schrein steht in der fränkischen Stadt Reims, wo die Barbaren eine ihrer wenigen Stätten des Wissens unterhalten. Es steht geschrieben, dass er dortselbst viele Wunder wirkte.«

Ich konnte nicht sagen, ob er die Bildung von Barbaren für ein solches Wunder hielt, doch es war offensichtlich, dass es ihm nur wenig Freude bereitete, einen unwissenden Bittsteller wie mich an seinem Wissensschatz teilhaben zu lassen. Ich dankte ihm und ging, wobei ich mir nicht sicher war, ob ich irgendetwas Bedeutsames in Erfahrung gebracht hatte. Es war ein weiteres Bindeglied zwischen dem Mönch und dem barbarischen Abendland, doch ich suchte nach Verbindungen zu Römern, zu Männern, die bereit standen, den Kaiserthron zu besteigen, wenn der Imperator stürzte. Zu welchen Heiligen der Mönch auch immer betete, und ob er es nun auf Lateinisch oder Griechisch tat, ich musste seine Herren finden.

An diesem Vormittag jedoch hatte ich keine Ahnung, wo ich sie suchen sollte. Ich konnte versuchen, weiter mit Thomas zu reden, doch ich war ungeduldig und konnte keine Begeisterung dafür aufbringen. Es standen noch immer viele illustre Namen auf meiner Liste, deren Träger ich befragen musste, doch ich fürchtete, dass auch eine gemeinsame Sprache sie nicht mitteilsamer machen würden als den Jungen. Und durch die Straßen zu laufen und zu hoffen, einen Mönch mit schiefer Nase zu erspähen, würde sogar noch weniger nützen.

Ich fischte das Stück Papier heraus, das ich gestern unter meiner Tür gefunden hatte und las den Inhalt noch einmal. »Der Kaufmann Domenico wünscht Euch in seinem Haus in Galata zu sprechen.«

Es wäre doch gewiss eine Abwechslung, einmal mit jemandem zu reden, der mit mir sprechen wollte. Kurzerhand bog ich zu den steilen Treppen ab und stieg zum Hafen hinunter.

Ein Fährmann ruderte mich über das Goldene Horn und wand sich zwischen den Segelschiffen und Biremen, den Ruderbooten und Dauen hindurch, die die große Bucht verstopften. Ich hatte mich schon immer darüber gewundert, dass das Horn »golden« genannt wurde, denn obgleich genug davon auf die Kais und die Decks der Schiffe verladen wurde – in bar und als Warenwert –, war das Wasser selbst doch von Treibgut verschmutzt: zersplittertes Holz weggeworfener Kisten, tote Fische, die aus den Netzen gefallen waren, und an der Oberfläche treibender Unrat aus den Abwasserkanälen. Dankenswerterweise konnte ich mich mit nichts davon lange beschäftigen, denn der Fährmann bedurfte ständig meiner Augen, um über seine Schulter zu blicken und ihn zwischen den zermalmenden Rümpfen der größeren Schiffe hindurchzulotsen.

»Die Flotte ist eingelaufen«, meinte er und deutete mit einem Kopfnicken nach rechts. »Gestern Nacht.«

Ich riskierte einen schnellen Blick und sah die gewaltigen Hecks kaiserlicher Triremen, die ein Stück kanalaufwärts ankerten. Die Flagge des Hochadmirals wehte über der größten, und auf allen Decks wimmelte es von Männern.

»Warum das?«

»Barbaren.« Der Bootsführer sog die Wangen ein, als er am Bug eines levantinischen Handelsschiffs vorbeimanövrierte. »Es heißt, die Normannen kommen wieder. Drei Tagesmärsche entfernt, heißt es.«

»Das erscheint mir unwahrscheinlich. Der Kaiser hätte sich ihnen an der Adriaküste entgegengestellt, ehe sie je so weit gekommen wären.«

Der Mann zuckte die Achseln. »Ich gebe weiter, was ich höre. Glauben tue ich's, wenn ich es sehe.«

Wir hielten auf die hohe Mauer zu, die die Kolonie Galata am anderen Ufer umgab.

»Zu welchem Tor wollt Ihr?«, erkundigte sich der Fährmann.

»Ich suche den Kaufmann Domenico. Hat er einen eigenen Kai?«

»Ich habe den Namen noch nie gehört. Ein Venezianer?«

»Oder ein Genuese.« Ich suchte die Anlegestege und die daran festgemachten Schiffe nach irgendwelchen Anzeichen dafür ab, wer ihre Besitzer waren.

Der Bootsmann rief einen Stauer auf einem der Kais an und brüllte ihm den Namen Domenico zu. Der Mann furchte die Stirn, dann schüttelte er den Kopf und deutete am Ufer entlang auf den nächsten Anlegeplatz.

»Die meisten Genueser haben ihre Häuser in der Stadt«, unterrichtete mich der Fährmann wenig hilfreich.

Wir mussten noch an drei weiteren Kais nachfragen,

bis der Name Domenico endlich erkannt wurde. Ein stämmiger Mann winkte uns heran, fing die Leine auf, die wir ihm zuwarfen und half mir die Leiter hinauf.

»Wollt Ihr, dass ich warte?«, erkundigte sich der Fährmann und blickte vom Fuße der Mauer herauf. Er schien es eilig zu haben, weiterzukommen, denn der Himmel verdüsterte sich, und es schien mir, als könne ein Wetter vom asiatischen Ufer heranziehen. »Ich finde schon eine Überfahrt.«

Während der Mann platschend über das Horn zurückruderte, ließ ich mir von dem Aufseher den Weg beschreiben und machte mich daran, den Hügel zu erklimmen. Die Gegend in Küstennähe war voller Lagerschuppen, mit schmalen Gassen dazwischen, doch als ich höher hinaufstieg, wichen sie bald großzügig angelegten, auf Terrassen errichteten Häusern, von denen man über das ausgedehnte Geschäftsviertel hinweg und bis zu dem Buckel der Stadt auf der anderen Seite der Bucht blicken konnte. Die Häuser wurden immer größer, je höher man kam, obwohl mir schien, dass diese luftige Erhabenheit ihren Besitzern lediglich schmerzende Knie und ausgepumpte Lungen bescheren konnte. Und Einsamkeit, denn das geschäftige Treiben der Kais unten am Ufer lag jetzt weit hinter mir.

Das Haus des Kaufmanns Domenico lag nicht auf der Kuppe des Hügels, doch es war ihr näher als seinem Fuß. Eines Tages würde er in beträchtlicher Pracht leben, denn es war ein riesiges, beeindruckendes Grundstück, im Augenblick jedoch störte die Legion von Maurern, Stuckbildnern, Zimmerleuten und Steinmetzen, die er beschäftigte, die Anmut des Ganzen. Die Luft im äußeren Hof hing voller Staub und dröhnte vom Lärm der Hämmer, die auf Meißel und Stein einschlugen. Gipsflecken bedeckten die in die frische Erde gepflanzten Orangenbäumchen, und ein Paar Tischlerböcke hatten das Nymphaeum in eine Sägegrube verwandelt.

Ich suchte den Verwalter und zeigte ihm meinen Brief, wobei ich mir Mühe gab, mich durch all das Getöse verständlich zu machen. Der Brief musste eine Bedeutung haben, denn der Mann führte mich in einen großen Raum, der, wenngleich noch im Bau, zumindest leer war. Ursprünglich hatte der Boden Bilder von Fischen und Seeungeheuern aufgewiesen, die sich über die blaugrünen Fliesen wanden, doch das Mosaik war zur Hälfte mit breiten Marmorplatten bedeckt worden, an den Rändern von schmalen Bändern in Rosa, Grün und Schwarz gesäumt. Dahinter konnte ich durch drei breite Bögen die Kuppeln der Stadt ausmachen, die von der Höhe der Hagia Sophia aus bis zu den kleinen Kirchen unten an der Hafenmauer hinunterwallten, die Pinien und Zypressen, die sich auf den östlichen Hängen ausbreiteten, die heroischen Säulen der Kaiser, die aus der Silhouette der Stadt emporstachen, und die himmelhohe Masse des Pharos, des Leuchtturms, der über der Stadt aufragte.

»Demetrios Askiates. Danke, dass Ihr gekommen seid.«

Ich drehte mich um, um meinen unbekannten Gastgeber kennen zu lernen. Seine Stimme klang warm und beflissen, wenngleich durch einen Hauch von Unaufrichtigkeit entstellt, dank der übermäßig präzisen Aussprache, mit der er seine Worte formte. Er war ungefähr in meinem Alter, vielleicht ein wenig älter, und hatte eine Figur, die mich vermuten ließ, dass er den Aufstieg zu seinem Haus nicht sehr oft unternahm. Seine Wangen glühten rot, vielleicht von der Anstrengung, die makellosen, feinen Seidengewänder zu tragen, in die er gekleidet war, doch seine runden Augen tanzten vor Eifer.

»Habt Ihr gerade meinen neuen Boden bewundert? Die Arbeiter hätten vor einer Woche damit fertig sein sollen.« Er lachte leise. »Ich kann bis auf zwei Tage genau vorhersagen, wann meine Schiffe aus Pisa eintreffen werden, obwohl sie Hunderte von Meilen zurücklegen müssen und der Gnade des Windes, der Strömungen und der Stürme ausgeliefert sind. Aber fragt einen Handwerker, wann er fertig sein wird, und er ist so vage wie ein Astrologe, der ein Horoskop stellt.«

»Der alte Boden hat mir besser gefallen.«

»Mir auch, Demetrios, mir auch. Darf ich Euch Demetrios nennen? Gut. Aber die Mode schreibt vor, dass die Böden einfach zu sein haben – klare Linien aus reinem Marmor –, und so muss ich mich ihren Forderungen fügen.« Er rieb die Fußspitze auf dem Stein. »Anscheinend wird es das Auge auf die Pracht der Wände lenken – wenn diese verkommenen Maler ihr Werk getan haben, natürlich.«

Ich holte Luft, um etwas zu sagen, doch er kam mir zuvor.

»Aber Ihr seid nicht hergekommen, um über Ästhetik zu sprechen. Ihr seid gekommen, weil ich, Domenico, Euch eingeladen habe. Und warum? Weil ich glaube, mein Freund, dass wir beide auf demselben Markt Handel treiben.«

»Tatsächlich?« Die Erfahrung hatte mich gelehrt, dass jeder, der sich als mein Freund bezeichnete, entweder log oder ein hoffnungsloser Optimist war. »Verkaufe ich irgendetwas, das Ihr auf Eure Schiffe laden wollt, die nach Pisa segeln?«

Domenico lachte, als wäre das eine unglaublich witzige Bemerkung gewesen. »Nichts, solange Ihr Euch nicht mit feinem Tuch oder Gewürzen aus dem Osten oder Elfenbeinminiaturen abgebt. Aber der Wind, der meine Schiffe vorantreibt, bringt auch andere Dinge außer denen, die ich auf dem Marktplatz verkaufen kann. Neuigkeiten zum Beispiel. Ein wenig Wein?«

Er holte eine Tonflasche und ein Paar Kelche aus einem Alkoven in der Wand.

»Nicht während der Fastenzeit.«

»Ein Jammer. Diesen hier habe ich aus Monemvasia, vom Peloponnes. Sehr süß.« Er füllte seinen Kelch fast bis zum Rand und nippte begeistert.

Ich ging zum Fenster und schaute hinaus, sah die großen Kriegsschiffe in der Bucht unter mir vor Anker liegen. »Ihr sprecht von Neuigkeiten. Was für welche? Neuigkeiten, die mich interessieren würden?«

»Beinahe mit Sicherheit«, erwiderte Domenico. »Wenn wir uns über ihren Wert einig werden können.«

Jetzt war ich an der Reihe, zu lachen. Ich war in meinem Beruf vielen solcher Männer begegnet, Würmer und Blutegel, die irgendeine Nichtigkeit in Erfahrung brachten und versuchten, sie durch düstere Andeutungen und übertriebene Versprechungen zu Gold zu machen.

»Nein, danke«, sagte ich. »Ich habe keinen Bedarf an Hafentratsch, und ganz gewiss nicht genug Geld, um dafür zu zahlen.«

Domenico sah gekränkt aus. »Hafentratsch? Demetrios, mein Freund, dies ist mehr als Hafentratsch. Und was den Preis angeht… Man hat mir erzählt, Ihr habt Einfluss im Palast?«

Wer hat Euch das erzählt?, fragte ich mich im Stillen. »Ich habe manchmal im Palast zu tun. Wie viele andere Männer auch. Aber Einfluss habe ich genauso wenig, wie einer der Matrosen auf einem Eurer Schiffe Einfluss auf Eure Angelegenheiten hat.«

Domenico sah völlig geknickt aus. »Da habe ich etwas anderes gehört. Aber trotzdem«, fuhr er fort, »könnt Ihr etwas an den Palast weitergeben und diejenigen, die dort den Befehl haben, entscheiden lassen, was es wert ist.«

»Ich kann etwas an den Palast weitergeben. Aber ich würde nicht allzu sehr auf die Freigiebigkeit meiner Herren bauen.«

»Nicht einmal für Neuigkeiten über ein Komplott, den Kaiser zu ermorden?«

Domenico schlürfte seinen Wein und wandte sich ab, um mit Unschuldsmiene das Panorama unter uns zu betrachten, obgleich er gesehen haben musste, wie ich die Augen aufriss.

»Was für ein Komplott, den Kaiser zu ermorden?«

»Demetrios, mein Freund, ich bin neu in dieser Stadt; ich bin hier, um ein Geschäft aufzubauen und ein rechtschaffenes Vermögen für meinen geliebten Vater in Pisa zu verdienen. Doch das Leben eines Kaufmanns ist schwer hier – viele Männer haben sich vor mir mit Rang und Stellung und Privilegien etabliert, und sie geben all das nicht ohne weiteres auf. Ihr seht ja, dass mir die Händlerviertel der Stadt verwehrt sind, dass ich gezwungen bin, meine Geschäfte in diesem entlegenen, uneleganten Vorort zu tätigen. Wie kann ich Bündnisse schließen, Demetrios, wenn keiner von denen, deren Gehör ich suche, über den Hafen fahren wird, um mich kennen zu lernen?«

Er ergriff meine Arme mit beiden Händen. »Wenn meine Saat hier gedeihen und nicht dahinwelken und eingehen soll, muss ich mächtige Freunde finden. Männer, die Türen öffnen, welche mir verschlossen sind, die dafür sorgen, dass ich nicht als Letzter mit meinen Waren auf den Markt komme. Ich brauche Einfluss, Demetrios.«

»Ihr habt von einem Komplott gesprochen, den Kaiser zu ermorden.«

»Wenn ich Euch davon erzähle, werdet Ihr dafür sorgen, dass man im Palast um den Dienst weiß, den ich ihnen erwiesen habe? Kann ich darauf vertrauen, dass der Eparch mit Wohlwollen auf mich blickt, wenn ich mich mit einem Gesuch an ihn wende?« Er klang fast verzweifelt.

»Ihr könnt dem Palast so weit trauen, wie man den Menschen dort trauen kann.«

Er rang die Hände, dann seufzte er. »Wohlan, Demetrios. Als Zeichen meines Vertrauens werde ich Euch berichten, was ich zu sagen habe, und es Eurem Gewissen überlassen, dafür Sorge zu tragen, dass ich so entlohnt werde, wie ich es verdiene.«

»Niemand von uns wird so entlohnt, wie er es verdient, ganz gewiss nicht in diesem Leben. Doch ich werde tun, was ich kann, wenn es gerechtfertigt ist.«

Das schien ihn zufrieden zu stellen. »So wisset denn dies. Ein Mann ist an mich herangetreten, ein Mönch, wenngleich er auch kein Mann Gottes war. Er hat mir ein Geschäft angeboten. Er hat mir gesagt, wie Christus würde er die Tempel Eures Reiches niederreißen und es neu errichten. Er sagte, die alte Ordnung würde hinweggefegt werden, dass die Unterdrückten und die Frommen Gelegenheit bekommen würden, ihr Erbe einzufordern, dass die, die ihm jetzt beistehen, später nicht vergessen würden – wenn der Kaiser tot wäre und ein anderer auf seinem Thron säße.«

Irgendwo draußen vor dem Fenster stieß eine Möwe ihren bettelnden Schrei aus, drinnen jedoch war alles still. Ich konnte mich vor Erschütterung über das, was mir der Mann erzählt hatte, kaum rühren, vor ungläubiger Überraschung darüber, dass er tatsächlich etwas zu bieten hatte. Was ihn betraf, so sah er mich eindringlich an; all seine ruhelose Energie schien verpufft zu sein.

»Könnt Ihr diesen Mönch beschreiben?«, fragte ich.

»Leider nicht. Er trug eine Kapuze über dem Gesicht und wollte sie nicht abnehmen. Alles, was ich gesehen habe, war sein Kinn: knochig und runzlig vom Alter.«

»Und hat er gesagt, wie er diesen Mord bewerkstelligen wollte?«

»Er sagte, er habe Helfershelfer in der unmittelbaren Nähe des Kaisers, gegen die dieser wehrlos sein würde. Alles, was er brauche, hat er gesagt, sei Gold, um die letzten Vorbereitungen zu treffen.«

»Habt Ihr es ihm gegeben?«

Domenico sah mich verletzt an. »Gewiss nicht, Demetrios. Ich bin ein Freund Eures Volkes; ich weiß, dass es meine eigenen Landsleute sind, die sich verschworen haben, mich auszuschließen, nicht die Euren. Meine Treue ist unerschütterlich. Ich habe ihm gesagt, von mir bekäme er nichts, und dass er sich schleunigst fortscheren solle, wenn er nicht wolle, dass ich ihn der Wache übergebe.«

»Sonst hat er nichts mehr gesagt?«

»Er hat sich davongemacht, wie ich es ihm geraten habe.« Domenico leckte sich die Lippen. »Vielleicht hätte ich ihn drängen sollen, mir nähere Einzelheiten zu verraten, aber ich hatte Angst. Ich weiß, dass der Kaiser über viele Ohren verfügt – selbst in dieser Ecke seines Reiches –, und ich würde mich schämen, sollte es heißen, ich hätte mit solchem Verrat zu schaffen.«

Ich dachte einen Moment lang nach, während mein Puls sich allmählich wieder verlangsamte. Obwohl das Gehörte nützlich war – und obwohl ich dem Eparch wahrscheinlich eine Botschaft senden und ihm den Kaufmann empfehlen würde –, brachte es mich nicht weiter. Es bestätigte die Absichten des Mönchs, gewiss, doch die kannte ich bereits. Es deutete darauf hin, dass er Spione im Palast hatte, doch auch das hatte ich schon lange geargwöhnt. Darüber hinaus gab es nichts Neues.

»Und das war vor ungefähr drei Wochen?«, fragte ich und rechnete zurück. Vermutlich bevor der Mönch das Geld, mit dem er die Bulgaren angeworben hatte, anderswo aufgetrieben und sich in den Wald aufgemacht hatte.

Domenico jedoch schüttelte energisch den Kopf. »Vor drei Wochen? Nein, wahrlich nicht. Glaubt Ihr, ich würde solche Dinge drei Wochen lang verbergen, wenn das Leben des Kaisers in Gefahr sein könnte? Nicht drei Wochen – nicht einmal drei Tage lang.« Er schluckte. »Das war vorgestern.«

ιγ

Im Laufe der nächsten Woche wurde die Stadt immer bedrückender, als schlössen sich die Mauern immer enger um uns. Jeden Tag wurden die Menschenmassen in den Straßen dichter, und jede Nacht quollen die Säulengänge über von jenen, die keine Bleibe finden konnten. Die Kirchen wurden geöffnet, und als sie voll waren, wurde das Hippodrom zu einem riesigen, offenen Lager. Die Preise stiegen, und Lebensmittel wurden knapp.

Auch das Wetter war uns nicht gewogen. Ein bitterkalter Wind wehte von Norden – ein Ruswind, wie wir ihn nannten, nach den wilden Männern, die ihm folgten –, und selbst die wohlhabendsten Bürger verhüllten ihre prachtvollen Gewänder mit dicken Mänteln. Nachts tanzten die Kerzenflammen der Priester und Nonnen in den Straßen, die sich unermüdlich bemühten, die Armen und Obdachlosen vor dem Erfrieren zu bewahren, während an jeder Ecke der Geruch von Holzrauch in der Luft hing. Niemals waren die Bäcker beliebter gewesen.

Unterdessen verbreiteten sich die Gerüchte. Ein Barbarenheer sei im Anmarsch, sagten die einen; ja, aber um dem Kaiser im Kampf gegen die Türken und Sarazenen ihr Leben anzubieten, behaupteten andere. Nein, beharrten die Verzweifelten, das Heer würde vollenden, was Bohemond der Normanne einst begonnen hatte, unser Land verschlingen und unsere Städte entvölkern. Und warum zog Kaiser Alexios nicht hinaus, um zu kämpfen?, wollten sie wissen. Keine Stunde verging, ohne dass die Straßen nicht von Soldatenschritten widerhallten, ohne dass prächtig gerüstete Reiterei vorüberdonnerte – warum setzte er sie nicht ein? Hatte er uns verraten, oder war er in panischer Furcht versteinert? Wieso zeigte er sich nicht, um seinem Volk Mut zu machen?

Viele fragten mich nach meiner Meinung, denn sie wussten, dass ich im Palast zu tun hatte, doch in Wahrheit wusste ich ebenso wenig wie sie. Krysaphios hatte meinen Bericht, dass ein zweiter Anschlag möglicherweise unmittelbar bevorstand, kaum zur Kenntnis genommen, und seit ich dies gemeldet hatte, hatte ich ihn nicht mehr gesehen. Genauso wenig wie Sigurd: Aelrich erzählte, dass er Tag und Nacht damit beschäftigt war, die Mauer verteidigungsbereit zu machen und seit drei Tagen nicht in die Kaserne zurückgekehrt war. Aelrich blieb bei mir, um Thomas zu bewachen, abgesehen davon jedoch war ich vergessen und verbrachte meine Tage damit, verstörten Adligen unwillkommene Fragen zu stellen. Die Tatsache, dass die Villa im Wald der Gemahlin des Sebastokrators gehörte, lenkte meine Aufmerksamkeit unvermeidlich in seine Richtung, doch wie viele seiner Diener ich auch diskret befragte, ich fand keinen, der je davon gehört hätte, dass er etwas mit einem fremden Mönch zu schaffen gehabt hätte. Widerstrebend musste ich eingestehen, dass der Mönch das Haus vielleicht ohne Wissen des Sebastokrators benutzt hatte – zumindest bis ich mehr Beweise finden konnte.

Jeden zweiten Tag kam Anna, um Thomas' Wunden zu untersuchen und die Verbände zu wechseln. Ihre Besuche waren ein in diesen angespannten Tagen seltener Anlass zur Freude, und als sie das dritte Mal kam, lud ich sie zum Abendessen ein.

»Der Ethiker Kekaumenos sagt uns, wir sollen uns davor in Acht nehmen, mit Freunden zu speisen, auf dass man uns nicht verdächtigt, Verrat und Treuebruch zu planen«, erwiderte sie lächelnd, während sie die losen Enden von Thomas' Verband feststecke.

»Der alte Misanthrop sagt mir auch, dass Ihr meine Bediensteten verspotten und meine Töchter verführen werdet. Aber ich habe keine Bediensteten, und ich werde Euch vertrauen, was meine Töchter angeht. Wenn Ihr ihren Kochkünsten vertraut.«

Sie strich eine Haarsträhne zurück, die unter ihrer Kapuze hervorgerutscht war. »Einverstanden. Morgen Abend?«

Ich hatte gehofft, sie würde noch am selben Abend kommen, wenn die sonntägliche Unterbrechung des Fastens es mir ermöglicht hätte, ihr ein besseres Essen aufzutischen, doch ich beherrschte meine Enttäuschung und stimmte zu. Und so setzten sich an einem kalten

Montag vor dem Christfest Anna, Thomas, Aelrich, meine Töchter und ich zusammen zum Abendmahl nieder.

»Ihr habt die Verbote der Kirche zu einer Tugend gemacht«, lobte Anna die Mädchen, während sie eine weitere dampfende Portion des fleischlosen Eintopfs auf ihren Teller löffelte. »Eines Tages werdet ihr eure Ehemänner mästen.«

Ich rieb mir die Schläfen. Das waren die falschen Worte gewesen, und Helena nutzte die Gelegenheit erbarmungslos aus.

»Nicht, solange mein Vater irgendetwas zu sagen hat. Die Tante des Gewürzhändlers will wegen ihres Sohnes verhandeln, aber mein Vater will sich nicht einmal mit ihr treffen. Ihm wäre es lieber, wenn ich ihn umsorge, bis er tot ist und ich ganz runzlig bin, als dass ich mit einem anderen Mann glücklich werde.«

»Dann solltest du nicht so gut kochen«, riet Zoe ihr. »Du solltest in die Töpfe spucken und nichts als Bohnen auf den Tisch bringen.«

Ich bemerkte, dass Aelrich und sogar Thomas ihre Teller angelegentlich betrachteten; beide nahmen immer kleinere Bissen, als versuchten sie, ihre Portionen zu strecken.

»Wenn ich genug für deine Mitgift verdient habe, um einen Ehemann für dich zu finden, der dich verdient, dann werde ich nach ihm suchen«, unternahm ich einen Versuch. »Du willst dich doch nicht an irgendeinen unwürdigen Tropf verschwenden, der nach Knoblauch riecht.«

»Du würdest nicht wollen, dass ich mich an einen Fürsten aus dem Palast verschwende, nicht einmal, wenn seine Ländereien von Arkadien bis nach Kleinasien reichten.« Helenas Gesicht war rot angelaufen. »Und woher soll ich wissen, wie ein Mann sein muss, der mich verdient, wenn die einzigen Menschen, die ich zu Gesicht bekomme, die Frauen auf dem Markt sind?«

»Ein Ehemann ist nicht alles«, sagte Anna sanft. »Ich habe auch ohne Gemahl überlebt.«

»Aber Ihr habt selbst entschieden, dass es so sein soll. Ihr hattet keinen Vater, der Euch lieber in der Hölle vermählt gesehen hätte als in diesem Leben, wie Persephone. Und Ihr habt eine noble Berufung, die Euch ernährt – ich kaufe bloß Gemüse und bereite es für diese Tafel zu.«

»Mit großem Erfolg«, warf Aelrich ein.

Verzweifelt bemüht, das Thema zu wechseln, wandte ich mich an Anna. »Wo wir gerade von Berufungen sprechen, ich muss Euch dazu gratulieren, wie Ihr Thomas geheilt habt. Es erscheint fast wie ein Wunder. Als ich ihn verblutend in jenem Springbrunnen gefunden habe, dachte ich, er würde kaum den Nachmittag überleben.«

Anna lächelte; ihre Haut schimmerte golden im Kerzenlicht. »Wunden wie seine sind nicht schwierig, und ob er überlebt hätte oder nicht, lag mehr in Gottes Händen als in meinen. Ich habe einfach nur die Blutung gestillt und die Wunden von den bösen Säften gereinigt, die sich dort hätten ausbreiten können. Es war wichtig, dass Ihr ihn so rasch zu mir gebracht habt. Und dass Ihr ihn danach in Eurem Heim aufgenommen habt. Nur wenige genesen im Kerker.«

Verlegen zuckte ich die Achseln. »Ich habe aus eigennützigen Gründen gehandelt. Ich brauchte ihn für meine Arbeit. Aber… ich bin froh, dass Ihr ihm geholfen habt. Er hatte ein wenig Güte nötig.«

»Ha!« Helena hatte die Arme vor der Brust verschränkt und blickte finster auf ihren leeren Teller.

Ich runzelte die Stirn. »Du bist nicht meiner Meinung? Wenn ich es recht bedenke, war es vielleicht auch weniger gütig, als ich beabsichtigt habe, ihn einzusperren, wo er nur dich als Gesellschaft hatte.«

»Ha. Er hat Glück gehabt, dass ich da war. Er brauchte Aufmerksamkeit und Verständnis. Dich konnte es nicht kümmern, wie er sich gefühlt hat, oder wie es in seiner Seele ausgesehen hat, solange er hier angebunden war wie ein Schaf. Du warst ja kaum hier, um es zu bemerken.«

»Und du hast ihm beigestanden wie eine Samariterin, nehme ich an?«

»Wie einem Säugling?« Zoe kicherte.

Helena warf den Kopf zurück. »Genug, um zu wissen, dass er sehr viel mehr Mitleid verdient, als du je für ihn empfinden wirst.«

Ich schaute ärgerlich zu Aelrich hinüber; was sie da andeutete, verursachte mir Unbehagen. »Ihr solltet hier dafür Sorge tragen, dass nichts Unziemliches zwischen meinen Töchtern und dem Jungen vorfällt. Wie hätte ich ihn sonst allein mit ihnen in meinem Haus lassen können?«

Der Waräger hob in einer Geste der Unschuld die Arme. »Ich habe ihn zu jeder Stunde des Tages bewacht, oder Sweyn hat es getan. Es hätte nichts passieren können. Außerdem«, fügte er hinzu, »war es meine Aufgabe, dafür zu sorgen, dass ihm nichts zustößt, nicht, über die Tugend Eurer Kinder zu wachen.«

Helena fauchte wie eine Katze. »Meine Tugend wird besser verteidigt als jede Mauer, die Konstantin, Theodosius und Severus alle miteinander hätten errichten können. Alles, was ich getan habe, war, mit dem Jungen zu reden. Sogar das scheint meinem Vater zu missfallen.«

»Reden?« Jetzt war ich ziemlich fassungslos. »Dann

hast du wohl auch Fränkisch gelernt? Oder hast du einen Priester dafür bezahlt, dass er kommt und für dich dolmetscht?«

»Hättest du dir je die Mühe gemacht, es zu versuchen, dann hättest du gemerkt, dass der Junge Griechisch sehr viel besser versteht als du denkst. Und es auch sprechen kann, wenn man ihn ein bisschen ermuntert.«

Einen Augenblick lang saß ich angesichts dieser Offenbarung stumm und mit offenem Mund da und durchforschte verzweifelt mein Gedächtnis, was ich vor dem jungen Burschen gesagt hatte, suchte nach Vertraulichem, das ich preisgegeben oder Beleidigungen, die ich unabsichtlich ausgesprochen haben könnte. Aber Helena war noch nicht fertig.

»Und wenn du mit ihm gesprochen und dir seine Geschichte angehört hättest, dann würdest du aufrichtiges Mitleid für seine Lage empfinden.«

»Und was ist das für eine Geschichte?«

»Willst du sie wirklich hören?«

»Ja«, erwiderte ich knapp.

Anna berührte Helenas Arm. »Und selbst wenn dein Vater nicht will, ich möchte sie ganz bestimmt hören. Schließlich war er mein Patient.«

Helena lehnte sich zurück; der Triumph stand ihr in das junge Gesicht geschrieben. »Ich glaube, ich habe noch nie so etwas Trauriges gehört. Seine Eltern wurden in seinem Heimatland von irgendeinem Scharlatan verführt und haben wie unter einem Zauberbann ihre Felder verlassen, um ans andere Ende der Welt zu reisen. Ihr Patriarch hatte gepredigt, dass jeder Christ die Ismailiten bekämpfen soll, und dieser falsche Prediger hat ihnen eingeredet, dass die Hand Gottes ihre Feinde zerstreuen und sie beschirmen werde, auch wenn sie keine Waffen hätten.« Sie schüttelte den Kopf. »So etwas Törichtes habe ich noch nie gehört.«

»Ich schon. Weiter.«

»Im letzten August kamen sie durch die Stadt, zwei Wochen vor dem Fest der Entschlafung. Unser Kaiser hat ihnen zu essen gegeben und sie auf die andere Seite des Bosporus übersetzen lassen.«

»Ich habe sie gesehen«, unterbrach ich. »Ein Haufen Bauern und Sklaven; die meisten hatten nicht mehr als Pflugscharen und Gartenmesser, um damit zu kämpfen. Sie sind in die Türkengebiete in Bithynien marschiert und – soweit ich weiß – nicht zurückgekommen. Allerdings habe ich Gerüchte gehört, dass sie auf ihrem Feldzug ganze Dörfer unseres Volkes ausgelöscht haben.«

»Das hat Thomas nicht gesagt. Aber seine Leute haben angefangen, miteinander zu streiten. Manche sind losgezogen, um zu plündern, während andere darauf gewartet haben, dass ihre Anführer beschlossen, was zu tun sei. Sie hörten, dass ihre Vorhut auf Nicäa vorgerückt sei, es sogar eingenommen habe, und sie haben gejubelt, doch dann kam die Nachricht, dass die Türken ihren Zug niedergemetzelt hatten und keine zehn Meilen entfernt lagerten. Ein paar der Ritter sind ihnen entgegengezogen, doch sie wurden überfallen und zurückgetrieben. Die Türken sind ihnen nachgesetzt und haben das Lager in einem Blutrausch aufgerieben. Thomas hat mit angesehen, wie seine Eltern in Stücke gehackt wurden; seine Schwester ist in dem Gewühl verloren gegangen.«

Ich sah, wie Helena unter den Tisch griff und Thomas' Hand berührte, doch ich wies sie nicht zurecht.

»Thomas und ein paar andere aus dem Trupp haben sich in eine verlassene Burg in der Nähe der Küste zurückgezogen. Zwischen dem Gebirge und dem Meer, sagt er, gab es keinen Zollbreit Boden, auf dem sich nicht die Toten gestapelt hätten, aber ihm und seinen Gefährten ist es gelungen, sich zu verschanzen – indem sie die Gebeine ihrer Landsleute als Mauerwerk verwendet haben –, und sie haben der türkischen Belagerung standgehalten. Endlich hat der Kaiser von ihrer Lage erfahren und eine Flotte geschickt, um sie zu retten und in die Stadt zurückzubringen. Nicht einmal jeder Zehnte des ursprünglichen Heeres hat überlebt.«

Manches davon hatte ich als Gerücht gehört und manches als Gerede, doch nichts davon war so schrecklich, so unendlich traurig gewesen. Oder war so lebendig geschildert worden: Ich bezweifelte, dass Helenas Worte alle der derben Zunge des Jungen entstammten. Das Poetische in meinen Töchtern war einfach nicht zu leugnen.

Ich betrachtete Thomas mit neuem Mitgefühl, erstaunt, dass er derartige Prüfungen überstanden hatte. Wie Helena gesagt hatte, musste er viel von ihrer Schilderung verstanden haben, denn seine blauen Augen waren feucht von mühsam zurückgehaltenen Tränen, und seine Hände waren zu Fäusten geballt.

»Wann war das?«, wollte Anna wissen.

»Vor zwei Monaten. Einen Monat später ist er in der Stadt angekommen und wurde vergessen. Eine Woche lang hat er sich allein auf den Straßen durchgeschlagen, bis ein ruchloser Mann ihn gefunden und ihm Gold dafür geboten hat, bei seinen schmutzigen Plänen mitzumachen. Was blieb ihm anderes übrig?«

Aelrich streckte den Arm über den Tisch und berührte Thomas an der Schulter. »Du warst tapfer. Und du hast Glück gehabt, auch wenn du das im Augenblick vielleicht nicht glaubst. In meiner Heimat habe ich viele junge Burschen wie dich gesehen.«

»Wenn das seine Geschichte ist, dann denke ich, du hast gut daran getan, ihn dazu zu bringen, darüber zu sprechen«, sagte Anna zu Helena. »So sehr wir sie auch mit Salben bestreichen und mit Verbänden umwickeln mögen, die meisten Wunden brauchen Licht und Luft, um zu heilen.«

Helena sah erfreut aus.

»Aber du solltest deinen Vater achten. Du hättest dem Jungen niemals helfen können, wenn Demetrios Thomas nicht gerettet hätte.«

Jetzt war es an mir, selbstzufrieden auszusehen. Zweifach sogar.

Von nun an entspannte sich die Stimmung beim Essen, wenngleich ich die anderen Thomas auch hin und wieder mit verstohlenen Blicken mustern sah. Anna sprach über ihren Beruf, während Zoe und Helena wie gebannt lauschten, und Aelrich ließ sich von ihnen bedrängen, was es Neues an Palastklatsch gäbe, was die Damen heutzutage trügen und was die Kaiserin bevorzuge. Sie bildeten eine fröhliche Runde, und die Kerze war weit heruntergebrannt, als Anna sich schließlich erhob und verkündete, sie müsse jetzt gehen.

»Ich bringe Euch bis zum Kloster«, erbot sich Aelrich.

»Ich komme schon zurecht. Die Wache hat die Ausgangssperre in den letzten Nächten schon fast vergessen, seit sich die Gerüchte über dieses Barbarenheer verbreiten. Es herrscht so viel Betrieb auf den Straßen, dass man bei Vollmond Mitternacht fast mit Mittag verwechseln könnte.«

»Aber heute Nacht ist Neumond, und wenn die Wache nicht auf der Hut ist, werden sich noch mehr späte Gäste draußen herumtreiben.«

»Nehmt Aelrich mit«, drängte ich. »Bedenkt doch,

welche Befriedigung es den Ethikern verschaffen würde, wenn Euch etwas zustößt, nachdem Ihr ihre Gebot missachtet habt und zum Abendessen gekommen seid.«

Während Aelrich seinen Mantel suchte, geleitete ich Anna die Treppe hinunter und half ihr, sich ihre *Palla* um den Kopf zu legen. Die Nacht war eisig, und im Licht der Lampe, die ich hielt, konnte ich ein paar vereinzelte Schneeflocken vom Himmel herabschweben sehen.

»Das wird die Lage der Obdachlosen noch verschlimmern«, meinte Anna. »Ich habe schon ein Dutzend Familien wegen Erkältungen und Frostbeulen behandelt, die gezwungen waren, sich Arznei zu verschaffen, wo ein warmes Feuer sie davor bewahrt hätte.«

»Vielleicht wird das Barbarenheer auch einfrieren, wenn es überhaupt existiert. Dann können Eure Patienten in ihre Dörfer zurückkehren.«

Anna zerrte an ihrem Mantel. »Könnt Ihr das hier wieder festmachen, Demetrios? Meine Mantelspange ist aufgegangen.«

Ich streckte die Hände aus; meine Finger hantierten unbeholfen mit dem eiskalten Metall. Um zu sehen, wo was war, musste ich mich vorbeugen, doch der süße Duft ihres Halses lenkte meine Sinne auf Schwindel erregende Weise ab. So sehr, dass ich hinterher kaum zu sagen wusste, ob ich, als ich im Dunkeln herumtastete, tatsächlich gespürt hatte, wie die Wärme ihrer Lippen meine eisige Wange streifte.

»So.« Ich schloss die Spange und trat zurück, als Aelrichs dröhnende Schritte sein Erscheinen ankündigten. »Ich danke Euch für Eure Gesellschaft – und dafür, dass Ihr die Missbilligung der Ethiker riskiert habt. Es kommt nicht oft vor, dass ich Freunde zu Besuch habe.«

»Es war schön.« Eine Schneeflocke landete auf ihrer

Nasenspitze, schmolz und rutschte auf ihre Lippe hinunter. Sie leckte sie ab. »Und es war ein Vergnügen, Eure Familie kennen zu lernen. Willensstarke Mädchen – sie machen Euch Ehre.«

»Wenn sie mich nicht gerade beschimpfen und beleidigen.«

Aelrich trat auf die Straße hinaus und blickte zum Himmel empor. Der Schnee fiel jetzt dichter, schon bedeckte eine weiche Schicht die Straße wie Gänsedaunen.

»In einer Stunde bin ich zurück«, sagte er. »Ich werde versuchen, Euch nicht aufzuwecken.«

Er nahm Annas Arm, und ich verspürte ein Aufwallen der Eifersucht, als sie ihn nicht sogleich wegzog. Ich versuchte, über mich selbst zu lachen – wenn ich mir schon kaum Gedanken darüber machen konnte, einen Ehemann für meine Tochter zu finden, wie konnte ich dann an meine eigenen Sehnsüchte denken? Helena würde mir bestimmt niemals verzeihen.

Ich sagte Gute Nacht und sah zu, wie die beiden im Schneetreiben verschwanden.

ι δ

Ich erwachte früh nach seltsamen Träumen. Das Haus war nachgerade schmerzhaft kalt, und ich rollte mich unter meinen Decken eng zusammen, um mir ein wenig Wärme zu schaffen. Trotz Helenas Mühen vom gestrigen Abend nagte Hunger in meinem Bauch, so dass sich meine Gliedmaßen noch kälter anfühlten; die letzten beiden Tage der Fastenzeit würden wie immer am schwersten sein.

Ich stützte mich auf die Ellenbogen und spähte über die Bettkante, um zu sehen, wie es Thomas auf dem Fußboden erging. Anna hatte mich dafür gescholten, dass ich ihn dort schlafen ließ, sie hatte mir einen Vortrag darüber gehalten, dass am Boden üble Dämpfe lauerten, doch Aelrich hatte einen Strohsack aufgetrieben, und seither schien der Junge sich recht wohl zu fühlen.

Er war nicht da.

Ich rieb mir die Augen und sah wieder hin. Die Decken waren zurückgeschlagen und eine Mulde zeigte, wo er geschlafen hatte, doch von Thomas war nichts zu sehen.

Ich stand auf und trat durch den Vorhang in den Wohnraum. Vielleicht hatte er sich etwas von den Resten des gestrigen Abendessens holten wollen.

Dem war nicht so. Und Aelrich war auch nicht da – seine Matratze, obgleich noch vor kurzem benutzt, war ebenfalls leer.

Langsam wurde ich unruhig, machte mir jedoch noch keine allzu großen Sorgen. Die letzten paar Tage war Aelrich morgens früh aufgebrochen, um Brot vom Bäcker zu holen; vielleicht hatte er Thomas diesmal mitgenommen. Ich stieß die Läden des Fensters an der Vorderseite des Hauses auf, in der Hoffnung, sie vielleicht auf der Straße zu erblicken.

Die Läden wollten nicht nachgeben – in der eisigen Nacht mussten ihre Angeln eingefroren sein –, aber endlich schwangen sie doch auf. Grelles Licht, das hereinflutete, blendete mich. Die ganze Straße war weiß geworden, ertränkt in einem Schneemeer, so weit das Auge reichte. Nichts als der Wind war darüber hinweggehuscht, und von hier oben sah die Schneedecke ebenso glatt aus wie die Marmorfußböden im Palast. Und genauso kalt.

Nur eine einzige Gestalt hob sich von der unberührten Fläche ab, ein einsamer Mann fast genau unter meinem Fenster. Er trug eine Mönchskutte, hatte jedoch trotz der Morgenkälte die Kapuze zurückgeschlagen, so dass die nackte Haut seiner Tonsur zu mir heraufstarrte. Atem dampfte von seinen Lippen; er rührte sich nicht, sondern schien auf irgendetwas zu warten.

Einen Augenblick stand ich da, als habe die kalte Luft sogar meine Seele erstarren lassen. War dies *der* Mönch, fragte ich mich, der Mann, der geplant hatte, den Kaiser zu ermorden? Warum sollte er in der trostlosen Morgendämmerung vor meinem Haus stehen? Andererseits jedoch, wer sonst würde dort stehen? Und Thomas war verschwunden.

Ich schüttelte meine Verblüffung ab und rannte ins Gemach der Mädchen.

»Helena«, stieß ich hervor. »Zoe. Wacht auf. Der Mann, den ich suche...«

Als sich meine Augen nach der Helligkeit der Straße an die Düsternis gewöhnten, versiegten meine Worte. Zumindest ein Rätsel war gelöst.

»Thomas! Was in Dreiteufelsnamen tust du hier?«

Er saß am Fußende ihres Bettes, in eine Decke gehüllt, und starrte mich voll wilder, verständnisloser Angst an.

»Helena! Ist das dein Werk? Bist du verrückt?« Empörung und Eile rangen in meinem Verstand miteinander. »Nun gut, wir reden später darüber. Ein gefährlicher Mann – der Mann, den ich suche – steht vor unserem Haus, und ich darf ihn nicht entkommen lassen. Wenn Aelrich kommt und ich bin nicht da, sagt ihm, er soll mir folgen, wenn er kann. Und du«, wandte ich mich an Thomas, »scher dich weg vom Bett meiner Töchter und verkriech dich in meinem Zimmer. Mit deiner Verwerflichkeit befasse ich mich später. Und mit deiner auch, Helena.«

Gegen die Verwirrung ankämpfend, die in mir tobte, zog ich meine Stiefel an, ergriff mein Messer und stürzte die Treppe hinunter.

Ich kam auf die Straße und blinzelte; der Mönch war fort. Hatte ich ihn mir nur eingebildet? Nein, ich konnte seine Fußstapfen im Schnee sehen, den zertrampelten Kreis, wo er gewartet hatte, und die beiden parallel verlaufenden Linien, wo er gekommen und gegangen war. Ich folgte ihnen mit dem Blick, und dort, gleich an der Kreuzung, sah ich etwas Dunkles vor dem Schnee aufblitzen und um eine Häuserecke verschwinden.

Obwohl die frostige Luft in meiner Kehle brannte und meine Schlaftunika keinerlei Schutz vor der Kälte bot, rannte ich ihm nach. Nichts rührte sich auf den verschneiten Straßen, und die Spuren waren deutlich zu erkennen, wenn es auch nicht leicht war, ihnen zu folgen. Der Schnee reichte mir bis zu den Knöcheln, rutschte über meine Stiefelschäfte und rann darin hinunter, so dass meine Füße taub und nass wurden. Trotz der Anstrengung, mir einen Weg zu bahnen, zitterten meine Beine vor Kälte, und ich wünschte mir brennend, ich hätte mir meinen Mantel gegriffen, vielleicht sogar ein paar Beinkleider übergestreift, bevor ich das Haus verlassen hatte.

Doch dann hätte ich ihn vielleicht verfehlt. Zum Glück hielt er nicht auf das Stadtinnere zu, wo andere Spuren die seinen verborgen hätten, sondern schien stattdessen zur Mauer hin zu wollen. Ich folgte ihm gewundene Gassen und glatte Stiegen hinauf, rutschte und stolperte, wo Schneewehen scharfe Kanten verbargen. Vergessene Wäsche hing an straffen Leinen über mir, hart gefroren wie Bleischindeln, doch niemand erschien an den Fenstern, um sie hereinzuholen. Es war, als habe der Wintersturm die ganze Stadt lahm gelegt, außer mir und dem Mann, den ich verfolgte.

Die Stille löste sich, als ich plötzlich auf der Adrianopelstraße herauskam. Ein paar kühne Reisende waren hier unterwegs, zumeist hoch zu Ross, doch ich hatte gesehen, wie der Mönch nach Westen abgebogen war, und jetzt, wo der Schnee dünner und der Weg gerader war, konnte ich längere Schritte machen und ihn einholen. Entscheidende Sekunden lang blieb ich unbemerkt und ungesehen, dann jedoch schaute der Mönch über die Schulter, erblickte mich und begann zu rennen. Ich versuchte, meine Schritte noch mehr zu beschleunigen, doch die Straße bot meinen Füßen nur wenig Halt, und meine Beine waren bereits steif vor Kälte. Glücklicherweise war die Straße breit und gerade, so dass ich ihn nicht aus den Augen verlor, doch er blieb genauso weit außer Reichweite wie vorher. Doch bald würden wir die Mauer erreicht haben, und dann saß er in der Falle. Das musste ihm klar geworden sein, denn genau in diesem Moment bog er plötzlich nach rechts in eine Gasse ein. Ich fuchtelte mit den Armen, um das Gleichgewicht zu wahren, als ich ihm folgte, doch zu spät – er war verschwunden. Ich verfluchte mein Pech und seine Verschlagenheit, ließ mich jedoch nicht beirren, denn der Schnee lag wieder höher und seine Spuren waren frisch.

Und dann schien er davongeflogen zu sein, denn vor mir endeten seine Fußstapfen abrupt mitten auf der Straße. Ich kam näher und näher und sah mich um, weil ich fürchtete, er sei vielleicht in einen Hauseingang gesprungen, um mir aufzulauern, doch er hätte Riesenschritte machen müssen, um einen solchen Satz zu bewerkstelligen, und es war nichts zu sehen. Gab es etwa noch eine genuesische Erfindung, die Menschen in die Lüfte heben konnte?

Ich erreichte das Ende seiner Fährte und begriff. Er war nicht in die Luft entschwunden, sondern unter die Erde: Die Spuren endeten an einem engen Loch, einem dunklen Kreis im makellosen Schnee. Der Eisendeckel, der es verschlossen hatte, lag achtlos weggeworfen ein Stück weiter, und am Rand des Loches konnte ich die erste Sprosse einer Leiter erkennen, die hinabführte. Am Grund, vielleicht dreißig Fuß unter mir, glänzte schwarzes Wasser und verriet mir, dass es sich um eine Zisterne handelte.

Ein vorsichtigerer Mann hätte vielleicht auf Hilfe gewartet, auf Männer mit Schwertern und Fackeln, um den Mönch wie einen Keiler aus der Deckung zu treiben. Doch das Blut strömte rasch unter meiner Haut, und ich wusste nicht, wie viele andere Tunnel vielleicht aus dem Gewölbe hinausführten. Fast ohne nachzudenken schob ich die Beine in das Loch und glitt die Leiter hinunter. Meine Handflächen brannten vor Hitze und von den Splittern des groben Holzes, doch ich wagte es nicht, langsamer hinabzusteigen, weil ich befürchtete, dass der Mönch am Fuße der Leiter lauern und mir vielleicht eine Klinge in den Leib stoßen könnte. Als ich das Wasser ganz nahe sah, presste ich den Fuß gegen eine Sprosse und warf mich mit einem Satz in die Finsternis. Die beißende Kälte des Wassers schloss sich um mich, und ich heulte auf. Wäre der Mönch hier gewesen, so hätte er mich mit einem einzigen Streich niedermachen können, denn ich war in dem eisigen Wasser erstarrt. Schon fürchtete ich, meine Glieder niemals wieder bewegen zu können, so fest war sein Griff. Mein Schrei hallte in dem dunklen Gelass wider, wurde von der gewölbten Decke und von den Säulenreihen zurückgeworfen, deren schwache Umrisse ich in dem Lichtflecken von oben erkennen konnte. Dann herrschte Schweigen. Und dann ertönte plötzlich ein Stück entfernt und überall um mich herum heftiges Plätschern.

Der Mönch, dachte ich, und das Geräusch brachte in meinem Innern genug in Wallung, dass ich die Beine hob und begann, mich durch das brusttiefe Wasser zu schieben. Ich kam nicht schnell vorwärts, doch es dauerte nur Sekunden, meinen Lichtkreis zu verlassen und in völlige Finsternis zu geraten.

Hatte sich Jonas im Bauch des Wals so gefühlt? Blindlings schob ich mich vorwärts und fühlte, wie eine niedrige Welle von meiner Brust fortschwappte und dann gegen den mich umgebenden Säulenwald klatschte. Einer nach dem anderen ließen meine Sinne mich im Stich: erst der Gesichtssinn, dann, als die Echos sich in meinen Ohren gegenseitig übertönten, das Gehör, und dann, als das Wasser meine Seele betäubte, auch jegliches Gefühl. Ich schrammte gegen Säulen und ihre Podeste und bemerkte es kaum, obwohl der raue Stein meine aufgequollene Haut aufriss. Zu spät ging mir die Sinnlosigkeit meines Unterfangens auf. Ich würde den Mönch hier unten nicht finden. Selbst mit einem Dutzend Männer und Feuerbränden hätte es unzählige Säulen gegeben, hinter denen er sich hätte verbergen können; allein und im Finstern war es hoffnungslos. Jetzt war mein einziger Gedanke, diesen Tiefen zu entrinnen, hier herauszukommen und wieder im Licht zu sein. Ich fuhr herum, fühlte, wie das Wasser um meine Beine strudelte und suchte verzweifelt nach dem Strahl Tageslicht an der Stelle, wo ich hereingekommen war.

»Bei dem Herrn ist die Rettung«, murmelte ich mit klappernden Zähnen. »Aus der Tiefe rufe ich zu dir, o Herr; höre mein Gebet.«

Irgendwo zur Linken glaubte ich, einen blassen Lichtschimmer erkennen zu können, überraschenderweise näher, als ich erwartet hatte. War ich im Kreis herumgestolpert?

»Christus, erbarme dich. Christus, erbarme dich. Christus, erbarme dich.«

Ich wiederholte mein Gebet mit einer Inbrunst, die ich seit meinen Tagen als Novize nicht mehr empfunden hatte, und mit jedem »Christus« rang ich mir einen weiteren Schritt vorwärts ab. Bald war der Name des Erlösers wenig mehr als ein Flüstern, ein Luftstoß, hervorgehaucht zwischen erstarrten Kiefern, und trotzdem trieb er mich weiter. Das Licht war jetzt nahe, kalt, schweigend und wunderschön, und ich taumelte mit neuer Hoffnung darauf zu. Ich konnte die Sprossen der Leiter sehen, die wie Stahl schimmerten, wo das Tageslicht auf sie fiel; ich konnte den kleinen Kreis im Dach sehen, wo die Welt mich erwartete. Und dort, weit darunter, konnte ich eine dunkle Silhouette erkennen, die sich aus dem Wasser zog. Seine triefende Kutte klebte ihm am Körper, so dass er die Gestalt eines Aals oder einer Schlange hatte, der nasse Stoff glänzte wie Schuppen, die Glieder, die er nach oben streckte, schienen durch Schwimmhäute mit seinem Leib verbunden zu sein. Ich stieß einen schwachen, gurgelnden Schrei aus und warf mich nach vorn, schlug platschend um mich, um ihn zu erreichen, ehe er entkommen konnte.

Trotz des verwirrenden Echos musste er mich kommen gehört haben, denn ich sah, wie sich sein Kopf drehte und dann seine Arme in einer hastigen Bewegung emporfuhren. Ich streckte die Hand aus und fühlte, wie sie sich um seinen Fuß schloss; dieser löste sich von der Sprosse, als ich hinfiel, doch ich ließ nicht los. Mit einem Aufkreischen verlor der Mönch heulend den Halt, und ich konnte nicht ausweichen, als er auf mich herunterkrachte. Sein Gewicht drückte mich unter die Oberfläche, und ich sank und krümmte mich krampfhaft, als meine Lunge in großen Zügen eisiges Wasser einsog. Ich versuchte, mit meinem Messer nach ihm zu stechen, doch meine Hand war leer: In dem Durcheinander musste ich die Waffe fallen gelassen haben, ohne es zu merken.

Und damit war meine letzte Hoffnung dahin, denn mein Widersacher war jetzt wieder auf den Beinen, drückte mich unter Wasser. Ich hatte nicht die Kraft, mich gegen ihn zur Wehr zu setzen, und ein paar schwache Tritte reichten nicht aus, um ihn abzuschütteln. Ich war ein törichter Narr gewesen, zu glauben, ihn in dieser Höhle fassen zu können, und jetzt würde ich den Preis für meinen Hochmut bezahlen.

Friede senkte sich auf mich herab. Ich hörte auf, mich zu wehren, und er war gewiss beinahe ebenso entkräftet wie ich, denn er schien sich damit zufrieden zu geben, mich festzuhalten und der Natur ihren Lauf zu lassen, ohne den Vorgang durch weitere Gewalt zu beschleunigen. Ich hing im Leeren, die Wasser schlossen sich über mir und die Tiefe umgab mich; ich konnte mir einbilden, dass die Finger um meine Kehle nichts weiter seien als dahintreibende Wasserpflanzen. Manche Männer, mit denen ich gesprochen habe, oft nach einer Schlacht, behaupten, im Augenblick des fast sicheren Todes an einen früheren Zeitpunkt ihres Lebens zurückgekehrt zu sein, doch ich empfand nichts dergleichen. Bloß eine dumpfe

Wärme, die durch meine Adern kroch, eine heitere Gelassenheit in der Gewissheit, dass meine Mühen vorüber waren und ich bald bei den Engeln weilen würde. Und bei Maria, meiner Frau.

Aber noch nicht. Plötzlich lösten sich die Hände, die mich niederhielten, ich trieb empor und fühlte ein Brennen an der Kopfhaut, dort, wo sie der beißenden Luft über mir ausgesetzt war. Dann auf meinen Schultern, auf meinem Rücken. Mein Körper trieb herum und mein Fuß berührte den Grund, ich stieß mich hoch und schnappte nach Luft, als mein Kopf sich aus dem Wasser hob. Niemand drückte ihn wieder hinunter. Ich würgte und prustete, hustete schier gallonenweise Wasser aus und versuchte, den grässlichen Schmerz zu bezwingen, der in meinem Kopf aufgeflammt war. Irgendwo glaubte ich jemanden meinen Namen rufen zu hören.

»Demetrios! Demetrios!«

Ich öffnete meine brennenden Augen. Es war nicht Maria, und schon gar nicht waren es die Engel. Es war – wider alle Hoffnung und alle Vernunft – Sigurd.

Er zog mich aus der Höhle und warf mich über seine Schulter, wobei er noch mehr Wasser aus mir herauspumpte, während sein Harnisch sich an meinem Bauch hob und senkte. Benommen und durchnässt sah ich die verschneite Stadt kopfüber an mir vorbeiziehen. Unermüdlich und ohne innezuhalten trug er mich Treppen hinauf und durch gewundene Gänge, über breite Straßen, schmale Gassen hinunter und durch feste Tore, bis ich in einen Raum gebracht und in ein Bett gelegt wurde. Ich schloss die Augen, und die sanften Stimmen über mir trugen nicht dazu bei, mich wieder ins Bewusstsein zurückzurufen. Stattdessen fiel ich in tiefen Schlaf.

Vielleicht hätte ich bis in alle Ewigkeit geschlafen, doch es war noch hell, als ich erwachte. Das Erste, was mir bewusst wurde, war, dass mir warm war. Wunderbar warm, glückselig warm, warm wie den Heiligen vor Gottes ewigem Angesicht. Eine warme Matratze war unter mir, warme Decken waren um mich gewickelt, und von irgendwoher hinter den Mauern ertönte das Läuten einer Glocke.

Dann rollte ich mich herum und öffnete die Augen noch weiter. Ich erkannte diesen Raum mit seinen weiß getünchten Wänden und den kleinen Fenstern wieder: Es war der Krankentrakt des Klosters des Heiligen Andreas, und neben einer Truhe, ein Stück entfernt, stand Anna.

Ihr war nicht warm, nicht einmal im Entferntesten; sie war vollkommen nackt. Sie bürstete ihr Haar, und die Bewegung ihres Armes hinter ihrem Kopf hob ihre bloßen Brüste wie die einer antiken Statue, während sich in Höhe ihrer Taille die olivbraune Haut ihres Bauches unter ihren Atemzügen sanft hob. So sehr mangelte es ihr an Sittsamkeit, dass sie nicht einmal versuchte, den dunklen Schatten zwischen ihren Beinen zu verbergen.

Einen Augenblick lang starrte ich sie an wie ein unerfahrener Jüngling in seiner Hochzeitsnacht; dann barg ich, von Schuldgefühlen übermannt, mein errötendes Gesicht reichlich spät im Kopfkissen.

Anna lachte, ein leiser, verzeihender Laut.

»Kommt schon, Demetrios«, spottete sie. »Ihr wart verheiratet und habt zwei Töchter großgezogen. Gewiss müsst Ihr doch diese Geheimnisse schon lange enthüllt haben. Bin ich so anstößig?«

»Schamlos, würde ich sagen.« Mein Humor kehrte zurück, und ich riskierte es, wieder hinzuschauen. Gerade noch rechtzeitig, um zu sehen, wie sich ihre Arme in die

Ärmel eines wollenen Untergewandes hineinwanden, das über ihren Körper fiel und seine Verlockungen verhüllte. Ich verspürte ein schmerzhaftes Bedauern, dass ich nicht länger hingesehen hatte, schob diesen Gedanken jedoch sofort beiseite.

»Zieht Ihr Euch immer mitten am Tag vor Fremden aus?« Ich sah zu, wie sie ihr grünes Kleid überzog und die Seidenkordel darum schlang.

»Nur wenn sie halb erfroren und dem Tode nahe vor meiner Tür auftauchen. Ich musste Euch irgendwie wärmen, also habe ich mich neben Euch ins Bett gelegt, bis Ihr aufgehört habt zu zittern. Ihr habt in der Legion gedient – bestimmt habt Ihr Euch doch nachts mit Euren Kameraden zusammengekauert, wenn Ihr durch die Berge marschiert seid?«

»Wenn, dann haben wir dabei unsere Kleider anbehalten.« Ich hatte an diesem Tag eine Menge durchgemacht, es schien beinahe unfassbar, dass ich eine Todsünde mit Anna riskiert und überhaupt nichts davon mitbekommen hatte.

Wieder vertrieb ich meine Gedanken aus den Gefilden, in die sie sich verirrt hatten. »Und wie bin ich hierher gekommen?«

»Sigurd hat Euch hergebracht. Er hat gesagt, er hätte Euch halb ertrunken in einer Zisterne gefunden.«

»Ist er noch hier?« War er Zeuge gewesen, wie Anna sich ausgezogen und mein Bett geteilt hatte?

»Er hatte wichtige Dinge zu erledigen. Er hat gesagt, er käme später wieder und würde versuchen, frische Kleider mitzubringen.«

Erst jetzt wurde mir klar, dass ich unter der Decke ebenfalls völlig nackt war. Ich zog die Decken enger um mich.

Anna band ihren Kopfschal und ging zur Tür. »Ich

muss gehen. Ich habe noch andere Patienten, um die ich mich kümmern muss. Ich schicke Euch einen Lehrling, der Euch ein bisschen Suppe bringt, und ich werde versuchen, bald wieder nach Euch zu sehen.«

»Werdet Ihr das Bett mit all Euren Schützlingen teilen?« Ich stemmte mich auf einen Ellenbogen hoch.

Die Tür schloss sich, ohne dass ich eine Antwort erhalten hätte.

Nicht lange danach kam Sigurd. Sein Gesicht war trotz der Kälte gerötet, doch er wartete, während ich die Tunika, Beinkleider, Stiefel und den Mantel anzog, die er mitgebracht hatte. Er musste zu mir nach Hause gegangen sein oder jemanden geschickt haben, denn es waren meine Sachen. Was auch gut so war, denn seine Tunika hätte mir sicherlich bis zu den Füßen gereicht.

»Das ist das zweite Mal, dass ich Euch aus einem Kampf heraushauen muss, auf den Ihr Euch törichterweise eingelassen hattet«, meinte er viel sagend.

»Ich weiß.« Meine Dankbarkeit war aufrichtig. »Aber wie habt Ihr mich gefunden? Und was ist mit dem Mönch?«

»Eure älteste Tochter hat mich und Aelrich auf der Straße getroffen; er hatte seinen Posten verlassen, um Essen zu kaufen.« Ich beneidete Aelrich nicht darum, seinem Hauptmann dies erklären zu müssen. »Wir sind Euren Spuren durch den Schnee bis zur Adrianopelstraße gefolgt, wo jede Menge Zeugen sich an einen barhäuptigen Mönch und einen halb bekleideten Verrückten erinnern konnten, der ihn verfolgt hatte. Von da aus haben wir die Seitenstraßen abgesucht, bis wir Euch gefunden haben.«

»Und der Mönch?«

»Wir haben gesehen, wir er unten in dem Loch versucht hat, Euch zu ertränken, aber als ich die Leiter heruntergekommen bin, ist er geflohen. Ich habe ihn laufen lassen; nur ein Narr würde einem Mann in diesen Schlund folgen. Meine Männer bewachen den Eingang. Wenn er herauskommt, ergreifen wir ihn.« Er schaute theatralisch zum Himmel empor, obwohl die Sonne hinter Wolken verborgen war. »Falls er immer noch dort unten ist, ist er bereits tot.«

»Wir sollten gehen und nachsehen.« Ich erhob mich und fühlte, wie meine Beine zitterten, als sie mein Gewicht tragen mussten. Ich war schwach, doch das Essen, das Anna geschickt hatte, gab mir Kraft, und das Verlangen, dem Mönch gegenüberzutreten, der mich beinahe umgebracht hätte, verzehrte mich fast.

»Wird die Heilerin Euch denn gehen lassen?«, erkundigte sich Sigurd mit einem Lächeln. »Sie beschützt ihre Patienten wie eine Tigerin, das wisst Ihr ja.«

Das war nur die halbe Wahrheit. Manche beschützte sie wie eine Tigerin, mich winkte sie mit einem abfälligen Schnauben fort.

»Wenn Ihr unbedingt Eure Gesundheit und Eure Kraft aufs Spiel setzen, in der Stadt herumrennen und versuchen müsst, dem Mönch seine Arbeit abzunehmen, dann tut das«, sagte sie knapp. »Ich brauche Euer Bett sowieso für andere, die es nötiger haben.«

Sigurd und ich verließen das Kloster. Es war später Nachmittag, und die Straße war fast völlig verstopft von den Menschen, die sie entlangströmten. Der Schnee, heute Morgen noch so unberührt, war jetzt zu grauem Matsch zertrampelt und mit Schmutz und Schlamm vermischt.

»Ich muss zuerst zur Mauer«, sagte Sigurd. An meinem Bett hatte er fröhlich gewirkt, jetzt jedoch war seine Stimmung düster. »Ich muss die Garnison überprüfen. Der Mönch wird noch eine halbe Stunde warten können – ob er nun unter, über oder in der Erde ist.«

Ich widersprach nicht, sondern drängte mich hinter ihm durch die Flut aus Menschen und Tieren, die uns entgegenkam. Es war anstrengend, und hätte ich nicht Sigurds mächtiger Gestalt folgen können, so wäre ich wohl keinen Schritt von der Stelle gekommen. Die Menschenmenge hatte jetzt etwas Angespanntes, das ich bisher nicht bemerkt hatte: Schultern waren geduckt und Verzweiflung lag auf verhärmten Gesichtern. Vielleicht war es die Last von Schnee und Kälte, die ihnen zusätzlich zu ihrer schwierigen Lage aufgebürdet worden war, vielleicht wussten sie auch, dass die Stadt nicht gut dafür gerüstet war, sie zu versorgen, nach all den anderen, die vor ihnen eingetroffen waren.

Sigurd hatte mit einer halben Stunde gerechnet, doch es war beinahe eine Stunde später und schon fast dämmrig, als wir endlich die Mauer erreichten. An ihrem Fuß hatte die Wache eine Gasse freigehalten, auf der Meldereiter und Herolde dahingaloppieren konnten, und ich war froh über die Atempause, als wir sie erreichten.

»Meine Männer sind oben auf dem Turm«, meinte Sigurd. »Wollt Ihr warten?«

Eine berittene Schwadron donnerte vorüber, übertönte meine Antwort und bespritzte mich mit Schlamm. Über mir wurde eine Balliste mit einer auf einem Gerüst angebrachten Winde einen Turm hinaufgehievt und ließ die dicken Taue ächzen, an denen sie hing.

»Ich komme mit hinauf.« Ich wollte den Tag nicht damit beenden, unter ein Pferd oder ein herabstürzendes Belagerungsgerät zu geraten.

Wie stets wurde Sigurd erkannt, und die Wache am Fuß der Treppe winkte uns durch. Es war kein übermäßig anstrengender Anstieg, doch mein Kopf schmerzte wieder, und meine Beine flehten um eine Rast. Überall konnte ich Posten herumlaufen sehen; sie riefen und schrien, doch ich konnte sie nicht verstehen.

Wir erreichten den breiten Wehrgang, und mein Interesse wuchs. Es war ruhig geworden, und die Wachsoldaten waren verstummt; sie drückten die Gesichter gegen die Schießscharten, als hielten sie Ausschau nach einem Wunder. Sigurd beachtete sie nicht und stieg weiter zum Turm hinauf, doch ich – angezogen von dem Anblick – trat zur Brustwehr und starrte hinaus.

Über den verschneiten Feldern war die sinkende Sonne hinter dem Rand der Wolken hervorgekommen und hing vor uns wie ein glühendes Auge. Himmel und Erde waren gleichermaßen in ihrem grellroten Schein gefangen, doch das war es nicht, was die Wachen zum Schweigen gebracht hatte. Auf dem Hügelkamm jenseits der Ebene, etwa zwei Meilen entfernt, war ein Heer erschienen. Sie ritten auf uns zu, die Sonne im Rücken, ihre Speere wie flammende Stacheln und ihre Banner dunkel über ihnen. Sie rückten vor, doch sobald eine Reihe in den Schatten hinter dem Kamm eintauchte, folgte ihnen eine weitere auf den Fersen und nahm ihren Platz ein. Es waren Tausende und Abertausende – und der Schnee unter ihren Füßen wurde schwarz, als sie auf unser Tor zumarschierten.

Die Barbaren waren da.

31

»Das ändert alles.« Ich hatte drei Tage auf eine Audienz bei Krysaphios gewartet, und jetzt, da es so weit war, ließ ich meinen Gefühlen freien Lauf. »Könnt Ihr es für einen Zufall halten, dass keine drei Wochen, nachdem der Kaiser fast ermordet worden wäre, eine Barbarenarmee vor unseren Mauern auftaucht?«

Krysaphios strich sich das bartlose Kinn. »Das ändert gar nichts«, entgegnete er ruhig. »Außer, dass es die Strafe erhöht, falls Ihr versagen solltet.«

»Der Mann, der den Attentäter angeleitet hat, war ein Mönch, der nach abendländischen Riten gebetet und eine barbarische Waffe verwendet hat, die unserem Volk unbekannt ist. Jetzt lagern zehntausend seiner Genossen, zum Kriege gerüstet, gleich auf der anderen Seite des Goldenen Horns. Kann das ein Zufall sein?«

»Ihr enttäuscht mich, Demetrios. Man hat Euch Einblick nachgesagt, dass Ihr die verborgenen Wahrheiten erkennt, die andere nicht sehen. Nicht, dass Ihr Euch auf Zufälle stürzt.«

»Ich blicke vielleicht tiefer als andere, aber wenn ich einen Mann mit einem bluttriefenden Messer und einer gestohlenen Börse in der Hand über einem Leichnam stehen sehe, gehe ich nicht davon aus, dass es irgendeine spitzfindigere Erklärung dafür geben muss, und lasse ihn nicht laufen.«

»Diesmal solltet Ihr das tun.« Krysaphios klatschte in die Hände. »Das Barbarenheer hatte vor drei Wochen gerade erst unsere Grenze überschritten. Selbst wenn der Anschlag auf den Kaiser geglückt wäre, hätte es ihnen nichts genützt. Und außerdem sind sie gekommen, um uns zu helfen, die Türken und Sarazenen aus unseren Gebieten in Asien zu vertreiben und sie ihren rechtmäßigen Besitzern zurückzugeben. So sehr der Pöbel sie auch fürchten mag, sie sind unsere Verbündeten, unsere willkommenen Gäste.« Er gab sich keine Mühe, die Skepsis zu verbergen, die in seinen Worten lag. »Aufgrund dieser Übereinkunft nimmt der Kaiser ihre Anwesenheit hin und gibt ihnen Lebensmittel für ihre Bäuche und Stroh für ihre Pferde.«

»Trotzdem«, beharrte ich, »würde ich mir diese Männer gern einmal ansehen. Selbst wenn es eine törichte Idee ist, Ihr wisst, dass ich es vorziehe, gründlich zu sein.«

»So gründlich, wie Ihr es in der Zisterne wart?«

Krysaphios verspottete mich. Aelrich und seine Kameraden hatten einen Tag und eine Nacht lang Wache bei dem Einstieg zu der Zisterne gehalten, doch niemand war herausgekommen. Sie waren zu dem Schluss gekommen, dass der Mönch tot sein musste, doch ich hatte darauf bestanden, den Leichnam zu finden, und hatte eine große Zahl Männer mit Fackeln und Netzen hinuntergeführt, um das Gewölbe abzusuchen. Wir fanden nichts außer Fischen: Der Mönch, so schien es, hatte sich wie Pulver im Wasser aufgelöst. Oder er war, was der Hydrarch für wahrscheinlicher hielt, durch eine der Röhren, die es dort hineinleiteten, hinausgekrochen.

»So gründlich, wie ich es in der Zisterne war.« Ich hatte mich von den Zweifeln und Beschwerden der Waräger nicht abhalten lassen, und ich würde mich auch dem Spott des Eunuchen nicht beugen. »Mein Instinkt ist gut, Krysaphios, wenn er auch nicht immer ins Schwarze trifft. Ich brauche eine Genehmigung, das Barbarenlager aufzusuchen, und vielleicht sollte mich jemand auch ihren Anführern vorstellen.«

Krysaphios senkte nachdenklich den Blick.

»Immerhin«, fügte ich hinzu, »kann es dem Mann, der den Kaiser töten will, selbst wenn er sich – wie Ihr annehmt – in der Stadt aufhält, nicht entgangen sein, dass ein fremdes Heer ihm viele Möglichkeiten bietet, Unheil anzurichten.«

Krysaphios schaute auf. »Ich fürchte, Ihr lasst Euch zu leicht in Versuchung führen, abzuschweifen, Demetrios, und gebt Euren Einfällen zu rasch nach.«

»Meine Einfälle haben uns gute Dienste geleistet.«

»Deswegen gebe ich Euch die Gelegenheit, um die Ihr ersucht. Der Kaiser wird morgen einen Gesandten zu den Barbarenführern schicken, und Ihr dürft ihn begleiten. Das heißt natürlich, wenn Ihr ihren Gestank ertragen könnt. Erstattet mir im neuen Palast an der Mauer Bericht, sobald Ihr zurückgekehrt seid.«

Der Rückweg aus dem Innenhof war mir in den letzten Wochen vertraut geworden, und mein Gesicht war jetzt hinlänglich bekannt, so dass die Wachen mich nicht mehr anhielten. Der Winter hatte endlich doch Einzug im Palast gehalten: Die Fröhlichkeit und das Gelächter, an das ich mich von meinem ersten Besuch her erinnerte, war von herber Verbissenheit verdrängt worden, und die vergoldeten Wände schienen stumpfer.

»Demetrios.«

Wenigstens einer konnte ein wenig Wärme aufbringen: Sigurd kam durch den Säulengang auf mich zu. Die Höhlen um seine Augen waren dunkel, besonders im Gegensatz zu seiner hellen Haut, doch seine Begrüßung war herzlich.

»Ich dachte, Ihr seid auf der Mauer.« Als die Barbaren erschienen waren, hatte allenthalben gewaltige Aufregung geherrscht, und ich hatte Sigurd in dem Tumult verloren.

»Dort war ich auch. Aber die Franken verhalten sich in ihrem Lager ruhig, und ohne Belagerungsgerät oder Boote können sie uns auch nicht viel Scherereien machen.«

»Gewiss sollten sie uns doch auch keine Scherereien machen wollen. Krysaphios sagt, sie sind unsere Verbündeten.«

Sigurd musterte mich wie ein Lehrer einen besonders begriffsstutzigen Schüler. »Wenn zwanzigtausend fremde Söldner vor den Stadtmauern lagern, verlässt man sich nicht auf gute Worte und edle Absichten. Erst recht nicht, wenn sie so falsch und gierig sind wie die Franken. Der Kaiser wird erst daran glauben, dass sie seine Verbündeten sind, wenn sie seine Feinde besiegt haben und in ihre eigenen Königreiche zurückgekehrt sind. Bis dahin wird er sie behandeln wie einen zahmen Leoparden – mit gutem Willen und großer Vorsicht. Sonst könnte er eines Tages feststellen, dass sie ihm die Hand und noch eine ganze Menge mehr abgebissen haben.« Er kratzte sich den Bart. »Aber ich kann keine Zeit damit verschwenden, Euch in Eurer gutgläubigen Unwissenheit zu belehren, Demetrios, ich muss meine Kompanie bereit machen, morgen die Franken aufzusuchen. Wir werden den Gesandten des Kaisers begleiten, den erlauchten Grafen von Vermandois.«

»Den Grafen von wo?«

»Vermandois.«

»Ich weiß, dass sich das Kaiserreich weit über die ganze Welt erstreckt, aber das klingt mir nicht nach einem römischen Ort.«

»Nein.« Sigurd grinste. »Es liegt im Königreich der

Franken, gar nicht weit von meinem eigenen Land entfernt. Anscheinend ist der Graf der Bruder ihres Königs.«

»Und den hat der Kaiser als seinen Gesandten an die Barbaren erwählt?«

»Er weilt schon seit ein paar Wochen als Ehrengast des Kaisers hier. Ein unglücklicher Schiffbruch hat ihm einen prachtvolleren Auftritt verwehrt. Sein Aufenthalt hier hat ihn dazu bewogen, dem Kaiser die Treue zu schwören, denn hier hat er endlich einen Mann gefunden, der seine Stellung mit so vielen Reichtümern und Frauen ehrt, wie es ihm zusteht.«

»Er wurde gekauft.«

Sigurd bedachte mich mit einem eindringlichen, warnenden Blick.

»Das wurde er, Demetrios, das wurde er. Genau wie Ihr.«

Ich war gekauft worden, doch mein Preis war eine erbärmliche Kleinigkeit gegen das, was der Graf von Vermandois – Hugh der Große, wie er sich nannte – verlangt haben musste. Er erschien am nächsten Morgen eine Stunde zu spät, gekleidet in ein Gewand, dessen Fäden aus Perlen und Smaragden gesponnen zu sein schienen. Seine Haut war blass und glatt, wie Seide unter seinem goldenen Haar: Zweifellos wollte er prachtvoll aussehen, fast engelsgleich, doch dafür waren seine Augen zu kalt, zu verdrießlich. Auch sein Bart schmeichelte ihm nicht, denn er schien eine neue Errungenschaft zu sein: ein dünner, ungleichmäßiger Flaum, der durchaus zu einem Halbwüchsigen gepasst hätte.

Er sprach nicht mit uns, sondern bestieg in hochmütigem Schweigen sein Pferd an der Spitze unserer Kolonne. Es mussten fünfzig Waräger sein, in Doppelreihe, angeführt von Sigurd, der in seiner blanken Rüstung mit dem polierten Helm ein prächtiges Bild abgab. Die Äxte, die die Wachen sonst trugen, hingen in Schlingen an ihrer Seite, und stattdessen hielten sie schlanke Lanzen, von Wimpeln gekrönt, die in der Brise flatterten. Am Ende bildeten Pater Gregorias und ich – in den Umhang eines Ordensmannes gehüllt – einen nicht ganz angemessenen Schluss dieser glorreichen Kohorte.

Wir ließen unsere Pferde antraben und ritten aus dem Palast hinaus, durch das Augusteion und die breiten *Mesi* hinunter. Unser Prunk ließ die Menschen zusammenlaufen, und die Menge wogte um uns herum, überzeugt, dass dies ein Erscheinen des Kaisers ankündigen musste; doch als sie sahen, dass kein Römer, sondern ein Barbar unsere Truppe anführte, verwandelten sich ihre Jubelrufe in Spott und sie kehrten uns den Rücken. Sie machten uns nicht länger Platz, und unsere Reihen wurden ungleichmäßig und lichteten sich, als jeder Reiter sich einen eigenen Weg durch die Menge bahnte. Ich hatte meine Kapuze hochgeschlagen, um unerkannt zu bleiben, jetzt jedoch streifte ich sie zurück, damit die Umstehenden sehen konnten, dass ich einer der ihren war. Es schien mir das Vorwärtskommen ein wenig zu erleichtern.

Am Tor der Seen machten wir Halt, im Schatten des neuen Palastes, den, wie man munkelte, Kaiser Alexios als private Residenz vorzog. Sigurd brüllte einen Befehl, und eine Hörnerfanfare erschallte vom Turm herab, als die Torflügel aufschwangen. Es war ein grandioses Spektakel, doch ich weiß nicht, ob es außer dem Grafen sonst noch jemanden beeindruckte.

Wir ritten unter dem Torbogen hindurch zur Stadt hinaus, wobei wir uns dicht am friedlichen Wasser des

Goldenen Horns hielten. Das Dorf, wo die Barbaren Quartier bezogen hatten, war fast zwei Meilen entfernt, doch auf dem ganzen Weg sahen wir kaum eine Menschenseele. Niemand arbeitete auf den Feldern oder wanderte auf unserem Weg, nicht einmal ein einziges Huhn pickte am Wegesrand, und aus den Häusern, an denen wir vorbeikamen, stieg kein Rauch auf. Ich dachte an Aelrichs Schilderung der Verwüstung, die die Normannen über seine Heimat gebracht hatten, und schauderte bei dem Gedanken, dass hier dasselbe geschehen könnte.

Bald jedoch waren vor uns eine Menge Lebenszeichen zu sehen. Der Rauch von hundert Feuern, obgleich es erst Mittag war, und die Ausdünstungen, die Menschen und Pferde mit sich bringen, wenn sie sich niederlassen. Ich konnte eine Kette berittener Posten erkennen, die sich über die Landschaft und weit den fernen Hügel hinauf erstreckte; die Reiter waren angeordnet wie die Türme, die die Stadtmauern krönten. Als wir näher kamen, rief einer von ihnen uns an.

»Wer reitet auf dieser Straße?«

»Graf Hugh der Große«, antwortete Sigurd. »Und seine Eskorte. In diplomatischer Mission vom Kaiser gesandt. Was immer uns das nützen mag«, fügte er leise hinzu.

»Ihr werdet Geduld brauchen«, bemerkte der Wachposten. Wir waren jetzt nahe genug, und ich konnte erkennen, dass es sich um einen Patzinaken mit vernarbtem Gesicht und schmalen Augen handelte, aus einem anderen Söldnerheer des Kaisers. Aus meinen Gesprächen mit Sigurd und Aelrich wusste ich, dass selbst die Waräger ihnen widerwillig Respekt zollten.

»Haben die Franken Euch als Wachen angeworben?«,

erkundigte sich Sigurd. »Ihr solltet den Kaiser beschützen, nicht diese Hurensöhne.«

»Wir schützen sie vor sich selbst«, erwiderte der Patzinak mit einem zahnlosen Grinsen. »Sie kommen im Zeichen des Kreuzes, sagen sie, also halten wir ihre Seelen frei von den Kümmernissen der Welt dort draußen. Wie die Mauern eines Klosters.«

»Oder eines Kerkers.«

»Oder eines Kerkers.« Der Patzinak lenkte sein Pferd zur Seite und winkte uns weiter. »Seltsam, wir hatten gestern Nacht eine Rauferei mit ein paar von ihnen. Die haben genau dasselbe gesagt.«

Wir ritten weiter, hinein in die behelfsmäßige Stadt, die wie das neue Jerusalem auf unserer Ebene erschienen war. Sie waren erst seit vier Tagen hier, doch schon jetzt war der Boden von tausend Füßen zu Schlamm zertrampelt und die Bäume als Brennholz gefällt worden. Schmiede hatten unter Dächern aus Zeltplanen grobe Essen und Ambosse aufgestellt, und Funken flogen durch blauen Rauch, während sie ihre niemals endende Arbeit an Waffen und Pferden verrichteten. Hausierer, die einem Dutzend verschiedener Rassen anzugehören schienen, boten ihre sonderbaren, mannigfaltigen Waren feil, während an jeder Ecke dieser Zeltstadt Frauen Angebote riefen, die in jeder Sprache rasch verstanden wurden. Viele davon gehörten, wie ich sah, zu unserem eigenen Volk und hatten offensichtlich heimlich oder durch Bestechung einen Weg durch die Reihe der Patzinaken gefunden.

Schließlich erreichten wir das, was einmal der Dorfplatz gewesen war und jetzt von einem großen Zelt eingenommen wurde. Die Ritter, die sich davor gruppiert hatten, wirkten größer und stärker als die hageren Gestalten, die wir zuvor gesehen hatten, und ihre Haltung hatte etwas Unbeugsames. An einem roh behauenen Fahnenmast hinter ihnen, neben dem Eingang des Pavillons, war ein Banner aufgezogen. Ein blutrotes Kreuz und ein Wahlspruch in barbarischen Lettern prangten darauf: »Dei Volt.«

»Gott will es«, flüsterte mir Pater Gregorias ins Ohr.

»Tut Er das wirklich?«

Graf Hugh stieg ab und verzog das Gesicht, als sein Pelzstiefel im Matsch versank. Sigurd und der Waräger, der ihm am nächsten war, folgten seinem Beispiel.

»Halt.«

Eine Wache neben dem Eingang hatte ihren Speer schräg über den Weg des Grafen gesenkt und schroff etwas gesagt. Der Graf antwortete zornig, was jedoch wenig Wirkung hatte.

»Er sagt, niemand darf das Gemach seines Herrn mit Waffen betreten«, erklärte Gregorias. »Der Graf widerspricht, dass es ihn in seiner Ehre kränkt, wenn ihm die Begleitung seiner Vasallen verwehrt wird.«

Ehre oder nicht, er stimmte schließlich zu, dass die Waräger während seiner Audienz bei den Barbaren draußen warten würden. Gregorias und ich drängten uns nach vorn.

»Meine Sekretäre«, sagte der Graf knapp. »Auf dass niemand falsch wiedergeben kann, was gesagt wird.«

Der Wachposten betrachtete uns ebenso argwöhnisch wie er die Waräger und ihre Äxte gemustert hatte, ließ uns jedoch in das düstere Zelt treten. Meine Augen brauchten ein paar Momente, um sich anzupassen, denn das einzige Licht im Zeltinnern kam von einem dreiarmigen Kerzenleuchter auf einer hölzernen Truhe und dem schwachen Glimmen eines eisernen Kohlebeckens. Hinter dem Pfahl, der die Decke trug, stand ein grob gezimmerter Tisch, an dem zwei Barbaren auf Schemeln saßen und miteinander stritten; abgesehen davon war der Pavillon leer. Der Graf schritt zur offenen Fläche in der Mitte des Raumes, der einzigen Stelle, wo er sich nicht zu bücken brauchte, während Gregorias und ich auf einer niedrigen Bank neben dem Eingang Platz nahmen.

Alles, was jetzt folgte, wurde auf Fränkisch gesagt, doch indem ich Gregorias' flinkem Gekritzel folgte, und anhand von gelegentlich geflüsterten Erklärungen, wenn seine Hand nicht mit ihren Mündern Schritt halten konnte, konnte ich mir die Vorgänge recht gut zusammenreimen.

Dem altehrwürdigen Brauch aller Gesandten folgend, begann der Graf, indem er sich vorstellte. »Ich bin Hugh le Maisné, zweiter Sohn Heinrichs, des Königs der Franken; Graf von Vermandois …«

»Wir wissen, wer Ihr seid.« Die Unterbrechung war ebenso unerwartet wie abrupt und kam von dem Barbaren an der rechten Tischseite, einem hoch gewachsenen Mann mit ungepflegtem Haar und so blasser Haut, dass sie beinahe leuchtete. Durch lange Gewohnheit schienen seine Gesichtszüge in einem ständigen höhnischen Grinsen erstarrt zu sein.

»Und wir heißen Euch willkommen, Graf Hugh.« Der andere Barbar sprach mit gelassener Höflichkeit, im krassen Gegensatz zu seinem Gefährten. Sein Haar war blond, allerdings länger und dunkler als das des Grafen, und die Monate des Reisens hatten ihm ein wettergegerbtes Antlitz beschert, das ihm gut stand. Er trug ein feines Gewand aus rostrotem Tuch und beugte sich ernst nach vorn über den Tisch. »Wir hatten gehofft, Euch wohlbehalten hier anzutreffen.«

»Herumtänzelnd wie ein Grieche, und gekleidet wie einer ihrer weibischen Zierburschen. Haben sie Euch zu ihrer Hure gemacht, Hugh, oder Euch mit so vielen vergoldeten Versprechen behängt, dass Ihr Eure wahren Landsleute vergessen habt?«

»Still, Bruder«, wies der blonde Mann ihn zurecht. Doch die zarte Haut des Grafen war bereits rot angelaufen und sein Kinn bebte.

»Der große Kaiser Alexios hat mir diese Geschenke zu Ehren meines Ranges überreicht«, quiekte er. »Und ich trage sie aus Höflichkeit ihm gegenüber. Nehmt Euch in Acht, Baldwin Ohneland: Für einen einzigen Faden dieses Tuchs könnte man mehr kaufen, als Eure jämmerliche Stellung es Euch je ermöglichen könnte, und doch ist dies nur das geringste Beispiel der Pracht, die der Kaiser mir hat zukommen lassen.« Er wandte sich dem anderen Tischende zu. »Euch gegenüber jedoch, Herzog Gottfried, wird sich der Kaiser als ebenso großzügig erweisen. Es gibt Schätze in seinem Palast, wie sie im Christentum noch nie gesehen wurden, und er bedenkt mit Freuden Männer des rechten Glaubens damit, Männer, die dem Pfade Christi folgen.«

Baldwin setzte erneut zu einer Erwiderung an, doch sein Bruder gebot ihm mit einer Geste Einhalt und ergriff als Erster das Wort. »Ich bin nicht hier, um Geschenke zu ergattern, Graf Hugh, und der wahre Pilger bedarf auf der Heiligen Straße nur wenig Gepäcks. Selbst dort, wo der Weg am gefahrvollsten ist, werden mir Schwert und Schild und Futter für mein Pferd genügen.« Er deutete mit einer Handbewegung auf den Raum. »Ihr seht mein Quartier – ein nackter Boden und ein Platz, um meinen Geschäften nachzugehen. Ich brauche keine Lobpreisungen und keinen Plunder von dem Griechenkönig, nur sicheres Geleit für meine Männer über die Meerenge. Wenn er das gewährt, werde ich binnen einer Woche verschwunden sein. Ich habe nicht den Wunsch, hier zu verweilen.«

Der Graf verlagerte sein Gewicht von einem Fuß auf den anderen. »Der Kaiser ist höchst angetan von Eurem edlen Unterfangen, Herzog Gottfried, denn Euer reines Herz ist hinlänglich bekannt, selbst in diesen fernen Gefilden. Er wird sich glücklich schätzen, alles zu tun, was er kann, um zu Eurem ewigen Sieg über die Sarazenen beizutragen. Alles, was er verlangt, ist ein Eid, dass Ihr ihm jegliche Gebiete, die Ihr ihnen entreißt und die einst sein waren, zurückgebt, so, wie es sein Recht ist.«

Baldwins Faust krachte auf den Tisch nieder und ließ die Papiere, die dort lagen, in alle Richtungen flattern. »Er verlangt was? Dass wir unser Leben geben, damit seine elende Nation von Griechen ihre Bankerte wieder in Ländern ansiedeln kann, die zu verteidigen er zu schwach war. Wir kämpfen für Gott, Graf, nicht für den Ruhm von Tyrannen. Jegliche Gebiete, die wir in der Schlacht gewinnen, werden unser sein, verdient mit unseren Schwertern und erkauft mit unserem Blut. Wenn Euer Herr sie begehrt, kann er kommen und sie selbst für sich beanspruchen. Im Kampf.«

Herzog Gottfried runzelte die Stirn. »Mein Bruder spricht harsche Worte«, sagte er, an Graf Hugh gewandt, »doch es ist Wahrheit in dem, was er sagt. Ich bin gekommen, um Christus zu dienen, nicht irgendwelchen Männern, und ich habe bereits dem Kaiser Heinrich meinen Eid geschworen. Ich kann nicht zwei Herren dienen.«

»Erwähnt dem Kaiser Alexios gegenüber Kaiser Heinrich nicht«, riet Graf Hugh. »Das gefällt ihm nicht.«

»Wenn Alexios mir Boote gibt, um die Meerenge zu überqueren, brauchen wir uns nie zu begegnen. Ich brauche keine Schmeicheleien von Königen.«

»Und nennt ihn nicht König. Er verdient die Ehrerbietung, die seinem Amte zusteht, ungebrochen seit den ersten Cäsaren.«

Jäh erhob sich Baldwin. Er ging zur Vorderseite des Tisches, hob den Saum seiner Tunika und ließ einen Pissestrahl vor den Füßen des Grafen auf den Boden spritzen. Entsetzt sprang dieser zurück und raffte sein kostbares Gewand wie ein Mädchen.

»Ich werde ihm die Ehrerbietung zeigen, die seinem Amte gebührt«, fauchte Baldwin. »Er kann uns nicht um Hilfe bitten und uns dann wie Schurken behandeln. Sagt ihm, er *wird* uns passieren lassen, oder möglicherweise feststellen, dass er kein Reich mehr hat, das er regieren kann.«

»Hättet Ihr jemals selbst einen Titel besessen, Baldwin, Herzog von Nirgendwo, so hättet Ihr vielleicht wenigstens eine Ahnung, was es heißt, zu regieren.«

»Lieber kein Land besitzen, als es aus einer Prinzessin der Nordmannen herauszuvögeln wie Ihr, Graf!«

»Genug!« Herzog Gottfried erhob sich. Auch er war ein hoch gewachsener Mann, wenngleich auch nicht so groß wie sein Bruder. »Es sollte hier kein Streit zwischen uns herrschen. Ihr seid als Gesandter des Königs gekommen, Graf Hugh, also sagt mir klar und deutlich: Wie bald können wir die Meerenge überqueren?«

Der Graf wölbte die Brust wie ein Singvogel. »Sobald Ihr den verlangten Eid geschworen habt, ihm seine rechtmäßigen Besitztümer zurückzugeben.«

»Ihr wisst, dass ich das nicht tun kann.«

»Bitte, Herzog Gottfried, Ihr müsst. Oder kommt wenigstens mit mir in den Palast. Mein Gebieter Alexios lädt Euch ein, das Fest des Heiligen Basil mit ihm zu begehen, seine Gastfreundschaft zu genießen. Er ist ein verständiger und großherziger Mann; ich bin sicher, eine Stunde in seiner Gesellschaft wird Euch vom Wert eines Bündnisses überzeugen.«

Gottfried schüttelte müde den Kopf. »Ich glaube nicht, dass das hilfreich wäre.«

»Und wer sagt, dass wir, wenn wir in die Stadt reiten, auch wieder herauskommen?«, wollte Baldwin wissen. »Ich habe gehört, der Bruder des Frankenkönigs ging als freier Mann hinein und kam als Sklave wieder heraus, in goldene Ketten gelegt und mit abgeschnittenen Eiern. Was wird der König der Griechen mit uns machen, wenn wir erst in seiner Festung sind? Lieber würde ich unbewaffnet den Hof des sarazenischen Kalifen betreten, denn der würde mir seinen Dolch wenigstens in die Brust stechen.«

»Ich glaube, was mein Bruder meint«, ergriff Gottfried unbehaglich wieder das Wort, »ist, dass er nicht begreifen kann, warum Ihr wollt, dass wir mit diesem ausländischen König verhandeln. Er hat sich bereits dadurch als kein Freund unseres Volkes erwiesen, wie er mit dem Eremiten Petrus und seinem bescheidenen Heer umgesprungen ist, die vor uns kamen. Jetzt versucht er, uns Eide und Verpflichtungen abzunötigen, nur um unsere Reise fortsetzen zu können? Ich traue weder ihm noch seinen Angeboten. Sagt Ihm Folgendes: Ehret Gott Euren Herrn und dienet nur ihm.«

»Und sagt ihm außerdem, dass wir bloß die Vorhut eines größeren Heeres sind, und dass unsere zwanzigtausend bald hunderttausend sein werden. Wir werden ja sehen, ob er es immer noch wagt, uns zu trotzen, wenn sie eingetroffen sind.« Baldwin setzte sich wieder an den Tisch und begann, Schmutz unter seinen Fingernägeln hervorzukratzen.

»Ich werde hier ausharren, bis er uns passieren lässt«, sagte Gottfried. »Aber ich begebe mich nicht als Geisel in seine Stadt. Ihr tätet gut daran, Eure eigene Lage zu überdenken.«

»Ich werde zum Kaiser zurückkehren«, gab Graf Hugh wütend zurück. »Und sein Ehrengast bleiben. Denkt daran, wenn der Regen kommt und das Wasser unter Eurem ärmlichen Strohlager steigt, wenn Euer Schwert und Eure Rüstung rosten und das Fieber Eure Glieder verzehrt. Dann werdet Ihr diese Darbietung des Stolzes bereuen. Aber der Kaiser ist ein barmherziger Mann: Wenn Ihr beschließt, ihm die Ehre zu erweisen, die ihm gebührt, wird er Euch begrüßen wie einen verlorenen Sohn. Bis dahin könnt Ihr hier verrotten.«

ιζ

Ich hatte gehofft, eine oder zwei Stunden Zeit zu haben, um mit Pater Gregorias im Lager herumzustöbern und zu sehen, ob ich irgendein Anzeichen dafür finden konnte, dass der Mönch hier gewesen war, doch das war offenkundig unmöglich. Herzog Gottfried hatte vielleicht die allernötigste Höflichkeit gewahrt, doch die nackte Gehässigkeit seines Bruders Baldwin entsprach eher dem Ausdruck auf den Gesichtern, die uns umgaben, als wir herauskamen. Als wir wieder aufsaßen, bemerkte ich, dass Graf Hugh nicht länger an der Spitze des Zuges ritt, sondern sich weiter hinten einreihte, so dass er sich inmitten der Waräger befand. Gregorias und ich hatten kein solches Glück; wir bildeten abermals den Schluss und mussten eine angespannte halbe Stunde ertragen, in ständiger Furcht, vom Pferd gezerrt und in Stücke gehauen zu werden oder einen Pfeil zwischen die Schulterblätter zu bekommen, bis wir endlich wieder durch die Reihe der Patzinaken ritten.

Am Tor der Seen hielten wir erneut an, diesmal, damit Graf Hugh unseren Trupp verlassen und durch ein anderes Tor in den ersten Hof des neuen Palastes reiten konnte. Ich erinnerte mich an Krysaphios' Anweisung, ihm dort Bericht zu erstatten, und folgte dem Grafen.

Verglichen mit der wuchernden Dekadenz des alten Palastes, der im Laufe der Jahrhunderte immer mehr erweitert worden war, war der neue Palast ein massives Gebäude, das sich ausschließlich und Schwindel erregend in die Senkrechte ausdehnte. Er war auf einem Hügel erbaut worden und bot freie Sicht auf das Goldene Horn im Norden und die Verteidigungswälle im Süden. Der größte Teil des Mauerwerks war noch unverputzt, doch nirgends herrschte das Chaos der Bauarbeiten, das ich in Domenicos Haus erlebt hatte.

Ein Bursche kam und nahm uns die Pferde ab, während eine Wache uns eine steile Treppe hinaufgeleitete und uns zu einer Terrasse führte, wo wir durch zwei bronzene Flügeltüren in einen Raum mit hoher, gewölbter Decke gelangten. Weder Schmuck noch Malerei zierten die Wände, und der Marmorboden war im modernen, schlichten Stil gehalten. Die Aussicht am Ende des Gemachs jedoch war atemberaubend; durch eine Reihe bis zur Decke reichender Bogenfenster blickte man auf das dunkle Gewimmel des Barbarenlagers. Der Raum musste direkt auf der großen Mauer erbaut worden sein, dachte ich, auf der äußersten unserer Verteidigungslinien. Man musste ein mutiger Mann sein, um vor diesen Fenstern zu stehen, und ich bemerkte, dass keiner der Anwesenden dies riskierte.

»Graf Hugh. Was habt Ihr für Erfolge zu vermelden?« Es war Krysaphios, der in seinem Gespräch mit dem Sebastokrator Isaak unterbrochen worden war.

»Gar keine.« Hugh ging zu einem kunstvoll gearbeiteten, mit Gold eingelegten Stuhl hinüber und ließ sich hineinsinken. »Sie sind unmöglich, meine Landsleute, voll falschem Stolz und zahnloser Drohungen. Sie empfinden keine Liebe für den Adel, haben keinen Respekt vor Höherstehenden. Ich kann nicht mit ihnen reden.«

»Drohungen?« Isaak sah ihn scharf an. »Was für Drohungen?«

»Keine, die einem Mann von Eurer Macht Sorgen bereiten müssten. Sie sagen, sie wollen lediglich Boote, um die Meerenge zu überqueren, dann werden sie abziehen. Aber sie wollen den Eid nicht leisten, den der Kaiser verlangt.«

»Mit Booten könnten sie die Seemauer angreifen, unsere Streitkräfte dorthin abziehen.« Erregt schritt Isaak im Raum auf und ab. »Womit genau haben sie gedroht?«

Hugh wischte sich mit einem reich bestickten Ärmel die Stirn, der daraufhin mit Schmutz verschmiert war. »Sie haben behauptet, sie seien bloß die Vorhut einer größeren Armee – genau wie ich es Euch prophezeit habe –, und der Kaiser könne ihnen nicht die Stirn bieten, wenn ihre gesamte Streitmacht versammelt wäre. Sie haben gesagt… ich weiß es nicht mehr genau. Eure Sekretäre haben alles niedergeschrieben, glaube ich.«

Isaak und Krysaphios sahen mich an.

»Nun, mein spionierender Sekretär, was habt Ihr herausgefunden?«, erkundigte sich der Eunuch.

»Wenig genug«, gestand ich. »Sie waren nicht gerade geneigt, Antwort zu geben. Es waren zwei, Herzog Gottfried und sein Bruder Baldwin. Gottfried ist ein ehrlicher Mann, denke ich, wenn auch starrsinnig: Er wird sich nicht von seinem Weg abbringen lassen. Baldwin ist weitaus gefährlicher. Er hat nichts zu verlieren und ein Vermögen zu gewinnen, und er wird von Stolz und Neid verzehrt. Ich glaube, er hat vor, sein eigenes Reich zu erringen, und es kümmert ihn nicht, woher es kommt.«

»Und meint Ihr, er würde so weit gehen, den Kaiser zu ermorden, um es zu bekommen?« Krysaphios' Stimme klang scharf. »Ist er mit dem Mönch im Bunde?«

Ich dachte darüber nach. »Ich denke nicht. Er scheint kein gerissener Mann zu sein.«

»Das würde ein gerissener Mann Euch glauben machen.«

»Außerdem hat er gesagt, sie wären auf Einladung des Kaisers hier. Ist das wahr?«

»Ha.« Isaak hielt im Auf- und Abschreiten inne und sah mich an. »Vor zwei Jahren haben wir Gesandte zu ihrer Kirche geschickt und um eine Kompanie Söldner ersucht. Wir haben nicht um eine ganze Armee gebeten, die von unseren alten Feinden geführt wird und ihre eigenen Ziele verfolgt. Sie haben unsere Not als Vorwand benutzt, Demetrios, denn es ist wohl bekannt, dass sie unsere Macht stürzen und sich selbst zu den Herren des Morgenlandes machen wollen.«

»Ich muss protestieren, mein Gebieter«, wandte Graf Hugh ein. »Ich kann nicht für all meine Landsleute sprechen, gewiss aber für die meisten. Wir sind aus edlen Gründen gekommen, um das Heilige Land und die große

Stadt Jerusalem vom Joch der Türken zu befreien, auf dass alle Christen frei sein werden, um auf den Spuren unseres Herrn Jesus Christus zu wandeln. Lasst den Ehrgeiz einiger verworfener weniger nicht die Tugend der vielen verdunkeln.«

»Eine Armee, die Jerusalem befreien will, nützt nicht viel, wenn der Sultan in Nicäa Hof hält«, bemerkte Isaak. »Und noch weniger, wenn sie vor den Mauern Konstantinopels liegt. Sollten sie wirklich am Heiligen Grabe beten wollen, dann sollten sie auch den Eid ablegen und sich auf den Weg machen, und keine Drohungen gegen den Kaiser ausstoßen. Der schließlich derjenige ist, der sie verpflegt.«

Hugh rang die Hände. »Das weiß ich, Gebieter Isaak. Ihr wisst, dass ich, wäre mein Heer nicht in Sturm und Schiffbruch zugrunde gegangen, jetzt in diesem Augenblick in Jerusalem wäre. Aber diese Männer sind nicht verständig, und sie fürchten die Listen der Griechen. Sie werden selbst aus Eurer Großzügigkeit, die, wie ich wohl weiß, wahre christliche Nächstenliebe ist, noch finstere Absichten herausdeuten.«

»Wenn sie unsere Gaben nicht annehmen wollen, dann sollen sie ohne sie auskommen, bis sie zur Vernunft gelangt sind«, meinte Krysaphios. »Gebt dem Eparch Befehl, dass ihre Getreidelieferungen gekürzt werden sollen. Wir werden ja sehen, wie lange sie leere Bäuche und Winterregen ertragen. Und macht alles dafür bereit, dass ihr Lager über das Horn nach Galata verlegt wird. Dort können sie nicht so leicht Zwietracht säen und sind leichter zu bändigen.«

»Und was ist mit meiner Aufgabe?«, erkundigte ich mich vorsichtig. »Wie wünscht Ihr, dass ich weiter verfahre?«

Krysaphios warf mir einen zornigen Blick zu. »Wie Ihr es für richtig haltet, Demetrios, wie Ihr es für richtig haltet. Ob uns der Barbarenführer nun entthronen will oder nicht, ich zweifele nicht daran, dass er jegliche Verwirrung nutzen würde, um so viel Unheil anzurichten wie er kann. Wer auch immer also den Kaiser tot sehen will – Ihr solltet ihn lieber schnell finden. Jetzt geht.«

Ich eilte nach Hause, denn die Wintersonnenwende lag weniger als eine Woche zurück, und die Tage waren noch immer kurz. Da ich meine Warägereskorte eingebüßt hatte, als ich Thomas in Annas Kloster zurückgeschickt hatte, um unsere Sprache und unsere Sitten zu lernen und ihn von meinen Töchtern fern zu halten, konnte ich es mir nicht mehr erlauben, gegen die Ausgangssperre zu verstoßen. Besonders Helena hatte mir das nicht verziehen, ebenso wenig wie die Strafpredigt, die sie sich für ihr ungebührliches Betragen an jenem Morgen eingehandelt hatte, als ich Thomas in ihrer Kammer vorfand. Sie hatte mich davon überzeugt, dass nichts Verwerflicheres als Reden zwischen ihnen vorgefallen sei, und Zoe hatte ihre Behauptung bekräftigt, was ungewöhnlich war. Doch das hatte nicht viel genützt, um mich zu besänftigen. Oder mich davon abgehalten, den Jungen fortzuschicken.

Helena nahm mir das immer noch übel. »Wie kannst du ihn in einem Kloster einsperren, nachdem er von einem verkommenen Mönch entführt und versklavt wurde? Er wird den Verstand verlieren.«

»Ich bezweifle, dass die Ordensbrüder des Heiligen Andreas ihm einen Bogen in die Hand drücken und ihn zwingen werden, damit auf den Kaiser zu schießen. Und wieso ist kein Fleisch in diesem Eintopf? Die Fastenzeit ist vor drei Tagen zu Ende gegangen.«

»Die Fastenzeit wird andauern, bis die Barbarenarmee abzieht. Zumindest erzählt man sich das. Nur wenige treiben ihr Vieh zum Markt, weil sie Angst haben, dass ein Haufen Franken und Kelten es ihnen raubt, und die Tiere, die eintreffen, werden von den kaiserlichen Proviantmeistern aufgekauft, um unsere Feinde zu ernähren. Also hungern wir.«

»›Hungert dein Feind, so gib ihm Brot zu essen; dürstet er, gib ihm Wasser zu trinken, denn du wirst glühende Kohlen auf sein Haupt häufen und der Herr wird dich belohnen‹«, sagte ich. »Ich bin heute dem Bruder des Frankenkönigs begegnet.«

»War er dick?«

»Er hatte ein riesiges, schlecht sitzendes Gewand an. Es war schwer zu erkennen. Und er hatte auch keine Kohlen auf dem Kopf.«

»Hat er gesagt, wann sie weiterziehen wollen?«, fragte Zoe leise. Sie war in einem Alter, wo die kleinste Gemütsveränderung sie einmal fast schon wie eine Frau und dann wieder kaum wie ein Kind erscheinen lassen konnte. Jetzt sah sie einfach nur verängstigt aus.

»Diese Entscheidung liegt nicht bei ihnen. Sie brauchen die Erlaubnis des Kaisers.«

»Dann sollte er sie ihnen geben und sie ziehen lassen.« Ihre Stimme wurde lauter, die Worte sprudelten nur so hervor, und sie wickelte eine Haarsträhne um ihren Finger, wie sie es schon seit vielen Jahren nicht mehr getan hatte.

Ich versuchte, behutsam zu antworten. »Warum denn? Hast du Hunger, Zoe? Der Kaiser kann nicht einfach eine Barbarenhorde durch sein Reich marschieren lassen. Er muss sichergehen, dass sie keinen Schaden anrichten.«

»Nun, er sollte sie fortschicken. Die Straßen sind voller Fremder und es gibt nichts zu essen, und bald ist das Fest des Heiligen Basil und wir werden es nicht richtig feiern können, und die ganze Zeit lagern Tausende von Franken vor unserem Tor und sind für den Krieg gerüstet. Ich finde das schrecklich. Ich will, dass die Barbaren verschwinden und die Stadt wieder normal ist.«

»Ich auch.« Ich legte den Arm um sie und zog sie an meine Brust. »Bestimmt befiehlt ihnen der Kaiser, so schnell wie möglich abzuziehen.«

Das tat er nicht. Einen langen, nassen Januar hindurch harrten die Barbaren in ihrem Lager auf der Landspitze des Goldenen Horns aus, während ich mit stetig wachsender Ungeduld nach irgendeiner Spur des Mönchs suchte und herauszufinden trachtete, ob er überhaupt noch am Leben und wenn ja, ob er mit dem Frankenheer im Bunde stand. Ich fand nichts. Nach zwei Wochen begann ich an mir selbst zu zweifeln, mich zu fragen, ob er am Ende tatsächlich in jener eisigen Zisterne umgekommen war. Ich hätte sie noch einmal mit Schleppnetzen absuchen lassen, doch meine Anliegen wurden vom Palast nicht mehr als dringlich betrachtet: Mit jedem ergebnislosen Tag, der verstrich, wurden meine Zusammenkünfte mit Krysaphios seltener und die Stunden, die ich in den überfüllten Korridoren wartete, länger.

Der Januar verging; der Tag des Hierarchen Basil, dann Epiphanias und sogar das Fest Gregors, und immer noch lenkten die Barbaren – soweit ich sehen konnte – nicht ein. Jeder Tag brachte neue Gerüchte: von weiteren gewaltigen Armeen in Thessaloniki, Heraklea oder gar Selymbria, von geplünderten Dörfern und gestohlenem Vieh, von Barbaren, die des Nachts durch Fenster stiegen. Da mich meine Geschäfte gelegentlich noch immer in den Palast führten, hörte ich vielleicht mehr Geschichten als die meisten anderen, wenngleich der Klatsch in den vergoldeten Hallen auch nicht verlässlicher zu sein schien als der auf dem Marktplatz. Und immer noch hungerten wir, immer noch wimmelte es auf den Straßen von jenen, die Zuflucht in der Stadt gesucht hatten, immer noch schien es, als seien die Barbaren ebenso unsere Belagerer wie unsere Verbündeten.

Eines Abends, ein paar Tage vor Beginn des Februar, kam ein Bote zu mir nach Hause, gekleidet in die Livree des Palastes.

»Ich komme von meinem Gebieter, dem Kaiser«, verkündete er. Wasser tropfte vom Saum seines Mantels auf meinen Fußboden.

»Wahrhaftig?« Ich hatte diesen Moment schon seit einigen Tagen erwartet, die Nachricht, dass meine Dienste nicht länger benötigt würden. Ich konnte nicht behaupten, dass ich an seiner Stelle anders gehandelt hätte.

»Die Barbarenführer haben zugestimmt, Gesandte zu schicken, die sich mit dem Kaiser treffen und seine Forderungen besprechen sollen; der Kaiser fürchtet, der Mönch könnte versuchen, sich als ein Mann aus ihrem Gefolge verkleidet in den Palast zu schleichen. Da Ihr der einzige Römer seid, der den Mann je gesehen und es überlebt hat, wünscht er, dass Ihr dabei seid.«

Es war tröstlich, zu wissen, dass der Mönch in den Gedanken derer im Palast überhaupt noch existierte. »Ich werde dort sein«, sagte ich. Es durfte nicht geschehen, dass der Kaiser vor den Augen der barbarischen Gesandten niedergestreckt wurde, und es würde interessant sein, zu hören, was sie zu sagen hatten, nach dem Trotz, den ich in ihrem Lager erlebt hatte. Zuallermindest versprach es ein großartiger Anblick zu werden.

ιξ

Zimbeln dröhnten, und eintausend Soldaten der Wache stampften mit den Füßen wie ein Mann. Eine einsame Trompete ließ ihren klagenden Ruf erschallen, und der Chor setzte von neuem ein; mit jeder Wiederholung wurden ihre Stimmen einen halben Ton höher. Das Licht unzähliger Kerzen glitzerte auf den Reihen der Äxte, auf Schuppenpanzern, auf dem Gold und Silber der Gewänder der Höflinge und auf den Smaragden, Saphiren und Rubinen, die sie bedeckten; ein Mosaik aus farbigem Licht.

Die kaiserliche Huldigung hallte durch den Saal.

Siehe, der Morgenstern nähert sich,
Das Tagesgestirn erscheint,
Seine Augen ein Spiegel der Sonne.
Alexios, unser Herrscher,
Verhängnis der Sarazenen.

Ein Dutzend Priester stand an der Vorderseite des Raumes; Weihrauch stieg wirbelnd aus den Kesseln auf, die sie schwangen. Sie intonierten ihre eigene kontrapunktische Hymne, passten den Rhythmus vollendet an, so dass die Melodien wie Wasser ineinander flossen. Ein Ägypter schlug auf ein Paar mit Ziegenfell bespannte Trommeln ein und steigerte sich am Ende jeder Strophe zu einem Höhepunkt, bis jeder Mann im Saal in einem einzigen Atemzug brüllte: »Heil!«

»Man sollte meinen, bei all dem Jubel würde der Kaiser ein wenig Dankbarkeit zeigen«, meinte Aelrich neben mir.

Wir standen auf der Galerie über dem eigentlichen Saal und spähten aus einem mit einem Vorhang verhängten Türbogen hervor. Unter uns saß der Kaiser höchstselbst wie eine Statue auf einem Thron, der auf einem Marmorpodest stand. Ein prächtiger, mit Juwelen besetzter Überwurf bedeckte seine Schultern und seine Brust über einer Dalmatica aus schimmernder, purpurner Seide: Nur wenn das Licht darauf fiel, konnte man die Feinheit der Muster erkennen, die sie durchwirkten. Die kunstvoll angeordneten Perlen und Gemmen des kaiserlichen Diadems bedeckten seinen Kopf, und zwei Bronzelöwen lagen wie Wächter zu seinen Füßen. Zu seiner Rechten, auf einem niedrigeren Podest, saß der Sebastokrator Isaak, in Gewänder gehüllt, die alle außer denen seines Bruders in den Schatten stellten, während zu seiner Linken der Eunuch Krysaphios stand. Jenseits dieser drei wetteiferte ein ganzes Meer von Adligen und Bischöfen miteinander um die prächtigste Aufmachung.

Der Priesterchor verstummte, so dass nur noch der Trommler seinen Stakkatotakt schlug. Dieser erhob sich in dem Schweigen wie Donnergrollen, hallte von den Wänden und Säulen wider; unter uns schien er zu verklingen, doch das Echo am anderen Ende des Saales wurde immer lauter, bis ich begriff, dass dröhnend gegen die goldene Tür gehämmert wurde, die mir gegenüberlag.

Krysaphios hob die Hand, und die Türflügel schwangen ruckartig auf, aufgestoßen von den Händen eines halb bekleideten Riesen, der hereingestampft kam wie ein Nachfahre des Polyphem. Er überragte Sigurd mindestens um Haupteslänge, und seine Haut glänzte von Öl. Ihm folgten acht Eunuchen, die silberne Sänften auf den Schultern trugen. Darauf saßen zwei Barbaren, die gleichzeitig von Ehrfurcht und Unbehagen erfüllt zu sein schienen. Ihre Kleidung war farblos und schlicht, ohne die Kunstfertigkeit und den Schmuck unseres Volkes; es hatte den Anschein, als würden sie, wäre es denn möglich, das Strahlen aus der Luft heraussaugen, die sie umgab. Ich kannte keinen der beiden.

Die Eunuchen setzten sie vor dem Kaiser ab, verneigten sich tief und verschwanden. Die beiden Männer schienen unsicher, ob sie aufstehen oder sitzen bleiben sollten; einer machte Anstalten, sich zu erheben, doch als er das tat, erwachten die beiden Bronzelöwen zu des Kaisers Füßen plötzlich zum Leben. Ihre Kiefer klappten auf und zu, ihre Mähnen sträubten sich und ihre Schwänze klopften auf den Boden. Die Barbaren sahen mit offenem Munde zu, als fürchteten sie, von diesen mechanischen Spielzeugen verschlungen zu werden.

»Willkommen am Hofe des Friedensfürsten«, verkündete Krysaphios feierlich. »Er fordert Euch auf, Euer Gesuch vorzubringen.«

Mit einem zögerlichen Blick auf den Löwen, der ihm am nächsten war, stand einer der Franken auf und vollführte eine knappe Verbeugung. Die Menge regte sich, und ich nahm an, dass dies nicht der Etikette entsprach, doch er blieb stehen und hielt eine kurze Rede in seiner eigenen Sprache.

»Ich bin Gottfried von Esch, Ritter Gottfrieds, des Herzogs von Lothringen.« In seiner Sprache klang das vielleicht grandios, doch das monotone Leiern des Dolmetschers nahm seinen Worten jegliche Erhabenheit. »Ich spreche auf Herzog Gottfrieds Befehl hier vor, o Morgenstern, edelster Kaiser.«

»Der Dolmetscher ist offenbar angewiesen worden, Ärger zu vermeiden«, brummte Aelrich. »Ich bezweifle, dass seine Worte auch nur halb so untertänig waren.«

Er klang ein wenig hohl und abwesend, ganz anders als seine sonstige Leutseligkeit. Seine Knöchel waren weiß, und er schien leicht zu schwanken, als würde er fallen, wenn er sich nicht festhielte. Vielleicht fürchtete er um die Sicherheit des Kaisers – ich jedenfalls tat das gewiss. Eine Barbarenmeute war hinter ihren Führern in den Saal geströmt und stand mürrisch bei den Türen. Besorgt suchte ich die Gruppe nach dem Mönch ab. Da meine Augen vom Rauch der Kerzen und dem Weihrauch tränten und grelles Licht durch die Tür hereinfiel, war es schwer, sie überhaupt zu erkennen.

Der Barbar sprach erneut, doch nicht ein Faden im Gewand des Kaisers rührte sich zur Antwort.

»Fürst des Friedens, wir sind viele Meilen weit und durch viele Gefahren gereist, um Euch zu Hilfe zu kommen, um Euch in Gottes heiligem Krieg gegen die Sarazenen und Ismailiten beizustehen, die die heiligsten Stätten des Christentums heimsuchen. Doch der Weg ist lang, und schon jetzt haben wir einen Monat hier verweilt, während in fernen Landen die Heiden ungehindert ihr Unwesen treiben. Wir bitten Euch, großer Kaiser, gebt uns die Erlaubnis, weiterzuziehen und gewährt uns die Überfahrt über das Wasser, auf dass wir Gottes Werk verrichten können.«

Der Dolmetscher verstummte, und jeder im Saal spitzte die Ohren, um Krysaphios' Antwort zu hören.

»Geehrte Gäste, die Ihr aus allen Gefilden des Christentums gekommen seid, der erlauchte Kaiser nimmt Eure Gedanken in sein Herz auf. Er dankt dem einen Gott, dass Ihr gekommen seid, um an seiner Seite für die Rechtschaffenen zu kämpfen, und er wünscht nicht, Eure Schwerter durch Tatenlosigkeit stumpf werden zu sehen. Ehe Ihr jedoch unsere Mauern verlasst, begehrt er, dass Ihr den Eid ablegt, welcher bei unserem Volke Brauch ist, ihm aufrichtig zu dienen und ihm zurückzugeben, was rechtmäßig sein ist, die alten römischen Gebiete Asiens.«

Gemurmel erhob sich im hinteren Teil des Saales, und die Miene des Gesandten verfinsterte sich. Auch das Taktgefühl des Dolmetschers konnte die wahre Absicht seiner Worte nicht überspielen, denn er sprach hastig und zornig und deutete dabei immer wieder mit dem Finger auf den reglosen Kaiser.

»Großer Stern des Morgens, wir flehen untertänigst um Eure Nachsicht. Obgleich uns nichts mehr beflügelt als das Verlangen, Euren Ruhm und Eure Macht wieder in ihrem alten Glanz erstrahlen zu sehen…« Der Dolmetscher kam ins Stocken, sein Talent dafür, Worte zu verdrehen, war ganz offensichtlich an seine Grenzen gestoßen. »Doch wir Franken hüten unsere Eide eifersüchtig und schwören sie nicht leichten Sinnes. Wir bitten um mehr Bedenkzeit.«

Krysaphios' Lippen kräuselten sich. »Wir wissen sehr gut, wie sorgsam Ihr Eure Bündnistreue bewahrt. Deshalb ehren wir Euch als Bundesgenossen. Doch der großzügige Kaiser möchte Euch daran erinnern, dass er nicht zögert, denen, die ihm beistehen, seine Dankbarkeit zu erweisen.«

Die Eunuchen, die die Barbaren hereingetragen hatten, erschienen jetzt aufs Neue; sie trugen vier Mahagonitruhen. Als sie sich dem Podium näherten, schienen sie zu stolpern, sanken auf die Knie und ließen ihre Last nach vorn kippen. Die Truhen öffneten sich, und die Barbaren schnappten nach Luft, als sich ein wahrer Schatz über den Boden ergoss. Goldene Kelche und Teller, Schalen und Armreifen, mit Perlen besetzte Ketten, Unmengen glänzenden Tands, und dazwischen genug Münzen, um eine Armee zu besolden. Beide Barbaren waren aufgesprungen und bückten sich, um die Reichtümer vor sich zu berühren; Staunen zeigte sich auf ihren Gesichtern. Einer griff eine Hand voll Münzen und ließ sie ungläubig wieder durch seine Finger rinnen; der andere hielt ein Trinkgefäß in der Hand und starrte es an, als habe er den Kelch Christi gefunden.

»Groß ist der Lohn für jene, die unserer Sache die Treue schwören«, sagte Krysaphios.

Doch die Barbaren schenkten ihm kaum Beachtung. Sie redeten hastig miteinander und befingerten dabei die Schätze. Anscheinend gab es irgendeine Meinungsverschiedenheit.

»Das hat sie durcheinander gebracht«, meinte Aelrich. »So viel Gold kann jedem den Kopf verdrehen.«

»Verbündete zu kaufen ist eine teure Angewohnheit. Bündnisse, die mit Gold erkauft wurden, sind wie Fleisch in der Sonne: Sie werden rasch ungenießbar.«

Die zwei Barbaren beendeten ihren Streit und wandten sich wieder Krysaphios zu. Trotz all der Reichtümer zu ihren Füßen sah keiner der beiden glücklich aus.

»Die Freundschaft der Griechen ist eine hoch geschätzte Ehre«, sagte der Dolmetscher. »Aber durch Eile wird nichts gewonnen. Wir erbitten Zeit, um innezuhalten, um diesen Schatz« – er deutete mit einer Handbewegung auf die verstreuten Kostbarkeiten – »zu unserem Herrn Gottfried zu bringen.«

»Der Herzog Gottfried hätte Gesandte schicken sollen, die für seine Gedanken bürgen und mit seiner Stimme sprechen können«, erwiderte Krysaphios. »Doch vielleicht möchtet Ihr Euch in ein Privatgemach zurückziehen, um Eure Herzen zu befragen.«

Die Gesandten nickten zweifelnd. Wieder eilten die Eunuchen herbei, um ihre Sänften aufzuheben, doch die

Barbaren wiesen sie zurück und schritten bereits den Mittelgang zur Tür hinunter.

»Halt«, rief Krysaphios, und sie blieben stehen. »Niemand entzieht sich der Gegenwart des Kaisers.«

Ohne Vorwarnung dröhnte ein gewaltiger Donnerschlag durch den Saal, und eine Rauchsäule erhob sich um das Podium, auf dem der Kaiser thronte. Die Barbaren zitterten und klammerten sich Halt suchend aneinander, als erwarteten sie, dass ein Blitz ihr Fleisch versengen würde.

Der Rauch begann sich zu lichten, und ich bekam einen heftigen Schreck, als ich hinunterschaute, dorthin, wo der Kaiser gesessen hatte. Er war verschwunden, und mit ihm der goldene Thron und die bronzenen Löwen, alles. Alles, was geblieben war, war eine glatte Scheibe aus weißem Marmor.

Aelrich musste meine erschütterte Blässe bemerkt haben. »Kein Sorge, Demetrios«, sagte er und berührte meinen Arm. »Das war keine wundersame barbarische Waffe. Das machen sie immer so, um die Fremden zu beeindrucken.«

Ein Hauch von Spott lag in seiner Stimme, allerdings war ich zu durcheinander, um etwas dazu zu sagen. Als ich durch die wallenden Rauchschwaden spähte, sah ich die Gesandten durch die Tür eilen, wobei sie beklommene Blicke über die Schultern warfen. Krysaphios und Isaak waren ebenfalls verschwunden, stellte ich fest.

»Nun, ich habe den Mönch nicht in ihrem Gefolge gesehen. Ihr etwa, Aelrich?«

»Nein.«

»Wenn er es allerdings vorzieht, andere dafür anzuheuern, seine Arbeit zu tun, könnte es jeder von ihnen gewesen sein.« Es war schwer, an den Mönch zu denken, während ich darüber staunte, wie nahe ich dem Kaiser gewesen war, über den Glorienschein, der ihn umgab. Noch immer ging mir die Pracht des Auftritts der Barbaren im Kopf herum, als sich die Tür hinter mir öffnete. Bewegung im Raum zog meine Aufmerksamkeit auf sich, doch erst beim Klang der Stimme schüttelte ich meinen Tagtraum ab.

»Wieso müssen wir immer dieses Theater aufführen? Der Rauch macht Flecken auf meinen Gewändern und verbrennt mir das Gesicht – es ist ein Wunder, dass er mir nicht den Bart abgesengt hat. Wie würde ich den Barbaren dann vorkommen, Krysaphios, mit einer verkohlten, kahlen Wange?«

»Es erfüllt seinen Zweck, Gebieter.«

Ich drehte mich um und vergaß sogar, auf die Knie zu fallen. Der Mann, der so reglos und unnachgiebig auf dem Thron gesessen hatte, der Fürst des Friedens, der Morgenstern, das Herz des Reiches, ging jetzt nur ein paar Schritte weit entfernt auf und ab. Unter dem gepflegten Bart waren die Wangen rosig wie die eines Bauern, dichte Brauen lagen über seinen blitzenden Augen. Selbst unter dem weiten Gewand konnte man sehen, wie breit Brust und Schultern waren, konnte die derbe Kraft in seinen Armen erahnen. Er bewegte sich mit rastloser Energie und bellte Krysaphios und dem Sebastokrator, die respektvoll neben der Tür standen, seine Gedanken entgegen.

Ich sank zu Boden und vollführte starr vor Furcht die gebräuchlichen Ehrbezeigungen. Die letzten zwei Monate hatte ich an wenig anderes gedacht als an seine Sicherheit, an die Motive und die Beweggründe seiner Mörder – jedoch als Abstraktion, als ein Rätsel: Niemals hatte ich ihn als lebendigen, atmenden Menschen betrachtet.

Jetzt, da er in diesem kleinen Gemach auf und ab schritt, war es schwer, ihn sich als etwas anderes vorzustellen.

»Wer ist das?«, wollte er wissen und unterbrach seine Litanei über die Lästigkeit des Zeremoniells. »Wieso ist er hier?«

»Demetrios Askiates, Gebieter«, murmelte Krysaphios. »Er ist der Einzige, der den Mönch, der Euch beim Fest des Heiligen Nikolaus ermorden wollte, jemals gesehen hat. Er ist hier, um Euch zu beschützen.«

»Dann erhebt Euch, Demetrios Askiates.« Die Augen des Kaisers hefteten sich neugierig auf mich. »Ich habe Euren Namen gehört. Aber sagt mir, könnt Ihr mich auch vor den aufrührerischen Exzessen beschützen, die der leichtgläubige Verstand der Barbaren verlangt?«

»Gebieter …«, stammelte ich.

»Gleichviel. Als ich den Thron bestiegen habe, wusste ich, dass Meuchelmörder, Undankbare, Invasoren und Thronräuber versuchen würden, mich zu stürzen. Ich habe nicht bedacht, dass ich wie eine Statue würde dasitzen müssen, während Rauchwolken um mich herumwirbeln. Vielleicht sollten wir den erhabenen Reichsgründer Konstantin von seiner Säule herunterholen und ihn auf den Thron setzen. Er könnte das genauso gut.«

»Aber habt Ihr den Schrecken in ihren Augen gesehen, Bruder?«, fragte Isaak fröhlich. »Sie haben geglaubt, Ihr wärt irgendein heidnischer Gott des Altertums, Zeus, der herabgestiegen ist, um sich ihrer Seelen zu bemächtigen.«

»Ich fürchte, das Gold hat mehr Eindruck auf sie gemacht. Was meint Ihr, Krysaphios?«

»Ich fürchte, nicht einmal der Glanz des Goldes wird ihre Herzen erwärmen. Die Arglist stand ihnen deutlich ins Gesicht geschrieben. Ihr Anführer hat sie geschickt, um uns abzulenken und mit der Hoffnung auf Versprechen hinzuhalten, bis sie stark genug sind, dass wir ihnen nicht mehr widerstehen können. Dann wird er kommen – und er wird seine eigenen Bedingungen stellen.«

»Der Haushofmeister hat Recht.« Isaaks Finger drehten eine Perle, die von seinem Ohr herabhing. »Wenn Herzog Gottfried nur im Namen des Herrn Sarazenen aufspießen wollte, hätte er den Eid geleistet und würde jetzt Nicäa belagern, anstatt vor unseren Mauern Drohungen auszustoßen. Jede Verzögerung ist seinen Zwecken dienlich.«

Der Kaiser lehnte sich an die Wand und starrte eine Ikone des Theodokos an. »Also – die Barbaren sind falsch. Das wussten wir. Was schlagt Ihr vor, was wir mit ihnen machen sollen, Bruder?«

»Sammelt unsere Armeen und tretet ihnen entgegen.« Kein Zweifel schwang in Isaaks Stimme mit. »Wenn sie die Größe unserer Streitmacht sehen, werden sie augenblicklich auf unsere Forderungen eingehen.«

»Und wenn nicht?«, wandte Alexios ein. »Unsere Legionen sind nicht so unverwundbar, wie sie es zu Zeiten unseres Großvaters waren, selbst noch zu Zeiten unseres Onkels. Deswegen sind die Barbaren gekommen.«

Ein Ruf ertönte vor der Tür, und alle drehten sich um, als sie sich öffnete, um Sigurd einzulassen. Er trug einen Pelzumhang, und sein Harnisch ließ halbmondförmige Lichtflecken über den Boden huschen.

»Um Vergebung, Gebieter.« Er beugte das Knie. »Die Gesandten bitten darum, gehen zu dürfen. Was macht Ihr denn hier?«, fügte er verblüfft hinzu. Ich dachte, er hätte mich gemeint, obwohl sein Blick auf Aelrich gerichtet war.

»Lasst die Barbaren warten«, antwortete Krysaphios. »Sie können gehen, wenn der Kaiser sie entlässt.«

»Noch mehr Rauch und Spielzeuge«, brummte Alexios. Es fiel mir schwer, diesen widerwilligen, sachlichen Mann mit dem Autokraten in Einklang zu bringen, der über die Geschicke von Nationen herrschte.

Isaak blickte auf. »Aber was haben sie gesagt? Haben sie eingewilligt, den Eid zu leisten?«

»Sie behaupten, sie müssten sich mit ihrem Anführer beraten. Sie wollen ihre Entscheidung auf einen späteren Zeitpunkt verschieben.«

»Wenn sie die Zustimmung ihres Führers brauchen, hätte er selbst kommen sollen.« Isaak hieb die Faust in die Handfläche. »Ich habe es Euch gesagt, Bruder, sie werden uns im Tanz herumführen, bis sie zuschlagen können. Unsere einzige Hoffnung ist, zuerst zuzuschlagen.«

»Aber was ist, wenn sie sich nicht ergeben, sobald wir unsere Heere versammelt haben? Was ist, wenn ich an der Spitze der Reiterei auf meinem Schlachtross sitze, und die Barbaren weisen unsere Forderungen zurück? Dann sehe ich entweder aus wie ein Feigling, oder ich bin gezwungen, die Schlacht zu eröffnen. Streit zwischen uns und den Barbaren wird am Hofe des Sultans für Gelächter sorgen und nicht dazu beitragen, unser Erbe zurückzugewinnen. Und sollten wir die Schlacht verlieren – was dann? Unsere Mauern wären ohne Verteidiger, und die Barbaren würden die Stadt einnehmen. Wir könnten alles verlieren.«

»Wir würden nicht verlieren, nicht gegen diese Barbaren. Wirf Gold auf den Boden, und sie wühlen danach wie die Schweine.«

»Dyrrhachium. Joannina. Ochrid. Arta. Habt Ihr diese Schlachten vergessen, Isaak, bloß weil es keine Siegessäulen oder Triumphbögen gibt, um daran zu erinnern? Ich nicht. Die Barbaren haben uns dort besiegt, und was immer sie auch für Fehler haben mögen, sie kämpfen mindestens genauso verbissen wie wir – zweimal so verbissen, wenn es Reichtümer zu gewinnen gibt. Sie sind Glücksspieler, und sollten sie glauben, sie könnten unsere Stadt erobern, würden sie nicht zögern, es darauf ankommen zu lassen.«

An der Tür trat Sigurd ein wenig von einem Fuß auf den anderen. Die Bewegung entging dem Kaiser nicht. »Aber was tun wir jetzt, meint Ihr? Sagt ihnen, Hauptmann …«

Ich war aufrichtig neugierig, was der Kaiser beschließen würde, doch in diesem Moment lenkte eine Bewegung neben mir mich von seinen Worten ab. Aelrich, der die ganze Zeit über schweigend an meiner Seite gestanden hatte, trat unaufgefordert vor. Er taumelte ein wenig, wie unter einer schweren Last, und in seinen Augen lag eine stumpfe Leere. Man hätte glauben können, er hätte zu viel getrunken, wäre nicht die Zielstrebigkeit gewesen, mit der sich die Axt von seiner Schulter hob und sich in seine Hände schmiegte. Ihr Gewicht schien ihm die Fassung wiederzugeben: Seine Schritte wurden kraftvoller und die Muskeln seiner Arme spannten sich, als sich das Axtblatt neben seinen Kopf hob.

»Was …?«

Fast betäubt vor Überraschung und beinahe eine Sekunde zu spät erkannte ich die unmögliche Wahrheit und sprang vorwärts. Der Kaiser stand mit dem Rücken zu uns, obgleich er gespürt haben musste, dass etwas nicht stimmte, denn er setzte dazu an, sich umzudrehen; Krysaphios blickte weg und der Sebastokrator sprach mit Sigurd. Ein Lichtstrahl spielte über das Axtblatt, als es an einer Hängelampe vorbeifuhr, und Gebrüll stieg aus Aelrichs Kehle auf.

Einen Augenblick lang schien es, als sei mein Herz stehen geblieben, und mit ihm jegliche Zeit, glücklicherweise jedoch bewegte mein Körper sich weiter. Mit einem Hechtsprung griff ich nach Aelrichs Füßen, streckte die Arme aus, um ihn zu packen. Seine Axt zischte durch die Luft, als ich fühlte, wie meine Finger seine mit Messingringen beschlagenen Stiefel berührten und sich mein Griff um sie schloss, während ich mich mit meinem ganzen Gewicht gegen seine Beine fallen ließ.

Viele Schreie ertönten, der seine war einer davon. Seine Knie gaben nach, er fiel vornüber und ich geriet zwischen seine Schienbeine, während seine Axt auf den Boden prallte. Was sie sonst noch getroffen haben mochte, konnte ich nicht sagen. Unser Schwung ließ uns ein Stück weit über den Marmor rutschen, ehe wir endlich zum Halten kamen. Selbst dann war er noch nicht besiegt; er befreite sich aus meinem Griff und machte Anstalten, sich zu erheben, noch immer die Axt in der Hand.

Ein Aufbrüllen ertönte über uns, und ich schaute auf. Sigurd stand über mir, ein Turm aus Wut und Raserei. Sein Gesicht war aschgrau und erschüttert, doch in seinen Augen lag nicht die leiseste Reue.

»Ihr habt uns verraten«, zischte er. »Alles.«

Seine Axt schwang herab, und heißes Blut spritzte gegen meine Wange. Nur ein kleines Stück entfernt rollte Aelrichs Kopf über den Boden.

ιη

Einen Moment lang verharrten wir alle so reglos wie die Ikonen an den Wänden – Sigurd, der Kaiser, Krysaphios, des Kaisers Bruder und ich. Blut quoll aus dem Stumpf von Aelrichs Hals und durchtränkte mein Gewand, doch ich besaß nicht die Geistesgegenwart, mich zu bewegen. Ein Schweißtropfen oder eine Träne rann Sigurds Wange herunter, und die Ringe seines Kettenhemds spannten und lösten sich, während seine Brust sich darunter krampfhaft hob und senkte.

Der Sebastokrator Isaak fand als Erster seine Stimme wieder. »Die Barbaren«, knurrte er. »Sie müssen dies geplant haben, Euch in Euren eigenen Hallen zu ermorden und die Krone zu ergreifen, sobald sie von Eurem Haupt fällt. Lasst sie uns jetzt gleich töten und dann über ihre Genossen in ihrem Lager herfallen.«

Ich sah Krysaphios hinter ihm nicken, doch Kaiser Alexios hob müde die Hand, um sie zum Schweigen zu bringen. In seinem Ärmel war ein Riss, wo Aelrich ihn mit seinem letzten Hieb gestreift hatte. »Rührt die Gesandten nicht an«, wies er sie an und zwang Befehlsgewalt in seine erschütterte Stimme. »Warum sollten sie ein solches Verbrechen versuchen, wenn sie meine Geiseln sind? Sie müssen gewusst haben, dass ihr Leben verwirkt ist, wenn mir etwas zustoßen sollte, solange sie hier sind.« Er hielt inne. »Es sei denn natürlich, es hätte schon ein neuer Anwärter bereit gestanden, das Diadem zu ergreifen und den Pöbel zu befehligen, um sie zu retten.«

Seine scharfen Augen blickten uns nacheinander an, hefteten sich – so schien es mir – eine Sekunde länger auf Isaak als auf jeden anderen.

»Wir werden alle finden, die ein Anrecht auf den Thron haben, und feststellen, wo sie sich aufhalten«, sagte Krysaphios. »Und wir sollten die Wache auf die Straßen schicken, für den Fall, dass jemand bereits voreilig begonnen hat, gegen Euch vorzugehen.«

»Können wir uns auf die Wache verlassen?«, fragte Kaiser Alexios. »Wenn einer meiner treuesten Waräger mich verrät, wem kann ich dann noch trauen?«

Sigurd zuckte zusammen, er schien den Tränen nahe. »Die Waräger werden Euch bis zum Tode verteidigen, Gebieter. Aber wenn Ihr uns nicht traut, so nehmt unsere Waffen und macht uns zu Euren Sklaven.« Er fiel auf ein Knie, fasste seine Axt an ihrem blutbeschmierten Blatt und bot sie dem Kaiser dar.

»Nehmt sie, Gebieter. Wenn Ihr nicht wisst, warum ein Waräger dies schreckliche Vergehen begangen haben sollte, könnt Ihr uns nicht sagen, warum ein anderer es nicht wieder versuchen wird.« Krysaphios trat zornig nach Aelrichs enthauptetem Leichnam. »War er schon die ganze Zeit über ein Verräter und hat auf den richtigen Augenblick gewartet, um zuzuschlagen? Wenn ja, wieso jetzt? War es ein Augenblick des Wahnsinns? Oder hat er tatsächlich für eine größere Sache innerhalb seiner Legion gehandelt?«

»Alles in allem«, bemerkte ich, »wäre es nützlich gewesen, wenn Sigurd nicht so rasch damit bei der Hand gewesen wäre, ihn niederzustrecken.« Ich schaute in die starren, blicklosen Augen und schauderte. Dies hier war ein Mann, der an meiner Seite geritten war und in meinem Hause gegessen hatte; es war nicht leicht, ihn jetzt anzusehen. »Es wäre jeden Preis wert gewesen, seine Beweggründe zu kennen.«

Sigurd, immer noch mit gebeugtem Knie, grollte: »Ihr

könnt eine Schlange zu Boden ringen, Demetrios, aber wenn Ihr sichergehen wollt, dass sie Euch nicht beißt, müsst Ihr ihr den Kopf abschlagen. Meine Pflicht ist es, den Kaiser vor Schaden zu bewahren – Eure ist es, die zu finden, die ihm schaden wollen, *bevor* sie ihm nahe kommen. Wer von uns beiden hat heute versagt?«

»Meine Aufgabe wäre leichter, wenn Ihr dem Mönch nicht helfen würdet, indem Ihr jede Verbindung zu ihm vernichtet.«

Sigurd sah aus, als hätte er seine Axt gern abermals zum Einsatz gebracht, doch der Sebastokrator sprach zuerst. »Was ist mit dem Mönch? Eine größere Macht ist am Werk, wenn der Kaiser fast in seinem eigenen Palast ermordet wird, und Ihr denkt nur an Spione und Handlanger. Vergesst den Mönch, wenn er überhaupt existiert, und sucht stattdessen seinen Herrn und Meister.«

Ich war im Begriff, etwas Unkluges zu erwidern, denn bei dem ganzen Streit schien meine eigene Rolle dabei, den Attentäter zur Strecke zu bringen, in Vergessenheit geraten zu sein, doch ich wurde durch ein drängendes Klopfen an der Tür und Stimmen auf dem Gang dahinter daran gehindert. Wir drehten uns um, und Sigurd hob die Axt, obwohl der Herrscher ungerührt blieb.

»Wer stört den Kaiser?« Krysaphios' Angst ließ Zorn in seiner Stimme durchklingen.

»Um Vergebung, Gebieter, aber es ist wichtig«, sagte eine Stimme hinter der Tür. »Die Wachen auf der Mauer melden, dass Rauch von den umliegenden Dörfern aufsteigt. Das Barbarenheer hat sich erhoben; sie behaupten, wir halten ihre Gesandten als Geiseln fest und verlangen ihre Freilassung.«

Isaak fuhr auf. »Seht Ihr, Bruder – schon haben sie sich in Bewegung gesetzt. Ihre Eile verrät sie. Lasst uns die

Geiseln in Ketten legen und hinausreiten, um unseren Feinden gegenüberzutreten.«

Alexios beachtete ihn nicht. »Hauptmann«, sagte er und winkte Sigurd. »Ich werde Eure Legion nicht auflösen. Langer Dienst hat ihren Wert bewiesen; ich wäre undankbar und ein Tor, sie wegen des Verrats eines Einzigen aufzugeben.« Und was noch wichtiger war, dachte ich, er konnte es sich nicht leisten, gute Soldaten zu verlieren, wenn die Barbaren so nahe waren. »Holt Eure Kompanie und geleitet die Gesandten zu den Toren. Erklärt ihnen, dass ich ihre Antwort in den kommenden Tagen erwarte.« Er zog seinen Überwurf zurecht und wischte einen Blutstropfen von einem der Juwelen darauf. »Wenn ihnen auch nur ein einziges Haar gekrümmt wird, sei es von Euren Männern oder vom Pöbel in der Stadt, seid Ihr dafür persönlich verantwortlich, Hauptmann. Verstanden?«

Sigurd nickte, verbeugte sich und verließ rückwärts den Raum, während Isaak mit finsterer Miene in einer Ecke stand.

»Und jetzt«, fuhr der Kaiser fort, »schafft mir den Hauptmann der Patzinaken herbei. Ich habe den Warägern den Verräter verziehen, den sie unwissentlich in ihren Reihen hatten, doch ich kann sie nicht im Palast behalten, wenn auch nur ein Einziger von ihnen verdächtig ist. Ich werde Männer um mich herum brauchen, denen ich vertrauen kann, denn es wird noch mindestens einen weiteren Tag dauern, bis die Gefahr vorüber ist.«

»Die Gefahr wird nie vorüber sein, solange die Barbaren draußen vor unseren Mauern hausen«, brummte Isaak.

»Es sei denn, die Gefahr ist bereits im Innern der Mauern.« Krysaphios wandte sich an mich. »Demetrios, Ihr erinnert Euch noch an die Liste, die ich Euch seinerzeit gezeigt habe?«

Das war fast zwei Monate her, doch ich hatte noch genug der illustren Namen im Kopf, um ein überzeugendes Nicken zustande zu bringen.

»Dann nehmt eine Kompanie Patzinaken und findet heraus, wo diese Männer sind, und zwar so schnell Ihr könnt. Jeden, der eine plötzliche Reise auf seinen Landsitz angetreten oder Waffen in seinem Keller gehortet oder versucht hat, verkleidet durch eins der Tore zu schlüpfen, meldet Ihr mir. Ich werde im neuen Palast sein, beim Kaiser.«

Ich nickte gehorsam. »Und was ist mit Aelrich? Irgendjemand muss doch die Beweggründe für seinen Verrat kennen, oder sie zumindest ahnen. Einige seiner Kameraden? Seine Familie vielleicht?«

Krysaphios zuckte ungeduldig die Achseln. »Vielleicht. Ihr könnt ja Sigurd fragen, wenn er zurückkehrt. Aber sucht ihn nicht im Palast – bei Einbruch der Dunkelheit werden die Waräger in ihrer Kaserne am Adrianopeltor sein.«

Ich verbeugte mich und ging, wobei ich über Aelrichs abgetrennten Kopf stieg. Das Blut hatte sein ergrauendes Haar verfilzt, und sein Kiefer hing schlaff herab, doch die Augen blickten so fest wie immer, starrten auf die Stelle, wo Sigurds rächende Axt herabgefahren war.

Die nächsten paar Stunden vergingen wie im Traum. Der Schock über das, was ich mit angesehen, über die Katastrophe, die sich beinahe ereignet hatte und über meine unwahrscheinliche Rolle dabei, sie abzuwenden, beschäftigte meine Seele, als ich meine Patzinakenschwadron von einem Adelswohnsitz zum nächsten marschieren ließ. Ich befragte ihre Gärtner und Verwalter, durchsuchte ihre Hallen und Keller nach Anzeichen der Flucht oder der Rebellion, fand jedoch nicht viel. Die meisten waren im Palast gewesen und hatten den Gesandten zugeschaut, manche waren auf dem Lande, und ein paar waren daheim und kümmerten sich um ihre Privatangelegenheiten. Sie alle notierte ich mir in dem dünnen Büchlein, das ich bei mir trug, hielt ihre Ausflüchte und Alibis mit nachträglicher Gründlichkeit fest. Krysaphios mochte darin meinethalben nach irgendwelchen belastenden Hinweisen suchen, doch keiner der Männer, die ich zu Gesicht bekam, schien mit erkennbarer Schuld beladen zu sein.

Und Stunde um Stunde grübelte ich über die Gründe für das Verbrechen nach, während ich die absehbaren Fragen stellte und mir die absehbaren Antworten anhörte. Aelrich konnte nicht gehofft haben, durch seinen Verrat etwas zu gewinnen, denn selbst wenn er den Kaiser getötet hätte, wäre er im nächsten Augenblick selbst gestorben. Wenn ihn nicht Wahnsinn oder ein böser Geist angetrieben hatten, dann musste jemand ihn mit einer schlimmeren Drohung als dem sicheren Tod dazu bewogen haben, den Mordversuch zu begehen. Was konnte das sein – und wer? Nun, es könnte der Mönch gewesen sein, doch wessen Zielen diente er? War es so, wie Isaak meinte, dass die Gesandten der Barbaren gehofft hatten, die Verwirrung zu ihren Gunsten zu nutzen? Das war Irrsinn, denn sie wären bis auf den letzten Mann niedergemacht worden. Oder waren es die Anführer der Barbaren in ihrem fernen Lager, die hofften, dass ihnen der Tod des Kaisers einen Anlass und eine Gelegenheit bieten würde, die Stadt einzunehmen? Das war fast zu bizarr, um es zu glauben. Oder waren die Barbaren nur ein Ablenkungsmanöver in einem politischen Wettstreit, der unter unseren eigenen Adligen ausgefochten wurde?

Ich wusste keine Antwort, doch als mein Werk getan war, brachte ich meine Aufzeichnungen zu Krysaphios in den neuen Palast. So groß waren meine Erschöpfung und meine Erschütterung, dass ich keine Widerworte gab, als die Wache verkündete, der Eunuch sei nicht zu sprechen: Ich ließ einen Sekretär rufen, versiegelte das Buch mit Wachs und überließ es ihm, damit er es seinem Herrn übergab. Da es nicht weit war, ging ich sodann im Schatten der Mauer die Hügelkuppe entlang zur Warägerkaserne.

»Ist Hauptmann Sigurd hier?«, erkundigte ich mich.

»Auf dem Wehrgang«, antwortete der Posten.

»Kann ich mit ihm sprechen?«

»Das könnt Ihr«, erwiderte er zweifelnd, »obwohl Ihr es vielleicht bereuen werdet. Er ist sehr schlecht gelaunt.«

»Ich werde es riskieren.«

Entschlossen überquerte ich den Paradeplatz und stieg die breite Treppe zur Mauerkrone hinauf, während ich zusah, wie mein Atem in der bitterkalten Luft dampfte. Der Himmel war wolkenlos, ein purpurnes Band hoch über mir, und die ersten Sterne kamen zum Vorschein. Sie erinnerten mich an den Reichtum des Kaisers, an die glitzernden Edelsteine, die in das kaiserliche Tuch gewirkt waren, und ich fragte mich, wer diese Gewänder wohl heute Abend tragen würde, wäre ich eine Sekunde langsamer gewesen. Der Sebastokrator Isaak? Der älteste Sohn des Kaisers, kaum acht Jahre alt? Einer der Würdenträger, deren Bedienstete ich an diesem Nachmittag befragt hatte? Oder ein Barbar aus dem Abendland, der unbeholfen auf dem Thron säße und zusähe, wie ein Imperium geschändet wurde?

Ich fand Sigurd allein auf den Sims einer tiefen Schießscharte gelehnt, von wo er auf die Funken jenseits der Ebene hinausstarrte, wo die Lagerfeuer der Barbaren brannten. Er grunzte, als ich ihn begrüßte, drehte sich jedoch nicht zu mir um.

»Es scheint so friedlich«, meinte ich nachdenklich und zog meinen Mantel eng um mich. »Wahrlich, die Nacht glättet die Brüche der Welt.«

»Aber die Nacht weicht der Morgendämmerung, und es wird lange dauern, bis die Bruchstücke dieses Tages wieder zusammengekittet sind.« Sigurd setzte eine irdene Flasche an die Lippen, und ich hörte, wie er schluckte, als die Flüssigkeit aus dem Flaschenhals in seine Kehle rann. »Wein?«

»Danke.« Es war herbes Zeug, doch ein willkommenes Tonikum gegen die Kälte.

»Aber Euch braucht nichts zu kümmern. Ihr habt dem Kaiser das Leben gerettet. Für einen solchen Dienst könnt Ihr ein Haus und lebenslangen Sold erwarten. Ich habe zugelassen, dass ein Verräter die Ehre der Waräger zerstört und um Haaresbreite ein Imperium zugrunde gerichtet hat.«

»Wer schützt jetzt den Kaiser, da die Waräger aus den Palästen verbannt sind?« Mein fiebriger Verstand sann darüber nach, ob Aelrichs Tat lediglich ein Eröffnungszug gewesen war, seine Legion in Ungnade fallen zu lassen, um den Kaiser verwundbar zu machen.

»Patzinaken.« Sigurds Stimme verriet, dass es ebenso gut Aussätzige hätten sein können. »Rundgesichtige Barbaren aus dem Osten: eine hässliche Rasse mit hässlichen Weibern und noch hässlicheren Sitten.«

»Zuverlässig?«

»Wie Felsen. Der Kaiser hat sie einmal in der Schlacht

besiegt; jetzt verehren sie ihn als Gott und dienen ihm fanatisch. Ich habe einmal einen Patzinaken vier Tage und Nächte im Schneetreiben stehen sehen, weil kein Befehl kam, ihn abzulösen.«

Schweigen herrschte, während wir abermals die Weinflasche hin und her gehen ließen. Ich lehnte mich gegen die mächtige Brüstung und fühlte die Kälte des Steins an meiner Wange.

»Ich weiß, dass Ihr schmerzhafte Wunden davongetragen habt«, setzte ich erneut an, »aber es gibt Fragen, die rasch beantwortet werden müssen, ehe die Spuren verwehen. Hatte Aelrich irgendwelche engeren Freunde in der Wache? Oder eine Familie?«

»Er hat in einer Kompanie gedient, wo alle Männer wie Brüder waren. Aber sucht nicht bei Männern wie Sweyn oder Stigand oder einem von den anderen nach Antworten: Sie waren genauso ahnungslos wie ich. Sonst hätte Aelrich niemals die Schwelle des Palastes überschritten, es sei denn, in Ketten. Aber eine Familie hat er gehabt – ein Weib, Freya, und einen Sohn.«

»Leben sie hier in der Kaserne?«

»Keine der Frauen lebt hier. Sein Weib hat ein Haus in Perion, nicht weit von hier. Der Sohn ist schon vor Jahren von zu Hause fortgezogen – wahrscheinlich hat Aelrich inzwischen Enkel. Vergesst nicht, er war schon ein Krieger, als die meisten von uns noch Kinder waren.«

»Habt Ihr ihn damals gekannt? In Thule?«

»England«, verbesserte Sigurd mich automatisch. »Nein – wir sind auf getrennten Wegen hergekommen und sind uns erst viele Jahre später begegnet, als ich bereits zum Mann herangewachsen war.«

»Und sein Weib – hat er sie hier kennen gelernt, oder ist sie auch aus England?«

»Aus England. Sie ist mit ihm geflohen, nachdem der Bastard uns besiegt hat.«

»Ich denke, ich sollte sie wohl aufsuchen. Wird sie bereits von Aelrichs Schicksal wissen?«

»Ich bezweifle, dass irgendjemand außer Euch an sie gedacht hat, Demetrios. Möglicherweise werdet Ihr ihr die Nachricht selbst überbringen müssen.«

»Kommt Ihr mit?«

Sigurd trank den letzten Rest Wein aus und warf die Flasche über die Zinnen. Ich hörte, wie sie unten auf den Steinen zersprang.

»Ich kann diesen Ort nicht verlassen.« Er trat gegen die Brüstung vor ihm. »Wir dürfen dem Palast nicht näher kommen als bis zu dieser Mauer.«

Alles in allem, beschloss ich, war es wahrscheinlich besser, ohne den Mörder ihres Gemahls vor dem Haus der Witwe aufzutauchen.

Ich ließ Sigurd in seiner Einsamkeit zurück, wo er an der Grenze zwischen der Stadt und dem umliegenden Land patrouillierte, und machte mich zu dem Haus auf, das er mir beschrieben hatte. Obgleich ich wusste, dass das Verstreichen der Zeit mir nicht dienlich war, schritt ich zögernd dahin, wies die Fragen der Wache ab und hasste die Tatsche, dass ich Aelrichs Witwe vom Verrat ihres Mannes und von seinem Tod würde berichten müssen. Nur allzu bald stand ich vor ihrer Tür und klopfte mit einer kalten Faust gegen die dicken Eichenbretter. Jedes Klopfen sandte Schauder durch meine Hand, doch ich hielt nicht inne, bis ich eine Stimme im Innern des Hauses vernahm, die misstrauisch nach meinem Begehr fragte.

»Ich komme vom Palast. Es geht um Euren Gemahl.« Meine Worte hallten unheimlich durch die leere Straße.

Dreimal hörte ich das Geräusch eines Riegels, der zurückgeschoben wurde. Dann öffnete sich die Tür einen Spalt.

»Ihr gehört nicht zu den Warägern. Habe ich Euch schon einmal gesehen?«

Hinter der Tür war alles dunkel, doch die Stimme zeugte von einem alten Menschen, einer Frau, die von einem harten Leben ausgezehrt war.

»Ich bin ein Fremder«, gab ich zu, »aber ich kannte Euren Gemahl. Er...«

»Ihr *kanntet* meinen Gemahl?« Die Tür öffnete sich ein wenig weiter. »Wieso *kanntet* Ihr meinen Gemahl. Wo ist er jetzt?«

»Er ist tot.«

Ich hatte nicht vorgehabt, es so unverblümt zu sagen, doch jetzt war es heraus, und ich konnte meine Achtlosigkeit später verfluchen. Ich hörte, wie sich in dem Raum hinter der Tür Wehklagen erhob, hörte jemanden herumstolpern und drängte mich durch die Tür, ehe sie sie zuschlagen konnte. Kleine Fäuste trommelten gegen meine Brust, und ich hob abwehrend die Arme, obwohl wenig Kraft in ihren knochigen Hieben lag. Die Dunkelheit behinderte mich, doch schließlich gelang es mir, ihre Handgelenke zu packen und sie von mir wegzuhalten, bis die trotzigen Schreie zu hoffnungslosem Schluchzen wurden.

So sanft ich konnte, schob ich sie rückwärts, fort von der Tür. Sie weinte und rief den Namen ihres toten Ehemannes und noch viele andere Dinge in einer Sprache, die ich nicht verstand.

»Habt Ihr eine Kerze?«, fragte ich, als sie stockend Atem holte. »Es wäre hilfreich, wenn ich Euch sehen könnte.«

Vorsichtig lockerte ich meinen Griff, wartete ab, ob sie immer noch auf mich losgehen wollte. Sie machte keine plötzliche Bewegung und ihr Schluchzen wurde nicht lauter, also ließ ich sie los.

Sie trat von mir weg. Einen Moment lang fürchtete ich, dass sie vielleicht ein Messer ergreifen und sich im Finstern auf mich stürzen wollte, dann jedoch sah ich in einer Ecke Funken stieben und die Flamme eines Dochtes. Die Kerze war herabgebrannt und mit verhärteten Wachstropfen verkrustet, doch sie spendete genug Licht, dass ich Aelrichs arme Witwe endlich sehen konnte.

Sie war alt, mindestens so alt wie er, und die tiefen Furchen in ihrem Gesicht ließen sie noch älter aussehen. Ihr zerzaustes Haar war grau und ungebändigt; es hing in wirren Strähnen herab, und ihre Haut glänzte vor Tränen. Nur in ein wollenes Untergewand gekleidet, ließ sie sich auf einen Schemel sinken und bedeutete mir, auf einer Bank Platz zu nehmen. Ich streckte die Hand aus, um über ihren Arm zu streichen, doch sie zuckte angewidert zurück und krümmte sich zusammen.

»Hat Sigurd ihn getötet?«, wollte sie wissen.

Die Frage überraschte mich so sehr, dass ich wenig mehr tun konnte, als einen Augenblick herumzustammeln, ehe ich eingestand: »Ja.« Und dann, in einem Versuch, mich zu fassen: »Wieso glaubt Ihr das?«

»Mein Gemahl hatte immer Angst, dass er das tun würde, dass er sein Geheimnis entdecken und ihn in einem Wutanfall erschlagen würde. Jeden Tag der letzten zehn Jahre, seit Sigurd in die Warägergarde eingetreten ist, hat Aelrich ihn gefürchtet.«

Sie kratzte sich den Kopf unter dem dünnen Haar und erschauerte, als habe ein Luftzug sie gestreift.

»Warum hat Aelrich ihn gefürchtet?«, fragte ich. »Was

für ein Geheimnis könnte er gehütet haben, das Sigurd so erzürnt hätte? Waren seine Absichten dem Kaiser gegenüber immer …«

»Der Kaiser?« Aelrichs Weib – Freya war ihr Name, fiel mir wieder ein – stieß ein bitteres Lachen aus. »Was hat Aelrich sich um den Kaiser geschert? Oder Sigurd, was das betrifft?«

»Sigurd liebt den Kaiser wie einen Vater.«

»Liebe?« Freya spuckte auf den Boden. »Keiner von Euch handelt aus Liebe – sondern aus Hass. Sigurd liebt den Kaiser nicht, er hasst die Normannen, und zwar mit einer gnadenlosen Leidenschaft. Warum hätte er Aelrich sonst nicht vergeben, der ihn in die Warägergarde eingeführt hat und wie ein älterer Bruder für ihn war?«

»Aber was hat Aelrich denn getan?« Ich war verwirrt; vernünftig mit dieser Frau zu reden war, als wolle man Öl kneten.

Sie beachtete mich nicht. »Er hat gewusst, dass es wieder ans Licht kommt. Ich auch. Seit Asgard vor drei Wochen vor unserer Tür stand, hat es ihn umgetrieben. Sein Lächeln ist verschwunden und seine Schultern sind herabgesunken, er wollte kaum noch essen. Erst hat er nicht darüber gesprochen, aber ich habe es gewusst, denn worüber hätte Asgard sonst mit ihm reden sollen? Dann ist Asgard wiedergekommen und hat ihn mitgenommen: um seine Freunde kennen zu lernen, hat er gesagt. Und jetzt ist er tot, der treueste Mann, der je eine Axt getragen hat. Mein Gemahl.«

Ich beugte mich dichter zu ihr hinüber, versuchte, einen Faden zu finden, der mich durch den Nebel ihres Geschwätzes führte. »Und was für ein Geheimnis hatte Aelrich, über das Asgard sprechen wollte?«

Freya richtete sich auf; Trotz flammte in ihr auf. »Wieso sollte ich einem Fremden seine Geheimnisse verraten, der Krähe, die von seinem Tode krächzt?«

»Weil unser aller Sicherheit davon abhängt – und besonders die Eure. Wenn Ihr es mir nicht sagt, werden andere kommen, und sie werden nicht so behutsam sein wie ich. Bevor er gestorben ist, hat Aelrich den Kaiser und die Waräger verraten, und das wird nicht ohne weiteres verziehen werden.« Ich hatte Aelrichs Verrat eigentlich nicht erwähnen wollen, und mein Instinkt hatte mich nicht getrogen, denn Freya barg das Gesicht in den Händen, als sie es vernahm.

»Mein Gemahl war ein ehrlicher Mann, der seinen Herren treu gedient hat«, schluchzte sie. »Wenn sie unredlich waren, oder böse, und ihn dazu gebracht haben, seiner Natur zuwiderzuhandeln, so wird Gott über *sie* richten, nicht über ihn. Und Ihr nennt Euch behutsam, Ihr, der Ihr vor mir seinem Namen flucht, während meine Tränen noch warm sind, noch ehe er auch nur unter der Erde ist. Verlasst mein Haus und lasst mir meine Trauer, ohne sie zu vergiften.«

»Das geht nicht. Ich muss wissen …«

»Hinaus! Hinaus!«

Sie war nicht zu trösten, jedenfalls gewiss nicht von mir, und bis sie sich gefasst hatte, würde ich nichts Vernünftiges aus ihr herausbekommen.

Die Nacht schien eine Ewigkeit gedauert zu haben, doch Sigurd war immer noch da, schritt den Wehrgang entlang und musterte den Horizont mit leeren Augen. Keiner von uns beiden sprach ein Wort des Grußes.

»Kennt Ihr einen Mann namens Asgard?«, erkundigte ich mich. »Vielleicht ein Waräger, oder jemand aus dem Palast?«

Sigurds Miene wurde noch finsterer, wenn das überhaupt möglich war. »Ich kenne Asgard«, knurrte er. »Er war ein Waräger, bis vor ein paar Jahren. Ich habe ihn ausgestoßen, weil er ein Dieb war und uns in der Kaserne bestohlen hat.«

»Kannte er Aelrich?«

»Sie sind zur gleichen Zeit aus England geflohen und zusammen in die Stadt gekommen: Asgard, Aelrich, ihre Ehefrauen und noch ein paar andere. Die meisten sind inzwischen tot.«

»Aber Asgard nicht?«

Sigurd hob die Hände in einer Geste der Unwissenheit. »Das kann mir gleich sein. Ich habe gehört, dass er einen Stand auf dem Pelzmarkt hat und räudige Felle verkauft, die die Händler niemand anderem aufschwatzen können. Vielleicht ist er immer noch dort, vielleicht auch nicht. Er war ein Wurm, und wir können von Glück sagen, dass wir ihn los sind.«

»Er hatte keinerlei Verbindung mehr mit irgendwelchen von Euren Männern?«

»Sie hätten ihn abgewiesen. Seine Kameraden zu bestehlen ist, als stehle man von der Kirche – nur dass wir nicht verpflichtet sind, zu vergeben. Warum all die Neugier? Sucht Ihr eine billige Stola für Eure Tochter?«

»Er hat Aelrich in den letzten Wochen mehrmals aufgesucht. Freya sagt, er sei schuld daran, dass Aelrichs Stimmung sich verändert hat, und ich glaube, er hat vielleicht für den Mönch Botschaften überbracht.«

Sigurd schnaubte. »Der Mönch? Der Mönch ist ein Phantom, Demetrios, eine Erscheinung. Die Sorte Mann, der man die Schuld gibt, wenn es keine anderen Ausreden gibt.« Er verstummte und dachte nach. »Asgard dagegen – der ist durchaus wirklich. Sucht ihn auf dem Markt.«

ιθ

Der Pelzmarkt war am nächsten Morgen ein trostloser Ort. Seit dem Morgengrauen fiel ein feiner Nieselregen, und wie sehr sich die Händler auch mühten, ihre Waren unter den Zeltplanen zu bergen, die Felle wurden doch feucht und fleckig. Nur die reicheren Kaufleute entgingen diesem Schicksal, jene, denen die Gilde den Vorzug eines Standplatzes unter dem vorspringenden Dach der Säulenhalle gewährte. Sie saßen zitternd an ihren Tischen und rafften sich nur selten dazu auf, um Kunden zu werben. Der Gestank roher Häute trieb vom fernen Ende des Marktes herüber, wo die Gerber und Ledermacher ihre Stände hatten, und da er sich mit dem fauligen Geruch von Tierkadavern vermischte, war es kein Wunder, dass nur wenige Käufer unterwegs waren.

Regen tröpfelte mir in den Nacken und durchnässte die Schulterpartie meiner Tunika, während meine Stiefel immer größere Ähnlichkeit mit Schwämmen bekamen. Die Gesichter toter Tiere starrten kläglich von jedem Tisch und jedem Gestell: Kaninchen und Hasen waren an den Ohren aufgehängt, langschnäuzige Wölfe lagen übereinander gestapelt, Hirsche, deren Geweihe bereits an die Elfenbeinschnitzer verkauft worden waren, und in einem Stand wurde ein gewaltiger Bär von einem Pfahl aufrecht gehalten.

Ich blieb an einigen Ständen stehen, um mich nach Asgard zu erkundigen, und erhielt die zu erwartenden Antworten. Er sei an der Westseite des Marktes, behauptete ein Mann; nein, an der Nordseite, beharrte sein Nachbar. Vielleicht hatte er seinen Platz ganz aufgegeben und sich aus dem Geschäft zurückgezogen, meinte ein anderer, denn seine Ware sei minderwertig und er bekäme seine Kunden selten ein zweites Mal zu Gesicht. Manche hatten ihn gesehen, wussten jedoch nicht mehr, wo, andere hatten von ihm gehört, ihn jedoch an diesem Tag nicht gesehen. Es war das übliche Antwortmuster; an diesem trüben Tag jedoch, während mir ständig Regen in die Augen tropfte, erschien es noch sinnloser als sonst.

Außerdem waren die Händler keine angenehme Gesellschaft. In den Provinzen heißt es, dass ein Schäfer mit der Zeit seiner Herde ähnlich wird, und hier galt dasselbe. Alle Männer, denen ich begegnete, waren ungeschlacht und behaart, mit breiten, argwöhnischen Gesichtern und dichten Bärten, manche davon mit Fett beschmiert, damit sie trocken blieben. Bei vielen von ihnen musste es sich um Bastardsöhne nordischer Fellhändler handeln, und sie unterbrachen ihre Worte mit eigentümlichen Lauten, die eher Tier- als Menschenzungen zu entspringen schienen.

Endlich jedoch fand ich den Gesuchten. Ihm war kein Stand in der Säulenhalle vergönnt, nicht einmal eine Zeltplane auf dem Marktplatz. In einen von Ratten zernagten Pelzumhang gehüllt kauerte er in einer Ecke, das graue Haar nass an den Kopf geklebt und die blauen Augen im Regen fast völlig zugekniffen. Ein Tablett mit Kleintierfellen stand vor ihm.

»Was wollt Ihr für ein Wieselfell?«, erkundigte ich mich und tat, als begutachte ich seine Ware.

»Vierzehn Obolus.« Seine Augen öffneten sich und beobachteten mich wachsam.

»Zu teuer. Habt Ihr noch etwas anderes zu verkaufen?«

Er blinzelte. »Leider nur das, was Ihr seht. Mehr erlaubt die Gilde mir nicht.«

Ich hob das tote Wiesel auf und wog es nachdenklich in der Hand, wobei ich ein wenig zurückzuckte, weil es sich kalt und feucht anfühlte. Während ich es betrachtete, stahl sich meine Hand zu dem Beutel an meinem Gürtel und zog eine Goldmünze heraus.

»Ich brauche Eure Ratten nicht«, sagte ich, nahm das Fell am Nacken und ließ es fallen. Asgards Augen beachteten es nicht, sie waren fest auf meine rechte Hand gerichtet. »Ich brauche Wissen. Informationen. Ein aufmerksamer Mann muss auf einem belebten Marktplatz eine Menge sehen.«

»Manches. Wenn ich nicht mit den Dingen beschäftigt bin, die mein Gewerbe erfordert.«

Ich hob ein anderes Fell auf und ließ es in der Hand baumeln. »Sind diese Felle von hier?«

Ich konnte sehen, dass ihm die ständig wechselnde Richtung meiner Fragen nicht gefiel, dass der Zweifel in seinen Augen sich in Argwohn verwandelte, doch er konnte nicht umhin, seinen Händlerspruch aufzusagen. »Von hier? Wahrlich nicht. Sie werden von den mächtigen Wikingern gebracht, aus den wilden Wäldern des Nordens, gewaltige Ströme hinunter und über das Schwarze Meer, um Eure Gewänder zu zieren. Ihr werdet innerhalb von tausend Meilen keine hochwertigeren Pelze finden.«

Obgleich ich annahm, dass diese Rede nicht oft gehalten wurde, klang sie dennoch hohl und abgenutzt.

»Ihr kennt Euch offensichtlich gut aus. Seid Ihr einer dieser Wikinger?«

»Nein«, gab er wachsam zu. »Aber ich bin mit ihnen verwandt. Ich stamme aus dem Königreich England – Britannien, wie manche von Euch es nennen, eine Insel direkt vor der Wikingerküste.«

»Wo der geheiligte Kaiser, möge er tausend Jahre leben, seine Leibwächter rekrutiert?«

»Genau. Tatsächlich habe ich dem Kaiser einst selbst gedient, als einer seiner Waräger, und habe meine Axt in seinem Namen getragen. Er hat mich meiner Ehrlichkeit wegen auserwählt.«

»Tatsächlich?« Ich wischte mir eine Haarsträhne aus den Augen. »Ich suche einen Mann, der über die Waräger Bescheid weiß. Oder vielmehr einen Mann, der mehr von ihnen wissen will. Einen Mönch, der in der Stadt herumzieht und mit jetzigen und ehemaligen Warägern verhandelt. Habt Ihr einen solchen Mann gesehen?«

Das Goldstück, das ich in der Hand gehalten hatte, glitt durch meine Finger und landete geräuschlos auf einem Haufen Felle. Ich hob es nicht auf. Das brachte Asgard aus der Fassung; er schaute zu Boden, dann zur Seite, und fingerte an der Spange seines Umhangs herum. Doch immer wieder huschte sein Blick zu der glitzernden Münze auf seiner Auslage zurück.

»Wieso sollte ich das wissen?«, krächzte er. »Es gibt viele Waräger in dieser Stadt, und viele, die nach einem Leben des treuen, ehrbaren Dienstes die Garde verlassen haben. Wer würde in die entlegene Ecke eines stinkenden Marktes kommen, einen Ort, den selbst die Hurensöhne von der Gilde für zu wertlos halten, um ihn für mehr als einen Obolus zu vermieten, um einem vom Pech verfolgten Händler Fragen zu stellen?«

»Ein Mann, der viel Wert auf das legt, was ihm dieser Händler erzählen könnte«, erwiderte ich. »So wie ich es tue.«

Zwei weitere Goldstücke fielen vor ihm nieder.

»Nein«, flüsterte der Alte. »Nein. ich habe Euren Mönch nicht gesehen.«

»Doch, das habt Ihr. Ihr habt ihn zu Eurem ehemaligen Kameraden Aelrich geführt und irgendein schreckliches Geheimnis enthüllt, das Aelrich dazu gebracht hat, alles zu verraten, was ihm teuer war. Leugnet es nicht.«

Asgard schob sich jetzt rückwärts und sah sich nach einem Fluchtweg um. Ich folgte ihm, kippte sein Auslagentablett um und verstreute die Felle über die nassen Steinplatten.

Dann zog ich mein Messer hervor. »Ich will wissen, was Ihr gesagt und getan habt, Asgard. Ihr könnt entweder Gold dafür nehmen oder Stahl. Kennt Ihr einen Warägerhauptmann namens Sigurd?«

Asgards schmaler Kiefer sackte noch weiter herunter. »Sigurd? Der ist ein Berserker, ein Wahnsinniger. Er würde seine eigene Mutter töten, wenn sie dem Kaiser zu nahe käme. Ich habe in der Garde unter ihm gedient.«

»Und jetzt habt Ihr ihn durch den Verrat, den Ihr mit Aelrich ausgeheckt habt, ins Verderben gestürzt. Wenn Ihr mir nicht sagt, was Ihr getan habt, wird er mit seiner Axt kommen und Euch zwingen, zu antworten.«

Die ganze Zeit über war ich Asgard gefolgt, während er zurückwich; jetzt jedoch fand er sich mit dem Rücken an einer dicken Säule wieder. Ich sah zu, wie er sich wand und war bereit, zuzupacken, falls er versuchen sollte, zu fliehen.

Fliehen jedoch war ebenso wenig Asgards Art wie Kämpfen: In seinen von der Zeit ausgezehrten Gliedern war keine Kraft mehr, und er wusste es.

»Er wird mich töten«, flehte er. »Der Mönch hat geschworen, dass er mich umbringt, wenn ich es noch jemandem erzähle.«

»Wenn der Mönch mit Euch fertig ist, wird er Euch

wahrscheinlich so oder so töten. Ich biete Euch wenigstens eine Gelegenheit, am Leben zu bleiben.«

»Aber ich habe nichts Schlechtes getan. Ich habe Aelrich nicht verraten – das hat er selbst getan. Ich habe meine Landsleute nicht ermordet, oder unschuldige Familien dem Tode überantwortet, oder Höfe und Ernten verbrannt und Brunnen vergiftet, auf dass das Land eine ganze Generation lang brach liege. Ich nicht, nein. Wieso richtet Ihr Eure Klinge gegen mich, wenn es doch Aelrichs Hals ist, die ihre Schärfe zu spüren bekommen sollte.«

»Aelrichs Hals hat seinen letzten Hieb gespürt.« Meine Worte waren brüsk und schroff – was waren das für Gräueltaten, die er dem freundlichen Waräger zuschrieb?

»Wenn er tot ist, so ist das das Mindeste, was er verdient hat. Ein Mann lebt von seiner Treue, und er kannte keine.«

»Dann sollte sich Euer Kopf zu dem seinen gesellen, denn als Ihr Euch mit dem Mönch verschworen habt, habt Ihr den Kaiser ebenso verraten wie Aelrich.«

»Den Kaiser?« Asgard stieß ein grässliches, gackerndes Lachen aus. »Was kümmert mich der Kaiser? Ein paar Jahre lang hat er mich dafür bezahlt, dass ich ihm gedient habe, und dann nicht mehr. Aber Aelrich hat nicht irgendeinen griechischen Emporkömmling verraten – er hat sein eigenes Volk verraten. Seine wahren Blutsverwandten. Die Engländer.« Irgendwie brachte Asgard trotz seiner offenkundigen Angst ein bösartiges Lächeln zustande.

»Aelrich hat mit Eurem König gegen die Eindringlinge gekämpft.« Die verwirrenden Geschichten von Normannen und Nordmännern fielen mir wieder ein. »War das eine Lüge?«

Der Fellhändler schüttelte den Kopf. »Es war wahr, das schon. Aber was er Euch nicht erzählt hat, war, dass drei Jahre nach der Invasion, als der Bastard nach Norden gekommen ist, Aelrichs Than ihn unterstützt hat, und Aelrich auch. Dort oben gab es nicht nur Normannen – auch Engländer haben sich gegen ihre Nachbarn gewendet. Manche sagen, sie seien die Schlimmsten gewesen, die Grausamsten. Aelrich hat immer behauptet, er habe es getan, weil sein Than es ihm befohlen hat, aber wer weiß schon, ob das stimmt?«

»Aelrich hat darüber gesprochen? Mit den Warägern?«

Wieder jenes widerliche Grinsen. »Nicht mit den Warägern. Wenn man nur eine normannische Hure bewundert hat, war man bei denen schon draußen, mit eingeschlagenem Schädel. Aber zu mir hat er darüber gesprochen, während der langen Nächte auf unserer Flucht aus England. Er ist nachts oft schreiend aufgewacht, hat sich an die furchtbaren Dinge erinnert, die er getan hat, musste beichten. Und hässliche Geschichten waren das, aber ich habe sie geheim gehalten. Dann haben sie mich aus der Kaserne geworfen, und er hat kein Wort gesagt, um mir zu helfen, nachdem ich ihn all die Jahre geschützt habe. Also war nicht viel vom Gold des Mönchs nötig, um Aelrichs Namen ans Tageslicht zu bringen, als er zu meinem Stand gekommen ist und gefragt hat, ob ich irgendwelche Waräger kenne, die treulos sind oder es sein könnten.«

»Und dann habt Ihr den Mönch zu Aelrichs Haus geführt? Ihr habt ihn gezwungen, den Kaiser zu verraten?«

»Ich habe ihn zu gar nichts gezwungen. Ich habe ihn dazu überredet, einen Becher mit mir zu trinken. Als er kam, habe ich ihn mit dem Mönch bekannt gemacht.

Der Mönch hat erklärt, dass Aelrich vielleicht sterben könnte, wenn er ihm treu dienen würde, dass aber dann sein Weib wohl versorgt wäre. Andernfalls würde er sein Leben in Schande lassen, und sein Weib müsste sich als Hure an die Normannen verkaufen, bloß um zu überleben. Nachdem Aelrich zugestimmt hatte und der Mönch mich für meine Arbeit entlohnt hatte, habe ich sie sich selbst überlassen.«

»Wo hat dieses Treffen stattgefunden?« Meine Anspannung war so groß, dass ich näher trat und Asgard beinahe mit der Spitze meines Messers geritzt hätte.

Er winselte und wischte sich die Nase am Ärmel ab. »In einer Schenke beim Hafen. Er ist nach uns gekommen, allein. Ich habe ihn danach nie wiedergesehen.«

»Ihr wisst also nicht, wo er zu finden ist? Hat er keine Anweisungen hinterlassen, für den Fall, dass Euch noch ein weiteres Opfer einfällt, das er zur Treulosigkeit zwingen könnte?«

Der Gefragte schüttelte so heftig den Kopf, dass ich ihm fast glaubte.

»Ich bringe Euch ins kaiserliche Verlies«, verkündete ich. »Dann suche ich Sigurd und erzähle ihm Eure Geschichte. Vielleicht erinnert er Euch an etwas, das Ihr vergessen habt.«

Asgard duckte sich entsetzt und presste sich so eng an die Säule, als sei er ein Teil von ihr. »Bringt mich nicht zu Sigurd!«, bettelte er. »Nicht zu Sigurd.« Verschlagene Hoffnung flammte in seinen Augen auf. »Vielleicht gibt es ja noch andere Dinge, die mir wieder einfallen.«

»Was für andere Dinge?«

In ungewöhnlichem Trotz hob Asgard das Kinn. »Der Mönch hat keine Anweisungen hinterlassen – aber das heißt nicht, dass ich so töricht war, keine Erkundigungen anzustellen. Asgard ist stets auf der Suche nach neuen Geschäften.«

Ich stand sehr still. »Und was haben Eure Erkundigungen ergeben?«

»Dass ein Mann, der Wert auf Wissen legt, dafür bezahlen wird.«

»Ihr wart an einer Verschwörung beteiligt, den Kaiser zu ermorden«, erinnerte ich ihn, »und Euer Leben ist verwirkt, es sei denn, Ihr löst es mit etwas von einzigartigem Wert aus. Reicht Euer Wissen aus, um Eure Seele zu kaufen?«

Asgard sah todunglücklich aus, doch mit einem Messer an der Kehle und Sigurds Rache auf den Fersen blieb ihm nichts anderes übrig.

»Ich habe einen Jungen dafür bezahlt, dem Mönch zu folgen, als er die Schenke verlassen hat. Ein schlauer Bursche, der sich in die Schatten zu verdrücken wusste, wenn der Mönch sich umgeschaut hat. Was er anscheinend oft getan hat – ein misstrauischer Mann. Aber der Junge ist ihm bis zu einem Wohnblock in Libos gefolgt wie einem Hirsch.«

»Wo in Libos? Wann war das?« Ich hob das Messer, so dass es vor Asgards Augen schwebte. Dadurch schienen seine Worte rascher zu sprudeln.

»Vor zwei Wochen, vielleicht auch vor drei. Ich weiß nicht, ob er seitdem noch einmal dort war. Aber Ihr könnt es selbst herausfinden. Es ist westlich von der Säule des Marcian, dicht am Nordufer des Lycus. Im Erdgeschoss hat ein Lebensmittelhändler namens Vichos seinen Laden.«

Ich starrte in seine Augen, versuchte, die Wahrheit seiner Worte abzuwägen, doch die Furcht hatte sein Gesicht längst aller Wahrhaftigkeit beraubt und ich konnte nicht erkennen, ob er log.

»Wenn wir den Mönch finden, bleibt Ihr am Leben.« Wenn auch nicht unter angenehmen Umständen. »Fürs Erste kommt Ihr mit mir in den Palast, bis ich überprüfen kann, ob Eure Geschichte wahr ist.«

Asgards Augen wurden groß und er sank auf die Knie. »Nein«, flehte er mich an. »Nicht in den Palast. Wenn ich dort hingehe, bringen sie mich um. Ich habe Euch so gut geholfen, wie ich konnte – habt jetzt Erbarmen mit mir. Lasst mich laufen – gebt mir nur eine Stunde, um zu entkommen, das ist ein angemessener Preis.«

»Ich entscheide, was ein angemessener Preis ist«, entgegnete ich und empfand keinerlei Mitleid mit dem Verräter. Falls er gehofft hatte, Gnade zu finden, indem er vor mir kroch, so hatte er mich falsch eingeschätzt. »Steht auf.«

Doch Asgards Schlangenverstand hatte noch einen letzten Gifttrunk zu bieten. Ich musste ein wenig zurückgetreten sein, als er sich erhob, und das gab ihm genug Platz, um vorwärts zu springen, sich gegen meine Beine zu werfen und mich zurückzudrängen. Meine Füße traten aus und rutschten auf dem nassen Steinboden, ich stürzte und landete schwer auf dem Rücken. Ein schrecklicher Schmerz schoss mir durch Brust und Kehle, wo mir der Aufprall die Luft aus der Lunge getrieben hatte, und als ich endlich wieder auf die Füße kam, war Asgard verschwunden.

Ich fluchte, obwohl es nicht wichtig war. Mindestens die Hälfte seiner Erzählung glaubte ich sowieso nicht, und ich nahm an, dass es noch eine weitere Hälfte gab, die unerwähnt geblieben war, doch das konnte warten: Zweifellos würde die Wache ihn vor Einbruch der Nacht ergreifen, wenn der Mönch ihn nicht zuerst fand. Im Augenblick war es am wichtigsten, das Haus in Libos zu erreichen, das Haus von Vichos dem Lebensmittelhändler. Wenn der Mönch tatsächlich dort war, so war Asgards Flucht ein geringer Preis dafür.

Wieder stieg ich zum Palast hinauf und rief die Palastwache. Es war seltsam, Patzinaken zu erblicken, mit ihren kurzen Schwertern und spitzen Helmen, wo Waräger hätten stehen sollen, und meine mangelnde Vertrautheit mit ihnen bedeutete eine weitere Verzögerung, bis ich ihrem Hauptmann mein Anliegen erklären konnte. Er hörte sich meine Geschichte mit immer größerer Betroffenheit an und stieß einen Schwall von Befehlen an seine Untergebenen hervor, kaum dass ich geendet hatte.

»Wir werden die Stadtwache ausschicken, um diesen Asgard zu finden und mit einer Kompanie zu diesem Haus in Libos marschieren.«

Ich nickte zustimmend. »Gut. Ich begleite Euch.«

So sehr wir uns auch beeilen mussten, es dauerte eine Weile, die Männer zu versammeln, dieweil ich im Hof auf und ab schritt und bangte, dass der Mönch vielleicht gerade jetzt aus seinem Haus floh und uns abermals entkam. Ich versuchte, die Patzinaken zur Eile anzutreiben, doch sie zeigten sich mir gegenüber gleichgültig und achteten nicht auf mein Drängen.

Erst als der Hauptmann sich davon überzeugt hatte, dass alle seine Männer ordnungsgemäß gekleidet und ausgerüstet waren, marschierten wir durch das Augusteion hinaus.

Die Menschenmassen wogten so dicht wie eh und je in den Straßen, trotz des anhaltenden Regens, und ein Trupp aus hundert Wachsoldaten in ihrer Mitte sorgte für ständige Reibereien. Füße wurden getreten, Körbe umgekippt und Kleider mit Schlamm bespritzt, als die Patzinaken sich wie eine Ramme ihren Weg bahnten. Sigurd hatte von ihrer bedingungslosen Hingabe an den Kaiser gesprochen; hier jedoch wirkten sie wie Automaten, wie die Löwen im Palast, deren scheinbarer Gehorsam auf keinerlei Willen oder Vernunft gründete. Es fühlte sich seltsam, ja, beunruhigend an, in ihrer Nähe zu sein, und ich wäre sehr viel lieber mit Sigurd und seinen Männern unterwegs gewesen. So derbe und wild die Waräger auch waren, ich konnte zumindest ihre Leidenschaft bewundern, die unbezähmbaren Strömungen, die sie beherrschten. Nichts davon war in den ausdruckslosen Gesichtern der Patzinaken zu erkennen, die mir folgten.

Auch waren sie äußerlich nicht so Ehrfurcht gebietend wie die Riesen aus Thule. Wenn Sigurd ein Ochse war, so glich sein patzinakischer Gegenpart eher einem Maultier: kleiner und gedrungener, jedoch mit einem Schritt, der wohl auch nach einem Monat voller Gewaltmärsche niemals straucheln würde. Seine Arme schwangen frei an seinen Seiten, und sein Kopf ruckte beim Gehen ziellos auf und ab. Er hatte das Antlitz eines Mannes, der seinem Feind lieber ein Messer in den Rücken stoßen würde, als ihm von Angesicht zu Angesicht im Duell gegenüberzutreten; im Kampf jedoch, nahm ich an, besaß er wahrscheinlich die nötige Arglist und die Willenskraft, um stärkere Gegner zu bezwingen. War er erst einmal auf dem Schlachtfeld, so würde er es wohl nicht ohne weiteres wieder verlassen.

Wir schritten an der Säule des Konstantin vorüber und durch den Bogen des Theodosius hindurch, und dann weiter die Straße entlang zu jenem kleinen Platz, wo

Kaiser Marcian Raum für sein eigenes Denkmal gefunden hatte. Im Schatten der Vergangenheit zu wandeln hätte uns zweifellos dazu inspirieren sollen, mit ihren Legenden zu wetteifern, doch da mir der Regen ins Ohr lief und die gemeißelten Figuren vor dem Himmel kaum zu sehen waren, bedrückte es mich nur. Nicht einmal die Aussicht, den Mönch zu finden, konnte mich aufmuntern, denn dafür hatte ich in den letzten Stunden zu viele gebrochene Männer und Frauen gesehen. Und es war schwer, meine Stimmung von den verzweifelten Lügen eines Verräters heben zu lassen.

Hinter der Säule des Marcian wandten wir uns nach links, wie Asgard gesagt hatte. Es war eine schmale, ungepflasterte Straße, vom Regen in einen Sumpf verwandelt, in deren Mitte sich dahinströmendes Wasser ein neues Bett grub. Die Häuser waren aus ungestrichenem Holz, dunkel und faulig von all der Feuchtigkeit, die sie aufgesogen hatten; sie wankten über uns wie betrunkene Riesen.

Langsam drangen wir die Straße hinunter vor. Die Patzinaken hatten ihre Schwerter gezogen, auf jegliche Gefahr gefasst, doch um uns herum war nur wenig Leben zu sehen, und das einzige Geräusch bildete das unaufhörliche Prasseln der Regentropfen auf Pfützen und Schindeln. Obwohl marschierende Soldaten in den *Mesi* kein ungewöhnlicher Anblick waren, würden hundert Mann, die durch ein Wohngebiet streiften, gewiss ausreichen, jeden Bewohner, ob ehrlich oder nicht, aus ihrem Weg zu vertreiben. Da uns nichts im Wege stand, war der Laden des Lebensmittelhändlers gut zu sehen, und die ausgeblichenen Farbstriche auf dem Türsturz – im trüben Licht gerade noch zu erkennen – verrieten mir den Namen: Vichos.

»Bis jetzt lügt Euer Informant nicht«, brummte der Hauptmann. »Aber ich frage mich, was der Kaufmann wohl in seinem Laden hat.«

»Ihr solltet Eure Männer darum herum postieren, ehe Ihr es herausfindet. Es wird uns nichts nützen, wenn hundert von uns im Hause sind, während der Mönch aus dem Fenster springt und sich davonmacht.«

Der Hauptmann bedeutete seinen Feldwebeln, die Männer Posten beziehen zu lassen, wie ich es vorgeschlagen hatte, wobei ein Dutzend sich dicht bei uns hielt. Die Tür und die Fensterläden des Ladens waren fest geschlossen, so fest, wie ihre verzogenen Angeln es zuließen, doch war mir, als sähe ich, wie sich hinter einer der Ritzen ein Schatten bewegte. Beobachtete er uns? Begriff er, dass er gescheitert war, dass schon bald die Folterknechte des Kaisers ihre Eisen vor seinen Augen erhitzen würden? Oder hatte er einen Plan, einen neuen Trick, um uns zu überlisten? War er überhaupt dort drin?

»Meine Männer sind bereit«, verkündete der Hauptmann. Obgleich unser Aufmarsch nichts Geheimnisvolles hatte, sprach er mit gedämpfter Stimme. »Soll ich nach den Steinschleudern und Ballisten schicken, oder glaubt Ihr, wir können diese Belagerung allein beenden?«

Ich achtete nicht auf seinen Sarkasmus. »Dieser Mönch verfügt über Waffen, deren Durchschlagkraft Ihr Euch nicht vorstellen könnt. Sagt Euren Männern, sie sollen sich in Acht nehmen, denn ihre Rüstung wird ihnen vielleicht keinen Schutz bieten.«

Der Hauptmann zuckte die Achseln und verstummte, als seine Männer auf das Gebäude vorrückten. Der Feldwebel an ihrer Spitze hämmerte gegen die Tür, doch es rührte sich nichts.

»Aufbrechen«, befahl der Hauptmann.

Wasser rann mir hinter dem Ohr und an der Nase herab, mein Atem quoll in Dampfwolken hervor, doch trotz all dieser Unbilden von Kälte und Nässe fühlte ich, wie mein Herz schneller schlug und mein Geist angesichts der Hoffnung auf Erfolg hellwach wurde. Vor der Tür hielt der Feldwebel jetzt eine Axt in der Hand und schwang sie kraftvoll gegen die brüchigen Bohlen. Das Holz stöhnte oder brach unter dem Schlag nicht, dazu war es zu durchweicht und verrottet; stattdessen löste sich durch den Hieb eines der Bretter sauber aus der Verankerung. Der Feldwebel brüllte einen Befehl, und seine Männer drängten vorwärts und rammten Schultern und Stiefel gegen die schwache Barriere. Sie hielt nicht länger als einen Augenblick stand. Die Schwerter vorgestreckt und die Schilde vor sich erhoben, stürmten die Männer hinein und verschwanden in dem düsteren Raum hinter der Tür. Ich hörte Gebrüll und Weibergeschrei, das Krachen und Klappern umstürzender Tische, dann kurze, abgehackte Kommandos.

Ich konnte nicht auf der Straße bleiben, sondern rannte zum Haus hinüber, trat ohne auf die Gefahr zu achten über die geborstene Schwelle und betrachtete die Verwüstung vor mir. Zwei Soldaten knieten über einem älteren Mann und seiner Frau und drückten sie inmitten eines Meers aus zertrümmerten Krügen und verstreutem Gemüse zu Boden. Getrockneter Fisch lag in Pfützen aus Olivenöl, und Salz- und Essigtunken waren über den Fußboden aus festgestampfter Erde verspritzt. In weniger als einer Minute hatten die Soldaten kaum etwas in dem Raum heil gelassen.

»Wo ist der Rest Eurer Kompanie?«, wollte ich wissen.

Einer der Patzinaken deutete mit dem Daumen auf eine wackelige Leiter in der Ecke. Immer zwei Sprossen auf einmal nehmend, stieg ich hinauf, hoffte, dass sie unter mir nicht zusammenbrechen würde, und zog mich durch eine schmale Luke in das Zimmer im ersten Stock. Zerschlissene Vorhänge hatten den Raum einst von der Stiege abgeteilt, doch sie waren heruntergerissen und lagen zusammengeknüllt auf dem Boden, so dass weitere Verheerungen enthüllt wurden: spärliche Möbel waren umgefallen, Kleider und Plunder waren aus Truhen gekippt und sogar eine Ikone der Heiligen Jungfrau von der Wand gerissen worden. Doch es waren keine Patzinaken zu sehen.

Über eine zweite Leiter führte der Aufstieg bis zum obersten Geschoss, von wo ich Triumph- und Wutgebrüll vernahm. Ohne weiter nachzudenken sprang ich auf die Leiter, schwang mich in das Zimmer über mir und erblickte unseren Gefangenen.

Zwei Patzinaken hatten ihn an den Armen gepackt; ihre Finger gruben sich tief in seine Haut, als er sich zwischen ihnen wand und drehte. Er war nicht wie ein Mönch gekleidet, sondern trug eine einfache Wolltunika, die ihm fast bis zu den Knöcheln reichte. An seinen Stiefeln klebte frischer Schlamm, und sein Gewand war feucht, was darauf hindeutete, dass er erst vor kurzem hierher zurückgekehrt war. Seine Haut war dunkel und seine Züge hart, mit schwarzen Augen, deren Blicke verzweifelt im Zimmer umherhuschten. Er war dünner als ich erwartet hatte; seine Tunika hing ihm von den Schultern wie ein Leichentuch, und sein Rücken war gebeugt, was mir nicht so offensichtlich vorgekommen war, als ich ihn durch die verschneiten Straßen verfolgt hatte. Nichts ließ darauf schließen, dass er mich wiedererkannte.

In einer Ecke stand der Feldwebel mit über der Brust verschränkten Armen. »Ist er das?«, fragte er.

»Ich weiß es nicht.« Plötzlich verspürte ich nach all der Aufregung und der Hast der Jagd einen Stich der Ungewissheit. Gewiss war dies doch der richtige Mann – wie konnte es anders sein? Ich fühlte, wie meine Glieder vor plötzlicher Anspannung erschauerten, als ich langsam um den Gefangenen herumschritt, bis ich schließlich seinen Hinterkopf sehen konnte.

Er hatte keine Tonsur.

Ich krümmte mich; mir war, als habe mir jemand ins Gemächt getreten oder mir einen Fausthieb gegen die Kehle versetzt. Schwarze Galle überflutete meinen Magen, und ich trat von dem Mann zurück. Trotzdem klammerte ich mich an meine Überzeugung wie ein ertrinkender Matrose an seinen im Wasser treibenden Balken. Es war Wochen her, seit ich den Mönch vor meinem Haus überrascht hatte, länger als nötig war, damit sein Haar hätte nachwachsen können. Tatsächlich hätte ein Mann, der so auf seine Sicherheit bedacht war, kaum etwas anderes tun können, erst recht nicht, da er wusste, dass ich ihn gesehen hatte.

Jetzt war auch der Patzinakenhauptmann eingetroffen. Ich sah, wie sein Kopf aus der Luke auftauchte, aus der die Leiter hervorragte.

»Schickt zwei Eurer Soldaten zum Kloster des Heiligen Andreas«, wies ich ihn an, »und sagt ihnen, sie sollen einen jungen Burschen namens Thomas herbeischaffen, der dort wohnt.« Ich wischte seinen verdutzten Einspruch beiseite. »Er ist der Einzige, der sagen kann, ob dies der Mann ist, den wir suchen.«

Die nächste Stunde war eine schmerzhafte Folter; all meine Hoffnungen hingen an Thomas' Ankunft. Wir durchsuchten das Haus, besonders das Zimmer im obersten Stockwerk, fanden jedoch nichts von Bedeutung: Unser Gefangener hatte ein niedriges Bett, einen roh gezimmerten Tisch, ein Paar Schemel, und nur sehr wenig andere Besitztümer. Er sagte kein Wort, und ich brachte nicht die Kraft auf, ihn zu befragen, also ließen wir ihn an die Wand gelehnt sitzen, die Hände vor dem Körper gefesselt und von vier Patzinaken umstellt. Die meisten der Wachen waren zum Palast zurückgeschickt worden, während andere unten in den Räumen des Ladenbesitzers herumstöberten. Jedes Geräusch, das sie verursachten, ließ mich auffahren und die Leiter hinunterspähen, ob Thomas gekommen war, und jedes Mal kam ich mir wie ein Narr vor, dass ich mir meine Erregung so sehr anmerken ließ.

Wie nicht anders zu erwarten, bemerkte ich es kaum, als er schließlich tatsächlich eintraf; ich stand am Fenster und blickte hinaus auf eine Wüstenei aus baufälligen Wohnhäusern, und erst auf den Ruf der Wache hin drehte ich mich um.

Er sah gut aus. Anna musste dafür gesorgt haben, dass die Mönche, die sich um ihn kümmerten, mit ihrer Askese nicht allzu strikt waren, und in den Wochen, die ich ihn nicht mehr gesehen hatte, waren seine Brust und seine Schultern voller geworden, wie die eines Kriegers. Sein helles Haar war geschnitten und gebürstet worden, und sein junger Bart begann sich über seinem Kinn zu schließen. Unsicher sah er sich im Zimmer um; vielleicht wusste er nicht, weshalb er hier war.

Noch ehe ich meine Frage stellen konnte, gaben seine Augen mir die Antwort. Ich hatte gesehen, wie er unseren Gefangenen bemerkt hatte, der gefesselt und bewacht dahockte, hatte die Neugier gesehen, die dieser Anblick erregte. Verblüffung war in seinem Gesicht zu lesen gewesen, gewiss, und vielleicht auch ein wenig Furcht, denn es war ja noch gar nicht so lange her, dass er sich in derselben Lage befunden hatte. Zu meiner Wut und Enttäuschung jedoch war nicht das leiseste Anzeichen eines Wiedererkennens in seinen Augen aufgeflackert.

K

»Das ist er nicht.« Ein Monat im Kloster hatte Wunder gewirkt, was Thomas' Griechischkenntnisse betraf, obgleich ich nicht in der richtigen Stimmung war, dies anzuerkennen. Thomas sah genauer hin, seine Lippen bewegten sich lautlos, als er seine nächsten Worte probte. »Aber fast so.«

»Fast so? Fast wie was? Dieser Mann ist fast so wie der Mönch?«

Ein schmerzlicher Ausdruck glitt über Thomas' Züge, und ich zwang mich, meine Fragen langsamer zu wiederholen.

Er nickte. »Fast so. So wie er.«

»Wie ein Bruder vielleicht?« Ich wandte mich an den zusammengekauerten Gefangenen, der jedes Wort gehört hatte. »Ist Euer Bruder ein Mönch? Wohnt er bei Euch?«

Ich war angespannt genug, um die Antwort aus ihm herauszuschütteln, doch der Mann schniefte nur ein wenig und senkte den Kopf auf die Knie. Einer der Patzinaken versetzte ihm eine Ohrfeige.

Ich sah den Feldwebel an. »Geht hinunter und fragt den Kaufmann, ob dieser Mann Besuch bekommen hat, von einem Mönch. Entschuldigt Euch für den Schaden, den Ihr in seinem Hause angerichtet habt, sagt ihm, der Eparch wird dafür sorgen, dass er für sein Ungemach reichlich entschädigt wird.«

Der Feldwebel machte ein zweifelndes Gesicht, doch ich war der Einzige im Raum, der für den Eparchen bürgen konnte. Wir warteten schweigend, während der Feldwebel die Leiter hinunterstampfte; dann vernahmen wir laute Stimmen, das anklagende Gezeter der Frau des Kaufmanns und das Krachen eines zerspringenden Tongefäßes.

Hochrot im Gesicht kehrte der Feldwebel zurück.

»Es gab noch einen anderen Mann, der oft hier übernachtet hat. Das Weib des Kaufmanns hat oft mit dem Bewohner dieses Zimmers, den sie Paul nennt, darüber gestritten, ob er wegen dieses Gastes mehr Mietzins bezahlen sollte. Sie war empört, dass ein Mann Gottes sie übervorteilen wollte. ›Wieso kann er nicht im Kloster wohnen, bei seinen Brüdern?‹, hat sie gefragt.«

Eine Woge freudiger Erregung durchflutete mich, doch ich versuchte, sachlich zu bleiben. »Was hat dieser Paul darauf geantwortet?«

»Dass der Mann sein Bruder sei und dass ihn eine von Gott befohlene Pilgerfahrt in die Stadt geführt habe. Wer sei er, ihm seine Gastfreundschaft zu verweigern.«

»Und wann hat ihn dieser Mönch zum letzten Mal besucht?«

Der Feldwebel lächelte triumphierend. »Vor zwei Tagen.«

Ich drehte mich um, um unseren Gefangenen zu mustern. »Euer Bruder ist der Mönch, den wir suchen, der Mann, der den Kaiser töten wollte.« Ich wusste nicht, ob ich Freude oder Zorn empfinden sollte, dass ich der Lösung so nahe gekommen war. »Feldwebel, schafft ihn in den Palast, auf dass die Folterknechte ihr Werk beginnen. Lasst sechs Eurer Männer hier, für den Fall, dass der Mönch zurückkommt.«

Wie ich gehofft hatte, sah ich, wie der Gefangene Paul erbleichte, als ich die Folterknechte erwähnte. »Ihr werdet meinen Bruder hier nicht fangen«, begehrte er auf. »Er ist fort.«

Ich betrachtete ihn kühl. »Natürlich behauptet Ihr das. Wir werden ja sehen, was Ihr nach einem Monat im Verlies sagt.«

Der Gefangene verstummte und biss sich auf die Lippe, und seine Nägel gruben weiße Furchen in seine Haut. »Er ist entkommen«, beharrte er. »Ich habe ihn gestern Abend getroffen, im Forum des Arcadius, und er hat gesagt, wenn der Morgen graut, würde er fort sein. Was immer Ihr von ihm wolltet, jetzt werdet Ihr es nicht mehr bekommen.«

»Dann werden wir es eben im Verlies bekommen.«

»Aber was könnte ich Euch dort mehr verraten?« Verzweifelt ließ der Gefangene den Blick durch den Raum schweifen, flehte um Mitleid, doch die Patzinaken, die uns beobachteten, zeigten nichts als drohende Mienen. »Er ist fort, verflucht möge er sein, und er kommt nicht zurück. Ihr sagt, er wollte den Kaiser töten, um dessen tausendjähriges Erdenleben ich bete. Vielleicht war es so. Er war sehr verändert, mein Bruder, als er hierher kam, und ich glaube, das Böse hatte sich in sein Herz gestohlen, aber was konnte ich tun? Ich konnte meinen Bruder doch nicht von meiner Tür weisen: Er hat es nicht zugelassen – und er war mein Blutsverwandter. ›Säume nicht, Reisende zu bewirten‹, hat er mir gesagt, ›denn so haben manche schon Engel bewirtet, ohne es zu wissen.‹«

Ich schnaubte. »Er war beileibe kein Engel.«

»Der Ansicht war er nicht.« Paul bewegte die Schultern ein wenig und versuchte, sein Gewand gerade zu rücken. »Wie viele Nächte habe ich ihm zugehört, seinen Predigten, dass das Reich eines reinigenden Feuers bedürfe, das niederfahren und seine verdorrten Äste verbrennen möge.« Er sah mich flehend an. »Er war nicht so, als wir jung waren.«

Nach seinem bisherigen Schweigen hinterließ Pauls hervorgesprudelte Geschichte so viele Bruchstücke, dass ich kaum entscheiden konnte, welches ich zuerst näher betrachten sollte. Ich entschied mich für den Anfang.

»Als Ihr jung wart«, sagte ich. »Wann war das?«

»Vor dreißig Jahren?« Paul zuckte die Achseln. »Ich habe nicht gezählt. Wir sind in den Bergen von Mazedonien aufgewachsen, als Söhne eines Bauern. Michael und ich…«

»Michael? Euer Bruder heißt Michael?«

Paul schüttelte den Kopf. »Das war damals. Aber als ich ihn nach seiner Rückkehr mit diesem Namen begrüßt habe, hat er mich zurechtgewiesen. ›Ich wurde in Christo wiedergeboren‹, hat er gesagt. ›Und ich habe den Namen Odo angenommen.‹ Danach wollte er unbedingt, dass ich ihn mit seinem neuen, barbarischen Namen anrede.«

Wieder einmal flog mir die Geschichte davon. »Nach seiner Rückkehr… von wo? Wann ist er fortgegangen?«

»Nicht lange nachdem er zum Mann herangewachsen war. Er und unser Vater… hatten eine Meinungsverschiedenheit.«

»Eine Meinungsverschiedenheit worüber?«

Paul hob die gefesselten Hände und wischte sich mit den Handgelenken über die Stirn. »Unser Vater hat eine

Braut für ihn ausfindig gemacht, aber Michael wollte das Mädchen nicht heiraten. Als mein Vater darauf bestand, hat Michael sich geweigert. Dann hat er unser Dorf verlassen und ist hierher gekommen, in die Königin der Städte. Er hat gesagt, er werde eine Pilgerfahrt zu den Reliquien Johannes des Täufers unternehmen und Absolution suchen.«

»Hat er sie gefunden?«

»Nicht dort. Er ist gekommen, aber er ist nicht geblieben. Er hatte nicht die Mittel, um alle Früchte der Stadt zu genießen, und – obwohl er das nicht gesagt hat – ich glaube, er ist an ruchlose Kumpane geraten. Nachdem er ihnen entkommen ist, hat ihn seine Wanderschaft bis ans Ende der Erde geführt, in die Länder der Kelten und Franken und der anderen Barbarenstämme, die sich an die Ränder der Welt klammern. Dort hat er sein Heil gefunden.«

»In der Kirche des Abendlandes?« Kein Wunder, dass er einen barbarischen Namen angenommen hatte, nach dem Brauch seiner neuen Religion. »Wann war das?«

»Irgendwann in der Vergangenheit.« Paul sah mich mit hoffnungsloser Miene an. »Ich habe während all dieser Jahre, seit er das Dorf verlassen hat, nichts von ihm gehört. Alles, was ich weiß, habe ich aus dem erfahren, was er mir erzählt hat, als er zurückkam. Vor ungefähr drei Monaten«, fügte er in Erwartung meiner unvermeidlichen Frage hinzu. »Er hat keine Nachricht geschickt, um sein Kommen anzukündigen – mir war nicht einmal bekannt, dass er wusste, wo ich zu finden bin. Ich war viel später hergekommen, nachdem unser Vater gestorben war. Eines Tages bin ich von der Arbeit gekommen und habe Michael – Odo – auf einem Stein neben der Tür des Lebensmittelhändlers sitzen sehen.

Ich habe ihn kaum wiedererkannt, aber er wusste sofort, wer ich bin und sagte, er wäre gekommen, um bei mir zu wohnen. Wie hätte ich ihm das abschlagen können?«

»Hat er gesagt, was er hier vorhatte?«

»Nie. Und nach dem ersten Versuch habe ich auch nicht mehr gefragt. Er war schon immer ein verschwiegener Mann, mein Bruder, und auf seinen Wanderungen ist er noch schweigsamer geworden. Er hat mir nichts gesagt, nicht einmal, wann er hier sein würde. Manchmal ist er tage- oder sogar wochenlang verschwunden, ohne eine Nachricht zu hinterlassen, und ich dachte, er wäre vielleicht zu seinen Freunden im Abendland zurückgekehrt, aber dann ist er unangekündigt wieder aufgetaucht und hat abermals meine Gastfreundschaft eingefordert. Erst gestern hat er gesagt, dass er für immer weggeht. Wie ich es Euch erzählt habe.«

»Wo wollte er hin?«

»Das hat er nicht gesagt.«

Ich hätte nicht überrascht sein dürfen. »Hat Euer Bruder je irgendwelche Würdenträger der Stadt erwähnt?«, fragte ich und überlegte, ob ich wenigstens eine Andeutung bekommen würde, wer seine Herren gewesen waren.

Wie schon so oft schüttelte Paul den Kopf, dann blickte er zweifelnd auf. »Eines Abends habe ich ihm Vorwürfe gemacht, weil er mein ganzes Abendessen aufgegessen hat. Ich hatte nichts für ihn gemacht, weil ich dachte, er würde an jenem Abend nicht zurückkommen. Wie es seine Gewohnheit war, hat er mit einer bitteren Tirade darüber geantwortet, wie ungeheuer wichtig seine Arbeit wäre: Er hat mir erzählt, er wäre bei einem mächtigen Herrn in Lohn und Brot, und geringere Männer sollten sich nichts anmaßen, sondern ihm den Weg ebnen.«

Ich behielt einen ruhigen Tonfall bei. »Hat er gesagt, welcher Herr das ist?«

»Natürlich nicht. Ich habe angenommen, er meine Gott den Herrn. Er hat oft von seiner Berufung als Rächer Gottes geredet, als die läuternde Flamme des Heiligen Geistes.«

»Hat er darüber gesprochen, wofür er Rache nehmen wollte?«

Zum ersten Mal entlockte ich Paul ein schwaches Lächeln. »Andauernd. Er wollte die Stadt von ihrem Unflat reinigen, von der Ketzerei, und ihren Straßen die Reinheit zurückbringen. Für ihn ist sie Babylon, die große Mutter der Huren und Abscheulichkeiten, trunken vom Blut der Heiligen. Michael hat geschworen, dass sie in der Stunde ihres Untergangs nackt und verwüstet sein würde, ihr Fleisch würde verschlungen und vom Feuer verbrannt werden, und er würde derjenige sein, der ihr Verhängnis herbeiführt.« Sein Lächeln wurde ein wenig breiter. »Wenn Ihr die Offenbarung des göttlichen Heiligen Johannes lest, werdet Ihr verstehen.«

»Ich kenne die Apokalypse.«

»Während seiner Jahre in Reims hat man ihn irgendwie davon überzeugt, dass dies seine Aufgabe ist.«

»Seiner Jahre *wo?*«

»Reims, glaube ich, hat er es genannt. Eine Barbarenstadt. Er war eine Weile dort auf einer Schule und hat dann in deren Abtei die Weihe empfangen. Dort hat er sich auch neu taufen lassen, auf den Namen Odo. Ich weiß nicht, wo das ist.«

Auch ich wusste nicht, wo Reims war, aber ich wusste, dass ich davon gehört hatte. Ich dachte zurück an eine staubige Bibliothek und einen gestrengen Archivar, der mir einen Vortrag über fränkische Heilige gehalten hatte.

»Hat Euer Bruder je etwas vom Heiligen Remigius gesagt?«, fragte ich. »Oder Euch einen Ring gezeigt, auf dem dieser Name eingraviert war, mit einem gesprungenen Granat?« Ich griff in die Tasche und tastete nach dem Ring, den ich seit jenem Tag im Wald stets bei mir getragen hatte, als hätte ich, indem ich an diesem Kleinod festhielt, irgendwie ein wenig Gewalt über den Mönch selbst. »Diesen Ring?«

Unempfänglich für die Erregung in meiner Stimme zuckte Paul die Achseln. »Er hatte einen Ring, aber ich habe ihn mir nicht genau gesehen. Er war rot, vielleicht ist es der, den Ihr da in der Hand habt. Er hat gesagt, es wäre ein Andenken an die Barbarenstadt.«

»Habt Ihr je andere mit einem solchen Ring gesehen?«

»Nein. Wie gesagt, niemand hat meinen Bruder hier besucht.«

Ich verbrachte eine weitere Stunde damit, dem Gefangenen mit Fragen zuzusetzen, die Einzelheiten seiner Geschichte zu überprüfen und ihn um jeglichen Hinweis zu bedrängen, den er vielleicht zu geben vermochte, absichtlich oder nicht. Ich erkundigte mich nach seinem eigenen Leben – er war unverheiratet, stellte sich heraus, und arbeitete als Schreiber für einen Advokaten, wo er für die Dokumente, die er verfasste, einen kleinen Teil der Verdienste seines Brotherrn bekam. Er verehrte Gott auf die allgemein anerkannte Art und Weise, inbrünstig, jedoch ohne die fanatische Selbstgerechtigkeit, die die Vorväter verdammt hatten. Er nannte mir den Namen seines Dorfes, und ich schrieb ihn auf, denn irgendjemand würde dorthin reisen und sich nach seinem Bruder erkundigen müssen. Nicht ich: Eine Reise durch die mazedonischen Berge mitten im Winter, beschloss ich, wäre nicht die beste Möglichkeit, meine Zeit und mein Talent zu nutzen.

Draußen vor dem Fenster neigte sich der düstere Tag rasch dem Abend zu, und ich war begierig darauf, hier wegzukommen. Ich hatte nur noch eine einzige Frage, und die entsprang mehr der Neugier als der Hoffnung. »Sagt mir, Paul, war Euer Bruder ein Mann der Gewalt?«

Diese Worte schienen den Gefangenen heftig aus der Fassung zu bringen. Er antwortete nicht, sondern ruckte mit dem Kopf zur Schulter hin, als schüttele er sich Wasser aus dem Ohr.

»Bindet mich los, dann zeige ich es Euch.«

Ich befahl einem Patzinaken, seine Fesseln durchzuschneiden. Paul nahm mit einer Grimasse zur Kenntnis, dass seine Hände frei waren, und streifte den Ärmel hoch. Ich sog scharf den Atem ein, denn bis zum Handgelenk hinunter war sein ganzer Arm schwarz, als sei er verbrannt oder verfault. Erst nach ein paar Augenblicken erkannte ich, dass es sich in Wirklichkeit um eine Ansammlung einander überlappender Blutergüsse handelte.

»Es schickt sich nicht, schlecht über den eigenen Bruder zu reden«, sagte Paul mit schwerer Stimme, »aber selbst als wir Kinder waren, war Michael grausam. Ich habe Euch erzählt, er habe unser Dorf verlassen, weil er nicht einverstanden mit der Braut war, die unser Vater für ihn ausgesucht hatte. In Wahrheit ist er vor der Rache ihres Vaters geflohen, nachdem sein Zorn das arme Mädchen fast das Leben gekostet hat. Er hat seitdem auf seinen Reisen viele neue Dinge gelernt, aber er hat nichts vergessen. Wenn er Eure Stadt in einem Kessel voll Blut untergehen lassen könnte, würde er nicht zögern.« Er rieb sich die Handgelenke. »Fürwahr, er würde es genießen.«

»Er ist also ein Römer, der von den Franken dazu verleitet wurde, sich gegen seine Stadt zu wenden, und der zurückgekehrt ist, um Gewalt und Zwietracht zu wirken.« Krysaphios leckte sich den Honig von den Fingern, während er darüber nachsann; er war beim Essen gewesen, als ich ihn im Palast angetroffen hatte, und die Dringlichkeit meiner Neuigkeiten konnte ihn nicht von seinem Mahl ablenken. »Und gleich auf der anderen Seite des Horns haben wir zehntausend bewaffnete Franken, die unsere Gastfreundschaft zurückweisen und unsere Gesandten verhöhnen. Die nur wenige Wochen nach Eurem Mönch hier aufgetaucht sind. Ich nehme an, dieses zufällige Zusammentreffen ist Euch aufgefallen?«

»So ist es.«

»Aber wie könnten sie davon profitieren, den Kaiser zu töten, es sei denn, sie könnten die Stadt einnehmen? Und wie könnten sie darauf kommen, dass ihnen das gelingen könnte? Sie haben kein Belagerungsgerät, um die landwärts gelegene Mauer zu durchbrechen, und keine Flotte, um uns von der See aus anzugreifen. Sie sind vollkommen auf das angewiesen, womit der Kaiser sie versorgt. Würden sie einen Angriff riskieren und scheitern, könnten wir sie nach Belieben aushungern oder niedermachen.«

»Dann müssen sie kühn sein. Oder Narren.« Diese Widersprüche machten auch mir zu schaffen, denn ich hatte es seit jeher auf mich genommen, all die Abweichungen vom Normalen zu hinterfragen, die andere Männer abtaten oder nicht bemerkten, hier jedoch konnte ich sie nicht enträtseln. Es waren Barbaren, sagte ich mir – sie dachten nicht so wie wir. »Vielleicht haben sie sich darauf verlassen, dass der Mönch oder Aelrich ihnen den Weg bahnt.«

»Es wäre mehr nötig als ein verräterischer Waräger, um einer feindlichen Horde unserer Tore zu öffnen.«

Eine mit Honig kandierte Nuss knirschte zwischen Krysaphios' Zähnen. »Und meine Spione haben noch immer keine anderen Männer entdeckt, die mit Aelrich im Bunde waren.«

»Und trotzdem bleiben die Waräger aus dem Palast verbannt«, bemerkte ich. Noch immer stand vor jeder Tür und jedem Alkoven ein Patzinak.

»Die Waräger sind auf der Mauer postiert, fern von den Torhäusern, und dort werden sie bleiben. Wir brauchen Männer um uns herum, denen wir trauen können, Demetrios, und die Patzinaken sind erbarmungslos in ihrer Treue.«

»Bis es dem Mönch gelingt, einen von ihnen zu bestechen.«

Krysaphios' glatte Stirn furchte sich in gespielter Verwirrung. »Aber der Mönch ist doch fort, habt Ihr mir erzählt. Sein Bruder hat das gesagt. Glaubt Ihr denn nicht, dass er zurück ins Frankenland geflohen ist?«

»Ich bezweifele, dass er weiter als eine Meile von unserer Mauer entfernt ist, und wahrscheinlich hockt er sicher bei den Barbaren in Galata.«

»Ihr denkt, er wird zurückkommen? Ein drittes Mal versuchen, den Kaiser zu ermorden?«

»Das tue ich. Wenn sein Bruder die Wahrheit gesagt hat, und ich glaube, das hat er getan, dann ist er viel zu fanatisch, um es nicht zu tun. Wem immer er auch dient.«

Krysaphios musterte mich mit einem undurchdringlichen Blick. »Und nun? Was schlagt Ihr vor, wie wir weiter vorgehen sollen?«

Hier befand ich mich auf festerem Boden, denn ich hatte auf dem Rückmarsch zum Palast die ganze Zeit genau darüber nachgedacht. »Erstens müssen wir eine Unterkunft für den Bruder des Mönches finden. Ich habe ihn hergebracht, aber er sollte nicht in den Kerker geworfen werden. Er hat nichts getan, um das zu verdienen, und ein wenig Güte könnte mit weiteren Neuigkeiten über den Mönch belohnt werden. Wir sollten ihn irgendwo unterbringen, wo es sicher ist, wo er es aber bequem hat.«

Krysaphios nickte. »Ihr seid von verschwenderischer Freundlichkeit, Demetrios, aber ich werde tun, was Ihr vorschlagt. Ihr könnt ihn in einem der Häuser einquartieren, die wir für fremde Gesandte benutzen.«

»Gut. Danach müssen wir einen Spion in das Barbarenlager schmuggeln. Jemand, der nachsehen kann, ob sich der Mönch dort versteckt, und jeden Hinweis auf ein Komplott gegen den Kaiser erlauschen kann.«

»Das wird schwerer. Es gibt viele Augen, die sie beobachten: die Patzinaken, die Kaufleute, die sie mit dem versorgen, was sie brauchen, bis hinunter zu den Fuhrleuten und Kärrnern, die die Güter abliefern – alles, was sie sehen, wird mir berichtet. Aber in ihre dunkelsten Geheimnisse vorzudringen… ich kann mir nicht vorstellen, wie das möglich wäre.«

»Es ist möglich.« Mit kurzen Worten schilderte ich ihm meinen Plan. Er gefiel ihm nicht, tatsächlich verwahrte er sich gegen das Opfer und schalt mich einen sentimentalen Toren. Doch nachdem wir eine volle Stunde lang gestritten hatten, war es mir gelungen, ihn zu überzeugen.

Anna gefiel der Plan ebenfalls nicht, als ich ihn ihr am nächsten Morgen unterbreitete.

»Das wird fast mit Sicherheit nicht gut gehen«, sagte wie. »Entweder setzt er sich sofort ab, wenn er das Horn überquert hat, oder er wird entdeckt und zu Tode gefoltert. So oder so würdet Ihr Euch niemals vergeben.«

Ich rieb mir das Kinn. »Ich weiß. Aber mir fällt nichts anderes ein. Und wenn er sich absetzt, wäre er dann wieder unter seinen eigenen Landsleuten, und ich für meinen Teil werde nicht um diesen Verlust trauern. Es gibt viele *Poulia* in diesem Spiel, und er ist einer, der keine andere Rolle zu spielen hat. Wenn er Erfolg hat, wird es ein Segen sein, wenn nicht, haben wir nichts verloren.«

Meine Worte waren schlecht gewählt, und Anna fauchte vor Zorn. »Ihr habt zu viel Zeit in den Hallen des Palastes verbracht, bei den Generälen und Eunuchen, wenn Ihr glaubt, dass Männer und Knaben nichts als Spielfiguren sind, die durch das Rollen eines Würfels vom Spielfeld gefegt werden können.«

»Ich schicke ihn dorthin zurück, wo er hingehört.« Ihre Worte durchbohrten mich wie Pfeile, dass sie mich für so gefühllos hielt, doch ich verbarg meine Scham und fuhr fort: »Ein Junge in seinem Alter sollte nicht fern von seiner Heimat in einem Kloster eingesperrt sein, um von Ordensmännern unterrichtet zu werden. Wenn er freiwillig zurückkommt, dann hat er seine Freiheit verdient, und noch viel mehr obendrein, wenn nicht, ist er trotzdem frei.«

»Und wenn er versucht, zurückzukommen, und von den Barbaren entdeckt und getötet wird?« Annas Empörung hatte sich nicht gelegt. »Was werdet Ihr dann tun, Demetrios?«

»Ich werde für seine Seele beten. Und für die meine. Ich tue dies nicht leichten Herzens, Anna, aber es gibt niemand anderen, dem man im Barbarenlager vertrauen und der als Franke durchgehen würde.«

»Thomas geht nicht als Franke durch – er *ist* ein Franke«, bemerkte Anna spitz. »Und was ist mit Eurem Mönch? Wenn er sich im Lager befindet, wie Ihr glaubt, dann wird er Thomas erkennen, und er wird ihn töten, wie er es schon einmal versucht hat.«

»Ja.« Ich war gekommen, um Anna zu sagen, dass ich ihr Thomas wegnehmen würde, doch sie hatte mir rasch die ganze Geschichte über meinen Plan und die Gründe dafür abgerungen. »In Galata sind Tausende von Männern untergebracht. Mit ein wenig Glück wird er dem Mönch aus dem Wege gehen können.«

»Glück.« Anna schnaubte, ganz und gar nicht wie eine Dame. »Wenn Ihr auf das Glück vertraut, Demetrios, dann seid Ihr ein noch größerer Narr, als ich gedacht habe.« Sie fuhr sich mit den Fingern durchs Haar und schien sich ein wenig erweichen zu lassen. »Seid Ihr wirklich so wild entschlossen, ihn von Euren Töchtern fern zu halten?«

Allem Ernst der Lage zum Trotz lachte ich. »Ich wäre dankbar, wenn Ihr Helena nichts davon erzählt. Aber ich kann Thomas nicht zwingen, irgendetwas gegen seinen Willen zu tun, also sollte ich wohl lieber selbst mit ihm sprechen.«

Widerstrebend gab Anna nach. Sie führte mich über den Innenhof des Klosters zur Küchentür, wo sich das köstliche Aroma von Brot im Backofen mit dem von Rauch und Zwiebeln mischte. Die Gerüche hatten ihre Wirkung auf meinen Magen, denn ich hatte noch nichts gegessen; außerdem erinnerten sie mich an einen weiteren Grund meines Besuches.

»Anna«, rief ich, worauf sie kurz vor der Tür stehen blieb, »bevor wir mit Thomas reden, fast hätte ich es vergessen: Ich habe mir überlegt, ob Ihr mich vielleicht zum Abendessen besuchen wollt. Und die Mädchen«, fügte ich hastig hinzu, damit mein Vorschlag nicht zu zweideutig klang. »Vielleicht an einem Abend in den nächsten zwei Wochen, ehe die Fastenzeit meiner Gastlichkeit Grenzen setzt.«

Anna drehte sich um und musterte mich misstrauisch. Heute trug sie eine rötlich braune Dalmatica, deren ungleichmäßige Färbung an gemasertes Holz oder gesprenkeltes Laub denken ließ. Über den Hüften hielt die Seidenkordel, die sie immer trug, das Gewand zusammen, und die Brise, die durch den Hof strich, wehte den Stoff eng gegen ihre Schenkel.

»Ich nehme Eure Einladung an«, sagte sie. »Aber wenn Ihr lediglich versucht, mich dazu zu verleiten, Eurem schändlichen Plan zuzustimmen, so werdet Ihr kein Glück haben.«

»Ihr habt dabei weder zuzustimmen noch abzulehnen. Thomas wird entscheiden.«

Thomas war in der Küche und rührte ohne Begeisterung in einem Topf mit vor sich hin köchelnden Bohnen, während ein Mönch auf der Stiege saß und ihm aus einer staubigen Bibel vorlas. Als dieser Anna erblickte, zog er ein finsteres Gesicht, knallte das Buch zu, schloss die Klammern, die es hielten, und verließ den Raum, indem er die Treppe emporstieg.

»Das passiert oft«, meinte Anna, ohne gekränkt zu sein. »Manchen von ihnen gefällt es nicht, eine Frau in ihren Mauern zu haben, und sie alle fürchten sich davor, was passieren könnte, wenn man sie allein mit dieser Frau antrifft.«

»Ihr Pech.«

Thomas blickte von seinem Kessel auf, als wir näher traten. Er bedachte Anna mit einem scheuen Lächeln, grinste dann breiter, als er sah, dass der Mönch verschwunden war, und runzelte nervös die Stirn, als er mich erblickte. Er ließ den Schöpflöffel los und fluchte sprachgewandt, als dieser unter der sämigen Oberfläche seiner Bohnensuppe verschwand. Ich bezweifelte, dass er diesen Ausdruck beim Vorlesen aus der Bibel aufgeschnappt hatte.

»Demetrios ist gekommen.« Anna sprach langsam. »Er will dich etwas fragen.«

Ich drängte mich an einer Reihe eiserner Töpfe vorbei neben sie. »Ich habe Neuigkeiten von dem Mönch.« Ich wartete, um zu sehen, ob er mich verstanden hatte. Danach zu urteilen, wie seine Augen starr wurden und seine Wange zuckte, hatte er das wohl getan. »Wir glauben, dass er in einem großen Lager der Barba… deiner Landsleute ist, draußen vor den Mauern unserer Stadt.«

Thomas schaute zaudernd zu Anna hinüber, die ein paar Worte in seiner Muttersprache hinzufügte.

»Ich möchte, dass du dort hingehst und ihn findest.«

Lange blieb Thomas stumm, während der Topf neben ihm brodelte und Flüssigkeit in die Luft spritzte. Einiges davon landete auf seiner Tunika, doch er schien es nicht zu bemerken.

»Wenn ich gehen, er tötet mich«, sagte er schließlich.

Ich schüttelte den Kopf. »Nein. Du findest heraus, wo er wohnt. Dann gehst du zum Haus meines Freundes.« Mein Eifer trieb meine Worte zur Eile an, und ich musste mich besinnen, um sie wieder zu zügeln. »Er wird dich beschützen und uns deine Nachricht schicken. Dann kommen wir mit vielen Soldaten, fangen den Mönch und sperren ihn ins Verlies.«

Wieder sprach Anna in der Barbarensprache. Ich hielt die Augen auf Thomas gerichtet und hoffte, dass Anna meine Unwissenheit nicht ausnutzte, um ihn von dem Vorhaben abzubringen. Thomas antwortete in derselben Sprache, zog die Schultern hoch und gestikulierte mit den Armen. Ich verspürte wachsenden Unmut darüber, dass ich von ihrem Wortwechsel ausgeschlossen war.

»Ich gehen.«

Da die Worte am Schluss einer Reihe fremdartiger Laute folgten, bemerkte ich gar nicht, dass Thomas wieder ins Griechische gewechselt hatte, bis er sie wiederholte.

»Du wirst gehen?«

Er nickte unsicher.

»Gut. Sehr gut.«

»Und wenn er zurückkommt, ist er frei, zu gehen, wohin es ihm beliebt, ins Frankenland zurückzukehren, in Konstantinopel zu bleiben oder sich im Reich niederzulassen, was auch immer.« Anna starrte mich an, Stahl in den Augen. »Das versprecht Ihr.«

»Ich verspreche es.« Ich würde mir später Gedanken darüber machen, wie ich Krysaphios dazu bewegen sollte, dieses Versprechen zu halten, wenn der Junge uns half, den Mönch in die Hände zu bekommen, und wenn er nicht zu seinen Landsleuten flüchtete.

Wenn er lange genug am Leben blieb.

κα

Wir standen beim Adrianopeltor und zitterten trotz unserer Umhänge. Der Regen, der am Tag zuvor nachgelassen hatte, war in der Nacht mit unbeirrbarer Eintönigkeit zurückgekehrt und hatte so laut auf die Dachziegel über mir getrommelt, dass ich nicht einmal die wenigen Stunden, die mir geblieben waren, zum Schlafen hatte nutzen können. Zwei Stunden vor Tagesanbruch hatten wir uns am Tor getroffen – Anna, Thomas und ich –, wo eine schwer geprüfte Pechfackel im Schutz eines Bogengangs das einzige Licht spendete. Brennende Krumen fielen von ihr ab und zischten, wenn sie im Schlamm landeten: kein viel versprechender Anfang für etwas, das schon jetzt nur eine schwache Hoffnung war.

»Wenn sie fragen, erzähl ihnen die Wahrheit – wie du hergekommen bist, das Schicksal deiner Eltern, und wie du entkommen bist, um in den Elendsvierteln der Stadt zu leben. Vielleicht gibst du den Römern die Schuld an deinem Unglück: Verfluche uns dafür, dass wir eurem Heer nicht mehr Beistand geleistet haben, oder dir, als du zurückgekehrt bist.« Ich wartete nicht ab, bis Anna meine Worte übersetzt hatte, und ich machte mir auch keine Gedanken, ob der junge Bursche sie verstanden hatte. All dies hatte ich ihm am vergangenen Nachmittag bereits ein Dutzend Mal gesagt, und jetzt redete ich mehr, um meine eigene Unruhe zu unterdrücken, als um noch einmal seine Anweisungen durchzugehen.

»Du wirst das Horn ganz umrunden und auf der anderen Seite wieder hinuntergehen müssen. Es wird kein angenehmer Marsch, aber wir können es nicht riskieren, dass jemand sieht, wie du von hier aus übergesetzt wirst. Gib mir deinen Umhang.«

Widerwillig zog Thomas das nasse Kleidungsstück von den Schultern und reichte es mir. Darunter trug er nur eine dünne Tunika, die absichtlich an spitzen Steinen zerrissen und durch den Schlamm geschleift worden war.

»Er wird an der Kälte zugrunde gehen, ehe er es auch nur halb bis zum silbernen See geschafft hat«, murrte Anna. Halb rechnete ich damit, dass sie selbst jetzt noch versuchen würde, ihn von dem Plan abzubringen.

»Er wird nass, schlammbespritzt und elend aussehen.« Ich ließ es zu, dass die Sorge meine Stimme zornig klingen ließ. »Wie es sich für einen Gassenjungen ziemt, der wochenlang in den Elendsvierteln gelebt hat. Er ist jetzt schon zu dick.«

Ich wandte meine Aufmerksamkeit abermals Thomas zu. »Versuch, mit deiner Geschichte Mitleid zu erregen, und such dir einen Ritter oder Soldaten, der dich als Diener oder Pferdeknecht aufnimmt. Dann versuch herauszufinden, ob der Mönch im Lager ist und wo wir ihn ergreifen können. Sobald du das weißt, geh zum Haus von Domenico dem Kaufmann. Du erinnerst dich doch noch daran, wo ich es dir auf der Karte gezeigt habe?«

Thomas nickte, allerdings tat er das möglicherweise nur, weil ich zu sprechen aufgehört hatte.

Ein Wachposten kam aus dem Torhaus geschlendert, den Umhang fest um die Schultern gezogen. Ein kurzer Blick auf den Passierschein von Krysaphios, den ich bei mir trug, genügte ihm, und er schickte sich an, die Riegel des schweren Tors zurückzuziehen. Ich hoffte, dass er mit dem Regen in den Augen nicht viel von Thomas Gesicht erkennen konnte, denn es sollte sich möglichst niemand daran erinnern, dass er die Stadt verlassen hatte.

»Mir gefällt dies Unterfangen nicht«, sagte Anna. Traurigkeit zeigte sich auf ihrem Gesicht. »Aber Thomas hat zugestimmt und Ihr haltet es für notwendig, also kann ich mich nicht sträuben.«

Der letzte Riegel glitt zurück und der Posten stieß den Torflügel auf. Er musste seine Schulter mit aller Kraft dagegen stemmen, um sie zu öffnen. In der Nacht dahinter sah ich nur strömenden Regen und Dunkelheit.

»Geh, Thomas.« Ich versetzte ihm einen kleinen Stoß, um ihn in Gang zu bringen. Er bückte sich, um Anna zu umarmen, die ihn einen Augenblick lang fest umklammerte, dann wandte er mir den Rücken zu und trat hinaus in die Nacht. Lange bevor der Torflügel wieder geschlossen wurde, war er verschwunden.

Ich kehrte nach Hause zurück, in mein Bett, doch die unterbrochene Nacht hatte meine Seele aufgewühlt und gestattete mir keinen Schlaf. Stundenlang lag ich da, rollte mich manchmal auf die eine oder die andere Seite, versuchte dann wieder, sehr still zu liegen, doch selbst mit geschlossenen Augen gingen die Visionen in meinem Geiste ohne Unterlass weiter. Trübes Tageslicht und die geschäftigen Geräusche der Straße drangen auf meine Sinne ein, und selbst wenn ich meine Sorge um Thomas vergessen und den Erinnerungen an seinen Aufbruch widerstehen konnte, fand ich keinen Trost.

Schließlich gab ich auf und stieß die Decke weg. Ein Blick aus dem Fenster verriet mir nicht, welche Stunde es war, denn an diesem Tag würde sich zwischen Morgen- und Abenddämmerung nicht viel tun, doch es musste mitten am Vormittag sein.

Ich trat durch den Vorhang, ging zum Steinbecken hinüber und spritzte mir Wasser ins Gesicht. Es war ebenso kalt wie der Fußboden, trotzdem machte es mich nicht viel wacher.

»Du hast länger geschlafen als Helena.« Zoe saß am Tisch und flickte einen Riss in ihrer *Camisia.* »Sie findet das nicht gut. Sie sagt, ein Vater sollte vor dem Morgengrauen erwachen, um seine Töchter zu versorgen.«

»Sie kann sich ihre Entrüstung sparen – ich konnte nicht schlafen.« Ich entdeckte den Rest eines Brotlaibs, bestrich das Stück mit Honig und kaute lustlos darauf herum.

Zoe blickte von ihrer Näherei auf. »Hast du uns während der Nacht verlassen? Helena meint, sie hätte die Tür gehört.«

Ich zuckte zusammen, als ein Stück Kruste über meinen Gaumen schrammte. »Ja, das habe ich. Manchmal sind die finsteren Stunden die beste Zeit für finstere Geheimnisse.«

»Und für finstere Verhängnisse«, ermahnte Zoe mich.

Ich hörte, wie unten die Tür ins Schloss fiel und vernahm leichte Schritte auf der Treppe. Es schien länger zu dauern als sonst, aber endlich schwang die innere Tür auf.

»Du bist also aufgestanden.« Helena musterte mich tadelnd. Sie trug einen Korb mit Brot und Gemüse unter dem Arm, und ihre *Palla* war mit Schlamm gesprenkelt. »Ich dachte schon, du wärst der achte Schläfer von Ephesus geworden.«

»Und ich bin auch von Herzen froh, dich zu sehen.« Ein pochender Schmerz machte sich hinter meinen Augen bemerkbar, und Helenas Geringschätzung behagte mir gar nicht, doch ich bemühte mich, ruhig zu bleiben. »Was hast du mir zum Mittagessen gebracht? Hammelfleisch?«

»Es gab kein Hammelfleisch.« Helena ließ den Korb mit einem Knall auf den Tisch fallen. »Nur das hier.«

Ich betrachtete ihre Einkäufe. »Bis zur Fastenzeit ist es noch mehr als eine Woche«, sagte ich. »Konntest du denn keinen Fisch oder Wildgeflügel auftreiben?«

»Dem Gerechten braucht kein Priester zu sagen, wann er fasten und wann er schwelgen soll«, erwiderte Helena ungerührt.

»War er denn nicht da?«, erkundigte sich Zoe.

Ich schaute zwischen meinen Töchtern hin und her. »War wer nicht da?«

»Der Metzger«, antwortete Helena rasch. »Nein, er war nicht da. Er hatte sein Fleisch verkauft und war nach Hause gegangen. Der Rest der Stadt muss ebenso unersättlich sein wie du, Vater – immerhin verlassen die zu einer schicklichen Zeit ihr Bett.«

»Also, ich will geschmortes Lamm. Wenn meine eigene Tochter mir das nicht bieten kann, dann muss ich eben in die Taverne gehen.« Ich zerrte mir eine dicke Dalmatica über den Kopf und zog meine Stiefel an. Dann fügte ich hinzu: »Vielleicht können wir ja heute Nachmittag die Tante des Gewürzhändlers und ihren Neffen besuchen.«

Das war als Versöhnungsangebot gemeint gewesen, doch beim Klang meiner Worte stampfte Helena mit dem Fuß auf, funkelte mich wütend an und rauschte in ihr Schlafgemach hinüber.

Ich warf die Hände empor und sah Zoe an. »Was ist denn jetzt los?«

Doch Zoe war plötzlich vollauf mit ihrer Näharbeit beschäftigt. Sie starrte auf die Nadel und gab keine Antwort, auf ihre eigene Art ebenso unergründlich wie ihre Schwester.

Ich gab den Versuch auf, ein pflichtbewusster Vater zu sein. »Ich gehe in die Taverne unten an der Straße«, teilte ich Zoe mit. »Und esse geschmortes Lamm.«

Doch es hatte den Anschein, als sei mir an jenem Tag mein Fleisch nicht vergönnt: Als ich aus dem Haus trat, sah ich mich vier Patzinaken gegenüber. Drei waren hoch zu Ross, der vierte wandte sich soeben von seinem Reittier ab und kam auf meine Tür zu. Ein anderer hielt die Zügel eines fünften Pferdes.

»Ihr werdet im Palast verlangt«, verkündete der Mann, der abgestiegen war. »Sofort.«

Ich rieb mir die Schläfen. »Ist der Mönch gefunden worden? Wenn nicht, gehe ich Mittag essen. Sagt Krysaphios, er kann warten.«

Gereizt trat der Patzinak dichter an mich heran. »Eure Befehle kommen nicht von dem Eunuchen. Sie kommen von einer Macht, der Ihr Euch nicht widersetzen könnt. Kommt.«

Ich ging mit.

Es gab viele Gründe, weshalb ich die Verbannung der Waräger auf die Mauer bedauerte, und der Verlust ihrer Gesellschaft war nicht der geringste davon. Ungehobelt und sprunghaft wie sie waren, hatten sie mich doch in ihre Gespräche mit einbezogen; die Patzinaken dagegen zeigten keine derartige Wärme. Zwei ritten vor und zwei hinter mir, in einem Tempo, das nicht viel mehr zuließ als eine gelegentliche gegrunzte Richtungsanweisung. Ich war sogar den Pferden dankbar für ihre Eile, obgleich ihr stoßender Trab meinen Kopfschmerzen eine ganz neue Dimension verlieh.

Die Route der Patzinaken war ebenso direkt wie ihre Umgangsformen: Wir ritten geradewegs die *Mesi* hinauf, vorbei am *Milion* und am *Tetrapylon* und unter den Blicken unserer alten Herrscher ins Augusteion hinein. Kaum hatten wir angehalten, waren die Wachen auch schon von den Pferden gesprungen und stießen die Kerzenverkäufer und Reliquienhändler zurück, die sich scharenweise im Vorhof der Hagia Sophia sammelten. Sie bahnten sich einen Weg zum großen Chalke-Tor, drückten einem wartenden Stallknecht die Zügel der Pferde in die Hand und drängten sich an den Bittstellern und Schaulustigen vorbei, die in den ersten Hof des Palastes strömten. Bei all dem gehorchte ich ihnen hilflos. Bald konnte ich nicht mehr mitzählen, wie oft wir abbogen, wie viele Korridore und Höfe wir durchschritten, denn mit zwei Patzinaken hinter mir blieb mir niemals auch nur ein Augenblick, um mich zu orientieren. Die endlosen Marmorhallen und goldenen Mosaike machten es mir schwer, einen Teil des Palastes vom anderen zu unterscheiden, und alles, woran wir vorbeikamen, erschien mir gleichzeitig fremd und vertraut. Nur die stetig schwindende Anzahl der Menschen um uns herum deutete darauf hin, dass wir in privatere Bereiche des Gebäudes vordrangen.

Vor einer Tür, die von zwei gewaltigen, mehr als mannshohen Urnen flankiert wurde, machten wir Halt. Der Anführer der Patzinaken drehte sich zu mir um und deutete mit ausgestrecktem Arm auf den grünen Innenhof dahinter.

»Dort hinein.«

Ich zögerte einen Moment, um Atem zu schöpfen und meine Unabhängigkeit zum Ausdruck zu bringen. Dann trat ich aus dem langen Gang heraus und in eine neue Welt.

Es war kein Innenhof, wie ich geglaubt hatte, es war ein Garten, allerdings ein Garten, wie ich ihn noch nie gesehen oder mir auch nur vorgestellt hatte. Draußen in der Stadt war heute ein regnerischer Tag mitten im Winter, hier jedoch schien ich plötzlich in den Hochsommer versetzt worden zu sein. Die Bäume um mich herum waren nicht kahl, sondern trugen schwer an Früchten und Blüten, und ein goldenes Licht erfüllte die Luft mit einem solchen Strahlen, dass es selbst durch die Blätter hindurchzuleuchten schien. Der Boden war weich und lautlos unter meinen Füßen, als ginge ich auf Kissen, obgleich das Gras durchaus echt aussah. Es war nass, doch das musste vom Tau kommen, denn als ich durch die verschlungenen Äste und Blätter hindurch emporschaute, sah ich nur unergründliches, tiefes Blau. Und irgendwo in den Bäumen sangen Vögel.

Allmählich wurde mir schwindelig, ich fühlte mich ganz benommen. Ich war ein paar Schritte weit in den Garten hineingegangen, und als ich mich umdrehte, war von dem Eingang, durch den ich hereingekommen war, nichts mehr zu sehen. Dann hörte ich ein Geräusch hinter mir, ein leises Rascheln von Blättern oder Seide, obwohl kein Wind wehte, und ich fuhr wieder herum, um zu sehen, was für eine wundersame Kreatur nun wohl erscheinen mochte.

Meine Phantasie ließ mich beinahe mit einem Zentaur, einem Greifen oder einem Einhorn rechnen, tatsächlich jedoch war es ein Mann. Allerdings ein Mann, dessen Herrlichkeit jede Legende hätte zieren können. Die Krone auf seinem Haupt glänzte wie die Sonne, als wäre sie allein die Quelle des geheimnisvollen Lichts. Sein Gewand war bis zum Saum hinunter purpurn gefärbt und mit Gold durchwirkt, während der Überwurf, der seine breite Brust bedeckte, als Harnisch hätte dienen können, so dicht war er mit Edelsteinen besetzt.

Noch ehe ich die Spitzen seiner roten Stiefel erblickt hatte, fiel ich bereits zu Boden. Die Erde schien unter mir fortzusinken, mich in sich aufzunehmen, und ich musste die Arme ausstrecken, um das Gleichgewicht zu wahren, während ich die Huldigungen rezitierte. Waren die Orte, wo ich seiner bisher ansichtig geworden war – die große Kirche, die goldene Halle und das Hippodrom – auch alle auf ihre Art prachtvoll gewesen, es war in diesem Garten, dass ich zum ersten Mal daran glaubte, dass ein Mensch tatsächlich das lebendige Tagesgestirn sein konnte, dass er tausend Jahre überdauern mochte.

»Steht auf, Demetrios Askiates.«

Mit einiger Mühe stützte ich mich auf den schwammigen Boden und erhob mich, wobei ich den Blick gesenkt hielt. Etwas Beruhigendes lag in seiner Stimme, etwas Unkultiviertes, das nicht zu unserer phantastischen Umgebung zu passen schien.

»Gefällt Euch mein Garten?«

»Euer… Euer Garten? Gewiss, Gebieter«, stammelte ich.

»Ich wollte Euch damit nicht aus der Fassung bringen. Ich finde ihn wohltuend: eine Welt jenseits der Welt, die ich regiere.«

»Ja, Gebieter.«

Er kratzte sich das grobe Barthaar und sah mir in die Augen. »Ich habe Euch hergerufen, um Euch zu danken, Demetrios. Wärt Ihr nicht gewesen, so bräuchte ich keine Kunstwerke der Handwerksmeister mehr, um zu glauben, dass ich mich im Garten des Himmelreiches befinde.«

Noch nie war mir die Dankbarkeit eines Kaisers zuteil geworden, und ich war mir nicht sicher, wie ich sie annehmen sollte. »Kunstwerke, Gebieter?«

»Gewiss glaubt Ihr doch nicht, dass ich selbst die Jahreszeiten und das Wetter meinem Willen unterwerfen kann. Befühlt die Blätter des Baumes dort, die Knospen, die jeden Moment aufbrechen wollen.«

Ich streckte die Hand aus und rieb eins der Blätter zwischen Daumen und Fingern. Es hatte den wachsartigen Glanz eines frisches Eichenblattes, und ich konnte die dunklen Adern sehen, die es durchzogen. Doch es fühlte sich an…

»Es fühlt sich an wie Seide«, staunte ich.

»Genau.« Kaiser Alexios machte eine ausladende Geste

mit der Hand. »All diese Bäume, und auch das Gras und der Himmel – alles Seide. Feuer und Spiegel sind die Sonne, und würdet Ihr einen dieser prallen Äpfel pflücken und hineinbeißen, so würdet Ihr Euch die Zähne abbrechen. So behalten wir eine Welt, in der der Höhepunkt des Sommers ständig unmittelbar bevorzustehen scheint, die niemals in die Trübsal des Herbstes verfällt. Anders als mein eigenes Reich.«

»Gibt es Räume für alle Jahreszeiten?«, überlegte ich laut.

Der Kaiser lachte, ein kehliges Bauernlachen. »Vielleicht, aber ich habe sie bisher noch nicht gefunden. Ich habe fünf Jahre lang in diesem Palast gelebt, ehe ich diesen Saal entdeckt habe, und die Handwerker haben noch einmal so lange gebraucht, um seine Pracht wiederherzustellen.« Er hustete. »Aber ich habe Euch nicht gerufen, um mit Euch über meinen Garten zu sprechen, Demetrios. Wie gesagt, ich wollte Euch dafür danken, dass Ihr die Axt des Verräters an meinem Nacken vorbeigelenkt habt.«

»Ich hätte für jeden anderen Mann dasselbe getan.«

»Ohne Zweifel. Aber nicht jeder andere Mann könnte Euch so belohnen, wie ich es tun werde.«

»Euer Haushofmeister bezahlt mir bereits mehr als ich wert bin, um Euch zu beschützen. Ich habe nur …«

Er lächelte. »Es spielt keine Rolle, was *Ihr* wert seid: Mein Haushofmeister bezahlt für das, was *ich* wert bin. Und ich bezahle für das, was mir teuer ist. Ich habe die Sekretäre angewiesen, zu gegebener Zeit die nötigen Zahlungen zu tätigen. Ich denke, Ihr werdet zufrieden sein.«

»Ich danke Euch, Gebieter. Die Gaben Eurer Großherzigkeit entströmen Eurer Hand wie Wasser aus …«

Der Kaiser machte eine ruckartige Bewegung mit dem

Kopf. »Ich brauche Eure Schmeicheleien nicht. Das überlasse ich denen, die über keine größeren Talente verfügen. Wenn Ihr Treue schwören müsst, so tut dies durch Eure Taten.«

»Jederzeit, Gebieter.«

»Krysaphios sagt, Ihr glaubt, dass es die Barbaren waren, die versucht haben, mich zu töten. Die Männer, die in Galata lagern, meine Ernte verzehren und meine Gesandten abweisen.«

»Es gibt gute Gründe, das zu denken.«

Der Kaiser rupfte ein Blatt von einem Zweig und verdrehte es in der Hand. »Mein Bruder Isaak findet, wir sollten uns sofort auf sie stürzen, sie in den Straßen von Galata niedermetzeln und die Überlebenden dann in Ketten übers Meer zurückschicken. Es gibt viele am Hofe und in der Stadt, die ähnlich denken.«

»Das würde gegen die Gesetze Gottes verstoßen«, meinte ich, da ich nichts Besseres zu sagen wusste.

Mein Gebieter warf das zerknüllte Blatt fort. »Es würde gegen die Gesetze der Vernunft verstoßen. Diese Barbaren sind hier, weil ich sie gebeten habe, zu kommen, und auch wenn sie mit mehr Männern hier aufgetaucht sind, als ich gehofft habe, und mit ihren eigenen Absichten im Herzen, so brauche ich sie doch deshalb nicht weniger. Nicht, wenn ich die Länder Asiens zurückgewinnen will, die meine Vorgänger leichtfertig aufgegeben haben.«

»Es gibt Leute, die behaupten, die Barbaren seien nicht gekommen, um diese Länder zu retten, sondern um sie sich selbst anzueignen.« Ich konnte es nicht fassen, dass ich so mit dem Kaiser sprach, über Angelegenheiten von allerhöchster Wichtigkeit, doch allen Erwartungen zum Trotz schien er froh darüber zu sein.

»Natürlich sind die Barbaren gekommen, um sich Länder anzueignen. Wieso sollten sie sonst durch die halbe Welt ziehen, um für mich zu kämpfen? Deswegen muss ich sie hier festhalten, bis sie geschworen haben, mir zurückzugeben, was von Rechts wegen mein ist. Wenn sie sich danach außerhalb unserer alten Grenzen eigene Königreiche schaffen können, sollen sie nur. Ich hätte lieber Christen, die durch Eide gebunden sind, an meinen Grenzen, als Türken oder Fatimiden.«

»Vertraut Ihr den Barbaren so sehr?«

»Ich vertraue ihnen so weit, wie sie mir mit ihren Schwertern vom Leibe bleiben – was anscheinend nicht annähernd weit genug ist. Aber sie haben ihren Nutzen. Als die Normannen einmarschiert sind, habe ich in einem Dutzend Schlachten gegen sie gekämpft und jede davon verloren, und doch habe ich sie aus unserem Land vertrieben. Warum? Weil sie einander nicht lange trauen, sie neigen sogar noch mehr zu Zwietracht und Eifersucht als die Sarazenen. Gold und Ehrgeiz wird sie einander entfremden, wird sie uns gegenüber schwächen, während alles, was sie eint, ihr Hass auf die Ismailiten ist. Sie werden Gold und Königreiche erbeuten, wir werden unsere Gebiete zurückbekommen, und wir werden in unsicherer Abhängigkeit voneinander leben.«

»Wird das gut gehen?«

Er stieß ein für einen Kaiser höchst unziemliches Schnauben aus. »Vielleicht. Wenn die Barbaren nicht von den Türken niedergemacht werden, und wenn sie nicht untereinander in Streit geraten, noch bevor sie Nicäa erreicht haben, und wenn ihre Priester nicht feststellen, dass Gott eigentlich etwas ganz anderes mit ihrem Heer vorhat. Aber nichts davon wird geschehen, wenn ich diese Eide nicht aus ihren Anführern herausquetsche.« Er nahm meinen Arm. »Und deshalb müsst Ihr dafür sorgen, dass nichts unser Bündnis mit ihnen zerstört. Wenn es ihnen gelingt, mich zu ermorden, oder wenn auch nur bekannt wird, dass sie es versucht haben, wird es Krieg zwischen ihnen und unseren Völkern geben, und die einzigen Sieger werden die Türken sein.«

Die Audienz war zu Ende. Ich verließ jenen verzauberten Garten des ewigen Frühlings und kehrte zurück in die Welt, die ich kannte. Wo es immer noch regnete.

κβ

Der Regen fiel während eines Großteils der nächsten zwei Wochen und plätscherte hinter mir, wenn ich die Stadt durchstreifte. Ich verbrachte viele Stunden bei den Toren, sah zu, wie kleine Barbarengruppen eingelassen wurden, um die Sehenswürdigkeiten der Stadt und unserer Zivilisation zu bewundern. Die meisten gaben sich damit zufrieden, stumm zu staunen, wenngleich sich auch manche genötigt fühlten, ihre Verwunderung mit herablassenden Witzen und bissigen Bemerkungen zu kaschieren. Gelegentlich führte dies zu Handgreiflichkeiten mit den Römern, doch die Wache war stets zur Stelle, allzeit bereit, die Kampfhähne zu trennen, ohne grob zu werden. Offensichtlich hatten auch sie ihre Befehle vom Kaiser. Und die ganze Zeit machte ich mir Gedanken wegen Thomas.

Während der ersten zwei Tage nach seinem Aufbruch hatte ich an wenig anderes gedacht, obwohl mir klar war, dass es Wochen dauern mochte, bis ich von ihm hören würde. Sein Leben lastete auf meinem Gewissen, und ich sehnte mich schmerzlich danach, die Kaufleute, die mit den Barbaren Handel trieben, zu fragen, ob sie etwas von ihm gehört hätten. Doch um seiner Sicherheit willen durfte ich das nicht wagen. Zumindest kam keine Kunde von seinem Tod, und als die Tage verstrichen, wandten sich meine Gedanken wieder näher liegenderen Angelegenheiten zu. Stets jedoch war Thomas' Schicksal eine Last auf meinem Herzen, ein Juckreiz, der meinen Verstand plagte. Oft suchte er meine Träume heim.

Es vergingen auch lange Tage im Palast, an denen ich wie ein Geist durch die Korridore wanderte, Wachposten und Würdenträger befragte, nach etwaigen Anzeichen von Schwierigkeiten suchte und – wie Krysaphios es mich geheißen hatte – die Augen offen hielt. Für das Gold, das er mir zahlte, schien mir dies wenig genug zu sein, doch die Anspannung machte sich bemerkbar, denn jede Stunde, die ich in diesen Hallen zubrachte, schwebte ich in Angst, ein Sklave könne zu mir kommen und mir berichten, dass der Kaiser tot sei. Ich sah ihn nach jenem Tag in dem künstlichen Garten nicht wieder, außer einmal aus weiter Ferne: eine vergoldete Statue inmitten eines endlosen Zuges aus Geistlichen, Wachen und Edelleuten, der mit Musik und Weihrauchdunst an einer entfernten Tür vorüberkam. Ansonsten war es, als bewohne er eine andere Welt.

Doch ich begegnete seinem Bruder, ungefähr eine Woche nach meiner Audienz. Nach einem Morgen auf der Stadtmauer war ich zu müde, um mich mit den Schreibern herumzuschlagen, die sich etwas darauf einbildeten, wie lange sie mir rein gar nichts sagen konnten, und schritt gerade irgendeinen verwaisten, vergessenen Säulengang hinunter, als ich Stimmen hörte. Nicht das fröhliche Geplauder von Höflingen, auch nicht das Murren von Bediensteten, sondern das gedämpfte Murmeln von Männern, die nicht wollen, dass man ihre Worte hört. Sie schienen hinter einer kleinen Tür hervorzukommen, die sich zwischen zwei Säulen in einer Mauernische befand und gerade so weit offen stand, dass man es sehen konnte, jedoch nicht so weit, um zu erkennen, ob jemand in dem Raum dahinter war.

Ich ging darauf zu, doch beim Klang meiner Schritte verstummten die Stimmen. Mit einem beklommenen Blick in die menschenleere Runde stieß ich die Tür mit dem Stiefel auf.

»Demetrios.« Der Kopf des Sebastokrators fuhr in die Höhe, als ich auf die Knie fiel, doch ich hielt den Blick weit genug erhoben, um zu bemerken, dass er sich sehr angelegentlich mit einem anderen Mann unterhalten hatte, der in eine Ecke des kleinen Gemachs zurückwich, als Isaak vortrat. Er wirkte nervös, doch bis ich die vollständige *Proskynesis* ausgeführt hatte, hatte er Zeit gehabt, um sich zu fassen.

»Erhebt Euch«, wies er mich an. »Was tut Ihr in dieser Ecke des Palastes?«

»Ich hatte mich verirrt«, antwortete ich unterwürfig. »Ich habe Stimmen gehört und dachte, ich würde vielleicht einen Führer finden, der mich hier herausbringt.«

Isaak zog ein finsteres Gesicht. »Graf Hugh, wurde Euch Demetrios Askiates schon vorgestellt? Er arbeitet für uns, um die Ränke unserer Feinde zu durchkreuzen.«

Ich verneigte mich. Anscheinend hatte Graf Hugh den Schreiber vergessen, der ihn auf seiner Gesandtschaft zu den Barbaren begleitet hatte; allerdings würde es noch viele Monate dauern, bis ich den herausgeputzten Franken vergessen würde, der im Zelt der Barbaren beinahe voll gepisst worden war. »Es ist mir eine Ehre, Herr.«

»Graf Hugh ist einer der wenigen Franken, die die Notwendigkeit einsehen, dass sich alle Christen unter dem Banner Gottes und Seines Kaisers vereinen«, erläuterte Isaak. »Er hofft, seine Landsleute dazu überreden zu können, seinem guten Beispiel zu folgen.«

»Bis jetzt ohne Erfolg«, meinte Hugh betrübt. Er fingerte an der Achatspange seines Mantels herum. »Manche von ihnen sind vernünftige Männer, gewiss, aber zu viele hören auf das Gift, das dieser Welpe Baldwin verspritzt.«

Isaak musterte mich wachsam. »Aber diese gewichtigen Dinge sind nicht Demetrios' Anliegen. Wenn Ihr den Weg hinaus sucht, nehmt die Tür, die nach Norden aus diesem Gang herausführt und geht weiter, bis ihr zur Kapelle des Heiligen Theodor kommt. Von dort aus werdet Ihr Euch zurechtfinden.«

Ich verneigte mich. »Ich danke Euch, gnädiger Gebieter.«

Er versuchte sich an einem unaufrichtigen Lächeln. »Eines Cäsaren Pflicht ist es, seinen Untertanen beizustehen. Ich sehe Euch dann nächste Woche – bei den Spielen?«

Ich sah ihn tatsächlich bei den Spielen, obgleich ich bezweifelte, dass er mich sah. Er saß neben seinem Bruder auf einem goldenen Thron auf der Empore der Katishma, während ich mir hoch oben an der Südseite eine Bank mit ein paar fetten Armeniern teilte, die nichts anderes im Kopf hatten als Wetten und kandierte Feigen. Schlimmer noch, sie waren für die Grünen.

»Wieso sollte jemand die Grünen anfeuern?«, fragte ich meinen Nachbarn, einen dürren Mann, der unablässig an seinen Fingern kaute. »Genauso gut könnte man sagen, man sei für die Sonne.«

Der Mann sah mich verständnislos an und wandte sich wieder seinen Fingern zu.

»Demetrios!«

Argwöhnisch blickte ich auf; man begegnet vielen Männern im Hippodrom, und nicht alle sind einem willkommen. Diesen zu erblicken freute mich jedoch sehr, obgleich ich ihn ohne seine Axt und seine Rüstung kaum erkannte. Er trug eine wollene Tunika mit einem metallbeschlagenen Ledergürtel und hohe Stiefel, für die es ein Leichtes war, eine Lücke zwischen mir und meinem verschreckten Nachbarn zu schaffen.

»Solltet Ihr nicht auf der Mauer sein?«, erkundigte ich mich.

»Die Mauer hat seit sieben Jahrhunderten fest gestanden und jedem Heer getrotzt, das auf sie eingestürmt ist. Vielleicht übersteht sie auch einen Nachmittag ohne mich.« Sigurd rutschte ein wenig auf der Bank entlang und nutzte den soeben geräumten Platz aus. »Ich dachte, ich könnte mir ein paar Stunden gönnen, um die Grünen gewinnen zu sehen.«

Ich stöhnte. »Nicht die Grünen. Wieso wollt Ihr sie gewinnen sehen?«

Sigurd sah mich verdutzt an. »Weil sie nun mal gewinnen. Wer wäre nicht für das beste Gespann? Sagt bloß nicht, Ihr seid für die Blauen.«

»Die Weißen.«

Sigurd prustete, vergnügter, als ich ihn seit Wochen erlebt hatte. »Die Weißen? Ihr könnt doch nicht die Weißen anfeuern – niemand tut das. Haben die zu Euren Lebzeiten schon jemals gewonnen?«

»Noch nicht. Indes, ihre Stunde wird kommen.«

»Aber sie treten doch noch nicht einmal an, um zu gewinnen. Sie sind nur im Rennen, um den Blauen den Weg zu bahnen, um die Grünen von der Bahn zu drängen und die Blauen vorbeizulassen. Genauso gut könntet Ihr mich die Roten anfeuern sehen.«

Wenn man wie ich für die Weißen war, waren diese Einwände nicht neu. »Vielleicht gibt es ja nichts, was ich lieber sähe, als den umgestürzten Wagen der Grünen auf dem Mittelfeld. Beim ersten und einzigen Mal, als mein Vater mich nach Konstantinopel mitgenommen hat, ist er mit mir hierher gekommen und hat gesagt, ich soll mir ein Gespann aussuchen. An dem Tag hatte ich eine weiße Tunika an, also habe ich mich für die Weißen entschieden, als ich sie gesehen habe.«

»Bestimmt tut es Euch Leid, dass Ihr nichts Grünes getragen habt.« Sigurd kannte kein Erbarmen.

»Ganz und gar nicht. Denn eines Tages werden die Weißen gewinnen ...«

»Wenn eine Seuche vorher die Grünen, die Blauen und die Roten niederstreckt.«

»Und ich werde mich mehr über diesen einen Sieg freuen, als Ihr über all die vielen Male in Eurem Leben, die Ihr die Grünen an den Zielpfosten habt vorbeirollen sehen.«

Sigurd schüttelte bekümmert den Kopf. »Ihr werdet als verbitterter Mann sterben, wenn Ihr auf diesen Tag wartet, Demetrios.«

Dankenwerterweise kam mir eine Posaunenfanfare zu Hilfe. Wir verstummten, als der Kaiser sich von seinem Thron erhob.

Es war das erste Rennen des Nachmittags, und das Hippodrom war erst zu drei Vierteln gefüllt, doch der großartige Anblick, den es bot, wurde dadurch nicht beeinträchtigt. Die Arena erstreckte sich zu beiden Seiten von uns, bevölkert von Zehntausenden, von allen Farben aller menschlichen Rassen und Gruppierungen. In der Ferne bäumten sich vier bronzene Rösser über dem weiter entfernten Tor auf, als zögen sie ihren goldenen Streitwagen in die Lüfte empor, während die große Kuppel der Hagia Sophia den Horizont ausfüllte. Entlang dem Mittelfeld reihten sich im Vordergrund die Statuen und Säulen; die Monumente aus tausend Jahren des Wettstreits ragten über uns auf. Kaiser und Obelisken standen neben einem halben Dutzend Bildnissen von Porphyrius und den anderen Wagenlenkern der Legenden, denen die Kirche Heilige und Propheten zur Seite gestellt hatte. Ich sah Moses, der ein Paar Steintafeln umklammerte, während er auf das Nordtor zueilte; der Heilige Georg schwang seine Lanze, und Josua ließ auf einer Sandsteinsäule sein Horn erschallen.

Unten in der Katishma waren die Huldigungen vorüber. Der Kaiser nahm wieder Platz, begleitet von einem donnernden Aufschrei der Menge, als die Tore aufsprangen und die Streitwagen herauspreschten. Sie waren schnell auf dem feuchten Sand der Arena und rasten binnen eines Augenblicks am nördlichen Markierpfosten vorüber. Die Gruppen ihrer Anhänger erhoben sich, als ihre Favoriten vorbeigaloppierten, riesige Quadrate in Blau und Grün, viele Hunderte von Männern breit, die alle einstimmig brüllten. Keiner von ihnen trug Rot oder Weiß, denn niemand war so töricht, die Nachwuchsgespanne zu unterstützen, die nur antraten, um den Älteren zu helfen.

Die Gespanne wurden langsamer, als sie die erste Biegung um den Südpfosten nahmen. Sie waren jetzt direkt unter mir, doch irgendein närrischer Gefolgsmann der Grünen suchte sich ausgerechnet diesen Moment aus, um ein großes Banner zu entfalten, das mir die Sicht versperrte. Als ich endlich wieder etwas sehen konnte, waren sie zu meiner Rechten an der Katishma vorbei und hatten fast wieder das hintere Ende der Arena erreicht.

»Sind das die Weißen, die da in Führung liegen?«, fragte ich und starrte mit zusammengekniffenen Augen hinüber. »Und das da am Schluss die Grünen?«

»Wenn die Weißen sich sieben Runden lang so gut halten könnten wie in den ersten beiden, dann würde vielleicht einer ihrer Wagenlenker auf dem Mittelfeld in Stein verewigt werden.« Sigurd hockte vorgebeugt auf der Bankkante und reckte den Hals, um zu sehen, was dort unten vorging. Er sah fröhlich aus wie ein Zehnjähriger.

»Alles Taktik«, knurrte ich durch zusammengebissene Zähne.

Wie immer hatten die Weißen gut losgelegt; als sie wieder auf uns zukamen, lagen sie eine Länge vor den Roten und noch etliche mehr vor den Grünen und den Blauen. Doch das täuschte, denn die erfahreneren Gespannlenker warteten ab, ließen ihre Pferde sich in den ersten Runden warmlaufen, während ihre jüngeren Partner um die beste Position kämpften.

»Sie lassen sich Zeit.« Sigurd biss sich auf den Knöchel und starrte angstvoll auf seinen Favoriten. »Sie wollen es in den Kurven nicht zu sehr darauf ankommen lassen müssen.«

»Das wird auch gar nicht nötig sein. Nicht mit diesem lahmen Maulesel da auf der Außenseite.«

Doch aus mir sprach eher die Hoffnung denn die Vernunft. Ich konnte erkennen, dass die Lenker der Grünen und der Blauen die Peitschen jetzt mehr zum Einsatz brachten und ihre Pferde zu einem immer schnelleren Rhythmus antrieben. Die beiden vorn liegenden Gespanne begannen zu ermüden – die Weißen schneller als die Roten, fürchtete ich –, und bald würden alle vier aufeinander treffen. Jeder Mann im Hippodrom war gespannt; manche hielt es vor Erwartung nicht auf den Sitzen, und sie sprangen auf und nieder wie Spielpuppen.

»Bahn frei für die Roten. Eure Weißen sind zu dicht am Mittelfeld, sie kommen niemals sauber um diese Kurve.«

Es schien, als habe Sigurd Recht, denn die Weißen waren auf einer schier unmöglichen Geraden die Bahn hinunter auf uns zugekommen, und der Lenker würde die Pferde fast zum Stehen bringen müssen, wenn er die Kurve bewältigen wollte, ohne von der Bahn abzukommen. Der Gespannführer der Roten nutzte die Gelegenheit und hielt nach rechts, um auf die Innenseite des weißen Streitwagens zu kommen und ihn gegen die äußere Bande zu drängen, damit die Grünen vorbeikonnten.

»Nicht genug, dass Eure Pferde nicht laufen können, jetzt sieht es auch noch so aus, als hättet Ihr einen Lenker, der nicht fahren kann.« Sigurd hielt mit seiner Schadenfreude nicht hinter dem Berg.

Doch er freute sich zu früh, denn die Weißen wurden nicht langsamer, als sie auf die Kurve zuhielten. Tatsächlich legten sie sogar noch an Tempo zu. Ich sah, wie der Lenker der Roten ungläubig zu seinem Herausforderer hinüberblickte und dann verzweifelt auf seine Rösser eindrosch, in einem verspäteten Versuch, die Weißen zu überholen. Er zerrte an den Zügeln und versuchte den Weißen den Weg abzuschneiden, doch es war nicht genug Platz und seine Nerven ließen ihn im Stich.

Mit makellosem Gespür für den richtigen Zeitpunkt lehnte sich der Führer der Weißen in seinem Streitwagen zurück und zügelte sein Gespann. Es wurde langsamer, schien fast zum Stehen zu kommen, beschrieb einen sanften Bogen um den Südpfosten und begann die gegenüberliegende Seite hinunterzugaloppieren, während die Roten, die nicht hatten abbiegen können und fast an die äußere Bande gedrückt worden wären, zusahen, wie die Blauen und die Grünen an ihnen vorbeirasten.

»Das wird den Grünen nicht helfen«, schrie ich Sigurd ins Ohr.

»Ich dachte, die Weißen sollten die Grünen aufhalten, nicht die Roten. Kann der Kerl denn ein Gespann nicht vom anderen unterscheiden?«

Der Lärm der Menge war überwältigend; alle waren aufgesprungen und drängten ihre Favoriten, den Weißen, die rasch langsamer wurden, die Führung zu entreißen. Am nächsten Pfosten, wenn nicht schon vorher, würden die hinten liegenden Gespanne sie eingeholt haben, und das Rennen wäre für sie so gut wie vorüber. Ich hatte das schon zu oft gesehen. Doch wie Sigurd gesagt hatte, mussten sie noch die Grünen so lange behindern, dass die Blauen sich an die Spitze setzen konnten. Bei einem direkten Wettrennen, Radnabe an Radnabe, hätte kein Mann im ganzen Stadion gegen die Kraft der vier Rösser der Grünen gewettet.

Der Wagenlenker der Weißen nahm nun eine Abwehrhaltung ein; er stand fast seitlich zu seinem Wagen, als er sich nach seinem Gegner umblickte. Mit jeder Sekunde, die verstrich, opferte er mehr Geschwindigkeit, während er seitwärts über die Bahn schwenkte, um die Grünen am Überholen zu hindern, ohne den Blauen in den Weg zu geraten. Es war eine hervorragende Darbietung. Doch wenn die Pferde müde werden und die Widersacher einem dicht an den Rädern hängen, reicht Geschick manchmal nicht aus. Sie hatten ungefähr drei Viertel der östlichen Geraden zurückgelegt, in der fünften Runde, als der Gespannführer der Grünen seinen Wagen leicht nach links lenkte. Der Lenker der Weißen reagierte sofort, doch er war zu schnell: Der Grüne hatte ihn getäuscht und hatte gerade noch genug Zeit, um wieder nach rechts über die Bahn zu ziehen, ehe er seine Pferde in eine schleudernde Biegung warf, die gewiss ums Haar seine Speichen brechen ließ. Der Führer der Weißen schrie seinem Gespann zu, schneller zu laufen, und ließ die Peitsche auf die Rücken der Tiere niedersausen, und einen Moment lang galoppierten er und die Grünen Seite an Seite, als zögen alle acht Rösser einen einzigen Zwei-Mann-Wagen. Das Geschrei der Menge – der Anhänger, der Spieler, der Obstverkäufer und selbst des trübsinnigen Mannes, den Sigurd von seinem Platz vertrieben hatte – wuchs in einem brodelnden Kessel des Getöses an; Sigurd und ich brüllten unsere Jubelrufe und Verwünschungen hervor wie Verrückte. Wenn die Weißen noch bis zur nächsten Biegung mit den Grünen mithalten konnten, hegte ich eine leise Hoffnung, dass sie sie vielleicht abdrängen und aus dem Takt bringen konnten.

Es gelang ihnen nicht. Mit fast gleichgültiger Leichtigkeit schnalzte der Wagenlenker der Grünen mit den Zügeln und sah zu, wie die Weißen immer weiter zurückfielen. Als sie schließlich die Biegung erreichten, waren sie aus seinem Blickfeld verschwunden, und von nun an wurde die Entfernung nur noch größer. Die Blauen versuchten mitzuhalten, doch sie hatten ihre Hoffnung auf die Weißen gesetzt und selbst zu spät zum Angriff angesetzt. Der Lärm ebbte ab, und überall im Hippodrom ließen sich Männer wieder auf ihre Plätze sinken. Nur die Anhänger der Grünen blieben auf den Füßen; irgendwie gelang es ihnen, ihr Jubelgeschrei ununterbrochen fortzusetzen, während ihr Lieblingsgespann die letzten zwei Runden absolvierte.

»Kein schlechtes Rennen«, meinte Sigurd. »Wir hätten es besser machen können. Er hat zu lange gewartet, bis er vorgeprescht ist. Aber ich habe nie daran gezweifelt, dass er es schafft.«

»Das«, erwiderte ich, »ist der Grund, warum ich nie für die Grünen sein werde.«

Etliche Gefolgsleute der Grünen waren über die Bande gesprungen und auf die Bahn gelaufen, um ihren Helden zu umarmen, ihn in den Mantel des Siegers zu hüllen und ihn im Triumph auf den Schultern zu tragen. Unten, zu meiner Rechten, hatten die Wachen das Tor zur Treppe des Siegers geöffnet, auf der er alsbald emporsteigen würde, um den Segen des Kaisers zu empfangen. Die Armenier neben mir lachten vor Entzücken gackernd und tauschten Münzenstapel untereinander aus, während andere Zuschauer sich stritten, ob die Blauen sich einen besseren Wagenlenker zulegen oder ihr Gespann auf die Gnadenweide schicken und neue Pferde anschaffen sollten.

Ich wollte mich gerade nach einem bestimmten Obstverkäufer umsehen, als eine verdächtige Bewegung unten in der Arena meine Aufmerksamkeit erregte. Ein Zuschauer war über die Bande gestiegen und schob sich am Rande der Bahn entlang; noch während ich hinsah, erreichte er den Fuß der Siegertreppe, schoss an den verblüfften Wachposten vorbei und rannte die Treppe zur Katishma hinauf. Geradewegs auf den Kaiser zu.

In panischem Schrecken sprang ich von der Bank auf. Was, wenn dies der Augenblick war, den zu verhindern mir befohlen worden war, ein Attentäter, der den Kaiser vor den Augen Tausender von Römern meucheln wollte?

Könnte es am Ende gar der Mönch sein? Der Mann war zu weit weg, um ihn zu erkennen, und wurde von der Wand der Treppe verborgen, die ihm außerdem Schutz bot. Die unbeholfenen Wachen hatten endlich die Verfolgung aufgenommen, doch er hatte einen großen Vorsprung. Wenn er jetzt einen Bogen unter seiner Tunika hervorzog, dachte ich, hätte er freie Sicht auf den Kaiser.

Da ich nicht wusste, was ich tun konnte, rannte ich los. Nicht hinunter in die Arena, sie war zu weit weg und zu überfüllt, sondern aufwärts, auf den langen Säulengang zu, der sich um das Stadion herumzog. Um diese Zeit war er fast leer, bis auf ein paar Kinder, die hier heraufgekommen waren, um dem Lärm und dem Gedränge zu entgehen, und ich rannte ihn entlang, als triebe Porphyrius persönlich mich an, um die Biegung und die Gerade hinunter, dorthin, wo Stufen zur Katishma hinunterführten. Ich nahm sie so eilig, dass ich fast kopfüber in den Tod gestürzt wäre, doch meine verzweifelt ausgestreckten Arme fanden Halt an den Schultern eines vorbeikommenden Weinverkäufers.

Ich erreichte ein Zwischengeschoss, auf gleicher Höhe mit dem zweiten Stockwerk der Katishma, und hielt inne. Der Eindringling hatte auf dem Podest des Siegers Halt gemacht, einer freiliegenden Plattform vor der Katishma, wo die Girlanden überreicht wurden, und lag auf den Knien. Patzinaken waren aus der kaiserlichen Loge herabgesprungen, um ihn zu umstellen, doch sie hielten vorsichtig Abstand, als er seine Huldigung beendete und sich erhob.

»Fürst des Friedens«, rief er, »der geringste deiner Untertanen bittet um Audienz. Hört mein Gesuch, Gebieter, auf dass Ihr wisset, was Euer Volk denkt.« Er sprach laut, mit einer Stimme, die in irgendeinem Theater oder auf einem Marktplatz gut geschult worden war. Seine Worte waren auch auf den ansteigenden Bänken zu verstehen, denn alle um ihn herum waren verstummt; weiter entfernt vernahm ich Gemurmel, als seine Ansprache rundum wiederholt wurde.

Von dort, wo ich stand, konnte ich auch den Kaiser sehen, der wie eine Statue Salomons auf seinem Thron saß. Weder sprach noch rührte er sich, und seine Wachen und Höflinge folgten seinem Beispiel.

Ich fand die Stille bedrohlich, doch der Sprecher schien Kraft daraus zu ziehen. »Warum, Gebieter, werden Eure Lande von heidnischen Barbaren verwüstet, die unsere Häuser besetzen und unser Brot essen? Warum nehmt Ihr ihr Eindringen hin und nährt ihre Lust auf Raub und Plünderungen? Jeder Mann in Eurem Reiche würde lieber dabei umkommen, sein Heim gegen diesen Abschaum zu verteidigen, als sie willkommen zu heißen wie Wölfe in den Schafherden. Führt Eure Heere gegen sie, Gebieter, und treibt sie von unseren Gestaden, wie Ihr einst die Normannen und Türken vertrieben habt. Werden wir uns von ihrer Arglist in die Falle locken lassen und zu Sklaven ihrer Macht werden? Nein.«

Er war nicht allein darin, seine eigene Frage zu beantworten – aus allen Richtungen begannen Stimmen sein Aufbegehren zu wiederholen.

»Werden wir erleben, wie die Kelten unsere Töchter schänden, unsere Schätze plündern und unter unseren Dächern schlafen? Werden wir gezwungen sein, entgegen aller Lehren der Kirche zu behaupten, dass der Geist vom Sohne kommt? Dass unser Patriarch der Sklave eines normannischen Papstes sein sollte? Dass wir nach Art der Ketzer an ungesäuertem Brot ersticken sollen, wenn wir am Tische Christi schmausen? Nein!«

Jetzt konnte ich das »Nein« auch von der gegenüberliegenden Seite der Arena herüberhallen hören. Doch noch immer rührte der Kaiser sich nicht.

»Die Barbaren sind Gott und seiner Kirche ein Gräuel, und allen, die aufrichtig glauben.« Der Redner hatte sich in Raserei hineingesteigert; seine Arme fuchtelten wild herum und sein Gesicht glühte rot. »Wir halten sie in unserer Hand: Diese sollten wir nicht in Freundschaft ausstrecken, sondern sie in unserer Faust zermalmen, bis ihr Blut durch unsere Finger rinnt. Fürst des Friedens, Euer Volk fleht Euch an, Eure Heere in die Schlacht zu führen und ihm einen Sieg zu erringen, der sich mit Euren Triumphen bei Larissa, bei Lebunium messen kann. Oder, wenn Ihr dies nicht tun wollt, einem anderen aus Eurer Familie zu gestatten, sie anzuführen und die Barbaren aus unseren Häusern zu verjagen. Verteidigt die Ehre Christi und des Reiches. Tötet die Barbaren!«

Seine Worte waren wie ein Funken stiebender Windstoß: Kaum hatte er sie ausgesprochen, da wurde der Schrei schon von der Menge um ihn herum aufgegriffen. Rasch schlossen deren Nachbarn sich ihnen an, dann die Nachbarn ihrer Nachbarn, bis das ganze Stadion unter den Sprechchören erbebte. Sie waren lauter als jeder Jubel, den ich je einem Wagenlenker hatte zuteil werden hören, lauter sogar als die Huldigung zur Krönung des Kaisers. »Tötet die Barbaren! Tötet die Barbaren! Tötet die Barbaren!«

In all dem war der Sprecher längst vergessen. Als ich mich umschaute, sah ich, wie die Patzinaken ihn umringten und ihn von der Plattform zerrten, doch er hatte sein Unheil angerichtet. Welche Partei oder Splittergruppe ihn auch angeworben hatte – und die Antwort auf diese Frage würde ihm zweifellos in den Verliesen abgerungen werden –, sie hatten ihren Standpunkt klar gemacht. Ob der Kaiser in seinem Glauben an die Barbaren weise handelte, ob er gut daran tat, ihnen die Aufgabe anzuvertrauen, die Gebiete Asiens zurückzugewinnen, konnte ich nicht wissen, und es kümmerte mich auch nicht; jetzt jedoch war klar, dass er damals in dem Garten die Wahrheit gesagt hatte. Sollte er sterben, so würde es Krieg geben. Und obgleich die brüllenden, hasserfüllten Gesichter um mich herum zuversichtlich aussahen, fürchtete ich, dass es in dieser Schlacht keinen Sieger geben würde.

KY

Die Fastenzeit zog sich dieses Jahr lange hin, allerdings mehr aus Furcht denn aus Bußfertigkeit. Eine düstere Stimmung hing über der Stadt, der Zorn von zehnmal hunderttausend Menschen auf die Barbaren, die sie verspotteten und hungern ließen. Es schien, als hätten sie uns selbst die Heiligkeit unseres Fastens gestohlen, denn was war daran schon löblich, wenn es ohnehin nichts zu essen gab? Jeden Tag ging Helena zum Markt, und jeden Tag blieb sie länger weg, um irgendetwas von dem wenigen aufzutreiben, was zu haben war. Die meisten Standbesitzer hatten wenig mehr zu tun als zu schwatzen, und selbst am anderen Ende der *Mesi* saßen die Elfenbeinschnitzer und Silberschmiede vor ihren Türen und sahen zu, wie die Schwielen von ihren Händen verschwanden. Nur die Kirchen waren gut besucht – besser als früher sogar; ihre von Weihrauch durchzogenen Kuppeln hallten wider von den Gebeten einer Stadt, die Gott um Nahrung, Erlösung oder Rache anflehten.

Die ganze Zeit über stieg der Rauch des Barbarenlagers jenseits des Goldenen Horns hinter den Mauern von Galata in die Höhe. Immer mehr von ihnen trafen ein, Angehörige aller barbarischen Stämme und Rassen, und es bedurfte großer Entschlossenheit seitens des Kaisers und der unbeugsamen Patzinaken, um sie in umliegenden Dörfern einzuquartieren und daran zu hindern, sich ihren Landsleuten in Galata anzuschließen. In der Stadt wurden die Raufereien zwischen Römern und fränkischen Besuchern heftiger: Eines Tages verlor ein Wachsoldat um ein Haar sein Augenlicht, als er verhindern wollte, dass ein junger Knappe vom Pöbel niedergestochen wurde. Keiner der Barbaren kam danach mehr durch unser Tor, und meine Pflichten beschränkten sich noch mehr auf die Paläste.

Es war eine ermüdende, einsame Arbeit, denn es gab für mich wenig mehr zu tun, als zu beobachten. Einmal, Anfang März, ging ich sogar zu Krysaphios und bat, von meiner Aufgabe entbunden zu werden, doch er gestattete es nicht: Der Kaiser, so sagte er, bestand darauf, dass jeder Gefahr begegnet wurde. Also setzte ich meine unerfreuliche Wache fort – gut bezahlt, aber unzufrieden. In jenen schweren Tagen, in denen die Festung des Winters dem Frühling trotzte, war Annas Freundschaft der einzige Trost. Obwohl sie mir mein Wagnis mit Thomas nicht verzieh, hatte sie meine Einladung zum Abendessen vor der Fastenzeit angenommen, und in den Wochen danach noch viele weitere, bis kaum noch eine Einladung nötig war. Sie wurde ein willkommener Gast in unserem Hause, saß abends mit uns zusammen und teilte unser Mahl, und falls ihre Ordensbrüder oder meine Nachbarn dies missbilligten, so zeigten sie es nicht. Die, die meine Familie am besten kannten, behaupteten sogar, es sei ein

Segen für meine Töchter, eine Frau im Haus zu haben anstatt der unsteten Bemühungen eines Vaters, der zu oft mit seinen eigenen Angelegenheiten beschäftigt sei. Und wahrscheinlich hatten sie Recht, denn meine Töchter empfanden diese Zeit als schwere Last, und ich denke, Anna war ihnen ein Trost. Helena war in jenen Tagen besonders mürrisch und verlor sogar das Interesse daran, mich zu drängen, eine Ehe zu arrangieren.

Es war, als lebten wir die acht Wochen der Fastenzeit inmitten eines Haufens aus trockenem Holz und Zunder, während Funken auf uns herabregneten. Es gab Scharmützel mit den neu angekommenen Barbaren, in dem Bemühen, sie bei Sosthenium am Marmarameer einzuschließen, und es ging das Gerücht, der Kaiser habe bei Philea, weniger als einen Tagesmarsch entfernt, ein Heer zusammengezogen. Dann gab es noch Gerede, wie ich selbst von mehreren Kaufleuten erfuhr, dass die Lieferungen, die sie den Barbaren schickten, jetzt auf Befehl des Eparchen stark beschnitten worden seien, dass der Kaiser versuchte, Männer und Tiere des Barbarenheeres durch Hunger zum Nachgeben zu zwingen. Keiner dieser Funken setzte die Stadt in Brand, doch jeder wusste, dass sie nicht ewig schwelen würde. Und noch immer kehrten die Gesandten, die in stetigem Strom die Barbaren aufsuchten, ohne Antwort zurück.

Es war am Mittwoch der Osterwoche, der letzten Woche der Fastenzeit, als das Netz, das der Kaiser um die Barbaren gesponnen hatte, sich aufzulösen begann. Anna war bei uns und trank mit uns Suppe, nachdem sie den Abendgottesdienst besucht hatte, und wir sprachen – wie so oft in diesen Wochen – darüber, wie wir die Barbaren loswerden könnten.

»Du arbeitest doch den ganzen Tag im Palast, Vater«,

sagte Helena. »Was hörst du dort?« Sie war sehr viel vernünftiger und bedächtiger in ihren Reden, wenn Anna dabei war.

»Wenig mehr, als ich in den Straßen und auf den Marktplätzen höre«, erwiderte ich. »Entweder sind die Händler ausnehmend gut informiert oder die Sekretäre im Palast gleichermaßen unwissend.« Es stimmte – ich hatte im Palast kaum eine Neuigkeit gehört, die nicht als Gerücht auf dem Forum umging. »Aber ich habe heute einen Getreidehändler getroffen, den ich kenne, und er hat mir erzählt – im Vertrauen natürlich –, dass ihm heute Morgen befohlen worden sei, seine Lieferung an die Barbaren zurückzuhalten. Wenn sie nicht angefangen haben, ihren eigenen Weizen anzubauen und ihr eigenes Vieh zu züchten, bleiben sie hungrig. Außerdem haben sie, soweit ich weiß, seit zwei Wochen kein Futter mehr für ihre Pferde bekommen.«

Anna trank den Rest ihrer Suppe. »Ist das klug? Ich habe einen Vetter in Pikridou, der sagt, dass die Franken kühner werden. Gestern haben sie ihr Lager verlassen, um das Dorf zu plündern. Nur die Stärke der Patzinaken hat ihnen Einhalt geboten.«

»Warum gehen sie nicht einfach weg?«, wollte Zoe wissen. »Unsere Mauern sind zu hoch für sie und unsere Heere zu stark – warum bleiben sie hier und machen uns das Leben schwer?«

Ich legte die Hand über ihre kleine, verkrampfte Faust. »Weil sie und der Kaiser dasselbe wollen: die verlorenen Gebiete Asiens. Doch keiner will darauf verzichten. Ohne Erlaubnis des Kaisers können sie diese Länder nicht erreichen, und er wird sie ihnen nicht geben, wenn sie ihren Anspruch nicht aufgeben. Er kann sie nicht vertreiben, außer durch Gewalt, aber wenn er Gewalt anwendet, bricht er das Bündnis und hat keine Möglichkeit mehr, in Asien einzumarschieren. Wir sind wie zwei Schlangen, die sich so dicht umeinander geschlungen haben, dass keine die andere beißen kann.«

»Sie sind beide barbarisch.« Wie immer betrachtete Helena das Problem mit der Klarheit völliger Überzeugung. »Wieso sollen große Männer streiten und schmollen, wie Achilles vor den Mauern von Troja? Eigentlich sollte es darum gehen, den Römern – den *Christen* –, die unter dem Joch der Türken leben, die Freiheit zu bringen. Was spielt es für eine Rolle, welche Armee sie befreit?«

»Es spielt eine große Rolle.« Ich sah sie unverwandt an. »Frag Sigurd, was die Normannen seinem Land angetan haben, als sie es erobert haben. Jeder Mann wurde zum Sklaven, und das Königreich war Kriegsbeute, die ihre Herrscher plündern konnten. Sie sind mordlustig und grausam, diese Barbaren, ihre Herrschaft wäre genauso schlimm wie die der Türken. Vielleicht sogar noch schlimmer. Deshalb widersetzt sich der Kaiser ihnen.«

»Und wieso …« Anna verstummte, als heftiges Klopfen am Fuß der Treppe ertönte. Sie sah mich fragend an. »Erwartet Ihr noch andere Gäste?«

»Keine, die ich eingeladen hätte.« Der plötzliche Lärm hatte mich vor Schreck zusammenfahren lassen, so dass meine Suppe über den Tisch geschwappt war, doch fasste ich mich wieder. »Ich sehe mal nach.«

Bedächtig ging ich in mein Schlafzimmer hinüber und holte mein Messer aus der Truhe, in der ich es aufbewahrte. Dann stieg ich die Stufen hinunter.

»Wer ist da?«

»Sigurd. Der Eunuch beordert Euch in den Palast.«

Ich stöhnte – anscheinend gab es keine Tages- oder

Nachtzeit, zu der Krysaphios mich nicht rufen lassen konnte. »Kann er bis zum Morgengrauen warten, wenn ich sowieso dorthin zurückkehren werde?«

Das konnte er nicht.

Ich rannte die Treppe wieder hinauf zu den drei erwartungsvollen Gesichtern. »Ich werde im Palast verlangt«, sagte ich kurz. »Ich kann nicht sagen, wann ich zurückkomme. Würdet Ihr bei den Mädchen bleiben, Anna? Ihr könnt in meinem Bett schlafen. Ich … ich schlafe auf dem Boden, wenn ich zurückkomme.«

Helena schien im Begriff, sich zu beschweren, dass sie sehr gut allein auf sich und Zoe aufpassen könne, behielt ihren Protest aber auf einen Blick von Anna hin für sich.

»Gewiss«, antwortete diese. »Aber ich muss morgen früh wieder im Kloster sein.«

»Ich hoffe, nicht einmal der Haushofmeister kann mich so lange festhalten.«

Die Nacht draußen war kalt, wenngleich ich auch tagsüber gedacht hatte, der Winter würde endlich seinen Griff lockern und dem Frühling Platz machen. Sigurd wartete unter dem Türbogen des gegenüberliegenden Hauses auf mich; er kam über die Straße und trat neben mich, als ich die Tür schloss.

»Was ist?«, fragte ich leise, als wir den Hügel hinanschritten. »Haben die Barbaren sich geregt?«

Sigurd zuckte die Schultern. »Ich bezweifle es – von der Mauer aus habe ich nichts gesehen. Vor zwei Stunden ist ein Bote zum Tor gekommen und hat verlangt, dass ich ihn in den Palast führe. Kaum hatte ich ihn der Wache präsentiert, ist so ein aufgeblasener Edelmann aufgetaucht und hat ihn mitgenommen. Mir wurde befohlen, zu warten. Dann kam einer der Sklaven des Eunuchen und hat gesagt, ich soll Euch holen. Was ich hiermit tue.« Er schwieg und ließ das Stampfen seiner Stiefel die Stille ausfüllen. »Sogar der Wachdienst auf der Mauer ist ehrenhafter als für einen Eunuchen den Laufburschen zu spielen.«

»An dem Abend, als wir uns kennen gelernt haben, habt Ihr doch fast dasselbe getan«, erinnerte ich ihn.

»Das war etwas anderes.«

Der Mond nahm ab, doch da noch immer mehr als die Hälfte seines Antlitzes zu sehen war, beleuchtete er unseren Weg durch die bleichen Schatten hinlänglich. Wir gingen an den gestrengen Statuen der großen Plätze vorbei, durch die düster aufragenden Triumphbögen und leere Straßen hinunter, und erreichten schließlich den Palast.

Sigurd sprach kurz mit den Wachen am Tor, und dann deutlich länger mit einem Sekretär, der an einem Tisch gleich dahinter saß und im Schein einer Lampe emsig kritzelte.

Der Sekretär schaute zu mir empor. »Er wird Euch in den Thronsaal bringen«, meinte er und deutete auf einen Sklaven, der lautlos hinter einer Säule hervorgetreten war.

»Und Ihr, Sigurd?«

»Ich warte hier.«

Wortlos machte der Sklave kehrt und huschte in einen der Hauptkorridore. In den letzten Monaten war ich dort oft entlanggegangen, und stets war er von allen möglichen Menschen bevölkert gewesen, die im Palast lebten, von entfernten Verwandten der kaiserlichen Familie bis hinunter zu Sklaven und Botenjungen. Jetzt war er verlassen, und die Lücken zwischen den Lichtflecken auf dem Boden erschienen mir unnatürlich dunkel. Bald bogen wir aus dem Hauptflur ab und schritten eine Reihe von düster beleuchteten Gängen hinunter, wo der Duft von Öl und Rosen durch den Geruch nach Staub und Feuchtigkeit abgelöst wurde. Manche davon waren mir vertraut und andere kamen mir so vor, doch ohne meinen schweigsamen Führer wäre ich ebenso verloren gewesen wie Theseus im Labyrinth.

Er brachte mich zu einer offenen Säulenhalle und verschwand. Die Arkaden rund um den Innenhof strahlten im warmen Licht zahlreicher Lampen, die an dicken, goldenen Ketten vom Dach herabhingen, während in der Mitte ein Boden aus poliertem Silber die nicht mehr runde Scheibe des Mondes widerspiegelte.

Ich sog scharf die Luft ein. Es war kein silberner Boden, begriff ich, sondern ein See, ein Teich erstreckte sich über den gesamten Hof, jedoch unglaublich regungslos, ohne dass eine einzige Welle die Oberfläche kräuselte. Ein Steg aus Marmor war darüber errichtet worden, der zu einer Insel in der Mitte des Sees führte, wo ich die Umrisse eines dunklen Bauwerks erkennen konnte, das sich aus dem Wasser erhob.

»Demetrios.«

Ich wandte mich wieder den Arkaden zu und schaute mich um. Die Stimme war von links gekommen, und aus einiger Entfernung, doch ich konnte nichts sehen. Die dicken Säulen, die mir die Sicht versperrten, zogen meinen Blick aufwärts, und ich starrte abermals verblüfft, als ich ihrer gewaltigen Höhe gewahr wurde, mindestens viermal so hoch wie ein Mann, und viel breiter. Natürlich hatte ich schon größere Säulen gesehen, nicht zuletzt in der großen Halle der Hagia Sophia, doch die karge Schönheit dieser steinernen Stämme, die über dem Teich emporragten, flößten mir eine ganz eigene Ehrfurcht ein.

Ich ging links um die Arkade herum und blickte hinunter auf die gesprenkelten Bilder, die unter meinen Füßen vorbeizogen. Es schienen Miniaturen ländlicher Szenen zu sein, oder doch zumindest das, was sich irgendein Künstler aus der Stadt unter ländlichen Szenen vorgestellt hatte: Kinder, die spielten oder auf Eseln ritten, grasende Ziegen, Jäger, die einen Tiger verfolgten. Doch inmitten dieser Idyllen waren immer wieder Augenblicke der Gewalt zu sehen: ein Hund, der von einem Bären zerrissen wurde, ein Adler, um dessen Leib sich eine Schlange gewunden hatte, ein Greif, der sich an einer geschlagenen Hirschkuh gütlich tat. Vielgestaltige Gesichter in Blau- und Grüntönen starrten aus den Rändern der Miniaturen hervor, von Farnwedeln und Blättern umgeben, und bei dem sanften Schwanken der Öllampen über mir konnte man sich beinahe einbilden, dass sich ihre Züge zu Fratzen verzerrten, als ich vorüberging.

Ich bog um eine Ecke und sah den Besitzer der Stimme, die mich gerufen hatte: Krysaphios. Er stand vielleicht die Hälfte des Säulengangs weit entfernt, doch unter seinem Blick dauerte es ungemütlich lange, bis ich ihn erreichte.

»Der Sebastokrator Isaak hat mich benachrichtigt«, sagte er. »Er hat Spione im Barbarenlager. Sie haben den Mönch dort entdeckt.«

»Den Mönch?« Er war in den letzten Wochen in meinen Gedanken verblasst. Obgleich es sehr gut möglich war, dass er die Stadt nicht verlassen hatte, dass er noch immer auf den richtigen Moment wartete, um einen Anschlag auf den Kaiser zu verüben, war dies doch mit jedem Tag, der verstrich, weniger wahrscheinlich geworden. Er war zu einem Phantom geworden, zu einem Geist, der sich in meine Gedanken stehlen konnte – und manchmal auch in meine Träume –, jedoch niemals Gestalt annahm. »Wo im Barbarenlager?«

»In der Nähe der Werften von Galata, in einem Gasthaus an der Mauer. Es liegt hinter den Lagerhäusern, die jetzt anscheinend von den Kaufleuten aufgegeben sind, weil sie sich davor fürchten, in einem barbarischen Lager Handel zu treiben.«

»Wieso wurde ich nicht davon unterrichtet, dass der Sebastokrator Spione dort hat?«, wollte ich wissen. »Wie könnt Ihr von mir erwarten, dass ich meine Aufgaben erfülle, wenn man mich über lebenswichtige Dinge in Unwissenheit hält?«

»Es gibt viele Dinge, von denen Ihr nichts wisst. Ich war bislang der Meinung, Ihr habt Euch vielleicht gedacht, dass der Sebastokrator sich seine eigenen Spione hält, so wie es jedes Mitglied des kaiserlichen Haushalts tut. Hat er Euch nicht einst gebeten, ihm als solcher zu dienen?«

»Möglicherweise. Aber wie sollen wir den Mönch aus Galata herauslocken? Innerhalb unserer Mauern mögen wir unverwundbar sein, aber Galata ist fast zu einem fränkischen Königreich geworden. Zwanzigtausend ihrer Krieger sind eine eindrucksvolle Leibwache.«

»Wir können ihn nicht herauslocken. Wir haben Wochen gebraucht, um ihn zu finden, und wenn er nur den Hauch einer Ahnung von einer Falle bekäme, würde er wieder verschwinden. Wir müssen uns in Galata einschleichen und ihn gefangen nehmen. Oder vielmehr, *Ihr* müsst Euch in Galata einschleichen und ihn gefangen nehmen.«

Ich starrte ihn an. »Ich muss mich in Galata einschleichen? Und wie? Wird mich eine kaisertreue Witwe in einem Korb zu ihrem Fenster hinaufziehen?«

»Ihr werdet mit zweihundert Patzinaken hinreiten – sie werden Euch beschützen. Man wird Euch willkommen heißen, denn Ihr werdet im Namen des Kaisers einen Getreidetransport begleiten. Wenn die Barbaren abgelenkt sind und die Nasen in den Trog stecken, werdet Ihr und die Wachen Euch davonstehlen und den Mönch ergreifen, noch ehe ihnen klar wird, was geschehen ist.«

Ich schüttelte den Kopf. »Wenn wir in ihr Lager eindringen und mit Gewalt einen ihrer Anhänger entführen, gibt es Krieg. Niemand wünscht sich mehr als ich, dass der Mönch gefangen genommen wird, aber in Galata ist die Gefahr, die er darstellt, begrenzt. Gewiss kann es das doch nicht wert sein, die ganze Diplomatie des Kaisers dafür aufs Spiel zu setzen.«

Krysaphios verschränkte die Finger ineinander und starrte mich mit der ganzen Ungehaltenheit eines kaiserlichen Eunuchen an. »Der Kaiser wünscht, was ich befehle. Der Sebastokrator hat zugestimmt, dass es so sein soll, und Ihr werdet das Werkzeug ihres Willens sein. Schon jetzt hat der Mönch bewiesen, dass er in unsere innersten Hallen vordringen und unsere treuesten Diener zu Schandtaten verleiten kann; täte er dies wieder, wenn die Situation mit den Franken ihren Siedepunkt erreicht, würde das Verheerungen im Reich anrichten. Und es bleibt nicht viel Zeit – höchstens zwei Wochen, denn Bohemund von Sizilien eilt mit seinem Normannenheer herbei, um die Frankenarmee zu verstärken. Wenn sie sich miteinander verbünden, können wir nicht gegen sie bestehen.«

Ich schluckte. Dies waren Neuigkeiten, die ich auf den Marktplätzen nicht gehört hatte – noch nicht einmal in den äußeren Gefilden des Palastes. Ich dachte an Sigurds

Schilderungen von den Verwüstungen, die die Normannen in seinem Heimatland angerichtet hatten und an die – viel weniger ferne – Barbarei, als die Normannen vor zehn Jahren Dyrrachium und Avlona eingenommen hatten.

»Wann brechen wir auf?«

»So, dass Ihr die Mauern Galatas im Morgengrauen erreicht, wenn sie am wenigsten darauf vorbereitet sind. Ihr werdet die Stadt durch das Blachernator verlassen und die Straße um das Goldene Horn nehmen.«

»Boote wären schneller – und würden uns die Flucht erleichtern, falls wir auf Widerstand stoßen«, wandte ich ein.

»Aber Ihr könntet das Horn nicht vor Tagesanbruch überqueren. Dann würden sie Euch kommen sehen und sich bereit halten. Auf der Straße werdet Ihr vor ihnen verborgen sein, bis Ihr ankommt. Und ich habe bereits angeordnet, dass Euch die Getreidewagen am Blachernator erwarten.«

»Dann ist es nur gut, dass wir zweihundert Mann und den Schutz der Dunkelheit haben«, meinte ich. »Der Pöbel würde uns abschlachten, wenn sie sähen, dass wir Wagen mit Lebensmitteln aus den Kornspeichern der Stadt zu den Barbaren schaffen.«

Krysaphios achtete nicht auf meine Worte. »Ihr werdet heute Nacht im Palast schlafen. Ich habe den Sklaven befohlen, Euch in den Quartieren der Wache ein Bett zu bereiten.«

»Ich werde heute Nacht zu Hause schlafen.« Dass er über jede meiner Handlungen verfügte, selbst über die geringste, machte mich zornig. »Eine halb durchschlafene Nacht in meinem eigenen Bett ist mir lieber als eine ganze in dem eines anderen. Ich kann mich am Tor mit den Patzinaken treffen.«

Krysaphios warf mir einen gereizten Blick zu, wedelte jedoch achtlos mit der Hand. »Wie Ihr wollt. Ich hatte gedacht, Ablenkungen wären Euch verhasst, jetzt, da der Mönch fast in Eurer Reichweite ist.«

»Es wird keine Ablenkungen geben.« Ebenso wenig würde es wahre Zufriedenheit geben, bis der Mönch in Ketten im Kerker lag. Selbst mit zweihundert Patzinaken, die mich bewachten, in das Lager einzudringen, bedeutete, in den Rachen eines Löwen hineinzumarschieren. Ich konnte es kaum fassen, dass ich nach dieser langen Jagd, nach all den Monaten der Verfolgung den Mönch vielleicht ergreifen würde. Doch selbst wenn es mir gelang – rechtfertigte das, zwischen den beiden großen Armeen des Morgen- und des Abendlandes einen offenen Krieg ausbrechen zu lassen?

Ich ließ Krysaphios in den Schatten jener mächtigen Säulen zurück, neben dem Mondteich, und eilte aus dem Palast. Der Sklave, der mich geführt hatte, erschien ebenso geräuschlos wie zuvor und brachte mich rasch zum äußeren Hof. Der Schreiber war immer noch da und schrieb im Lampenlicht, und auch Sigurd war bei ihm und döste auf einer Bank.

»Ist Eure Axt noch scharf?«, fragte ich leise und versetzte ihm einen leichten Stoß gegen die Schulter.

Seine Augen öffneten sich langsam, und ich wiederholte meine Frage. »Oder haben lange Tage auf der verregneten Mauer sie rosten lassen?«

Er grollte. »Das Einzige, was meine Klinge stumpf macht, sind Knochen, und sie hat seit zwei Monaten keinen mehr zu spüren bekommen. Wieso?«

»Ich breche morgen zu einem gefährlichen Botengang auf, und eine starke Axt an meiner Seite wäre mir sehr willkommen.«

»Was für ein Botengang?« Sigurd beäugte mich misstrauisch.

»Ein gefährlicher. Es könnte noch gefährlicher für Euch sein, mehr zu wissen, obgleich Ihr wahrscheinlich erraten könnt, wo im Augenblick die größten Gefahren zu finden sind. Kommt Ihr mit?«

»Ich sollte auf der Mauer sein.«

»Wie Ihr mir selbst vor gar nicht langer Zeit gesagt habt, hat die Mauer siebenhundert Jahre lang ohne Euch überdauert. Vielleicht übersteht sie auch noch einen weiteren Vormittag.« Ich sagte dies leichthin, doch angesichts von Krysaphios' warnenden Worten über die Normannen, die mir in den Ohren gellten, war der Scherz gar nicht mehr so komisch.

Sigurd rieb sich die Schulter, dann stand er auf. »Nun gut, Demetrios. Ihr habt es Euch zur Gewohnheit gemacht, an gefährlichen Orten meine Hilfe zu benötigen, und meinem Gewissen macht bereits zu viel zu schaffen. Wann brechen wir auf?«

Ich verabredete mit ihm, dass wir uns am Ende der Mitternachtswache am Blachernator treffen sollten, dann schlüpfte ich aus dem Palast und eilte nach Hause. Die Nacht war bereits weit vorangeschritten, und ich zweifelte an der Weisheit meines Entschlusses, das von Krysaphios angebotene Bett auszuschlagen. Morgen konnte ich mir in dem Barbarenlager keinen aus Müdigkeit begangenen Fehler leisten, denn ich könnte dafür mit meinem Leben bezahlen.

Inzwischen war ich der Wache wohl bekannt, nachdem ich so viele Wochen lang nach Einbruch der Dunkelheit vom Palast nach Hause gegangen war, und ich schritt unbehelligt durch die Straßen. Der Gedanke an die Normannen beunruhigte mich noch immer, und die

Finsternis der Schatten fachte meine Furcht weiter an, den ganzen Weg bis zu meiner Haustür, so sehr, dass ich eine Woge der Erleichterung verspürte, als ich sie hinter mir abgeschlossen, die Treppe erklommen und die Sicherheit meines Schlafgemachs erreicht hatte.

Meine sparsamen Töchter hatten kein Licht brennen lassen, doch ich kannte mein Heim gut genug, um mich blind darin zurechtzufinden. Im Dunkeln stand ich da, zog Umhang und Tunika aus und ließ sie achtlos zu Boden fallen. Die Luft um mich herum war kühl, und ich spürte, wie die Kälte mir die Haut zusammenzog. Mit dem Gedanken, dass ich mich auf meine alte Soldatengewohnheit, dann aufzuwachen, wenn ich gebraucht wurde, würde verlassen müssen, tastete ich nach der Bettkante und schob mich unter die Decke.

Wo ich nicht allein war. Fast hätte ich vor Schreck aufgeschrien, einen Augenblick bevor mir meine unachtsame Dummheit einfiel. Natürlich – ich hatte ja Anna gebeten, bei meinen Töchtern zu bleiben, hatte ihr angeboten, mein Bett zu benutzen, während ich fort war. Wie hatte ich das bloß vergessen können, auch wenn hundert Bilder von Franken, Patzinaken und Normannen meine Gedanken für sich beanspruchten? Und schlimmer noch – sie war ebenso nackt wie ich, nach der glatten Wärme ihrer Haut an meiner zu urteilen. Einen Moment lang konnte ich mich kaum bewegen, gelähmt vom Schreck, Verlegenheit und einem Verlangen, wie ich es seit Jahren nicht mehr empfunden hatte. Und um meine Scham noch zu vergrößern, reagierte ich auf ihre Gegenwart, wurde hart und steif, drängte mich den Höhlungen ihres Leibes entgegen.

Ich versuchte, mich von ihr zu lösen, doch sie murmelte etwas im Schlaf, streckte einen Arm aus, legte ihn um meine Schulter und zog mich dichter an sich heran. Christus, vergib mir.

Und sie schlief auch gar nicht, denn die Worte, die sie als Nächstes sagte, hatten zwar einen schläfrigen Unterton, waren jedoch vollkommen klar. »Demetrios? Ist das Eure Taktik, ahnungslose Frauen in Euer Bett zu locken und dann unangekündigt hineinzuspringen?«

»Ich hatte vergessen, dass Ihr hier seid«, sagte ich und war mir verzweifelt bewusst, wie verlogen sich das anhörte. »Im Dunkeln, und mit all den Dingen, die mir im Kopf herumgehen, da habe ich…«

Sie legte mir eine Hand auf den Mund. »Sei still, Demetrios. Eine Frau will einen Mann, der sie begehrt. Nicht einen, der aus Versehen im Dunkeln in sie hineinstolpert, als wäre sie eine Tischecke.«

»Aber das ist…«

»Sündig?« Sie lachte. »Ich habe mein ganzes Leben damit verbracht, die Geheimnisse des Fleisches zu erforschen: Ich habe Blut gefunden, Galle, Knochen und Sehnen, aber nie etwas, das aussah wie Sünde. Du warst doch in der Armee – hast du nie Gesellschaft gesucht, wenn du fern der Heimat warst?«

Ihre unverblümten Worte schockierten mich, doch die Art, wie ihre Finger in meinem Kreuz spielten, überwand meine Empörung. »Als junger Mann ist man bisweilen ein Sklave seiner Triebe«, gab ich zu.

»Als Frau auch.«

»Ich habe gebeichtet und die Absolution erhalten. Das stellt es mir nicht frei, eine Gewohnheit daraus zu machen.«

»Aber du hast gegen andere Männer gekämpft, hast sie mitunter getötet. Warum ergibst du dich dem Zorn, widerstehst aber der Lust?«

Ihre Art war betörend, und ihren hartnäckigen Widerworten konnte man nicht entrinnen. Auch war die Entschlossenheit meines Geistes nicht im Einklang mit meinem Fleisch, denn ich hatte angefangen, mit der Hand zwischen ihren Brüsten entlangzustreichen, ließ sie nach oben zu ihrem Hals gleiten und dann die Wölbung ihres Nackens hinunter. Ich dachte an mein Weib Maria und zauderte einen Moment lang, doch die Erinnerung an ihre Berührung verdoppelte mein Verlangen, und ich drängte mich fester gegen Annas nachgiebigen Körper. Sie schlang die Arme um meinen Kopf und zog ihn an ihre Brust, zog meinen Mund in einem Wirrwarr zahlloser Küsse über ihre Haut.

In meinem Körper gab es jetzt keinen Widerstand mehr, alles an mir zog, drückte oder küsste sie, mein Verstand jedoch behauptete sich. War das hier Blasphemie? Entweihte ich Marias Andenken, unsere Ehe vor Gott? Doch der Herr hatte mich nicht für alle Zeit zum keuschen Leben eines Witwers verdammt. Und Maria, in der sich das praktische Denken ihrer ältesten mit dem spielerischen Wesen ihrer jüngsten Tochter vereint hatte, würde wohl nicht wollen, dass ich in ihrem Namen das Dasein eines Mönchs führte, dachte ich.

Vielleicht war das die Wahrheit, vielleicht ließen mich die Umstände auch nur wünschen, dass es so wäre, doch ich war nicht in der richtigen Position für vernünftige, moralische Argumente. Ich ergab mich, ließ mich in Annas Umarmung sinken und presste sie während unserer stummen Vereinigung fest an mich.

κδ

Am Blachernator war es kalt, als ich dort eintraf, und sogar noch kälter wegen des Schlafes, der mir entgangen war. Annas zärtliche Wärme zurückzulassen war mir schwer genug gefallen, doch als ich durch die verlassenen Straßen zur Mauer stapfte, überkamen mich Zweifel, Schuldgefühle und Scham. Wie hatte ich mich nur solchen Ausschweifungen hingeben können, noch dazu in der heiligsten Woche des Jahres? Was würde mein Beichtvater sagen? Wie würde Gott der Herr mit mir verfahren? Ich hatte mir einen sehr schlechten Zeitpunkt ausgesucht, um gegen Seine Gesetze zu verstoßen, jetzt, da uns ein Marsch durch die Finsternis bevorstand, an dessen Ende nichts als unzählige Barbaren warteten.

Sigurd war schon da. Er hatte seine Axt über die Schulter gelegt, der Streitkolben hing an seiner Seite und ein kurzes Schwert steckte in seinem Gürtel; trotzdem hatte er noch genug Kraft übrig, zwei Schilde und ein weiteres Schwert in den Armen zu tragen.

»Die sind für Euch«, brummte er. Die Nacht hatte irgendetwas an sich, das uns mit gedämpfter Stimme sprechen ließ. »Ich habe sie in der Waffenkammer ausgegraben.«

Ich schnallte mir das Schwert um die Hüfte und schob den Arm in die Schlaufen des Schildes. Der Weg, der vor uns lag, erschien mir augenblicklich länger.

»Sie haben diese Dinger schwerer gemacht, seit ich in der Legion war«, beschwerte ich mich. »Wie kann jemand nur mit so was kämpfen?«

»Ich glaube, sie haben Euch schwerer gemacht, seit Ihr in der Legion wart.«

»Wer ist das?« Der Hauptmann der Patzinaken, derselbe, der die Expedition zum vermeintlichen Haus des Mönchs angeführt hatte, zeigte mit dem Finger auf Sigurd. »Wir brauchen keine Waräger.«

»Sigurd ist mein Leibwächter«, erwiderte ich knapp. »Er muss mich begleiten.«

Der Patzinak sah nicht besonders beeindruckt aus, doch er zuckte die Achseln und ging davon, zur Spitze seines Zuges.

Sigurd funkelte mich wütend an. »Vor zwei Monaten war ich der Leibwächter des Kaisers. Jetzt scheine ich nur noch diejenigen zu beschützen, die kein Mensch jemals würde umbringen wollen.«

»Vielleicht.« Ich schob den Schild an meinem Arm ein Stück höher. »Hoffen wir, dass Ihr das heute Nachmittag immer noch behaupten könnt.«

Ein Ruf von der Spitze des Trupps gab den Befehl zum Aufbruch. Zwei Patzinakenzüge setzten sich in Marsch, gefolgt vom Scheppern und Rumpeln der schwerfälligen Getreidewagen. Die Ochsen, die sie zogen, brüllten verdrossen; ihr Fell glänzte von der Feuchtigkeit, die in der Luft lag, und der Atem dampfte aus ihren breiten Nasen. Sigurd und ich schlossen uns der Nachhut am Ende der Reihe an. Hoch über uns leuchteten winzige gelbe Vierecke in den Fenstern des neuen Palastes, wo der Kaiser vielleicht gerade von Eroberungen träumte, doch sie verschwanden, als wir unter dem Torbogen hindurchschritten und auf die dahinterliegende Ebene hinauskamen. Der Mond war untergegangen und Wolken hatten die Sterne verdeckt, deshalb zogen wir beinahe blind dahin, und nur das Schnauben und Quietschen der Ochsenkarren durchbrach unsere Einsamkeit.

Die Karren mochten ja eine wohl überlegte Tarnung

sein, auf unserem dunklen Marsch jedoch waren sie nichts anderes als eine Behinderung. Einer blieb auf einem zerfurchten Straßenstück stecken und musste von den Patzinaken freigewuchtet werden, zudem zwang ihr Gewicht uns, alle Brücken zu meiden und bis zur äußersten Spitze des Horns zu marschieren. Der Schild hing schwer an meinem Arm, und als ich versuchte, ihn mir auf den Rücken zu schnallen, wie ich es in der Legion getan hatte, erwürgten die Schlaufen mich fast.

»Wenn man bedenkt, dass heute Gründonnerstag ist«, brummte ich, fast ebenso zu mir selbst wie zu Sigurd. »Wir sollten beim Gebet sein, und nicht unsere Mitchristen bekriegen.«

»Wenn die genauso denken, könnt Ihr heute Mittag in der Kirche verweilen.« Sigurds Schritte waren wie immer einen Fuß länger als die meinen, und ich beeilte mich, um mit ihm mitzuhalten. »Wenn nicht, findet Ihr heute vielleicht trotzdem noch Zeit, mit Gott zu reden.«

Wir trotteten weiter, und ich war letztlich doch froh, dass die Ochsen da waren, denn sie waren die Einzigen in unserer Kolonne, die noch langsamer waren als ich. Irgendwann zogen wir am nördlichen Ufer des Horns entlang wieder in die andere Richtung, folgten der Biegung, die den Hafen bildete. Hier konnte ich Lichter auf der anderen Seite des Wassers sehen, kleine Feuer, die sich bis zu den Kuppen der Hügel emporzogen, obgleich der größte Teil der Stadt noch im Dunklen lag. Galata sollte jetzt ganz in der Nähe sein. Wie um meinen Gedanken zu bestätigen, vernahm ich einen Ruf von weiter vorn, und dann hörte ich, wie zwei Patzinaken in ihrer abgehackten Sprache miteinander redeten. Wir mussten wohl die Linie der Wachposten erreicht haben, die das Lager umgab. Die Nacht war auf dem Rückzug, wich einem grauen Halblicht, welches meinen Augen unsere Umgebung enthüllte, und in der Ferne konnte ich die dunklen Schatten der Stadtmauer von Galata erkennen. Wir hatten den Zeitpunkt unserer Ankunft gut gewählt: Die Wachen würden sich die Augen reiben und ans Schlafen denken, sie würden ihrem Gott dafür danken, dass sie eine weitere Nacht unversehrt überstanden hatten, während der Rest des Lagers noch in den Betten lag. Einschließlich des Mönchs, betete ich, in dem kleinen Haus an der fernen Mauer, in der Straße hinter den Lagerhäusern.

Ich wand mich durch die Reihen hindurch nach vorn, Sigurd dicht hinter mir. »Erinnert Ihr Euch an den Plan?«, fragte ich den Hauptmann der Patzinaken. »Sobald die Tore offen sind, verlassen wir die Wagen und marschieren die Hauptstraße hinunter direkt durch das Lager. Dann dringen wir in das Haus ein.«

Der Hauptmann bedachte mich mit einem unangenehmen Lächeln. »Wenn er da drin ist, finden wir ihn.«

»Lebendig«, erinnerte ich ihn.

Wir waren nur noch zwanzig Schritte vom Tor entfernt, als man uns nach unserem Begehr fragte; der dünne Ruf eines Knaben, der sich nicht viel älter anhörte als Thomas.

»Verpflegung vom Kaiser«, rief ich zurück. »Fünf Wagen mit Getreide. Öffnet die Tore.«

»Wieso kommt das Getreide vor Tagesanbruch?« Zweifel schwangen in der Stimme des Jungen mit, doch ob dies Nervosität war oder Misstrauen, vermochte ich nicht zu sagen. »Und warum ist es von Bewaffneten umgeben?«

»Damit Ihr Euch Euer Frühmahl schmecken lassen könnt und die Straßenräuber die Wagen nicht leeren, bevor wir Euch erreicht haben. Der Kaiser will nicht, dass Ihr hungert.«

Daraufhin ertönte höhnisches Gelächter, gefolgt von langem Warten, vielleicht beriet sich der Junge mit seinem Vorgesetzten. Ich begann an Krysaphios' Plan zu zweifeln und mich zu fragen, ob man uns vor den Toren würde stehen lassen, während die Franken sich der Wagen bemächtigten. Was würden wir dann tun? Wir konnten Galata nicht mit zweihundert Mann belagern, und wir durften nichts tun, was einen Krieg auslösen könnte, solange wir nicht sicher waren, den Mönch zu fassen zu bekommen.

Ohne Vorwarnung schwangen die Tore auf.

Sogar die Patzinaken, Barbaren, die die Mauern der Hölle selbst erstürmen würden, wenn man es ihnen befahl, schienen zu schrumpfen, als wir ins Lager marschierten. Wie wir gehofft hatten, waren um diese Stunde nur wenige Franken zu sehen, doch alle, an denen wir vorbeikamen, standen am Straßenrand und betrachteten uns in hungrigem Schweigen. Die Arme hatten sie vor der Brust verschränkt, und in ihren ausgezehrten Gesichtern war der Hass deutlich zu lesen. Nicht einmal beim Anblick der hinter uns durchs Tor rollenden Getreidewagen hellten sich ihre Züge auf, wenngleich ein paar Kinder sich von der Seite ihrer Eltern lösten und in die Gassen hinter ihnen huschten, zweifellos um die Nachricht von unserer Ankunft zu verbreiten.

»Man muss sich wundern, dass der Kaiser ihnen gestattet hat, ihr Lager in einer gut befestigten Kolonie aufzuschlagen«, sagte ich zu Sigurd und brach das feindselige Schweigen, das uns umgab. »Vielleicht wären sie umgänglicher, wenn sie nichts Stabileres als Zeltleinwand zu ihrem Schutz hätten.«

»Vielleicht wollte er beweisen, dass er ihnen vertraut. Oder vielleicht wollte er sie einschließen, wo man sie leicht umzingeln und beobachten kann. Mauern können ebenso gut Gefängnisse sein wie Festungen.«

»Und wen halten sie jetzt gefangen?«

Wir erreichten einen Platz, das große Forum Galatas. Hier waren mehr Franken, viele davon Frauen und Kinder mit Körben, um das Getreide nach Hause zu tragen. Sie drängten vorwärts, als die Ochsenkarren zum Stehen kamen, doch unsere Patzinakentruppe kam nicht ein einziges Mal aus dem Tritt. Irgendwo hinter uns schrie ein Mann, wir sollten anhalten; wir beachteten ihn nicht und marschierten weiter. Ich musste Krysaphios' Gerissenheit insgeheim Beifall zollen, denn das Getreide erfüllte seinen Zweck: Vor die Wahl gestellt, eine Kompanie Patzinaken anzuhalten oder seit Tagen zum ersten Mal zu essen, entschied sich jeder Franke für seinen Magen.

Ungehindert überquerten wir den Platz und bogen in die gewundene Straße ein, die der Spion des Sebastokrators beschrieben hatte. Die Straße folgte dem Verlauf der ein paar Hundert Ellen weit entfernten Küste, doch die Gebäude drängten sich so dicht zusammen, dass wir nur manchmal durch die Lücken dazwischen einen flüchtigen Blick auf das Wasser erhaschen konnten. Die Gegend schien fast verlassen, vielleicht wegen der frühen Stunde, vielleicht aber schwelgten die Anwohner auch gerade auf dem Forum. Gleichviel: Je weniger Leute sahen, wie wir den Mönch gefangen nahmen, desto sicherer für uns.

Während wir tiefer in die Stadt vordrangen, wichen die Läden und Schenken, die die Straßen gesäumt hatten, allmählich Lagerhäusern, höhere und wuchtigere Gebäude, die sich an den Straßenrand drängten. Sie wiesen nur wenige Fenster auf und noch weniger Türen und strahlten nichts von den wunderbaren Gerüchen aus, die ihre Gegenstücke auf der anderen Seite des Horns verströmten. Ich hatte gehört, dass der Handel beinahe zum Erliegen gekommen war, seit die Barbaren aufgetaucht waren und der Kaiser mit seiner Blockade begonnen hatte. Bestimmt war hier jedenfalls nichts von der emsigen Geschäftigkeit der Stauer, Verwalter und Kaufleute zu sehen, an die ich mich von meinem letzten Besuch her erinnerte.

Wir hatten jetzt die andere Seite der Stadt Galata erreicht; vor uns konnte ich das Bollwerk der Westmauer sehen, die das Ende der Straße versperrte. Und direkt davor, in eine Nische zwischen zwei Lagerhäusern gezwängt, die einmal eine Gasse gewesen sein musste, stand ein schmales Haus.

Ich tippte dem Patzinakenhauptmann auf die gepanzerte Schulter und fuhr zusammen, erschrocken über die Geschwindigkeit, mit der er herumfuhr. Er war breit und untersetzt, fast wie ein wilder Eber, und die Glieder seines Schuppenpanzers spannten sich, doch in seinen grauen Augen lag eine Unruhe, die mich nervös machte.

»Das ist das Haus«, sagte ich und zeigte auf das schmale Gebäude. »Wir sollten ein paar Männer zur Rückseite schicken, aber es erscheint mir nicht sehr sinnvoll, die Dächer der Lagerhäuser zu besetzen.« Diese ragten zu beiden Seiten hoch über dem Haus auf, und der Sprung eines Herkules wäre nötig, um so zu entkommen.

Der Hauptmann vollführte eine ruckartige Bewegung mit dem Kopf, und ich hörte Rüstungen rasseln, als zwei Dutzend Männer in eine Gasse hinter uns einbogen, um jeglichen Fluchtweg zu bewachen, den der Mönch vielleicht nehmen würde.

»Klopfen wir an die Tür?, fragte der Hauptmann verschlagen.

»Wir schlagen sie ein.«

Er brüllte einen Befehl, und sechs Männer rannten vorwärts. Statt Schwertern trugen sie Äxte – keine riesigen Kriegsäxte wie Sigurd, sondern Holzfällerwerkzeuge, um Bäume zu fällen. Der Kern unserer Kompanie sammelte sich gegenüber, bereit, sofort vorzustürmen, wenn die Tür barst, während der Rest sich in zwei Gruppen aufteilte, die je ein Ende der Straße bewachten. Es schien ein lächerlicher Aufwand zu sein, um einen einzelnen Mann gefangen zu nehmen, doch ich kannte diesen Mann zu gut, um das Ganze für unnötig zu halten.

»Jetzt.«

Zwei Äxte krachten gegen die Tür; ihre Klingen bissen ins Holz und rissen tiefe Kerben. Ich sah, wie die Patzinaken zerrten, um sie freizubekommen; dann holten sie aus und hieben sie erneut in die Balken. Diese splitterten und bebten, gaben jedoch nicht nach. Die Stärke der Tür verblüffte die Männer offenbar, denn sie zogen die Äxte erneut heraus und führten einen dritten, donnernden Schlag.

Einer der Männer fluchte und drehte sich zu seinem Hauptmann um. Er schrie wütend etwas in seiner eigenen Sprache, das ich nicht verstand.

»Was hat er gesagt?«

»Er sagt…« Unerklärlicherweise würgte der Hauptmann seine Worte mitten im Satz ab; er griff sich an den Hals und wandte sich zu mir um, während sich meine Augen vor Entsetzen weiteten. Ein Pfeil hatte seine Kehle durchbohrt, und Blut strömte daraus hervor über seine Hände. Stumm sank er auf die Knie, und ich starrte in die Runde, doch noch während ich mich umsah, hörte ich neuerlich Schreie um mich herum und vernahm das Surren und Rasseln weiterer fliegender Pfeile.

»Sie sind auf dem Dach!«, brüllte Sigurd. »Ins Haus! Und haltet Euch den Schild vors Gesicht,« fügte er hinzu. Er stürmte über die Straße und warf sich mit der Schulter gegen die zerkerbte Tür des Hauses. Es war ein Rammstoß, der einen Ochsen gefällt hätte, doch Sigurd prallte zurück, als wäre er gegen einen Stein gerannt.

»Sie haben sie verbarrikadiert!«, rief er. »Es ist eine Falle. Nehmt den Schild hoch, verflucht noch mal!«

Immer noch wie betäubt, brachte ich die Geistesgegenwart auf, meinen Schildarm vor die Augen zu heben, während ich mich auf den Boden niederkauerte. Es war nicht einen Augenblick zu früh, denn noch während ich dies tat, spürte ich den Aufprall eines Pfeils, der sich wenige Zoll von meinem Kopf entfernt in das Leder grub. Der Schlag brachte mich aus dem Gleichgewicht, und ich fiel auf die Seite, ehe mich mächtige Arme auf die Füße zerrten und mich in den Schatten des Lagerhauses zogen.

»Ihre Bogenschützen sind auf dem Dach«, sagte Sigurd grimmig. »Sie haben uns erwartet.«

»Aber sie können doch gar keine Zeit gehabt haben, sich zu sammeln, seit wir angekommen sind…«

Sigurd schnitt mir das Wort ab. »Zeit genug. Und wer weiß wofür sonst noch. Wir müssen hier weg, ehe sie Verstärkung heranschaffen.«

Ich hielt mir den Schild über den Kopf und spähte aus unserer Deckung. Ein Dutzend Patzinaken lag bereits auf der Straße, dem Rest jedoch war es gelungen, sich zu vier großen Kreisen zusammenzudrängen; sie hielten ihre Schilde über sich und wehrten den schlimmsten Beschuss ab.

»Wenn es ihnen gelingt, diese Formation zu halten, können sie sich zu den Kais zurückziehen«, dachte ich laut. »Wir können ein Schiff suchen, das uns hier herausbringt.«

Ich wollte zu der nächsten Gruppe hinüberlaufen und ihnen meinen Plan erläutern, doch Sigurd hielt mich zurück. »Wir werden kein Schiff finden, das zweihundert von uns aufnehmen und einfach lossegeln kann. Dann sitzen wir mit dem Rücken zum Meer in der Falle – wir werden ins Wasser getrieben oder niedergemetzelt. Wir müssen zum Platz, zum Tor.«

»Das ist eine halbe Meile weit weg«, protestierte ich. »So weit kommen wir nicht, wenn wir kriechen müssen wie die Krebse.«

»Wir können, wenn die einzige andere Möglichkeit der Tod ist. Und wenn wir erst von diesen Lagerhäusern weg sind, werden die Schützen hinter uns sein. Es sei denn, sie haben am Weg entlang noch mehr Männer postiert.«

Wer konnte sagen, wo die Barbaren lauern würden? Doch ich konnte nicht darüber nachdenken, denn urplötzlich – so abrupt, wie es begonnen hatte – hörte das Klappern der Pfeile gegen die Mauer hinter mir auf. Und nicht nur dort, wo wir standen, denn ich konnte sehen, wie die Patzinaken auf der Straße ihre Schildformationen ein wenig lockerten und aus ihren behelfsmäßigen Unterständen spähten.

»Sind denen die Pfeile ausgegangen?«, fragte ich.

»Auf einen Schlag?« Sigurd blickte grimmig zum Dach empor. »Das bezweifle ich. Bestimmt ist eine neue Teufelei im Gange. Wir sollten machen, dass wir wegkommen.«

Noch während er sprach, vernahm ich ein Dröhnen im Erdboden, wie das Zittern, bevor die Erde bebt. War jetzt selbst Gott gegen uns? Die Patzinaken in ihren Kreisen schauten sich unruhig um, die Schilde halb gesenkt. Das Dröhnen wurde lauter, und Sigurd musste es einen Augenblick vor uns anderen erkannt haben, denn ich hörte, wie er den Männern zuschrie, sie sollten eine Reihe bilden, gerade als die Reiterei der Barbaren um die Biegung der Straße galoppiert kam. Ein paar Patzinaken glotzten sie wie versteinert vor Schreck an, bei den meisten jedoch gewannen Disziplin und Gewohnheit die Oberhand, und sie nahmen quer über die Straße Aufstellung, die Schilde vor sich. Wir hatten keine Speere, doch man braucht mehr als Sporen, um ein Pferd zu zwingen, in eine Reihe von Männern hineinzugaloppieren, und wenn nur ein einziges Tier scheute, würde es die anderen aus der Formation bringen und eine Bresche öffnen, in die wir vorstoßen konnten.

Doch wir waren verloren. Die Bogenschützen über uns schossen eine neue Pfeilsalve ab und streckten jene Patzinaken nieder, deren Aufmerksamkeit auf die anstürmenden Ritter gerichtet war: Sie waren zwischen den beiden Angriffslinien gefangen, wussten nicht, welcher sie sich stellen sollten und gingen hilflos zugrunde. Sigurd schritt zwischen sie, versuchte, so etwas wie Ordnung herzustellen, doch in der Verwirrung blieben seine Befehle unbeachtet, und die Reihe wies zu viele Lücken auf, um die Reiter aufzuhalten.

In einer Woge aus Klingen und Speeren brachen sie über uns herein, stießen, hieben und hackten auf jeden ein, der ihnen Widerstand leistete. Einer galoppierte nur wenige Zoll an meinem Gesicht vorbei, doch die Mauer hinter mir fing seinen Schwertstreich ab und lenkte seine Klinge von mir fort. Blindlings stieß ich mit meiner eigenen Waffe zu, doch der Reiter war bereits vorbei und ich durchbohrte nichts als Luft. Dann war um uns herum wieder Platz, und ich stolperte vorwärts, auf die Straße hinaus. Der Boden war voller Blut und mit Schilden und niedergehauenen Männern übersät, von denen manche wieder auf die Beine kamen, viele jedoch nicht. Sigurd stand noch wie ein Berg über all dem Gemetzel; er zog seine Axt aus der Brust eines Franken, den er vom Pferd gemäht hatte, und brüllte Befehle, doch nur wenige hörten auf ihn. Ein Pfeil bohrte sich neben meinem Fuß in den Straßenschmutz, und ich duckte mich erneut, doch die Bogenschützen mussten allmählich genug von dem mühelosen Morden haben, denn sie schossen nur noch selten.

Ich fuchtelte mit dem Arm zum Ende der Straße hin, wo die Reiterei sich neu formierte. »Ihr nächster Angriff wird uns bestimmt hinwegfegen«, rief ich. »Wir können ihnen nicht standhalten.«

»Ich kämpfe bis zum Tod«, erwiderte Sigurd, das Gesicht rot von Blut und Zorn. »Sich zu ergeben ist unehrenhaft.«

»Meine Töchter zu Waisen zu machen ist noch unehrenhafter. Sterbt für den Kaiser, wenn Ihr müsst, aber vergeudet Eure letzte Kraft nicht in einem bedeutungslosen Geplänkel. Für die Barbaren sind wir als Geiseln viel mehr wert denn als Leichen.«

»Die Waräger ergeben sich nicht!«, brüllte Sigurd wild. »Wir verlassen das Schlachtfeld nicht vor unserem Gegner, es sei denn, in Leichentüchern. Steht fest und kämpft!«

Doch sein Aufbegehren war eine einsame Stimme an einem einsamen Ort. Ob Waräger tatsächlich bis zum Ende gekämpft hätten, weiß ich nicht, die Patzinaken jedenfalls taten es nicht. Alle um mich herum, die noch stehen konnten, warfen Schwert und Schild weg und hoben zum Zeichen der Kapitulation die Arme. Einen Moment lang dachte ich, die Franken würden sie trotzdem niederreiten, doch im letzten Augenblick teilten sich ihre Reihen und sie ritten im Kreis um uns herum. Sigurd allein sträubte sich gegen die unvermeidliche Niederlage, grollend schritt er auf und ab und schleuderte unseren Widersachern herausfordernde Worte entgegen, doch endlich ließ auch er den Kopf sinken und seine Axt fiel zu Boden.

Die Barbaren sagten kein Wort zu uns, sondern ließen ihre Speere sprechen. Die Männer vor uns ritten los, während die hinter uns vorrückten und nach unseren Fersen stießen. Sie ließen nicht einmal zu, dass wir den Verwundeten aufhalfen, und ich sah, wie mindestens ein Mann, der noch am Leben war, achtlos von den Hufen zertrampelt wurde. Scham und Wut zeichneten sich auf allen Gesichtern unserer Leute ab, auf keinem mehr als auf Sigurds, doch wir waren machtlos: Die Franken hätten uns innerhalb von Augenblicken niedermachen können.

Wie Schweine trieben sie uns zum Forum zurück. Die Getreidewagen waren fort, zweifellos war ihre Ladung restlos verschwunden, doch eine große Menschenmenge hatte sich dort versammelt. Sie erwarteten uns, begriff ich, als ich die hämische Vorfreude um mich herum spürte, so, wie die Bogenschützen und die Reiterei uns erwartet hatte. Bei dem Gedanken, mit welcher Leichtigkeit sie uns übertölpelt hatten, wurde mir übel.

Vier Tische waren an der gegenüberliegenden Seite des Forums zusammengeschoben worden, um eine grobe Plattform zu bilden, auf der jetzt ein Dutzend fränkische Heerführer standen. Alle trugen volle Rüstung, und viele hatten Helme auf, die ihre Gesichtszüge verbargen, doch der Mann, der in ihrer Mitte stand, war barhäuptig – und mir bekannt. Es war der hellhaarige Herzog Gottfried, der Graf Hughs Gesandtschaft in seinem Zelt empfangen hatte. Er war damals dem Grafen höflich, wenn auch wachsam begegnet, während sein Bruder auf den Boden gepisst hatte. Obgleich ich von der Schlacht, dem von den Speerspitzen erzwungenen Marsch und der Gefährlichkeit unserer Lage noch wie betäubt war, gab mir sein Anblick Anlass zur Hoffnung.

Die Hoffnung schwand, als der Anführer der Reiterei im leichten Galopp um den Platz ritt, seinen großen braunen Hengst vor der Plattform zügelte und den Helm abnahm. Sein dunkles Haar stand in ungezähmten Locken ab, als habe er sich gerade erst aus dem Bett erhoben, während die Haut darunter so bleich und kalt wirkte wie eh und je. Baldwin, fiel es mir wieder ein, der landlose Bruder Herzog Gottfrieds.

Er glitt von seinem Ross und trat zu dem Herzog hinüber; ein triumphierendes Lächeln lag auf seinem Antlitz. Dann redete er ungestüm drauf los, gestikulierte mit den Armen in Richtung seiner Gefangenen und richtete seine Sätze ebenso an die Menge wie an seinen Bruder. Er sprach Fränkisch, doch man konnte die boshafte Freude in seinen Worten kaum missverstehen. Anscheinend beharrte er auf irgendeinem Streitpunkt, denn der Herzog unterbrach ihn mehrmals scharf, doch die Menge war ganz offenkundig auf Baldwins Seite. Wenn er sich direkt an sie wandte, jubelten und klatschten die Menschen, während sie sich in Pfiffen und Schmährufen ergingen, sobald er mit dem Finger auf seinen Bruder zeigte.

Sie mussten sich auf irgendetwas geeinigt haben, denn schließlich sprang Baldwin von der Plattform und kam auf uns zu.

»Zweifellos kommt er, um uns zu sagen, wie hoch das Lösegeld ist«, flüsterte ich Sigurd zu. »Habt Ihr irgendetwas von dem verstanden, was er gesagt hat?«

Sigurd schüttelte den Kopf, in seinem Gesicht war noch immer deutlich zu lesen, welche Pein ihm die Niederlage bereitete.

Ohne auf einen Dolmetscher zu warten oder auch nur zu versuchen, herauszufinden, wer von uns der Anführer war, ging der Barbarenführer auf den Patzinaken zu, der ihm am nächsten stand. Der Arm des Mannes blutete dort, wo ein Speer ihn aufgerissen hatte, doch er hob das Kinn und straffte die Schultern, als Baldwin stehen blieb und hochmütig auf ihn hinabstarrte. Er bog den Kopf zurück, dann ließ er ihn vorschnellen und spuckte dem Patzinaken mitten ins Gesicht. Der Getroffene zuckte zusammen, verharrte jedoch ansonsten regungslos, während Baldwin die entzückte Menge um sich herum angrinste und das beifällige Gemurmel zur Kenntnis nahm, das ihm entgegenschlug. Er stand noch immer zu ihnen gewandt und grinste weiter, während sich seine Hand zu seinem Schwertgurt senkte. Und das Grinsen verschwand nicht aus seinem Gesicht, als er herumwirbelte, das Schwert aus der Scheide riss und es in einem einzigen Schwung über die Kehle des Mannes zog. Es blieb nicht einmal genug Zeit, dass sich Überraschung auf den Zügen des Ermordeten hätte abzeichnen können, ehe er tot am Boden lag. Eine Blutlache breitete sich auf den Steinen unter seinem Leichnam aus.

Ein begeistertes Aufbrüllen stieg aus der Menge auf, und Baldwin vollführte eine gespielte Verbeugung, dann wischte er seine Klinge am Ärmel des Toten ab. Sein Bruder sah mit schweigender Verachtung zu, doch er konnte sich dem Pöbel nicht widersetzen, dessen Jubelgeschrei nur noch lauter wurde, als Baldwin zwei übertriebene Schritte auf den nächsten Patzinaken zu machte. Seine Klinge schwebte vor dem Gesicht des Mannes, zuckte nach links und rechts; dann, als der Soldat versuchte, ihr auszuweichen, drehte er das Schwert um und stach es ihm ins Bein. Der Wachsoldat heulte vor Schmerz auf und krümmte sich vornüber, so dass er Baldwins hungriger Klinge seinen Nacken darbot. Wahrscheinlich sah er den Schlag nicht einmal, der ihn tötete.

Angewidert schloss ich die Augen, dann öffnete ich sie wieder und sah Sigurd an. »Das können wir nicht hinnehmen«, zischte ich. »Er wird uns alle umbringen, nur zum Spaß, wenn uns das Pack nicht vorher in Stücke reißt. Wir müssen fliehen.«

»Ihr habt doch gesagt, als Geiseln wären wir mehr wert denn als Leichen.« Noch nie hatte ich solche Bitterkeit in Sigurds Stimme gehört.

»Ich habe mich geirrt. Aber wenn wir schon sterben, dann sollten wir auf den Füßen sterben. Und wenn wir es vermeiden können ...«

An die achtzig Gefangene mussten im Forum stehen, und Baldwins Barbarei hatte in der Seele eines jeden dieselbe Entschlossenheit entfacht. Jetzt handelte einer der Patzinaken. Er war nicht bereit, ein williges Opfer zu sein und stürmte auf den Rand des Platzes zu, dorthin, wo die Menge am lichtesten war. Der Ritter dort hob das Schwert, um ihn niederzuhauen, doch der Patzinake duckte sich unter sein Pferd und entging dem Hieb. Ich sah, wie seine Hände sich um das Bein des Barbaren schlossen und zu zerren begannen, während seine Schulter die Rippen des Pferdes gerammt haben musste, denn das Tier bäumte sich auf und warf seinen Reiter ab. Mit einem Schreckensschrei fiel er zu Boden, und binnen eines Augeblicks befand sich sein Schwert in der Hand des Patzinaken, der mit einem gellenden, trotzigen Schrei auf die Menge zurannte. Die Verzweiflung füllte meine Lunge. »Jetzt!«, brüllte ich. Ich ergriff Sigurds Arm und deutete nach rechts: Als die fränkische Reiterei und ihr Haufen vorwärts gedrängt hatten, um jenen einen Patzinaken aufzuhalten, hatte sich eine Lücke in ihren Reihen geöffnet. Ich rannte darauf zu, Sigurd dicht hinter mir, schmetterte dem einzigen Mann, der mir den Weg verstellte, die Faust ins Gesicht und rammte ihm zur Sicherheit noch das Knie ins Gemächt. Er brach zusammen. Noch mehr Geschrei und Gebrüll ertönte hinter mir, als Sigurd die Arme derer brach, die versuchten, ihn festzuhalten.

Wir waren frei, doch konnte ich deutlich den Lärm vieler rennender Schritte hinter mir hören. Ob es sich um barbarische Verfolger handelte oder um Patzinaken, die uns gefolgt waren, wusste ich nicht zu sagen, und ich wagte nicht, mich umzuschauen, doch sie trieben mich in eine schmale Gasse, fort vom Forum, fort von dem wirren Tumult des fränkischen Pöbels. Ich hastete an den ersten beiden Straßen vorüber, die von meinem Weg abzweigten, bog in die dritte ein und duckte mich sogleich in eine weitere Gasse, wobei ich hoffte, dass sie sich nicht als Sackgasse erweisen würde, denn die Geräusche der Verfolgung waren überall um mich herum. Die Gasse war leer, würde es jedoch nicht lange bleiben, und bei so vielen Barbaren konnten wir nicht bis in alle Ewigkeit in diesem Labyrinth herumrennen. Ich sah einen windschiefen Schuppen an einer Hauswand lehnen, hielt auf die Tür zu und betete zu meinem Gott, dass sie nicht abgeschlossen sein möge, während Sigurd mich überholte und Ausschau hielt, ob irgendwelche Feinde von vorn auf uns zukamen.

Die Tür widerstand meiner ersten Berührung, doch ein verzweifelter Fußtritt löste den Rost von ihren Angeln und sie schwang auf. Ich drehte mich um, um Sigurd zurückzurufen, denn hier konnten wir warten, bis die Barbaren vorbeigerannt waren, doch der Ruf erstarb mir in der Kehle.

Einer der Barbaren hatte mich entdeckt. Er stand hinter mir und beobachtete mich neugierig, fast träge, obgleich seine Arme und Schultern nicht im Mindesten kraftlos waren. Die Klinge, die er mir an den Hals hielt, wankte nicht einen Zoll.

K Ɛ

Er war in den letzten zwei Monaten sowohl gewachsen als auch abgemagert. Sein Bart war jetzt voll, wenn auch immer noch kurz, und der Hunger hatte sein Gesicht wie mit einem Meißel geformt und den Mann darunter zum Vorschein kommen lassen. Doch er war dünn, viel dünner als nach den paar Wochen, während derer er die Gastfreundschaft der Mönche genossen hatte, und wenn auch harte Arbeit seine Arme und Beine hart und sehnig erhalten hatte, so hatte sie auch seinen Rücken ein wenig gebeugt. Was hatte sie seinem Gemüt angetan?

Er schien nicht zu wissen, was er sagen sollte, doch dies war nicht der rechte Zeitpunkt für langes Schweigen. »Wirst du mich töten, Thomas? Oder mich diesem Dämon Baldwin ausliefern, damit ich in Stücke gehackt werde?«

»Ihr seid Feind meines Volkes«, entgegnete er schroff.

»Ich bin dein Freund. Ich habe dich einmal vor dem Tode bewahrt, weißt du noch?«

»Ihr habt mich gefesselt wie Dieb.«

»Und dich dann freigelassen.«

Ich sah, wie die Spitze seines Schwertes sich um den Bruchteil eines Zolls senkte, ehe sein Arm sich erneut straffte. »Ihr seid Feind meines Volkes. Ihr versucht, uns auszuhungern und zu töten.«

»Wirst du meine Töchter zu Waisen machen, nur weil wir verschiedenen Herren dienen?«

Das Wort »Waisen« musste ihm ins Gewissen gedrungen sein, denn er erstarrte jäh, und die Augen, die mich anstarrten, schienen plötzlich wieder die eines Kindes zu sein. Ich erwog, mehr zu sagen, seine eigenen Eltern heraufzubeschwören, doch ich wollte das Messer der Erinnerung nicht zu weit in der Wunde umdrehen. Er hatte sie gewiss nicht vergessen, sagte ich mir: Wenn ihr Verlust ihn umstimmen konnte, dann würde es so sein, und wenn nicht – nun, dann würde ich wohl sterben.

»Ich dies tun für Eure Tochter«, flüsterte er schließlich. »Und weil Ihr mein Leben gerettet.«

»Danke.« Ich hörte Geschrei und Hufgetrappel näher kommen. »Kannst du mir helfen, zum Hafen zu gelangen? Ein Boot zu finden?«

Thomas schüttelte den Kopf. »Keine Boote. Die Griechen alle nehmen. Und meine Leute dort suchen nach Euch. Geht weg. Geht hinauf, zu Eurem Freund auf Hügel.«

Panik und Begriffsstutzigkeit ließen meinen Verstand einen Augenblick lang ins Stocken geraten, ehe ich begriff, wen er meinte. »Der Kaufmann Domenico? Meinst du den? Ist er immer noch dort?«

Thomas zuckte die Achseln. »Manchmal ich sehe ihn. Er Euch helfen.«

Das war etwas, was ich selbst herausfinden würde. Ich hatte den Kaufmann Domenico seit vor dem Christfest nicht mehr gesehen, und der Rasse nach stand er den Barbaren näher als den Römern. Doch Thomas hatte Recht, was die Alternativen anging: Der Kaiser hatte in der Tat befohlen, alle Boote aus Galata fortzuschaffen, um die Barbaren vollkommen zu isolieren, und in den tiefer gelegenen Teilen der Stadt, in der Nähe der Kais und der Tore, würde man am eifrigsten nach uns suchen.

»Wirst du uns führen?«

Thomas antwortete nicht, sondern wandte mir den Rücken zu und eilte fast im Laufschritt die Straße hinauf. Ich folgte ihm mit Sigurd, der mein Gespräch mit dem jungen Burschen schweigend beobachtet hatte.

»Traut Ihr ihm?«, flüsterte er, als wir uns der Straßenecke näherten.

»Wenn es nach mir ginge, würde ich ihm nicht trauen. Aber mir bleibt nichts anderes übrig.«

»Es könnte trotzdem die falsche Entscheidung sein. Wir hätten ihn niederschlagen und in einer Ecke liegen lassen sollen. Dann hätten wir wenigstens ein Schwert.«

»Wir werden mehr als ein Schwert brauchen, um aus dieser Falle zu entkommen.« Meine Antwort war kurz, denn vor mir hatte Thomas an der Ecke nicht angehalten, sondern war geradewegs auf die Kreuzung gelaufen, und ich hörte, wie sich wildes Gebrüll erhob, als er dort auftauchte. Er drehte sich zu den Schreien um, und ich sah voll hilfloser Verzweiflung zu, wie er zurückrief und selbstbewusst mit den Armen winkte. Waren wir verraten worden? Ich konnte es kaum ertragen, hier zu warten, tatenlos, vollkommen im Unklaren darüber, ob er unser Verhängnis oder unserer Rettung war. Ich spürte, wie Sigurd sich neben mir anspannte, als wolle er vorspringen und Thomas zu Boden schlagen, und ich berührte seinen Arm, um ihn zurückzuhalten. Wenn Thomas uns seinen Landsleuten ausgeliefert hatte, waren wir machtlos.

Thomas drehte sich um und kam mit fast schon unbekümmerten Bewegungen auf uns zugeschlendert. Erst als man ihn von der Hauptstraße aus nicht mehr sehen konnte, gab er die Scharade auf und eilte zu uns zurück.

»Ich ihnen sagen, Ihr nicht hier«, berichtete er knapp. »Sie gehen.«

»Du hast die Franken – deine Leute – fortgeschickt?« Als ich lauschte, konnte ich hören, dass er die Wahrheit sagte, denn der Lärm, der uns so nahe gewesen war, verebbte jetzt zu ein paar verklingenden Rufen. Wir warteten, bis sie beinahe verstummt waren, dann folgten wir Thomas, fort von diesem Ort und hinauf in die Straßen, die vom Hafen ins Landesinnere führten. Thomas war ein sicherer Führer, und als die Küste und die Barbaren hinter uns zurückblieben, wurde er immer schneller, flitzte um Ecken und huschte in Nischen, sobald auch nur die geringste Gefahr drohte. Einmal war er so rasch, dass ich dachte, er hätte vor, uns allein zurückzulassen, doch er tauchte stets wieder auf und winkte uns weiter hügelaufwärts.

Und plötzlich standen wir am Eingang zu einer Gasse, die an einer gekalkten Wand endete, und an dem Tor, durch das ich einst an einem Dezembernachmittag geschritten war. Thomas zeigte darauf.

»Domenico.«

Ich ergriff seinen Arm, um ihm zu danken, doch er machte sich abrupt los.

»Du kannst mit uns kommen«, sagte ich zu ihm. »Mit diesem Beistand hast du dir deine Freiheit verdient. Du kannst in der Stadt wohnen und dir ein neues Leben aufbauen.«

Er antwortete nicht, sondern eilte den Hügel hinunter, bis er verschwunden war. Zurück zu den Barbaren.

Wir gingen zum Tor hinüber und ließen eine angsterfüllte Wartezeit über uns ergehen, während der misstrauische Torwächter kam, mit uns herumstritt, seinem Herrn unsere Namen überbrachte und schließlich zurückkehrte, um uns widerstrebend einzulassen. Im Innenhof sah es nur wenig besser aus als bei meinem letzten Besuch. In mancher Hinsicht sogar schlimmer, denn die Orangenbäume waren in ihrer Erde nicht gediehen und hatten die meisten ihrer Blätter auf den ungepflasterten Boden abgeworfen. Die Fassade war nicht fertig und ungestrichen, doch von den Arbeitern oder ihrem Werkzeug war nichts zu sehen. Ich bezweifelte, dass Domenico mit Barbaren als Nachbarn Wert auf allzu viel Zierrat legte. Irgendwie jedoch war es dem kleinen Kaufmann gelungen, trotz Invasion, Belagerung und Hunger genauso rundlich und gepflegt zu bleiben wie immer. Nur die Ränder seiner Augen offenbarten die Anspannung, unter der er stand, als er uns in seinem Hause willkommen hieß.

»Ihr sprengt die Grenzen des Gastrechtes, Demetrios«, sagte er mahnend, als wir in einem kühlen, fensterlosen Raum in der Tiefe seines Hauses saßen. »Normalerweise empfange ich keine Gesetzlosen.«

»Und das tut Ihr auch jetzt nicht. Das Gesetz des Reiches gilt hier noch immer.«

Domenico kicherte nervös und wischte sich die Stirn mit dem Ärmel seines Gewandes ab. »Ist es das Gesetz des Reiches, dass kaiserliche Soldaten auf einem öffentlichen Platz von einem fränkischen Irren hingerichtet werden? Dass zügelloses Pack die Straßen von Galata mit dem Recht des Schwertes regiert?«

Mit eindringlichem Blick beugte ich mich vor. »Wart Ihr dort, auf dem Platz? Habt Ihr gesehen, was uns zugestoßen ist?«

»Ich? Nein, wahrhaftig nicht. Aber ich erfahre viel.«

»Es hat Streit gegeben, zwischen zweien der Barbarenführer, dem Herzog Gottfried und seinem Bruder Baldwin. Wisst Ihr, was sie gesagt haben?«

Wir wurden von einem Diener unterbrochen, der mit einer Flasche Wein und einer Platte mit geräuchertem Rebhuhnfleisch eintrat. Ich stürzte mein Glas hinunter, kaum dass es mir gereicht worden war, und verschlang gierig das zarte Fleisch.

»Ihr haltet Euch wohl nicht mehr an das Fastengebot«, bemerkte Domenico.

»Heute nicht«, gab ich zwischen zwei Bissen zu. Mit meinen Schuldgefühlen konnte ich mich später befassen. »Aber erzählt von den Barbaren.«

Domenico leckte sich ein wenig Fett von den Fingern. »Ich habe gehört, Baldwin, der Jüngere der beiden, hätte behauptet, der Kaiser habe seine wahren Absichten offenbart, dass er, nachdem er sie eingepfercht, ihnen jegliche Verpflegung vorenthalten und ihr heiliges Unterfangen mit Schmach überhäuft hat, nun den Krieg erklärt hat. Darauf, so fand er, gäbe es nur eine einzige Antwort. Sie müssten in die Stadt einfallen und den Usurpator von seinem Thron zerren. Nur so würde der Ehre Gottes Genüge getan.«

»Sollen sie es nur versuchen«, grollte Sigurd. »Ich habe kein Belagerungsgerät in ihrem Lager gesehen. Wenn sie mit ihrem Pöbelhaufen die Mauern und Legionen Konstantinopels angreifen, werden sie erleben, was es heißt, wenn der Kaiser in den Krieg zieht.«

»Das hat Herzog Gottfried auch gesagt. Aber sein Bruder hat ihm geantwortet, er habe einen Spion hinter den Mauern, der ihnen die Stadt öffnen würde, so wie der Herr dem Josua Jericho aufgetan hat. Er hat noch ein paar beleidigende Bemerkungen über die Tapferkeit Eures Volkes hinzugefügt, die ich nicht zu wiederholen brauche, aber die Menge war völlig hingerissen. Besonders als er vorgeführt hat, mit welcher Leichtigkeit Eure Soldaten sterben.«

Ich schenkte mir noch mehr Wein ein, so hastig, dass er über den Rand des Bechers schwappte. »Hat er gesagt, wie der Spion heißt?«

Domenico sah mich streng an. »Und vielleicht auch noch, wann er zuschlagen und durch welche Tücke er die Tore öffnen will? Nein, das hat er nicht getan. Aber es gab noch andere Dinge, die er gesagt hat und die Euch, wie ich annehme, ungemein interessieren dürften. Ein Normannenheer ist im Anmarsch ...«

»Ich weiß.« Müde hob ich die Hand. »In zwei Wochen sind sie hier, und dann werden wir es mit doppelt so vielen Barbaren zu tun haben. Das ist mir nicht neu. Gewiss wird Baldwin doch so lange warten.«

Domenico seufzte. »Ihr wisst nicht, wie der Verstand dieser Männer arbeitet, Demetrios. Baldwin ist nicht gekommen, um die heiligen Stätten Jerusalems zu sehen, und ebenso wenig, um seinem normannischen Rivalen dabei zu helfen, einen Thron zu besteigen. Er ist um seiner selbst willen gekommen, und er fürchtet, dass, sollte er zaudern, andere ihm die Beute wegschnappen könnten. Das ist der Grund dafür, dass sein Heer sich gerade jetzt, in diesem Augenblick, für die Schlacht rüstet.«

»Die Pläne der Barbaren scheinen Euch wohl bekannt zu sein.« Sigurd krümmte die Finger zu Fäusten und streckte sie wieder. »Wie kommt ein Kaufmann zu solcher Kenntnis dessen, was in den Köpfen seiner Feinde vorgeht?«

»Auf dieselbe Weise, wie es kommt, dass ich Fleisch und Wein auf dem Tisch habe, während alle um mich herum Ratten fressen. Ich höre mich nach dem um, worauf ich aus bin, und ich bezahle gut, wenn ich es finde. Baldwin und sein Bruder herrschen über diese Kolonie, also bringe ich alles über sie in Erfahrung, was ich kann, in der Hoffnung, dass es mir eines Tages etwas nützt.«

Schweigen herrschte in dem trübe beleuchteten Raum, während jeder von uns seine Gedanken sammelte. Endlich ergriff ich das Wort. »Wenn die Barbaren gegen die Stadt vorrücken, in der Hoffnung, dass ein Verräter uns dem Untergang preisgibt, dann dürfen wir nicht verweilen. Wir müssen eine Nachricht hier herausschaffen und den Kaiser warnen.«

»Ihr könnt dieses Haus nicht verlassen«, wandte Domenico ein. »Baldwin hat den Pöbel in der Kolonie entfesselt. Das ist ein genau berechneter Schachzug, um ihr Blut in Wallung zu bringen und sich ihrer Treue zu versichern, aber sobald Ihr diese Mauern verlasst, werdet Ihr abgeschlachtet. Es ist viel besser, zu warten, bis sich die Raserei gelegt hat und das Heer abgezogen ist. Dann können wir im Schutz der Nacht hinaus.« Er sah meinen Einspruch kommen. »Sie haben keine Boote, und es ist ein weiter Weg um das Horn herum. Sie werden die Stadt nicht durch einen Überraschungsangriff erobern.«

»Und ihr Spion?« Im Herzen hatte ich ihn bereits als den Mönch entlarvt. »Was ist, wenn er sein unheilvolles Werk vollbringt, bevor der Kaiser gewarnt ist?«

Domenico zuckte die rundlichen Schultern. »Was soll sein? Wenn Ihr heute Abend aufbrecht, könnte er bereits gehandelt haben, ehe Ihr ankommt. Aber wenn Ihr jetzt gleich geht, wird es mit Sicherheit zu spät sein, denn Ihr werdet ihn niemals erreichen.«

»Und heute Abend werdet Ihr uns helfen, zu entkommen?«, hakte Sigurd nach.

»So Gott will. Wenn das Pack bis dahin nicht mein Haus niedergebrannt und alles gestohlen hat, was ich besitze. Obgleich ich hoffe, dass sie nicht bis hierher kommen – der Hügel sollte sie davon abhalten, denke ich.«

»Und in der Zwischenzeit?«

»In der Zwischenzeit solltet Ihr hier bleiben. Es gibt noch mehr zu essen, wenn Ihr wollt. Oder Ihr könntet beten. Schließlich ist heute der richtige Tag dafür.«

Ich betete tatsächlich in jenen langen Stunden, die folgten, wiederholte die Bitten der Propheten ein ums andere Mal, bis ein finsterer Blick Sigurds mich zum Schweigen brachte. Danach sprach ich meine Gebete in meinem Herzen, während Sigurd in dem kleinen Zimmer herumlief wie ein Bär im Käfig. Manchmal unterhielten wir uns, doch keiner von uns konnte sich wirklich aufraffen, und unsere Worte blieben ohne Ausnahme unbeachtet. Domenicos Diener brachte etwas Brot und Wasser, das wir dankbar zu uns nahmen, und danach konnte ich den Schrecken lange genug aus meinen Gedanken verbannen, um einzuschlafen. Einmal wachte ich auf und glaubte, in der Ferne Geschrei zu hören, doch es kam nicht näher, und bald sank ich wieder in Schlaf.

Von einem Zerren an meinem Arm erwachte ich abermals und öffnete die Augen. Domenico blickte auf mich herunter.

»Es wird Abend«, sagte er. »In einer halben Stunde, wenn es dunkel ist, brechen wir auf.«

Ich rieb mir den Schlaf aus den Augen und trank einen Schluck von dem Wasser, das er gebracht hatte. »Sind die Barbaren fort?«

»Ihr Heer ist bereits vor vielen Stunden abgezogen, aber der Rest ihres Lager ist immer noch auf den Straßen unterwegs und sucht nach dem wenigen, was noch zu plündern übrig bleibt. Es wird noch immer gefährlich sein, in ihre Nähe zu kommen.«

»Nicht so gefährlich wie heute früh, als wir hergekommen sind«, meinte ich. »Ihr habt uns heute das Leben gerettet. Ich werde es nicht vergessen.«

Der Kaufmann nahm mir gegenüber Platz; der Stuhl knarrte unter seinem Gewicht. »Um die Wahrheit zu sagen, mein Freund, ich tue dies nicht aus Liebe zu Eurem Volk, obwohl ich auch keinen Groll gegen es hege.« Er warf einen nervösen Blick hinter sich, wo ich die undeutliche Gestalt Sigurds erkennen konnte, der auf einer Bank schlief. »Die Blockade des Kaisers hat mich fast in den Ruin getrieben, während ich jeden Tag mit ansehe, wie meine Rivalen auf der anderen Seite der Bucht ihre Schiffe entladen.«

»Wenn wir den Palast lebendig erreichen«, sagte ich, »und wenn es auch nur einen einzigen Mann im Palast gibt, der mir zuhört, dann werdet Ihr das prächtigste Haus besitzen, das im Schatten der Akropolis steht.«

»Ich hoffe es, mein Freund. Ich hoffe es. Mein Vater in Pisa wird ungehalten sein, wenn ich als Bettler zurückkehre.«

In Stille und Dunkelheit gehüllt saßen wir ein paar Augenblicke lang da, das einzige Geräusch war Sigurds Schnarchen in der Ecke.

»Sagt mir, was Ihr sonst noch über Baldwin wisst«, bat ich. Ich war zu wach, um wieder einzuschlafen, und Domenico war mir nicht so gut bekannt, dass Schweigen sich behaglich angefühlt hätte.

Er zuckte die Achseln und lutschte an einer getrockneten Feige. »Kleinigkeiten, Tratsch und Hörensagen. Er hat sein Weib und seine Kinder mitgebracht – habt Ihr das gewusst?«

»Nein«, gab ich zu. »Ist unser Klima ihrer Gesundheit förderlich?«

Domenico schmunzelte. »Das wird es bestimmt sein, wenn sie erst Königin und Prinzen seines neuen Reiches sind.«

»Er hat keine Ländereien im Westen? Im Frankenland?« Es war halb Frage und halb Feststellung, denn ich erinnerte mich daran, wie Graf Hugh ihn seinerzeit deshalb verspottet hatte.

»Nein. Sein Vater war ein Graf und seine Mutter besaß ein Herzogtum, aber er war der dritte Sohn, deshalb hat er keins von beiden bekommen. Dem Gerücht nach war er für die Kirche bestimmt, aber Ihr habt ja gesehen, welcher Jähzorn in seiner Seele wohnt. Ich glaube nicht, dass er lange auf der großen Kirchenschule in Reims war. Danach …«

Domenico war kein Mann, der eine Geschichte gestrafft hätte, wenn er sie ausschmücken konnte, doch auf meinen überraschten Aufschrei hin stockte er verwirrt.

»Reims? Baldwin war in Reims? In der Barbarenstadt, wo sie einen Schrein ihres Heiligen Remigius haben?«

»Ich glaube schon.« Domenico schaute erschrocken zu mir auf, während Sigurd sich hinter mir zu regen begann. »Ich war noch nie dort. Warum?«

»Weil der Mönch in Reims war – dort hat er sich seinem Orden angeschlossen und ist gegen die Römer aufgehetzt worden. Dort muss Baldwin ihn getroffen haben.« Ich dachte daran, wie der Bruder des Mönchs dessen Grausamkeit beschrieben hatte. »Ich denke, sie hatten viel gemeinsam. Als also Baldwin nach Osten gezogen ist und einen Mann brauchte, der als Römer durchgehen konnte, jedoch im Herzen dem Glauben der Barbaren anhing, hat er den Mönch Odo gewählt.«

Domenico sah mich verdutzt an. »Ihr glaubt also, dieser Mönch – der Mann, der damals an mich herangetreten ist, damit ich seine Pläne unterstütze – ist Baldwins Attentäter?«

»Genau. Ihr habt gesagt, er hat sein Weib und seine Kinder mitgebracht, dass er sich ein Reich im Osten schaffen will, weil er im Abendland keinen Grundbesitz hat. Welch reichere Beute gäbe es als Byzanz?«

Das meiste davon hatte ich bereits geargwöhnt, doch endlich eine handfeste Verbindung zwischen Baldwin und dem Mönch gefunden zu haben, das ließ mein Herz vor Hochstimmung jagen. Da jedoch noch kein Anlass zur Hochstimmung bestand, rief ich mich zur Ordnung, während der Mönch sich auf freiem Fuß befand und die Barbaren unter Waffen standen.

»Wir müssen gehen und dem Kaiser davon berichten«, sagte ich.

Domenico öffnete vorsichtig die Tür. Draußen musste es genauso dunkel sein wie drinnen, denn es fiel kein Licht herein.

»Es ist Nacht«, verkündete er. »Wir können gehen.«

»Dann sollten wir uns lieber sputen.«

Mit langen Messern bewaffnet, die Domenico uns ausgehändigt hatte, eilten wir aus seinem nicht fertig gebauten Hof und den Hügel hinunter. Sein Haus war unversehrt, doch kaum fünfzig Ellen weiter begannen die Verwüstungen. Man konnte fast sehen, wo die Menge Halt gemacht hatte, die Hochwasserlinie ihrer verheerenden Flut: Eben waren die Häuser, an denen wir vorbei kamen, noch unbeschädigt, dann bestanden sie plötzlich nur noch aus abgedeckten Ruinen, die Türen aus den Angeln gerissen und jedes Fenster eingeschlagen. Rauch erfüllte die Luft, der scharfe Dunst menschlichen Elends, und ich musste mir den Ärmel vors Gesicht halten, um nicht zu würgen. Domenico hatte von einem Pöbel gesprochen, doch dessen Wüten musste ein Plan zugrunde gelegen haben, denn nicht ein einziges Gebäude war ausgelassen oder übersehen worden. Selbst jetzt noch trug der dumpfe Wind Schreie der Verwüstung und Vernichtung an mein Ohr.

Ich schauderte. »Gott der Herr stehe uns bei, wenn sie in die Stadt gelangen. Er selbst hätte hier keine größere Zerstörung anrichten können.«

Wir stiegen weiter hügelabwärts; Domenico führte uns unsicher durch rauchende Straßen und mit Schutt übersäte Gassen. Wir sahen niemanden, weder lebend noch sterbend, und Furcht schärfte unser Gehör, so dass wir es rasch bemerkten, wenn sich jemand näherte. Mehrmals kauerten wir uns in die Ruinen, bis wir sicher waren, dass die Gefahr vorüber war, und wir kamen nur langsam voran, bis endlich der Hang in dem flachen Gelände an der Küste auslief. Wir gelangten auf eine breite Straße – dieselbe, wurde mir klar, auf der wir heute Morgen dahingeschritten waren. Da hatten wir uns noch stark gefühlt, unverwundbar, aber wie viele von dieser Kompanie waren jetzt noch am Leben?

Domenico huschte über die Straße in den Schatten eines Lagerhauses und winkte uns, ihm zu folgen. Wahrscheinlich war das Gebäude bereits leer gewesen, bevor die Plünderer es erreicht hatten, und obgleich es schwarz verkohlt war, hatten die neuen Ziegelsteine seiner Außenmauern es vor dem schlimmsten Wüten der Flammen bewahrt. Seiner Tür war ein solches Glück nicht beschieden gewesen, doch das gereichte uns zum Vorteil, als wir Domenico unter dem geschwärzten Türsturz hindurch folgten.

Betrübt deutete er mit einer Armbewegung um sich. »Einst sollte dies die Wiege meines Wohlstands sein; jetzt ist es sein Grabmal. Doch gerade in dieser Woche unter all den anderen sollten wir uns daran erinnern, dass das Heil auch aus dem Grabe kommen kann. Helft mir, den Boden hochzunehmen.«

Wir knieten nieder und zwängten die Finger in eine Ritze, so wie er uns anwies. Als wir anzogen, löste sich ein großes, rechteckig gefügtes Stück des Bretterbelags und gab den Blick in eine flache Grube frei. Auf der festgetretenen Erde darin lag ein kleines Boot.

»Der weise Kaufmann wappnet sich gegen jedes Risiko«, verkündete Domenico stolz. »Und verliert so niemals alles.«

»Wenn Ihr uns über das Horn übersetzen könnt, werdet Ihr noch eine ganze Menge hinzugewinnen.« Wir beugten uns über das Loch und hoben das Boot am Bug heraus. Ich war froh über Sigurds Kraft, denn Domenico tat wenig, außer aufgeregt herumzuflattern. Zusammen gelang es uns, das Boot zu der dem Steg zugewandten Tür zu schaffen. Der Rumpf kratzte und scharrte entsetzlich, als wir ihn über den Boden zerrten, und die hoch aufragenden Mauern verstärkten das Geräusch noch, doch die

Barbaren mussten ihre Lust am Plündern gestillt haben oder ihr anderweitig frönen, denn niemand kam, um uns zu behelligen.

Mit einem letzten Stoß wuchtete Sigurd das Boot über die Kante des Stegs und sah zu, wie es platschend auf das schwarze Wasser des Goldenen Horns aufschlug. An einem der Pfähle war mit Eisenbolzen eine Leiter befestigt, die zu zerstören sich nicht einmal die Franken die Mühe gemacht hatten. Wir glitten daran hinunter, und bald ruderten wir plätschernd fort von dem Steg, fort von der Gefahr, fort von dem Grauen, das einst Galata gewesen war. Allerdings bot der Blick zur fernen Küste des Horns keinen Trost, denn durch irgendeine unbekannte Teufelei schienen auch dort Flammen zu lodern. Ich lehnte mich mit dem Rücken an die Ruderbank und starrte zum Himmel empor, der zwischen den Ufern einer in Flammen stehenden Welt schwebte.

κζ

Es war wie eine Vision der Apokalypse, denn um die gesamte Wölbung der Bucht herum züngelten Flammen in die Nacht. In Galata brannten sie herunter und erstarben langsam, doch entlang der Küste konnte man das Vorankommen der Barbaren daran ermessen, wie hoch die Brände in jedem Dorf und jeder Siedlung, an der sie vorüberkamen, noch loderten. Zu meinem Entsetzen machten die Feuer nicht an der Brücke Halt, sondern setzten sich entlang des südlichen Ufers fort, bis in die Stadt selbst hinein. Ich starrte durch die Dunkelheit und versuchte zu erkennen, ob es irgendwo in der Nähe meines eigenen

Hauses brannte, doch das war in den Hügeln verborgen. Wo waren die Barbaren jetzt? Waren sie in die Stadt eingedrungen, so wie Baldwin es versprochen hatte und die Flammen es zu verkünden schienen? War das Reich verraten und zur Sklaverei verdammt worden? Am liebsten hätte ich vor hilfloser Wut geweint, doch die Tränen wollten nicht kommen. Als das letzte Mal Gewalt in der Stadt geherrscht hatte, hatte ich drei Tage und Nächte an meiner Tür ausgeharrt, das Schwert in der Hand, und mich geweigert, zu schlafen, damit das Pack nicht über meine Familie herfiel. Wenn ich sie jetzt ihrem Schicksal überlassen hatte, so würde es keinen Trost geben.

Sigurd war ein unbeholfener Steuermann, doch er schaffte es, uns über das Horn zu rudern und zwischen den vor Anker liegenden Schiffen hindurch auf die Mauer zuzuhalten. Sie war deutlich zu erkennen, denn in jener Nacht brannten selbst die Wellen: Seefeuer war aufs Wasser gegossen worden, um alle abzuschrecken, die sich nähern wollten, und um jeden in seinem Licht sichtbar zu machen, der es versuchte. Ich konnte den öligen Rauch riechen, konnte das Zischen der Flammen hören, die auf dem Wasser tanzten und schwankten.

»Wo wollt Ihr denn hin?«, fragte ich Sigurd. Wir schienen nach Nordwesten zu rudern, auf den Fluss zu. »Bringt mich zum Tor der Heiligen Theodosia, damit ich meine Kinder suchen gehen kann.«

Sigurd schaute nicht zurück. »Wir fahren zum neuen Palast. Der Kaiser wird dort sein, es sei denn, er hat seine Gewohnheiten geändert. Wir müssen ihn vor der Gefahr warnen, in der er schwebt.«

Fast hätte ich gelacht. »Schaut Euch doch um – er kann sich denken, dass er in Gefahr schwebt. Ich muss mich um meine Familie kümmern.«

»Wir haben alle Familie, Demetrios. Aber wenn das Reich an die Franken fällt, werden wir uns wünschen, sie wären niemals gerettet worden.«

Ich war zu matt, um zu widersprechen und sagte nichts mehr, als Sigurd das Boot zu dem steinernen Steg vor dem neuen Palast hinüberruderte. Wir waren jetzt nahe an der Sperre aus Seefeuer, und ich setzte mich erschrocken auf, weil ich fürchtete, die Strömung könnte uns mitten hineintreiben, doch es war eine schmale Öffnung gelassen worden, und Sigurd lenkte uns geschickt hindurch. Wachen kamen angerannt, und ich sah erleichtert, dass zumindest hier noch Römer die Mauer hielten. Ihre Gesichter leuchteten orangerot im Feuerschein, genauso wie die Steine, das Wasser und selbst die Luft, die uns umgab, doch zum Glück war wenig Panik darin zu lesen.

»Wer naht?«, riefen sie uns an. »Erklärt Euch, sonst brennen wir Euch ins Meer.«

»Sigurd, Hauptmann der Waräger, mit Nachricht für den Kaiser. Ist er hier?«

»Ja. Er leitet den Krieg gegen die Barbaren von seinem Thron aus.«

»Krieg?«, wiederholte ich. »Herrscht jetzt Krieg zwischen uns? Sind sie in die Stadt eingedrungen?«

Der Wachsoldat lachte. »Sie haben die umliegenden Dörfer geplündert und sind vor der Mauer herumstolziert, aber man braucht mehr als einen Haufen Pferde und Männer, um unsere Verteidigung zu durchbrechen. Die Stadt ist sicher – fürs Erste.«

»Aber was ist mit den Bränden?«

»Unser eigenes Volk. Sie sind heute Nachmittag auf die Straße gezogen und haben verlangt, dass der Kaiser seine ganze Streitmacht auf die Barbaren loslässt und den Lycus mit ihrem Blut rot färbt. Als er sich geweigert hat, gab es Tumulte, und ein paar Leute haben das Gebäude des Steuereintreibers in Brand gesteckt. Aber die Wache hat die Rädelsführer jetzt in Gewahrsam, und es herrscht eine strikte Ausgangssperre.«

»Christus sei Dank«, hauchte ich.

»Dankt Ihm, wenn es vorbei ist«, meinte der Wachposten tadelnd. »Es sind noch immer Barbaren vor unserer Mauer, und in der Stadt herrscht großer Zorn. Aber jetzt bringe ich Euch erst einmal zum Hof.«

Wir kletterten aus dem Boot, vertäuten es gut und traten durch das Wassertor in den neuen Palast. Allenthalben herrschte Aufruhr: Kompanien eilten zwischen den Mauern dahin, und im Hof ließen emsig gedrehte Schleifsteine Funken von stählernen Klingen sprühen. Überall lagen Speere und Schilde aufgestapelt, und die Küchenjungen schleppten Körbe voller Pfeile. Wir stiegen viele Stufen empor, wobei wir oft anhielten, um lange Reihen von Wachen vorbeizulassen, bis wir schließlich die großen Bronzetüren erreichten. Ein Dutzend Patzinaken in Harnisch und Helm und mit Speeren in den Händen versperrten uns den Weg.

»Der Kaiser sitzt zu Rate«, grollte ihr Feldwebel. »Er empfängt keine Bittsteller. Der Sekretär …«

Ich schnitt ihm das Wort ab. »Ist der Haushofmeister dort drinnen? Sagt Ihm, Demetrios Askiates und Sigurd der Waräger sind aus Galata zurück. Sagt ihm, wir haben Neuigkeiten, die es zu berichten gilt.«

Ob nun aus Überraschung, dass seinem Befehl widersprochen wurde oder der absoluten Sicherheit in meiner Stimme wegen – der Feldwebel verschwand durch die Tür und kam zehn Minuten später demütig wieder heraus, um zu melden, dass der Haushofmeister uns sogleich empfangen würde.

Wahrscheinlich war dies die hochrangigste Versammlung, die ich je zu Gesicht bekommen würde, dachte ich, als sich die Bronzetüren hinter mir schlossen. Ich hatte den Raum betreten, in dem ich einst dem Sebastokrator begegnet war, das breite Gemach, das auf der Mauer errichtet worden war und von dem aus man über die Ebene blickte. Es war erfüllt vom Licht zahlloser Kerzen und dem glitzernden Gepränge von mehr Generälen, Ratsherren und ihrem Gefolge, als ich zu zählen vermochte. Außer Isaak und Krysaphios erkannte ich den Cäsaren Bryennios, den ersten Schwager des Kaisers, sodann den berühmten Eunuchen Tatikios, an den ich mich noch von seinem Triumph über die Cumanen her erinnerte, sowie unzählige andere in goldenen Rüstungen und mit den Insignien ihres Amtes. Alle standen, mit Ausnahme des Kaisers, der auf seinem goldenen Thron in der Mitte des Raumes saß und mit geneigtem Kopf den Argumenten lauschte, die um ihn herum vorgebracht wurden. Auf dem Marmorboden, zwischen den spitzen Schuhen seiner Höflinge, glaubte ich Blut zu sehen.

Ich war zu schäbig, als dass diese schimmernde Versammlung mich zur Kenntnis genommen hätte, Krysaphios jedoch bemerkte mein Eintreten und schob sich allmählich am äußeren Rand der Menge entlang, um mich in einer Ecke zu begrüßen.

»Ihr seid zurückgekehrt«, sagte er ruhig. »Als wir die Barbaren aus ihrem Lager marschieren sahen, haben wir schon das Schlimmste befürchtet. Vor allem als wir Kunde davon erhielten, dass einige unserer Soldaten hingerichtet worden wären.«

Ich starrte in seine unsteten Augen. »Es war eine Falle. Falls der Mönch jemals dort war, so war er jedenfalls nicht in dem Haus, als wir dort angekommen sind. Stattdessen haben wir Barbaren vorgefunden, Hunderte von ihnen, die dort auf uns gewartet haben. Sie haben viele von unseren Männern niedergemacht und den Rest gefangen genommen. Als sie angefangen haben, Gefangene zur Belustigung des Pöbels hinzurichten, sind wir geflohen. Sie wissen, dass die Normannen kommen, und sie sind darauf erpicht, sich die Beute vor diesem Tage selbst zu sichern.« Ich beugte mich weiter zu ihm vor. »Als der Barbarenführer Baldwin zu seinem Heer gesprochen hat, hat er den Männern erzählt, er habe einen Spitzel in der Stadt, der dafür sorgen würde, dass ihnen die Tore geöffnet werden. Ich habe herausgefunden, dass er an derselben Schule unterrichtet wurde, wo der Mönch gelernt hat, Byzanz zu hassen. Er und der Mönch müssen miteinander im Bunde sein.«

Zu meiner Überraschung und meinem Verdruss lachte Krysaphios bei diesen Neuigkeiten laut heraus. »Eure Bemühungen gereichen euch zur Ehre, Demetrios«, sagte er, makellose Herablassung in der Stimme, »aber Ihr seid säumig damit. Die Feinde des Kaisers haben sich bereits offenbart.«

Ich starrte im Raum umher. Kaiser Alexios lebte und atmete noch – so viel war offenkundig. »War das Blut auf dem Boden …?«

»Das Werk des Mönchs? Nein. Diese Fenster, durch die der Kaiser die Schlacht überblickt hat, geben von außen ein verlockendes Ziel ab. Viele Franken haben sich mit ihren Pfeilen daran versucht, und einer hat den Mann getroffen, der neben dem Thron stand. Er hat Glück gehabt.«

»Wir haben Glück gehabt«, verbesserte ich ihn. »Wenn *er* Glück gehabt hätte, würde der Kaiser jetzt nicht hier sitzen. Aber was war das für eine Schlacht, von der Ihr da redet?«

Krysaphios warf einen Blick zur Mitte des Raumes zurück, wo ein stämmiger General eine flammende Rede gegen die Barbaren hielt und ihre historischen Übertretungen aufzählte. »Ich habe Euch ja gesagt, dass sich die Barbaren als unsere Feinde offenbart haben: So viel war klar, sobald sie Eure Truppe aus dem Hinterhalt angegriffen haben. Nachdem sie Galata verlassen hatten, haben sie sich rund ums Goldene Horn geplündert und gebrandschatzt, bis sie an der Stadtmauer angekommen sind. Der Palast am Silbersee ist vollständig zerstört.«

»In Galata haben sie auch nur wenig unangetastet gelassen.«

»Dann haben sie ihr Heer dort drüben zusammengezogen« – Krysaphios zeigte durch die Fenster – »und einen Angriff auf das Palasttor begonnen, haben versucht, es niederzubrennen. Den ganzen Nachmittag lang sind sie gegen unsere Verteidigungsanlagen angerannt, während innerhalb der Mauer das Volk getobt und Krieg verlangt hat.«

»Aber der Kaiser hat nicht nachgegeben?«, meinte ich, da mir die Worte des Wachsoldaten am Seetor einfielen.

Krysaphios' Augen wurden schmal. »Noch nicht. Er hat sich auf die Heiligkeit dieses Tages berufen und den Bogenschützen befohlen, auf der Mauer zu bleiben und über die Köpfe der Barbaren hinwegzuschießen, oder auf ihre Pferde zu zielen, wenn sie zu nahe herandrängten. Selbst jetzt, wo sie gegen unsere Tore hämmern, hegt er noch Hoffnung, dass es Frieden geben kann, und gesteht seine Torheit nicht ein. Aber das Glück wird sie morgen verlassen. Nicht einmal der Kaiser kann dem Geheul des

Pöbels ewig trotzen, und wenn die Barbaren erneut angreifen, wird er keine andere Wahl haben, als sie zu vernichten. So wie viele es schon seit langem gefordert haben.«

»Aber was ist, wenn er sich auf eine Schlacht einlässt und sie nicht vernichtet? Was ist, wenn sie unsere Verteidigung durchbrechen und hier einfallen?« Ich sah, wie sich eine verächtliche Antwort auf Krysaphios' Lippen formte und sprach hastig weiter. »Was ist mit dem Mönch? Gewiss wird doch morgen der Tag sein, an dem er zuschlägt.«

Unerwartet lachte Krysaphios leise. »Karfreitag – ein guter Tag für das Martyrium. Aber der Kaiser wird nie allein sein: Seine Wachen, seine Familie und seine Feldherrn werden ständig um ihn sein. Und es wäre mehr als ein Mann notwendig, um unsere Tore gegen den Willen all derer zu öffnen, die sie bemannen. Wenn Ihr Euch sogar deswegen Sorgen macht, so bleibt und haltet Wache. Es sei denn, Ihr zieht abermals die Vertrautheit Eures eigenen Bettes vor.«

»Ich bin immer noch Soldat genug, um dort schlafen zu können, wo ich gebraucht werde. Aber ich habe Angst um meine Töchter. Wenn die Menschen morgen wieder auf die Straße gehen und sie in den Aufruhr hineingeraten, werde ich mir das nie verzeihen.«

Krysaphios' Oberlippe hob sich ein wenig. »Jeder Mann in diesem Palast hat Familie, Demetrios, und all diese Söhne und Töchter müssen in ihren eigenen Häusern ausharren, zusammen mit dem Rest unseres Volkes. Fällt es Euch wirklich schwer, Euch zwischen Eurer Verpflichtung zwei Mädchen gegenüber und der Verantwortung für die Millionen im Reich zu entscheiden?«

Ich hatte keine Geduld für solche Verachtung. »Wenn

das Reich meine Familie nicht schützen kann, brauche ich es nicht. Meine Pflicht besteht den meinen gegenüber. Ihr würdet das vielleicht verstehen, wärt Ihr zeugungsfähiger als ein Maulesel.«

Noch während ich sie aussprach, bereute ich die Worte bereits. Doch die Anstrengungen des Tages hatten meine Geduld erdrückt und meine Geistesgegenwart erschöpft. Ich sah, wie Zorn Krysaphios' Wangen versengte, und machte mir nicht die Mühe, darauf zu warten, dass er ausbrach.

»Ich gehe und wache über meine Familie. An Eurer Stelle, Krysaphios, würde ich mich morgen nicht zu dicht ans Fenster stellen.«

Ich machte auf dem Absatz kehrt und schritt steif aus dem Raum, unsichtbar für jene vergoldete Gemeinschaft, die immer noch dieselben Argumente hin und her schleuderte. Weder Krysaphios noch die Wachen versuchten mich aufzuhalten, und als ich erst die Bronzetüren passiert hatte, herrschte ein zu großer Tumult, als dass mich irgendjemand bemerkt hätte. Verbittert und elend stieg ich die Treppe hinunter und hatte gerade den zweiten Hof erreicht, als ich eilende Schritte hinter mir hörte und eine Hand auf meinem Arm fühlte.

Ich drehte mich um und erblickte einen ansehnlichen jungen Mann, der ein zerknirschtes Gesicht machte. Seine Dalmatica war aus feinstem Tuch und wurde von einer Brosche in Gestalt eines Löwen zusammengehalten; der Zierrat auf seinem *Tablion* zeugte von einem Rang, der seinen Jahren weit voraus war.

»Um Vergebung, Meister Askiates.« Seine Stimme klang hell und freundlich. »Mein Gebieter, der Kaiser Alexios, sah Euch gehen und bittet Euch, zu bleiben. Er fürchtet, dass er Euch morgen vielleicht brauchen wird.«

»Der Kaiser war mitten in einem Kriegsrat, als ich gegangen bin – kann er mich tatsächlich gesehen haben?«

»Mein Gebieter Alexios hat sowohl Augen als auch Ohren, und er benutzt sie nicht immer für dieselbe Sache. Werdet Ihr bleiben, auf seine Einladung hin?«

Es war schwer, der freundlichen Art dieses Jünglings zu widerstehen, doch das einzige Anliegen, das mein Denken beherrschte, setzte sich über alles andere hinweg. »Ich muss in mein Haus zurück. Ich mache mir Sorgen um die Sicherheit meiner Töchter, und ich fürchte, dass morgen noch mehr Gefahr in den Straßen drohen wird.«

»Und der Kaiser teilt diese Befürchtungen. Er wird seine Wachen ausschicken, um sie herzubringen.«

Mit einem Schlag brach mein ganzer Widerstand zusammen. Wenngleich der Palast auch alles andere als sicher war, und obwohl jede Schlacht, die in der Stadt geschlagen wurde, hier am heftigsten toben würde, wollte ich meine Töchter doch lieber in einer starken Festung an meiner Seite haben als sie der Gnade des Pöbels ausgeliefert zu wissen. Ich nickte. »Ich werde bleiben.«

Der junge Mann lächelte, obgleich seine Wangenmuskeln angespannt waren. »Ich danke Euch – das wird eine Beruhigung für den Kaiser sein. Gott allein weiß, was ihm an diesem verfluchten Tag sonst noch Erleichterung verschaffen kann.«

»Fürwahr verflucht, wenn mein Tun und Handeln sein einziger Trost ist.«

»Heute war schlimm. Seine Feinde haben sich erhoben, und seine Freunde umkreisen den Thron wie Hunde; sein Handlungsspielraum ist begrenzt und wird immer geringer. Und doch ist dies lediglich der erste Lufthauch des Sturms.« Geistesabwesend spielte er mit dem

Verschluss seiner Brosche und musterte den Himmel, als halte er Ausschau nach einem Vorzeichen. »Morgen, so fürchte ich, wird er losbrechen.«

κξ

Es war Karfreitag, der heilige Tag, an dem unser Herr ans Kreuz geschlagen worden war, und ich erwachte voller Angst. Nicht vor den barbarischen Heeren, die sich sammelten, um uns anzugreifen, auch nicht vor den Meuchelmördern, die vielleicht in den Hallen des Palastes umgingen, nicht einmal vor dem Pöbel, der die Stadt entzweireißen konnte, erzürnt über die Feigheit seines Kaisers. Es war Angst vor meinen Töchtern, Angst davor, dass sie in dem kleinen Zimmer, wo man uns untergebracht hatte, zu früh erwachen und ihren Vater auf einer Matratze erblicken könnten, schamlos an eine Frau geschmiegt, die nicht ihre Mutter war.

Anna musste gespürt haben, dass ich mich regte, denn sie drehte sich um, so dass sie mein Gesicht sehen konnte. »Ich sollte gehen. Hier muss es Menschen geben, die eine Heilerin brauchen, nach den Kämpfen gestern.« Sie schüttelte ihr zerzaustes Haar. »Und auch wenn deine Töchter sich eine ganze Menge zusammenreimen, gibt es doch manche Dinge, die sie nicht sehen sollten.«

»Manche Dinge, von denen ihr Vater nicht will, dass sie sie sehen«, fügte ich leise hinzu. Meine Stimmung war in die Höhe geschnellt, als Zoe und Helena zusammen mit Anna im Palast eingetroffen waren, die immer noch in meinem Haus gewesen war, als die Wachen kamen. Als ich endlich damit fertig war, die Gänge zu durchstreifen, die an die Gemächer des Kaisers grenzten, weit nach Mitternacht, war ich, zwar vorsichtig, aber dankbar in ihre Arme gesunken.

Alle Gedanken verflogen, als ein forderndes Klopfen an der Tür ertönte. Augenblicklich war ich auf den Füßen und versuchte, meine Beine von der Decke zu befreien, während Anna sich zur Wand rollte und so tat, als schliefe sie. Aus der gegenüberliegenden Ecke vernahm ich erste Geräusche, doch als Zoes Kopf schließlich über der Decke erschien, stand ich schon an der Tür und begegnete dem festen Blick eines Wachsoldaten.

»Ihr werdet verlangt.«

Ich war diese abrupte Aufforderung mittlerweile leid; anscheinend war dies die einzige Formulierung, die den Wachen bekannt war, doch ich war froh über einen Grund, das Zimmer verlassen zu können, und folgte dem Mann bereitwillig. Das trübe Licht, das ich hinter den Fenstern sah, deutete darauf hin, dass der Morgen noch nicht angebrochen war, trotzdem mussten wir uns einen Weg zwischen verschlafenen Würdenträgern hindurch suchen, die überall herumwimmelten, bis wir schließlich zu einer Tür kamen, die von vier Patzinaken bewacht wurde. Mein Begleiter sagte irgendetwas Unverständliches zu ihnen, und sie traten zur Seite und flankierten die Tür.

»Geht hinauf«, sagte der Soldat, der mich geholt hatte. »Wir warten hier.«

Bemüht, unter den feindseligen Blicken der Patzinaken gelassen zu erscheinen, drückte ich die Tür auf und begann, die Stufen dahinter hinaufzusteigen.

Nach einer Weile begann ich mich zu fragen, ob sich die Wachen einen Scherz mit mir erlaubt hatten, denn die Treppe schien kein Ende zu nehmen, auf eine Biegung folgte eine weitere in die Gegenrichtung, die alle unaufhaltsam aufwärts führten. Auch schien sonst niemand den Aufstieg versucht zu haben: Ich überholte niemanden, sah niemanden herunterkommen und hörte nichts außer dem einsamen Geräusch meiner eigenen Schritte. Selbst die Fensterschlitze waren zu tief in die Mauern eingelassen, um mehr zu zeigen als das graue Licht dahinter.

Dann kam ich um eine weitere Biegung, die all den anderen glich, und erblickte über mir ein Stück Himmel. Ich rannte die letzten Stufen hinauf und trat auf eine breite, flache Plattform hinaus. Sie befand sich hoch oben, höher, als ich je in meinem Leben gewesen war, und vielleicht auch so hoch, wie Menschen nur bauen konnten, ohne die Missgunst des Herrn herauszufordern. Bei Tage musste man von hier einen unglaublichen Blick über die Stadt und noch meilenweit ins Umland haben, doch in der Dunkelheit vor dem Morgengrauen konnte ich nur ein Gewirr von Funken erkennen, das sich über die Landschaft erstreckte. Eine niedrige Mauer zog sich am Rand des Turmes dahin, völlig unproportioniert im Vergleich zu der Tiefe des dahinterliegenden Raums. Und ganz gewiss ungenügend angesichts der Bedeutung des kaiserlichen Lebens, das sie jetzt zu schützen hatte.

Ich fiel auf die Knie, froh, mich vor der Schwindel erregenden Leere um mich herum verbergen zu können, und presste die Stirn auf den Boden.

»Erhebt Euch. Morgen müsst Ihr Euch Eure Ehrerbietung vielleicht für einen anderen aufsparen.« Er sprach freundlich, doch auf seinen Zügen lag eine Erschöpfung, die seinen Worten eine unbeabsichtigte Bitterkeit verlieh.

»Traut Ihr mir so wenig zu, Gebieter?« Die Höhe

musste meinen Verstand geschwächt haben: Wie sonst hätte ich es wagen können, mit einem Kaiser zu scherzen?

Er verzog unter dem dichten Bart ein wenig die Lippen. »Zutrauen? Demetrios Askiates, Ihr seid einer der wenigen Männer, denen ich überhaupt etwas zutraue. Jeder meiner Generäle hält mich für einen Feigling oder für etwas noch Schlimmeres, und meine Untertanen schmähen mich in den Straßen. Vielen meiner Vorgänger sind für weniger die Augen ausgestochen und die Nasen aufgeschlitzt worden.«

»Sie beten, dass Ihr tausend Jahre leben mögt«, protestierte ich, doch er verdrehte ungeduldig die Augen.

»Fünfzehn Jahre lang habe ich schon regiert«, sagte er. »Länger als jeder andere, außer dem großen Bulgarentöter selbst. Und doch, was wird ein kommender Theophanes oder Prokopios über meine Herrschaft schreiben? ›Er verbachte sein Leben damit, gegen die Barbaren zu kämpfen, wenn sie angriffen, überließ ihnen jedoch willig das Reich, als sie als Gäste kamen.‹« Er wandte sich nach Osten, wo ein Streifen Karmesin den Sonnenaufgang ankündigte. »Hier habe ich gestanden, als Chalcedon in den Feuern des türkischen Heeres brannte, als eine einzige Meile ruhigen Wassers uns vor ihrem Ansturm bewahrt hat. Ohne die Franken und die Normannen, die Kelten und die Latiner, und wen immer der Papst des Abendlandes sonst noch schickt, werden die Türken wiederkommen, und sie werden nicht am Ufer des Bosporus innehalten.« Er trat gegen die Balustrade, und ich verkrampfte mich vor Furcht, dass er stolpern und hinüberstürzen könnte. »Meine Berater und ihre Pöbelhaufen begreifen nicht, dass wir nicht mehr über die Macht unserer Vorfahren verfügen. Wir können nicht quer durch die ganze Welt marschieren, wie ein Justinian und ein Basil es konnten. Wir sind eine Nation, die reich an Gold ist, jedoch arm an Kriegern, und wenn ich mein Volk schützen will, so muss ich andere an seiner Stelle kämpfen lassen.«

»Dann ist es kein Wunder, dass Eure Feldherren unzufrieden sind, Gebieter.«

Der Kaiser lachte. »Kein Wunder, fürwahr, und ein großes Wunder, dass sie mir meinen Thron so lange gelassen haben. In fünfzehn Jahren habe ich es niemals auf einen Krieg angelegt – warum sollte ich? Wenn ich siege, werden meine Befehlshaber stärker und schmieden Pläne, meinen Platz einzunehmen; wenn ich verliere, sind Tausende mehr Römer den Raubzügen unserer Feinde ausgesetzt. Nur indem ich die, die uns angreifen wollen, aufeinander hetze, kann ich mein Volk vor Schaden bewahren. Nur dass sich die Barbaren jetzt nicht hetzen lassen, und das unsichere Bauwerk, das als meine Politik betrachtet wurde, ist als Taschenspielertrick enttarnt worden.«

»Und doch stehen die Mauern fest«, wandte ich ein. »Solange sie bemannt sind, können die Barbaren wenig mehr tun als die Vorstädte zu plündern.«

»Die Mauern stehen fest, solange ihre Besatzung mir treu ergeben ist. Wie lange werden sie einen Feigling unterstützen, der jede Herausforderung der Barbaren unerwidert lässt?«

Die scharlachrote Sonne stieg jetzt empor, erfüllte den Osten mit einem kalten, roten Licht, während über uns riesige Wolkenbänke gegeneinander anbrandeten und den Himmel mit Narben zeichneten. Die ersten Glocken läuteten in den Kirchen unter uns, und ich konnte die Kuppeln der Gotteshäuser im Licht der Morgendämmerung rot schimmern sehen. Ich schauderte, und der

Kaiser musste es bemerkt haben, denn sein Tonfall wurde ein wenig wärmer. »Haltet am Glauben fest, Demetrios, und haltet Euch an meiner Seite. Habt Ihr ihren Plan nicht erraten?«

Ich starrte ihn an. Während der Nacht hatte ich mir hundert Schliche ausgemalt, die die Barbaren ausgeheckt haben könnten.

»Sie haben vor, mich heute zu töten.« Er bedachte diese Aussicht in aller Ruhe. »Wenn ich tot bin, verwandele ich mich vom Feigling in einen Märtyrer. Das Volk und meine Generäle werden die Tore öffnen, um mein Andenken zu rächen, und die Barbaren werden sie aufreiben. Das würde ich jedenfalls tun. Solange wir hinter unseren Mauern bleiben, können sie uns nichts anhaben, also müssen sie uns hervorlocken. Solange ich herrsche, werden wir drinnen bleiben, also müssen sie mich beseitigen.«

»Ihr könntet hier bleiben, Gebieter«, schlug ich vor, »auf diesem Turm. Dann könnte niemand sich Euch nähern, und Ihr wärt in Sicherheit, bis die Barbaren abgezogen sind.«

Alexios schüttelte betrübt den Kopf. »Würde ich hier oben bleiben, abgeschnitten und allein, so könnte ich genauso gut tot sein. Meine Feldherren würden Befehle erteilen, die ich nicht widerrufen kann, und es würde unweigerlich eine Schlacht geben. Nein, ich muss in ihrer Mitte bleiben und so viel Macht ausüben, wie ich kann, und Ihr müsst dafür sorgen, dass die Helfershelfer der Barbaren – möglicherweise dieser Mönch – mich nicht töten. Solange wir hinter unseren Mauern bleiben, sind wir sicher.«

Ich schaute nach Westen. Das Licht war jetzt auch dort, und ich konnte die Ausläufer eines großen Heeres sehen, das sich zum Krieg sammelte. Sie mussten die Nacht im Feld verbracht haben, kalt und feucht, doch ich vermutete, dass sie den Rost von ihren Klingen fern gehalten hatten. Und irgendwo unter ihnen würde Baldwin sein, der seine Rüstung anlegte und davon träumte, noch vor Einbruch der Nacht unser Reich zu dem seinen zu machen.

Der Kaiser hatte nichts mehr zu sagen. Ich folgte ihm die lange Treppe wieder hinab, während sich der Lärm unseres eigenen Heeres im Hof unter uns erhob.

Es dauerte zwei Stunden oder länger, bis die Barbaren so etwas wie eine Marschordnung erkennen ließen, zwei Stunden, während derer ich im Thronsaal ausharrte und versuchte, die Augen mehr auf die unmittelbare Umgebung des Kaisers gerichtet zu halten als auf das, was vor seinen Fenstern vor sich ging. Es verblüffte mich, wie der streitlustige, lebhafte Mann, den ich vom Dach des Turmes und von dem Garten her kannte, die statuengleiche Pose einnehmen konnte, die das Ritual verlangte. Er saß auf seinem goldenen Thron, so gedreht, dass er auf seine Feinde hinausblicken konnte, und verharrte regungslos, während ein Strom aus Höflingen und Soldaten vorbeidefilierte. Die meisten Bittsteller nahm er nicht einmal zur Kenntnis und überließ die Antwort Krysaphios; einigen wenigen – wenn die Frage besonders heikel war oder der Fragende sich besonderer Gunst erfreute – antwortete er mit kurzem Mienenspiel, je nach Bedarf streng oder wohlwollend. Ich staunte darüber, dass die gewichtigen Debatten des Reiches auf diese Weise entschieden werden konnten, niemals jedoch hatte ich das Gefühl, dass er irgendwelche Zweifel an der Bedeutung seiner Erwiderung gelassen hätte.

Und die ganze Zeit über schwoll das leise Psalmodieren der Priester im Hintergrund an und wieder ab. Da der Kaiser den Zeremonien in der Hagia Sophia nicht beiwohnen konnte, war hinter ihm hinter einem Wandschirm ein Altar errichtet worden, und drei Priester sangen die Karfreitagsliturgie. Wäre mein Glaube stärker gewesen, so hätte ich vielleicht Trost darin gefunden, in dem Versprechen, dass selbst das ärgste Leiden und der Tod Erlösung in ewigem Leben finden würden, tatsächlich jedoch brachte es mich lediglich aus der Fassung, die grausame Geschichte der Passion zu hören. Wie es sich auf den Kaiser auswirkte, weiß ich nicht, doch er schien nicht darauf zu achten, außer wenn einer der Priester hervorkam, damit er irgendeine Handlung vollzog, die der Brauch vorschrieb. Dann hielt sein Publikum inne, während er seinen Text sprach oder tat, was verlangt wurde, ehe er sich wieder seinen Geschäften zuwandte. Weihrauch stieg mit der Musik hinter dem Schirm auf, und der Geruch, gepaart mit der zeremoniellen Vertrautheit, machte meine Sinne träge und versetzte mich in eine unbehagliche Lethargie.

Während sich der Vormittag hinzog, füllte sich der Saal langsam mit Höflingen. Sie bildeten Grüppchen am Rande der Versammlung und unterhielten sich gedämpft, so geübt darin, ihre Stimmen zu senken, dass selbst ich, der ich fast neben ihnen stand, kaum ein Wort verstand. Ihre Gegenwart machte mich unruhig und ließ meine Wachsamkeit erneut steigen, zu sehr vielleicht, denn jetzt waren zu viele Gesichter zu beobachten, zu viele Hände auf verborgene Dolche oder plötzliche Bewegungen hin zu überwachen. Obgleich die Luft, die durch die geöffneten Fenster hereinwehte, kühl war, begann ich zu schwitzen und fragte mich abermals, wie der Kaiser unter der strahlenden Wärme seiner Prachtroben so regungslos erscheinen konnte.

Ungefähr um die vierte Stunde öffneten sich die Bronzetüren, um eine bekannte Gestalt einzulassen, den Barbarengrafen Hugh, mit einem Quartett Wachsoldaten vor und ebenso vielen Pagen hinter ihm. Ich versteifte mich und bedeutete dem Patzinakenhauptmann mit einem Kopfnicken, dicht beim Thron zu bleiben. Man hatte mir versichert, dass der Graf dem Kaiser treu ergeben sei, oder zumindest seinen Schatztruhen, doch ausgerechnet an diesem Tag einen Barbaren so nahe heranzulassen, erschien mir unaussprechlich leichtsinnig. Wie immer ließ sich der Kaiser keinerlei Unbehagen anmerken.

»Graf Hugh«, sagte Krysaphios an der Seite des Kaisers. »Wieder marschieren Eure Landsleute unter Waffen gegen uns. Wir sind ein friedliebendes Volk, in ihren Herzen jedoch ist nur Krieg. Werdet Ihr zu ihnen gehen und ihnen unsere inständige Sehnsucht nach Bruderschaft mit ihnen beteuern? Jene, die Freundschaft mit uns schließen, sind reich an den Segnungen des Lebens; unseren Feinden werden lediglich Todesschmerzen zuteil.«

Graf Hugh schluckte und griff sich an den Hals, um den glitzernden Anhänger geradezurücken, den er trug. »Ihr wisst, dass ich meinem Gebieter, dem Kaiser, stets zu Befehl stehe. Aber meine Landsleute sind von einem Wahn befallen, den ich weder kurieren noch erklären kann. Sie haben alles vergessen, was gut ist, und sind von Blutdurst und Kriegslust ergriffen worden. So treu ich meinem Gebieter auch ergeben bin, ich glaube nicht, dass sie auf mich hören werden.« Er senkte die Stimme ein wenig. »Möglicherweise werden sie nicht einmal meinen Stand respektieren.«

Krysaphios schien im Begriff, etwas Zorniges zu erwidern, doch der Kaiser kam ihm zuvor. Es war eine kaum wahrnehmbare Bewegung, ein Senken des Kinns und ein leichtes Öffnen der Augen, doch für Krysaphios musste es ein ohrenbetäubendes Brüllen gewesen sein, denn er fasste sich wieder und fuhr fort: »Der Kaiser ruft Euch ins Gedächtnis, dass sich an diesem heiligen Tage alle Christen in Freundschaft vereinen sollten. Wie unser Herr Jesus Christus predigt: ›Selig sind die, die Frieden stiften, denn groß wird ihr Lohn im Himmelreich sein.‹«

Das war nicht das Evangelium, wie ich es kannte, doch es schien Graf Hugh zu besänftigen. Er schob die Last seines riesigen Überwurfs ein wenig zurecht, der so mit Juwelen überladen war, dass ich fürchtete, er werde ihn zermalmen, brachte seine Huldigung dar und eilte davon. Jenseits der Tür hörte ich den Feldwebel nach Pferden rufen.

Hätte man ihn sich selbst überlassen, so hätte Graf Hugh seine Mission wohl selbst jetzt noch so lange wie möglich hinausgezögert, doch der Kaiser musste dafür gesorgt haben, dass sein Wille im ganzen Palast bekannt war, denn binnen einer Viertelstunde sah ich die kleine Prozession unter uns zum Tor hinaustraben und über die Ebene auf die Barbaren zureiten. Ich ging um den Saal herum, so dass ich sowohl den Kaiser als auch die Barbaren im Blick hatte.

Graf Hugh und seine Begleiter waren gerade in eine Bodensenke geritten und außer Sicht geraten, als die Türen krachend aufgestoßen wurden. Ich fuhr herum, die Hand am Schwert, und sah, wie Isaak, der Bruder des Kaisers, ganz ohne sein übliches Gefolge hereinmarschiert kam, ohne auf Sitten und Umgangsformen zu achten.

»Was soll das?«, herrschte er Krysaphios an. »Die Barbaren sammeln sich, um erneut anzugreifen, und die Legionen sitzen in den Kasernen und polieren ihre Schilde. Sie sollten hinter der Mauer stehen, bereit, hervorzubrechen, sobald wir unsere Feinde am Fuß der Mauer in die Falle gelockt haben.«

Krysaphios starrte ihn ungerührt an. »Der Kaiser ist der Ansicht, der Anblick einer Armee in den Straßen könnte den Pöbel dazu aufstacheln, zu verlangen, dass sie handeln, und so nähme das Risiko zu, dass ein unbeherrschter Befehlshaber vorzeitig angreifen lässt.«

»Bestimmt jetzt die Furcht vor dem Pack die Politik des Kaisers? Hat er jegliches Vertrauen in seine Heerführer verloren, dass er ihnen nicht zutraut, Ordnung unter ihren Männern zu halten?«

»Könnte man Hauptleute mit Strategien betrauen, so wären sie Generäle«, erwiderte Krysaphios, jetzt weniger geduldig. »Und wir haben mehrere Kompanien Bogenschützen, die die Mauer halten.«

»Und werden sie auf die Wolken zielen, so wie gestern?« Isaak war rot angelaufen vor Wut. »Jedes Mal, wenn wir diese Barbaren *nicht* zerschmettern, werden sie kühner. Eine Niederlage ist die einzige Lektion, die sie begreifen werden – eine Niederlage durch die Macht unserer Waffen.«

Der Streit drohte rasch auszuufern, doch innerhalb eines Augenblicks hatte der Kaiser sowohl seinen Haushofmeister als auch seinen Bruder zum Schweigen gebracht. Es schien, als strecke er lediglich die Finger seiner rechten Hand aus, wie um seine Ringe zu bewundern, doch Krysaphios, Isaak und alle versammelten Höflinge verstummten und wandten den Blick zur Ebene vor dem Fenster. Graf Hugh kehrte zurück, er galoppierte wie von

Furien gehetzt auf die Stadt zu. Dabei hatte er einen großen Vorsprung vor seinem Gefolge, und er hatte das Tor passiert, die Treppe erklommen und war zum Kaiser vorgelassen worden, noch ehe der letzte seiner Männer auch nur die Mauer erreicht hatte. Die ganze Zeit über sagte niemand ein Wort, abgesehen von den Priestern, die hinter dem Wandschirm mit ihrem unablässigen Psalmodieren fortfuhren.

Graf Hughs prachtvolle Erscheinung hatte durch seinen Botengang arg gelitten, wenngleich sein Stolz ungebrochen war. Lücken klafften auf seinem Überwurf, wo sich Edelsteine durch den wilden Ritt gelöst haben mussten, und seine Dalmatica war bis zur Hüfte hinauf mit Schlamm bespritzt. Die mit Juwelen besetzte Kappe, die er stets trug, war ihm über das eine Ohr gerutscht, welches glühte, als habe ihn jemand geohrfeigt.

Krysaphios wartete trotzdem ab, bis der Graf seine Huldigung vollständig durchgeführt hatte, ehe er ihm erlaubte, zu sprechen.

»Mein Gebieter«, verkündete er entrüstet, »es ist genauso, wie ich Euch gewarnt habe: Sie sind vollkommen taub gegenüber Vernunft und Nächstenliebe. Sie haben mich einen Sklaven genannt – *mich*, einen Edlen der Franken und Bruder eines Königs. Ihres Königs, jawohl. Wie kann ich mit solchen Männern verhandeln?«

»Wie habt Ihr mit ihnen verhandelt?« Krysaphios zeigte keinerlei Mitgefühl, doch Hughs Antwort ließ auf sich warten, denn die drei Priester kamen plötzlich hinter ihrem Wandschirm hervor und schritten feierlich vor den Kaiser. Einer trug ein großes goldenes Kreuz auf einem hölzernen Stab, der zweite ein Weihrauchfass und der dritte einen goldenen Becher. Er setzte ihn dem Kaiser an die Lippen, während die anderen ihn flankierten und ihre Lobeshymnen sangen. Als Alexios getrunken hatte, zogen sich alle drei hinter den Schirm zurück, ohne auch nur ein einziges Mal die Versammlung der Zuschauer zur Kenntnis zu nehmen.

Graf Hugh funkelte sie wütend an und fuhr fort: »Ich habe getan, was mein Gebieter, der Kaiser, wünschte. Ich habe ihnen gesagt, dass alle sich mit der größten Macht des Christentums verbünden sollten. Ich habe sie daran erinnert, dass sie fern von Heimat und Bundesgenossen sind, und dass sie, anstatt zu versuchen, die edlen Römer zu bezwingen, dankbar für deren Beistand sein sollten. Ich habe an ihre Liebe zu allem Guten auf der Welt appelliert, und sie haben mich ausgelacht. *Mich,* den Bruder …« Ein starrer Blick von Krysaphios setzte dieser Randbemerkung ein Ende. »Sie haben gesagt: ›Warum um einen Schatz betteln, den wir uns selbst holen können, und noch dazu von einem König, dessen Krone gefallen sein wird, noch ehe wir auch nur innerhalb seiner Mauern sind?‹ Ich hätte ihnen widersprochen, doch sie wurden des Gesprächs müde, und ich fürchtete, sie würden mich töten, wenn ich noch länger verweilte. ›Lauft zu den Griechen‹, haben sie gesagt, als ich ging, ›aber Ihr werdet dort keine Zuflucht finden. Denn wir kommen, und niemand kann uns widerstehen.‹«

»Und sie kommen in der Tat«, ließ sich der Sebastokrator Isaak von seinem Standort neben dem Fenster her vernehmen, durch die man jetzt die Reihen der fränkischen Reiterei in Schlachtordnung gegen uns vorrücken sah. »Werdet Ihr jetzt auf mich hören, Bruder?«

Krysaphios sah den Kaiser an, der reglos wie ein Stein dasaß, dann schaute er wieder zu Isaak hinüber. »Euer Bruder erinnert Euch daran, dass, so sie nicht über Nacht ein Heer von Belagerungsmaschinen gebaut haben, die

Mauer sicher ist. Wir können tausend solcher Attacken widerstehen.«

»Und jedes Mal werden etliche unserer Männer sterben.« Isaak sprach jetzt ebenso zum ganzen Saal wie zu denen, die den Thron flankierten. »Sollen wir unsere Frauen zu Witwen und unsere Kinder zu Waisen machen, weil wir es nicht wagen, den Barbaren gegenüberzutreten? Ich sage, es ist besser, dass einige wenige glorreich in der Schlacht fallen, als dass die Barbaren uns einen nach dem anderen von der Mauer schießen.«

»Um Vergebung, Gebieter«, mischte Graf Hugh sich ein. »Ich bitte um des Kaisers Nachsicht und um die Erlaubnis, mich in meine Gemächer zurückzuziehen. Die Mühen meiner diplomatischen Mission haben mich erschöpft.«

Krysaphios winkte ihm, sich zu entfernen, doch ich sah, dass ihm die Patzinaken folgten, als er ging. Hugh würde sich nicht ausruhen, dachte ich bei mir: Er würde seine Truhen mit allem voll stopfen, was er zusammenraffen konnte, für den Fall, dass die Barbaren ihre Drohung wahr machten.

»Mein Gebieter.« Jetzt wandte Krysaphios sich an den Kaiser. »Es ist offenkundig, dass die Barbaren Graf Hugh misstrauen. Sie fürchten, er habe sein Volk verraten, und so bringen sie seinen Friedensangeboten keinerlei Respekt entgegen. Aber Christen sollten nicht kämpfen, solange Hoffnung auf Frieden besteht. Schickt einen anderen Gesandten, einen, der den Barbaren mit seiner Entschlossenheit und seinem Format Ehrfurcht einflößt. Schickt einen Eurer Generäle mit leichter Eskorte, denn wenn sie von einem Soldaten kommen, werden die Worte mehr Gewicht haben.«

»Und eine Legion schwerer Reiterei wird noch mehr

Gewicht haben.« Isaak stand unter dem Fensterbogen, vor dem er sich als Silhouette abhob, während hinter ihm die Barbaren immer näher kamen. »Ihr könntet selbst hinausreiten, Bruder, und trotzdem würden sie nicht auf Euch hören. Hört Ihr das?« Er hielt inne, so dass ein fernes Brüllen in den Raum dringen konnte, wie von einem Wasserfall oder einem Sturmwind. »Das ist der Pöbel. Sie wissen, dass die Barbaren anrücken, und sie verlangen, dass etwas geschieht.« Er kam zum Thron herüber, und auch ich trat näher, denn ich hatte mein Misstrauen ihm gegenüber keineswegs abgelegt. »Ihr könnt die Franken nicht mit Worten abschrecken. So werdet Ihr sie nicht um einen einzigen Mann schwächen, während Eure Feinde in der Stadt uns in Aufruhr und Mord untergehen lassen werden. Wenn wir angreifen, mit einem einzigen Schlag, werden wir die Ergebenheit Eures Volkes zurückgewinnen und die Bedrohung durch die Barbaren beenden.«

»Und uns ungeschützt den Türken ausliefern.« Zum ersten Mal, seit er den Thronsaal betreten hatte, sagte der Kaiser etwas. »Wenn wir standhaft bleiben, werden wir dem Pöbel, den Barbaren und den Türken trotzen, wenn wir jedoch wanken, kann jeder dieser drei uns vernichten.«

»Vergesst die Türken!« Isaak brüllte jetzt, Etikette und Schicklichkeit waren vergessen. »Seht Ihr Türken gegen unsere Tore hämmern und unser Blut fordern? Wir haben die letzten sechzehn Jahre überlebt, weil wir uns stets auf die größte Gefahr konzentriert haben, nicht auf die, die vielleicht später auftreten könnte. Dies ist kein Spiel, bei dem Ihr Eure Taktik viele Züge im Voraus planen und geringere Figuren für einen höheren Zweck opfern könnt. Hier riskiert Ihr mit jedem Zug die Vernichtung, und alles, was Ihr opfern werdet, seid Ihr selbst. Sind wir selbst. Bitte, Bruder, vergesst diesen Wahnsinn, ehe er uns verschlingt.«

Es war erstaunlich, diese Brüder zu beobachten, von so ähnlicher Gestalt, doch von so verschiedenem Wesen. Je größer Isaaks Erregung wurde, desto gefasster wurde Alexios, und als er schließlich antwortete, war es noch immer Krysaphios, der für ihn sprach.

»Wir werden den Hauptmann der Unsterblichen schicken, mit zehn seiner Männer, um die Barbaren davor zu warnen, eine Torheit zu begehen.«

Isaak schien kurz davor, aus lauter Wut zerspringen zu wollen, doch Krysaphios fuhr fort: »Befehlt inzwischen allen Gardelegionen, sich hinter den Toren zu sammeln.«

»Ich werde sie selbst zusammenrufen. Und deine Worte dem Hauptmann der Unsterblichen überbringen.« Isaak zischte durch die Zähne, vollführte eine kaum angedeutete Verbeugung und schritt aus dem Saal. Der Lärm der Menge schwoll an, als sich die Türen öffneten, erstarb aber sogleich wieder, als sie zuschlugen. Wieder war der Gesang der Priester das einzige Geräusch, das wir hörten. Die Höflinge blickten zu Boden und schwiegen; vielleicht wussten sie nicht, wie sie sich angesichts dieser öffentlichen Auseinandersetzung des Kaisers verhalten sollten, oder sie machten sich Sorgen, dass sie einem dem Untergang geweihten Bündnis angehören könnten. Ich betrachtete sie alle nacheinander, ließ die Augen von einem zum nächsten huschen und suchte nach einem Zeichen der Auflehnung. Alle waren mürrisch, doch keiner schien Mordgelüste zu hegen.

»Dort.« Krysaphios sah es als Erster – oder vielleicht hatte ihm der Kaiser ein Zeichen gegeben: die ersten Pferde des Trupps der Unsterblichen. Sie ritten auf schweren Streitrössern, für diesen Zweck gezüchtet und imstande, einen von Kopf bis Fuß gepanzerten Mann ins Herz der Schlacht zu tragen. Während meiner Zeit in der Armee hatte ich sie mehrmals angreifen sehen, und jedes Mal hatte ich gestaunt, wie selten sie Lanze oder Streitkolben einsetzen mussten, wie rasch allein ihre Wucht die Reihen der Feinde durchbrach und die Männer vor ihnen auseinander stieben ließ. Isaak hatte Recht: Wenn sie es nicht fertig brachten, konnte nichts die Barbaren von der Stärke unserer Waffen überzeugen.

Ich zählte sie, als sie unter der Mauer hervorkamen. Ihr Hauptmann ritt an der Spitze, jeweils flankiert und gefolgt von vier Rittern. Das sollte genügen, dachte ich. Doch es kamen mehr, Reihe um Reihe trabte vorwärts: zwanzig, sechzig, dann einhundert.

»Ich habe zehn Männer befohlen.« Jeder im Saal Anwesende schaute zum Kaiser hinüber, der sich halb von seinem Thron erhoben hatte und das Bild anstarrte, das sich ihm bot. Jetzt hatte er nichts Statuenhaftes mehr an sich: Entsetzter Zorn malte sich auf seinem Gesicht, er bebte vor Wut an allen Gliedern. »Ruft sie sofort zurück, ehe die Barbaren das Ganze für einen Angriff halten.«

Befehle wurden gebrüllt, und ich hörte Trompeten von der Brustwehr erschallen, doch die Reiter hatten keine weite Entfernung zurückzulegen, und die Spitze ihrer Kolonne näherte sich bereits der Vorhut der Barbaren. Sie waren zu weit weg, um die Trompeten zu hören, und zu nahe an den Barbaren, um kehrt zu machen. Wir konnten nur zuschauen, als würden wir Zeuge eines Mimenstücks. Keine der beiden Streitmächte wurde langsamer: Die schwere Reiterei behielt ihr gemächliches Tempo bei und die Franken rückten unaufhaltsam weiter vor. Jetzt waren sie kaum noch fünfzig Fuß voneinander entfernt und näherten sich einander immer noch. Ich hielt nach einer Öffnung in den fränkischen Reihen Ausschau und überlegte, ob sie die Gesandtschaft durchlassen würden, doch die Männer blieben dicht nebeneinander.

»Kehrt um«, flüsterte eine Stimme.

Dann senkte sich eine Wolke aus Pfeilen und Wurfspeeren vom Himmel herab, und die Schlacht begann.

Noch ehe die ersten Pfeile einschlugen, hatte unsere Reiterei reagiert: Sie brachen im leichten Galopp aus der Kolonne aus und bildeten vor den anrückenden Franken eine Doppelreihe. Die Geschosse hatten unseren Männern gewiss nur wenig anhaben können, denn ihre Rüstung war ihnen mehr als gewachsen, doch ich sah, dass bereits einige Pferde gestürzt waren; ihre Reiter mühten sich, um sich aus den Sätteln zu befreien, ehe die Barbaren über ihnen waren. Mit einem Aufschrei, der bis an unsere Ohren drang, senkten die Franken ihre Speere und griffen an. Unsere Reiterei stürmte ihnen entgegen, und einen Moment lang sah ich lediglich zwei Wogen aus Braun und Schwarz und Silber, die aufeinander zurasten. Dann prallten sie gegeneinander, und die Gestalten einzelner Männer gingen in einem Meer der Schlacht verloren.

»Wir müssen ihnen Verstärkung schicken, Majestät.« Krysaphios sprach drängend, jedoch ohne die Verwirrung, die den Rest des Saals erfasst hatte. »Hundert gegen zehntausend – sie werden völlig sinnlos abgeschlachtet werden.«

»Wenn ich noch mehr hinausschicke, gibt es nur noch mehr Gemetzel. Und wieso waren es überhaupt hundert? Ich habe Befehl gegeben, zehn zu schicken.«

»Gebieter, der Pöbel …«

»Vergesst den Pöbel. Mein Amt existiert, um ihn im

Zaum zu halten, nicht um seine feigen Träume anzustacheln. Dafür haben wir das Hippodrom. Wo ist mein Bruder?«

»Am Regiator, mit den Warägern, Gebieter«, meldete ein junger Höfling. »Er wartet nur auf Euren Befehl, der Reiterei zu Hilfe zu eilen.«

»Dann wird er lange warten müssen. Geht und sagt dem Hauptmann in meinem Namen, dass er unter keinen Umständen die Stadt verlassen soll. Wenn mein Bruder es befiehlt, soll er sich weigern.«

Der junge Mann wandte sich zum Gehen, doch ein scharfes Kommando von Krysaphios ließ ihn innehalten. Der Blick des Eunuchen huschte durch den Saal und blieb auf mir haften. »Demetrios, Ihr kennt den Hauptmann der Waräger. Diesen Anweisungen wird eher Folge geleistet werden, wenn sie von Euch kommen.«

Ich war es nicht gerade gewöhnt, vor dem Kaiser einen direkten Befehl zu verweigern, doch mein Pflichtgefühl rebellierte. »Der Kaiser braucht mich …«

»Der Kaiser braucht Euch dort, wo man Euch hinschickt. Geht.«

Obgleich mir ganz und gar nicht wohl dabei war, konnte ich nicht ungehorsam sein. Ich rannte zur Tür und glitt in meiner Hast auf dem Marmorboden aus. Als ich mich an einer Säule abstützte, drehte ich mich zum Kaiser um und hoffte vielleicht auf ein Wort, das mich von meinem Botengang abhalten würde, doch er stand vor seinem Thron und starrte schweigend durch das Bogenfenster, während die Edelleute um ihn herum laut und unverhohlen miteinander stritten. Nur die Priester schienen ungerührt und fuhren mit ihrer Liturgie fort, während auf der Ebene vor ihnen das Schicksal des Reiches entschieden wurde. Just in diesem Moment sah ich sie um den Schirm herumkommen, mit einer Ikone, die der Kaiser küssen sollte. Ich musste ihre Hingabe bewundern, ihr frommer Gleichmut allem Weltlichen gegenüber, obgleich es mir fast wie ein Sakrileg vorkam, solch außergewöhnliche Ereignisse zu ignorieren.

Der Kaiser bemerkte sie und sank zurück auf seinen Thron, bereit, das Ritual zu vollziehen. Zweifellos hätte er jene völlige Unbewegtheit annehmen sollen, die seiner Rolle entsprach, doch die Sorgen des Augenblicks hatten ihm jegliches schauspielerische Talent genommen, und er sah mit unverhohlenem Interesse zu. Ebenso wenig konnte er es vermeiden, die Stirn ein wenig zu runzeln, als habe irgendein Gedanke oder ein Anblick ihn irritiert. Sein Gesicht war mir zugewandt, und ich – der ich fürchtete, das Stirnrunzeln gelte meinem Zaudern – wollte mich gerade zum Gehen wenden, als mir klar wurde, dass seine Augen nicht auf mich gerichtet waren, sondern auf die näher kommenden Priester. Ich folgte seinem Blick. Zwei der Gottesmänner erkannte ich wieder, da sie seit dem Morgen hier gewesen waren, der dritte jedoch war neu: Er musste hinzugekommen sein, damit einer der drei sich ausruhen konnte. Seine Fingerknöchel spannten sich um das hohe Kreuz, das er trug, und er starrte es mit beinahe fiebriger Hingabe an, den Kopf zurückgelehnt, als bade er im Sonnenschein des Himmelreiches. Diese Haltung betonte die Winkel seines scharf geschnittenen Gesichts, besonders die krumme Linie seiner Nase, und ich sah, dass er erst vor kurzem aus einem Kloster hergekommen sein musste, denn seine Kopfhaut war dort, wo die Tonsur hineinrasiert worden war, noch rosig.

Zu langsam begriff ich, was ich vor mir sah. Vielleicht hatte der Kaiser etwas Unheiliges an ihm bemerkt, oder vielleicht war er angesichts eines fremden Gesichts auch nur überrascht, doch er konnte nicht gewusst haben, wer es war: Das war schließlich meine Aufgabe gewesen. Ich stürzte quer durch den Saal, stieß jeden beiseite, der mir im Wege stand und schrie im Laufen Warnungen hinaus.

Und der Mönch schlug zu.

κη

Es gab keine Möglichkeit für den Kaiser, sich zu entziehen, denn der Mönch hatte ihn auf seinem Thron in eine Falle gedrängt. Die meisten Männer wären vor Schreck erstarrt oder hätten lediglich genug Geistesgegenwart besessen, um sich schwach zur Seite zu biegen, der Kaiser jedoch besaß die Instinkte eines Soldaten und warf sich genau in diesem Augenblick nach vorn. Trotzdem war es zu spät. Während die beiden Priester sprachlos diese mörderische Erscheinung anstarrten, ließ der Mönch sein Kreuz wie eine Keule auf den Kopf des Kaisers niedersausen. Das perlenbesetzte Diadem zersprang; Blut spritzte von dem dichten Haar auf und ergoss sich über Nacken und Schultern des Kaisers, als er vornüber zu Boden stürzte. Ich erwartete, dass der Mönch seine Waffe für einen zweiten Schlag erhob, doch stattdessen griff er mit einer Hand nach dem goldenen Kreuz und riss es von seinem Schaft herunter. Als es sich löste und klappernd auf dem Boden landete, sah ich, dass er keinen gewöhnlichen Stab in der Hand hielt, sondern einen blanken Speer, dessen Spitze in dem Kruzifix verborgen gewesen war. Noch immer rührte sich niemand im Saal, wie versteinert von dem plötzlichen Angriff. Der Kaiser stöhnte und versuchte sich zu erheben, doch der Mönch trat ihm ins Gesicht und hob den Speer über den Kopf. Er schrie etwas in einer fremden Sprache; hemmungsloser Triumph leuchtete wild in seinen Augen, als er mit der Speerspitze nach dem Nacken des Kaisers stieß.

Die ganze Zeit über war ich auf ihn zugerannt, zu schnell, um nachzudenken, und meine verzweifelte Unbedachtheit trug mich gerade weit genug. Ich rammte den Mönch, zu spät, um seinen Stoß aufzuhalten, jedoch gerade noch rechtzeitig, um ihn sein Ziel verfehlen zu lassen. Der Speer bohrte sich in den Rücken des Kaisers, und er heulte vor Schmerz auf, während der Mönch unter dem Aufprall zu Boden ging. Dünne Finger gruben sich wie Klauen in mein Gesicht, kratzten nach meinen Augen, und als ich versuchte, sie abzuwehren, rollte mich der Mönch auf den Rücken und sprang davon. Sein Speer ragte aufrecht aus dem Rücken des Kaisers und schwankte wie ein junger Baum im Sturm; er riss ihn heraus und schwang ihn in einem Halbkreis, um jeden fern zu halten, der sich ihm nähern wollte.

Es gab niemanden außer mir, der sich ihm nähern wollte. Obwohl sich Dutzende von Wachsoldaten und Edelleuten im Saal befanden, rührte sich nicht ein einziger von ihnen. Vielleicht aus Feigheit oder vor Schreck; wahrscheinlich jedoch hatten sie Angst, die eine oder die andere Partei zu ergreifen, während das Reich in der Schwebe hing. Jedenfalls hielten sie sich zurück, zusammengedrängt zu einem Kreis aus Gesichtern, die uns umgaben wie die Mauer einer Arena. Es war, als seien der Mönch und ich die beiden gesalbten Helden Hektor und Ajax, und die Welt hielte in ihren Kriegen inne, während wir unseren tödlichen Zweikampf austrugen.

Doch ich hatte keinen Apollo, um meine Hand zu führen, nicht einmal ein Schwert, denn das war mir aus der Hand gefallen, als ich mit dem Mönch zusammengestoßen war. Dieser kam auf mich zu, hob in böser Absicht den Speer. Vielleicht erkannte er in mir seinen Verfolger an jenem Tag in der Zisterne, vielleicht hatte er sich auch um der Sache des Todes willen mit dem Tod abgefunden, doch es umgab ihn eine absolute Ruhe, als die blutige Speerspitze meinen nutzlosen Ausweichversuchen folgte. Ich wich zurück, die Augen die ganze Zeit über fest auf die seinen gerichtet. »Ein Speerstoß beginnt im Gesicht eines Mannes«, hatte mir ein Heerführer einst gesagt, und solange ich seinen Blick mit dem meinen festhielt, würde er sich anstrengen müssen, mich zu besiegen.

Doch meine Konzentration wurde gestört. Ich machte einen weiteren Schritt rückwärts und fühlte, wie etwas gegen meinen Arm stieß. Instinktiv schaute ich zu dem Mann hinüber, mit dem ich zusammengestoßen war, einem der Priester, und in diesem Moment stieß der Mönch zu.

Es war der Priester, der mich rettete. Nicht indem er sich eingemischt hätte, obgleich er vielleicht ein Gebet sprach, sondern durch seine schiere Furcht. Er sah, wie sich der Mönch bewegte, noch ehe ich es bemerkte, und in seiner Hast, sich wegzuducken, riss er mich in einem Gewirr aus Gliedmaßen zu Boden. Der Speer fuhr über meinen Kopf hinweg, zu schnell, um die Richtung zu ändern, und als ich die Hand ausstreckte, um meinen Sturz abzufangen, fühlte ich eine eiserne Kette unter mir. Es war das Weihrauchfass, das der Priester vor Angst hatte fallen lassen. Ich hob es hoch, und als der Stoß des Mönches ihn über mich hinwegtrug, schwang ich es mit aller Kraft, die ich aufzubieten vermochte, durch die Luft. In einer Explosion aus heißem Öl und Schreien krachte es in sein Gesicht, doch ob es die Schreie des Priesters, des Mönchs oder meine eigenen waren, wusste ich nicht.

Ich fand mich auf den Knien wieder; meine Haut brannte dort, wo die Flüssigkeit daraufgespritzt war. Der Priester lag unter mir und jammerte erbärmlich, doch der Mönch stand noch immer aufrecht und hielt seinen Speer fest. Die eine Hälfte seines Gesichts war von einem dunkelroten Brandmal gezeichnet, wo das Weihrauchfass ihn getroffen hatte, und seine Augen waren vor Schmerz fest zusammengekniffen, doch es schien, als könne er vielleicht noch die nötige Kraft für einen einzigen, letzten Angriff zusammenraffen.

Dann öffnete sich sein Mund weit und der Speer fiel ihm aus der Hand; Blut rieselte ihm übers Kinn und seine Augen weiteten sich und quollen hervor. Sein dürrer Körper verkrampfte sich, als seine Seele sich daraus befreite, und sein leerer Leichnam sank zu Boden.

Hinter ihm blickte Sigurd angewidert auf das kurze Schwert, das er in der Hand hielt, die Klinge fast bis zum Heft mit Blut verschmiert. Schweigend ließ er es auf die Leiche des Mönches fallen, dann zog er mich auf die Beine und wir rannten zum Kaiser hinüber. Der Bann des Mönchs war gebrochen, und im Saal brach ein Tumult los, Geschrei und Vorwürfe, Alexios jedoch schien beinahe vergessen. War er tot? Würde alles, wofür er gearbeitet hatte, alles, was ich zu schützen geschworen hatte, zugrunde gehen? Krysaphios kniete an seiner Seite, eine Hand auf seinem blutigen Nacken, und er blickte hastig auf, als wir näher kamen.

»Er lebt«, sagte er. »Aber er ist dem Tode nahe. Ich lasse ihn von den Wachen zu seinem Physicus bringen.«

»Wir gehen mit ihm.« Sigurd machte Anstalten, den

Wachen zu folgen, die Krysaphios' Befehl befolgten, doch der Eunuch hielt ihn jäh zurück.

»Ihr nicht«, sagte er. »Ihr werdet für wichtigere Dinge gebraucht. Seht.« Er zeigte auf das Fenster, wo ich sehen konnte, wie der Rest der schweren Reiterei von dem Barbarenheer zurückgedrängt wurde. »Bald werden sie an der Mauer sein, und wenn wir keine Streitmacht haben, um die Tore zu halten, wird unsere Reiterei vor den Augen des Volkes niedergemacht. Ihr wisst, was dann passiert.«

Das Blut, der Kampf, der Lärm und die Verwirrung hatten meinen Verstand gefährlich spröde werden lassen, kaum imstande, die Worte zu erfassen, die Krysaphios sprach, doch die Erwähnung der Tore ließ eine lebenswichtige Erinnerung aufblitzen, die ich in mein Denken zerrte. »Die Tore«, murmelte ich.

Krysaphios musterte mich wie einen Narren. »Die Tore, ja. Wir müssen sie schützen.«

»Aber das war ihr Plan. Der Kaiser hat es erraten. Wenn der Mönch ihn getötet hätte, hätte die Menge in ihrer Raserei die Tore geöffnet, und die Barbaren wären hereingeströmt. Jetzt, wo der Mönch gescheitert ist, sind auch sie gescheitert.«

Sigurd warf einen Blick nach draußen. »Anscheinend wissen sie nicht, dass sie gescheitert sind.«

»Dann sollten wir es ihnen beweisen.« Die Erfordernisse des Augenblicks überkamen meine Benommenheit und ließen meine Gedanken wieder klar werden. »Wir müssen den Barbarenführern Baldwin und Gottfried und ihren Heerführern zeigen, dass ihre Mühen umsonst sind, dass sich die Tore niemals öffnen werden, es sei denn, um die ganze Macht unserer Armee zu entfesseln.«

»Es gibt eine einfachere Lösung«, meinte Sigurd. »Entfesselt die volle Macht unserer Armee jetzt gleich. Dann werden sie keinen Zweifel an ihrer Niederlage haben.«

»Nein! Um das zu verhindern, wäre der Kaiser beinahe gestorben. Er wird es uns nicht danken, wenn wir jetzt diese Hoffnung verschenken, ohne eine letzte Anstrengung zu unternehmen, den Frieden zu wahren.«

Krysaphios und Sigurd sahen erst einander und dann mich an, und einen Moment lang bildeten wir ein einziges Trio des Schweigens in dem Tumult des Saales.

»Wohlan«, sagte Krysaphios. »Aber wie gedenkt Ihr die Barbaren zu erreichen?«

Es stand außer Frage, durch die Palasttore hinauszureiten, wo der Feind so nahe war, und wir verloren kostbare Minuten dabei, an der Mauer entlang zum Adrianopeltor zu reiten. Dieser Teil der Stadt war zu einem bewaffneten Feldlager geworden, und die wartenden Legionen standen hinter uns in langen, reglosen Reihen – sowohl um den Pöbel von den Torhäusern fern zu halten, als auch um gegen den Feind vorzugehen, nehme ich an, doch sie hielten uns eine Gasse frei. Wir waren insgesamt zu siebt: Sigurd und ich, vier Waräger, ein Dolmetscher, den wir im Botschaftsgebäude zwangsrekrutiert hatten, und der tote Mönch, der über dem Hals meines Pferdes festgebunden war. Er behinderte meinen Ritt erheblich, denn dies waren Pferde des kaiserlichen Postdienstes, deren Stärke allein in ihrer Schnelligkeit lag, keine schweren Streitrösser, und ich musste den anderen nachbrüllen, mich nicht zurückzulassen.

Am Adrianopeltor war die Menge dichter, denn dort gab es weniger Wachen, um sie zurückzuhalten, und ich befürchtete schon, dass wir ihnen beim Hinausreiten

Gelegenheit geben könnten, sich durch das Tor zu drängen. Die Gesichter der Menschen waren verzerrt vor Hass und Wut, und die Steine und Tongefäße, die sie nach unseren Pferden schleuderten, hielten uns auf. Hätten sie gewusst, was der Tote, den mein Pferd trug, versucht hatte, so hätten sie seine toten Glieder in Stücke gerissen und auf seinen Gebeinen getanzt, daran zweifelte ich nicht. Mir wäre es wahrscheinlich nicht viel besser ergangen.

Glücklicherweise war der Torwächter ein Mann, der seiner Aufgabe gewachsen war. Er ließ das Tor geschlossen, bis wir es fast erreicht hatten – wir waren so nahe, dass ich mein Pferd kaum noch rechtzeitig hätte zügeln können –, dann stieß er es gerade eben weit genug auf, dass ein einzelner Reiter es passieren konnte. Sigurd, der an der Spitze ritt, zögerte nicht einen Moment, und mein Pferd folgte seinem unbeirrten Pfad durch die Lücke, wobei nur wenige Zoll meine Beine vom Holz trennten. Ein dumpfer Schlag ertönte, als der Kopf des Mönches gegen den Rand des Tores stieß, doch der Strick hielt ihn an Ort und Stelle, und wir waren aus der Stadt heraus und galoppierten die Straße nach Adrianopel hinunter, auf die rechte Flanke des Barbarenheeres zu. Obgleich es mir vom Thronsaal aus vorgekommen war, als seien es so viele, befanden sie sich jetzt ein Stück von uns entfernt, in der Senke zwischen unserem Hügelkamm und dem Ufer des Horns. Sie schienen ihre ganze Streitmacht auf die Tore in der Nähe des Palastes zu konzentrieren, wo die Mauer am nächsten war und wo die Nachricht vom Tod des Kaisers wahrscheinlich am ehesten eintreffen würde. Ihr Fußvolk war am Fuße der Mauer angelangt; manche schwangen Rammen gegen die Tore, andere versuchten, brennende Balken an dem Mauerwerk aufzustapeln, vielleicht in der Hoffnung, es zum Einsturz zu bringen. Ihre Ritter hielten sich ein Stück weiter hinten außer Reichweite unserer Bögen und warteten darauf, dass eine Bresche geschlagen wurde, während ihre Bogenschützen unsere Verteidiger zwangen, hinter den Brustwehren in Deckung zu bleiben. Auf dem Hang, der sich hinter ihnen erhob, waren mehrere Banner aufgepflanzt worden, umgeben von einer Gruppe Berittener.

Sigurd zügelte sein Pferd, so dass ich zu ihm aufschloss. »Ich sollte an der Spitze meiner Kompanie einen Ausfall aus diesem Tor unternehmen«, murmelte er, »und mich nicht an der Flanke des Feindes herumdrücken.«

»Eine glorreiche Schlacht ist ja gerade das, was wir zu vermeiden suchen«, erinnerte ich ihn. »Und auf jeden Fall sind es die Flanken, wo der Feind am schwächsten ist.«

»Nicht so schwach, dass sechs Mann und eine Leiche ihn in die Flucht schlagen könnten. Schaut.« Sigurd deutete mit seiner Axt nach rechts, und eine Woge der Furcht durchflutete mich, als ich zwanzig Mann der barbarischen Reiterei auf uns zugaloppieren sah. Funken flogen, wo die Hufe ihrer Rösser auf Felsen trafen, und ihre Lanzen waren zum Stoß eingelegt.

»Wir können ihnen davonreiten«, meinte ich und warf einen Blick zum Hügel hinüber, wo die Anführer der Barbaren standen. »Diese Pferde wurden auf Schnelligkeit gezüchtet.«

»Wir können ihnen davonreiten«, pflichtete Sigurd mir bei. »Aber wir würden nur selbst in die Falle reiten. Auf dem Hügel dort steht eine Kompanie Speerträger, und man würde mehr als ein halbes Dutzend Pferde brauchen, um ihre Reihen zu durchbrechen.«

Ich schaute mich nach den herandonnernden Reitern um, die jetzt ausschwärmten, um uns einzukreisen. Ein Kampf wäre sinnlos, denn sie waren uns vier zu eins überlegen: Selbst die Waräger würden einer solchen Übermacht erliegen. Ich griff unter den schlecht sitzenden Harnisch, den ich im Palast eilig angelegt hatte, tastete nach dem Saum meiner Tunika und riss daran. Ein schmaler Streifen löste sich; ich knotete ihn am Ende meines Schwertes fest und schwenkte es verzweifelt über dem Kopf, wobei ich das einzige Wort auf Fränkisch brüllte, das ich je gelernt hatte. »Unterhändler! Unterhändler!«

Zum Glück hatten sie keine Langbögen, sonst hätten sie uns womöglich niedergestreckt, bevor sie in Hörweite gekommen waren. Doch die Reichweite ihrer Waffen und die Tatsache, dass von unserem kleinen Warägerhaufen wohl kaum eine ernste Bedrohung ausging, ließ sie nahe genug herankommen, um unsere lebenswichtige Bitte zu hören. Ich sah, wie ihr Anführer sein Pferd zügelte und auf das lauschte, was wir zu sagen hatten, während seine Männer eine lockere Reiterkette um uns herum bildeten.

Ich schaute zu dem Dolmetscher hinüber, dem es angesichts unserer Lage die Sprache verschlagen zu haben schien. Wahrscheinlich hatte er niemals damit gerechnet, seine Kunst mitten auf einem Schlachtfeld auszuüben.

»Sagt ihnen, wir wollen verhandeln«, schrie ich ihm zu. »Sagt ihm, dass wir vom Kaiser kommen, dass wir mit Baldwin oder Herzog Gottfried sprechen müssen.«

Irgendwie fand der Dolmetscher seine Stimme wieder und stammelte ein paar Worte in der Frankensprache. Der Barbarenführer hörte ungerührt zu, das Gesicht hinter dem schweren Wangenschutz seines Helms verborgen. Dann antwortete er brüsk.

»Er sagt, er bringt uns nicht zu seinem Heerführer«, wandte sich der Dolmetscher an mich. »Er fürchtet, dass wir Attentäter sind.«

Ich drehte mein Schwert um und ließ es fallen. Es blieb aufrecht im Boden stecken; das weiße Band an der Klinge flatterte schwach im Wind.

»Wir sind keine Attentäter.« Obgleich es mir gegen ihre Speere wenig genützt hätte, fühlte ich mich ohne mein Schwert ausgeliefert, doch ich zwang Ruhe in meine Stimme. »Sagt ihm, er soll Baldwin das hier bringen.«

Damit zog ich den Granatring des Mönchs aus der Tasche, in der ich ihn monatelang mit mir herumgetragen hatte, und warf ihn dem Franken zu. Seine Hände waren unbeholfen in ihren Panzerhandschuhen, und fast hätte er den Ring in den Schlamm fallen lassen, ehe er ihn an seinem Sattel festklemmen konnte.

»Sagt ihm, ich habe Neuigkeiten von Odo, dem Mönch.«

Ich konnte die Gedanken des Barbaren nicht erraten, doch ich vermutete, dass ihm dieser Auftrag überhaupt nicht zusagte. Lange, schmerzhafte Augenblicke lang schwieg er und überlegte zweifellos, ob er unsere kleine Truppe einfach niederhauen lassen sollte, um uns los zu sein. Neben mir hörte ich den Dolmetscher ein flehentliches *Kyrie Eleison* vor sich hinmurmeln, ungeachtet derer, die um ihn herumstanden.

Herr, erbarme dich. Christus, erbarme dich. Christus, erbarme dich.

Ohne mir dessen bewusst zu sein, hatte ich die Augen geschlossen, während ich die Worte des Gebets im Geiste wiederholte. Ich riss sie wieder auf und sah, wie der fränkische Anführer dem Mann neben ihm den Ring reichte und ein paar kurze Befehle bellte. Sein Untergebener nickte, riss seine Stute herum und trieb sie den Hügelkamm entlang auf die Standarten der Heerführer zu. Keiner der anderen Franken rührte sich, und ihre Speerspitzen senkten sich nicht einen Fingerbreit.

Ich konnte die Zeit des Wartens nicht abschätzen, denn jede Sekunde kam mir wie eine Ewigkeit vor. Auf der Ebene vor uns hatte sich das Barbarenheer ein kleines Stück weit zurückgezogen, und in mir stieg die Hoffnung auf, sie könnten vielleicht die Sinnlosigkeit ihrer Attacke eingesehen haben, doch die Männer formierten sich lediglich neu. Wieder griffen sie an, stürmten unter einem Pfeilhagel vor, die Schilde flach über dem Kopf. Ich hoffte, dass wir beherzte Männer auf der Mauer hatten, denn obwohl unsere Bogenschützen viele der Horde aufhalten konnten, gelang es doch noch vielen mehr, Leitern an die Mauer zu stellen und sie zu erklimmen. Ich stellte mir die in der Stadt aufmarschierten Legionen vor, die Schwerter gezückt und die Bogensehnen gespannt, wie sie auf einen einzigen Befehl warteten, um die Tore aufzustoßen und sich in die Schlacht zu stürzen. Es würde fürwahr ein Gemetzel geben, sollte dies geschehen, denn selbst gegen unsere unnachgiebige Mauer kämpften die Barbaren wie wilde Hunde.

Das Klirren von Rüstungen zu meiner Linken lenkte meine Aufmerksamkeit von der Schlacht ab: Vier Reiter näherten sich am Hügelkamm entlang; ihr Anführer ritt einen großen braunen Hengst, den ich von dem gestrigen Hinterhalt in Galata her wiedererkannte. Die Franken, die uns umringten, wichen auseinander, als er im leichten Galopp auf uns zukam, einen Speer in der Hand, und einen Augenblick lang sah es so aus, als wolle er ganz allein auf uns losstürmen, bis er sein Ross unmittelbar vor mir zum Stehen brachte und den Leichnam anstarrte, den mein Pferd trug. Obgleich sein Helm einen Großteil seiner Züge verbarg, war die Leichenblässe der Haut, die er umgab, doch unverkennbar.

Ich schnitt den Mönch los und ließ ihn zu Boden fallen. »Dies ist der Mann, von dem Ihr hofftet, dass er den Kaiser ermorden und die Stadt öffnen würde«, verkündete ich und achtete nicht auf das Echo der hastigen Übersetzung. »Er ist gescheitert. Ihr seid gescheitert.«

Ein zweiter Mann trieb sein Pferd vorwärts. Ein paar Locken lugten unter seiner Kettenhaube hervor; seine Miene war grimmig. Er sprach zornig auf seinen Gefährten ein, wobei er sich keine Mühe gab, seine Worte vor dem Dolmetscher zu dämpfen.

»Ist das wahr, Bruder? Ist dies der Mann, von dem du behauptet hast, er würde …« Er verstummte, als ihm bewusst wurde, dass seine Worte gehört und verstanden wurden, und flüsterte Baldwin heftig etwas ins Ohr.

»Herzog Gottfried«, begann ich. »Seit Ihr gekommen seid, wünscht der Kaiser sich nur Frieden und ein Bündnis, dass alle Christen sich gegen unsere gemeinsamen Feinde zusammenschließen. Viele Stimmen in der Stadt haben ihn für seine Großherzigkeit verdammt, doch er hat ihnen trotz aller Herausforderungen widerstanden. Selbst jetzt, da Euer Heer gegen seine Stadtmauer anstürmt, vergilt er diesen Angriff nicht mit der ganzen Macht seiner Armee.«

»Weil er ein Feigling ist«, stieß Baldwin hervor. »Weil er nur allzu gut weiß, wie stark die fränkischen Waffen sind, die seinem Haufen von Eunuchen und Lustknaben gegenüberstehen.«

»Still!«, bellte Gottfried. Der Wind ließ das gewaltige

weiße Banner mit dem blutroten Kreuz darauf knattern, das der Herold hinter ihm trug. »Ich habe diese Schlacht niemals gewollt, nicht einmal, als der König seine Söldner geschickt hat, um uns in unserem Lager anzugreifen. Seit zwei Tagen habe ich mich deinen Forderungen gebeugt, Baldwin, und die Tore haben sich nicht aufgetan, wie du es versprochen hast.«

»Und sie werden sich auch nicht auftun«, sagte ich. »Der Kaiser hat Euer Komplott überlebt und wird Euch aus der sicheren Zuflucht seiner Mauern heraus vernichten, wenn Ihr den Kampf nicht sofort abbrecht.«

Baldwins Augen waren schwarz vor Hass, tiefer als die Abgründe der Hölle, sein Bruder jedoch blieb ungerührt.

»Ich werde mein Heer zurückrufen«, sagte Gottfried, »wenn der Kaiser mir gestattet, ins Heilige Land weiterzuziehen, wo ich immer hinwollte. Es hat genug … Verzögerungen gegeben.«

»Er wird Euch nicht ohne den Eid ziehen lassen«, erinnerte ich ihn. »Aber ich bin nicht der richtige Mann, um darüber mit Euch zu streiten. Er wird heute Abend eine Gesandtschaft in Euer Lager schicken. Ihr tätet gut daran, sie unbehelligt passieren zu lassen.«

Gottfried nickte und wendete sein Pferd ohne ein Wort des Abschieds zurück zu seinen Heerführern auf dem Hügel. Der Trupp, der uns umstellt hatte, reihte sich hinter ihm ein, und ich sah ein paar von ihnen den Hang hinuntergaloppieren, um dem Heer die Neuigkeiten zu verkünden.

Baldwin jedoch wich nicht vom Fleck. »Ich weiß nicht, wie Ihr heißt, Griechlein«, zischte er, »aber ich weiß, dass Ihr kein Wort von dem, was Ihr gesagt habt, beweisen könnt.«

»Das Verhalten Eures Bruders ist mir Beweis genug.«

Ich bemerkte, wie Sigurd neben mir seine Axt ein wenig hob und hoffte, er würde schnell genug sein, falls Baldwin dem Verlangen nachgeben sollte, das so deutlich auf seinem Antlitz zu lesen stand. Im Augenblick jedoch sparte sich der Franke seine Wildheit für seine Worte auf.

»Mein Bruder ist genauso ein Feigling wie Euer König. Rückzug und Zaudern sind seine einzigen Strategien.«

»Dann ist er ein weiserer Mann als Ihr.«

Baldwins Speer zuckte. »So weise wie ein Grieche?« Er verzog höhnisch das Gesicht. »Selbst *wenn* ich diesen gemeinen kleinen Mönch entdeckt und seine Mordgedanken gegen seinen König gewendet hätte, glaubt Ihr, er allein hätte Eure Stadt öffnen können? Glaubt Ihr, *ich* hätte ihm gesagt, wann der Kaiser in Schussweite sein würde, oder hätte ihm die Geheimtüren des Palastes geöffnet? Hätte *er* den Thron bestiegen, wenn der Kaiser tot gewesen wäre? Hätte ich je auch nur daran gedacht, mein Heer gegen die Stadt zu schicken, wenn es nicht Männer darin gäbe – Männer mit Macht und Ansehen –, die mich dazu aufgefordert haben?« Er stieß ein heftiges Lachen aus, als er meine Verwirrung sah, doch noch ehe ich etwas sagen konnte, rammte er seinen Speer in den verkrümmten Leichnam des Mönches, so tief, dass er im Schlamm darunter stecken blieb, und trieb sein Pferd mit einem Tritt in die Flanken davon.

»Den Thron bestiegen?«, wiederholte ich wie betäubt. Eine schreckliche Panik brandete über mich hinweg und ertränkte meine zitternden Glieder. »Also gibt es einen Feind …«

Sigurds Worte waren ein Echo der meinen: »… im Palast.«

Der Wind heulte um uns herum, als wir über die Ebene galoppierten, tief über die Mähnen unserer Pferde gebeugt und des Gleichgewichts wegen in den Steigbügeln stehend. Die Barbarenarmee befand sich bereits auf dem Rückzug zu dem, was von ihrem Lager übrig war. Die Erschöpfung der Niederlage umgab sie, und niemand behelligte uns, als wir an ihrer Flanke entlangrasten und auf das Palasttor zuhielten. Ich bemerkte sie kaum. Ein Name allein hatte sich in meinem Kopf festgesetzt, ein wachsendes Grauen davor, was er möglicherweise beabsichtigte, und vor dem Chaos, das entstehen würde, wenn er es in die Tat umsetzte. Mehrmals wurden meine Gedanken zu fürchterlich, und ich trat meinem unglücklichen Reittier vor hilfloser Wut umso heftiger in die Flanken.

»Seht nur.« Das waren Sigurds Worte, die der Wind zu mir zurücktrug, und ich hob den Blick vom Boden vor mir und schaute voraus. Wir näherten uns der Mauer – ich konnte die schwarzen Rauchspuren sehen, wo die Barbaren versucht hatten, das Tor in Brand zu stecken, die verschossenen Pfeile und die Leichen, die das Schlachtfeld übersäten. Manche davon erkannte ich als Angehörige unserer schweren Reiterei, in deren Rüstungen große Risse klafften, die meisten jedoch waren Franken.

»Bei den Toren«, rief Sigurd und deutete mit der Faust. Ich schaute hin und glaubte einen Moment lang, ich würde gleich aus dem Sattel fallen, so schlaff sank ich in mich zusammen. Die Tore hatten sich geöffnet, und eine gewaltige Soldatenkolonne marschierte heraus: Keine Bahrenträger oder Totengräber, die die Gefallenen holen wollten, sondern eine ganze Legion Unsterblicher, gerüstet für den Kampf. Einige Reiter aus ihrer Vorhut brachen aus den Reihen aus und wollten auf uns zuhalten, doch Sigurd schwenkte seine Warägeraxt in der Luft, und sie wurden langsamer und riefen uns drängend entgegen.

»Was tut Ihr?«, wollte ich wissen. »Der Kaiser hat doch befohlen, dass Ihr hinter der Mauer bleiben sollt. Die Barbaren sind geschlagen, und Ihr werdet sie nur gegen Euch aufbringen, wenn Ihr in solcher Anzahl erscheint.«

»Wir gedenken mehr zu tun, als sie nur gegen uns aufzubringen«, rief einer, ein Offizier. »Der Kaiser liegt im Sterben, und uns wurde befohlen, die Barbaren beim Rückzug aufzureiben. Gegen unsere Reiterei werden sie sein wie Weizen bei der Ernte.«

»Hat der Sebastokrator das befohlen?« Eine große Leere machte sich in mir breit: Ich hatte versagt. Der Kaiser würde sterben, wie sein Bruder es geplant hatte, und mit ihm alle Hoffnung auf Frieden mit den Franken, den Türken, ja, sogar auf Frieden unter den Römern selbst.

Doch der Offizier schüttelte den Kopf. »Der Sebastokrator ist noch am Regiator, glaube ich, und wartet mit den Warägern. Soweit ich gehört habe, hat er keinerlei Befehle gegeben.«

»Wer hat dann …?«

»Der Haushofmeister, oder der Regent, der er ja bald sein wird. Der Eunuch Krysaphios.«

Es war gut, dass Sigurd reden konnte, denn mir hatte es die Sprache verschlagen. Er nahm den Helm ab und starrte den Offizier unverwandt an. »Erkennt Ihr mich, Diogenes Sgouros?«

Obgleich kein einziger Zoll seines Körpers nicht in Stahl gehüllt war, schien der Offizier zurückzuschrecken. »Ihr seid Sigurd, der Hauptmann der Waräger.«

»Zweifelt Ihr an meiner Ergebenheit dem Kaiser gegenüber?«

»Niemals.« Sgouros' Stimme klang jetzt schwächer. »Aber der Kaiser liegt im Sterben, und…«

»Im Sterben ist nicht tot.« Sigurd ließ die Axt auf dem Sattelknauf ruhen. »Erinnert Ihr Euch an die Legende von dem Kaiser, der seinen Tod vorgetäuscht hat, um die Treue seiner Männer auf die Probe zu stellen?«

»Ja.«

»Wisst Ihr noch, was er mit denen gemacht hat, die die Probe nicht bestanden haben?«

»Ja.«

»Dann, Diogenes, falls Ihr nicht ein ähnliches Schicksal ersehnt, lasst Eure Kompanie hier Halt machen und reitet nicht einen einzigen Schritt näher an die Barbaren heran, bis ich oder der Kaiser selbst Euch mitteilen, er wünsche, dass Ihr das tut. Versteht Ihr?«

Sgouros' Helm schien unter seinem Kinn zu eng zugeschnallt zu sein. Er bekam kaum Luft. »Aber…«

»Solltet Ihr diese Probe nicht bestehen, auch unwissentlich, so wird die Rache schrecklich sein«, warnte Sigurd. »Und zwar nicht die Rache des Komnenos-Klans, der seinen Feinden allzu rasch vergibt, sondern die Rache Sigurds, der noch nie ein Unrecht vergessen hat. Wollt Ihr das riskieren, nur um nach den Fersen von ein paar fliehenden Barbaren zu schnappen?«

Der Thron in der großen Halle des neuen Palastes war leer, der einzige unbesetzte Platz im Saal. Jeder Feldherr und Höfling musste von der Verwundung des Kaisers erfahren haben und herbeigeeilt sein, um seinen Platz in der Thronfolge zu beanspruchen – oder um für seine Genesung zu beten, wie sie zweifelsohne später beteuern würden –, denn Sigurd und ich konnten sie kaum weit genug auseinander schieben, um uns zwischen ihnen hindurchzudrängen. Verzweifelt hielt ich nach Krysaphios Ausschau, versuchte, in dieser goldenen Menge einen einzigen prächtig herausgeputzten Kopf auszumachen, doch es war Sigurd, der ihn dank seiner Größe zuerst entdeckte. Der Eunuch stand neben dem Thron in einem Kreis aus Edelleuten und redete nachdrücklich und eindringlich auf sie ein, wenngleich seine Worte in dem Lärm nicht zu verstehen waren. Seine Blicke huschten über die Gesichter, die ihn umgaben, suchten nach Ablehnung oder Untreue, und er sah uns nicht kommen, bis Sigurd einen winselnden Adligen wegzerrte und über ihm aufragte.

»Was habt Ihr mit den Unsterblichen gemacht?«, verlangte Sigurd zu wissen. »Wieso habt Ihr, nachdem die Barbaren aufgegeben hatten, unserer Reiterei befohlen, sie zu vernichten, wo es doch der sehnlichste Wunsch des Kaisers war und ist, dass sie verschont bleiben sollen?«

Ich sah, wie Krysaphios einen Blick zur Seite warf und den Kopf ein wenig neigte, als winke er jemandem. Den Wachen, vermutete ich. »Der Kaiser liegt im Sterben, und wer auch immer ihm auf dem Thron folgt, wird sehr auf seinen Haushofmeister angewiesen sein, während er sich mit den Geschäften des Regierens vertraut macht. Falls Ihr aufgrund weichherziger Zuneigung für einen willensschwachen Narren, den in unserer dunkelsten Stunde der Mut verlassen hat, mit meiner Politik nicht einverstanden seid, so tätet Ihr gut daran, es Euch noch einmal zu überlegen. Ich werde starke Krieger brauchen, wenn ich dem neuen Kaiser diene, aber nur solche, die auch gehorchen.«

Der Kreis der Umstehenden hatte sich ein wenig geweitet, denn viele fühlten sich bei unseren Reden ganz offensichtlich unwohl und waren sich nicht sicher, wem sie ihre Ergebenheit zeigen sollten. Ich versuchte, es ihnen noch unbehaglicher zu machen. »Wart Ihr von Anfang an mit den Barbaren im Bunde, Krysaphios? Hattet Ihr tatsächlich vor, unser Reich ihrer Tyrannei anheim fallen zu lassen, bis Ihr soeben gesehen habt, dass sie geschlagen sind?«

Krysaphios' Wangen blähten sich wie die einer Schlange. »Das ist Verrat, Demetrios Askiates, und diesmal werdet Ihr Eurer Strafe nicht entgehen. Und Ihr werdet nicht einmal den Trost genießen, die Wahrheit gesagt zu haben, wenn Eure Töchter in den Verliesen schreien, denn niemand hat emsiger gegen die Barbaren gearbeitet als ich. Würde ich den Triumph unserer Zivilisation einer Rasse triefnasiger Tiere überlassen, die es kaum wert sind, in den Gossen dieser Stadt Unzucht zu treiben? Man wird sich meiner als des Mannes erinnern, der das Reich gerettet hat, während Kaiser Alexios als gottloser Verräter in Acht und Bann getan werden wird, als ein Freund der Barbaren.«

Ich hörte einen Tumult in der Menge hinter mir: die Wachen des Eunuchen, wie ich annahm, die kamen, um mich fortzuzerren. Sigurd hob seine Axt, obgleich er sie in diesem Saal kaum würde benutzen können, ich jedoch rührte mich nicht. Die höhnische Bemerkung über meine Töchter hatte meine Willenskraft gebrochen, denn sie waren noch immer im Palast, und wenn ich mich widersetzte, würde der Eunuch ihnen gewiss unaussprechliche Qualen zufügen.

»Sagt mir«, fragte ich mit gebrochener Stimme, »ist der Kaiser seinen Wunden erlegen?«

»Er wird ihnen erliegen.« Krysaphios hob den Blick zum Himmel empor. »Wir haben überall gesucht, aber sein

Physicus konnte nirgends gefunden werden, um ihn zu heilen.«

Die letzten Worte seines Satzes erschienen mir unnatürlich laut, doch erst als er verstummte, begriff ich: es lag daran, dass es im Saal totenstill geworden war.

»Und wer hat meinen Physicus heute Morgen fortgeschickt?« Wenngleich vor Erschöpfung langsamer und angestrengter als sonst, war die Stimme doch unverwechselbar. Ich vergaß Krysaphios und drehte mich voller Staunen zu den großen Bronzetüren um. Sie waren aufgestoßen worden, und zwischen ihren mächtigen Pfosten, auf einen Stock gestützt und mit einem Verband als Krone, stand Kaiser Alexios.

Alle Anwesenden fielen auf die Knie und krochen dann hastig zur Seite, als er auf den Thron zuging. Er bewegte sich steif und seine Augen waren vor Schmerz zusammengekniffen, doch seine Worte klangen so klar wie eh und je. »Wer hat dem Hipparch befohlen, hundert Männer auszuschicken, als mein Bruder zehn verlangt hat? Wer hat die Unsterblichen angewiesen, die Barbaren niederzumetzeln, als sie das Schlachtfeld bereits geräumt hatten? Wer steht jetzt neben meinem Thron und schmiedet finstere Pläne, ihn mit Marionetten zu besetzen?« Er erreichte uns, und ich sah, dass eine Warägerphalanx in der Tür hinter ihm Position bezogen hatte.

»Ihr seid genesen, Gebieter.« Krysaphios allein hatte sich nicht vor dem Kaiser verneigt, und er tat es auch jetzt nicht. »Dem Herrn sei Dank. Aber Euer Geist ist verwirrt. Die Benommenheit, die der Schlag des Meuchelmörders hinterlassen hat, kann mit Leinenbinden nicht behoben werden.«

»Genauso wenig wie sein Speerstoß, wenn kein Physicus zur Hand ist. Wenn der Haushofmeister ihm befohlen hat, im Bucoleon Kräuter zu zählen, während der Kaiser in seinem Blute liegt. Dem Herrn sei in der Tat Dank, dass ich einen anderen Heiler in meinem Palast gefunden habe.«

Endlich verstand ich, wie der Kaiser die unzähligen Rückschläge seiner Herrschaft überdauert hatte, warum die Ergebenheit seiner Truppen auch in Niederlagen, die seine Vorgänger zugrunde gerichtet hatten, niemals nachgelassen hatte. Selbst jetzt, hinkend und kurzatmig, strahlte sein Gesicht eine Macht aus, die mehr war als bloße Befehlsgewalt: vollkommene Gewissheit, das unwiderlegbare Wissen, dass er die Oberhand behalten würde.

Trotzdem widersetzte sich Krysaphios, sein Blick flackerte durch den Saal, suchte nach Verbündeten. Es zeigten sich keine. »Gebieter«, flehte er, »lasst uns im Siege nicht streiten. Wenn ich gefehlt habe, so geschah es im Dienste des Reiches. Gewiss können doch solche Sünden vergeben werden.«

»Ihr habt Euch mit den Barbaren verschworen, um mich zu ermorden«, sagte Alexios. »Ausgerechnet Ihr, von all meinen Beratern. Was haben sie Euch versprochen? Dass sie Euch als ihren Regenten zurücklassen, nachdem sie unsere Stadt geplündert, unsere Frauen geschändet und unsere Schätze fortgeschleppt haben? Oder dachtet Ihr, Ihr könntet …«

»Nein!« Krysaphios kreischte seinen Einspruch beinahe heraus. »Wie könnt Ihr mich einen Verräter nennen, wenn Ihr selbst diesen Dämonen das halbe Reich überlassen hättet?« Er kauerte sich nieder, als wolle er dem Kaiser huldigen oder den Saum seines Gewandes küssen, stattdessen jedoch hob er seine eigene Robe bis über die Taille hoch. Ein angewidertes Keuchen entrang sich der

Menge, und viele bedeckten ihre Augen, sehr viel mehr jedoch starrten voll makaberer Faszination den entblößten Unterleib des Eunuchen an. Seine Geschlechtsorgane fehlten völlig, doch das Grauen seines unnatürlichen Fleisches wurde durch das Netzwerk grober Narben noch verstärkt, das es bedeckte.

»Seht ihr das?«, schrie er und zeigte mit einer derben Geste darauf. »Diese Entstellung? Das ist es, was die Barbaren ihren Feinden antun – zum *Vergnügen!* Gebt ihnen einen Gefangenen, und ihre verkommenen Gemüter verfallen auf nichts als Grausamkeit und Folter.« Zum Glück ließ er sein Gewand wieder herabfallen. »Ich würde meinen letzten Atemzug dafür geben, das Reich vor ihrer Gewalttätigkeit zu bewahren – und auch den Euren, wenn Ihr nicht auf meine Warnungen hören würdet.«

»Ihr habt versucht, mich zu töten.« Alexios' Stimme bebte vor Schmerz. »Ihr hättet einen Bürgerkrieg entfesselt und das Reich den schlimmsten Verheerungen durch all unsere Feinde ausgesetzt.«

»Wenn ich mich mit den Barbaren verschworen habe, dann nur, um sie dazu zu verleiten, die schwarze Wahrheit ihrer Herzen zu offenbaren, auf dass Ihr ihre Verderbtheit erkennen solltet. Aber Ihr wolltet sie nicht sehen. Eure Liebe fürs Erobern hat Euch blind gemacht, denn Ihr wolltet lieber ein geschändetes Reich regieren als Euer Volk beschützen. Und jetzt, weil ich das Volk geschützt habe, das Ihr vergessen hättet, werde ich geopfert.«

»Wie Ihr nie müde werdet, mir zu sagen, bin ich barmherzig – zu barmherzig – meinen besiegten Feinden gegenüber.«

»Ihr lügt.« Die ganze Zeit über hatte sich Krysaphios

Schritt für Schritt durch die Menge geschoben, war vor dem Blick des Kaisers zurückgewichen; jetzt befand er sich am Rande des Saals, vor den Fenstern. »Ihr werdet mich in den Kerker werfen, damit die Folterknechte ihr Werk an mir verrichten.« Er riss den Kopf hoch und sah dem Kaiser in die Augen. »Aber ich war schon einmal ein Gefangener, und ich werde mich nicht noch einmal jener *Barmherzigkeit* unterwerfen. Lasst die Barbaren kommen, und lasst sie Eurem Reich das Fleisch von den Knochen reißen. Ich werde es nicht erleben.«

Mit einem letzten, schluchzenden Hohnlachen senkte er den Kopf und trat vom Fenstersims herunter. Alexios machte einen Schritt vorwärts, einen Arm halb erhoben, doch Krysaphios würde auf dem Boden aufgeschlagen sein, noch ehe er auch nur die Hälfte der Entfernung zurückgelegt hatte, und er ging nicht weiter. Tiefe Trauer umwölkte seine Züge.

Ich rannte zum Fenster und blickte hinunter. Die Mauer war hier hoch und glatt, fiel senkrecht bis zu den Felsen unter uns ab. Im schwindenden Tageslicht war der Boden nur verschwommen zu sehen; man konnte keine Einzelheiten erkennen, doch zwischen den Felsen konnte ich dennoch den Leichnam des Eunuchen ausmachen. Er lag ausgestreckt da wie ein gefallener Engel, eine Scherbe aus Gold in der Dunkelheit.

κθ

Ein Netz aus Weihrauch hing unter der gewaltigen Kuppel der Hagia Sophia, seine gewundenen Fäden wurden vom Sonnenlicht angestrahlt, das durch die Fenster fiel.

Ein Lichtstrahl traf direkt hinter dem Kopf des Kaisers auf, beschien die Lehne seines Throns und ließ die dunstige Luft leuchten wie einen Heiligenschein. Zu seiner Rechten saß der Patriarch Nikolas, zu seiner Linken sein Bruder Isaak, ein Triumvirat unbeugsamen Ruhms. Anderswo in der Stadt würden sie die Glocken läuten und Lieder für das große Osterfest anstimmen, hier jedoch schwieg die gewaltige Menschenmenge und sah zu, wie die Feierlichkeiten ihren Lauf nahmen.

An der Vorderseite der Halle saßen die Barbarenführer in einer Reihe auf mit Silber eingelegten Stühlen. Herzog Gottfried war anwesend, mit seinem Bruder Baldwin und den drei Gesandten, die ich von jenem Tage her wiedererkannte, an dem Aelrich seinen Verrat begangen hatte. Andere waren da, die ich nicht kannte, und, ganz am fernen Ende der Reihe, auch Graf Hugh. Anscheinend hatte er sich jetzt mit seinen Landsleuten versöhnt, die ihn verspottet und verachtet hatten, obgleich er sich in ihrer Gesellschaft nicht wohl zu fühlen schien. Seine Begleiter sahen auch nicht glücklicher aus, jeder einzelne trug eine misstrauische, säuerliche Miene zur Schau.

Trompeten erschallten, und während die Herolde Herzog Gottfrieds Namen und Titel verkündeten, erhob dieser sich und schritt auf den Thron zu. Von meinem Platz im Westgang aus konnte ich sein Gesicht nicht sehen, doch durch das Schweigen der Gemeinde war jedes seiner Worte in der riesigen Halle klar und deutlich zu hören. Vom Dolmetscher angeleitet, sprach er die Worte des Eides, auf den man sich am Abend zuvor geeinigt hatte: Er schwor, die alten Grenzen der Römer zu respektieren, dem Kaiser im Kampfe treu zu dienen und ihm all jene Gebiete zurückzugeben, die seine Vorfahren von Rechts wegen gehalten hatten. Sieben Schreiber saßen an einem Tisch und hielten jedes Wort für die Nachwelt fest, und als der Eid geleistet war, trat Bryennios, der Schwiegersohn des Kaisers, vor und überreichte eine goldene Girlande. Es würde noch sehr viel mehr Gold folgen, das wusste ich, denn der Kaiser war seinen besiegten Feinden gegenüber stets großzügig.

Herzog Gottfried nahm mit wenig Anmut wieder Platz, wobei er seine Girlande trug wie eine Dornenkrone. Dann riefen die Herolde seinen Bruder auf, und ich spannte mich, während auf der anderen Seite der Halle sieben Federkiele in der Luft hingen und darauf warteten, was er sagen würde. Einen Augenblick lang dachte ich, er wäre zu nahe an den Thron herangetreten, dass sich die Waräger auf ihn stürzen würden, doch jetzt hatte er das Knie gebeugt und murmelte undeutlich seinen Treueschwur. Als er fertig war, wartete er nicht auf Bryennios, sondern marschierte steif vor Scham zurück zu seinem Platz. Rosige Flecken zeichneten seine Wangen wie Pestmale.

Die Gelübde dauerten fast eine Stunde, gefolgt von Lobeshymnen und der Osterliturgie. Als der Patriarch Baldwin den Kelch Christi an die Lippen setzte, fürchtete ich, er würde den Wein ausspucken, doch unter dem gestrengen Blick seines Bruders gelang es ihm, ihn hinunterzuwürgen. Dann folgten weitere Hymnen von Lobpreisungen und Einigkeit – deren Bedeutung den Barbaren zweifellos entging – und schließlich die lange Prozession, hinein in die jubelnden Massen des Augusteions. Eine Doppelreihe Waräger hatte die Menge geteilt und bildete eine menschliche Gasse zwischen der Kirche und dem Palast, und als ich ins Sonnenlicht hinaustrat, sah ich die Letzten aus des Kaisers Gefolge darin verschwinden. Der Kaiser mochte seinen Feinden gegenüber großzügig sein, gütig war er nicht. Drei Stunden in der Kirche, gefolgt von den strengen Ritualen eines kaiserlichen Festmahls würden den Franken höchstes Ungemach bereiten. Ohne Zweifel würden sie sich dafür schadlos zu halten wissen.

»Wurdet Ihr nicht an den Tisch des Kaisers geladen?«

Ich blickte auf. Sigurd stand neben einer Säule an meiner Seite und musterte seine Männer mit stillem Stolz.

»Ich habe mich genug mit Barbaren unterhalten«, erwiderte ich. »Und nicht einmal annähernd genug mit meinen Töchtern.«

Sigurd nickte. »Bald werden es noch mehr Barbaren sein. Der Logothet meldet, dass die Normannen in einer Woche hier sein werden.«

»Die werden keinen Ärger machen.« Erschöpfung beflügelte meine Hoffnung, doch die Vernunft pflichtete ihr bei. »Die Nachricht von der Demütigung der Franken wird sie erreicht haben; sie werden es sich gut überlegen, bevor sie sich dem Kaiser offen entgegenstellen.«

»Und diesmal ist kein wahnsinniger Eunuch da, der sie aufstachelt. Wenn allerdings doch einer da sein sollte«, fügte Sigurd hinzu, »dann wird er sich hüten, Demetrios Askiates in seine Pläne einzubeziehen.«

Ich lächelte über das Kompliment, obwohl ich es nicht verdient hatte. »Ich habe Krysaphios' Zwecken nur allzu gut gedient – er hätte sich nicht über mich beklagen können. Er hat von mir verlangt, herauszufinden, dass der Mönch mit den Barbaren im Bunde war, dass sie geplant hatten, den Kaiser zu stürzen, damit er einen Vorwand gehabt hätte, auf ihrer Vernichtung zu bestehen. Er hat mich genau richtig eingeschätzt – was er unterschätzt hat, war der Starrsinn des Kaisers.«

Sigurd verzog in gespieltem Jähzorn das Gesicht. »Was er unterschätzt hat, waren die Waräger«, entgegnete er und deutete mit einer Armbewegung auf die glänzenden Kohorten vor uns. »Wäre damals im Thronsaal mein Schwert nicht gewesen, Demetrios, so würde Euer Kopf jetzt auf einem fränkischen Speer stecken. Und der des Kaisers daneben.«

Ich lachte. »Ihr steht jetzt wieder in Gunst. Und der Eunuch ist tot.« In meinem Herzen konnte ich noch immer Mitleid mit Krysaphios empfinden, wegen der schrecklichen Wunden, die er erlitten hatte, und wegen des Verrats, zu dem sie ihn getrieben hatten, doch ich konnte ihm nicht vergeben, dass er das Reich auf eines Schwertes Schneide gestellt hatte.

»Krysaphios hat die Lektion der Vergangenheit nicht gelernt«, sann ich laut vor mich hin. »Er gehörte zu einer Generation, die das Kaiseramt für ihr Werkzeug gehalten, die geglaubt hat, dass man es nach Gutdünken besetzen, benutzen und wegwerfen könne. Eine Generation, die innerhalb von fünfzig mageren Jahren allumfassenden Ruhm in Invasion und Rebellion verwandelt haben. Sie haben nie eingesehen, dass der Thron nur allzu sehr einem Schlangenei gleicht – leer ist er am gefährlichsten.«

Zu meinem Verdruss lachte der Waräger über meine melancholischen Grübeleien. »Werdet Ihr die Belohnung des Kaisers dazu benutzen, Euch zur Ruhe zu setzen und Sinnsprüche zu verfassen? Und kann dies derselbe Demetrios Askiates sein, der sich vor vier Monaten so dagegen gesträubt hat, sein Los an das des Kaiser zu knüpfen?«

»Jetzt bleibt mir nichts anderes übrig. Ich bin als des Kaisers Mann gebrandmarkt, mit allen Vorteilen und Vorurteilen, die das mit sich bringt.« Rettet man einem Mann das Leben, dachte ich, so erkauft man es mit einem Stück des eigenen.

Am Himmel über uns schob der Wind einen Wolkenfetzen beiseite, der die Sonne verdeckt hatte, und ich lächelte. »Und Ihr, Sigurd? Seid Ihr zum Bankett des Kaisers geladen, oder werdet Ihr zum Ostermahl mein Gast sein.«

Sigurd blähte die Brust. »Glaubt Ihr etwa, der Kaiser begibt sich ohne angemessene Vorsichtsmaßnahmen in einen Raum voller Feinde? Ich werde in der Halle der Neun Liegebetten sein und Wache halten, ob irgendein Franke auch nur ein Rebhuhnbein gegen ihn erhebt.«

Ich verließ Sigurd, der seiner Kompanie Befehle zubrüllte, und bahnte mir nach und nach einen Weg aus dem Augusteion und zu den *Mesi* hinüber. Es kam mir seltsam vor, den Kaiser wieder aus der Ferne zu beobachten, die unberührbare Statue, die ich immer gekannt hatte. Jene wenigen Tage, in denen ich mit den Mächtigsten des Reiches gekämpft, gestritten und gefochten hatte, schienen bereits weit zurückzuliegen. Jetzt war die Krise vorüber und seine Lebensbahn würde sich von der meinen entfernen, hinein in jene erlesenen Kreise, wo selbst die Erhabensten sich behutsam bewegten. Er würde hinter hundert Türen weggesperrt sein, jede eifersüchtig von einem Heer von Würdenträgern bewacht, und seine Worte würden aus den Mündern anderer ertönen. Während aller Prüfungen würde er vollkommene Stille bewahren, denn er war der Grundpfeiler des Reiches, hielt die hochtrabenden Bestrebungen seiner Adligen in Schach und von den Schultern des einfachen Volkes fern. Obgleich ein einziger Faden seines Gewandes ein Jahr lang alle meine Bedürfnisse gedeckt hätte, beneidete ich ihn nicht darum.

Ich bog von den *Mesi* ab und folgte der Straße zu meinem Haus. Die Straßen waren voller Familien und Kinder und marktfrischen bratenden Lämmern. Der Geruch machte mich hungrig, nachdem ich stundenlang in der Kirche gestanden hatte, und ich war froh, zu sehen, dass die meinen die Kohlen unter dem Fleisch pflichtbewusst bereits angefacht hatten.

»Haben sich die Barbaren gut benommen?« Anna trat von dem Spieß zurück und überließ es Zoe, ihn zu drehen. »Oder werde ich wieder im Palast verlangt, um den Kaiser abermals zu verbinden?«

»Sigurd sollte eigentlich dafür sorgen, dass du nicht wieder gebraucht wirst. Außer vielleicht, um ein paar Barbarenschädel zusammenzuflicken. Ich fürchte, deine Laufbahn im Palast könnte beendet sein.«

Anna zog die Brauen hoch. »Für einen Mann, der behauptet, ein Meister darin zu sein, Mysterien zu enthüllen, bist du manchmal ungemein unwissend, Demetrios. Meine Laufbahn im Palast fängt gerade erst an, denn die Kaiserin höchstselbst hat eine Nachricht geschickt, dass sie eine Heilerin braucht, die sich um sie kümmert. Ich denke, der Kaiser wird sehr erpicht darauf sein, mich in seiner Nähe zu behalten, jetzt, wo er mich gefunden hat.«

»Ich dachte, *du* hättest *ihn* gefunden.« Der Duft von Zitronen und Rosmarin drang in meine Nase und ließ erneut den Hunger in meinem Magen rumoren. »Blutend und dem Tode nahe in den Korridoren des Palastes, während seine Diener hilflos um ihn herumgeflattert sind.«

Anna stach mit einem Messer in das Lamm und sah zu, wie der ölige Saft an seiner Seite herablief. Er zischte und prasselte im Feuer. »Ich glaube, es ist gar. Helena holt gerade Brot aus dem Haus.«

Ich wetzte mein Messer an einem Stein und begann, das Fleisch von den Knochen zu schneiden. Es war eine schwierige Arbeit, denn von den Kohlen stieg Hitze auf und das Fett spritzte mir auf die Hände, und so hörte ich die Schritte hinter mir nicht und schaute nicht auf, als der Schatten auf mich fiel.

Das Geräusch eines auf der Türschwelle zerschellenden Tellers jedoch ließ mich hochblicken. Helena stand inmitten von Tonscherben da und starrte auf etwas hinter meiner Schulter wie Maria im Garten. Ich drehte mich um und hätte vor Staunen beinahe das Messer ins Feuer fallen lassen. Es war Thomas, der mir größer und breiter vorkam denn je, wie er so über mir stand, doch auf seinem Gesicht lag ein nervöser, zögernder Ausdruck.

»Ich komme zurück zu dir«, sagte er schlicht.

Ich konnte sehen, dass er nicht mit mir sprach, und wollte gerade zu einem Schwall von Fragen ansetzen, als ich Annas Hand auf meinem Arm spürte.

»Du wirst einen neuen Teller brauchen«, sagte sie und deutete mit einem Kopfnicken auf Helenas Füße. »Mindestens.«

»Ich bringe zwei.«

Thomas hatte den Mord an seinen Eltern, die Misshandlungen des Mönchs und jetzt auch, wie ich angesichts des Blutschorfs auf seiner Wange mutmaßte, den Verrat seinesgleichen erlitten. Außerdem hatte er mir das Leben gerettet. An meinem Tisch zu sitzen war das Mindeste, was ihm zustand. Wie viel er sich sonst ersehnte, konnte ich aus den stummen, verlegenen Blicken erraten, die er und Helena wechselten, doch damit würde ich mich später befassen. Jetzt setzte ich ihm die dickste Scheibe Fleisch vor, füllte seinen Becher bis zum Rand und sagte kein Wort, als ich sah, wie sich seine Hand mit der Helenas verschlang, nicht einmal, als sie eine Entschuldigung murmelten und die Straße hinuntergingen, dorthin, wo die Zypresse wuchs. Es war kein Tag zum Streiten.

Viel später, als die Sonne untergegangen war, stieg ich mit einer Weinflasche aufs Dach. Die Straßen unter mir waren dunkel, bis auf ein paar Häuflein glimmender Kohlen, doch der Himmel war übersät mit Sternen. Blinzelnd schaute ich zu ihnen hinauf, suchte die alten Sternbilder, die unser Leben beherrschten. Dort waren die Leier, und Krios, der Widder und Argo und noch Hunderte andere, deren Namen ich vergessen hatte. Als ich alle beim Namen genannt hatte, die ich kannte, gab ich es auf, rieb mir die Augen und sah zu, wie das zersplitterte Licht zu Mustern meiner eigenen Phantasie zusammenfloss. Manchmal wurden Bestien und Helden sichtbar, manchmal Früchte und Blätter, meistens jedoch war es einfach nur das formlose Wabern der Einbildungskraft.

Ich senkte den Blick, schaute über die Dächer und Kuppeln, die mich umgaben, und ließ meine Gedanken von den Sternen zu den Ländern jenseits des Reiches herabsteigen. Von Westen kamen die Normannen, wie ich wusste, und hinter ihnen die Kelten, während im Osten und Süden die Wüsten der Türken, Fatimiden, Ismailiten und Sarazenen lagen. Kein Wunder, dass der Kaiser mehr als einmal beinahe dabei ums Leben gekommen war, all ihre Gefahren auszugleichen. Ohne Zweifel würde dies wieder geschehen, solange sein Reich die Gier und den Neid der Welt erregte. Heute Nacht jedoch dauerte seine Macht fort, und die Königin der Städte schlief unter dem Himmelszelt.

Danksagung

Zwei noble Historiker, eine Prinzessin und ein Ritter, waren unentbehrliche Gefährten bei diesem Unterfangen. *Alexiad* von Anna Komnena und Sir Steven Runcimans *History of the Crusades*, die Geschichte der Kreuzzüge (beide im Original bei Penguin erschienen), lieferten den historischen Grundstock der Geschichte, und es gab nicht viele Tage, an denen ich nicht eines dieser Werke – oder beide – zu Rate zog. Beide waren ebenso erfreulich wie zuverlässig, und was generell die Abfolge der Ereignisse betrifft, besonders die Kämpfe in der Osterwoche, habe ich mich so weit wie möglich an ihre Vorgaben gehalten.

Wie auch im Falle des Alexios Komnenos und seines Reiches, war eine kluge Heirat und eine hilfsbereite Familie bei der Verwirklichung meiner Ambitionen von unschätzbarem Wert. Meine griechischen Schwiegereltern brachten Gastfreundschaft und wertvolle Rückmeldungen zum ersten Entwurf ein, während meine Mutter stets bereit stand, wenn es um biblische oder religiöse Fragen ging. Meine Schwester Iona begleitete mich auf meiner Rechercheреise und wurde häufig aus Bibliotheken geholt, um mit einer klassischen Anekdote oder einer Übersetzung aus dem Griechischen aufzuwarten. Was meine Frau Marianna betrifft, so hatte sie von dem Augenblick an, als sie die eigentliche Idee hatte, einen unglaublichen Einfluss als Fan, Kritikerin, Korrektorin und Muse.

Außerhalb des Familienkreises hat Jane Conway-Gordon mich sehr früh zu diesem Vorhaben ermuntert und bewiesen, dass die Byzantiner sie nichts Neues über die düsteren Künste des Agentenhandwerks lehren können. Oliver Johnson bei Century war ein freundlicher, großzügiger Lektor, der sich nebenbei noch als Umzugsberater betätigte. In der gewaltigen Quellenflut der Bodleian Library in Oxford fanden sich ohne Ausnahme selbst die obskursten Werke, die meine mäandernden Recherchen erforderten; ohne sie hätte ich dieses Buch nicht schreiben können. Viele Freunde in Oxford und London haben für die dringend notwendige Abwechslung von der Arbeit gesorgt und dabei wahrscheinlich sehr viel mehr über Eunuchen erfahren, als sie sich jemals gewünscht hatten.